LA RIVIÈRE ESPÉRANCE

DU MÊME AUTEUR

Les Cailloux bleus, Robert Laffont, 1984
Les Menthes sauvages, Robert Laffont, 1985
Antonin, paysan du Causse, Seghers, 1986
Les Chemins d'étoiles, Robert Laffont, 1987
Les amandiers fleurissaient rouge, Robert Laffont, 1988
Marie des brebis, Seghers, 1989
La Rivière Espérance, Robert Laffont, 1990
Le Royaume du fleuve, Robert Laffont, 1991
Adeline en Périgord, Seghers, 1992
L'Âme de la vallée, Robert Laffont, 1993
L'Enfant des terres blondes, Robert Laffont, 1994
Le Lot que j'aime, Éditions Trois Épis, 1994
Dordogne, voir couler ensemble les eaux et les jours, Robert Laffont, 1995
Bonheur d'enfance, Albin Michel, 1996
Les Vignes de Sainte-Colombe, Albin Michel, 1996
La Lumière des collines, Albin Michel, 1997
La Promesse des sources, Albin Michel, 1998
Bleus sont les étés, Albin Michel, 1999
Les Chênes d'or, Albin Michel, 1999
Les Noëls blancs, Albin Michel, 2000
Les Printemps de ce monde, Albin Michel, 2001
Une année de neige, Albin Michel, 2002
Cette vie ou celle d'après, Albin Michel, 2003
La Grande Île, Albin Michel, 2004
Les Vrais Bonheurs, Albin Michel, 2005
Les Messieurs de Grandval, Albin Michel, 2005
Les Messieurs de Grandval, T. 2, *Les Dames de la Ferrière*, Albin Michel, 2006

Christian Signol

La Rivière Espérance

La Rivière Espérance
Le Royaume du fleuve
L'Âme de la vallée

roman

ROBERT LAFFONT

ISBN 978-2-221-10972-4

PRÉFACE

Elle m'a hanté dès l'enfance, pendant l'été, quand les enfants des villages alentour pédalaient vers elle pour s'y baigner. Moi, je n'en avais pas le droit : mes parents la jugeaient dangereuse et m'interdisaient d'y aller. C'est sans doute à partir de cette interdiction que s'est levé en moi ce rêve : atteindre un jour ses rives, me baigner dans ses eaux, connaître son cœur.

À dix-huit ans, lorsque j'ai pu m'en approcher, elle était encore plus belle que je ne l'avais imaginé : des rives en pentes douces, des îles à l'ombre bleue, des eaux caressantes, des langueurs et des caprices, des oiseaux, des poissons, des aubes lumineuses et des soirs d'une extrême beauté.

Pour écrire *La Rivière Espérance*, je l'ai fréquentée chaque jour, pendant des années. C'était bien celle que j'avais pressentie : la rivière du premier jour du monde, sauvage et claire, accueillante et rebelle, magnifique et coléreuse, où les rares langues de sable étaient chaudes comme des pains sortis du four. Je ne l'ai plus quittée. Je pêche sur ses eaux magiques parfois jusqu'à la nuit, dans les îles roses des soirs. Alors elle s'endort doucement, cesse de chuchoter, se fond dans l'ombre avec des grâces de chatte assez fuyante pour garder son mystère.

Pourquoi l'ai-je baptisée Espérance ? Parce que les hommes ont toujours souhaité vivre près d'elle, espéré sa présence, persuadés qu'elle ne les trahirait pas, qu'elle ne les décevrait pas, qu'elle était vivante, comme eux, plus qu'eux, peut-être, et qu'elle saurait les rendre heureux. Car j'ai compris três tôt qu'une rivière est un être vivant, qu'elle a un corps, une âme, un territoire, une famille, des rires, des colères, des souvenirs, une histoire, et surtout, comme nous, les hommes : une enfance, une jeunesse, une maturité, une vieillesse et une mort.

Dès que j'ai plongé dans ses eaux, j'ai senti battre son cœur dans les grands fonds, comme l'Antonio de Giono dans *Le Chant du monde*. C'est là, en effet, que bat le cœur des rivières, dans une eau glauque, épaisse, vigoureuse, et qui vibre, palpite comme un muscle. Du cœur au corps il n'y a qu'un pas, ou plutôt une brasse coulée. J'ai découvert ses jambes souples, ses cheveux d'algues douces, ses yeux verts et ses bras de velours. Et puis j'ai émergé dans le soleil, sous un ciel qui coulait sur moi en vagues bleues, avec le souvenir d'une peau, la sensation d'une caresse, et tout de suite je l'ai aimée avec passion.

Pour la connaître, l'apprivoiser, je suis remonté à sa source, car on veut tout savoir de ceux que l'on aime. Au sommet d'une très vieille montagne, je l'ai vue émerger du ventre de la terre, se faufiler entre les gentianes et les campanules, cascader en riant comme une enfant dans les torrents glacés. J'ai tenté de protéger sa jeunesse dans les gorges rocheuses qui la déchirent et la font souffrir. Là résident les blessures de toute rivière, qu'il faut panser amoureusement, patiemment, pour les rendre plus fortes, les préparer aux plaines, au monde des adultes.

J'ai appris qu'elle devait son nom à une divinité fluviale des Celtes, qu'elle avait véhiculé les idées chrétiennes, puis celles de la Réforme, enfin celles de la République, au fil de son eau limpide, dans le silence et la lumière. J'ai appris bien d'autres choses encore et j'ai commencé à savoir qui elle était vraiment. C'est alors que j'ai deviné son âme, qui est la somme de celles des hommes qu'elle a portés depuis la Préhistoire ; les bateliers qui descendaient le bois en Bordelais, les pêcheurs, les passeurs, les braconniers, les haleurs, les aubergistes, les matelots, les poètes, les artistes qui sont sculpté cette âme romane au fronton des églises et des châteaux.

J'ai minutieusement exploré son territoire : ses gorges, ses méandres, ses falaises, ses malpas, ses rapides, ses calmes, ses hauts-fonds, ses forêts, ses vignobles, ses rivages de sable ou de galets. J'ai dormi sur ses berges pour l'écouter dormir, la nuit, l'entendre soupirer et rêver près de moi. J'ai respiré ce qu'elle respire pour mieux la comprendre : la mousse, l'herbe, les fougères, le calcaire, le granit, les champs, la vase et la marée.

J'ai voyagé sur son eau vagabonde et visité les villages qu'elle effleure d'une caresse, j'ai pris soin de m'arrêter pour parler aux hommes qui vivent près d'elle et j'ai fait connaissance avec ses enfants : les ruisseaux affluents qu'elle accueille, qu'elle protège et qu'elle aime comme une mère trop pressée. Ainsi, je suis entré dans sa famille, et j'ai partagé avec elle ses moments de bonheur, de fêtes dans les ports. C'est là qu'elle est la plus heureuse, qu'elle célèbre ses amis, et parle et rit au monde. J'ai partagé aussi ses chagrins d'hivers pluvieux, ses colères superbes, ses crues couleur de terre et ses folles tempêtes. J'ai aimé ses caprices, ses besoins de solitude, ses tristesses et ses rires sonores dans les étés de feu.

Plus loin – plus tard – enfin, je me suis réjoui de la voir devenir reine et puissante, dans le vert des grandes plaines où elle paresse, plus belle qu'elle ne l'a jamais été. Et puis j'ai souffert de la voir s'assagir, décliner, fatiguée d'avoir trop couru, d'avoir trop aimé, d'avoir trop vécu. Elle s'est mise à flâner, à s'attarder le long des bancs de sable, à profiter du temps comme si elle avait compris qu'il lui en restait peu. J'ai accepté, comme elle, sa vieillesse paisible et je l'ai accompagnée jusqu'au bout du chemin – ce chemin qui chemine, disait d'elle Montaigne. Puis je l'ai vue mourir du haut d'un promontoire et s'endormir enfin dans les bras de la mer.

Aujourd'hui, chaque fois que je relis ces vers de Rimbaud : « Ah ! Que ma quille éclate et que j'aille à la mer ! », je pense à elle. Quoi d'étonnant ? Ne sommes-nous pas semblables ? Nous le savons, nous, les hommes, que nous ressemblons aux rivières, car ni elles ni nous ne pouvons retourner en arrière et remonter le temps : c'est le même flux qui coule en nous depuis les origines et nous entraîne inexorablement vers le même océan.

Christian SIGNOL

LA RIVIÈRE ESPÉRANCE

A Claude Jean.

« ... Cette visite à la Dordogne fut pour moi, je le répète, d'une importance capitale : il m'en reste un espoir pour l'avenir de l'espèce, et même de notre planète. Il se peut qu'un jour la France cesse d'exister, mais la Dordogne survivra, tout comme les rêves dont se nourrit l'âme humaine... »

Henry MILLER,
Le Colosse de Maroussi.

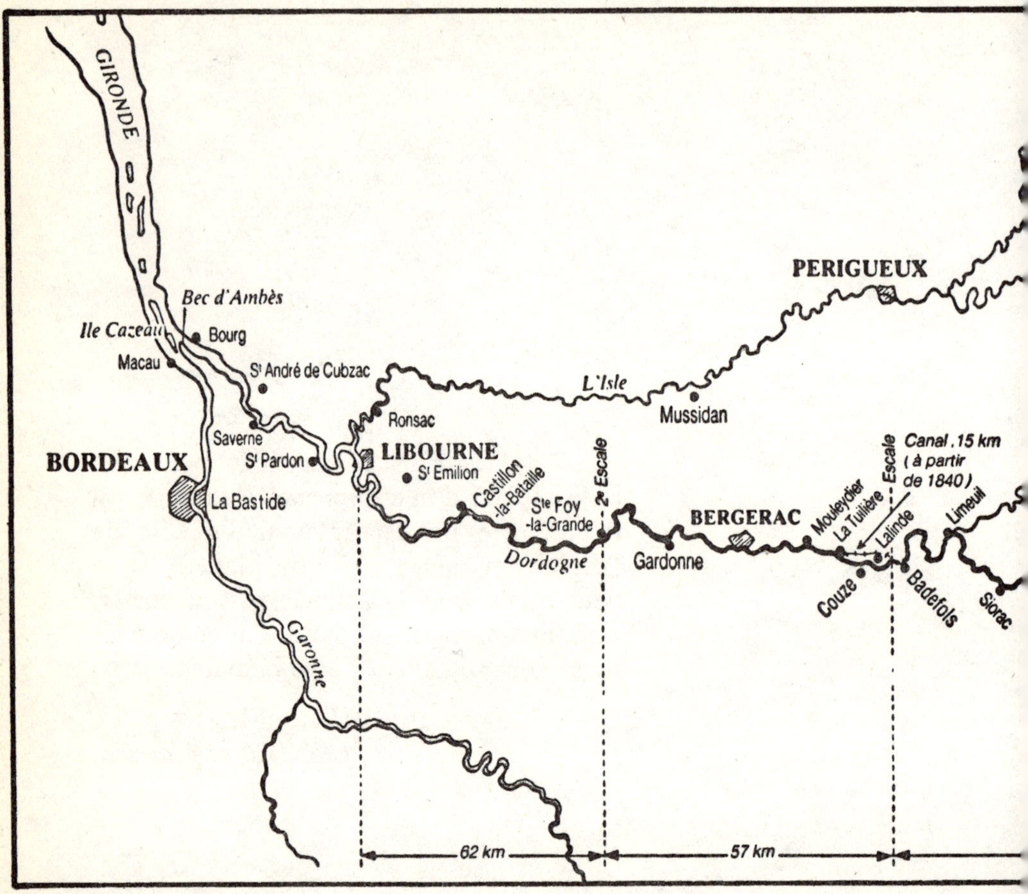
GIRONDE
Bec d'Ambès
Ile Cazeau
Bourg
Macau
St André de Cubzac
BORDEAUX
Saverne
St Pardon
La Bastide
Ronsac
LIBOURNE
St Emilion
Castillon -la-Bataille
Ste Foy -la-Grande
2e Escale
Dordogne
L'Isle
Mussidan
PERIGUEUX
BERGERAC
Gardonne
Mouleydier
La Tuilière
Escale
Canal .15 km (à partir de 1840)
Lalinde
Couze
Badefols
Limeuil
Siorac
Garonne
62 km
57 km

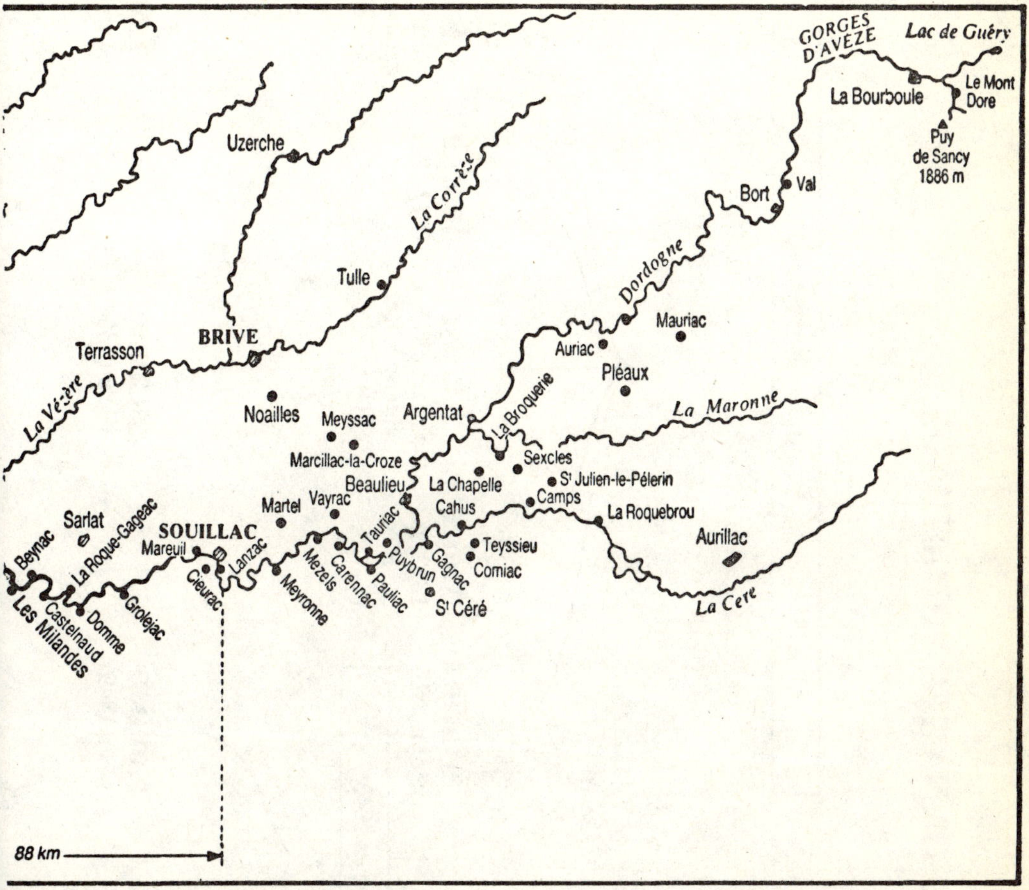

GORGES D'AVEZE
Lac de Guéry
La Bourboule
Le Mont Dore
Puy de Sancy 1886 m
Uzerche
La Corrèze
Bort
Val
Tulle
Dordogne
Mauriac
BRIVE
Terrasson
Auriac
Pléaux
La Vézère
Noailles
Meyssac
Argentat
La Broquerie
La Maronne
Marcillac-la-Croze
Sexcles
Beaulieu
La Chapelle
St Julien-le-Pélerin
Camps
Martel
Vayrac
Cahus
La Roquebrou
Sarlat
SOUILLAC
Tauriac
Aurillac
Teyssieu
Mareuil
Lanzac
Puybrun
Gagnac
Comiac
Beynac
La Roque-Gageac
Mezels
Carennac
Pauliac
La Cere
Cieurac
Meyronne
St Céré
Grolejac
Castelnaud
Domme
Les Milandes
88 km

PERSONNAGES PRINCIPAUX

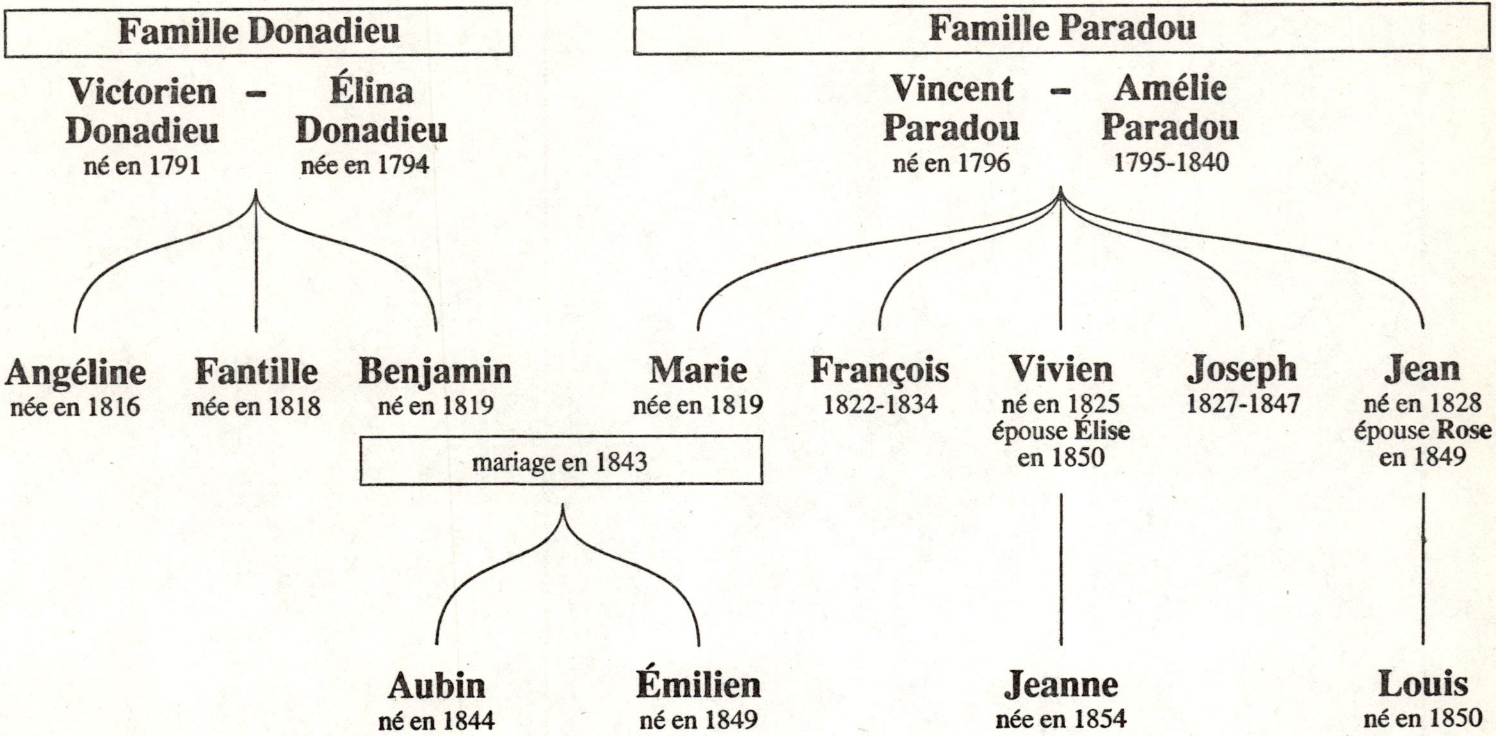

Première partie

L'EAU DE VOYAGE

1

L'aube était loin et pourtant la rivière étincelait. Au-dessus de la frise des bois pâlissait une frange de ciel où s'étaient diluées les étoiles. Plus bas, sous un torrent de lune, de fins îlots de brume scintillaient en dormant. Plus bas encore, assoupies au flanc des collines, de lourdes flaques de nuit croupissaient sur les chênes dont les masses touffues se projetaient sur le miroir des eaux.

« De belles eaux », songea Benjamin Donadieu debout derrière sa fenêtre. Et il les connaissait bien, les eaux de la Dordogne, même si ses treize ans ne lui en avaient pas encore enseigné tous les dangers. D'ailleurs, il aurait pu naître sur l'eau, comme son père, Victorien Donadieu, venu au monde sur le port de La Roque-Gageac, un jour où, bloquée par les glaces, la gabare capitane [1] des Donadieu n'avait pu joindre son port d'attache. Pourtant, si Benjamin n'était pas né sur la rivière, il ne vivait que pour elle. Par elle. Depuis toujours. Et s'il était debout cette nuit-là, c'était parce qu'un bruit était venu l'alerter au plus profond du sommeil. Il avait cru alors que son père, trahissant sa promesse, allait partir sans lui. « Pour tes treize ans, je t'emmènerai », avait-il dit. Quelle promesse! Comment Benjamin eût-il pu l'oublier ? C'était l'été, l'époque

1. La gabare de tête, celle qui menait les convois.

des basses eaux, des éperviers jetés dans les gravières, des coulis de lune sur les rives, des siestes dans les prairies chaudes, des aubes perlées dans la rosée, des jours sans fin passés à la pêche sur le velours des eaux. Il s'en souvenait comme on se souvient de ses rêves, au matin, quand la nuit vous dépose sur le rivage de l'éveil avec la douceur d'une vague.

Depuis, il n'avait cessé de surveiller le ciel, d'espérer les nuages, d'implorer la venue de l'automne par des prières aussi vaines que naïves, dans lesquelles brûlait le feu de son impatience. Cependant, les orages avaient tardé. Deux ou trois seulement avaient éclaté vers la fin août, promenant sur la vallée miellée par le soleil des parfums de soufre et de sable mouillé. La vraie pluie, elle, s'était fait attendre jusqu'à la fin de septembre, puis était arrivée sur les ailes tièdes du vent du sud, celui dont on disait, dans la vallée, qu'il rendait fou. Ç'avait été une pluie fine mais appliquée, caressante mais obstinée, décidée à durer, à donner à la terre tout ce qu'elle réclamait dans ses soupirs depuis de longs mois. Dix jours plus tard, la merveilleuse nouvelle avait parcouru en quelques minutes toute la vallée : l'eau était « de voyage ».

Benjamin effaça du doigt la buée de sa respiration sur la vitre, approcha son visage pour mieux voir. Sur le port, les bateaux oscillaient lourdement sous le poids du merrain [1] et de la carassonne [2] chargés la veille. Il chercha parmi eux la gabare capitane de son père, la reconnut, sentit des frissons courir sur son dos. Comme chaque fois que son regard se posait sur elle, en effet, la fierté l'embrasait. Car ce n'était pas une vulgaire gabare du haut-pays destinée à être vendue à Libourne, mais un vrai bateau construit en chêne avec des membrures renforcées, sur les chantiers de Sainte-Capraise, là-bas, dans la basse vallée : 25 mètres de long, 5 de large, d'une hauteur de bord de 1 mètre 30, elle ressemblait aux chalands et aux

1. Bois de cœur de chêne destiné aux tonneliers du Bordelais.
2. Bois de châtaignier taillé en piquet pour les ceps de vigne.

coureaux du Libournais qui, comme elle, servaient au commerce du bois, du sel, du vin, des épices, de l'huile et du poisson séché. Attachés à elle, la gabare seconde et le gabarot que l'on utilisait comme bateau d'allège [1] lors de la remonte étaient eux aussi chargés de pièces de bois qui, sous la bâche grise, semblaient des ossements monstrueux. D'autres bateaux étaient amarrés sur le port : ceux des bateliers de Souillac prêts, eux aussi, à appareiller dès l'aube. Il y avait quelques années de cela, ils étaient plus nombreux encore, mais beaucoup travaillaient maintenant au déchargement du sel venu de Libourne et à celui du bois descendu du haut-pays. Pas Victorien Donadieu. Il était, lui, resté fidèle à la rivière, au voyage, et Benjamin se disait qu'il le resterait aussi ; il en était sûr, il le savait depuis son plus jeune âge.

Il vérifia que nulle silhouette ne rôdait aux alentours, s'attarda encore un moment derrière les carreaux. Les mâts des bateaux semblaient se dresser contre cette lumière qui coulait comme une cascade jaillie d'une faille du ciel. Sur la rive opposée, l'ombre des trembles griffait l'eau qui creusait près des berges des remous d'huile lourde. Benjamin eut envie de s'y baigner, de se laisser couler dans les grands fonds, car il savait qu'elle était tiède de cette tiédeur automnale des rivières qui délivre la terre de la chaleur accumulée en elle pendant de longs jours. Il soupira, rêva les yeux ouverts au merveilleux voyage qui l'attendait à l'aube, repoussa le sommeil qui coulait sur lui. Il ne devait surtout pas s'endormir s'il voulait ne pas manquer le départ.

C'est qu'ils n'avaient pas été trop de deux, son père et lui, pour convaincre la mère de le laisser partir. « Mon Dieu, avait-elle soupiré, à treize ans sur la rivière ! » Il distinguait dans l'ombre son délicat visage, ses cheveux châtains, ses yeux dorés dont il avait hérité, lui, Benjamin, et ce sourire qui le berçait

---

1. Bateau qui servait à décharger une partie de la cargaison dans les passes dangereuses.

depuis l'enfance. Quel contraste avec le père, l'homme qui incarnait la force et le pouvoir, ses cheveux noirs frisés, ses yeux gris-bleu, son profil anguleux où chaque trait, creusé par les voyages, révélait un caractère fier et farouche ! Ce père-là était un maître de bateau respecté de tous et n'avait perdu qu'un seul gabarot, en 1825, pendant les eaux marchandes de printemps, la seule fois de sa vie où il avait accepté de charger du charbon. Depuis, il ne chargeait que du bois, du sel, des baies de genièvre que se disputaient les Hollandais à Libourne, quelques marmites de fer fabriquées aux fonderies, parfois des cuirs, des fromages de brebis ou des sacs de châtaignes.

Comme tous les bateliers de la Dordogne, comme son fils Benjamin, il rêvait du grand voyage de Bordeaux, de l'estuaire de la Gironde et de la mer. Ah ! dépasser Libourne avec la marée descendante, atteindre le bec d'Ambès, s'abriter entre les bancs de sable de l'île Cazeau et, enfin, profiter du courant remontant pour revenir vers Macau et se laisser glisser sur la Garonne jusqu'aux quais de Bordeaux, voilà quelle était la véritable aventure ! Pourtant, peu de maîtres de bateau s'y risquaient. Ils déchargeaient leur cargaison à Libourne, et ce n'était pas rien, déjà, que d'éviter les nombreux écueils de la descente et les pièges de la remonte, surtout pendant les grandes crues d'automne ou de printemps.

Benjamin regagna son lit, se recoucha sous le vieux drap de chanvre, songea que lui aussi, une fois grand, naviguerait jusqu'à la mer. Il deviendrait le plus fort, et tous les maîtres de bateau lui céderaient le passage. Dans l'ombre de sa petite chambre, il imaginait le visage émerveillé de sa mère et, d'avance, s'en réjouissait. Puis il pensa que, certains jours, elle priait longuement, remuant ses lèvres sans se départir de son sourire. Le danger sur la rivière était-il plus important qu'il ne le croyait ? Quelle était cette légère angoisse qui, soudain, coulait sur lui, tandis qu'il se remémorait les mots prononcés à l'occasion de chaque départ ? « A la garde de Dieu », murmurait son père. « Dieu vous sauve », répondait sa mère. Pourquoi le monde, tout à coup, lui semblait-il porteur des pires menaces ? C'était absurde. Toute son enfance avait baigné dans la confiance et le bonheur. Un bonheur sauvage, libre, vécu dans l'immensité verte de la vallée et dans l'eau vivifiante de la Dordogne d'où il émergeait ébloui dans la beauté bleue des étés, comme ces plantes qui sortent brusquement de terre et s'épanouissent en un instant sous le soleil.

D'ailleurs qu'aurait-il pu redouter ? Il pouvait compter sur son père qui avait toujours veillé sur lui et volerait à son secours au moindre danger. Et il n'était pas fragile, son père. Au contraire, tout le monde disait que c'était un véritable roc. A tel point que Benjamin, parfois, en avait peur. Comme pendant ces soirées où de sombres colères l'emportaient contre les marchands qui décomptaient les jours de retard sur les lettres de voiture [1]. Ces soirs-là, à la maison, tout le monde tremblait. A l'entendre, les marchands étaient toujours pressés, et notamment Arsène Lombard, celui auquel Victorien était lié par un marché, le seul à pouvoir ravitailler en sel les grossistes du Limousin, de l'Auvergne et du Quercy. Pour lui faire plaisir, il eût fallu voler sur l'eau, ne jamais se soucier du mauvais temps, aller toujours plus vite.

— Moi aussi, je deviendrai marchand ! criait Victorien, farouche et ivre de colère ; je ne suis pas plus sot que lui. Je trouverai des merrandiers [2] dans le haut-pays et je concluerai des marchés avec eux !

— Allons, murmurait la mère, ne criez pas ; vous savez bien que cela ne sert à rien.

— Nous verrons qui est le plus fort, reprenait le père en criant toujours, j'irai bientôt !

Le haut-pays ! En avait-il souvent entendu parler, Benjamin ! Et il imaginait des montagnes couvertes de forêts, des crêtes

1. Lettres de commande remises par les marchands aux maîtres de bateau à destination d'autres marchands.

2. Fabricants de merrains et de carassonnes.

perdues dans les nuages, des bûcherons obligés de se battre contre les loups avant de pouvoir couper leurs arbres. Ce n'étaient que vallons et ravins, gorges et plateaux où le vent fouettait les bruyères, torrents pleins d'écume et rochers de granit. Un autre monde. Plus sauvage encore que celui de la rivière, sans doute plus dangereux. Benjamin en rêvait de ce haut-pays, comme il rêvait de Bordeaux et de la mer. Tous deux étaient devenus les lieux de ses exploits, les rivages de légende d'où, à l'occasion de ses rêves les plus secrets, il revenait vainqueur pour rejoindre Emeline, la fille d'Arsène Lombard, qu'il rencontrait de temps en temps sur le port. A la fois proche et lointaine, avec ses grands yeux noirs, ses longs cheveux bouclés, elle ressemblait à ces petites gitanes, qui parfois, sur les places, agitent le tambourin pour faire danser l'ours. Souvent les yeux d'Emeline s'attachaient aux siens, et, aussitôt, s'illuminaient. Ils ne se parlaient pas, se contentaient de s'observer. Emeline ne cillait pas. Jamais. Et c'était pour Benjamin comme un sortilège que de plonger dans ces yeux grands ouverts pour lui communiquer il ne savait quel message, tout en maintenant une sorte de distance qu'il ne franchissait jamais sans malaise. Emeline n'était pour lui que dans ses rêves d'enfant, il le savait. Un fils de matelot, fût-il maître de bateau, ne se mariait pas avec une fille de marchand. Le fleuve avait ses lois. Benjamin, malgré son âge, pour les avoir souvent entendues dans la bouche de ses parents, ne les ignorait pas.

Repoussant l'image d'Emeline, il appela celle de Marie Paradou, sa compagne de jeux, celle près de qui il vivait depuis sa plus lointaine enfance. Elle était la fille de Vincent Paradou, le matelot de son père, celui qui tenait le gouvernail de la gabare seconde et vivait à cent mètres du port, dans les prairies, près de sa femme, Amélie, et de leurs cinq enfants. Ces immenses prairies s'étendaient du fleuve jusqu'à Souillac et servaient de terrain de jeux à tous les enfants de la batellerie qui ne fréquentaient pas l'école. C'était là que, souvent, tout ruisselant des eaux de la rivière où il pêchait à la fouëne dans les grands fonds, Benjamin retrouvait Marie à l'ombre des saules cendrés. A la différence d'Emeline, elle n'était pas brune, mais d'un châtain tirant sur le roux, avec des taches de rousseur et des yeux verts. Un même éclat dans le regard, pourtant, faisait que parfois elles se ressemblaient. A qui était-il destiné ? Benjamin s'interrogeait souvent, comme cette nuit, sans trouver de réponse. Mais pourquoi fallait-il penser aux femmes et aux filles alors qu'au matin l'aventure l'attendait ? Il s'en voulut, repoussa l'image de sa mère, d'Emeline, de Marie, se refusa à cette faiblesse qu'il mit sur le compte de son âge, se dit que, dès le lever du jour, il serait un homme et non plus un enfant, puis, rassuré par cette mutation imminente, dans un soupir, il s'endormit.

Grise et froide, l'aube de ce 19 octobre 1832 venait de naître. Dans un demi-sommeil, Benjamin la devinait aux murmures humides des trembles, aux fanfares des verdiers dans des bouquets de saules, aux aboiements des chiens qui révélaient des départs sur les chemins. Dans la maison, en bas, c'était des bruits d'assiettes et de feu qu'on attise. Benjamin s'assit dans son lit, frappé par l'évidence que son père était déjà levé. L'aurait-il oublié ? A peine eut-il le temps de repousser les couvertures que grinçaient les marches de l'escalier sous les pas familiers. Il se recoucha, feignit de dormir. Il avait toujours aimé être réveillé par son père aux aurores.

La porte gémit, s'ouvrit. Un corps s'assit au bord du lit dont les fanes de maïs craquèrent délicieusement. Une main rude et chaude passa dans les cheveux de Benjamin.

— Dors-tu, mon garçon ? C'est l'heure.

Benjamin s'étira, fit semblant de ne pouvoir s'extraire du sommeil, heureux que le père n'eût pas trahi sa promesse.

— L'eau est belle, chuchota celui-ci. Elle a pris du muscle et des épaules dans la nuit. Lève-toi vite, fils, on part dans une heure.

Benjamin s'assit dans son lit, se frotta les yeux d'un revers de main, demanda :

— Et le temps, père ?

— Il ne pleut plus, mais la lune est fleurie. Ne t'inquiète pas, nous aurons suffisamment d'eau.

— Elle a monté encore ?

— Oui, de deux pieds au moins.

— Et le vent ?

— Il s'est levé avec le jour. Allons, dépêche-toi.

De nouveau la main passa dans les cheveux, puis le père se leva et les fanes du matelas se déplissèrent doucement. Parvenu près de la porte, Victorien Donadieu se retourna et dit :

— Surtout, habille-toi bien, petit.

— Oui, père, fit Benjamin.

Tandis que les pas descendaient l'escalier, il fit une rapide toilette avec l'eau de la bassine posée sur la table branlante de sa chambre, puis il passa son pantalon de grosse toile rapiécé aux fesses et aux genoux, son tricot de laine, sa veste, sa casquette, et il descendit rapidement l'escalier. En bas, dans la grande cuisine éclairée par la cheminée, la mère servait la soupe aux matelots réunis autour de la longue table rectangulaire au bois lustré par les ans. Il y avait là Victorien Donadieu, bien sûr, Vincent Paradou, Louis Lafaurie, le responsable du gabarot, et une quinzaine d'hommes habitués à naviguer avec Victorien Donadieu, que Benjamin connaissait tous par leur nom.

Vincent Paradou l'attira près de lui, le fit asseoir, demanda :

— Alors, c'est le grand jour ?

Benjamin hocha la tête, se mit à manger la soupe de pain de seigle, puis, imitant les matelots, il versa du vin dans le bouillon et le but. Personne ne parlait. La mère allait de l'un à l'autre, prévenante, resservait ceux qui le souhaitaient. Benjamin sentait que tous étaient heureux et avaient hâte d'embarquer. Le voyage ! Ce mot magique occupait les esprits, leur faisait oublier tout ce qui était étranger à lui, à la rivière, à cette sorte d'aventure dont, après l'avoir connue une fois, ils ne pouvaient plus se passer.

Quand tous eurent fini de manger, Victorien versa dans les

verres de l'eau-de-vie de prune et, pour la première fois de sa vie, Benjamin eut droit à un doigt. Victorien but deux ou trois gorgées, fit claquer sa langue de satisfaction, puis il se leva et donna ses instructions de cette voix impérieuse que Benjamin connaissait bien :

— Vincent ! tu garderas soixante pas de distance avec la capitane et tu te méfieras ! J'ai bien regardé l'eau : elle porte plus qu'hier ; il doit y avoir de la terre dans les fonds. N'oublie pas de prendre assez de « travers » au départ, sinon tu te retrouveras contre les rochers du Raysse. Méfie-toi aussi du vent : il soufflera de trois quarts tribord.

Victorien but une dernière gorgée d'eau-de-vie, reprit :

— Louis ! aujourd'hui on n'attache pas le gabarot ; tu descendras tout seul ; on verra demain dans les meilhes [1] si le courant est suffisant ou pas. Prends garde à ne pas trop t'appuyer sur bâbord, tu sais qu'il n'aime pas ça. Et surtout, garde bien la distance avec la seconde, on ne sait jamais ce qui peut se passer.

Victorien fit un signe de la main et tous les hommes se levèrent. Il les laissa passer devant lui, s'attarda quelques instants en compagnie de la mère et de Benjamin. Comme à son habitude, celle-ci murmura :

— Dieu vous sauve !

— Ne vous inquiétez pas, dit Benjamin ; vous savez bien que je nage comme une truite.

— Oui, mon garçon, fit-elle avec un sourire.

Elle le serra contre elle, le libéra enfin, et il put rejoindre son père qui s'impatientait. Benjamin savait fort bien qu'il avait horreur de ces adieux qu'il considérait comme des moments de faiblesse. « Heureusement que mes sœurs ne sont pas levées, songea-t-il, sans quoi elles auraient versé quelques larmes. » Angéline, à seize ans, et Fantille, à quatorze, ne cessaient en effet de manifester à son égard une affection dont il se serait

1. Eaux mortes sur des grands fonds.

passé volontiers. C'était tout juste si elles ne le considéraient pas encore comme un enfant, et leurs attentions permanentes l'agaçaient.

Il sortit dans l'aube chétive qu'emplissait l'odeur de l'eau. C'était une odeur familière, mais, ce matin, elle semblait plus lourde et portait à suffoquer. On eût dit une exhalaison de vase, de galets, de sable, de graviers, de mousse, de racines, de feuilles, de poissons, un flux douceâtre mais puissant qui se posait sur les lèvres et que l'on avait envie de goûter. L'odeur vraie de la Dordogne, celle de son corps à la fois svelte et musculeux, de ses jambes souples, de ses bras caressants, de ses cheveux d'algues vertes.

Du seuil des maisons, on entendait l'eau respirer avec de brefs halètements, sucer les rives avec un bruit de bouche, aspirer la terre comme pour s'en nourrir, puis s'en aller d'un élan vif, et, passé les remous, se mêler au grand courant qui galopait, là-bas, en plein milieu, comme un troupeau. Il pleuvait doucement. Des vagues de vent tiède s'attardaient sur les trembles et les frênes où elles exacerbaient la douceur sapide des feuilles mouillées. Des lanternes allaient et venaient dans le matin frileux, tenues par les femmes des matelots qui s'affairaient dans une agitation fébrile, repartaient dans les maisons chercher des vêtements oubliés, revenaient, appelaient, ne savaient que faire pour se rendre utiles. Des matelots graissaient une dernière fois les anneaux des rames, vérifiaient les chevilles et les cordages, l'arrimage du bois, mettaient au sec la nourriture du voyage.

Le clocher du bourg tinta doucement, là-bas, par-delà les prairies, puis le curé arriva, suivi par ses deux enfants de chœur. Il y eut un long moment de recueillement durant lequel, après la bénédiction des bateaux, les répons devinrent les seuls bruits du matin, puis l'agitation reprit, plus fébrile encore, tandis que la pluie, tombant maintenant en averse, faisait grésiller les arbres sur les rives. Benjamin suivait son père qui allait d'une gabare à l'autre, donnait des ordres, criait, conseillait, vérifiait lui aussi une dernière fois le bon état des mâts et des gouvernails. A l'instant où l'on allait embarquer, Angéline et Fantille surgirent sur le port, et Benjamin dut supporter les effusions qu'il redoutait. Après ses sœurs, ce fut sa mère qui, de nouveau, s'approcha. Heureusement, Victorien le prit par le bras et, d'un élan, lui fit franchir la passerelle.

Il y avait longtemps que Marie Paradou était réveillée ce matin-là, et longtemps aussi que, cachée derrière un mur, elle guettait Benjamin pour lui donner la veste de laine qu'elle avait tricotée en secret. A plusieurs reprises, elle avait failli s'approcher, mais la peur de son père, Vincent Paradou, la peur aussi de Benjamin l'en avaient empêchée. C'était stupide, elle le savait, mais il lui semblait que tous les regards convergeaient vers elle, la désignaient comme coupable d'une action dont elle était pourtant heureuse. Maintenant, c'était trop tard. Benjamin se trouvait sur le pont de la capitane et quelque chose se nouait en elle, lui donnant la sensation qu'elle connaissait bien de la proximité d'un danger. En fait, il s'agissait de la même sensation éprouvée les jours où Benjamin plongeait dans les remous et qu'il tardait à remonter. Assise dans l'herbe des prairies, elle priait pour lui, demandait à Dieu de lui faire perdre cette habitude qu'il avait prise de plonger dans les grands fonds pour pêcher. Il prétendait ainsi prendre davantage de poissons. C'était vrai, bien sûr, mais tellement dangereux ! Marie redoutait ces longues minutes d'attente, essayait de le dissuader de plonger de la sorte, lui reprochait de la faire mourir de peur, mais elle ne pouvait pas renoncer à le suivre.

— Si tu me dénonces, disait-il, tu ne me verras plus jamais.

Une telle détermination brillait dans ses yeux, une telle folie, parfois, qu'elle ne le reconnaissait plus. Il devenait un étranger qu'elle redoutait. Mais plus il devenait redoutable, plus elle avait besoin d'être proche de lui.

Au printemps dernier, un soir, comme il tardait vraiment à remonter du remous dont les contours s'étendaient sur plus de huit mètres, malgré son appréhension, elle avait plongé à sa rencontre. Elle l'avait aperçu cinq mètres plus bas, le pied droit coincé dans les racines d'un arbre immergé. Sans penser au danger, elle était remontée d'un coup de talon, avait avalé une grande goulée d'air, puis, sans hésiter, elle était descendue jusqu'à lui. Mais elle n'avait pas l'habitude de rester si longtemps dans les fonds et il leur avait fallu, en unissant leurs efforts, près de trente secondes pour réussir à dégager le pied emprisonné. Ils étaient remontés au bord de l'asphyxie et ils étaient longtemps restés allongés dans l'herbe, peinant pour retrouver leur souffle, anéantis.

Depuis ce jour, il avait considéré Marie d'une manière différente, cessé de lui imposer ses caprices, accepté d'elle des reproches qu'auparavant il n'écoutait même pas. Ne lui avait-elle pas sauvé la vie ? Pourtant elle n'aimait pas cette idée d'une probable reconnaissance. Elle désirait autre chose, mieux encore. Des années durant, Elina Donadieu, la mère de Benjamin, émue par les difficultés de la famille Paradou, avait souvent accueilli Marie chez elle, si bien que les deux enfants avaient grandi ensemble, mangé dans la même assiette, parfois dormi dans le même lit. A huit ans, Marie avait regagné sa maison, mais elle n'avait jamais oublié les jours vécus près de Benjamin. Aujourd'hui, à l'orée de l'adolescence, elle souhaitait follement que leurs rapports devinssent différents. Il lui semblait d'ailleurs qu'ils étaient sur la bonne voie. Il y avait peu de temps de cela, un soir, ils s'étaient couchés côte à côte sur un lit de fougères et elle avait senti chez lui une sorte de gravité attentive qui l'avait émue. A ce souvenir, Marie se troubla et constata avec soulagement que personne ne regardait dans sa direction.

Dissimulée derrière la maison de l'octroi, ne se décidant toujours pas à s'approcher du port, elle observait Benjamin à son aise sans qu'il pût la voir. A la peur se mêlait maintenant la fierté, celle qu'il éprouvait sûrement sur le bateau, là-bas, et qu'elle devait partager avec lui. Il lui en avait tellement parlé de ce premier voyage ! Comment aurait-elle pu lui en vouloir, même s'il ne s'était jamais rendu compte combien elle souffrait, sachant que la rivière allait le lui prendre alors que déjà, malgré son âge, elle avait tant besoin de sa présence. Elle soupira, ne put s'empêcher de penser à tous les drames, qui, chaque année, éprouvaient les hommes et les femmes de la rivière.

L'an passé, c'était Martial, le fils de Grégoire Angibeau, le batelier, qui s'était noyé dans les remous du Raysse en pêchant, lui aussi, comme Benjamin et tant d'autres garçons, pour aider leurs parents grâce à la vente du poisson dans les auberges. Par endroits, la Dordogne creusait des trous de sept ou huit mètres et c'était là que se cachaient les grosses truites, les grands saumons dont on pouvait tirer le meilleur prix. Les parents interdisaient ce genre de pêche à leurs enfants, mais ceux-ci portaient le goût du risque dans leur sang et vivaient depuis leur plus jeune âge dans la traque folle des poissons. Benjamin le premier. Benjamin qui ne pêchait pas seulement le jour, mais aussi la nuit, au flambeau, avec Vincent, le père de Marie, ou alors à la coque du Levant [1], ce qui était encore plus dangereux. Pendant ces nuits-là, Marie ne parvenait pas à trouver le sommeil en songeant aux pièges tendus par la rivière et à ceux des gendarmes et des gardes payés par les propriétaires des pêcheries. Et voilà que maintenant Benjamin embarquait. Les accidents et les naufrages le guettaient, comme celui de Pierre Bramel, un batelier de Lanzac, qui avait perdu ses bateaux en février, lors des grandes eaux, après un bris de cordelle pendant la remonte en amont de Limeuil. Deux de ses matelots étaient morts noyés et toute la cargaison avait été perdue. C'était ainsi : il ne se passait pas une année sans que la rivière ne réclamât son dû en hommes et en bateaux.

Marie frissonna. Pourquoi nourrissait-elle de telles pensées, ce matin ? Ne vivait-on pas aussi des moments de bonheur à l'occasion des retours, quand les bateaux apparaissaient sous le rocher du Raysse, que de toutes les maisons sortaient les femmes et les enfants mystérieusement prévenus, qu'ils cou-

1. Fruit d'un arbuste des Moluques utilisé pour empoisonner le poisson.

raient vers le port en agitant les bras, pressés de serrer contre eux des pères ou des maris ? Et ces fêtes de retrouvailles donc ! Et ces bals sur le port, ces veillées où les contes faisaient rêver les femmes, ces réjouissances de la Saint-Jean, de la Saint-Roch, de Carnaval, de la Saint-Martin, de la Noël ! N'était-on pas heureux dans cette vallée verte où il semblait parfois, l'été ou au printemps, que l'on vivait en paradis ? Où donc ailleurs aurait-on pu trouver une telle palpitation de la terre et de l'eau, de pareils bleus d'encens dans les matins, cet ensauvagement des herbes sur les rives, cette lumière veloutée de l'automne et ces nuits de juin corsetées de rosée qui halètent doucement dans le parfum des foins et des lilas sauvages ? A quoi donc eût servi de se désoler ? Il fallait que les hommes partent pour pouvoir revenir, et c'était bien ainsi.

Marie prit une profonde inspiration, sortit de son abri, s'approcha de la gabare seconde où son père était assis près du gouvernail. Benjamin, sur la capitane, lui tournait le dos. Vincent, en revanche, l'aperçut, vint près du quai, remarqua la veste qu'elle tenait contre elle.

— C'est pour moi ? fit-il, étonné.

Elle recula d'un pas et, ne sachant comment lui dire que la veste était destinée à Benjamin, murmura :

— Oui, père, c'est pour vous.

Vincent la remercia, prit la veste, essaya d'en passer les manches mais n'y parvint pas. Il dévisagea sa fille qui se troubla puis, après un instant, il sourit en disant :

— J'ai compris ; je la lui donnerai.

Confuse d'avoir été devinée, elle s'éloigna jusqu'à la première maison, s'appuya au mur, près d'Elina, la mère de Benjamin. Celle-ci lui prit le bras et, comme elle avait assisté à la scène, souffla :

— Tu es trop bête, tiens.

Là-bas, sur la capitane, Benjamin, debout près de son père, regardait droit devant lui. Le départ était imminent.

— Voilà, dit Elina dans un soupir, c'est encore un enfant et déjà il s'en va.

Après un dernier regard d'inspection, Victorien Donadieu se saisit du gouvernail et cria :

— Poussez sur les bergades !

Les matelots s'emparèrent de deux longues perches et pesèrent de tout leur poids sur elles. La gabare, lourdement chargée, vibra, bougea légèrement, et les hommes appuyèrent davantage sur les perches. Le buste bien droit, Benjamin s'efforçait de ne pas se tourner vers le port d'où montaient des adieux dans l'aube blême. Le vent tiède accompagnait maintenant une petite pluie au goût de mousse. Là-haut, contre les nuages, des vols d'étourneaux changeaient de rive avec des bruits de vagues qui se brisent. Plus la gabare capitane s'éloignait de l'appontement et plus Benjamin avait envie de se retourner. Il avala un grand bol d'air, chercha des yeux, sur la rive opposée, le château de Cieurac dont les murs ocre et le toit gris émergeaient des feuillages. Après avoir « pris du travers », la capitane commençait à descendre vivement le courant, et Benjamin s'étonnait de cette impression de glisser sur du velours qu'il n'avait jamais ressentie avec sa barque de pêche, même sur les grands fonds. Il sentait sous ses pieds la pression du gouvernail dans l'eau qui semblait lutter contre elle à la manière d'un gros poisson. Ses yeux s'arrêtèrent sur les mains de son père, qui incarnaient la force et la souplesse. Il observa un moment ses manœuvres puis se laissa aller à regarder sur tribord : l'appontement avait disparu.

— C'est bien, garçon ! fit Victorien ; moi aussi, la première fois, j'ai eu envie de me retourner vers ceux qui restent. Et il ne faut pas. Jamais.

Décidément, son père le devinait toujours. Combien de fois n'avait-il pas senti son regard de plomb posé sur lui, du bout de la table, mais c'était un regard sans aucune agressivité, un regard qui comprenait, qui savait tout, qui rassurait. Benjamin essaya de trouver des mots capables de traduire tout ce qu'il ressentait, mais ils lui parurent vains et il garda le silence.

— Tiens-toi bien maintenant, fit Victorien.

La capitane filait droit vers le rocher du Raysse. C'était un malpas [1] au bout duquel le courant se jetait violemment contre une sorte de petite falaise à pic, creusant à ses pieds un gouffre tourmenté de remous. Dès que le courant s'empara de la capitane, Victorien la maintint le plus possible sur bâbord et, cependant, après une sorte de cavalcade désordonnée, elle frôla le rocher sur tribord, avant de ralentir sa course dans un calme tout de suite après l'obstacle. Victorien n'avait pas sourcillé. A peine si ses traits s'étaient durcis pendant la manœuvre et si ses paupières s'étaient plissées sous l'effet de la concentration. Là-bas, droit devant, la rivière bouillonnait en son centre, tandis que le long des berges une sorte de houle semblait labourer la terre sous les trembles. Pourtant la vallée s'élargissait entre des champs de maïs et des prairies qui fumaient doucement. Les collines s'éloignaient comme pour manifester leur respect de l'eau vagabonde.

— Profites-en pour apprendre ! fit Victorien. Regarde comment il faut tenir le gouvernail !

Benjamin observa comment la longue barre de bois, placée sous l'épaule droite de son père qui s'était assis, était maintenue d'abord par la main droite, ensuite, à son extrémité, par la main gauche, et comment, en balançant le corps, Victorien pesait sur elle quand l'eau se refusait à s'ouvrir sous le soc immergé.

— Nous sommes dans la plaine de Cazoulès, fit-il, ici ça va tout seul. Retourne-toi et dis-moi si tu vois le gabarot de Lafaurie.

— Je le vois, fit Benjamin.

— A combien de la seconde ?

— Trente pas, je crois.

— C'est trop près, dit Victorien ; Lafaurie ne veut rien entendre, et un jour ça nous coûtera cher.

---

1. Passage dangereux.

Il y eut un moment de silence. La gabare glissait doucement au beau milieu de la rivière dont les rives vernies paraissaient s'assoupir sous la pluie.

— Moi, j'ai dû apprendre seul, reprit Victorien ; mon père s'est noyé quand j'avais dix ans et les vieux matelots, alors, étaient avares de leur savoir. Toi, petit, tu as de la chance et il faut que tu en profites ; ouvre grands tes yeux et tes oreilles.

De lourds corbeaux traversaient la rivière avec des cris qui portaient loin dans le matin brumeux. L'eau, dans cette large plaine, était agitée de grands remous sombres que zébraient par instants des éclairs argentés comme des robes de truites. On entendait des appels sur les berges sans distinguer l'endroit de leur provenance.

— On arrive au port de Mareuil, dit Victorien.

Benjamin distingua sur l'avant de grandes barques noires amarrées à des appontements de bois, sous un village dominé par une vieille église. Le prouvier [1] lança un cri pour annoncer la capitane, auquel répondirent aussitôt les pêcheurs. Le convoi de Donadieu se fraya un chemin entre les barques qui relevaient les filets à gauche et à droite du chenal réservé au trafic. Des saluts retentirent, joyeux, certains même chaleureux, et Benjamin en conçut la conviction que tout le monde se connaissait. Sur la demande de son père, il se retourna pour vérifier que la seconde et le gabarot étaient bien passés, puis la descente continua dans une sorte de silence ouaté. Le convoi dépassa Cazoulès, Peyrillac, parcourut un méandre le long duquel poussaient des aubiers, laissa à gauche le village de Saint-Julien-de-Lampon avec son clocher carré, à droite Rouffillac et son château émergeant de sa colline boisée, puis se dirigea vers Sainte-Mondane et les falaises d'Aillac. Victorien, chaque fois, nommait les lieux, les villages, les châteaux, car ils étaient autant de repères à connaître pour bien se situer sur la rivière et situer en même temps les rapides, les calmes, les

1. Le matelot qui se tenait à la proue pour annoncer les obstacles.

dormants, les gravières que devaient franchir les bateaux. Benjamin écoutait tout en observant comment son père maintenait la capitane dans le profil de l'eau, évitait les remous, corrigeait la trajectoire en souplesse, sans le moindre à-coup. A un moment, son esprit s'évada vers Marie qu'il n'avait pas vue sur le port, et il en eut du regret.

— Ne rêve pas, petit, dit Victorien à qui rien n'échappait, tu auras tout le temps cette nuit. Ecoute bien tout ce que je te dis.

Furieux de s'être laissé prendre en faute, Benjamin reporta son attention sur la rivière qui léchait des villages enfouis dans les chênes verts, éclaboussait les berges piquetées de touffes de saules, accélérait sa course ou se pavanait selon son humeur, traçait dans la plaine fertile un sillon lumineux dans lequel se reflétaient les nuages.

Marie Paradou ne cessait de penser au départ des bateaux. Pourtant il y avait tant à faire dans la maison ! Etre l'aînée, à treize ans, de quatre frères n'était pas de tout repos. Sa mère, Amélie, parvenait difficilement à assumer seule les charges du ménage et exigeait beaucoup de sa fille. Marie l'aidait de toutes ses forces, mais elles n'étaient pas trop de deux pour s'occuper d'une aussi grande couvée en l'absence du père. Debout devant la grande table de la cuisine, Marie soupira, acheva de ranger ses truites dans un panier d'osier. Ce matin, elle était heureuse de quitter la maison. Au moins, en se rendant à Souillac, même s'il pleuvait sur les prairies, même si c'était loin, elle pourrait songer à loisir à Benjamin, puiser dans une solitude momentanée les forces qui lui permettraient de se remettre au travail à son retour.

— Emmène donc François ! dit soudain Amélie à l'instant où Marie partait.

François était l'aîné des garçons. Après Marie, d'ailleurs, les Paradou n'avaient que des garçons : François, Vivien, Joseph et Jean. Mais François était le plus intrépide et la mère ne parvenait pas à s'en faire obéir. Au reste, depuis quelque temps, elle avait l'air épuisée et les traits de son visage changeaient. Attendait-elle un autre enfant ? A cette idée, Marie sentit une vague de désespoir déferler en elle ; son regard s'attarda sur les cernes noirs fleuris sous des yeux trop grands, sur cet air de profonde lassitude qui errait des lèvres pâles au front sur lequel les rides révélaient une sorte de vieillesse précoce.

— Je ne veux pas la suivre, décréta François, un garçon brun et robuste, aux traits ingrats. Il pleut trop. Et puis j'aime pas les gens du bourg.

— Allons ! viens donc ! dit Marie en le prenant par les épaules.

Elle savait se faire entendre de lui, car elle s'en était occupée plus que des autres. Deux ans les séparaient mais elle avait souvent usé à son égard de gestes maternels qu'il n'avait pas oubliés.

— Viens donc ! répéta-t-elle ; une bonne pluie n'a jamais fait de mal à personne.

François hésita, se balança d'un pied sur l'autre, puis, après un soupir, décida :

— Je viens si je porte pas le panier.

Marie haussa les épaules, refusant d'entamer une dispute à l'issue de laquelle sa mère, comme toujours, finirait par crier. Elle saisit ostensiblement l'anse du panier et, suivie par François triomphant, elle sortit.

Ils s'éloignèrent sur le chemin de rive qui, depuis le port, longeait la Dordogne sous le couvert des trembles et des frênes, franchirent le pont de bois sur la Borrèze, un petit affluent de la rivière qui séparait le port du bois de celui du sel. Marie ne se retournait pas, sachant très bien que François la suivait. De temps en temps, elle jetait un regard vers l'eau et songeait à Benjamin. A grands coups d'épaule, la rivière charriait des eaux limoneuses où flottaient des branches et des troncs d'arbres. Des vols de grives crépitaient dans les prairies qui, assoupies sous une buée verte, s'étendaient vers le sud à perte de vue, jusqu'au port de Lanzac où le pont, terminé en 1824, supportait la grand-route de Paris à Toulouse.

— Pourquoi tu passes par là ? demanda brusquement François.

Elle s'arrêta, se rendit compte qu'à force de rêver à Benjamin, elle avait dépassé le sentier qui, sur la gauche, se frayait un passage entre les halliers en direction du bourg. Elle fit demi-tour et, sans un mot, s'y engagea. Cependant, dès qu'elle eut parcouru une dizaine de mètres, la pensée de Benjamin, de nouveau, se substitua à toute autre. La rivière l'avait pris comme elle prenait tous les hommes de la vallée, les emportait loin de leur famille, parfois même ne les rendait pas, ou alors avec des idées tellement folles que nul ne les reconnaissait. Elle emportait Vincent, son père, depuis plus de vingt ans ; ce matin, elle avait enlevé Benjamin et bientôt ce serait le tour de François, Vivien, Joseph et Jean.

Souvent, le soir, les hommes, attablés, parlaient avec des lueurs étranges dans les yeux de Sainte-Foy-la-Grande, Castillon-la-Bataille, Libourne, Bordeaux, et certains même de la mer. Ceux-là, un jour, ne reviendraient pas. Marie sentait déjà avec appréhension arriver le temps où, comme sa mère, comme tant d'autres femmes de la vallée, elle passerait sa vie à attendre en redoutant les crues, les glaces, les abordages, les naufrages. D'ailleurs, ne commençait-elle pas ce matin à attendre le retour de Benjamin ? Benjamin et ses boucles noires, ses yeux noisette à l'éclat doré, son air farouche et fier qu'il tenait de son père, sa folle passion de l'eau et de la pêche... Benjamin qui, lui aussi, parlait de Bordeaux, de la mer. Comment parviendrait-elle à le garder ? Il le fallait pourtant. Elle sentait qu'il lui était aussi indispensable que l'air qu'elle respirait. Elle savait aussi qu'à treize ans c'était de la folie de penser ainsi, mais qu'y pouvait-elle ? Depuis des années, elle s'efforçait de l'apprivoiser, l'empêchait d'aller retrouver les garçons de son âge près desquels il devenait différent, hostile, vaguement méprisant. C'était un combat qui exigeait beaucoup d'elle, mais elle avait l'impression de l'avoir gagné le jour où elle avait plongé à son secours. Ce jour-là, elle avait jeté entre elle et lui un pont si robuste qu'aucune rivière, aucune crue ne pourrait jamais l'emporter. La veille au soir, alors qu'il lui disait au revoir, il avait tardé à s'éloigner, tandis qu'elle murmurait, trouvant d'instinct des mots de femme habituée aux départs :

— Prends bien garde à toi.

— Mais oui, ne t'inquiète pas, avait-il répondu.

Et pourtant il était resté encore un instant près d'elle, comme s'il avait eu conscience, en la quittant, de quitter aussi son enfance et de perdre à jamais une part de sa vie...

— A qui souris-tu ? demanda brusquement François venu à sa hauteur.

Elle sursauta, haussa les épaules.

— Qu'est-ce que ça peut te faire ?

— C'est bête, les filles, dit François.

Elle haussa de nouveau les épaules et ne répondit pas. Ils arrivaient à proximité des jardins potagers d'où montait une odeur capiteuse de terre et d'humus. La pluie s'était un peu atténuée. Le sac posé en forme de capuchon sur la tête des enfants fumait légèrement. Ils franchirent la route de Sarlat, prirent la ruelle qui grimpait en direction de la place de la Halle. C'était là le quartier des artisans et des commerçants. Les grosses maisons bourgeoises des marchands se trouvaient, elles, davantage sur la droite, autour de la place de la Nau où, disait-on, des bateaux avaient été amarrés lors de la plus forte crue de la Dordogne que l'on ait vue.

Il y avait beaucoup de monde sur la place malgré la pluie. Des femmes en blouse noire se pressaient entre les étals et les charrettes, houspillant les enfants qui poursuivaient des volailles ou des chiens. Les hommes discutaient avec animation de la dernière grêle, de la prochaine foire, heureux d'avoir échappé pour une matinée aux durs travaux des champs. On vendait de tout : des légumes, des œufs, des poulets, des lapins, des pigeons, du poisson. François et Marie posèrent leur panier à leurs pieds et attendirent les clients, pas fâchés de se trouver enfin à l'abri. Au bout d'un moment, pourtant, François, impatient, s'éloigna sans que Marie y prît garde. Elle demeura donc seule, mais pas très longtemps, car une fille s'approcha et la dévisagea sans parler. Brune, bouclée, les yeux d'un noir profond, elle s'adressa abruptement à Marie dont le sang se glaça :

— Est-ce que Benjamin est parti ce matin ?

— Qu'est-ce que ça peut te faire ? rétorqua Marie qui venait de reconnaître la fille d'Arsène Lombard.

Une lueur provocante s'alluma dans les yeux noirs qui défièrent Marie :

— Je sais qu'il est parti ; il me l'avait dit.

— Moi aussi, je le sais, répliqua Marie. On nous a élevés ensemble, ça aussi il te l'a dit ? Nous avons mangé dans la même assiette, dormi dans le même lit ; toi aussi ?

Emeline ne répondit pas tout de suite. Elle prit le temps de sourire avant de lancer, très calme et sûre d'elle :

— Benjamin, il me dit tout.

Puis elle fit demi-tour et disparut au coin de la rue aussi soudainement qu'elle était arrivée. Marie dut s'asseoir sur une caisse tellement elle se sentait mal. Etait-ce possible ? Benjamin avait-il été capable de la trahir ainsi ? Certes, elle savait qu'il la rencontrait souvent sur le port, mais de là à supposer qu'il lui faisait des confidences... Au reste, c'était la première fois qu'elle se trouvait ainsi ouvertement défiée par une fille de son âge chez laquelle, en outre, elle avait deviné un profond mépris. Elle suffoquait sous l'effet d'une colère impuissante qui, sans qu'elle s'en rendît compte, la faisait trembler. Elle n'avait plus qu'une hâte, maintenant, c'était de regagner le domaine de la rivière où elle n'était pas menacée, où elle vivait sans crainte. D'ailleurs, elle avait toujours détesté le bourg et ses habitants. Ils étaient trop différents des gens de la vallée, trop sûrs d'eux, trop...

Une femme s'arrêta devant elle pour lui acheter ses truites. Elle ne discuta même pas le prix et, quand elle fut payée, elle glissa les trois pièces dans sa poche, courut acheter du fil et des aiguilles pour sa mère, chercha François et le trouva, comme à son habitude, en train de se battre avec des garçons du bourg.

Elle l'aida à s'échapper, l'entraîna derrière elle, et ils s'élancèrent vers les prairies dont le vert, tout là-bas, soulignait celui des arbres vernis par la pluie.

La gabare capitane des Donadieu approchait à vive allure du confluent avec la Vézère, entre des champs fripés de maïs et de tabac. En cette fin d'après-midi d'automne, de grandes bouffées au parfum d'herbe erraient sur la rivière. Les hommes, sur le bateau, étaient transpercés par la pluie qui ne cessait de tomber, noyant la vallée dans une brume légère qui prenait la couleur indéfinissable de l'eau. Benjamin, à l'abri du pralin[1], ne cessait de revivre le parcours et frissonnait encore au souvenir du passage du « lac del moussur », un étroit chenal au-dessus des gravières et entre des rochers aux contours acérés. La gabare seconde avait légèrement « touché » sur bâbord, mais les matelots avaient pu colmater sans difficulté avec de l'étoupe de chanvre. Franchi ce malpas, le convoi était passé au pied du château de Montfort dressé au-dessus du cingle[2] où les saules disputaient les rives aux peupliers. Ensuite, après une autre courbe, on avait longé la barre de Domme en profitant d'un courant fort et régulier, puis le convoi avait dépassé le village de Cénac, La Roque-Gageac et ses maisons à étages plaquées contre la falaise, les châteaux de Castelnau, Beynac et Fayrac. Benjamin avait tellement entendu parler de ces villages, de ces châteaux, que le seul fait de les apercevoir l'emplissait d'une joie qu'il avait du mal à cacher. A treize ans ! Quelle chance avait-il ! Et quel privilège de voir manœuvrer son père entre les îlots et les bancs de gravier du Constaty où il fallait choisir le bon chenal pour ne pas s'échouer ! Il était conscient de vivre des instants dont il se souviendrait toute sa vie.

1. Bâche pour protéger le bois (pralin ou prélart).
2. Grand méandre.

Un peu après Allas-les-Mines, la Dordogne s'était assagie et élargie, creusant sa route entre des plaines riches où la terre était grasse et rapiécée de champs et de prés aux couleurs chaudes. Les matelots avaient dû prendre les rames dans les calmes, et Victorien avait permis à son fils de tenir un moment le gouvernail. On avait alors passé Saint-Cyprien, le confluent de la Nauze, Siorac, Le Buisson, et maintenant, après un dernier méandre, la capitane filait à vive allure vers Limeuil, escortée par des flottilles de brume qui s'enroulaient autour des mâts comme des mouchoirs de soie. Sur les rives, des bergers abrités sous des houppelandes saluaient les matelots avec de grands gestes du bras ; des chars à banc bringuebalaient sur des chemins creusés d'ornières ; des vaches paisibles cherchaient l'abri des yeuses dans les prés.

— On arrive au confluent, dit Victorien ; attention aux gabarots limousins ! Retourne-toi et dis-moi où se trouve la seconde !

Benjamin s'exécuta en se protégeant de son mieux de la pluie. Les matelots de Vincent lui firent des signes d'amitié. Leur bateau se trouvait à moins de cinquante pas.

— Ça ira, dit Victorien.

Et il ajouta, la voix soudain tendue :

— Regarde bien sur tribord.

La capitane longeait des bouquets de saules et de frênes marbrés par la pluie. A la pointe d'une étroite presqu'île, Benjamin distinguait des courants parallèles de couleur différente. Celui de droite, plus foncé, comme rouillé, était celui de la Vézère qui avait traversé les schistes et les gneiss du Bas-Limousin. Les deux lits que Benjamin put observer dès que la capitane eut dépassé la pointe de la presqu'île ne se mêlaient pas tout de suite, mais se côtoyaient en donnant l'impression de se jauger avant de s'accepter.

Poussés par les Limousins qui débouchaient de la Vézère, des cris stridents retentirent, auxquels répondirent aussitôt les matelots de Donadieu. Il fallait laisser le passage sur tribord, la plupart d'entre eux accostant au port de Limeuil. Du village,

Benjamin aperçut, dans sa partie haute, une église, des remparts, des ruelles en pente, des terrasses, et, dans sa partie basse imprudemment étirée le long de la rivière, une place où des oies déambulaient sous de grands arbres dégoulinant de pluie. Là, malgré le mauvais temps, circulaient des femmes pressées, des hommes qui menaient des bœufs ou portaient des outils, des enfants aux jambes maculées de boue qui couraient derrière des cerceaux, un morceau de bois à la main.

A peine Benjamin eut-il le temps de voir accoster le premier gabarot limousin que, déjà, profitant de la force neuve des deux courants, la capitane approchait des falaises de Sors.

— Abrite-toi derrière moi, dit Victorien, comme la pluie redoublait.

Benjamin obéit, perdit un moment de vue les rives crayeuses, mais il ne put se résoudre à rester à l'abri : il voulait tout voir, tout sentir, tout connaître dès sa première descente.

— Regarde ! fit brusquement Victorien.

Un héron traversait le fleuve avec nonchalance, laissant traîner derrière lui ses longues pattes maigres. Un coup de fusil claqua là-bas, dans la plaine, sur bâbord, et vint se répercuter sur les collines tourmentées par le vent. La gabare ralentit à l'entrée d'un grand demi-cercle où, entre les arbustes des rives, de larges plaques calcaires étamaient la falaise.

— On est dans le cingle de Trémolat, dit Victorien, il mesure trois kilomètres de long.

La falaise et la boucle de la rivière paraissaient en effet interminables. Le soir tombait rapidement sur la plaine assoupie et Benjamin se demandait si le convoi atteindrait le prochain port avant la nuit. Dans ce site sauvage, les nuages semblaient cimenter le ciel pour y interdire à jamais la lumière.

— On va arriver dans un quart d'heure, dit Victorien qui avait deviné les questions que se posait son fils.

Après le cingle, la Dordogne retrouva de la vigueur en émergeant dans une plaine à la verdure huilée qui renouvelait la clarté du jour. Le convoi ne tarda guère à atteindre un petit bourg assis au bord de la vallée : le port de Mauzac, où, au terme de quatre-vingt-trois kilomètres, les bateliers de Souillac faisaient toujours halte pour la nuit.

Après une délicate manœuvre pour sortir du courant, les bateaux vinrent accoster au port où ils furent aussitôt solidement amarrés. Victorien Donadieu désigna les trois hommes qui veilleraient sur eux, puis l'équipage, conduit par le maître de bateau, se dirigea vers l'auberge, de l'autre côté d'une route bordée de frênes géants. Dès que la porte s'ouvrit, Benjamin, qui marchait près de son père, entendit de grands rires et des éclats de voix. Il entra, se cacha derrière Victorien, intimidé qu'il était par la présence d'une soixantaine de bateliers. Les matelots s'approchèrent de la grande cheminée aux landiers de fonte pour se sécher, et répondirent à des saluts en criant pour se faire entendre. Benjamin resta près de son père au-devant duquel se précipita l'aubergiste, un gros homme chauve aux yeux clairs. Ils se connaissaient depuis longtemps, Donadieu s'arrêtant chaque fois à la descente, et ils entretenaient manifestement des rapports d'amitié. L'aubergiste trouva de la place au bout de la salle éclairée par des chandelles et un chaleil de cuivre pendu au plafond.

Victorien fit asseoir Benjamin à côté de lui. Celui-ci tournait la tête de tous côtés, assourdi par le vacarme, cherchant à comprendre ce que criaient les hommes d'une table à l'autre. Des servantes échevelées se pressaient dans les allées où les matelots les apostrophaient, les retenaient même, parfois, d'une caresse hardie. Elles devaient avoir l'habitude, car elles n'en semblaient pas fâchées. Des chiens se glissaient entre les jambes des hommes qui les flattaient négligemment de la main en leur donnant des os ou du pain. Partout fusaient des « Tonnerre de Dordogne ! » et des « Nom de Dieu ! », des railleries et des défis lancés par les différents équipages. Il y avait là des « Argentats » qui descendaient eux-mêmes leur bois à Libourne et remontaient à pied après avoir vendu leurs gabarots comme bois de chauffage. Ceux-là étaient les rivaux naturels des Souillagais, car ils étaient concurrents pour l'achat du bois auprès des merrandiers du haut-pays. Cette concurrence était telle que les « Argentats » accusaient leurs rivaux d'intervenir auprès de l'administration maritime pour que les chemins de halage ne fussent pas prolongés au-delà de leur ville. Ainsi Souillac demeurait-elle le point extrême de la remonte, et donc la plaque tournante du commerce du bois et du sel que des rouliers emportaient sur leurs charrettes vers le Massif central. Les affrontements étaient donc fréquents entre les « Argentats », les Souillagais et même les Sarladais qui réglaient sur le terrain des comptes que tenaient les marchands bien à l'abri de leurs maisons cossues.

A côté des hommes de Donadieu mangeaient des bateliers de Domme et de Groléjac. L'aubergiste, qui connaissait bien son monde, avait placé les « Argentats » à l'autre bout de la salle. Une servante brune, aux mèches de cheveux tombant sur son front mat, apporta de la soupe et des pichets de vin. Assis entre son père et Vincent, Benjamin commença à manger avec appétit. Les conversations roulaient sur le projet de creusement d'un canal pour éviter les rapides de la Gratusse en amont de Lalinde. En supprimant le danger, on supprimerait aussi les abus des pilotes qui montaient sur les bateaux à l'entrée des rapides et se faisaient payer de plus en plus cher. Chacun porta un jugement sévère sur ces hommes dont Benjamin apprit qu'il ferait leur connaissance le lendemain à l'aube.

Après la soupe, la servante brune apporta un ragoût de pommes de terre et du fromage. Au passage, elle esquissa du doigt une caresse sur la joue de Benjamin qui, malgré les plaisanteries des matelots, feignit de ne pas l'avoir remarquée. Le repas de midi ayant été bref sur les bateaux, les hommes mangeaient et buvaient beaucoup. Le ton des conversations montait et les propos devenaient de plus en plus acides. Deux ou trois allusions à Louis-Philippe, le roi au parapluie, provoquèrent même un début d'altercation. Une voix s'éleva pour affirmer qu'il valait mieux ce roi-là que Charles X et ses ultras chassés lors des journées de Juillet, deux ans auparavant. Dans leur majorité, les matelots étaient de cet avis, même si certains regrettaient l'empereur qui avait permis aux hommes venus du peuple de s'élever en quelques années. Les idées républicaines n'avaient pas encore pénétré les campagnes. Elles se répandaient davantage chez les ouvriers des villes où les conditions de vie, dans les fabriques et dans les ateliers, étaient autrement plus difficiles. Les bateliers, eux, se sentaient libres et mangeaient à leur faim. En outre, les marchands qui les payaient ne s'aventuraient pas sur les bateaux. La distance et le voyage détendaient donc des liens que l'on renouait seulement sur les ports.

Pour toutes ces raisons, beaucoup de bordiers, de métayers, de fermiers préféraient la rivière à la terre. Au moins, dans la vallée, on vivait libre et on mangeait du poisson. Quant à Victorien Donadieu, lui, il était bonapartiste, mais il évitait soigneusement de montrer ses idées. Les gendarmes et les agents des préfets aimaient particulièrement les auberges et il le savait. Aussi se souciait-il de ne pas se créer des problèmes qui reviendraient un jour aux oreilles des marchands avec lesquels il entretenait des relations déjà bien délicates.

Benjamin remarqua qu'au fur et à mesure que le souper s'achevait les verres se vidaient plus vite, les esprits s'échauffaient et les défis se multipliaient.

— Payez donc nos pichets ! lança l'un des « Argentats » à l'adresse des Souillagais ; sans le bois de chez nous, vous ne mangeriez pas !

Ce fut Vincent Paradou qui releva l'insulte en répliquant :

— Hé ! les matelots de ruisseau, c'est à partir de Brivezac ou de Beaulieu que vous avez le mal de mer ?

— Ils ont si peur sur leur coquille de noix qu'ils les vendent à l'arrivée comme de vulgaires bestiaux ! renchérit Louis Lafaurie.

L'affrontement était inévitable. D'un même élan, les matelots se levèrent et s'empoignèrent entre les tables avec une violence décuplée par le vin. Victorien Donadieu, lui, continua de manger comme si de rien n'était, ce qui rassura Benjamin. Les maîtres de bateau, en effet, ne se battaient pas. Ils laissaient à leur équipage le soin de défendre leur honneur, n'intervenant que si l'un de leurs hommes était vraiment menacé. Ce faillit être le cas ce soir-là, car le sang coula des crânes venus heurter l'arête des tables. On vit même apparaître un couteau qu'un pied fit heureusement voler près de la porte. Au bout de dix minutes de violence farouche, plusieurs matelots demeurèrent assommés, couverts de sang. Cependant, l'aubergiste et ses aides, qui avaient l'habitude, eurent tôt fait de les réveiller, une fois que les combattants, saoulés de coups et de fatigue, se furent séparés. L'honneur sauf, chacun regagna sa place en palpant ses bosses et ses égratignures, non sans lancer d'ultimes injures qui demeurèrent sans effet. Benjamin se sentit mieux. Il avait eu peur de voir son père se battre, même s'il ne doutait ni de sa force ni de son courage.

Le repas se termina sans autre incident. Les hommes étaient levés depuis l'aube et il leur tardait maintenant d'aller dormir. Pourtant il fallut revenir sur les bateaux pour vérifier les amarres et arrêter les tours de garde de la nuit. Ceux qui veilleraient devraient repousser les troncs charriés par la crue, allonger ou raccourcir les cordelles d'amarrage en fonction du niveau de l'eau, s'opposer par la force aux éventuels voleurs. Il pleuvait toujours, mais faiblement, comme à la fin de ces orages qui achèvent d'essorer le ciel que désertent déjà les nuages. Le vent d'ouest courait à perdre haleine sur la vallée, apportant avec lui des odeurs de bois humide et de poisson. Les matelots avaient hâte de se déshabiller pour faire sécher leurs pantalons, leurs houppelandes ou leurs manteaux de pluie.

Benjamin suivit Vincent et les hommes d'équipage dans la grange, tandis que Victorien et Louis s'en allaient dormir à l'auberge. Victorien n'avait pas voulu que son fils bénéficiât du moindre privilège : il devait apprendre le métier comme un simple matelot. Benjamin n'en était pas fâché. Il aimait beaucoup Vincent parce qu'il était le père de Marie, mais aussi parce qu'on le considérait comme le meilleur pêcheur de toute la vallée. Il le suivit donc dans la grange et se débarrassa de ses vêtements mouillés. Un homme les porta à l'auberge près de la cheminée. Quand la porte fut refermée, Vincent fit à Benjamin un peu de place à ses côtés. Celui-ci s'enfonça dans la paille avec un gémissement d'aise et n'entendit même pas les souhaits de bonne nuit des matelots. Ivre de vent, d'eau et de voyage, il s'était endormi comme ces enfants éblouis qui plongent dans le sommeil au milieu d'une phrase.

2

L'eau froide d'un seau lancée à la volée le réveilla brusquement. Il s'assit en suffoquant, battit l'air de ses deux mains, incapable de prononcer le moindre mot.

— Le mousse est baptisé ! Le mousse est baptisé !

Les matelots riaient, criaient en gesticulant devant lui, et Benjamin, furieux, ne savait quelle contenance prendre. Heureusement, Vincent, secourable, le fit sortir, aida Benjamin à se lever en disant :

— Ne leur en veux pas, c'est la coutume, et ils te montrent ainsi qu'ils t'ont accepté. Tiens ! tes vêtements sont secs ou à peu près. Allez ! habille-toi ! Tout le monde est déjà debout.

Benjamin, qui frissonnait, enfila rapidement son tricot de laine et son pantalon. Ils étaient encore légèrement mouillés, mais chauds, et c'était bon, cette chaleur, soudain, après la douche du réveil, aussi bon que le contact d'un drap passé à la bassinoire. Il sortit dans la nuit qui ruisselait de toute part, fit une rapide toilette à l'abreuvoir, puis il entra dans l'auberge où il retrouva son père qui discutait avec Lafaurie. Devant les hommes attablés, la soupe fumait. Ils la mangèrent rapidement sans prononcer le moindre mot, versèrent comme à leur habitude du vin dans le bouillon restant, le burent avec recueillement, les yeux mi-clos, à la manière de ceux qui connaissent le prix du pain et du vin partagés. Ensuite, Victorien distribua un peau d'eau-de-vie que chacun avala d'un coup, puis les hommes, ragaillardis, sortirent en discutant.

Dehors, le jour se levait dans une lumière équivoque où charbonnaient les cendres de la nuit. La pluie avait cessé, mais des nuages au ventre d'ardoise couraient sur la vallée. Du seuil de l'auberge, on entendait le clapotis de l'eau contre les rives et le murmure sourd du courant qui, un peu plus loin, portait la crue en soufflant une haleine marine. Sur les boqueteaux de la rive opposée, le vent d'ouest accrochait des flocons de brume qui s'étoilaient sur les plus hautes branches. Six canards sauvages grifferent le ciel et s'abattirent de l'autre côté de l'eau, dans une oseraie. Des odeurs de terre et d'herbe giclèrent dans l'air lourd. Debout sur la capitane, Benjamin les accueillit avec des frissons qui lui rappelèrent des matins de pêche en automne, près de son père. Mais déjà Victorien lançait la gabare sur le courant crêté d'écume, et Benjamin retrouvait des sensations semblables à celles de la veille avec le même plaisir.

Le convoi ne mit pas une heure pour atteindre le petit port d'Aiguillon où se trouvaient les pilotes chargés de faire franchir aux bateliers les rapides de Lalinde. On attendit à peine cinq minutes, puis l'un des pilotes vint se ranger contre la capitane sur son bateau d'allège et monta à bord. C'était un homme grand et fort, aux traits durs, vaguement moqueurs, auquel un long nez et un visage osseux donnaient l'air d'un seigneur espagnol. Très impressionné, Benjamin se tint à l'écart pendant que Victorien, glacé, prononçait les salutations d'usage. Le pilote y répondit du bout des lèvres, mesura la hauteur de l'eau avec une bergade, puis lâcha d'une voix rogue :

— Déchargez d'un pied !

Victorien, sans discuter, fit un signe aux matelots qui, après avoir détaché le pralin, commencèrent à transporter des piles de merrain sur le bateau d'allège. En les aidant, Benjamin apprit de la bouche d'un matelot que les rapides de Lalinde étaient trois : le grand Thoret, la Gratusse et le Gratussou. Il s'agissait de trois malpas terriblement dangereux du fait des rochers qui pointaient leurs lames effilées sous les coques. La Gratusse était tellement redoutée qu'une légende attribuait à saint Front, un apôtre du Christ en Périgord, le mérite d'avoir exorcisé les forces infernales qui éventraient les bateaux. Pour le remercier, les riverains avaient édifié sur la rive gauche une chapelle romane d'où il était censé veiller sur les gabares qui s'aventuraient là. Benjamin fut très inquiet, une fois que le transbordement fut achevé et qu'il fallut se lancer dans les rapides. Pourtant il s'efforça de ne pas le montrer à son père qui, sans un mot, abandonna son gouvernail au pilote et entraîna son fils vers la proue de la capitane.

— N'aie pas peur, fit-il en entourant ses épaules du bras, et tiens-toi bien !

Après avoir effleuré le courant qui charriait des branches et des mottes de terre, la gabare y entra brusquement et se mit à tanguer sur les eaux folles du rapide en donnant l'impression de s'ouvrir tous les cinq mètres. A peine Benjamin eut-il le temps de se demander si elle n'allait pas sombrer avant la meilhe qu'il apercevait là-bas, à une centaine de mètres, que la capitane dépassait les premières maisons de Lalinde. Sa course folle ralentit, mais Benjamin n'eut pas la force de saluer saint Front car il connut la plus grande frayeur de sa vie quand la gabare s'engagea dans le chenal aux eaux écumantes qui léchaient les hauts fonds. Elle sauta, vibra, pencha sur tribord puis sur bâbord, gémit, s'enfonça de toute sa hauteur, se releva, repartit dans les embruns tandis que Benjamin, aveuglé, faisait appel à toute sa fierté pour ne pas s'enfuir à l'arrière. Ce fut pis à l'arrivée, quand la gabare franchit une sorte de chute qui la déporta dangereusement vers les rochers et la déséquilibra. Elle faillit s'y fracasser, verser sur tribord, mais elle se releva grâce au coup de gouvernail donné par le pilote. Aussitôt après, avant même que Benjamin eût compris qu'un nouveau rapide se présentait, elle repartit avec la même vitesse folle, sembla s'envoler sur l'eau en furie, se disloquer en retombant, tourner sur elle-même dans un remous, pour venir enfin s'échouer dans une meilhe abritée.

Pendant tout ce temps, la main de son père était restée sur l'épaule de Benjamin. Sur cette portion de Dordogne tellement redoutée, face aux eaux torrentueuses, aux chutes et aux embruns, Benjamin n'avait pas bougé.

— C'est bien, mon garçon, fit Victorien, tu seras un vrai batelier.

Et, sans plus de commentaires, il regagna la poupe pour reprendre son gouvernail que lui rendit le pilote un peu avant le confluent de la Couze. On attendit là, dans une anse à l'abri du vent, la gabare seconde et le bateau d'allège qui ne tardèrent pas à apparaître.

— Ils n'ont pas allégé le gabarot, cria Vincent en se rangeant contre la capitane ; il y avait assez de tirant d'eau, il va passer comme ça.

— Encore heureux, grommela Victorien, il aurait plus manqué que ça !

Puis il descendit sur la berge avec les pilotes et les paya. Benjamin vit qu'ils empochaient les pièces en remerciant à peine et quelque chose en lui se noua. Ce fut comme une humiliation, et il comprit pourquoi Victorien parlait si souvent de la construction du canal entre Mauzac et La Tuilière. Il se jura que, plus tard, si le projet de percement du canal n'aboutissait pas, il saurait, lui, se passer des pilotes de Lalinde, et il s'éloigna de la passerelle pour ne pas avoir à croiser le regard de son père à l'instant où celui-ci remonta sur la capitane.

Il ne fallut pas plus d'un quart d'heure aux matelots pour transborder le bois du bateau d'allège sur les gabares de Donadieu. Puis le gabarot arriva lui aussi sans encombre, conduit par un troisième pilote. On put alors repartir en convoi, car les conditions de navigation, passé Lalinde, devenaient meilleures. Les trois bateaux de Donadieu furent reliés par une cordelle, le gabarot en dernière position, puis le convoi reprit du travers pour bénéficier du courant plus lent qu'en amont des rapides, mais d'une puissance et d'une régularité de fleuve.

Entre les collines couvertes de vignes du Bergeracois, le trafic se fit progressivement plus intense. Dans cette grande plaine peuplée de châteaux, le fleuve creusait une route bien droite aux éclats de cuirasse. La pluie avait cessé. Des buées bleuâtres dormaient au-dessus des vignes qui escaladaient des coteaux aux lignes douces effleurés par le vent. Quelques terres brunes tranchaient sur la verdure, perdues comme des îles au milieu d'un océan. Des combes violettes séparaient des collines avec la délicatesse d'un sillon de prune.

Après être passé entre Mouleydier et Saint-Germain, Creysse et Cours-de-Pile, le convoi ne tarda guère à arriver à Bergerac. Il franchit la deuxième arche du pont de pierre et de brique qui reliait le port au faubourg de la Madeleine, et Benjamin découvrit des toits rouges sagement groupés autour d'un fin clocher, des quais encombrés de bateaux, de barriques, de bois, de charrettes, d'hommes au travail. Des cris montaient des rives, des chevaux hennissaient, des pêcheurs déchargeaient du poisson, des portefaix transportaient des sacs sur leur dos, des hommes en blouse et des marchands en costume s'apostrophaient avec de grands gestes et des éclats de voix. Benjamin, fasciné, regardait la première grande ville qu'il traversait avec un sentiment d'attirance et de crainte. C'était si grand, si animé, si beau qu'il se demandait s'il aurait bientôt l'opportunité de s'y arrêter.

— On fera une escale, un jour, à la remonte, dit Victorien qui avait surpris le regard de son fils.

Benjamin hocha la tête en guise de remerciement, regarda au loin, sur les coteaux, les vignes géométriques et le profil d'un château aux lignes massives.

— Monbazillac ! dit Victorien en levant à peine la tête.

Le fleuve, maintenant, était d'une largeur impressionnante. Il semblait même qu'il ne cessait de s'élargir là-bas, entre les collines. La capitane ne tarda pas à croiser des coureaux et des chalands de plus de quatre-vingt-dix tonneaux, de vrais bateaux capables d'affronter la mer bordelaise. Dès lors, celle-ci parut toute proche à Benjamin dont l'esprit s'exalta : il s'imagina déjà dans l'estuaire aux portes du bec d'Ambès, face au vent du grand large, mais la pluie, en tombant de nouveau, le ramena brusquement à la réalité. Quant au vent, il se mit à souffler de l'ouest en rafales, gênant considérablement le convoi dans sa descente. Benjamin eut l'impression que les vimières[1] des rives et les eaux agitées de vaguelettes se liguaient elles aussi contre la capitane pour l'empêcher de poursuivre sa route. Victorien donna l'ordre de prendre les rames. Le convoi dépassa lentement les bourgs de Lamonzie et de La Force, entre des rives à la terre grasse plantées d'arbres fruitiers, puis le fleuve obliqua vers la gauche et, après les confluents de la Gardonnette et de l'Eyraud, lécha des îles couvertes d'aulnes avant de se heurter à la colline du Fleix.

Victorien décida d'une courte halte sur un peyrat[2] pour laisser à ses hommes le temps de manger, puis il fallut repartir dans la pluie et le vent contraire, et l'après-midi coula lentement sous les averses qui dissimulèrent les rives et les coteaux. Elle parut interminable à Benjamin qui dut se mettre aux rames pendant une heure, un matelot s'étant blessé à la main au cours d'une manœuvre. Vers cinq heures, des embruns et des vagues passaient par-dessus bord, aveuglant Benjamin qui grelottait dans ses vêtements trempés. Victorien distribua à ses matelots un peu d'eau-de-vie, ce qui leur redonna des forces. La nuit enveloppait déjà les collines quand on aperçut enfin les toits de Sainte-Foy-la-Grande alignés sur le tracé orthogonal des rues rectilignes comme des sillons de plaine. Dix minutes plus tard, le convoi accostait, sur la rive droite, au quai de la Brèche éclairé faiblement par les maisons voisines. On avait parcouru cinquante-sept kilomètres depuis Mauzac, dont une quinzaine à la rame. Les matelots, fatigués, se hâtèrent de gagner l'auberge afin de se sécher et de se réchauffer en buvant du vin chaud. La soupe, le vin et la chaleur de la cuisine eurent tôt fait de leur rendre le sourire, mais, contrairement à ce qui

1. Plantations d'osier.
2. Petit port sommairement aménagé.

s'était passé la veille, ils ne s'attardèrent pas dans la salle enfumée où ils avaient trouvé place parmi des bateliers inconnus. Epuisés par le travail à la rame dans le vent contraire, ils partirent bien avant minuit dans la grange, où Benjamin, après avoir avalé une soupe brûlante, les avait précédés depuis une heure.

Réveillée par la lueur du jour filtrant sous les volets, Marie s'étonna que sa mère ne l'eût pas encore appelée. Elle retint sa respiration, prêta l'oreille mais n'entendit rien, en bas, qui pût la rassurer. Elle se leva d'un bond, franchit le couloir et entra dans la chambre de ses parents. Amélie était allongée sur le dos, pâle, comme morte, et, sur son côté gauche, du sang coulait vers le plancher. Marie poussa un cri, s'approcha, la secoua. Amélie tressaillit, ouvrit les yeux, murmura :

— N'aie pas peur, petite, va chercher Elina.

— Qu'avez-vous ? Que se passe-t-il ? fit Marie.

— Va vite chercher Elina, répéta Amélie d'une voix épuisée.

Marie hésita, soutint le regard implorant de sa mère, ne sachant si elle pouvait la laisser seule, fût-ce pour quelques minutes. Amélie puisa dans ses dernières forces pour faire un signe du bras en direction de la porte. Hébétée, Marie sortit de la pièce en reculant, descendit, enfila un vieux manteau et partit en courant. De l'autre côté des peupliers, là-bas, le port s'animait. Un jour blême coulait des crêtes, lourd de brumes et de pluie. L'air frais portait par moments des pointes vives qui surprirent Marie et la réveillèrent tout à fait. Elle couvrit rapidement la distance qui séparait les deux maisons, entra sans frapper chez les Donadieu où tout le monde était déjà levé. Elina s'affairait devant la crémaillère, tandis que Fantille et Angéline épluchaient des pommes de terre. Dès qu'elles aperçurent Marie hagarde sur le seuil, elles se précipitèrent.

— Ma mère est malade, balbutia Marie ; elle saigne beaucoup.

Les trois femmes abandonnèrent aussitôt leur ouvrage et la

suivirent. Une fois dans la chambre de la malade, Elina comprit tout de suite de quoi elle souffrait en apercevant le sang sur les draps et sur le plancher.

— Va vite faire chauffer de l'eau, dit-elle à Marie ; et vous, les filles, allez me chercher ma trousse à remèdes !

Marie demeurait immobile, et les mots ne parvenaient pas à faire leur chemin dans sa tête.

— Marie ! de l'eau ! répéta Elina.

Celle-ci réagit enfin, et, précédée par Fantille et Angéline, descendit dans la cuisine. Là, elle s'occupa devant la cheminée sans réellement penser à ce qu'elle devait faire. Plus que la peur, une sorte de colère, surtout, la faisait trembler. Les hommes étaient loin et elle était seule à se battre, seule contre la maladie, le danger, seule comme l'étaient depuis toujours les femmes de la rivière. Aurait-elle la force d'accepter cette vie après avoir tellement vu lutter sa mère seule ? Mon Dieu, ce sang sur le plancher ! D'où venait-il ? Etait-il celui de sa mère ou de l'enfant qu'elle portait ? Et si Amélie mourait ? Que deviendrait-elle toute seule ?

Marie attise le feu sous la casserole, pense à toutes ces femmes rivées à leur maison, à leur travail, à leurs enfants. Qui saura jamais le poids qu'elles portent depuis leur plus jeune âge et la force d'âme dont elles font preuve au long des jours où l'attente est leur seule compagne ? Elle en veut ce matin à la terre entière, à tous les hommes qui ne pensent qu'à la rivière, au voyage et à la liberté. Elle a treize ans et elle a peur. Elle se console en se disant qu'un jour elle partira loin de cette vallée et qu'elle oubliera les bateaux, sa famille, les départs dans les aubes blêmes...

Fantille et Angéline, en revenant, la firent sursauter.

— L'eau est chaude ? demanda Angéline.

— Oui, je crois.

— Donne vite.

Elles montèrent toutes les trois, Marie la dernière.

— Merci, dit Elina ; laissez-moi seule maintenant.

Elles redescendirent, s'assirent sans un mot. Un peu plus

tard, les garçons dévalèrent l'escalier en criant. Fantille et Angéline les emmenèrent dans leur maison pour qu'ils n'empêchent pas leur mère de se reposer. Marie se retrouva de nouveau seule avec son angoisse, s'imaginant que sa mère allait mourir. Etait-ce possible ? Non, bien sûr. Amélie ne pouvait pas mourir ; personne chez les Paradou ne méritait de mourir, et heureusement !

Elle frissonna, se leva du banc où elle était assise et elle essaya de se remettre au travail en pensant à des souvenirs gais, des images de bonheur, à tout ce qui, d'ordinaire, lui faisait oublier ses chagrins. Elle n'y parvint guère, mais s'occupa néanmoins suffisamment pour patienter jusqu'à ce qu'Elina redescende. Posant ses ustensiles sur la table, elle rassura tout de suite Marie en disant :

— Je lui ai fait un pansement. Elle ne saigne plus ; elle se repose.

Souriante comme à son habitude, elle s'assit à table et ajouta :

— Tiens ! fais-nous donc une tisane, ça nous fera du bien.

Marie remit de l'eau à bouillir, demanda :

— Je peux monter la voir ?

— C'est pas la peine, va, laisse-la se reposer.

Marie revint vers la table, murmura :

— Tout ce sang, c'était... c'était...

Elle ne parvenait pas à exprimer ce qu'elle redoutait et souhaitait en même temps. Amélie avait perdu l'enfant qu'elle attendait, elle en était sûre. Elle se précipita vers la porte et, appuyée contre le mur, laissa passer la nausée qui montait à ses lèvres. Elina vint l'aider, la soutint jusqu'à une chaise.

— Oui, dit-elle, c'est une fausse couche, mais elle s'en remettra, ne t'inquiète pas.

— J'ai mal, gémit Marie.

— Allons, ma fille, c'est fini, je te dis.

Marie releva la tête, demanda :

— C'est bien sûr ? Elle ne risque plus rien ?

— Mais oui, ne t'en fais pas. Je vais rester pour la surveiller et je monterai la voir tous les quarts d'heure.

Elles burent leur tisane en silence, écoutant la pluie s'acharner contre les carreaux. Marie poussa un long soupir, remarqua :

— Avec toute cette eau, la remonte sera bien difficile.

Elina, de nouveau, sourit et se montra rassurante :

— Victorien a l'habitude du mauvais temps depuis qu'il voyage. Et de toute façon, comme le vent a tourné, ce sont les dernières averses.

Marie enviait à Elina son optimisme et sa confiance. Lorsqu'elle avait vécu dans la maison des Donadieu, la chaleur de son sourire l'avait réchauffée chaque jour. C'était comme une force qui émanait d'elle et rassurait tous ceux qui la côtoyaient. Marie aurait aimé savoir comme elle transformer la peine en espoir, croire en l'avenir quand le présent portait seulement à désespérer, prêter aux êtres des qualités qu'ils n'avaient pas. Elle se doutait bien qu'Elina souffrait elle aussi quelquefois de l'absence des hommes, mais rien ne trahissait jamais ces moments-là. Comme si elle avait deviné les pensées de Marie, Elina demanda :

— Tu penses à Benjamin ? Moi aussi, figure-toi.

Marie hocha la tête, répondit :

— Je pense surtout à la rivière et je me demande si je pourrai passer ma vie ici.

Elina eut un sourire indulgent, murmura :

— Moi aussi, j'ai réagi comme toi, au début, quand je me suis mariée, et puis je me suis très bien habituée.

Comme Marie demeurait silencieuse, elle reprit :

— Tu sais, il y a dans nos campagnes beaucoup de fermiers et de bordiers qui nous envient, et leurs enfants ne rêvent que de venir vers l'eau.

— Pour voyager, fit Marie.

— Non, pas seulement, ne crois pas ça.

Elina soupira, reprit :

— Moi, je viens de la terre et je sais de quoi je parle : je n'ai pas mangé tous les jours à ma faim quand j'étais enfant, et je n'étais pas la seule. Vois-tu, ma fille, pour beaucoup, la Dordogne, c'est l'espérance, alors il ne faut pas lui en vouloir, même si elle emporte nos hommes et nos enfants et même si nous sommes souvent seules. N'oublie jamais qu'ici, au moins, personne n'est jamais mort de faim ; il suffit de pêcher pour manger.

Elina sourit, ajouta :

— Il y a les départs, mais il y a aussi les retours.

— Et dans l'intervalle on attend, fit Marie avec dans la voix une sorte d'amertume glacée.

Elina lui prit les mains par-dessus la table, les serra.

— Mais non, ma fille, dit-elle, il ne faut pas voir les choses ainsi : on n'attend pas, on espère, et c'est tellement plus beau.

Puis, feignant un début de colère vite remplacé par un sourire :

— Enfin que diable ! Ne vois-tu pas comme il faut les supporter, les hommes, pendant les basses eaux ? Toujours dans nos jambes à vouloir se mêler de ce qui ne les regarde pas, à errer dans les maisons comme des âmes en peine, à ne savoir parler que de ports et de bateaux !

Marie, à son tour, ne put s'empêcher de sourire. Elle reconnaissait bien Elina à cette faculté qu'elle avait de ne considérer que le meilleur des choses, de se satisfaire du plus menu plaisir, d'incliner naturellement vers le bonheur à la manière de ces fleurs qui se tournent continuellement vers la lumière. Par son énergie, son rayonnement, elle influait sur la vie de toutes les familles de matelots, conseillait, aidait, soignait, organisait les fêtes et les veillées, au cours desquelles, dès le mois d'octobre, les femmes se réunissaient le soir, pour se sentir moins seules, travailler ensemble et chanter. Car Elina, aussi, aimait chanter, et sa voix haute et claire était connue dans toute la vallée. C'était d'ailleurs elle qui marchait en tête de la procession, chaque après-midi de Pâques, lorsque les gens du port allaient prier, à Lanzac, Notre-Dame de la Compassion, la vierge des bateliers, en chantant le *Regina Caeli*. C'était également elle qui avait pris l'initiative de la veillée qui devait se tenir le soir même, dans la maison des Donadieu.

— Quel dommage ! murmura Marie qui venait justement d'y penser ; je m'en faisais une telle joie !

— Tu viendras quand même, dit Elina, ça te fera du bien.

— Non ! fit Marie, je ne veux pas laisser ma mère seule.

— D'ici ce soir, elle ira mieux, ne t'en fais pas. Du reste, on peut très bien se relayer pour venir la voir.

Marie hésitait. Abandonner sa mère en ces circonstances lui paraissait sacrilège, mais, en même temps, elle avait terriblement envie de se rendre à cette première veillée.

— Nous verrons cet après-midi, trancha Elina qui, ayant fini sa tisane, se leva pour monter dans la chambre de la malade.

Elle y resta seulement trois minutes, redescendit et, de nouveau, rassura Marie. Elles s'occupèrent alors de la cuisine jusqu'aux alentours de midi puis, après une dernière visite auprès d'Amélie, Elina partit et renvoya les enfants chez eux. Quand ils eurent fini de manger, Marie resta seule avec les trois derniers, François ayant décidé, malgré la pluie, d'aller pêcher. Elina vint lui tenir compagnie à plusieurs reprises au cours de l'après-midi, malgré le travail que lui imposaient les préparatifs de la soirée. Marie monta voir sa mère avec elle, la trouva étrangement pâle, ce qui l'inquiéta beaucoup. Elle renonça alors à la veillée, mais ce fut Amélie qui insista, au contraire, pour qu'elle s'y rende.

— Comme ça, demain, tu pourras me raconter, dit-elle en s'efforçant de sourire.

— Et si vous vous sentez mal, mère ?

— J'enverrai François te chercher. Allez ! ma fille, va t'amuser un peu, tu l'as bien mérité.

Marie finit par céder et, une fois qu'Elina fut repartie, elle se dépêcha de préparer le repas du soir. Ensuite, elle s'en alla après avoir bien recommandé à François de prévenir si quelque chose n'allait pas.

Quand elle arriva chez les Donadieu, il y avait déjà une dizaine de femmes qui travaillaient en discutant, chacune donnant des nouvelles des gens de sa connaissance, annonçant des mariages, des baptêmes, des naissances, apportant des précisions sur des faits, des paroles, des querelles concernant des femmes ou des hommes de la vallée. Marie salua, prit sa place en essayant de ne pas interrompre la conversation qui se déroulait sans que les têtes se lèvent de l'ouvrage. Tout le monde cousait, brodait dans la bonne humeur, les femmes le linge de leur ménage, les filles les pièces de leur trousseau : chemises fines, mouchoirs, jupons, taies d'oreillers, vêtements de nuit. Quand la conversation s'épuisait, Elina racontait des légendes comme celle de cette jeune fille qui, au temps de la guerre de Cent Ans, s'était jetée de la fenêtre de son château, à Pinsac, pour échapper aux Anglais et avait gagné à la nage le port de Lanzac où, par reconnaissance, elle avait fait bâtir, à l'endroit où elle avait repris pied, une chapelle dédiée à Notre-Dame de la Compassion.

Après une heure, on fit une petite pause, le temps de manger des crêpes et de boire du vin chaud. Puis chacune se remit à l'ouvrage et les langues, de nouveau, se délièrent. Alors on demanda à Elina de chanter. Celle-ci laissa passer quelques minutes afin d'être sûre que ses invitées avaient bien dit tout ce qu'elles avaient à dire, puis elle se mit à chanter de sa voix qui semblait couler d'une voûte d'église :

« *Ah ! que tu me plais, nid de mes aïeux,*
Pays adoré, au ciel lumineux,
Séjour de mes rêves ! »

Et toutes les femmes, l'ayant laissée chanter seule le couplet, reprirent en chœur le refrain sans quitter leur ouvrage des yeux.

Marie, comme chaque fois, oubliait tout et se sentait bien. Elle reconnaissait là sa véritable famille, celle des femmes de la rivière. Elle aurait beau faire, elle leur ressemblerait toujours. Car elle aussi aimait la vie, le bonheur partagé autour d'une table, le chant, le bel ouvrage, la solidarité joyeuse. Où était le danger, ce soir ? Il n'existait pas. Elle observa Elina qui chantait avec, sur le visage, une sorte de sérénité, et elle comprit que chanter était leur réponse commune à la solitude, leur force, peut-être même leur destin, et qu'aucune d'entre elles, en cet instant, n'eût souhaité d'autre vie que celle-là.

Benjamin n'en revenait pas d'avoir pu dormir si longtemps. Il était neuf heures et le convoi n'avait pas encore quitté Sainte-Foy. Comme il en demandait les raisons à Vincent, celui-ci lui répondit qu'il fallait calculer l'heure au plus juste pour atteindre Castillon-la-Bataille au moment où le courant de marée commençait à descendre. Il était impossible en effet de passer cette ville à la marée montante. L'équipage eut donc tout loisir de déjeuner à l'auberge après une toilette plus longue que la veille, de vérifier les anneaux des rames et le bon état des cordelles, d'écouter les ultimes instructions du maître de bateau.

On embarqua sur le coup de dix heures, et l'on prit les rames aussitôt pour regagner le temps perdu. La plaine s'évasait entre des escarpements boisés et des bocages. Après un grand cingle surmonté d'une tour, le convoi passa au pied de nombreux villages et de multiples églises que Victorien, chaque fois, nommait en les montrant à Benjamin : Saint-Aulaye, Saint-Seurin-de-Prats, Lamothe-Montravel, et, enfin, là-bas, à moitié dissimulé par les frondaisons, Castillon-la-Bataille qui avait été le théâtre de la victoire définitive des Français sur les Anglais lors de la guerre de Cent Ans. Avec ses belles demeures et ses terrasses, ses jardins et ses fleurs, son bâtiment de l'Inscription maritime qui lui conférait un statut privilégié, la ville plut tout de suite à Benjamin. Le convoi y fit halte un long moment, car la loi imposait aux bateliers de laisser monter à bord un pilote « inscrit maritime ». Pour faire passer le temps, Benjamin admira le fleuve, qui, sous l'influence de la marée montante et descendante, prenait là une couleur jaunâtre. La mer lui paraissant proche, il était très impatient de repartir. Cependant, il dut attendre près d'une heure, car les bateaux étaient nombreux et les gabariers se disputaient les pilotes. Enfin l'un d'entre eux arriva, monta à bord de la capitane et salua l'équipage. C'était un petit homme replet, aux favoris blancs et au regard clair, qui ne ressemblait en rien aux pilotes de Lalinde. Lui au moins ne méprisait pas les gabariers, au contraire. S'asseyant sur un sac près du gouvernail, il dit à Victorien avec un franc sourire :

— Allez ! Donadieu, appareillez donc ! Tout le monde sait bien que vous êtes aussi savant que moi !

Benjamin comprit que son père, sans le montrer, était flatté, et lui-même en ressentit une fierté qui rosit ses joues. Le maître de bateau ordonna aussitôt à ses matelots de rejoindre leur poste, et le convoi, s'éloignant du quai avec souplesse, prit sa place dans le trafic des chalands et des coureaux.

La pluie avait cessé. Le vent d'ouest apportait des odeurs puissantes de sel et de sable, et le ciel, d'un gris laiteux, semblait se dissoudre dans les brumes qui prenaient leur essor comme des draps soulevés par une brise. De grands oiseaux blancs traversaient le fleuve avec des écarts brusques, pareils à des feuilles emportées par l'orage. Ivre d'air et d'espace, Benjamin regardait son père manœuvrer avec une maîtrise dont aurait pu être jaloux n'importe quel pilote maritime. « Un jour, je deviendrai aussi fort que lui », se dit-il. Et il lui vint comme un élan soudain d'affection pour cet homme avec qui les paroles n'avaient jamais eu beaucoup d'importance. Il suffisait d'un regard, d'un geste, d'un signe pour qu'ils se comprennent et sachent qu'ils étaient du même sang. Et c'était ce même homme qui régnait sur le fleuve et les bateaux, ce même homme qui le conseillait, lui donnait tout son savoir, décidait des manœuvres, était respecté par tous. Benjamin était heureux, simplement, que cet homme-là fût son père, et il pensait qu'il n'oublierait pas cette première descente, ces flots tumultueux, ces oiseaux, ces mâtures, ces bateaux de mer, cet espace ouvert devant la gabare qui s'y engouffrait avec une assurance et une témérité en tout point semblables à celles de son capitaine.

Au bout de dix minutes, après un vague geste du bras, le pilote s'en fut se coucher entre le merrain et le bastingage de tribord. Les matelots s'esclaffèrent, mais Victorien, lui, ne sourcilla pas. Quelques coups de rame suffisaient à propulser en avant le convoi, que le jusant[1] eût d'ailleurs bien porté tout seul. Victorien signala à Benjamin que l'on avait quitté le Périgord. Le fleuve dessinait des méandres entre des îles couvertes de saules, puis il s'élargissait encore en frôlant les villages de Civrac et de Saint-Jean-de-Blaignac où étaient amarrées une multitude de barques de pêcheurs. Ensuite, après le confluent de l'Engranne dominé par le château de La-Mothe-de-Chaulne, le fleuve vint buter sur le tertre de Cabara, une éminence couronnée d'un village lui-même coiffé d'un vieux manoir. Puis ce fut Branne et ses filets de pêche sur les rives et, un peu plus loin, Sainte-Terre qui précédait la grande plaine où se succédaient les vignes, les champs de maïs, les vergers et les prairies. Le soleil surgit dès que le convoi y entra. Ce fut aussitôt un embrasement des rives qui se mirent à fumer. L'après-midi s'annonça dans une sorte de langueur qui s'étendit sur la vallée d'où montaient des rumeurs de bêtes et d'hommes au travail. Le convoi dépassa les vignes de Saint-Sulpice-de-Faleyrens et les coteaux de Saint-Emilion, puis il aborda le grand cingle de Génissac où la navigation était difficile entre les nombreuses barques de pêche, les coureaux et les chalands. Enfin, à l'approche du soir, on arriva à Libourne dont les toits apparurent sur la rive droite.

Le convoi longea d'abord des chais d'où montait une puissante odeur de moût, puis ce fut le grand pont et ses arches ornées d'avant-becs et d'œils-de-bœuf, la tour du grand port coiffée d'ardoises bleues, et puis les quais qui bruissaient de l'activité des portefaix et des sacquiers[2]. Benjamin découvrit des bateaux de mer aux agrès et aux apparaux impressionnants, avec drisses et voiles, haussières et cordages, toute une succession de voiliers, de chalands, de gabares et de filadières[3]. Et, lorsque le convoi atteignit la rade du confluent de l'Isle où

1. Courant de marée descendante.
2. Déchargeurs de sel groupés en corporation à Libourne et Bordeaux.
3. Barque longue et étroite destinée à la pêche fluviale.

se trouvaient les entrepôts de bois et de sel, Benjamin comprit ce qu'était vraiment un port maritime. Car ici, à Libourne, outre les navires de mer venus charger et décharger le vin, le merrain et les épices, des caboteurs et des barques à quille remontaient le sel des marais du Verdon ou de Meschers, parfois aussi de l'île d'Oléron ou de l'île de Ré. Sans être égale à celle de Bordeaux, sur la Garonne, l'activité de Libourne était supérieure à celle des ports de l'estuaire, que ce fût Bourg-sur-Gironde ou Saint-André-de-Cubzac.

Les bateaux de Donadieu trouvèrent difficilement une place au bout du quai. L'équipage descendit, se dirigea vers la tour. Victorien expliqua à son fils que les rues étroites qui partaient de là étaient peuplées de tonneliers, de cordiers, de sacquiers, de pêcheurs, de charpentiers de bateaux, de toute une population dont les hommes vivaient du fleuve, étaient considérés comme gens de mer et de rivière et, à ce titre, devaient servir dans la marine du roi. Victorien lui montra les rues Neuve, Lamothe, Venelle, qui s'en allaient perpendiculairement à l'Isle vers des quartiers plus vastes et mieux éclairés où habitaient les marchands.

L'équipage, ayant suivi la rue Lamothe, marcha jusqu'à une vieille auberge tassée dans une impasse sans lumière. La nuit était tombée. De puissantes odeurs de poisson, de sel et de bois stagnaient au-dessus de la ville malgré le souffle frais du vent venu de la mer. L'équipage de Donadieu entra dans l'auberge où se trouvaient des Dommois, des Bergeracois et des Bordelais. Benjamin fut heureux de ne reconnaître aucun de ces « Argentats » avec lesquels les matelots s'étaient battus à Mauzac. Il s'assit entre son père et Vincent, regarda autour de lui : la salle était plus grande que celle des auberges de Mauzac ou de Sainte-Foy, les matelots plus nombreux, les servantes plus vives, plus belles aussi, peut-être, mais les propos heureusement plus raisonnables. On sentait bien qu'ici les soucis du commerce prenaient le pas sur les rivalités des équipages. On entrait dans le monde des affaires après avoir quitté celui du voyage. Même la nourriture était différente : la soupe était de poisson, les plats également, et l'on buvait du vin blanc. Benjamin, qui n'en avait pas l'habitude, vit bientôt passer des nuages devant ses yeux et eut bien du mal à ne pas s'endormir. Son père, qui s'en aperçut, demanda à Vincent de l'emmener. Etourdi par l'alcool et la fumée, Benjamin le suivit non pas dans une grange, mais dans un grenier au-dessus d'un entrepôt, s'allongea sur une paillasse et s'endormit dans la minute qui suivit.

Le lendemain matin, il fallut manœuvrer de bonne heure pour accoster au quai où se trouvait l'entrepôt de Georges Duthil, un riche négociant libournais. Victorien donna ses instructions pour le déchargement du merrain et de la carassonne, puis, suivi par Benjamin, il prit la rue des Guîtres, tourna dans la rue de Fonneuve où se trouvait le bureau de Georges Duthil. Là, après avoir salué le négociant qui attendait sa visite, Victorien lui remit la lettre de voiture concernant le bois et l'ordre d'achat relatif à l'acquisition de vingt pipes de sel blanc et de dix pipes de sel roux [1]. Le négociant était un grand homme aux cheveux blancs frisés sur les tempes, au nez long et droit, aux yeux clairs, dans un visage ovale et sans la moindre ride. Elégamment vêtu d'une chemise à haut col et d'un gilet de soie, il donnait d'une voix impérieuse des instructions à des commis qui ne cessaient d'entrer et de sortir.

— Merci, Donadieu, finit-il pas dire avec un sourire en se tournant vers Victorien. Vous direz à Lombard que je ne puis lui payer le merrain que 340 francs le millier. Les vendanges ne seront pas aussi bonnes que prévu et les tonneliers s'inquiètent des commandes. Quant au sel blanc, il va vous falloir patienter

1. Une pipe correspondait à peu près à 7 hectolitres de sel. Le sel le meilleur que l'on trouvait à Libourne était le sel blanc, vieux et lourd de la mer. La différence de coloration provenait de la couleur de l'argile qui tapissait le fond des marais. Plus le sel était blanc, plus il était prisé. Les lieux d'approvisionnement des négociants de Libourne étaient soit les marais salants de la Gironde : Le Verdon, Meschers ; soit ceux de la côte atlantique : l'île de Ré ou l'île d'Oléron.

quelques jours : j'en attends du Verdon. Ou alors prenez du roux ; il est de très bonne qualité et Lombard pourra le vendre pour du blanc tellement il est dense et beau. Dans ce cas, je le lui céderai à 140 francs la pipe.

— Je ne peux pas attendre, répondit Victorien ; c'est le début de la campagne et les grossistes du haut-pays réclament le sel depuis la fin d'août. Il m'en faut tout de suite.

— Dans ce cas, je vous paye le merrain et la carassonne, mais je vous certifie que vous ne trouverez pas de sel blanc sur place. Les bateaux de la mer bordelaise attendent le vent du nord et rien n'indique qu'il va se lever de sitôt.

— Je verrai, fit sèchement Victorien. Payez-moi le merrain, s'il vous plaît.

Benjamin avait été surpris par le ton qu'avait brusquement pris la conversation. Il ne comprenait pas très bien ce qui se passait, n'ayant jamais côtoyé ce monde des affaires où la bienveillance et la parole donnée n'étaient pas toujours de rigueur. Il recula un peu vers la porte, tandis que le négociant sortait des écus de sa bourse et réglait ce qu'il devait en disant d'une voix qui semblait porter une menace :

— Vous ferez quand même mes amitiés à Lombard et vous lui direz bien que j'attends sa visite avant l'hiver.

— Comptez sur moi, dit Victorien.

Il se leva, prit rapidement congé du négociant, entraîna Benjamin jusqu'aux quais d'un pas pressé. C'était la première fois que Benjamin le voyait ainsi confronté aux dures lois du commerce et aux difficultés que rencontraient les maîtres de bateau pour concilier les intérêts de ceux qui les employaient. Le prix du bois et celui du sel, en effet, se fixaient à Libourne, c'est-à-dire loin du marchand qui passait les commandes. Les ordres d'achat du sel étaient signés en blanc. Aussi la responsabilité des maîtres de bateau était-elle importante et souvent source de conflit avec leur employeur. De plus ils étaient responsables du vol éventuel des marchandises et, bien sûr, des sommes d'argent qu'ils transportaient sur eux. Outre le commandement des bateaux et des hommes, les pièges de la rivière, les aléas du temps, ils assumaient donc des charges qui, le plus souvent, se traduisaient par une rémunération de deux francs l'hectolitre quand ils avaient eux-mêmes à payer le halage, l'équipage, les pilotes, les frais d'auberge. C'était donc beaucoup de travail, de soucis, de charges, de responsabilités pour un bénéfice peu en rapport avec les risques encourus, mais quel était celui qui aurait renoncé à la magie du voyage et à la fascination exercée par le fleuve ? Certes pas Victorien Donadieu, en tout cas. Et Benjamin, qui le suivait, ressentait tout cela intensément, même s'il ne comprenait pas toujours les motivations des uns et des autres.

Une fois sur les quais, Victorien surveilla un moment le déchargement du bois qui avait continué en son absence, puis, après dix minutes, il entraîna Benjamin vers les entrepôts, en visita plusieurs, mais tous étaient dans l'attente de sel blanc. A l'auberge, à midi, devant l'air préoccupé du maître de bateau, les matelots évitèrent de plaisanter et parlèrent à voix basse. Sitôt le repas terminé, tous repartirent à leur ouvrage, les matelots sur les gabares, Victorien le long des quais, suivi par Benjamin qui ne savait que dire ni que faire. Il n'avait jamais vu son père aussi tendu, aussi soucieux, et il aurait voulu l'aider car il lui paraissait en danger, soudain, dans un monde devenu hostile et lourd de menaces.

Ils suivirent la rue de Fonneuve et ses maisons monumentales à étages et, tout au bout, Victorien s'arrêta devant celle, plus imposante encore, avec ses arcades à l'entrée et ses balcons de fer forgé, d'un nommé Jean Fourcaud. Victorien sonna à la porte, attendit un long moment, puis entra enfin, tandis que Benjamin, sur son ordre, demeurait dehors, assis sur un banc de pierre situé en bordure d'un petit jardin, face au perron de l'entrée. L'entrevue dura longtemps. Benjamin commençait à désespérer quand son père ressortit. Il s'approcha de son fils, mais parut ne pas le voir. Il ne put même pas lui dire qu'il avait finalement obtenu huit pipes de sel blanc du Verdon et vingt de sel roux de l'île de Ré contre la promesse de s'approvisionner désormais chez Jean Fourcaud pour moitié. Compte tenu des relations qu'entretenaient Arsène Lombard et Georges Duthil, Victorien savait déjà qu'il aurait bien du mal à faire admettre sa décision au marchand souillagais. Et pourtant celui-ci ne pouvait satisfaire ses clients sans sel blanc. Décidément, le métier devenait de plus en plus difficile.

Victorien et Benjamin marchèrent en silence en direction des quais, et Benjamin eut l'impression que son père tremblait d'une colère contenue. Pourtant il n'osa pas poser de questions, continua de marcher à côté de celui qu'il avait cru invincible, tout-puissant, et qu'il découvrait vulnérable. Soudain, Victorien le prit par le bras, le força à s'asseoir sur une murette, posa ses deux mains sur ses épaules, planta son regard dans le sien et dit avec violence :

— Dès que tu auras grandi, petit, tous les deux nous nous établirons marchands.

Il ajouta au bout d'un instant, comme Benjamin, muet, soutenait le regard métallique :

— Vois-tu, petit, sans eux les maîtres de bateau ne sont rien.

Benjamin hocha la tête, conscient de sceller avec son père un pacte d'une extrême importance.

— Ce qu'il faudrait aussi, c'est que tu obtiennes le permis maritime pour conduire toi-même nos bateaux jusqu'à Bordeaux. Alors nous serions forts, très forts, tu comprends ?

— Je comprends, dit Benjamin, heureux que son père le considérât soudain comme un égal.

— A la bonne heure !

Victorien se détendit d'un coup, comme si l'avenir s'éclairait. La main droite qui savait si bien tenir le gouvernail passa dans les cheveux du garçon pour une caresse un peu rude. Le feu qui brillait d'ordinaire dans les yeux clairs parut se rallumer.

— Viens ! dit Victorien, il est temps.

Ils se hâtèrent vers le port où le déchargement était achevé. Il fallut manœuvrer pour aller accoster au quai sur lequel se trouvait l'entrepôt à sel de Jean Fourcaud. Ce ne fut pas facile, la rade étant encombrée de bateaux qui n'hésitaient pas à se frayer un chemin par la force. Une fois que ce fut fait, les matelots distribuèrent les sacs[1] aux hommes de Jean Fourcaud qui les remplirent avec un appareil en forme de cône tronqué monté sur une bascule. Pendant que certains œuvraient à la bascule, d'autres cousaient l'extrémité des sacs pleins et les plombaient. Avant de les embarquer, il fallut passer à la douane et régler les droits, ce qui demanda encore beaucoup de temps à Victorien Donadieu. Quand tout fut terminé, la nuit tombait. L'équipage se rendit à l'auberge pour le repas du soir qui fut plus joyeux que celui de midi. Il y eut comme de coutume les défis inévitables lancés d'équipage à équipage, quelques échauffourées et, pour finir, un véritable combat entre ceux d'en haut et ceux de la basse vallée, mais rien de très grave, au demeurant, car les matelots avaient surtout hâte d'aller flâner dans les ruelles du port.

Quand l'équipage de Donadieu sortit, certains voulurent entraîner Benjamin avec eux, mais Vincent, qui avait reçu de discrètes instructions de Victorien à ce sujet, s'y opposa. Cependant, dès que les matelots se furent éloignés, Vincent emmena Benjamin sur les quais, non sans lui avoir fait promettre de n'en rien dire à son père. A la lueur des lanternes et de la lune, Benjamin eut tout loisir d'admirer les bateaux et leur mâture, les haussières et les gréements qui claquaient dans le vent. Il voulut les examiner un par un, les toucher, les mesurer du regard, et, si Vincent l'avait laissé faire, il eût volontiers escaladé les passerelles pour monter à bord.

— Viens donc ! dit Vincent, qui redoutait que Victorien fît une ronde dans le grenier dortoir.

Il dut prendre Benjamin par le bras et le ramener, pour couper au plus court, à travers une ruelle encombrée par des matelots ivres et des femmes qui les interpellèrent avec des mots crus dont Benjamin s'étonna à peine. Cette nuit, il était devenu un marin de haute mer qui rentrait d'un long voyage

1. C'étaient toujours les maîtres de bateau qui fournissaient les sacs. Chacun d'eux contenait un hectolitre.

autour du monde, et tout lui était permis. Il était près d'une heure quand il s'écroula sur la paillasse du grenier. Dès que le sommeil l'eut touché, il se retrouva debout à la proue d'un navire de grand large, face au vent, respirant à pleins poumons les senteurs du Pacifique, statufié par la fierté au milieu des embruns d'une mer en furie.

Tout s'était bien passé pendant la remonte qui avait duré neuf jours. Une journée de pluie ayant succédé à une journée de soleil, les eaux avaient perdu de leur vigueur de crue, mais elles étaient restées suffisamment hautes pour la navigation. C'est à peine si le convoi avait été retardé par les querelles rituelles des haleurs à bras et des bouviers[1] ou si un tronc, échappant au regard du prouvier, avait effleuré la coque des bateaux. Aussi, en cette soirée de la fin octobre saturée de parfums de futailles, l'équipage de Donadieu, après avoir été accueilli par les familles sur son port d'attache, pouvait-il décharger le sel avec la satisfaction du devoir accompli. Un seul ne paraissait pas très heureux de se trouver là : c'était Victorien, qui allait devoir rendre des comptes à Arsène Lombard, près de qui il surveillait le déchargement du sel au milieu du va-et-vient des matelots courbés sous les sacs. Au moment où Benjamin parvenait à se soustraire aux effusions de ses sœurs, Emeline Lombard surgit, souriante. Il eut un mouvement de recul mais ne put s'échapper et, conscient que Marie, sans doute cachée quelque part, devait les observer, il fit face à Emeline dont les boucles brunes jouaient dans le vent et les yeux pétillaient de malice.

— Alors, fit-elle, tu es content de ce voyage ?

— Très content, répondit-il, mal à l'aise d'être vu ainsi par tout le monde en compagnie de la fille du marchand.

1. Le halage à bras a été interdit seulement en 1837. Auparavant, les haleurs attendaient en bande les bateaux sur les chemins de halage et disputaient les cordes aux bouviers qui, eux, travaillaient avec un attelage d'une paire ou de deux paires de bœufs.

— Et le sel ? Il est beau ?

— Non, pas vraiment ; il y a surtout du roux, et il n'est pas de très bonne qualité.

Comme ils se trouvaient au milieu du passage et gênaient le déchargement, Benjamin s'éloigna vers les bâtiments de l'octroi, suivi comme son ombre par Emeline. Au même moment, Arsène Lombard et Victorien Donadieu entrèrent dans le bureau du marchand qui jouxtait celui de l'administration, poursuivant une conversation qui s'animait de plus en plus. Bientôt des éclats de voix franchirent le seuil du bâtiment dont la porte claqua. Les matelots s'immobilisèrent, écoutèrent un instant, puis se remirent au travail. Benjamin se félicita que sa mère et ses sœurs aient déjà regagné la maison, comme d'ailleurs la plupart des femmes qui étaient venues accueillir l'équipage. Près de lui, les cris redoublaient et il sentait une sourde colère bouillonner en lui. Qu'est-ce qu'il faisait là en compagnie d'une fille qu'il n'aurait même pas dû regarder ? Furieux de sa propre faiblesse, il la quitta sans un mot et, prenant la direction des maisons en contournant les bâtiments du port, il rencontra Marie qui semblait l'attendre.

— Tu es là, toi ? demanda-t-il en feignant la surprise.

Elle ne répondit pas, sourit, le suivit et, d'instinct, obliquant vers la droite, ils se dirigèrent vers les prairies où ils avaient l'habitude de se retrouver. Ils marchèrent un moment en silence le long de la berge qui épongeait l'eau des dernières pluies, écoutèrent frémir les trembles dont les feuilles jaunies annonçaient d'autres fanaisons. Ils s'arrêtèrent en bordure de la plage de galets où les femmes, lors des basses eaux, faisaient leur lessive, et, comme Benjamin demeurait silencieux, Marie murmura :

— Ma mère a été malade.

— Ah ! fit-il, c'était grave ?

Marie secoua la tête tout en mordillant une tige de saule.

— Maintenant ça va mieux.

Et elle ajouta, sans bien savoir pourquoi elle ressentait le besoin de lui confier un tel secret :

— Elle attendait un enfant et elle l'a perdu.

Benjamin se retourna brusquement, incrédule. A treize ans, il ne pouvait comprendre comment une femme pouvait perdre un enfant, mais il n'osa pas demander d'explications. Il lui sembla seulement que le mauvais sort s'acharnait sur Vincent et sa famille, mais il n'en fut pas très sûr : cinq enfants, c'était déjà beaucoup. Un long silence s'installa, tandis que l'un et l'autre regardaient au-dessus des collines brasiller une plage de ciel où de rares nuages couraient se consumer.

— Alors le sel n'est pas bon, soupira Marie qui avait elle aussi entendu les cris sur le port.

— Non. Il n'y en a pas assez de blanc.

— Et qu'est-ce que vous avez rapporté d'autre ?

— Du savon noir, des bottes de chandelles, du sucre et un peu de café.

Il s'assit sur une souche et Marie s'installa face à lui. N'y tenant plus, elle demanda aussitôt :

— Raconte-moi.

Il n'avait pas la tête à ça. Il pensait à son père, là-bas, dans le bureau d'Arsène Lombard, et Marie le savait.

— Ne t'inquiète pas, dit-elle, de toute façon, même quand le sel est beau, il trouve toujours à redire.

Il hocha la tête mais ne dit rien.

— Allez ! raconte-moi, répéta-t-elle.

Le visage de Benjamin s'éclaira en pensant à Limeuil, Bergerac, Castillon, Libourne. Ah ! Libourne et ses bateaux de mer, ses parfums d'océan, ses entrepôts géants ! Oubliant le présent, il se mit à raconter tout ce qu'il avait vu, là-bas, et les auberges dans les ports, le confluent de la Vézère, les rapides de Lalinde, les quais de Bergerac, les pilotes de Castillon, toutes les scènes vécues pendant ce premier et inoubliable voyage. Marie, les yeux grands ouverts, avait rapidement cessé d'écouter : plus que les paroles de Benjamin, ce qui la frappait, surtout, c'était la passion avec laquelle il s'exprimait, cette lumière étrange qui dansait dans ses yeux et l'impression qu'il lui donnait d'être déjà reparti sur la rivière, en des lieux où, elle le savait, elle ne pourrait jamais le suivre.

S'apercevant qu'elle ne l'écoutait plus, il se tut brusquement. Elle sursauta, confuse d'avoir été devinée. Il murmura après un bref silence :

— Merci pour la veste ; elle me sera bien utile pendant l'hiver.

— Elle te va bien, au moins ?

— Comme si tu avais pris des mesures.

Il ajouta, tandis qu'elle se troublait :

— Tu as dû en mettre, du temps !

— Oh ! non, fit-elle, mais en songeant qu'elle y avait passé une partie de ses nuits.

Et, changeant aussitôt de sujet de conversation :

— Elle ne se gêne pas, Emeline.

Il eut un sourire gêné, souffla :

— Laisse, ça n'a pas d'importance.

Mais de penser à la fille d'Arsène Lombard lui rappela subitement son père aux prises avec le marchand, et il en conçut un vague sentiment de trahison. Il se leva d'un bond en disant :

— Il faut que j'aille aider, il va bientôt faire nuit.

Ils retournèrent en se hâtant vers le port où les matelots travaillaient encore sur les bateaux, se séparèrent en se souhaitant une bonne nuit. Elle s'éloigna tandis qu'il montait sur le pont de la gabare seconde que nettoyait Vincent. Il l'aida jusqu'à la nuit tombée, puis, emportant les bottes de chandelles, les pains de savon et de sucre, il rentra chez lui.

Son père s'y trouvait déjà, assis à table, l'air dur, tandis que sa femme et ses filles, debout, attendaient.

— Alors ! fit Victorien sans lever les yeux, tu as oublié l'heure ?

— J'aidais Vincent, répondit Benjamin, conscient que le moment était mal choisi pour se faire remarquer.

— Et ta mère attend les chandelles pendant ce temps !

Benjamin donna les provisions à Elina qui sourit en haussant légèrement les épaules pour lui faire comprendre qu'il n'y avait rien de grave : c'était souvent ainsi après les comptes avec Arsène Lombard. Elle apporta la soupe, laissa Victorien servir la maisonnée et couper le pain après avoir tracé une croix avec son couteau. Pendant les premières minutes, le silence régna dans la cuisine, puis Elina, comme à l'accoutumée, entreprit d'apaiser son mari. Il eut deux ou trois répliques encore vives, puis il se calma. Elle le connaissait tellement bien qu'elle trouvait facilement les mots auxquels il était sensible. Ne mangeaient-ils pas à leur faim ? Avaient-ils des enfants malades ? Ne dormaient-ils pas avec un toit solide sur la tête ? Alors ? Que pouvaient-ils exiger de plus quand il existait tant de pauvres gens sur la terre ? Il y avait toujours eu des marchands, que diable ! Et il y aurait toujours aussi des bateliers.

Après la soupe, l'atmosphère s'était déjà détendue.

— On repart dans deux jours, dit Victorien d'une voix ordinaire ; le merrain arrive demain.

Il ajouta, s'adressant ostensiblement à Benjamin :

— J'ai promis un sac de baies de genévrier à Fourcaud. Tant pis pour lui si elles ne sont pas mûres. Tu iras sur le causse demain, tu le chargeras sur la capitane et, à Libourne, tu le lui livreras toi-même.

Benjamin hocha la tête, se mit à manger les goujons frits qu'Angéline avait pris à la nasse et son esprit, aussitôt, s'évada. Il repartait. C'était sûr. Son premier voyage n'avait pas été vain. Il le savait maintenant qu'il allait très vite devenir un vrai batelier comme Vincent, comme son père, que la vie dont il rêvait était à sa portée. Son regard croisa celui de sa mère, et il comprit qu'en son absence ses parents avaient parlé de lui. Elle lui sourit car c'était sa nature, mais la lueur qu'il aperçut au fond de ses yeux lui donna comme un regret de son enfance dont les rives, ce soir, s'éloignaient à jamais.

3

L'hiver avait passé sans glace et sans neige, mais accablé de tempêtes de vent qui avaient rendu la navigation périlleuse. Un printemps précoce lui avait succédé, tout en couleurs et en pétillements de lumière. Depuis une semaine, en ce début de mai, les saumons et les aloses remontaient vers les sources, provoquant la traque fébrile des gens de la rivière qui, de Libourne jusqu'au Massif central, n'en dormaient plus. Benjamin et Vincent n'étaient pas les derniers à être atteints par cette fièvre qui, chaque année à la même époque, rendait les hommes fous. Jusqu'à ce jour, ils n'avaient pas osé pêcher la nuit, au flambeau, sur la barque à fond plat de Vincent Paradou mais, malgré l'interdiction formelle de ce genre de pêche, leur passion avait fini par être la plus forte. Benjamin s'était évadé par la fenêtre du grenier qui s'ouvrait sur les branches hautes d'un frêne, sur lequel il avait pris soin de creuser des entailles pour descendre aisément, et il avait retrouvé Vincent deux cents mètres en amont du port, pour embarquer sans être vu.

Cette nuit de mai était chaude et exhalait des effluves d'herbe tendre. L'air était épais comme du sirop. Les eaux, encore grosses des pluies et de la fonte des neiges, glissaient dans l'ombre avec des soupirs et des halètements de bête qui, parfois, faisaient sursauter les deux hommes. Au beau milieu du lit, mais protégée des regards par un rideau de frênes, la barque se frayait un chemin dans le courant puissant qui portait vers le port. Vincent tenait le flambeau de la main gauche, et, de la droite, le harpon avec lequel il frappait les grands poissons épuisés par leur long voyage. Benjamin, lui, tenait les rames et manœuvrait sans bruit, car les chocs contre la coque eussent ébranlé la nuit comme un coup de fusil. Ayant l'habitude de pêcher ensemble, ils ne parlaient pas, ou à peine, communiquant par des gestes dont ils connaissaient d'instinct la signification.

Un oiseau de nuit les frôla d'un coup d'aile et disparut dans l'ombre. Il n'y avait pas de lune. Il fallait bien « sentir » la rivière pour se hasarder ainsi, sans repère sinon la masse plus sombre des collines, sur ces eaux vigoureuses. Le vent glissait sur la rivière puis s'en allait courir dans les prairies où il faisait chanter l'herbe neuve. L'air était chaud, mais l'eau très froide : la neige du haut-pays fondait depuis la fin d'avril et lui donnait des éclats de banquise. Benjamin n'avait pas peur. Passé la légère appréhension de l'embarquement, dès que la pêche commençait, l'excitation lui faisait oublier tous les risques. Surtout lorsque Vincent prenait les rames et lui prêtait la fouëne meurtrière. Il lui semblait pourtant que dans cette nuit sans lune le flambeau embrasait la vallée comme ces incendies de ciel qui illuminent au crépuscule l'horizon tout entier. Mais ce n'était qu'une impression, il le savait. Car Vincent avait légèrement mouillé le flambeau avant de l'allumer, afin que la fumée tempérât sa clarté.

— A gauche, souffla ce dernier en désignant de la main un remous plus profond.

Benjamin manœuvra doucement pour amener la barque en lisière, effleura le remous qui mourait, un peu plus loin, sur une gravière. Le flambeau s'inclina vers la surface de l'eau. Le temps parut s'arrêter. Benjamin vit nettement l'éclair du poisson sous la lumière et, aussitôt après, celui de la fouëne qui frappait. Dans la seconde qui suivit, Vincent se redressa, soulevant un saumon d'au moins huit livres dont les écailles brillèrent dans la lumière comme des diamants. Posant le manche du flambeau dans l'encoche taillée à cet effet, Vincent saisit dans sa main gauche le fer saumonier et assomma la bête du tranchant. Le saumon se débattit à peine, frémit interminablement puis acheva sa vie dans le fond de la barque où se trouvaient déjà une dizaine de poissons. Vincent reprit le flambeau, souffla, en désignant du doigt une meilhe sombre où l'eau s'enroulait comme une anguille autour d'un arbre mort :

— Là, à droite.

Benjamin manœuvra aussitôt et le flambeau s'inclina. Ebloui, le poisson se mit à tourner sur lui-même, rendu fou par cette lueur inconnue qui l'aveuglait. Le bras de Vincent frappa de nouveau, se redressa, sa proie empalée sur les dents aiguisées de la fouëne. Le saumon rejoignit le butin inerte des pêcheurs, puis le flambeau recommença de sonder l'eau, inlassablement. Un long moment passa sans autre capture. Les deux hommes se sentaient seuls au monde. A force d'épier les bruits, de se fondre dans la nuit, ils avaient l'impression de devenir semblables à ces bêtes nocturnes qui guettent, immobiles, le moindre souffle de vent qui trahira la proie. Sans même se concerter, d'un accord tacite, ils traversèrent la rivière, certains que les calmes de la rive droite servaient de refuge aux saumons épuisés.

— Approche-toi encore, dit Vincent.

— Non, murmura Benjamin, on est trop près.

Vincent parut se réveiller de la douce euphorie qui lui faisait oublier les plus élémentaires précautions. Il posa le flambeau, trempa les mains dans l'eau, se mouilla le visage, retrouva sa lucidité. Il le savait bien qu'il ne fallait pas trop se rapprocher des rives : c'était la première des règles à respecter quand on pêchait la nuit. Il s'en voulut, soupira comme pour se forcer à la prudence :

— Si ton père nous voyait, il ferait un malheur.

Benjamin ne répondit pas : il préférait ne pas envisager cette éventualité, fût-ce un seul instant. Comme la barque se mettait à dériver lentement vers l'aval, ils entendirent un grand « floc » entre la rive et eux. Au bruit, c'était peut-être le plus beau saumon de la Dordogne. Vincent n'eut pas besoin de faire le moindre signe à Benjamin : la folie de la pêche les avait de nouveau subjugués. La barque s'approcha d'un remous où l'eau chantait, et Benjamin pensa qu'il devait y avoir un arbre sous la surface. Ils n'étaient pas éloignés de la rive de plus de dix mètres. A l'instant où Vincent inclina le flambeau, Benjamin, mû par un pressentiment, esquissa le geste de le retenir, mais c'était trop tard. La fouëne projetée par Vincent remonta sans le moindre saumon et, aussitôt, des lumières jaillirent de la rive proche.

— Sauve-toi, fit Vincent.

Benjamin hésita à peine : ayant distinctement perçu un bruit de rames, il lâcha les siennes et, prenant une profonde inspiration, il plongea. L'eau était si froide qu'il en resta un moment paralysé, se laissant dériver comme un noyé, puis l'instinct de survie fut le plus fort et il amorça des mouvements familiers. D'abord, il fallait s'éloigner de la rive, ensuite gagner le courant avant les barques des poursuivants et se servir de lui pour filer vers l'aval. Ces deux pensées s'ordonnèrent clairement dans sa tête, mais l'eau s'enroulait autour de ses jambes et de ses bras et semblait vouloir lui interdire le passage. Il s'épuisait. Remontant d'un coup de talons, il aspira une grande bouffée d'air tout en jetant un coup d'œil vers la rive. Trente mètres, pas plus, les séparaient. Il replongea, chercha une autre voie, descendit dans les fonds, rencontra moins de résistance et, en quelques secondes, il entra dans le courant. A partir de cet instant, il se laissa porter en émergeant de temps en temps pour respirer.

Maintenant qu'il s'éloignait du danger, il retrouvait suffisamment de lucidité pour s'interroger : où était Vincent ? Avait-il pu fuir à temps ? Et qui étaient ces hommes sur la barque ? Les gendarmes ou les gardes ? Il remonta vers la surface, nagea sur le dos, vit des lueurs de torche à soixante mètres, là-bas, et il lui sembla entendre des cris. La peur, qui avait reflué en lui, de nouveau lui mordit le ventre. Tournant la tête vers la droite, il aperçut une barque venant de Cieurac. C'était un vrai guet-apens. Il plongea, songeant qu'avec un peu de chance il aurait le temps de couper vers le port et de remonter dans sa chambre avant que les barques n'accostent. Cependant, le courant s'affaiblissait à l'approche d'un calme et le portait à peine. Il accéléra, nageant de toute la force de ses jambes et de ses bras, mais avec l'impression de ne pas se rapprocher de la rive. Dans un ultime effort, il passa sous l'eau et fit appel à toute son énergie. Enfin il heurta du pied les galets et accosta sous les trembles, cent mètres en aval du port. Vite, sans même regarder où se trouvaient les barques, il se fondit dans l'obscurité, courut en contournant les maisons, et, à bout de souffle, tremblant sur ses jambes, il atteignit l'arbre qu'il escalada en moins de dix secondes. D'en haut, il sauta dans sa chambre et, le cœur fou, écouta. On entendait des cris sur la rive, en amont.

— Vincent s'est enfui, Vincent s'est enfui, répéta-t-il en serrant les poings, comme pour conjurer le malheur.

Puis, de peur d'avoir réveillé son père et sa mère, il se déshabilla en toute hâte, mit ses vêtements à sécher sur le bord de la fenêtre et se coucha.

Il lui fallut près d'une heure avant de se réchauffer et de trouver le sommeil. La voix de Vincent ne cessait de résonner contre ses oreilles. « Sauve-toi, sauve-toi », disait-elle, et il plongeait chaque fois avec l'impression de descendre en des eaux si profondes que son cœur éclatait.

Marie ne dormait pas. Bien que son père ne lui eût rien dit, elle savait qu'il pêchait sur la rivière, sans doute avec Benjamin. Elle s'était levée plusieurs fois et, accoudée sur la fenêtre, avait écouté la nuit. En vain. Rien ne trahissait la moindre activité entre les arbres dont les fûts trouaient de taches pâles la nuit sans lune. Elle s'était recouchée, avait sombré dans un demi-sommeil, et c'est alors qu'elle avait entendu les cris. Aussitôt debout, elle descendit dans la chambre de sa mère, demanda :

— Vous avez entendu, mère ?

Amélie Paradou se dressa sur son lit.

— Qu'y a-t-il ? Qu'est-ce que c'est ?

— Vous n'avez rien entendu ? répéta Marie.

— Non.

— On a crié du côté des prairies.

— Quand ?

— Il y a deux minutes.

Amélie se leva et, suivie par Marie, elle passa dans la cuisine, ouvrit la porte, écouta la nuit. Seul le vent rôdait sur les prairies et jouait dans les branches des arbres avec un bruit de houle légère. Le parfum lourd des herbes humides pesait sur la vallée où l'on distinguait à peine, par moments, les brefs éclairs de l'eau le long des rives.

— Il faut aller voir, dit Marie.

Elles rentrèrent pour s'habiller, firent coucher François qui s'était réveillé, sortirent de nouveau, marchèrent vers l'endroit où Vincent avait l'habitude d'amarrer sa barque. L'obscurité était épaisse et douce comme de l'étoupe. Tout en pressant le pas, Marie respirait avec un plaisir inconscient cette suavité de l'air qui lui rappelait d'autres promenades nocturnes avec Benjamin. Elle pensait à la probable colère de Victorien quand il apprendrait que Vincent emmenait Benjamin, la nuit, sur la rivière. Ce serait terrible. Surtout si les gendarmes les avaient surpris.

— Il me fera mourir, cet homme, gémit Amélie qui peinait à suivre sa fille.

— Ne dites pas des choses comme ça, murmura Marie, je vous en prie.

Une fois sur le port, elles constatèrent que la barque ne se trouvait pas à sa place habituelle, et ce fut pour l'une comme pour l'autre la preuve incontestable d'un malheur.

— Mon Dieu ! fit Amélie.

Elles demeurèrent un moment immobiles en essayant d'apercevoir ou d'entendre quelque chose qui pût les rassurer, puis, sans se concerter, elles suivirent la berge en direction des prairies. Comme il faisait très sombre, elles faillirent tomber plusieurs fois et ne trouvèrent pas le moindre indice.

— Retournons, dit Marie, ça ne sert à rien.

Elles revinrent vers le port, s'arrêtant plusieurs fois pour écouter, s'efforçant d'imaginer quel drame s'était joué à leur insu dans cette nuit hostile. Une fois dans la maison, elles renoncèrent à aller se coucher, sachant très bien qu'elles ne trouveraient pas le sommeil. Elles ranimèrent le feu, s'assirent face à face de part et d'autre de la cheminée, et une longue attente commença. De temps en temps, Amélie poussait un long soupir, murmurait :

— Mon Dieu ! cet homme !

Marie, elle, ne disait rien, mais elle songeait que si son père et Benjamin avaient été pris, il faudrait payer une forte amende et peut-être même les mettrait-on en prison. Elle avait souvent entendu de la bouche des adultes cette courte prière d'avant les repas : « Mon Dieu, préservez-vous du naufrage et de la justice », et elle savait ce que cela signifiait : la foudre allait s'abattre sur les deux familles, sans doute même la misère et le déshonneur. Mais il y avait pis encore : Vincent et Benjamin ne s'étaient-ils pas noyés en tentant d'échapper à leurs poursuivants ? A force de réfléchir, de se torturer, il lui semblait que les jours à venir devenaient sombres comme des nuées d'orage. Heureusement le sommeil finit par tomber sur elle et la délivra, pour quelques heures, de son angoisse.

Quand elle rouvrit les yeux, il faisait jour. Elle sursauta, toucha le bras de sa mère qui s'était endormie elle aussi, et la peur, de nouveau, s'empara d'elles.

— Va chercher Elina, dit la mère, il ne faut pas alerter Victorien.

Marie frissonna, rajusta ses vêtements et sortit. Cependant, au lieu d'aller directement chez les Donadieu, elle fit un crochet par le port pour voir si par miracle la barque n'était pas revenue. Hélas, non ! Elle retourna sur ses pas, se demanda où se trouvait Benjamin, leva la tête, crut apercevoir des vêtements qui séchaient sur le rebord de la petite fenêtre sous les toits. Son cœur s'emballa et elle reprit espoir. Au moins, s'il avait échappé aux gendarmes, il pourrait expliquer ce qui s'était passé.

Elina était seule dans la cuisine. Elle sursauta en découvrant Marie qui, dans sa précipitation, avait oublié de frapper.

— Mon père n'est pas rentré, dit celle-ci sans songer à dissimuler son désarroi. Il était à la pêche au flambeau. On a entendu des cris.

Le sourire d'Elina se figea.

— C'était donc ça, fit-elle.

Puis, avec sa détermination habituelle :

— Je vais chercher Victorien ; il est dans le jardin.

— Non, surtout pas, fit Marie avec une telle angoisse dans le regard qu'Elina la dévisagea sans comprendre et demeura sur place.

— Mais pourquoi ? demanda-t-elle. Tu sais bien qu'on peut toujours compter sur lui.

Marie se sentait très mal et n'osait pas lui dire l'exacte vérité. Pourtant il le fallait : il n'y avait pas d'autres moyens de savoir où se trouvait Vincent. Elle hésita encore quelques secondes, lâcha dans un souffle :

— Je crois que Benjamin était avec lui.

Elina pâlit, s'appuya sur la table, puis, sans un regard pour Marie, s'engagea dans l'escalier. Dès qu'elle entra dans la chambre de Benjamin, apercevant les vêtements sur la fenêtre, elle comprit tout de suite que Marie avait dit vrai.

— Dieu du ciel ! gémit-elle.

Et, s'asseyant au bord du lit, elle prit Benjamin par le bras et le secoua jusqu'à ce qu'il se réveille. Il émergea difficilement du sommeil, grogna, se frotta les yeux, entrevit ses vêtements dans les mains de sa mère et toutes les scènes de la nuit lui revinrent à l'esprit.

— Malheureux ! qu'as-tu fait ? dit Elina.

Il demeura muet, accablé par le souvenir des cris de Vincent.

— Qu'est-ce qui s'est passé ? demanda Elina.

Benjamin avala difficilement sa salive, murmura :

— Les gendarmes nous attendaient.

— Et Vincent? Où est-il?

— Je ne sais pas; j'ai plongé.

— Tu as pensé à ton père? Qu'est-ce qu'on va lui dire?

Benjamin ne répondit pas. Elina, prise d'un terrible soupçon, demanda :

— Il ne s'est pas noyé, au moins?

— Non, fit Benjamin, je l'ai entendu crier.

Elle soupira, lui tendit ses vêtements en disant :

— Tiens! habille-toi et descends!

Elle ne l'attendit pas, et, en bas, trouva Amélie en compagnie de Marie : elle n'avait pas eu le courage de rester seule. Toutes les trois retinrent leur souffle en entendant Victorien qui rentrait pour déjeuner. Un silence accablé l'accueillit et il n'eut aucune peine à comprendre qu'il s'était passé quelque chose de grave. Comme Amélie et Marie n'avaient même pas la force de parler, Elina se dévoua en s'efforçant de ne pas lui montrer son inquiétude. Cependant, au fur et à mesure qu'elle racontait, le visage de Victorien se fermait, les muscles de ses mâchoires se contractaient et l'éclat de ses yeux devenait métallique; autant de signes qui, chez lui, annonçaient une colère froide.

— Où est Benjamin? demanda-t-il enfin, d'une voix extrêmement calme, presque inaudible.

— Il descend, dit Elina.

On entendait effectivement ses pas dans l'escalier, des pas qui ralentissaient prudemment en approchant de la cuisine. La première personne qu'il aperçut en poussant la porte, ce fut Marie et son regard affolé. Il eut comme une hésitation, tenta de remonter, mais la voix de son père le cueillit comme une gifle de vent glacé.

— Approche, petit, fit Victorien.

Cloué sur place, Benjamin appela des yeux sa mère à son secours, mais il comprit qu'elle ne pouvait plus rien pour lui. Il fut alors assailli par des souvenirs de colère folle, d'une force terrible qui, parfois, faisaient devenir Victorien comme fou.

— Approche! répéta la voix, méconnaissable.

Benjamin avança mais demeura derrière la table, hors de

portée de son père qui était assis. Celui-ci se leva, la contourna, s'arrêta devant son fils qui recula d'un pas. La voix de Victorien devint tout à coup très douce et Benjamin la trouva plus redoutable encore.

— Où étais-tu, cette nuit ?

Pourquoi fallait-il qu'il lui fît répéter ce qu'il avait déjà avoué à sa mère avec tant de peine ?

— Sur la rivière, souffla-t-il.

— Avec qui ?

— Avec Vincent.

— Que s'est-il passé ?

— Les gendarmes nous attendaient.

— Les gendarmes ou les gardes ?

— Il y avait plusieurs barques.

— Où est Vincent, ce matin ?

— Je ne sais pas, j'ai plongé.

Toute cette conversation s'était déroulée à voix basse, comme étouffée par la gravité des propos échangés. Il y eut ensuite un long silence, puis Victorien revint s'asseoir et dit, s'adressant aux trois femmes :

— Laissez-nous.

Elina se précipita vers lui, murmura :

— Ce n'est qu'un enfant ; il ne s'est pas rendu compte de ce qu'il faisait.

— Laissez-nous, répéta Victorien.

Le regard d'Elina courut de son fils à son mari, puis de son mari à son fils, et elle eut un geste navré d'impuissance. Après un long soupir, elle sortit lentement, précédant Amélie et Marie qui n'osa même pas lever les yeux sur Benjamin, immobile, de l'autre côté de la table. Une fois qu'ils furent seuls, Victorien ordonna :

— Approche, petit !

Benjamin obéit, s'arrêta à un mètre de son père qui, de nouveau, s'était levé.

— Sais-tu que si tu avais été pris, c'était moi qui serais allé en prison ?

Benjamin déglutit avec peine, répondit :

— Je le sais, père, je regrette.

— Alors pourquoi as-tu fais ça ? demanda Victorien d'une voix où il y avait plus de déception que de colère.

Benjamin ne put affronter le regard clair qui cherchait à lire en lui et à comprendre. Il bredouilla :

— Je sais pas... C'est comme une force qui me pousse... une folie...

Les mains de Victorien tremblaient et Benjamin se rendait compte qu'il avait de plus en plus de mal à se contrôler. Il avait peur à présent, bien que son père n'eût pas l'habitude de le frapper. Mais était-ce vraiment de la peur ? Non, pas exactement : c'était plutôt la sensation d'une impardonnable trahison envers l'être qu'il admirait le plus au monde.

— Je regrette, père, répéta-t-il.

Il ne vit pas arriver le coup, s'en fut cogner contre le mur, glissa sur le sol, assommé, un voile devant les yeux, se demandant vaguement ce qui venait de se passer. Il s'écoula plus d'une minute avant qu'il ne retrouve totalement ses esprits. Il aperçut alors son père, assis, qui regardait ses mains ouvertes devant lui, et il fallut un long moment à Benjamin pour comprendre les mots que murmuraient les lèvres d'où le sang paraissait s'être retiré :

— J'aurais pu le tuer... J'aurais pu le tuer...

Victorien partit pour le bourg une demi-heure plus tard, et chacun regagna sa maison, son travail. La matinée s'écoula lentement, tandis que la nouvelle de l'arrestation de Vincent se propageait dans toute la vallée. Sur la capitane, Benjamin nettoyait le pont avec rage, comme s'il avait voulu effacer sa propre faute et celle de Vincent. Vers onze heures, Marie, qui le guettait, lui fit signe que Victorien était de retour. Tous deux se précipitèrent vers la maison où ils retrouvèrent Amélie accourue elle aussi aux nouvelles. Elles entrèrent, mais Benjamin demeura à la porte, osant à peine regarder à l'intérieur.

Victorien était assis sur le banc, son grand corps légèrement penché vers l'avant, avec, semblait-il, tout le fardeau du monde sur ses épaules. Son visage était sombre. Dur. Il faisait peur.

— Alors ? demanda Elina en se forçant à sourire.

— Deux cents francs d'amende ou la prison, dit Victorien d'une voix blanche.

Amélie poussa un gémissement et tomba à genoux, tandis que Marie prenait sa tête entre ses mains en reculant comme pour chercher l'aide de Benjamin.

— Je ne les payerai pas ! cria Victorien en tapant du poing sur la table. Il s'est conduit comme un enfant. Il m'a trahi. Il ira en prison !

Amélie se traîna jusqu'à lui, essaya de lui prendre les mains, mais il la repoussa et répéta :

— Il ira en prison ! Tant pis pour lui !

— Vous ne pouvez pas laisser faire ça, Victorien, supplia Amélie, qu'est-ce que nous deviendrions sans lui ?

Et, comme Victorien demeurait hostile et paraissait ne pas l'entendre :

— Mes enfants ? Vous pensez à mes enfants ?

— Il m'a trahi, et avec mon propre fils, cria Victorien, je ne le lui pardonnerai jamais !

Repoussant Amélie violemment, il se leva et partit sans accorder la moindre attention à Elina qui se précipitait pour le retenir. Celle-ci aida Amélie à se relever, la fit asseoir, versa un peu de liqueur dans un verre et le lui tendit. Marie, épouvantée, se tourna vers Benjamin. Il la prit par le bras et l'emmena sur le chemin sans un mot. Ils couvrirent une trentaine de mètres avant qu'elle ne trouve la force de murmurer :

— C'est pas possible, il ne va pas laisser faire ça.

— Mais non, dit Benjamin, viens ! Ne t'inquiète pas.

Ils furent bientôt rejoints par les frères de Marie qui voulaient savoir ce qu'avait dit Victorien. Marie le leur raconta brièvement et leur demanda de rentrer.

— S'ils le mettent en prison, j'irai les tuer, dit François, farouche.

Il y avait une telle violence dans sa voix que Benjamin, comme Marie, ne douta pas un instant de sa détermination.

— Tu ne crois pas qu'on a assez de problèmes comme ça ? dit Marie. Va donc couper du bois, il n'y en a plus dans le coffre.

— Je les tuerai, répéta François, mais il s'éloigna en emmenant ses frères.

Benjamin et Marie n'allèrent pas bien loin. Ils s'assirent côte à côte sur la berge et Marie s'appuya contre lui. C'était la première fois qu'il la devinait aussi fragile, aussi vulnérable, et il se sentait coupable de n'avoir pas été assez prudent pour deux.

— Qu'est-ce qu'on va devenir ? murmura-t-elle.

— Ma mère lui parlera ; elle saura le convaincre.

— Tu crois ? fit-elle en tournant vers lui des yeux pleins d'espoir.

— Oui, j'en suis sûr, ne t'en fais pas.

— Et si on allait la voir, tous les deux ? fit Marie, incapable de rester inactive quand le sort de son père dépendait peut-être d'elle.

— Allons-y si tu veux ; mais tu sais, elle ne nous a sûrement pas attendus.

Ils regagnèrent la maison des Donadieu où chaque membre de la famille était déjà assis à table. Benjamin et Marie s'arrêtèrent sur le seuil, surpris d'apercevoir Victorien à sa place habituelle.

— Bon appétit ! fit Marie, confuse, avant de s'enfuir.

Benjamin entra, s'assit, remercia sa mère qui lui servait sa soupe, mais, alors qu'il s'apprêtait à manger, la voix froide de Victorien demanda :

— Es-tu bien sûr de l'avoir méritée ?

Benjamin se sentit blêmir, reposa sa cuillère.

— Non, dit-il.

— Alors tu peux t'en aller.

Il se leva, tête basse, monta dans sa chambre où il s'allongea sur son lit, malheureux comme il ne l'avait encore jamais été.

Dire qu'une nouvelle descente était prévue pour le surlendemain ! Qu'allait-il se passer ? Comment allait-on faire pour remplacer Vincent sur la gabare seconde ? Il en était là de ses réflexions quand il entendit crier en bas, dans la cuisine. Il se releva, descendit quelques marches sans bruit, écouta.

— Jamais je n'aurais cru ça de lui ! criait Victorien. Je lui avais donné toute ma confiance.

Comprenant que sa mère avait commencé son patient travail de persuasion, Benjamin se sentit soulagé. Combien de fois était-elle parvenue à le convaincre de changer d'avis ? Souvent, et Benjamin le savait. Il suffisait pour cela de ne pas le heurter, de ne jamais élever la voix plus haut que lui, de lui faire toucher du doigt les conséquences d'un acte que sa fureur l'empêchait d'entrevoir.

— On ne peut pas laisser Amélie et ses enfants sans ressources, vous le savez bien, disait Elina de sa voix calme et douce.

Et, comme son mari ne répondait pas :

— Vincent vous est dévoué corps et âme, et il serait capable de se faire tuer pour vous.

— Ça ne l'a pas empêché de trahir ma confiance, répliqua vivement Victorien.

— Vous-même, à son âge, n'aviez-vous pas aussi cette folie de la pêche ?

— Je n'ai jamais trahi personne pour cela.

Elina posa son assiette de soupe, reprit, avec toujours autant de douceur :

— Il a besoin de sous, et les saumons rapportent.

— Il fallait m'en demander.

Elina soupira, mais ne se départit pas de son sourire.

— Il n'ose pas, dit-elle, vous le savez bien ; nous avons déjà tant fait.

— Justement.

— Et leurs enfants, y pensez-vous ? Et Marie, cette petite si courageuse que nous avons élevée tous les deux, vous voulez donc faire son malheur ?

— Quand bien même j'accepterais de payer, s'écria subitement Victorien d'une voix qui fit trembler toute la maison, dites-moi donc où je vais trouver les sous !

Il y eut un grand silence. Elina, cette fois, ne répondit pas. Comme Benjamin, là-haut, sur l'escalier, elle venait de comprendre que le véritable problème, le principal obstacle était bien là. Car Victorien, lui, avait tout de suite su qu'il lui faudrait aller demander à Arsène Lombard la somme nécessaire, ce qu'il n'avait jamais accepté de faire pour sa propre famille, même lors de l'hiver où Fantille était tombée malade, même l'année où les basses eaux avaient duré six mois. Il allait devoir solliciter de l'argent pour un travail qu'il n'avait pas accompli. Là, surtout, résidait sa véritable blessure, l'humiliation suprême. Benjamin éprouva à cette pensée un tel sentiment de honte qu'il remonta dans sa chambre, s'écroula sur son lit et laissa couler des larmes qui avaient encore le goût de l'enfance.

Une heure passa, puis deux, pendant lesquelles, après avoir séché ses yeux, il eut tout le loisir de réfléchir. Vers trois heures, décidé à agir coûte que coûte, il descendit pour parler à sa mère, mais il n'y avait personne dans la cuisine. Il courut alors chez Louis Lafaurie qui habitait à deux cents mètres de la rivière, une maison basse et trapue qui, au contraire de celles du port, ne comportait qu'un seul étage. Lafaurie était en train de bêcher son jardin et suait abondamment. Il était gros, avec des joues rouges rebondies et des yeux couleur de châtaigne. Benjamin, comme les autres matelots, l'aimait beaucoup. Son insouciance, son imprudence, même, sur la rivière, ne plaisaient pas toujours à Victorien qui pourtant l'estimait. Quand il aperçut Benjamin, Lafaurie s'appuya sur sa bêche, hocha la tête d'un air apitoyé et dit :

— Quelle histoire ! Ton père doit être furieux !

— Si furieux qu'il fait peur, dit Benjamin.

Même en de telles circonstances, le visage de Lafaurie conservait toute sa jovialité.

— On parle de deux cents francs d'amende, reprit-il ; c'est vrai ?

Benjamin hocha la tête.

— C'est pas rien, dit Lafaurie.

Puis il s'essuya le front en soupirant, abandonna son outil, entraîna Benjamin dans la cuisine où sa femme, Maria, épluchait des pommes de terre. Ils n'avaient pas d'enfants et menaient une vie paisible entre le port et les collines. Maria était plus vive que son mari. L'énergie éclairait son visage dans lequel deux yeux noirs pétillaient de malice.

— Si seulement chacun pouvait donner un peu, fit Benjamin.

Il y eut un court silence pendant lequel les mots firent lentement leur chemin dans l'esprit de Louis et de Maria.

— A vingt matelots, ça fait dix francs chacun, calcula Maria ; ce n'est quand même pas le bout du monde.

— Pour nous, peut-être, dit son mari, mais pour les autres ?

— Les autres, il faut aller le leur demander, dit Maria ; il n'y a pas d'autre solution.

— Je peux y aller en courant, intervint Benjamin, si vous vous chargez de ceux qui habitent sur le port.

Louis réfléchissait en regardant sa femme. Connue pour avoir un peu d'instruction et beaucoup de bon sens, on venait la consulter régulièrement sur les sujets les plus divers, l'opportunité d'un achat, d'une alliance, d'une décision grave.

— Au moins essayons, dit-elle vivement ; une histoire comme celle-là, ça finit toujours par un drame ; alors mieux vaut agir le plus vite possible.

Elle ajouta, rangeant prestement son ouvrage :

— Moi, je vais sur le port ; toi, Louis, chez ceux qui habitent vers le bourg et toi, petit, si tu veux bien, cours donc chez ceux qui habitent le plus loin : Fauvergue, Roussille, Laval, Mazel.

Comme Benjamin s'élançait déjà, elle le retint par le bras pour lui dire :

— On se retrouve ici dès que vous avez terminé. Si on ne

récolte pas assez de sous pour payer l'amende, dites-leur qu'on rendra ceux qu'ils auront avancés.

Tous trois partirent de leur côté dans l'après-midi accablé de soleil, où la verdure des feuilles semblait éclabousser le ciel. Benjamin prit la route des collines où habitait Jean Fauvergue, le second de Vincent, un colosse noir à moustaches qui vivait seul dans une maisonnette couverte de lauzes. Il écouta Benjamin avec un air catastrophé et, malheureux pour Vincent et Amélie qu'il connaissait depuis longtemps, il donna huit francs, tout ce qu'il possédait. Benjamin remercia, but un verre de vin frais coupé d'eau et partit chez le vieux Johannès Mazel qui habitait plus loin sur le causse, au milieu des vignes. Il avait soixante ans et avait navigué, dans le temps, avec le grand-père de Benjamin. Sec et noueux, les yeux bleus, il vivait avec sa femme, Adeline, qui élevait des canards et des oies. Ils n'étaient pas au courant de l'arrestation de Vincent. Quand Benjamin leur eut expliqué ce qui se passait, ils lui donnèrent dix francs sans la moindre hésitation. Il prit à peine le temps de remercier et courut chez les autres matelots où, partout, il reçut le même accueil chaleureux. Pas un seul reproche ne sortit de la bouche de ces hommes durs au mal, souvent dans le besoin, qui avaient appris la solidarité sur la rivière et à qui le mot « prison » donnait des frissons.

A six heures, comme convenu, Benjamin fut de retour chez Maria et Louis Lafaurie qui l'attendaient. Les comptes furent vite faits : à eux trois, ils avaient réuni cent quatre-vingts francs. Il manquait donc vingt francs que Victorien ne pouvait pas ne pas donner. Tremblant d'excitation, Benjamin emmena Louis avec lui pour remettre l'argent à son père. Celui-ci coupait du bois dans l'appentis du jardin. Le même air farouche errait sur son visage et ses lèvres serrées témoignaient du combat qui se livrait en lui. A l'instant où il aperçut Benjamin et Lafaurie, il s'arrêta de casser son bois, posa un pied sur le billot, s'accouda sur un genou et attendit. Ils s'approchèrent.

— Voilà cent quatre-vingts francs, père, dit Benjamin. Vos

matelots ont tous donné pour Vincent: vous n'aurez rien à demander à Arsène Lombard.

Victorien les dévisagea l'un et l'autre, comme s'il ne comprenait pas. Elina survint à cet instant, suivie par ses filles. De la cuisine, elle avait entendu la voix de Benjamin, dont l'absence l'avait inquiétée pendant l'après-midi. Les trois femmes s'arrêtèrent à dix pas des hommes, ne sachant ce qui motivait cette entrevue singulière :

— Prenez ! Victorien, dit Louis ; vous le pouvez, ce n'est pas pour vous, c'est pour Vincent.

Il ajouta, comme Victorien, fermé, ne se décidait pas.

— Ils ont tous donné, tous, je vous dis !

Et il répéta, radieux, prenant les femmes à témoin :

— C'est pour Vincent... c'est pour Vincent.

— Prenez ! Victorien, intervint Elina en s'approchant, souriante ; vos hommes veulent porter secours à Vincent.

Il fallait que le père tende la main. Benjamin comprit qu'il y avait là une impossibilité qui rendait vains tous leurs efforts. Il s'avança, posa les pièces sur le billot en évitant de croiser le regard de son père, puis il recula de nouveau. Quand il releva la tête, il comprit qu'il avait fait le geste opportun, car Victorien souriait. Ses yeux avaient perdu la lueur farouche et glacée qui y brillait depuis le matin. Sans doute pour dissimuler son émotion, il plia son grand corps, se saisit du mouchoir dans lequel Benjamin avait plié les pièces et dit :

— Viens donc avec moi, Louis ; on va le chercher.

Ils entrèrent d'abord dans la maison pour y prendre la somme manquante, puis ils partirent vers le bourg, tandis que Benjamin, Elina et les filles couraient chez Amélie pour lui annoncer la nouvelle. Là, une fois qu'Elina et Benjamin eurent rendu compte de la générosité de l'équipage, les femmes s'embrassèrent en essuyant quelques larmes. Mais déjà des cris retentissaient sur le chemin, ceux des matelots du port qui, prévenus par Maria, venaient attendre le retour de Vincent. Les femmes les firent entrer et boire un verre pour patienter. Cependant, comme il était évident que les hommes ne seraient pas de retour avant longtemps, elles confectionnèrent une énorme omelette que les matelots dévorèrent joyeusement. D'autres arrivèrent peu après, mystérieusement prévenus, désireux d'assister eux aussi au retour de Vincent.

Il faisait nuit quand celui-ci arriva enfin, précédé par Victorien et Louis Lafaurie. L'acclamation qui salua son entrée lui démontra combien il était aimé de tous. Il dut passer de bras en bras pour l'accolade fraternelle et ce furent des rires et des cris à n'en plus finir. Les femmes se remirent en cuisine pour nourrir tout ce monde. Benjamin, debout près de la cheminée, observait son père. Son visage s'était adouci. Sans doute l'amitié qui régnait entre ses hommes, la grande famille qu'ils formaient lui réchauffaient-elles le cœur. Il semblait avoir oublié tous ses griefs vis-à-vis de Vincent. Peut-être avait-il épuisé ses reproches pendant le long trajet du bourg à la maison. Une sorte de gravité l'habitait. Mais c'était une gravité heureuse qui le réconciliait avec le monde et avec les siens. Il n'était pas le dernier à lever son verre, même s'il restait muet et se contentait d'écouter les plaisanteries de son équipage.

Un peu plus tard, Benjamin, qui parlait avec Marie, s'aperçut qu'il avait disparu. Il sortit discrètement, devina une silhouette sur le chemin, là-bas, la suivit dans la nuit. C'était bien Victorien : Benjamin le reconnut sans peine au moment où celui-ci passa dans un rayon de lune. Il semblait se diriger vers le port. Un vent léger s'était levé, qui portait des parfums de cerise. Le noir velouté de la nuit s'étendait sur les prairies avec l'épaisseur d'un nuage. Victorien s'arrêta sur la berge, demeura un instant immobile, repartit, monta sur la capitane et s'assit, face à la rivière, le menton dans ses mains. Benjamin hésita : fallait-il le rejoindre ou le laisser seul ? Son besoin de lui parler fut le plus fort. Il monta lui aussi sur le pont, s'assit sur une caisse, à bonne distance de son père. Celui-ci tourna la tête vers lui, mais ne dit rien. Ils restèrent un long moment silencieux, comme il leur était arrivé si souvent, les jours où ils allaient ensemble à la pêche, tout en sachant très bien, malgré ce silence, combien ils étaient proches. Un oiseau de nuit tourna un moment sous la lune puis s'abattit dans les chênes de la rive opposée.

— Qu'est-ce que tu veux, petit ? fit Victorien, d'une voix qui avait enfin perdu sa froideur.

— Rien, père.

Victorien Donadieu soupira.

— Tu as quelque chose à me dire, peut-être ?

— Oui, père.

Benjamin déglutit péniblement, murmura :

— Si vous aviez dû aller chez Arsène Lombard, j'aurais regretté de ne m'être pas noyé la nuit dernière.

Il y eut un long silence troublé seulement par le murmure des eaux. Victorien Donadieu ne bougeait pas. Benjamin attendait il ne savait quoi, un geste, un mot, qui scellât enfin la réconciliation.

— Viens ici ! dit brusquement le père.

Benjamin s'approcha, s'immobilisa face au regard qui, depuis, le matin, le jugeait.

— Sais-tu, petit, quel est le plus grand malheur qui puisse arriver à un homme ? demanda-t-il.

Benjamin ne répondit pas.

— C'est de voir un de ses enfants mourir avant lui. Alors ne parle plus de te noyer et contente-toi de pêcher la journée.

Victorien se leva, attira rudement son fils contre lui et l'entraîna vers la fenêtre d'où s'échappait le chant des matelots attablés chez Vincent Paradou.

4

Des éclairs de fer-blanc déchiraient le ciel de décembre que griffait le vol nerveux des oies sauvages. Il avait plu pendant quinze jours, mais, la veille, le vent avait tourné au nord et la pluie avait cessé. La Dordogne portait une crue qui charriait des plaques de glace. Sur les rives corrompues par l'hiver, des bécassines et des vanneaux cherchaient leur nourriture dans les champs inondés. Ce matin, malgré le froid sec, les eaux atteignaient les chemins de halage où les bateaux de Victorien Donadieu se préparaient aux manœuvres de changement de rive au relais de La Roque-Gageac.

Frigorifié malgré sa veste de laine et son manteau de bure, Benjamin écoutait les flocons de neige gelée se poser sur la capitane avec un bruit de pattes d'oiseaux et regardait la barque du passeur emporter la cordelle sur l'autre rive. Elle filait à toute allure en travers du courant sur les eaux d'un gris cendré où, par moments, émergeaient des troncs d'arbres ou des pièces d'appontement happées par la crue dans les villages. La barque accosta, là-bas, en douceur, et le patron bouvier s'en saisit pour la nouer autour d'un chêne. Benjamin se tourna légèrement de côté afin d'essuyer les larmes de douleur qui coulaient de ses yeux. Près de lui, Victorien, les mains nues sur le gouvernail, bleues de froid, donna l'ordre à ses matelots de pousser sur les bergades, puis, d'une manœuvre savante, il plaça la capitane dans la perpendiculaire de la rivière. Sous la force du courant qui la frappa de plein fouet, elle faillit verser puis elle se rétablit lentement en amorçant la dérive. On avait déchargé la moitié du sel sur le gabarot d'allège qui attendait derrière la gabare seconde son tour pour traverser. Une fois qu'elle eut gagné le milieu de l'eau, la capitane hésita, puis elle se précipita sur la rive, maintenue par la cordelle qui vibrait dangereusement, et accosta dans une meilhe abritée par une avancée de la berge.

— Il me faut trois paires de bœufs ! cria Victorien en sautant sur la terre ferme.

Le patron des bouviers s'approcha. C'était l'un de ces paysans qui habitaient à proximité des rives et vivaient bien mieux du halage que de leurs maigres récoltes. Il était noir, petit et gros. Du gel s'était posé sur ses moustaches que sa respiration ne parvenait pas à effacer. Ses yeux étroits étaient presque invisibles dans un visage mangé par la barbe.

— J'ai cinq paires en tout, grogna-t-il : deux pour la capitane, deux pour la seconde et une pour l'allège. Si tu en veux plus, il faudra attendre.

Le convoi avait trois jours de retard. Le courant était tellement violent qu'au lieu de parcourir vingt-cinq kilomètres dans la journée, on en couvrait seulement quinze. Victorien ne répondit pas. Il éprouva la dureté du sol avec ses pieds, fit la grimace.

— Tes bêtes sont bien ferrées, au moins ? demanda-t-il.

— Ferrées de neuf, dit le bouvier.

Victorien s'avança sur le chemin de halage où les flaques de pluie avaient gelé. Il glissa, faillit tomber, demanda :

— Tu as vu l'eau, Marcellin ?

— Pardi que je l'ai vue ! fit le bouvier. Elle est moins forte que tu le crois : c'est de l'eau de neige.

— Et le chemin, tu l'as vu ?

— Je connais mes bêtes, ça me suffit.

Victorien eut une ultime hésitation. Il se tourna vers l'autre rive où l'on apercevait les silhouettes de Louis et de Vincent sur les bateaux, mais les deux hommes étaient trop loin pour donner leur avis.

— Allons-y ! dit Victorien.

Les matelots dénouèrent la cordelle de traverse, fixèrent à la base du mât une corde plus courte et la donnèrent au bouvier. Celui-ci la noua au train arrière de son attelage et, muni de son aiguillon, il se plaça devant ses bêtes qui, sur son ordre, tendirent leurs jarrets et avancèrent péniblement. Elles couvrirent à pas lents une dizaine de mètres, puis elles bronchèrent dès que la capitane, ayant dépassé l'avancée de la berge, se heurta au courant. Pelotonné dans son manteau à l'abri du vent, Benjamin entendait l'eau bouillonner contre la coque et frissonnait en apercevant les plaques de glace qui tournoyaient au-dessus des remous. Des rafales de vent soufflant par le travers avaient tendance à rabattre la capitane vers la rive. La pression de l'eau sur la coque était énorme. Devant, le patron bouvier hurlait en frappant ses bêtes de l'aiguillon. L'attelage arriva sur un méandre convexe que le courant léchait au ras de la berge. Dès qu'il heurta la capitane, les bêtes, déjà fatiguées, semblèrent s'immobiliser. Le chemin, en mauvais état, penchait vers la rivière. L'une des bêtes dérapa sur une flaque gelée. En moins de cinq secondes l'attelage fut déséquilibré.

— Coupe ! cria Victorien à Johannès qui se trouvait près du mât.

Le vieux, qui avait de l'expérience, s'était déjà emparé de la hache sans attendre l'ordre de son capitaine : il cogna de toutes ses forces contre le mât sur lequel était nouée la cordelle, la sectionnant du premier coup, mais il était déjà trop tard. Après avoir perdu l'équilibre et basculé le long du talus, les bêtes dévalèrent la courte pente jusqu'à l'eau qui les engloutit. Sous le choc de la rupture, la capitane, d'abord, s'immobilisa, puis elle se mit à reculer en pivotant sur elle-même comme un tronc abandonné aux caprices des flots. Pour éviter qu'elle ne se fracasse sur la rive, Victorien, donnant un vigoureux coup de gouvernail, essaya de lui faire prendre du travers, tandis que Benjamin, agrippé aux cordages, retenait son souffle. Victorien parvint à faire virer son bateau sur tribord sans entrer dans le courant, mais un remous qu'il ne pouvait apercevoir le prit brusquement et le renvoya vers le milieu de l'eau. Deux cents mètres plus bas, la seconde, qui peinait pour gagner l'autre rive, n'avait pas encore atteint le tiers de sa traversée.

— Père ! cria Benjamin, attention !

Victorien, jugeant que la distance était suffisante, essaya d'abord de passer entre la seconde et la rive où se trouvaient les bouviers, puis il comprit qu'il n'en aurait pas le temps. Il changea alors de cap pour tenter de gagner la rive libérée par la seconde, mais la capitane ne put s'arracher au courant trop violent. Benjamin entendit crier les bouviers, de même que Vincent. Il remarqua que Marcellin était descendu au bord de l'eau pour porter secours à ses bêtes qui luttaient contre les remous. Victorien fit un geste du bras à l'adresse de Vincent afin de lui indiquer où il allait passer, mais celui-ci ne le comprit pas. Tout allait trop vite. Il semblait que, quoi qu'ils fissent, leurs routes allaient se croiser. Pourtant, Victorien, renonçant à son idée première, tenta une ultime manœuvre en plaçant son bateau parallèlement au courant pour tâcher de passer devant le nez de la seconde, mais celle-ci, ayant gagné en vitesse en fin de parcours, arrivait trop vite. Le choc fut effroyable. La proue de la capitane fit exploser celle de la seconde et rompit sa cordelle. Il y eut un craquement sinistre de coque brisée, des planches montèrent très haut avant de retomber dans une gerbe d'écume, qui, l'espace d'un instant, recouvrit entièrement les bateaux. Ceux-ci partirent alors dans une folle dérive, très près l'un de l'autre, à vive allure. Benjamin, qui, d'instinct, avait fermé les yeux au moment du choc, les rouvrit et aperçut son père, toujours debout, d'une pâleur effrayante, mais qui manœuvrait avec calme, sans qu'un seul trait de son visage ne bougeât.

Vincent, lui, avait beaucoup de mal à tenir son bateau qui enfournait par l'avant et piquait dangereusement du nez. Il eût sans doute sombré rapidement si l'un des matelots de la capitane n'eût réussi, avec une adresse inouïe, à lancer une cordelle au prouvier miraculeusement indemne. A l'instant même où ce dernier la nouait au mât de la seconde, la capitane sortait enfin du courant. La cordelle se tendit mais résista à la traction énorme des deux bateaux. Plus lourde que la seconde, la capitane parvint à la retenir et, avec l'aide de Vincent dont le gouvernail n'avait pas souffert, à l'amener doucement vers des eaux plus paisibles. Cependant, si la capitane accosta sans difficulté, la seconde, privée de son autonomie, heurta les rochers, qui, à cet endroit, crénelaient la rive. Un nouveau craquement déchira le silence, donnant à Benjamin l'impression que c'était son cœur qui s'ouvrait.

Il sauta sur la berge, courut derrière son père, oubliant le froid, soudain, et tout ce qui était étranger au danger couru par les bateaux. Car il lui semblait que sa propre chair avait été touchée et il comprenait qu'il en était de même pour Victorien, dont le visage était blême et dont les yeux brillaient avec un éclat glacé. Mais déjà les matelots déchargeaient les sacs de sel de la seconde dont la plaie béante s'ouvrait comme une gueule de brochet monstrueux. Si la fissure de la capitane fut rapidement colmatée avec du bois et de l'étoupe, il devint vite évident que la blessure de la seconde était mortelle. Les matelots criaient, s'affolaient, se gênaient pour colmater la brèche, et plus les minutes passaient, plus le bateau de Vincent s'enfonçait. Victorien essayait bien de coordonner leurs efforts, mais le combat était perdu d'avance. Les hommes eurent tout juste le temps de sauter sur la rive quand la gabare coula, d'abord lentement, puis d'un coup, avec un bruit de caverne investie par les eaux. Sur la berge, les hommes exténués, à bout de souffle, n'eurent pas un mot, pas un geste. Benjamin jeta un regard vers son père dont les traits, s'étant brusquement creusés, le vieillissaient soudain effroyablement. Pourtant il se tenait bien droit, et ses cheveux, rabattus vers l'arrière par le vent, découvraient, comme pour mieux les montrer, l'énergie et la fierté de son visage. Ce fut lui qui trouva le premier la force de réagir :

— Allons, fit-il, tout le monde est en vie et c'est le principal.

Les matelots s'ébrouèrent avec des soupirs, puis ils retournèrent sans un mot sur la capitane pour consolider les réparations de fortune. Ils oublièrent un peu le drame en travaillant, mais, dès qu'ils eurent terminé, que le gabarot eut à son tour traversé, une grande lassitude tomba sur eux. Vincent avait le visage défait. Ses yeux brillaient anormalement et il se mordait la lèvre inférieure jusqu'au sang. Victorien, lui, avait retrouvé ce masque que son fils connaissait bien et derrière lequel il cachait la déception ou la souffrance. Benjamin s'éloigna de quelques pas et, après avoir vérifié que personne ne regardait dans sa direction, appuyé au tronc d'un peuplier, il laissa couler quelques larmes de rage qu'il effaça prestement de la main. C'était la première fois qu'il voyait sombrer un bateau. Et c'était terrible.

Il revint lentement vers les bateaux sur lesquels les matelots entassaient les sacs de sel sauvés du naufrage de la seconde, mais il y en avait trop. Il fallut abandonner des sacs sur la rive et les protéger d'une bâche en attendant du secours. Deux bateliers amis étaient à la remonte, et Victorien le savait. Il comptait sur leur aide pour transporter une partie de la cargaison jusqu'à Souillac. Cela ne se refusait pas. La solidarité existait vraiment entre gens de rivière.

Face à tous ces hommes fatigués et meurtris, le vent s'acharnait, cinglait la peau, s'insinuait sous les vêtements. Victorien comprit qu'ils avaient atteint le seuil de ce qu'ils pouvaient endurer. Il décida d'emmener tout son monde à l'auberge qui se trouvait à cinq cents mètres de là, à l'intérieur des terres. Les hommes pourraient au moins s'y réchauffer et reprendre des forces. Benjamin, qui marchait en dernière position, apercevait le grand corps de son père bien droit malgré le vent glacé et, à chacun de ses pas, quelque chose en lui se nouait. Il se porta rapidement à sa hauteur et lui dit d'une voix qui tremblait un peu :

— Nous en reconstruirons un autre tous les deux, père, même s'il faut pour cela travailler jour et nuit.

Sur le port, personne ne savait où se trouvaient les bateaux. Elina Donadieu était allée aux nouvelles chez Arsène Lombard, mais le marchand ignorait tout de ses matelots. L'inquiétude était à son comble dans les familles, d'autant plus que les eaux ne cessaient de monter malgré l'arrêt de la pluie. Et Noël était là, qui allait passer sans les hommes retenus on ne savait où, sans doute en danger.

Marie se trouvait dans la maison d'Elina Donadieu, avec sa mère, afin de préparer le repas de fête que l'on prendrait, comme d'habitude, avant de se rendre à la messe de minuit. Marie hachait une gousse d'ail et, en regardant tomber la neige à travers la fenêtre, elle pensait à Benjamin et à son père qui devaient souffrir du froid. Elle espérait que les bateaux arriveraient avant la nuit, car elle savait que Victorien ferait l'impossible pour ramener ses hommes à temps. Ainsi la veillée serait heureuse comme à l'accoutumée, dans la maison des Donadieu où les deux familles se réunissaient chaque soir de Noël.

— Ne t'inquiète pas, ma fille, lui dit Elina, fais donc confiance à Victorien.

— Ce serait bien la première fois que nos matelots manqueraient la veillée, ajouta Amélie sans lever la tête de son ouvrage.

— Ou alors, il se serait passé quelque chose de grave, reprit Elina.

— Ne parle pas de malheur, murmura Amélie en se signant furtivement.

Marie, un instant distraite, retrouva le fil de ses pensées tournées vers Benjamin, et la conversation des deux femmes devint un murmure lointain. Il avait tellement changé, Benjamin, depuis l'été ! Voilà qu'il dépassait maintenant Vincent par la taille et que sa voix était devenue celle d'un homme. Elle, au contraire, ne changeait guère et se désespérait de garder son corps d'enfant. Ce n'était pas le cas d'Emeline qui avait déjà l'allure et l'assurance d'une demoiselle. Etait-ce pour cette raison que Benjamin s'attardait fréquemment auprès d'elle, sur le port, pour des conversations mystérieuses qui duraient de plus en plus longtemps ? « Tu es bête, disait-il quand Marie lui reprochait ces discussions dont, sans le lui montrer, elle souffrait ; je suis bien obligé de lui parler, sinon cela fâcherait son père. » Marie ne croyait pas à cette explication, mais souriait pourtant avec indulgence. Que n'eût-elle accepté pour ne pas le perdre ?

Elle haussa les épaules. Etait-elle sotte ! Pourquoi toujours ressasser de telles pensées, même en cette veille de Noël où les bateaux allaient arriver d'une minute à l'autre. Ne changerait-elle donc jamais ? Furieuse contre elle-même, elle se dépêcha de terminer son travail, se couvrit chaudement et sortit, espérant secrètement arriver sur le port en même temps que les bateaux. « C'eût été trop beau », songea-t-elle avec dépit en apercevant le quai désert où le vent courait à perdre haleine. Elle s'assit sur une pile de bois et, immobile dans le froid, elle observa un moment la Dordogne dont les eaux couleur de fer lui donnait des frissons. Elle répéta la même prière pendant une ou deux minutes en fermant les yeux : « Mon Dieu, faites que Benjamin arrive maintenant. » Puis, convaincue de se montrer égoïste : « Mon Dieu, faites que les hommes regagnent leur famille aujourd'hui. » Et elle ajouta, avec une ferveur confiante : « Puisque c'est Noël, puisque c'est Noël... » Elle ne se décidait pas à rouvrir les yeux. Si elle attendait encore une minute, il lui semblait que la capitane surgirait là-bas, sous le rocher du Raysse...

Une rafale de vent la gifla, le froid mordit son visage. Elle rouvrit enfin les yeux. Nulle gabare à l'horizon. La Dordogne, impassible, roulait des eaux hostiles en murmurant : « Ils ne viendront pas, ils ne viendront pas. » Elle eut très froid, soudain, se sentit glacée jusqu'au cœur. Elle fit néanmoins une dernière tentative, répéta sa prière, mais sans conviction. Elle avait perdu. C'était trop injuste de passer un Noël ainsi sans son père, sans Benjamin, sans ces rires qui résonnaient dans la grande maison où il faisait si bon. Gardait-elle le souvenir d'une telle tristesse ? Non. Aucun. Et tout à coup, elle détesta tellement la rivière que sa vue lui devint insupportable. Elle se leva, rajusta sa capuche et rentra lentement.

Dans la cuisine, des parfums d'oignon et de soupe de pain lui restituèrent des sensations agréables qui s'estompèrent rapidement. Elle aida sa mère à larder des pigeons, vaqua à de multiples occupations alors que l'après-midi coulait inéluctablement, malgré le désir qu'elle avait d'en retenir chaque seconde. Il devint pourtant vite évident, à mesure que l'obscurité augmentait, que les bateaux n'arriveraient plus. Pour les femmes, la déception fut à la mesure de l'espérance entretenue pendant les préparatifs de la veillée. On attendit encore une heure, mais vainement, et il fallut bien se mettre à table, tenter de rire, de s'amuser le temps que vienne l'heure de partir pour la messe.

Elina organisa une veillée au coin du feu et raconta des contes et des légendes appris dans la métairie de son enfance. On chanta quelques chansons, tandis que les filles filaient le chanvre que l'on faisait rouir dans les fossés réservés à cet usage en aval du port, mais le cœur n'y était pas. Les garçons, qui jouaient avec des quilles, ne se disputaient même pas, contrairement à leur habitude. Elina parvint quand même à garder son sourire et à rendre la veillée la plus agréable possible jusqu'à l'heure du départ. Marie, sa mère et les enfants retournèrent alors dans la maison des Paradou pour se préparer. Chacun se vêtit de ses plus beaux habits et glissa dans sa poche une pierre bien chaude. Après quoi, tout le monde sortit de nouveau pour retrouver Elina et ses filles qui attendaient sur le chemin.

La nuit était claire, l'air coupant comme du verre. Malgré le vent, on entendait bouillonner la rivière, là-bas, près du port enfoui dans l'obscurité. La colère des eaux tumultueuses faisait penser aux bateaux, et les bateaux aux hommes immobilisés quelque part, pour de mystérieuses raisons. On avait beau y être habitué, il était douloureux de penser à eux dans cette nuit hostile au fond de laquelle brillait la lumière des chandelles, sur les chemins du bourg. Au-dessus des collines, les étoiles clignotaient comme des lanternes fouettées par le vent. Il ne neigeait plus. Le chemin boueux se dérobait sous les sabots où la paille, pourtant bien serrée, tenait à peine chaud aux pieds.

Le trajet parut bien long à Marie qui, trois quarts d'heure plus tard, pénétra dans l'église avec recueillement. Malgré les deux kilomètres à parcourir à l'aller et au retour, elle s'y rendait souvent avec sa mère. Comme toutes les femmes de la vallée, en effet, elles avaient été élevées dans une piété un peu craintive mais ardente, fidèle, où elles puisaient les forces nécessaires à leur vie souvent solitaire. Marie priait avec des élans sincères et confiants, car il était essentiel que quelqu'un veillât sur elle comme elle-même veillait sur les siens. Le monde était ainsi : les plus forts protégeaient les plus faibles, qui protégeaient eux-mêmes plus faibles qu'eux.

Ce soir, pourtant, dès qu'elle s'agenouilla à sa place habituelle, au fond de la nef, à droite de l'entrée, un feu d'amertume se mit à brûler dans son corps. Là-bas, devant l'autel, les familles des marchands étaient réunies, et les enfants comme les parents, les hommes comme les femmes, s'apprêtaient à entendre la messe dans la sérénité. Ce fut si violent que des larmes de rage perlèrent dans les yeux de Marie qui découvrait l'injustice dans la maison même du bon Dieu. Et son père avait froid. Et Benjamin aussi, sans doute. Et tous deux étaient loin. Peut-être s'étaient-ils noyés lors d'un accident. Elle frissonna, essaya de s'intéresser à l'office qui commençait, mais il lui fallut un long moment pour oublier ce pincement au cœur qui avait été si douloureux. Puis les chants et les répons montèrent sous les voûtes aux couleurs chaudes, les lumières des cierges embrasèrent les vitraux, la voix d'Elina et de ses filles réconfortèrent Marie qui réussit à s'apaiser.

Lorsque la messe se termina, pourtant, elle ne suivit pas ses frères qui allaient admirer la crèche, près du chœur. Elle sortit avec sa mère et Elina, attendit sous le porche en échangeant quelques mots avec Angéline qui venait de les rejoindre. Cinq minutes plus tard, Arsène Lombard apparut, l'air sombre, et attira Elina à l'écart. Il lui parla doucement, une main posée sur son bras, avec une sorte de gravité. Le regard de Marie croisa alors celui d'Emeline, qui, un peu en retrait, attendait près de sa mère, et ce qu'elle y lut la troubla. Il ne contenait pas le défi habituel, mais plutôt de la pitié. Marie eut peur, tout à coup, si peur qu'elle voulut s'éloigner, mais Mme Lombard ne lui en laissa pas le temps. C'était une grande femme maigre, brune, aux yeux étroits mais étrangement mobiles, qui avait la réputation d'être aussi avare qu'autoritaire. Marie ne l'aimait pas beaucoup car elle se montrait toujours méprisante avec les matelots et leurs familles. Aussi ce fut avec stupeur qu'elle la vit s'approcher et adresser la parole à Amélie, stupéfaite elle aussi :

— Je voudrais vous voir demain avec votre fille, madame Paradou ; venez donc dans l'après-midi, ça ira très bien.

— Oui, madame, répondit Amélie en esquissant une légère inclinaison du buste.

— Pour le reste, Elina Donadieu vous en parlera, ajouta la femme du marchand.

Amélie hocha la tête, remercia. Marie, mal à l'aise, de plus en plus inquiète, rejoignit Elina que venait de quitter Arsène Lombard.

— Il y a eu un accident, murmura celle-ci d'une voix détimbrée. Personne n'a été blessé, mais la gabare seconde a coulé.

Elle ajouta, comme Amélie l'interrogeait à son tour :

— Ils ont eu le temps de décharger le sel et ils attendent les bateaux à La Roque-Gageac. Ils seront sans doute là dans deux ou trois jours.

Marie eut un long frisson, mais ne dit mot. Elle avait lu dans le regard d'Emeline l'annonce d'un malheur et ne s'était pas trompée. Elle serra les dents, inspira un grand bol d'air frais, afin de cacher son émotion à Fantille et aux garçons qui sortaient de l'église. Ceux-ci s'aperçurent très vite que quelque chose n'allait pas et demandèrent ce qui s'était passé. Elina le leur expliqua et Jean, le plus petit, se mit à pleurer. Marie, le prenant dans ses bras, se rendit compte que les gens du bourg les considéraient avec compassion. Elle avait hâte de partir. Il fallut pourtant renseigner les femmes des matelots qui s'étaient approchées et posaient des questions. Quand Elina eut juré sur la croix qu'il n'y avait aucun blessé, on put enfin se mettre en route et regagner le port.

Tout en marchant, Marie pensait au naufrage et se disait que la perte d'un bateau entraînait souvent la perte du travail grâce auquel, dans la vallée, vivaient des centaines de familles. On ne décidait pas facilement la construction d'un nouveau bateau. D'ailleurs, qui savait si Victorien Donadieu pouvait payer de tels travaux ? Qu'allait-il se passer ? Quels étaient les hommes qui resteraient à quai ? Elle avait beau réfléchir, elle ne trouvait pas plus de réponse à ces questions qu'elle n'en trouvait à celle de savoir pourquoi Mme Lombard leur avait demandé de venir la voir le lendemain. Etait-ce une conséquence du naufrage ou simplement celle d'un caprice ? Trop fatiguée pour réfléchir davantage, elle s'efforça de songer seulement au feu que l'on n'avait pas éteint avant de partir et près duquel elle allait pouvoir se réchauffer en buvant du vin chaud.

Les flocons de neige tourbillonnaient comme des lucioles dans la nuit. Silencieuses, les femmes pressaient le pas, pelotonnées dans leur manteau et sous leur capuche. Pas une n'aurait osé espérer, fût-ce une seconde, ce qui les attendait derrière la porte des Donadieu. Et pourtant Victorien, Vincent et Benjamin étaient là, souriants, pareils à des fantômes surgis de la nuit, aussi heureux de la surprise ménagée aux femmes que de la chaleur enfin retrouvée. Elles aussi étaient trop heureuses pour demander d'explication sur cette arrivée impromptue et elles se contentaient de savourer ce moment en serrant contre elles ceux qu'elles n'attendaient plus.

— Vous ne croyiez quand même pas qu'on allait vous laisser passer la nuit de Noël toutes seules ! s'exclama Victorien.

— Lombard nous a parlé d'un accident, dit Elina. Que s'est-il passé ?

— Il s'est passé que l'on a perdu un bateau mais qu'il n'y a pas mort d'homme. On a laissé le chargement à la garde des célibataires et on est venus à pied. On repartira demain en début d'après-midi.

— Avec ce froid ! fit Elina.

— Marcher réchauffe ; et si on est revenus, ce n'est pas pour discuter, mais pour rire, boire et manger. Pour le reste, il sera toujours temps d'aviser demain. Allons ! vous n'avez plus qu'à vous asseoir !

Ils avaient fait la cuisine. Une soupe aux oignons fumait sur la table, tandis que dans un toupi [1] des châtaignes blanches et des pommes de terre dégageaient un fumet délicieux. Marie, s'asseyant près de Benjamin, frissonna de la tête aux pieds. Elle avait eu si peur à la sortie de la messe, elle avait tellement attendu, tellement espéré tout au long de la journée, que l'arrivée subite de son père et de Benjamin la laissait au bord des larmes. Elle se rendait bien compte que Victorien se forçait pour plaisanter et que Vincent, lui, paraissait anéanti. Même Benjamin semblait différent : il souriait, bien sûr, mais dans ses sourires passaient des ombres de tristesse et il parlait à peine. Pourtant, grâce au vin, à la chaleur, à l'entrain d'Elina qui avait compris qu'elle devait aider Victorien, peu à peu la gaieté était revenue dans la maison. Chacun mangeait et buvait en écoutant Elina qui ne parlait surtout pas de bateaux mais de cuisine, de veillées mémorables, de festins passés et à venir. Après s'être avisée qu'elle aurait tout le temps de penser au naufrage le lendemain, Marie se laissa griser par la douceur du moment et oublia tout.

Quand on eut fini de manger, on fit un demi-cercle autour du feu pour boire un peu d'eau-de-vie et de liqueur de genévrier. Sur le banc où elle avait entendu tant de contes, assisté à tant de veillées, Marie, assise près de Benjamin, sentait contre son bras la chaleur de sa peau et fermait les yeux. Ainsi, ce Noël n'aurait pas été perdu comme elle le redoutait. Il était près de trois heures du matin. Tous les siens, tous ceux qu'elle aimait se trouvaient là, à l'abri du danger. Elle souhaita passionnément que cette veillée ne se terminât jamais. Pourtant, Elina, qui

1. Marmite paysanne.

savait que les hommes étaient exténués, ne tarda pas à inviter tout le monde à aller se coucher. On se sépara après s'être embrassé et souhaité un joyeux Noël. Benjamin retint un instant Marie contre lui, la serrant plus qu'il ne convenait. Elle emporta dans son lit l'odeur de sa peau, qu'elle s'efforça de conserver le plus longtemps possible en rabattant les couvertures au-dessus de sa tête.

Comme ils l'avaient annoncé la veille, les hommes étaient repartis au début de l'après-midi. Ni Amélie ni Marie n'avaient parlé du rendez-vous chez les Lombard. Vincent était suffisamment abattu sans ajouter encore à son chagrin. Le pauvre n'avait cessé de répéter, le regard fixe, les traits tirés :

— Je tenais le gouvernail et mon bateau a coulé.

— Si les bêtes n'avaient pas glissé, il ne se serait rien passé, répondait Amélie. Ce n'est pas de ta faute.

— Peut-être, mais qu'est-ce que je vais devenir maintenant ?

— Allons ! tu sais bien que Victorien ne te laissera pas sans travail.

Marie, alarmée de voir son père ainsi découragé, s'était inquiétée auprès de Benjamin de ce qui allait se passer. Celui-ci l'avait un peu rassurée en affirmant que l'on pourrait sans doute renflouer le bateau. Dès cet instant, l'avenir lui avait paru moins sombre et elle n'avait pas tardé à retrouver son énergie coutumière.

Dès que les hommes furent partis, donc, Marie et sa mère confièrent la garde des garçons à Angéline et se mirent en route dans les prairies couvertes de neige. Elle n'était pas épaisse mais elle avait gelé pendant la nuit. Le ciel demeurait menaçant. De gros nuages gris couraient au-dessus de la vallée, poussés par le vent du nord, qui, sur la rivière, soulevait des vaguelettes grises. Perdues dans leurs pensées, les deux femmes ne prêtaient aucune attention à la sonorité de l'air où l'aboiement des chiens se répercutait indéfiniment de colline en colline. Marie songeait à la veillée, à sa joie au moment où elle avait aperçu les hommes dans la maison, au contact du bras de Benjamin dont il lui semblait sentir encore la chaleur contre elle. Amélie, elle, était préoccupée par l'objet de leur visite et avait hâte de savoir ce que Mme Lombard leur voulait.

Quand elles arrivèrent au bourg, les rues étaient désertes. C'était Noël, et les repas duraient ce jour-là plus longtemps qu'à l'accoutumée. Comme elles étaient en avance, elles firent un tour dans les rues voisines, puis elles retournèrent lentement vers le lieu de leur rendez-vous. La maison des Lombard était une grande bâtisse à trois étages encadrée par deux clochetons en forme de pigeonnier. Au premier et au second, deux balcons de bois donnaient sur la place, soutenus par des colonnes de pierre sculptées. Amélie cogna à la porte ornée de ferrures et d'un heurtoir de cuivre. Une vieille femme en blouse et tablier noir l'ouvrit et s'effaça avec un sourire, avant même qu'Amélie eût dit qu'elles étaient attendues. La servante les conduisit le long d'un couloir sombre, les fit entrer dans une vaste pièce aux murs blancs où flambait un grand feu dans une cheminée au manteau de marbre, puis elle s'en fut prévenir sa patronne en donnant l'impression d'avoir de grandes difficultés à se déplacer.

Trois ou quatre minutes passèrent, pendant lesquelles Marie redouta de voir apparaître Emeline, mais ce fut bien sa mère qui entra dans la pièce, suivie par Arsène Lombard en personne. Ils saluèrent Marie et sa mère d'un signe de tête, les invitèrent à s'asseoir et firent de même. Mme Lombard, bien droite, le regard impérieux, parla alors de sa voix au timbre haut en esquissant un sourire :

— Je vous ai demandé de venir, madame Paradou, parce qu'il me semble que c'est le moment de penser à l'avenir de votre fille.

Le cœur de Marie s'emballa brusquement. Une vague glacée coula sur ses épaules et elle comprit qu'elle allait devoir livrer un terrible combat.

— Vous savez comme moi que la perte d'un bateau pose toujours de graves problèmes. Or, c'est bien votre mari qui tenait le gouvernail, n'est-ce pas ?

— En effet, dit Amélie.

— Je ne pense pas que Donadieu soit en mesure d'en faire construire un autre avant la prochaine campagne, poursuivit Mme Lombard.

Et, se tournant vers son mari qui allumait sa pipe :

— Qu'en pensez-vous, Arsène ?

— Je ne crois pas, bougonna le marchand que cette conversation ne paraissait guère intéresser.

— Aussi, reprit Mme Lombard, votre mari risque fort de se retrouver sans travail.

Elle fit mine de réfléchir un instant, poursuivit :

— Nous en avons longuement parlé et nous avons pensé que nous pourrions prendre votre fille à notre service. Vous auriez ainsi un enfant de moins à charge et nous vous donnerions dix écus. Qu'en pensez-vous ?

Marie eut l'impression que son cœur éclatait. Elle posa sur sa mère un regard indigné, attendit une réponse cinglante qui, pourtant, tarda à venir.

— C'est que..., murmura Amélie, Marie m'aide beaucoup et je crains de ne pouvoir me passer d'elle.

Mme Lombard eut une sorte de sursaut indigné, pinça les lèvres de stupeur : comment pouvait-on ainsi discuter une proposition tout droit issue de sa générosité ? Décidément, ces gens de la rivière ne respectaient rien et ne méritaient pas les faveurs qu'on leur consentait ; il ne fallait pas s'attendre de leur part à la moindre manifestation de reconnaissance.

— Vous savez, dit-elle en faisant un effort pour garder son calme, il y a plus d'une famille qui souhaiterait voir sa fille entrer dans notre maison.

— Je sais, dit Amélie, et je vous en remercie.

Elle ajouta, plus bas, comme si elle avait peur que sa fille entendît :

— C'est vraiment très aimable à vous.

Marie fut sur le point de laisser exploser sa colère, mais la prière qu'elle déchiffra dans les yeux de sa mère l'en dissuada.

Elle se contint, ferma les yeux. Que se passait-il, ce matin? Etait-il possible que sa mère consentît à une pareille trahison? Allait-elle la vendre? Devrait-elle servir ces gens, Emeline, quitter la rivière, Benjamin, devenir prisonnière d'une maison où elle se sentait tellement étrangère qu'elle n'avait plus qu'une envie : en sortir, s'échapper vers les prairies, son domaine, le seul endroit où elle pouvait vivre heureuse et en sécurité?

— C'est un bien grand honneur que vous nous faites, reprit Amélie pour rompre le silence.

— Mère! gémit Marie.

— Je ne dis pas non, fit Amélie sans paraître l'entendre, mais je voudrais d'abord en parler à son père; c'est lui qui décidera.

Marie, aussitôt, se sentit rassurée : jamais, elle en était sûre, Vincent ne la vendrait; jamais il n'accepterait que sa seule fille quittât sa maison, même si le travail manquait, même si les jours à venir devaient être difficiles. Elle en voulut pourtant à sa mère de la tiédeur de son refus, sentit s'ouvrir en elle une blessure qui s'aviva encore lorsque Amélie demanda :

— Vous pouvez peut-être attendre qu'il revienne?

Ulcérée, Mme Lombard concéda :

— Il me faut une réponse dans trois jours au plus tard. Notre vieille Augusta ne nous est plus d'aucune utilité et nous n'avons que l'embarras du choix pour la remplacer.

— Trois jours suffiront, dit Amélie.

Et, tournant vers sa fille un visage implorant :

— N'est-ce pas, Marie?

— Oui, mère, murmura celle-ci avec l'impression d'une fibre essentielle qui se rompt; mais partons maintenant.

Ce fut elle qui, d'ailleurs, se leva la première, ce qui parut choquer Mme Lombard habituée à ne voir partir ses visiteurs qu'avec sa permission. Elle sonna néanmoins sa servante qui, d'un pas fatigué, raccompagna Marie et sa mère à la porte. Arsène Lombard, lui, n'avait pas bougé.

— Dans trois jours! répéta sa femme avant que la porte ne se referme.

Et Marie comme sa mère perçurent comme une menace dans sa voix.

Le retour fut silencieux et triste, pour l'une comme pour l'autre. On eût dit deux étrangères cheminant côte à côte, et surtout pas une mère et sa fille. Pourtant toutes deux ressentaient le même sentiment de déchirure qui mettait en péril l'estime et la confiance que rien n'avait jamais ternies jusqu'à ce jour de Noël battu par la pluie et le vent. Une fois qu'elles se furent réfugiées dans leur maison bien chaude où la cheminée invitait à un bonheur casanier, elles reprirent leur travail comme si de rien n'était, mais toujours en silence. Dès que Marie trouva un instant de répit, elle sortit pour laisser couler en cachette ces larmes qu'elle repoussait depuis son retour en pensant à Benjamin, à Emeline, à cette défaite dans laquelle elle risquait de sombrer sans l'avoir mérité.

Victorien Donadieu et son équipage avaient attendu les bateaux d'Angibeau pendant vingt-quatre heures. Bien qu'ils fussent très chargés, le maître de bateau avait accepté de prendre à son bord les deux tiers de la cargaison entassée sur la rive, et le reste avait été réparti sur la capitane et le gabarot de Donadieu. Il ne neigeait pas, mais une pluie glaciale balayait le pont où les hommes, prêts à parer à toute éventualité, ne se souciaient pas de s'abriter. Les attelages avaient été doublés, mais les bateaux n'avançaient pas plus vite pour autant : trop lourds, luttant contre la pluie et le vent, ils prenaient beaucoup d'eau par la proue où les sacs de sel pesaient de plus en plus.

Assis à sa place habituelle, transi de froid, Benjamin songeait aux propos tenus par son père les jours précédents : si les eaux baissaient rapidement et si la crue ne déplaçait pas trop la seconde vers le milieu de la rivière, on pourrait sans doute la renflouer. Pour oublier les gifles glacées du vent, il se réfugia dans le souvenir de la veillée de Noël, de la présence de Marie près de lui, de la chaleur de la grande cuisine où ils avaient pu reprendre des forces. Victorien avait eu une riche idée de décider ce court voyage, même si au retour les trois hommes avaient davantage senti la fatigue et le froid qu'à l'aller.

Le convoi arriva à l'extrémité de la tire qui, avec près de cinq kilomètres, était la plus longue de la remonte. Le chemin de halage rencontrant la colline — ce qui était fréquent entre Limeuil et Souillac — il fallait changer de rive une nouvelle fois. Il était dix heures trente du matin. Si tout allait bien, on arriverait avant la nuit. Au loin, de l'autre côté de la vallée, vers Saint-Julien-de-Lampon, le ciel semblait s'éclaircir et Benjamin se demandait si ce n'était pas la proximité du port qui lui donnait l'illusion d'un embellissement magique de l'horizon. La capitane s'abrita derrière le peyrat où était amarrée la barque des passeurs, et le vieux Johannès dénoua la cordelle fixée au mât. Victorien descendit, paya le bouvier qui empocha les pièces en remerciant et repartit vers son port d'attache. Le passeur, un petit homme noir et bossu coiffé d'un grand chapeau périgourdin aux bords tombants sur les épaules, vint chercher la cordelle et traversa pour la porter aux bouviers de l'autre rive.

Benjamin n'aimait guère ces folles traversées au cours desquelles les bateaux, maintenus par une corde vibrante, coupaient la rivière à vive allure grâce à la seule force du courant. Et pourtant il y en avait une vingtaine depuis Castillon-la-Bataille. Et plus on remontait, plus les eaux devenaient irrégulières et fantasques, d'où l'absence de haleurs à bras que remplaçaient les bouviers. Bizarrement, Benjamin se sentait plus en sécurité avec les premiers qu'avec les seconds, même si les bateliers se méfiaient de ces énergumènes aux mines patibulaires, à la musculature impressionnante, toujours prêts à se battre pour prendre une cordelle. Avec eux, au moins, elle était bien tenue, car ces anciens marins connaissaient parfaitement les dangers que l'on courait sur l'eau. Avoir navigué sur des mers lointaines, avoir couru l'aventure et affronté les tempêtes les auréolaient d'un prestige qui les rendait méprisants pour les bouviers qui, eux, les considéraient comme des bandits de grand chemin capables de tuer pour gagner quelques sous. Toutefois, on en trouvait de moins en moins, surtout en amont de Bergerac, car le débit des eaux ne leur permettait pas d'exercer leur métier et, de plus, la loi de 1830 ne les autorisait à se saisir des cordelles qu'en l'absence des bouviers...

Le regard de Benjamin se porta sur les arbres décharnés de la rive sur laquelle il avait chaque fois l'impression que le bateau allait se fracasser. Pourtant la zone d'accostage se trouvait toujours dans une meilhe abritée, et les bateaux avaient le temps de perdre de la vitesse après être sortis du courant. C'est ce que fit la capitane, avant d'accoster en douceur près d'une aubarède [1] d'où s'envolèrent des bécassines. On attacha alors l'attelage à la capitane et Victorien remonta sur son bateau en grommelant :

— Qu'on arrive enfin et qu'on ne parle plus jamais de ce voyage.

La remonte continua sous la pluie et le vent. Vers midi, cependant, les gros nuages noirs désertèrent le ciel. Les berges démeublées par l'hiver perdirent brusquement leur apparence spectrale sous la lumière vive du soleil. Des médailles se mirent à cliqueter un peu partout, sur les terres, les collines et les arbres. Lors d'un nouveau changement de rive, l'équipage descendit pour manger et les hommes allumèrent un grand feu qui leur rendit leur bonne humeur. Allons ! Plus que dix kilomètres ! Si le temps ne changeait pas, si aucun incident ne venait troubler l'avance des bateaux, on pourrait dès ce soir prendre un repas chaud et dormir dans des draps. La cargaison, elle, était sauve. Arsène Lombard n'aurait aucun grief à adresser à son maître de bateau et la réputation de ce dernier demeurerait intacte. Finalement, l'accident eût pu avoir des conséquences beaucoup plus graves encore.

Le soleil se cacha de nouveau derrière les nuages ramenés par le vent, mais la pluie ne vint pas ralentir le convoi. On

---

1. Plantation d'aubiers.

atteignit le port vers cinq heures de l'après-midi, et Benjamin, toujours debout près de son père, poussa un long soupir. Dès que la capitane eut été amarrée, il fut l'un des premiers à sauter sur la terre ferme et à rejoindre sa mère qu'il s'empressa de rassurer :

— Je crois qu'on pourra renflouer la seconde, dit-il.

— Tant mieux ! fit-elle en l'embrassant.

Puis elle chercha des yeux son mari qui donnait ses dernières instructions. Il vint vers elle et ils demeurèrent un instant face à face, elle souriante, lui plus lointain, mais avec, aux commissures des lèvres, deux petites rides qui traduisaient, chez lui, une satisfaction contenue.

— Tu dois être fatigué, dit-elle.

Il fit un signe négatif de la tête, mais elle n'en crut rien, le sachant incapable d'avouer la moindre faiblesse. Et, comme Arsène Lombard arrivait, il la quitta pour le rejoindre dans l'entrepôt. Elina et Benjamin rencontrèrent Marie qui attendait son père en compagnie d'Amélie. Benjamin remarqua que Marie paraissait préoccupée et chercha son regard. Il comprit qu'elle voulait lui parler à l'écart, mais ils n'en eurent pas le temps, car Vincent approchait. Celui-ci embrassa distraitement sa femme et sa fille, puis, le dos courbé, il s'éloigna lentement, sans un mot, vers sa maison. Marie et sa mère le suivirent, tandis que Benjamin, se retrouvant seul, remonta sur la capitane pour aider au déchargement du sel.

Une fois parvenu chez lui, Vincent s'assit à table et, la tête entre les mains, demeura longtemps accablé malgré les mots de réconfort prononcés par les femmes. Au terme de dix minutes, Amélie, comprenant qu'elle ne parviendrait pas à le dérider, déclara :

— Ne t'inquiète pas ; Mme Lombard nous a demandé Marie pour servante ; si nous acceptons, ils nous donneront dix écus.

Vincent releva lentement la tête, planta son regard dans celui de sa fille qui, une seconde, eut envie de se rebeller. Mais la lueur qu'elle y découvrit était si désespérée qu'elle ne dit mot. Il lui sembla même y lire une sorte de soulagement qui raviva sa blessure. Vincent dut le comprendre, car il murmura :

— Nous verrons, nous verrons...

Et il se mit à parler de l'accident d'un ton las et monocorde, comme si les mots qu'il avait gardés en lui sortaient d'eux-mêmes, sans qu'il pût rien pour les retenir. Les femmes l'écoutaient à peine, car elles n'ignoraient rien de ce qu'il disait, mais elles ne l'interrompaient pas, sachant que le fait de s'expliquer, de se justifier, lui faisait du bien. Cinq minutes passèrent ainsi, entrecoupées par les soupirs des uns et des autres, puis Amélie fit comprendre à Marie qu'elle voulait rester seule avec Vincent. Marie, qui n'attendait que cela, fila sur le port où elle retrouva Benjamin occupé à nettoyer le pont de la capitane.

— Viens ! lui dit-elle en faisant un signe de la main sans trop s'approcher.

Elle s'éloigna la première, le temps qu'il achève son ouvrage, et il ne tarda pas à la rejoindre, intrigué par son air préoccupé et son insistance à vouloir lui parler seule à seul. Ils s'en allèrent sur le chemin, franchirent le petit pont de bois, s'arrêtèrent sous un frêne, se firent face. Il remarqua alors les yeux pleins de larmes de Marie et demanda en la prenant par les épaules :

— Qu'est-ce qu'il y a ?

Elle ne répondit pas tout de suite, car les mots qu'il fallait prononcer soudain lui faisaient peur et rendaient la menace immédiate.

— Qu'est-ce qu'il y a ? répéta-t-il, en la secouant un peu, mais sans rudesse.

— Ils veulent me donner aux Lombard, balbutia-t-elle enfin entre deux sanglots.

— Qui donc ?

— Mes parents.

Il ne comprenait pas, fronçait les sourcils, se demandait ce qui s'était passé de si terrible en son absence pour provoquer en elle un tel chagrin.

— Ce sont eux qui me veulent pour servante, ajouta-t-elle.

Et, soudain, avec une détermination farouche dans la voix, tandis qu'il demeurait interdit, assommé par la nouvelle :

— J'irai plutôt me noyer que de servir ces gens-là.

Elle répéta, suffoquant sous les larmes :

— Je me noierai, je me noierai...

Il la prit contre lui, entoura ses épaules du bras, murmura :

— Calme-toi, là, je suis là.

— Aide-moi, fit-elle en se redressant brusquement ; ne les laisse pas faire ça.

— Mais non, dit-il, mais non, ne t'inquiète pas.

Il la repoussa doucement, ajouta :

— Tu sais bien que je les en empêcherai.

Elle hocha la tête et, pour la première fois depuis la veille, elle eut la sensation de n'être plus seule.

— Comment vas-tu faire ? demanda-t-elle, affolée maintenant par l'idée qu'il ne soit trop tard.

— Je parlerai à mon père.

— Quand ? Il faut faire vite.

— Tout de suite, si tu veux.

— C'est vrai ? C'est bien vrai ?

— Tout de suite, répéta-t-il. Ne pleure plus et rentre chez toi. Je vais le voir avant que vous veniez à la maison, puisque vous mangez chez nous.

— Merci, dit-elle ; oh ! merci, Benjamin !

Elle eut un élan pour l'embrasser, hésita au dernier moment et, avant qu'il n'ait eu le temps de la retenir, elle fit volte-face et se mit à courir. Benjamin demeura un instant interdit, puis la pensée de leur conversation le décida à se rendre sans tarder sur le port. Il y trouva son père qui, après avoir discuté avec Arsène Lombard et vérifié que le déchargement s'achevait sans problèmes, s'apprêtait à rentrer.

— Qu'y a-t-il ? demanda-t-il avec une pointe d'agacement devant l'air grave de son fils.

— Je voudrais vous parler, père, dit Benjamin.

Victorien donna un dernier coup d'œil aux bateaux, puis il suivit Benjamin qui resta silencieux quelques instants, comme s'il préparait les mots qui devaient convaincre à coup sûr. Enfin il s'arrêta et, se retournant brusquement, il déclara d'une traite avec toute l'indignation dont il était capable :

— Père, Vincent et Amélie veulent donner Marie pour servante aux Lombard.

Victorien haussa les sourcils et répondit d'une voix où l'irritation perçait de plus en plus :

— Qu'est-ce que c'est que cette histoire ?

— C'est la femme Lombard qui le leur a demandé.

— Quand ?

— Hier, je crois, et elle leur a promis dix écus.

— Bon ! Et alors ? fit Victorien chez qui la fatigue décuplait la mauvaise humeur.

— Alors il ne faut pas, souffla Benjamin qui ne savait trop s'il allait réussir dans son entreprise.

Victorien, intrigué, chercha à deviner dans les yeux de son fils la raison profonde d'une requête dont il n'était pas coutumier.

— Et pourquoi donc ? fit-il.

Benjamin s'éclaircit la gorge, murmura :

— Parce que ça ne se peut pas, père.

Victorien ne répondit pas tout de suite et prêta soudain plus d'attention à l'expression grave de Benjamin qui, devant son silence, reprit :

— Marie a été élevée chez nous, elle ne doit pas partir servante, surtout chez les Lombard.

Il se troubla, ajouta cependant :

— C'est Marie et... et... Il ne faut pas qu'elle s'en aille.

Comme Victorien demeurait silencieux, il reprit, baissant les yeux, avec une humilité et avec une confiance qui touchèrent profondément le maître de bateau :

— S'il vous plaît, père, empêchez cela.

Victorien toussota, gêné comme chaque fois qu'il était ému, puis il lança d'une voix rogue en se mettant à marcher :

— C'est entendu : elle n'ira pas. Viens ; rentrons, il commence à faire froid.

Benjamin le suivit sur le chemin où erraient déjà les premières ombres de la nuit et où le gel resserrait son étreinte.

— Merci, père, murmura Benjamin, mais si bas qu'il ne sut s'il avait entendu.

Tous deux avaient hâte de trouver enfin la chaleur qu'ils espéraient depuis le matin. Aussi ce fut avec des soupirs de satisfaction qu'ils pénétrèrent dans la grande cuisine où se trouvaient déjà Vincent, Amélie, Marie et ses frères. Vincent avait un peu perdu cet air de condamné qui errait sur son visage à son arrivée. Benjamin pensa qu'Amélie et Elina n'y étaient sûrement pas pour rien. On s'installa à table et chacun se mit à manger de bon appétit, à part Marie qui jetait des regards éperdus à Benjamin pour savoir comment s'était passée l'entrevue. Elle n'eut pas à attendre longtemps, car Elina, qui devinait tout, qui savait tout, parla de la visite d'Amélie chez les Lombard en feignant de se demander si Vincent et Amélie devaient accepter ou non. Victorien, sans lever la tête de son assiette, prit alors sa voix la plus impérieuse, celle dont il n'usait que dans les grandes occasions, pour déclarer, en frappant du poing sur la table :

— La petite n'ira pas chez les Lombard. Je ne le veux pas. Quant à toi, Vincent, je te prendrai avec moi sur la capitane.

Et il ajouta, après avoir vidé son verre et cogné celui-ci sur la table en le reposant :

— Il ferait beau voir que la fille de mon second devienne servante ! Je ne veux plus jamais entendre parler de ça !

Marie, qui avait senti une onde glacée couler sur ses épaules dès qu'Elina avait parlé des Lombard, prit sa tête entre ses mains pour cacher son émotion : la parole de Victorien, elle le savait, était sacrée, et c'était bon de se trouver de nouveau en sécurité, après avoir eu si peur.

— Vous n'aurez pas besoin de le leur dire, reprit Victorien qui avait deviné une sorte de crainte chez Amélie ; c'est moi qui le ferai demain.

Il y eut un long silence que dissipa Elina en servant des galettes de maïs. Après quoi, la conversation rebondit et

Benjamin se rendit compte que chacun, maintenant, paraissait soulagé. Il jeta un coup d'œil vers son père impassible, se souvint de son calme et de son courage pendant et après l'accident sur la rivière et souhaita passionnément devenir un jour comme lui. Puis, quand son regard croisa enfin celui de Marie, il y lut une telle reconnaissance, une telle confiance, qu'il se sentit capable, pour elle, de conquérir désormais le monde entier.

Deuxième partie

L'OR DU HAUT-PAYS

5

Victorien Donadieu et son fils marchaient depuis trois jours dans la forêt en longeant la Dordogne. Après les chênes, les bouleaux, les charmes et les érables, ils rencontraient maintenant davantage de hêtres et de châtaigniers. Le pays changeait. L'air devenait plus vif. Ils entendaient cogner les haches sur les pentes abruptes et dans les gorges où le granit et le schiste affleuraient par endroits, trouant le vert profond de la forêt par plaques d'un roux cuivré, parfois virant au bronze, que le soleil de juillet embrasait comme un chaume. Des odeurs d'écorce et de feuilles sèches flottaient dans l'air épais que l'absence de vent rendait pesantes, d'une âcreté semblable à celle de la poussière dont les grains scintillaient dans les rayons obliques du soleil.

Perdus dans leurs pensées, heureux de ce voyage que Victorien projetait depuis longtemps, les deux hommes marchaient en silence. Cela faisait déjà deux ans et demi que la gabare seconde avait été perdue, en ce funeste mois de décembre 1833. Contrairement à ce que Victorien avait d'abord pensé, il n'avait pas été possible de la renflouer, car la crue l'avait éventrée, puis disloquée en moins de huit jours. Ni lui ni Benjamin n'avaient oublié les drames de cet hiver-là, les séparations forcées d'avec Johannès, d'autres encore, les plus vieux, avec qui Victorien partageait pourtant le voyage depuis des années. Un déchirement que Johannès, le premier, n'avait pas supporté : il était mort trois mois plus tard, s'éteignant peu à peu, comme une chandelle qui a trop brûlé et qu'une petite brise souffle, négligemment, sans le vouloir.

François, le frère aîné de Marie, était mort de la diphtérie cet hiver-là, lui aussi, mais nul, dans les familles Paradou et Donadieu, ne l'oubliait. Amélie ne s'en était pas remise, et c'était maintenant Marie qui menait la maison, sa mère demeurant plongée dans une sorte de mélancolie où l'on eût dit que, par instants, elle perdait la raison. Vincent et Marie, eux, avaient surmonté l'épreuve avec courage, et Marie, curieusement, peut-être mieux que son père. A seize ans, ou presque, elle était maintenant une vraie femme aux grands yeux verts, aux longs cheveux châtains flottant sur ses épaules, au visage parsemé de taches de rousseur. Son corps s'était étiré avec grâce et sa démarche ne manquait ni d'énergie ni de souplesse. Deux fossettes égayaient ses joues, auxquelles Benjamin ne songeait jamais sans un certain trouble. Lui-même, à seize ans passés, n'avait pas encore fini de grandir. Il mesurait pourtant plus d'un mètre quatre-vingts, était musclé mais avec harmonie, et ses yeux, d'un marron de plus en plus clair, prenaient, les jours de grand soleil, une teinte dorée, chaude comme du miel. Ses cheveux avaient un peu foncé avec le temps. Son visage anguleux, ses pommettes saillantes, son nez bien droit paraissaient avoir été taillés à la serpe. Pas une once de graisse ne s'était posée sur ses jambes et ses bras rompus aux durs travaux sur la capitane où, de plus en plus souvent, son père lui confiait le gouvernail. « Si seulement nous avions un troisième bateau », songeait-il souvent, impatient d'être seul maître à bord, de franchir les étapes qui le feraient devenir un jour, il en était sûr, l'égal de son père.

Celui-ci, justement, venait de prendre des décisions énergiques : après avoir économisé la moitié de l'argent nécessaire à la construction d'un bateau, il avait emprunté l'autre moitié à un négociant de Libourne, un nommé Jean Delmas, avec lequel il avait noué des liens d'amitié. C'était en vérité le négociant libournais qui l'avait convaincu de franchir le pas, de devenir marchand, de travailler à son compte et d'entreprendre ce voyage dans le haut-pays pour conclure des marchés avec les merrandiers. Avec sa confiance naturelle, Elina avait elle aussi encouragé son mari dans cette voie, persuadée que Benjamin, un jour, profiterait de leurs efforts. Victorien avait senti qu'il fallait oser, aller de l'avant, car l'époque était favorable à ceux qui entreprenaient. Louis-Philippe, ses ministres Thiers et Guizot prônaient l'enrichissement progressif de tous les Français. Cette théorie des « classes moyennes » importée d'Angleterre érigeait l'entreprise et l'argent en moteurs de la société. Les républicains et les légitimistes étaient muselés par la censure. Thiers frappait de peines considérables les directeurs de journaux convaincus d'attiser la haine contre le roi, qui, pour asseoir son prestige, choisissait des ministres et des préfets dans les rangs des anciens officiers supérieurs de Napoléon.

Victorien Donadieu, fervent bonapartiste, avait donc été sensible à l'air du temps qui lui suggérait d'entreprendre enfin la réalisation de son grand projet. Il avait commencé à nouer des contacts avec les rouliers qui écoulaient le sel dans le Quercy et le Massif central. Cela n'avait pas été très difficile, car ils ne demandaient qu'à travailler. Il lui restait à trouver des grossistes en Corrèze et dans le Cantal, ou plus haut si cela se révélait nécessaire, mais il fallait surtout obtenir la confiance des merrandiers et signer des marchés avec eux. A cet effet, Jean Delmas avait écrit une lettre selon laquelle il se portait garant de l'achat du merrain que descendrait Donadieu à Libourne. Lui-même était un ancien pêcheur de la mer bordelaise qui avait peu à peu acheté des bateaux et, après s'être enrichi, s'était installé négociant en sel et en merrain. Il y avait longtemps qu'il poussait Donadieu à devenir son fournisseur privilégié, ce qui lui assurerait des livraisons plus régulières de bois, cet or du haut-pays qu'on réclamait sans cesse à Libourne et Bordeaux. Victorien avait confiance en Jean Delmas : c'était un homme honnête et droit qui pratiquait des méthodes basées sur des liens amicaux avec ses fournisseurs.

Bien qu'ayant pris la décision définitive au printemps,

Victorien avait dû attendre les basses eaux et l'arrêt du trafic pour se mettre en route vers le haut-pays. Il avait d'abord cherché des merrandiers dans les vallées de la Bave et de la Cère, mais il n'avait pas réussi à y nouer des contacts. Les marchands de Souillac et du Sarladais, en effet, s'étaient groupés pour acheter les coupes à l'occasion d'une campagne qui devait durer trois années. Tous les merrandiers des deux vallées travaillaient pour eux. Pas un n'avait accepté de s'engager avec un maître de bateau qui s'essayait au commerce. Ils préféraient la clientèle sûre, celle qui payait sans discuter, de préférence d'avance, la carassonne et le merrain.

Revenus vers les rives de la Dordogne, Victorien et Benjamin avaient alors poursuivi leur route jusqu'à Argentat d'où partaient les gabares légères qui concurrençaient les bateaux de la basse vallée. Là, ils avaient erré sur le port dont les quais pavés étaient encombrés de merrain et de fonçailles. Avant de se renseigner, ils avaient marché jusqu'au pont qui enjambait la rivière, puis ils avaient admiré les belles maisons alignées à bonne distance des quais, leurs deux étages à balconnet, leurs escaliers de pierre grise, et la demeure à tourelle où l'on déclarait les chargements avant de partir vers le bas-pays.

Après avoir longtemps hésité, Victorien s'était approché d'un vieil homme au visage parcheminé qui, immobile sur une chaise placée au bord du quai, regardait les eaux basses en fumant sa pipe. Tout, en lui, indiquait qu'on avait affaire à un matelot : ses mains sculptées par les intempéries, sa façon de se tenir bien droit malgré son âge comme s'il cherchait à voir au-delà d'une proue ; son regard enfin, où passaient des ombres de mélancolie. Victorien lui ayant demandé s'il connaissait des merrandiers, une lueur s'était aussitôt allumée dans les yeux du vieil homme qui avait répliqué :

— Tu es d'où, toi, pour chercher des merrandiers sur un port ?

Victorien avait décidé de lui faire confiance.

— De Souillac. J'ai des bateaux et je veux devenir marchand, avait-il répondu.

— Tu t'appelles comment ?

— Donadieu.

Le vieillard avait fermé les yeux un instant, cherchant en lui-même de lointains souvenirs...

— Donadieu... Donadieu... Ton père ne s'appelait pas Augustin ?

— Si.

Le vieux s'était mis à rêver puis avait murmuré :

— Je crois que je l'ai bien connu. On a même fait des affaires ensemble du temps où je descendais.

— Ah bon ! s'était exclamé Victorien qui trouvait là matière à encourager le vieil homme à la conversation.

— C'était un brave matelot, avait repris le grand-père, et de parole.

Puis, avec du regret dans la voix :

— Tout ça ne date pas d'aujourd'hui.

— Non, avait répondu Victorien, mais le temps passe pour tout le monde, grand-père.

Le vieillard était demeuré silencieux quelques secondes, le regard aimanté par l'eau qui paressait entre les pierres. Il avait furtivement essuyé une larme qui avait coulé sur sa joue, puis il s'était redressé en demandant brusquement :

— Et qu'est-ce que tu viens faire ici, Donadieu ?

— Trouver des merrandiers qui veuillent bien travailler avec moi.

— Oh ! pauvre ! avait dit le vieillard, tu sais bien qu'ici ils travaillent tous pour les gabariers du port. Et puis, tu sais, ils n'aiment pas beaucoup ceux du bas-pays. Tu ne trouveras personne dans les alentours.

Il avait ajouté, après avoir tété sa pipe en terre :

— C'est que tout le monde vit du bois ici, et ce n'est pas toujours facile !

Et, comme Victorien semblait tout à coup découragé :

— Si tu veux mon avis, il faut que tu montes plus haut dans les forêts, en suivant la Dordogne jusqu'à Spontour. Là, tu demanderas le chemin des plateaux mais tu te méfieras : c'est des arbres et du vent, le plus souvent aussi des nuages. Quand tu auras grimpé là-haut, tu trouveras un village qui s'appelle Auriac. Là, tu demanderas Ambroise Debord de la part du père Sidoine. Tu lui diras que tu es un ami. Tu verras : sur le plateau tout est à lui : les forêts, les bûcherons, les merrandiers, et même les chantiers de Spontour.

— Debord, vous dites ?

— Oui. Son vrai nom, c'est Debord du Vers, mais tu peux l'appeler Ambroise Debord ; il est riche mais pas fier.

— Merci ! avait dit Victorien, maintenant rassuré.

— Attends ! avait fait le vieux, c'est pas tout ; écoute-moi : à Spontour, avant de monter là-haut, tu iras voir aussi de ma part Eusèbe Cueille ; il est gabarier et, si tu le lui demandes, il te descendra le merrain jusqu'à Souillac.

Le grand-père s'était tu un instant, comme s'il hésitait à se confier davantage, puis il avait ajouté en confidence :

— Ce sont des amis, parce que tu comprends, moi, je suis de là-haut. Ici, je suis venu chez la fille et c'est pas la même chose, pardi !

Il avait soupiré :

— Oh ! fichtre non ! Mais qu'est-ce que tu veux ? Mes jambes ne me répondent plus ; alors il fallait bien que je m'habitue, pas vrai ? Seulement des fois je me languis et même tu vois, à toi, je peux bien le dire : je me languis tellement que je me meurs...

Victorien était demeuré silencieux quelques secondes, compatissant à cette fin terrible du vieillard et mesurant aussi la chance qu'il avait eue de le rencontrer. Il avait ensuite glissé discrètement une pièce dans la main qui tremblait sur le genou du vieux matelot :

— Pour votre tabac, père Sidoine, avait-il dit.

Et ils étaient repartis vers le haut-pays dont le vert profond des forêts, à l'horizon, égratignait le bleu du ciel.

Tout en marchant près de son père, Benjamin pensait à cette larme furtivement essuyée par le grand-père et se rendait compte combien la passion de l'eau, de la descente, demeurait vivante en ceux qui l'avaient connue. Il mesurait également l'importance de la confiance entre les hommes et se félicitait du fait que le père Sidoine eût connu et apprécié son propre grand-père. Victorien avait pu ainsi retirer le bénéfice d'une estime réciproque entre deux hommes qui avaient vécu, comme lui, de la rivière et de la parole donnée.

Il faisait très chaud en ce milieu de journée du début de juillet. La chaleur s'était répandue dans les forêts et stagnait au ras du sol, prisonnière des arbres. Quelques fûts de bouleaux égarés sur ces terres hautes jetaient dans la pénombre des éclairs que les rares rayons de soleil infiltrés sous les ramures embrasaient aussitôt. Une corne sonna très loin, sur les plateaux. Il allait être midi. Victorien et Benjamin longeaient la rivière sur un étroit chemin taillé à la lisière de la forêt. De puissantes odeurs de mousse coulaient des versants abrupts qui semblaient monter droit vers le ciel. Cette mousse tapissait les roches sur plus de dix centimètres d'épaisseur et courait sur les pentes comme des coulées de lave. Au détour du chemin, la robe fauve d'un chevreuil fusa vers un fourré : il venait de boire et regagnait ses quartiers.

— Arrêtons-nous pour manger, dit Victorien, il est grand temps.

Ils descendirent sur la berge en pente douce, s'assirent sous des charmes, se reposèrent un moment en silence, puis Victorien coupa le pain acheté à Argentat, en donna un chanteau à Benjamin, ainsi qu'un fromage rond et un oignon. Ils se mirent à manger, savourant la nourriture comme s'ils en avaient été privés depuis plusieurs jours. Benjamin se sentait très proche de son père, avait envie de le lui dire, mais n'osait pas. Pourquoi parler? Ce voyage effectué côte à côte les rapprochait davantage et leur donnait l'impression de construire un ouvrage en commun. C'était sans doute ce qui pouvait arriver de plus beau entre un père et son fils. Et Benjamin songeait qu'il n'eût jamais souhaité d'autre père que cet homme assis à trois pas de lui, dont il admirait tellement la force et le courage. Victorien, se sentant observé, se tourna vers lui. Leurs regards se croisèrent. Chacun d'eux détourna rapidement la tête.

Une buée bleue stagnait au-dessus des arbres de l'autre rive où les inégalités du relief faisaient ressembler les collines à des doigts monstrueux. Des coups sonores, portés par l'écho, dévalaient les pentes et leur parvenaient assourdis, comme étouffés par la forêt.

— Les chantiers de Spontour, dit Victorien.

— Ou les bûcherons, fit Benjamin.

L'air, dans l'étroite vallée, coulait avec une transparence de source. Il paraissait de la même essence que l'eau dont l'éclat, malgré la chaleur, faisait songer aux glaces de l'hiver. Là-haut, à mi-coteau, l'épaule d'un village s'affaissait vers un clocher gris. Sur sa gauche, on distinguait la traînée rousse d'une coupe abandonnée. Une odeur de sève fusa vers les deux hommes : celle des grands arbres dont l'écorce éclatait au soleil.

— Si on a le temps, dit Victorien rêveusement, on remontera jusqu'à la source.

— Si loin ?

— Qui ne connaît pas la source ne connaît pas la rivière, fit Victorien sentencieusement.

Puis il ajouta, avec gravité :

— Non seulement on la connaîtra mieux, mais je suis sûr qu'on la comprendra mieux.

Cette idée de découvrir la source de la Dordogne enchanta Benjamin. Il en avait rêvé plusieurs fois mais avait toujours cru le voyage impossible. Aujourd'hui, il lui semblait que rien ne serait plus jamais impossible. Il s'allongea sur la mousse, face au ciel, regarda quelques minutes tourner un épervier sur les collines, puis il ferma les yeux et s'endormit.

Ils arrivèrent à Spontour au milieu de l'après-midi. C'était un village aux toits de schiste dont toutes les maisons regardaient la rivière. Dès le pont de bois qui en ouvrait l'accès, on comprenait qu'ici tout le monde vivait pour et par la Dordogne.

Les rues sentaient la sciure, les copeaux, et cette odeur, mêlée à celle de l'eau, avait imprégné les êtres et les choses. Du chantier de construction des gabares au chantier des merrandiers on entendait cogner, scier, couper, raboter, et tous ces bruits portaient témoignage d'une activité sereine et heureuse.

Victorien se renseigna auprès de deux pêcheurs qui nettoyaient leurs filets, pour savoir où habitait Eusèbe Cueille. Ils lui désignèrent une maison à étage, près du port, dont le balcon était soutenu par des piliers ouvragés. Victorien et Benjamin s'y rendirent aussitôt et n'eurent aucune difficulté à conclure un marché avec le gabarier, un homme affable, de taille moyenne, noir et maigre, qui devait approcher la cinquantaine. Il fut entendu qu'il transporterait le merrain et la carassonne jusqu'à Souillac pour le prix de 5 francs le millier. Il l'entreposerait sur le port de Laroumet, face au château de Cieurac, où Donadieu viendrait en prendre livraison. Ils scellèrent leur marché devant un verre d'eau-de-vie et purent ainsi mieux faire connaissance. Victorien et Benjamin comprirent que leur hôte préférait s'arrêter à Souillac plutôt que de descendre à Libourne comme le faisaient les « Argentats », car il considérait que les risques étaient trop grands et, de plus, il n'aimait pas rester trop longtemps absent de son village.

En leur faisant ses adieux, il promit aussi de trouver des gabariers pour l'aider s'il n'arrivait pas à descendre tout le bois nécessaire, puis il leur montra, sur le versant opposé au village, le départ du chemin qui montait vers le plateau sur lequel régnait Ambroise Debord. Victorien et Benjamin repassèrent le pont, s'attardèrent un moment pour examiner les eaux qui, même basses, demeuraient d'une limpidité de source. Ils prirent ensuite le chemin de terre qui sinuait entre les chênes, les hêtres et les châtaigniers. Les arbres étaient si hauts et si touffus qu'aucun rayon de soleil ne les transperçait. C'était ainsi très agréable de marcher dans cette fraîcheur relative qui faisait gicler le parfum des mousses entre les fougères. Le chemin grimpait abruptement vers la crête qu'ils avaient aperçue d'en bas mais que les arbres, maintenant, leur cachaient. De temps en temps ils entendaient crier sur leur droite, à l'endroit où les coupes creusaient de larges saignées dans la forêt.

Ils escaladèrent la pente pendant près d'une heure avant de parvenir enfin sur un plateau égratigné de bosquets de chênes, de bruyère, et de prés d'un vert pâle brûlés par le soleil. Le village était plus haut encore, dont ils apercevaient les maisons aux toits gris tapies dans la verdure. Ils rencontrèrent un berger long et maigre comme un échalas, à qui ils demandèrent où se trouvait la maison d'Ambroise Debord. Il leur fit répéter plusieurs fois, puis il comprit enfin et leur montra, à gauche du clocher, une grande et belle demeure entourée de dépendances. Avant d'y arriver, ils croisèrent des habitants qui les examinèrent d'un œil circonspect : un homme qui menait des bœufs et deux femmes qui causaient en tricotant sur le seuil d'une porte.

Dans la cour, des chiens les accueillirent, vite rappelés par un valet coiffé d'un chapeau aux bords effrangés. Sans que ce dernier eût le temps de le prévenir, un homme sortit sur les marches de la grande maison qui, de près, ressemblait à un manoir. Grand et fort, un chapeau de feutre sur la tête, vêtu d'une veste de chasse à boutons dorés, chaussé de bottes de cuir, il attendit que s'approchent ses visiteurs tout en calmant le chien de la voix. Sous des yeux noirs profondément enfoncés dans leurs orbites saillaient des pommettes hautes malgré la rondeur du visage qui trahissait un amour de la bonne chère.

— Je cherche Ambroise Debord, fit Victorien en s'arrêtant devant les marches.

Il ajouta aussitôt, soucieux de donner tout de suite une impression favorable à l'homme qui le dévisageait :

— De la part du père Sidoine d'Argentat.

— Ambroise Debord, c'est moi ! fit le géant de sa voix profonde et grave. Qu'est-ce qui t'amène si loin des routes ?

Le tutoiement surprit Victorien mais il n'y perçut aucun affront : il ne portait aucun mépris et révélait plutôt une bonhomie chaleureuse.

— Je m'appelle Donadieu et je viens de Souillac, répondit

Victorien. J'ai des bateaux et je cherche du bois, beaucoup de bois, pour le descendre en Bordelais. Et j'ai ça, aussi, ajouta-t-il en se souvenant brusquement de la lettre de Jean Delmas qu'il tendit au géant.

— Du bois, il n'y a que de ça, fit celui-ci sans même lire la lettre ; entre donc, Donadieu, puisqu'on est faits pour s'entendre.

De plus en plus étonné par la faconde du maître des lieux, Victorien lui emboîta le pas, suivi par Benjamin qui était aussi intimidé par le géant que par son imposante demeure. Ambroise Debord les fit entrer dans une grande salle dallée au fond de laquelle trônait une cheminée surmontée d'un manteau en bois de châtaignier sculpté. Il les fit asseoir dans des fauteuils de cuir, cria d'une voix qui fit trembler le lustre :

— Phonsine ! Apporte des verres et du vin !

Une vieille femme apparut, menue, fluette, manifestement terrorisée. Elle sortit puis revint aussitôt, tandis que le maître des lieux lisait la lettre de Jean Delmas en la tenant presque à bout de bras, comme s'il y voyait mal.

— Alors tu veux te faire marchand ! fit-il en versant du vin dans les verres portés par sa servante.

Et, sans laisser le temps à Victorien de répondre :

— Tu as raison, Donadieu, il faut savoir ce que l'on veut dans la vie. Si tu es courageux, nous ferons une paire d'amis.

Et il se mit à raconter comment lui-même, à dix-huit ans, avait ouvert des coupes dans la forêt, recruté des bûcherons, des merrandiers, des carassonniers et crée les chantiers de Spontour.

— J'ai fait ça tout seul après la mort de mon père, répéta-t-il avec de la fierté dans la voix.

Benjamin ne pouvait en détacher son regard. Il en avait un peu peur mais en même temps se sentait attiré par cet homme qui débordait de vitalité et semblait capable de déplacer des montagnes.

— Ici, Donadieu, reprenait le géant, c'est le domaine des arbres. Ils m'appartiennent tous, de chaque côté de la rivière.

J'ai des chênes et des châtaigniers de plus de huit cents ans. Je te les ferai voir.

Il buvait, servait ses hôtes dès que leurs verres étaient vides, et même Benjamin qui avait déjà refusé en pure perte. C'est ainsi que Debord parut soudainement le découvrir.

— C'est ton fils ? demanda-t-il alors à Victorien.

Le maître de bateau hocha la tête.

— Il est beau. Tu l'as bien réussi... Il navigue ?

— Oui, dit Benjamin, depuis trois ans.

— Moi, j'ai cinq fils, reprit le géant sans paraître l'entendre. Ils sont dehors. Ils courent la forêt. Les deux aînés, eux, surveillent les coupes. C'est qu'on les mène pas comme ça, les bûcherons ; un coup de hache est vite parti.

Il parut réfléchir, but une dernière gorgée de vin, se leva brusquement et dit :

— On est d'accord ; donne-moi la main.

Victorien serra sans hésitation celle qu'il lui tendait.

— Et pour le prix ? fit-il.

— On s'arrangera toujours, mais d'abord tu vas voir ce que c'est que du bois.

Il les entraîna aussitôt à l'extérieur, et prit un chemin enfariné de pierraille blanche qui s'inclinait vers la vallée. Les forêts dormaient à perte de vue sous une buée bleue. Le vert puissant des arbres moutonnait de colline en colline comme des vagues. De grands oiseaux tournaient au-dessus des hameaux et glissaient insensiblement vers des proies pétrifiées. Le géant marchait vite, sans cesser de parler, et il n'était pas facile de le suivre.

Le chemin s'arrêtait à la lisière étincelante de la forêt. Ambroise Debord y entra par une sente qui basculait presque à la verticale vers la rivière. Les trois hommes descendirent lentement en se retenant aux branches basses des arbres. Les coups de hache devinrent de plus en plus distincts et, bientôt, après avoir franchi un torrent à sec aux lèvres plantées d'aulnes, ils arrivèrent dans l'éclaircie d'une coupe. Celle-ci cascadait sur cinq ou six cents mètres jusqu'à la Dordogne dont on apercevait l'éclat de vitre dans la combe. La coupe était tellement large que les arbres, une fois débarrassés de leurs branches, pouvaient rouler vers l'eau sans être stoppés par le moindre obstacle. En bas, sur la rive, à gauche de la saignée, un filet de fumée montait du campement des merrandiers.

Benjamin, pris à la gorge par l'odeur de la mousse, leva la tête vers le faîte des chênes, des hêtres et des châtaigniers. C'étaient des arbres splendides, drus, à la fois souples et vigoureux, qui le faisaient penser à ces fins clochers d'église dont on ne doute pas qu'ils atteignent le ciel. On avait envie de les retenir à l'instant de leur chute. Il songea à ce que lui avait dit son père, un jour devant un frêne foudroyé : « Les arbres sont les seuls êtres vivants à n'avoir pas besoin de tuer pour vivre. » Et, devant ces beaux fûts inertes, c'était comme si la vie, soudain, sa propre vie, demeurait à tout jamais salie. Car ils avaient atteint le but de leur voyage, et il fallait se résigner aux coups des haches qui se répercutaient de colline en colline, même s'il y avait là un sacrilège dont nul ne semblait se sentir responsable.

Il suivit Ambroise Debord et son père vers des bûcherons qui finissaient d'ébrancher un grand chêne. Dès qu'ils eurent terminé, Ambroise Debord s'approcha du tronc, invita Victorien et Benjamin à le rejoindre et se mit à genoux en disant :

— Tu vois, Donadieu, tous mes merrains sont en cœur noir de ce chêne, de ce cœur-là. Mes merrandiers fendent le bois dans le sens de la fibre pour obtenir les planches. Le reste, seulement, sert à fabriquer la fonçaille. Ma carassonne, elle, est en châtaignier.

Il caressa amoureusement la blessure de l'arbre, porta une pincée de sciure vers sa bouche, se releva en disant à Victorien :

— Goûte !

Etonné, celui-ci prit un peu de sciure entre les doigts, puis dans sa bouche, la goûta consciencieusement. Ambroise Debord en donna également à Benjamin qui mastiqua l'étrange farine un moment. Elle était d'un goût fade, mais laissait dans la bouche une empreinte légèrement sucrée, où l'on devinait une force diffuse, comme celle d'un sang qui eût coulé d'un fruit. Benjamin la garda longtemps dans sa bouche avant de la recracher, comme venait de le faire son père.

— Les vignerons du Bordelais savent bien ce que leur vin doit à ces cœurs, crois-moi, Donadieu ! Et toi aussi tu sauras désormais ce que tu achètes et ce que tu vends ; tu verras : tu n'en seras que respecté davantage.

Il donna quelques ordres, arracha une épaisse plaque de mousse, la respira un long moment, fermant les yeux, puis il la jeta et demanda brusquement :

— Bon, tu as vu ?

— J'ai vu, fit Victorien ; c'est même la première fois que je vois un bois pareil.

— Alors on peut remonter, et ce soir vous coucherez chez moi ; demain sera un autre jour.

— C'est que..., objecta Victorien, nous aurions bien voulu redescendre cette nuit.

— Ecoute, Donadieu ! un marché, ici, n'a de valeur que s'il est signé devant une table. Alors tu vas me suivre sans avoir peur de déranger personne parce que ma femme est morte depuis trois ans. On se tiendra compagnie, que diable !

Ils se mirent en route vers le village, emboîtant le pas au géant qui continuait à parler de sa femme, des bûcherons, des forêts en jurant ses grands dieux que personne n'était jamais reparti de chez lui à la tombée de la nuit sans trouver la table et le lit.

Une ombre fraîche se posait sur les collines, portée par une brise qui léchait la plus haute cime des arbres. Au-dessus des bois, le ciel s'endimanchait de soies violettes. L'air palpitait avec de longs frissons, comme des blés sous le vent. Benjamin suivait son père et Ambroise Debord avec difficulté : il eût préféré revenir vers Spontour au lieu de grimper de nouveau sur ces terres trop hautes, trop vastes, où il respirait mal et où l'immensité glorieuse des forêts se faisait oppressante.

Il fallut pourtant retrouver la grande demeure dans laquelle, visiblement, Ambroise Debord ne supportait pas la solitude, et s'asseoir dans la salle à manger où ils avaient bu du vin deux heures auparavant. Benjamin se demanda où se trouvaient les fils dont le géant avait parlé et fut surpris de n'en voir aucun. Ambroise Debord appela sa servante qui apparut aussitôt, toujours aussi terrorisée.

— Sont pas rentrés ? demanda-t-il avec de la contrariété dans la voix.

La vieille fit un signe négatif de la tête mais n'ouvrit pas la bouche.

— Des vrais sangliers, fit Debord, ils préfèrent la forêt.

Il ajouta à l'adresse de ses hôtes, avec un sourire indulgent :

— J'étais comme eux à leur âge ; je dormais sur la mousse, mon père ne me voyait que tous les mois, ou presque.

Benjamin comprit qu'il parlait de ses fils et les envia de passer la nuit sous les étoiles, loin de leur père dont ils devaient fuir l'autorité. Celui-ci fit servir le repas et continua à parler de son sujet de conversation préféré : les arbres de ses forêts. Il compara les qualités du bois des bouleaux, des frênes, des châtaigniers, des ormes, des hêtres, des charmes, pour finir par les trouver ridicules par rapport à celles des chênes. Il discourut un long moment de ses feuilles, de son écorce, de son cœur et prétendit qu'il suffisait à un vieillard de rester adossé à un tronc de chêne pendant une journée pour retrouver la vitalité de ses vingt ans.

La servante avait apporté un civet de lièvre et des crêpes de blé noir que Benjamin trouva moins bonnes que les crêpes de froment du Sarladais. Cependant, comme il croyait le repas terminé, la servante apporta des girolles et du poulet, un peu plus tard une tarte aux prunes qu'il trouva délicieuse. Ambroise Debord parlait en mangeant, criait même, parfois, et buvait de grands verres d'un vin de Bordeaux qu'il faisait venir en fûts. Un ogre. Un ogre à qui il fallut près d'une heure avant de daigner écouter ses hôtes qu'il interrogea sur la rivière et les dangers de la navigation dans la basse vallée.

Victorien Donadieu raconta à son tour les descentes et les remontes, les changements de rive et les naufrages, parla de

Bergerac, Libourne, Castillon-la-Bataille, des bateaux à voile, de la mer. Le géant l'écouta sans s'arrêter de manger, mais avec intérêt. Comme il remplissait fréquemment le verre de Benjamin, celui-ci finissait par avoir mal à la tête et avait tendance à s'assoupir. Il trouva cependant suffisamment de ressources pour entendre Debord raconter comment la neige, qui tombait sur ces hauteurs dès la mi-novembre, ne les libérait qu'au printemps. Poussés par la faim hors des forêts, des hordes de loups erraient sur les plateaux, s'en prenant aussi bien aux hommes qu'aux bêtes. On était donc contraint pendant quatre ou cinq mois de vivre près des cheminées, à l'intérieur des maisons aux murs épais d'un demi-mètre et aux fenêtres étroites.

— Il ne tient pas le vin, ton fils, entendit encore Benjamin avant de sombrer dans le sommeil où il emporta la vision de grands loups attaquant les bûcherons d'Ambroise Debord.

Son père le réveilla un peu plus tard, l'aida à se lever pour suivre leur hôte qui allait les conduire à leur chambre. Ils montèrent un escalier aux larges marches en châtaignier, empruntèrent un couloir dont les murs portaient des têtes de bêtes naturalisées, pénétrèrent dans une chambre immense où se trouvaient deux paillasses et une seule table sur laquelle une bassine et un broc semblaient n'avoir plus servi depuis des années. Avant de se laisser de nouveau emporter par le sommeil, Benjamin eut encore le temps d'entendre Ambroise Debord, en équilibre instable sur ses jambes, dire à Victorien d'une voix subitement changée :

— Tu comprends, Donadieu, si je bois, c'est parce que j'aime les arbres plus que moi-même, et que toute ma vie je n'ai fait que les couper.

A sept heures du soir, la température s'adoucissait enfin sur la rivière où Marie, en compagnie de son frère Vivien, allait en barque relever les nasses posées aux aurores. Les eaux, très basses, cascadaient sur les gravières avec des clins d'œil de lumière et des chuchotements de fille amoureuse. C'était l'époque de la « crevée ». Manquant d'oxygène, les poissons remontaient à la surface où il était facile de les prendre au petit filet dans les passes étroites ou à l'entrée des bras morts. Vincent Paradou était parti depuis trois jours à Sainte-Capraise pour surveiller la construction du bateau commandé par Victorien. Cela faisait deux semaines que ce dernier avait quitté le port en compagnie de Benjamin, et Marie, à chaque heure du jour, que ce fût dans sa maison ou sur la rivière, ne cessait de penser à eux, à ce voyage dans le haut-pays dont les conséquences devaient être si importantes pour tous ceux qui travaillaient avec Victorien.

Des cris d'enfants qui se baignaient près de la plage de galets trouaient le silence du soir. Une grande paix s'étendait sur la vallée qui semblait enchâssée dans le vert des collines. Marie ramait lentement du côté droit de la barque et observait Vivien qui était assis à l'avant et lui faisait face. Il était torse nu. Sa musculature déliée, la sveltesse de ses jambes et de ses bras la faisaient penser à Benjamin et se souvenir que, la nuit d'avant son départ, tous deux étaient allés se promener dans les prairies et s'étaient allongés dans l'herbe, sous la lune.

Marie, ce soir-là, s'était amusée à fermer les yeux puis à les rouvrir brusquement, pour éprouver la sensation qu'elle aimait tant de voguer sur une planète perdue dans l'univers. C'était un rêve qu'elle faisait souvent : elle était seule avec Benjamin sur une planète où le danger n'existait pas, où il n'y avait ni crues de rivière ni gendarmes ni maladies ni naufrages ni filles aux boucles brunes et aux yeux noirs. Benjamin, comme Marie, s'était lui aussi étendu face au ciel. Pourtant, au bout d'un moment, ils s'étaient retrouvés l'un contre l'autre. Alors, la tête posée sur l'épaule de Benjamin, elle avait demandé :

— Tu ne me quitteras jamais ?

— Jamais, avait-il répondu.

— Rien ne pourra nous séparer, pas vrai ?

— Mais non ; bien sûr que non.

Il l'avait embrassée, scellant ainsi une promesse, un engagement qui, depuis toujours, lui avait semblé évident. Il paraissait d'ailleurs acquis, pour les deux familles, qu'ils se marieraient un jour. C'était écrit. Rien ne pressait. Cela viendrait à son heure puisqu'il en avait été tacitement décidé.

Et puis Benjamin était parti. Victorien et Vincent aussi. Marie était restée seule avec sa mère et s'occupait tous les jours de la cuisine, de la lessive, des soins à donner aux plus petits, de toute une somme de menus travaux pour lesquels, heureusement, Vivien l'aidait beaucoup. Amélie, elle, se remettait lentement de la mort de son fils aîné, mais elle ne travaillait pas comme avant et n'était pas d'un grand secours à sa fille. Aussi Marie attendait-elle le soir avec impatience pour aller sur la rivière, car c'était là sa récompense, son seul plaisir de la journée.

Dieu, que c'était bon de glisser sur l'eau dans la douceur des soirs d'été et de sentir sur sa peau la fraîcheur de la brise qui faisait éclore les parfums de la nuit ! Marie inspira bien à fond, fit gicler l'eau sur ses bras avec sa rame, puis mouilla son visage. La barque acheva d'accomplir son demi-cercle. Marie tenait fermement l'extrémité du filet, le repliant vers le bouchon de liège de l'autre extrémité, afin de le refermer avant de le hisser. Quand ce fut fait, elle le hala lentement par-dessus bord et, à mesure que les mailles sortirent de l'eau, son cœur battit plus vite. Apparurent alors une truite, des perches et des barbeaux qui achevèrent leur vie dans le fond de la barque, après que Vivien les eut assommés avec le fer saumonier. Elle aimait par-dessus tout cette capture violente des poissons, les tenir à pleines mains, deux doigts glissés dans les ouies, sentir leur vie jusque dans ses bras, puis les lâcher enfin, avec l'impression d'avoir elle-même été poisson, d'avoir pénétré leur monde mystérieux. C'était d'ailleurs pourquoi elle ne les tuait pas mais laissait ce soin à Vivien qui s'en acquittait sans le moindre scrupule.

Elle s'essuya le front d'un revers de poignet, s'abandonna un instant à la légère brise qui glissait sur sa peau, puis elle reprit sa rame et la barque glissa silencieusement vers les nasses posées au matin sous les nénuphars des bras morts. Quand elle entra dans l'ombre des aulnes qui, en cet endroit, bordaient la rive, Marie retint la rame et arrêta la barque près du nénuphar sur lequel était nouée la corde. Elle attendit une dizaine de secondes avant de tirer doucement vers le haut. Elle comprit tout de suite que c'était beaucoup plus lourd qu'au matin. Un long frémissement courut de sa nuque à ses reins et elle respira plus vite. A l'instant où la nasse bascula dans la barque, ce fut comme si le soleil et l'eau y entraient en même temps. Marie fit couler des perches, des anguilles et des truites dans le bateau et ne résista pas au plaisir de saisir le seul brochet qu'elle contenait par les ouïes, de caresser ses écailles au risque de se faire mordre. Vivien dut le lui enlever des mains. Elle s'empara aussitôt d'une truite et, tout en la caressant, songea qu'elle comprenait maintenant pourquoi les hommes de la vallée, à la remonte des saumons, pêchaient la nuit au risque de se retrouver en prison. Et elle se souvint de ce printemps où son père et Benjamin avaient été surpris par les gendarmes, de l'amende à payer, du drame évité de justesse. Chassant ce souvenir pénible, elle donna un coup de rame puis laissa dériver la barque vers le milieu de la rivière où les eaux paressaient, légèrement grisonnantes aux abords du courant. Restait à relever une autre nasse, la dernière, et elle y prit le même plaisir, tout en écoutant chanter un homme qui jetait son épervier sur les gravières, là-bas, à l'endroit où la lumière du soir argentait les frênes de la rive.

Sur le chemin du retour, ils accostèrent un peu en amont du Raysse. Pendant que Vivien s'occupait des poissons, Marie eut soudain envie de se baigner.

— Traverse, et attends-moi de l'autre côté, dit-elle à son frère.

Il soupira, sachant qu'il devrait l'attendre longtemps, car elle se plaisait de plus en plus à nager pendant ces soirées d'été où l'eau était si fraîche. Elle regrettait souvent de ne pouvoir se déshabiller comme les hommes, pour mieux sentir les caresses de l'eau sur sa peau. Elle ne portait pourtant qu'une robe légère, mais elle n'aurait jamais osé l'enlever devant Vivien.

Elle se laissa glisser avec souplesse dans l'eau, s'écarta de la barque en la repoussant avec le bras, puis elle plongea et descendit au plus profond avec des frissons délicieux. Elle tourna plusieurs fois sur elle-même, tandis que l'eau lissait son ventre et ses cuisses, puis, d'un élan des jambes, elle remonta pour prendre de l'air. L'eau était forte, épaisse et non plus claire et vive comme au printemps. Un peu de vase en suspension altérait sa transparence habituelle. Marie plongea de nouveau et, en grandes brasses, se dirigea vers le courant. A force de suivre Benjamin, elle nageait de mieux en mieux et connaissait parfaitement les forces et les faiblesses de l'eau, en jouait, s'en faisait une alliée. Ce soir, nager était le seul moyen dont elle disposait de le rejoindre, d'éprouver les sensations qu'ils partageaient, de vivre ce qu'il aimait.

Au lieu de revenir vers la plage de galets, elle se dirigea vers le rocher du Raysse en longeant le gouffre sombre où, lui sembla-t-il, les eaux étaient plus fraîches encore. Elle sortit du courant, se hissa sur un rocher, s'assit et fit un geste du bras à l'adresse de Vivien. Celui-ci, qui venait d'arriver sur la plage de galets, cria :

— Qu'est-ce que tu fais ? Ne plonge pas dans le gouffre, c'est dangereux.

Elle ne répondit pas, observa l'eau d'un vert profond qui tourbillonnait dans un remous dont l'extrémité semblait se précipiter sous l'énorme rocher creusé en forme de conque. Combien y avait-il de profondeur là-dessous ? Huit, dix, quinze mètres ? Une voix lui soufflait à l'oreille de ne pas plonger, mais la couleur de l'eau l'attirait bien qu'elle s'en défendît. Alors qu'elle basculait en avant, elle se reprit deux ou trois fois, trouva la force de relever la tête.

— Marie, c'est dangereux ! cria de nouveau Vivien ; reviens par le bras mort.

Elle lui fit signe qu'elle allait lui obéir, le quitta des yeux et, aussitôt, elle se sentit aimantée par le gouffre. Une sorte de sensation primitive se réveillait en elle, annihilait toute conscience de danger, suscitant elle ne savait quel obscur désir de ventre maternel. C'est à peine si elle entendit le cri poussé par Vivien lorsqu'elle s'élança.

D'abord, ce fut bien la merveilleuse sensation de fraîcheur veloutée qu'elle espérait et la luminosité de l'eau lui parut extraordinaire. Il devait bien y avoir huit mètres de profondeur. De grands poissons dormaient sur un fond de galets, ondulant simplement des nageoires et de la queue. Malgré la distance, ils lui parurent si proches qu'elle eut l'impression de pouvoir les toucher. Elle se sentit fabuleusement bien et n'éprouva plus qu'une envie, descendre encore vers ce grand fond où l'eau paraissait magique. Elle ferma les yeux, avança en larges brasses souples et, sans se rendre compte, entra dans le remous. Aussitôt, sans qu'elle puisse esquisser un geste, il l'attira vers le fond avec une force prodigieuse et elle eut beau taper des pieds, jouer des bras pour remonter, elle fut entraînée inexorablement dans l'excavation creusée sous le rocher. Elle cessa alors de lutter, se laissa emporter et s'échoua sous le socle de pierre, prisonnière. Quelques secondes passèrent, durant lesquelles elle n'entendit que son cœur cogner dans sa poitrine. Elle songea qu'elle allait mourir et, son cerveau s'engourdissant peu à peu, tellement elle se sentait impuissante, elle y consentit sans se battre. Puis l'image de Benjamin traversa brusquement son esprit. Un réflexe désespéré la fit se détendre et plonger plus bas, poussée par l'espoir de passer sous le remous. Elle n'y voyait plus. Il lui semblait que du sang avait coulé dans ses yeux. Des sirènes sifflaient près de ses oreilles. Un feu rougeoyait dans sa poitrine.

Puisant dans ses dernières forces, elle poursuivit sa glisse sous le remous dont la houle par instants la frôlait, lutta pour ne pas être reprise malgré ses muscles tétanisés par l'effort. Enfin, quand elle eut épuisé toute son énergie, quand il lui sembla avoir suffisamment progressé vers le milieu de la rivière, elle détendit violemment ses jambes et plaqua ses bras contre son corps pour remonter. Elle eut l'impression, chaque seconde, que le remous allait de nouveau la happer, mais il ne fit que l'effleurer. Elle émergea brusquement dans la lumière et cria. Ayant compris qu'elle était en danger, Vivien était déjà entré dans l'eau, prêt à prendre tous les risques pour lui porter secours. Il nagea vers elle et l'agrippa par sa robe. Unissant leurs efforts, ils réussirent à regagner la rive où elle se laissa tomber, à bout de souffle, le corps moulu.

— Tu es complètement folle ! cria Vivien hors de lui ; tu savais bien que c'était dangereux. Mais qu'est-ce qui t'a prise ?

Elle ne répondit pas, n'en ayant pas la force. Immobile, bouche ouverte, elle sentait la chaleur revenir dans ses joues, ses bras, ses jambes et renaissait lentement à la vie. Un rayon de soleil, jouant entre les branches, caressa ses yeux ; une odeur sucrée de prune chaude fusa au ras du sol. Elle ne bougeait toujours pas, mais son sang de nouveau circulait dans ses veines, et elle respirait à petits coups, redécouvrait le monde et ses menus plaisirs. Que c'était bon la vie ! Elle profitait de chaque parfum, de chaque bruit, frémissement de feuilles ou murmures de l'eau, de chaque parcelle de sa peau où la caresse du vent glissait comme une bouche. Elle se sentait plus vivante qu'elle ne l'avait jamais été. Elle découvrait qu'une seule minute de vie valait une éternité et songeait qu'elle partagerait toutes les minutes qu'il lui serait donné de vivre avec Benjamin.

Là-haut, sur les sommets, les sapins projetaient sur le ciel qui rosissait leurs dentelures d'un vert sombre. La nuit allait tomber sur les montagnes d'Auvergne où Victorien et Benjamin marchaient depuis trois jours. Ils avaient pris la décision de remonter jusqu'à la source de la Dordogne à Mauriac, après leur visite chez le marchand de sel Cyprien Sarnel. Ce dernier était un gros homme à moustaches, débonnaire et rieur : il avait promis d'accueillir volontiers les rouliers qui lui livreraient le sel de la part de Donadieu. Il n'avait d'ailleurs exigé aucune garantie : il faisait confiance. Satisfaits de ce nouveau marché scellé par une poignée de main, le père et le fils avaient quitté la ville — en fait un gros bourg aux maisons grises dont les rues sentaient la vache et la cochonnaille — puis ils s'étaient assis un peu plus loin pour déjeuner à l'ombre d'un mélèze.

— Voilà quinze jours que nous sommes partis, avait dit Victorien. Si nous voulons remonter jusqu'aux sources, il faut revenir vers la Dordogne, passer à Bort et prendre la route de La Bourboule ; autant dire encore une semaine de marche.

— Allons-y, père, c'est l'occasion, avait dit Benjamin ; nous ne reviendrons pas ici avant longtemps ; peut-être même jamais.

— Tu as raison, au point où nous en sommes, ce ne sont pas soixante ou cent kilomètres de plus qui vont nous faire peur.

Ils s'étaient remis en route vers l'ouest et avaient retrouvé la Dordogne avant la nuit. A cet endroit de son parcours, elle mesurait entre quinze et vingt mètres de large mais, malgré la sécheresse de l'été, ses eaux demeuraient vives et limpides comme celles d'un ruisseau de montagne. Ils avaient marché le long des rives jusqu'au soir, passé la nuit à la belle étoile sur un lit de fougères, puis, le lendemain, ils étaient arrivés à Bort, une bourgade dont les vieux logis étaient serrés comme un troupeau autour de son église et de sa vieille halle. D'en bas, ils avaient pris le temps d'admirer les orgues, cette succession de roches verticales semblables à de grands tuyaux minéraux, puis, après avoir acheté du pain, du lard et du fromage, ils étaient repartis au début de l'après-midi.

C'était ce jour-là que les forêts avaient changé, les sapins, les pins sylvestres et les épicéas apparaissant peu à peu parmi les hêtres et les bouleaux. Sans le savoir, ils entraient dans les gorges d'Avèze, une vallée sauvage creusée entre des buttes granitiques, des moraines érodées que dominaient des plateaux semés de landes désolées. Serrée dans cette poigne minérale et froide, la Dordogne accélérait sa course, cascadait avec une impétuosité qui l'auréolait d'écume.

Avec la venue du soir, la chaleur tombait rapidement. Il fallait une nouvelle fois s'apprêter à passer la nuit dans la forêt. Cela ne plaisait guère à Benjamin qui ne respirait pas à son aise dans ces creux sans horizon où toute vie semblait avoir disparu et où la sonorité de l'air paraissait dérisoire, chaque bruit, chaque appel de bête demeurant prisonnier des grands fonds. Une odeur de fumée coulant du coteau troubla pourtant la somnolence des deux hommes et leur fit lever la tête.

— On va voir ? demanda Benjamin.

Victorien acquiesça, pas fâché lui aussi de remonter un peu vers les plateaux.

Ils prirent une sente forestière qui était parsemée d'aiguilles rousses et grimpait entre les pins avec des lacets nonchalants. Plus les deux hommes montaient et plus l'odeur de la fumée s'épaississait. Ce fut donc sans surprise qu'au bout de cinq cents mètres ils tombèrent sur un campement de charbonniers : toute une famille occupée à ses travaux autour des fours et des huttes de branchages. Le père, un colosse barbu qui devait avoir la cinquantaine, les accueillit sans aménité, en peu de mots. Il avait près de lui sa femme aux cheveux couleur de paille et presque aussi forte que lui, ses six enfants noirs de charbon, dont une jeune fille de dix-huit ou vingt ans, brune, bouclée, qui ressemblait à Emeline.

Comme la nuit achevait de tomber, le charbonnier alluma un feu au milieu de la clairière et invita ses hôtes à partager leur repas : une soupe de pain noir et des pommes de terre. Victorien expliqua d'où ils venaient, où ils allaient, et Benjamin, en l'écoutant, se rendit compte que la fille ne le quittait pas des yeux. Autour du feu, la nuit s'installait avec des froissements de soie. Les enfants semblaient hypnotisés par Victorien qui leur parlait de bateaux, de ports et de mer, un monde pour eux inimaginable et plein de mystères. A la fin, quand le feu s'éteignit, le charbonnier ne fit rien pour le rallumer. C'était l'heure d'aller dormir. Victorien et Benjamin souhaitèrent une bonne nuit à toute la famille et allèrent s'allonger dans leur couverture au milieu des fougères.

Benjamin s'étendit sur le dos mais ne put s'endormir. Autour de la clairière, on entendait rôder les bêtes nocturnes, on devinait des affûts inquiétants, des luttes furtives, des plaintes étouffées. Une puissante odeur de feuilles et de charbon errait au ras du sol. Benjamin pensait à Marie, à Emeline, à la fille du charbonnier et leurs trois visages se superposaient dans sa somnolence agitée. Au bout de vingt minutes, il entendit comme un gémissement derrière lui dans les bruyères et il se leva pour changer de place. Revenant dans la clairière, il se coucha près de la hutte du charbonnier, sur un lit de mousse et put enfin trouver le sommeil. Ce fut plus tard dans la nuit, beaucoup plus tard, qu'une liane chaude s'enroula autour de son corps et qu'il ne fit rien pour la repousser, au contraire : cette étreinte sauvage dans la forêt le laissa ébloui, au matin, comme au sortir de ces rêves dont on ne sait s'ils n'ont pas été vécus en d'autres temps, lors d'une vie dont les bulles viendraient crever la surface de notre esprit, pareilles à celles des étangs.

Le lendemain, réveillé dès l'aube par son père, il mangea un peu de soupe en compagnie du charbonnier et de sa femme, mais il chercha vainement la fille aux cheveux noirs. Ils redescendirent vers la vallée au-dessus de laquelle des lambeaux de brume s'effilochaient en scintillant sous les premiers rayons de soleil. Comme Benjamin se retournait plusieurs fois, Victorien finit par s'en apercevoir et ne put réprimer un sourire. Avait-il deviné ce qui s'était passé dans l'ombre tiède de la nuit ? Benjamin en douta. D'ailleurs lui-même se demandait toujours s'il n'avait pas rêvé et, songeant à Marie, il n'en concevait pour l'instant pas le moindre remords.

Ils arrivèrent à La Bourboule au début de l'après-midi, après avoir mangé dans une sapinière où poussaient des cèpes qui émergeaient à peine des aiguilles. Dès l'entrée de la ville, des hommes et des femmes élégamment vêtus se hâtaient vers les thermes. Victorien et son fils suivirent la Dordogne qui traversait la ville de part en part, fraîche et vive entre des quais de granit. Ils ne s'attardèrent pas, pressés qu'ils étaient de monter vers Le Mont-Dore et le puy de Sancy où ils trouveraient enfin les fameuses sources dont ils rêvaient depuis si longtemps. Devant eux, des sommets ronds dont les versants viraient du vert au roux entouraient la pointe gris perle du

Sancy, qui déchirait de longs charrois de nuages. Les deux hommes se hâtèrent de reprendre la route pour atteindre Le Mont-Dore avant la nuit. Celle-ci s'écartait légèrement de la rivière et serpentait entre quelques sapins qui ne cachaient rien de l'horizon bleu écru. Ils pressèrent le pas et arrivèrent au Mont-Dore vers huit heures. Sur la place, de nombreuses auberges attendaient le client, toutes portes ouvertes. Pour 20 francs, on pouvait se faire conduire au pied du Sancy en chaise à porteurs. Pour 4 francs, on pouvait louer des chevaux de selle et partir en randonnée une journée entière. La place et les rues bruissaient d'une foule qui, comme à La Bourboule, fréquentait l'établissement thermal et ne se privait de rien. Les deux hommes, intimidés, mal à l'aise, ne se sentaient pas à leur place, eux qui sortaient des forêts comme deux sangliers. Ils s'éloignèrent du centre, trouvèrent une auberge de rouliers à la sortie de la ville et, pour la première fois depuis plusieurs jours, ils purent prendre un vrai repas que Victorien paya 3 francs. Après quoi, rassasiés et fourbus, ils allèrent se coucher dans la paille des écuries et s'endormirent dans la minute qui suivit.

A l'aube, impatients, ils n'attendirent pas les chaises à porteurs dont un palefrenier leur dit qu'elles ne partaient qu'à dix heures. Ce dernier leur expliqua qu'ils retrouveraient là-haut des bergers qui sauraient bien les renseigner. Ils s'éloignèrent donc dans le matin qui avait la clarté d'un lustre d'église. La route, devenue chemin, sinuait dans la vallée où des sapins chevelus escaladaient les versants en pente douce. Quelques chalets montaient la garde dans les prés parsemés de campanules. Là-haut, la crête du Sancy semblait se balancer dans un ciel d'un bleu de mica. La rivière n'en était plus une, mais seulement un torrent où la rocaille provoquait de petites cascades que trouait par instants l'éclair des truites en train de moucher. Il semblait à Benjamin que la montagne reculait au fur et à mesure qu'ils avançaient.

Vers dix heures, ils arrivèrent près d'un bouquet de sapins à l'ombre desquels dormait un chalet à la toiture crevée. Un petit pont de bois permettait de franchir le torrent. En traversant,

Benjamin pensa à Libourne, au grand fleuve que devenait ce torrent dans la basse vallée et il eut l'impression qu'il s'agissait d'un autre monde, trop lointain, trop différent pour pouvoir le retrouver un jour. Passé les sapins, il n'y avait plus de chemin mais une simple sente qui traversait un dernier pré où le ruisseau caressait des capillaires et des gentianes. Plus haut, c'était déjà la tourbe et la rocaille.

Ils finirent par trouver un berger tout en os et aux yeux d'un bleu si clair qu'il semblait regarder en dedans de lui. Une casquette crasseuse s'abaissait jusqu'à ses sourcils fins comme des fils de soie. Ils eurent du mal à se faire comprendre du vieil homme dont les vaches paissaient paisiblement un peu plus bas. Il leur expliqua dans sa langue proche du patois du Quercy qu'il fallait monter encore avant de trouver la source au confluent de deux rus minuscules : la Dore et la Dogne. Le premier jaillissait sous la pyramide terminale du puy de Sancy, le second sourdait un peu plus à l'est. De cascades en cascades, ils se rejoignaient un peu plus haut, là-bas — et il montra, derrière des rochers gris, une sorte d'effondrement où la tourbe tapissait la rocaille.

Les deux hommes repartirent un peu décontenancés : ils avaient imaginé un filet d'eau sortant de la roche, un bassin, un fossé — ils ne savaient d'ailleurs quoi exactement —, mais ils comprenaient que ces montagnes ne livraient pas facilement leurs secrets. Leur déception s'estompa un peu lorsqu'ils arrivèrent au confluent des deux torrents qui sautillaient entre les rochers. La Dordogne naissait là, c'était évident. Ils posèrent leurs sacs et, sans se concerter, prirent de l'eau entre leurs mains, exactement au confluent. Ils la regardèrent un long moment, la portèrent à leurs lèvres avant de la laisser glisser entre les doigts. Victorien dit simplement, dissimulant son émotion :

— Mangeons ici, nous serons bien.

Ils s'assirent sur les rochers, sortirent le pain, le lard, le fromage achetés en chemin. Leurs regards se croisèrent. La complicité dans laquelle ils vivaient depuis leur départ devenait aujourd'hui inoubliable. Ils partageaient la chance de connaître la source de *leur* rivière de la même manière qu'ils avaient partagé sur la route les rencontres, les paysages, les sensations, les émotions. Ils se sentaient plus près l'un de l'autre qu'ils ne l'avaient jamais été, fût-ce dans les moments graves où ils s'étaient trouvés réunis : la première descente de Benjamin, l'arrestation de Vincent, le naufrage de la seconde, le chagrin de Marie, et tant d'autres encore, sur la rivière.

— Tu vois, dit enfin Victorien, notre Dordogne est à la fois torrent, rivière, fleuve et mer.

— C'est vrai, fit Benjamin.

Il y eut un bref silence, troublé seulement par le chuchotement de l'eau.

— On n'oubliera pas, n'est-ce pas ? dit Benjamin.

— Sûrement pas, fit Victorien, qui ajouta : On ne pourra plus dire de nous : « Qui ne connaît pas la source ne connaît pas la rivière. »

Il coupa un deuxième morceau de pain, but un demi-gobelet de vin, reprit :

— On a le temps de monter plus haut ; ce serait dommage de ne pas en profiter.

Benjamin acquiesça de la tête, puis ils ne parlèrent plus jusqu'à la fin de leur frugal repas. Ils repartirent alors, escaladèrent des rochers, montèrent encore et encore en direction de l'endroit où, selon le berger, naissait le torrent de la Dore. Une heure plus tard, ils étaient arrivés près du sommet, sur un plateau marécageux parcouru de nombreux filets d'eau qui descendaient vers un ruisselet central. Ils continuèrent encore jusqu'à ce qu'ils trouvent une courte fente dans le rocher d'où pleuraient quelques gouttes, quelques perles détachées de quelques touffes, de quelques crevasses. Ils étaient au bout. Ils le savaient. Ils se retournèrent : au loin, la vallée semblait onduler dans une brume violette. Au-dessus d'eux, le sommet luisait dans le soleil, comme un diamant.

Ils restèrent un moment silencieux, puis Victorien dit doucement :

— J'ai l'impression de venir d'ici, de ce pays, comme tant de ceux qui sont descendus et ne sont jamais remontés. Aujourd'hui, ils ont fondé des foyers en Quercy, en Périgord, peut-être même à Libourne et Bordeaux.

Il ajouta après un soupir, les yeux pleins de rêve :

— C'est que, vois-tu, petit, les hommes ont beau faire, le cœur va toujours où vont les rivières.

6

Neuf mois avaient passé depuis le long voyage au cours duquel Victorien Donadieu avait réussi à mettre sur pied un réseau commercial. N'eussent été les grains de sable glissés dans les rouages par les marchands de Souillac — et en particulier par Arsène Lombard —, sa satisfaction eût été complète, d'autant que la gabare seconde construite à Sainte-Capraise se comportait idéalement, à la descente comme à la remonte. Benjamin, lui, s'était fait une alliée d'Emeline qu'il rencontrait de plus en plus souvent sur le port, en cachette de son père, car elle jouissait de davantage de liberté depuis la paralysie brutale de sa mère survenue l'hiver précédent. Devant Marie, il justifiait ces rencontres par le fait qu'Emeline lui racontait tout ce qui se disait chez son père et qu'il pouvait ainsi déjouer les pièges tendus par les marchands concurrents. Mais Benjamin, pas plus que Marie, n'était dupe. Même s'il n'osait se l'avouer, il savait qu'Emeline attendait quelque chose en échange et que le moment viendrait où il devrait donner des gages.

C'était le mois de mai. Rendues hautes par les pluies de la quinzaine passée, les eaux étaient marchandes. L'air sentait l'herbe et le lilas. Le long du chemin sur lequel Benjamin se hâtait vers les jardins où Emeline lui avait donné rendez-vous, les couleurs chaudes des fleurs éclataient parmi la verdure. Situés au milieu d'un bosquet de saules et de frênes, les jardins dont était propriétaire Arsène Lombard étaient à peine visibles du chemin, ou plutôt du sentier qui s'enfonçait dans ces halliers touffus. Benjamin, qui se sentait coupable, marchait en se cachant. Une grande curiosité le poussait, mais aussi l'obscur désir de se retrouver seul avec Emeline. Il ne pouvait pourtant s'empêcher de penser à Marie qui lui reprochait ces rendez-vous avec, dans le regard, une telle détresse qu'il eût préféré des plaintes ou des cris. Souvent, il lui disait :

— Qu'aurions-nous fait si je n'avais pas appris assez tôt que les marchands voulaient soudoyer les rouliers pour qu'ils ne travaillent pas pour nous ?

Marie ne répondait pas, sachant qu'il avait raison, puisqu'il avait suffi à Victorien d'intervenir auprès d'un roulier dont il était l'ami fidèle pour retourner la situation à son profit.

— Comment veux-tu qu'elle me fasse des confidences si son père nous voit ? ajoutait Benjamin avec une duplicité dont il souffrait aussitôt.

Alors Marie ne protestait plus, mais son cœur se serrait et elle s'éloignait tête basse, ne trouvant même plus la force de se battre...

Benjamin écarta les branches des saules, se glissa entre les buissons, aperçut le cabanon où le jardinier des Lombard rangeait les outils. Il épia les alentours, écouta, mais aucun bruit ne franchit ces obscures frondaisons, hormis le frémissement des feuilles léchées par la brise. Il s'approcha à pas mesurés, poussa la porte à demi entrebâillée. Appuyée au mur, les mains dans le dos, Emeline l'attendait. Ses dix-sept ans n'avaient pas atténué l'air farouche et fier qui animait son visage, au contraire. Son teint mat et ses cheveux de gitane accentuaient cette beauté sauvage dont Benjamin avait toujours été sous le charme, quoiqu'il s'en défendît. Les yeux d'Emeline ne cillaient pas et leur éclat, grave et profond, demeurait le même depuis l'enfance. Elle devait avoir couru, car sa poitrine se soulevait à un rythme rapide et quelques gouttes de sueur emperlaient son front. Benjamin entra sans un mot, s'appuya au mur de planches, face à elle, fasciné par ce regard ardent qui aurait pu obtenir de lui n'importe quoi.

— Je ne peux pas rester plus de dix minutes, dit Emeline.

Il hocha la tête, pas fâché de savoir que le sortilège s'éteindrait de lui-même sans qu'il ait à se faire violence.

— Il fallait que je te voie aujourd'hui parce qu'il va se passer quelque chose de grave, reprit Emeline.

— Quoi donc ? demanda-t-il, inquiet soudain du ton qu'elle prenait en parlant bas et rapidement, comme si une menace immédiate rôdait au-dessus d'eux.

— Mon père n'y est pour rien, cette fois, dit-elle ; ça vient de Libourne et c'est à cause de Jean Delmas.

Benjamin ne comprenait rien, ne voyait que ce regard qui le transperçait dans la pénombre du cabanon, avait du mal à fixer son attention.

— Explique-toi, dit-il ; qu'est-ce que Jean Delmas vient faire là-dedans ?

— Il a beaucoup d'ennemis à Libourne, parce qu'il est devenu riche trop vite. Alors ils ont acheté un gabarot pour couler un des bateaux de ton père.

— Mais qui ?

— Des marchands de là-bas.

— Quand ? Où ?

— Je ne sais pas. Demain. Après-demain. Dès que vous repartirez, sans doute.

Benjamin avait du mal à croire à ce qu'il entendait tellement la perspective d'un abordage volontaire lui paraissait inconcevable. Il soupira, demanda :

— Et qui va le conduire, ce gabarot ?

— Des Limousins, je crois.

— Ça se passerait donc à Limeuil ?

— Certainement.

Un long silence s'installa. Benjamin réfléchissait difficilement sous le feu ardent du regard où il lisait maintenant une sorte d'ironie amusée. Un bruit dans le jardin attira leur attention, et ils retinrent leur souffle. Benjamin risqua un bref coup d'œil par la porte, aperçut deux chiens qui folâtraient dans une allée et, rassuré, s'adossa de nouveau aux planches. Dans les yeux d'Emeline, la gravité avait en quelques secondes remplacé l'ironie.

— Il y a autre chose, fit-elle.

Qu'allait-elle encore lui annoncer ? Il se demanda pendant un instant si elle ne s'amusait pas de son trouble où il lui était facile de deviner son sentiment de culpabilité.

— Mon père a décidé de me fiancer au fils de Jacques Duthil, le négociant de Libourne.

— Ah ! fit Benjamin, vaguement soulagé.

— C'est tout ce que tu trouves à dire ?

Pris en faute, il détourna son regard, comprenant que le moment qu'il redoutait approchait.

— Ne fais pas l'imbécile, reprit Emeline, et dis-moi ce que tu en penses !

Il hésita, chercha ses mots, éluda maladroitement la question.

— Peut-être que ce serait bien pour toi : tu vivrais dans une grande ville, dans le monde, avec de belles robes, des fêtes tous les jours.

Les yeux d'Emeline semblèrent lancer des éclairs.

— C'est donc ce que tu veux ; que je m'en aille !

— Je ne sais pas, Emeline, je ne sais pas.

Se redressant brusquement, elle jeta d'une voix enflammée :

— Moi, je le sais ce que je veux !

Et, le défiant du regard, elle ajouta, farouche :

— Ce que je veux, c'est toi ; vivre avec toi et tu le sais très bien. Depuis toujours je ne pense qu'à ça, et pour obtenir ça, je suis capable de faire n'importe quoi !

Il y avait maintenant dans sa voix une menace qu'il ne pouvait pas ignorer. Le silence tomba, s'éternisa.

— Tu ne dis rien ? demanda-t-elle.

Il soupira, crut trouver une échappatoire, déclara :

— Tu sais bien que je vais tirer au sort l'an prochain et que je vais sans doute partir pour sept ans.

— J'attendrai ! fit-elle.

Il y avait une telle détermination, une telle violence dans le ton, qu'il fut persuadé qu'elle avait pensé à tout et qu'il ne sortirait pas de ses griffes si facilement. Elle rejeta ses boucles brunes en arrière d'un geste gracieux de la main et se redressa, superbe dans sa robe noire qui laissait découverts ses bras et ses chevilles.

— J'attendrai, répéta-t-elle, et tu ne seras à personne d'autre que moi.

Il eut la sensation précise d'un piège qui se referme, essaya de ne pas trop s'engager, mais suffisamment, cependant, pour ne pas perdre sa confiance.

— Je te remercie, dit-il.

— Et pourquoi donc ?

— Pour tout ce que tu fais pour moi.

Blessée, elle prit une voix dure pour répliquer :

— Je croyais que tu me remerciais pour t'avoir dit que je t'attendrai.

Il ne pouvait plus reculer. Repoussant l'image de Marie, il avala une salive amère, murmura :

— Pour ça aussi, je te remercie, Emeline.

Le sourire qui fleurit sur les lèvres cerise de la fille éclata comme une victoire. Plus belle, plus redoutable que jamais, elle se détacha du mur, lui donnant l'impression de danser en marchant, puis elle s'approcha de lui et, avant qu'il n'ait eu le temps d'esquisser le moindre geste, elle l'embrassa violemment et disparut.

Il demeura un long moment immobile, les yeux clos, respirant ce parfum de violette qui ne la quittait jamais, puis il porta sa main vers ses lèvres, à l'endroit précis où, lui semblait-il, sa peau brûlait. Il rouvrit les yeux après un long soupir, sortit du cabanon, inspecta les alentours puis se faufila entre les arbres. Une fois sur le chemin, il se mit à courir vers le port sans apercevoir les enfants, qui, tapis dans les fougères, étouffaient des rires dans leurs mains.

Le temps s'était remis à la pluie et la Dordogne roulait ses épaules grises sous une bruine qui avait enseveli les rives depuis le matin. Un vent chaud venu du sud soufflait par le travers une haleine qui faisait courir des frissons nerveux sur la peau. Conduit par la capitane de Donadieu, le convoi passait devant le petit port de La Roque-Gageac dont les maisons semblaient fondues dans les falaises. Benjamin se tenait debout près de son père, aux aguets, ne cessant de songer à la révélation d'Emeline la veille au soir. Victorien n'avait d'abord pas voulu croire ce que lui apprenait son fils, et celui-ci avait dû mentir en affirmant qu'il tenait ces renseignements d'Arsène Lombard lui-même surpris en conversation avec l'un de ses associés. Puis Victorien avait admis que Benjamin ne pouvait pas inventer pareille chose, et ils avaient tous deux cherché quels étaient les endroits propices à un abordage volontaire. Limeuil, sans doute, au confluent de la Vézère, mais pouvaient-ils vraiment en être sûrs ? Chaque ruisseau, chaque rivière ne cachait-il pas un bateau fou ? Victorien avait prévenu tous ses matelots avant le départ d'un danger imminent, et lui-même tenait le gouvernail avec toute la vigilance dont il était capable.

Avec la fonte des neiges dans le haut-pays, les eaux, quoique fortes, ne portaient pas comme en automne. Moins vigoureuses, moins puissantes, elles étaient capricieuses, imprévisibles, même pour les bateliers les plus avertis. Victorien devait sans cesse rectifier les écarts de la capitane, tandis que Benjamin et les matelots ne cessaient de surveiller les rives d'où, à chaque instant, pouvait surgir le danger.

— Jamais je n'aurais cru qu'on en arriverait là, soupira Victorien. J'ai quand même peine à croire que des hommes puissent se conduire aussi mal. On ne demande qu'à travailler, que diable ! et sans porter tort à qui que ce soit !

Benjamin eut un vague geste des bras, soupira, mais ne dit mot.

— Enfin, grommela Victorien, espérons qu'ils vont se calmer. Je savais bien que les débuts seraient difficiles ; dans quelques mois, ça ira mieux.

Benjamin pensa que dans quelques mois, justement, il ne naviguerait plus sur la capitane, près de son père, s'il tirait un mauvais numéro. Chaque nuit, l'idée de partir dans l'année qui venait le réveillait, nouait son estomac, et il luttait contre un ennemi invisible jusqu'à l'aube. Sept ans dans la marine ! Sept ans loin du port, loin de Marie, loin des prairies, de la rivière, de Victorien et d'Elina... En aurait-il le courage ? Il s'ébroua, chassa ces funestes pensées de son esprit, passa sur bâbord afin de surveiller le confluent avec le Céou, une rivière à truites venant de la région de Gourdon en Quercy. Nulle barque, nul bateau ne surgit d'entre les yeuses chevelues...

Plus loin, le convoi passa sans encombre sous Castelnaud, Fayrac et Marqueyssac dont les jardins étaient envahis par les buis, puis il se dirigea vers la falaise rousse dominée par Beynac. Ensuite, ce furent Les Milandes, Allas-les-Mines et ses vieilles demeures au pied de la colline, et l'on arriva enfin à Saint-Cyprien où il fallait se méfier du confluent avec la Nauze. Là aussi, pourtant, le convoi passa sans encombre et continua sa descente prudente jusqu'au grand cingle précédant Limeuil, qu'il atteignit une heure plus tard.

La pluie avait cessé aux alentours de Saint-Cyprien. Maintenant les prairies fumaient sous les premiers rayons de soleil et, sur les rives, les arbres s'égouttaient avec de brefs soupirs. L'embellie embrasait la vallée dont les couleurs, soudain, éclataient comme des coquelicots dans les blés. Le ciel, où les nuages s'effilochaient en lambeaux blancs, semblait prolonger la vallée bien au-delà des limites que lui connaissaient les bateliers. Benjamin, de plus en plus nerveux, était revenu sur tribord pour être à même d'apercevoir le débouché du confluent avec la Vézère le plus tôt possible. En abordant le cingle, Victorien s'écarta au maximum vers la gauche pour laisser le passage aux bateaux limousins. La seconde et le gabarot firent de même, fidèles aux instructions reçues dès le départ. Déjà, là-bas, on distinguait des filets de fumée au-dessus des toits de Limeuil et, à moins de trois cents mètres à l'avant du convoi, les eaux sombres de la Vézère dont le bras était encore caché par les saules et les frênes.

Victorien maintenait son bateau le plus possible sur bâbord, mais tout de même dans le courant, de manière à passer le plus vite possible au confluent. Benjamin aperçut en se retournant la seconde qui suivait la même ligne que la capitane et, derrière elle, le gabarot, comme aspiré par son sillage. Les trois bateaux filaient à vive allure sur les eaux devenues musculeuses depuis que la vallée s'était élargie. Cent mètres, maintenant, les séparaient de la Vézère. Bientôt cinquante, puis trente. Le rideau de saules et de frênes s'effaça lentement. Apparut aussitôt un premier gabarot, fragile et incertain dans la lumière du matin. A peine Benjamin l'avait-il désigné du doigt à Victorien que surgissait un second, puis un troisième, enfin un quatrième, tout proches les uns des autres et tous silencieux, sans le moindre appel, le moindre cri, contrairement aux coutumes de la rivière. Lequel portait le danger ? Ni Victorien ni Benjamin n'eurent à s'interroger longtemps car le premier gabarot quitta brutalement sa ligne et fila droit vers la rive opposée. Benjamin vit qu'il était chargé de pierres : un vrai boulet. Sur le pont, un homme vêtu de noir tenait le gouvenail d'une main ferme. Il était seul.

— Père ! cria Benjamin, c'est le premier !

Les matelots de la capitane crièrent aussi, mais leurs cris furent pour la seconde, car il était clair que la capitane, compte tenu de sa vitesse, allait pouvoir passer sans dommage. Vincent Paradou n'avait pas eu besoin des cris pour comprendre que son bateau était la cible. Donnant un grand coup de gouvernail, il chercha son salut dans la fuite et entra carrément dans le courant pour prendre davantage de vitesse. Mais il ne pouvait pas foncer vers Limeuil sans courir le risque de percuter les autres gabarots. Dès qu'il jugea sa vitesse suffisante, il redressa vivement son bateau qui, aussitôt, parut fuser sur l'eau. Il fut dès lors évident qu'il allait passer lui aussi sans encombre. Restait le gabarot. Louis Lafaurie, qui avait repris les voyages depuis que Victorien avait fait reconstruire son bateau, avait manœuvré exactement de la même manière que Vincent Paradou. Il se trouvait maintenant dans la trajectoire idéale du gabarot limousin dont le matelot, après avoir attaché le gouvernail, plongea au milieu de la rivière et disparut. Lafaurie, qui n'avait aucune possibilité de freiner, n'eut d'autre solution que d'obliquer vers la rive opposée, sur bâbord. Ce fut suffisant pour éviter l'abordage, mais pas l'accident, et le choc contre la rive fut d'une violence extrême, quoique moindre par rapport à celui du gabarot fou qui se fracassa contre la berge à moins de trois mètres de sa cible. Les planches et les pierres, projetées en l'air, retombèrent lourdement sur les bateaux, ou ce qu'il en restait.

Les matelots de la capitane et de la seconde, qui ne pouvaient pas s'arrêter en raison du courant, avaient tous assisté à la scène, impuissants. Ils criaient des injures et des menaces à l'adresse des Limousins qui poursuivaient leur route sur tribord, comme s'il ne s'était rien passé. Victorien et Vincent réussirent à accoster trois cents mètres en aval dans une meilhe aux abords dangereux. Dès que les bateaux furent amarrés, les matelots, Benjamin en tête, coururent sur la rive en direction du gabarot. Ils arrivèrent rapidement sur les lieux et comprirent tout de suite que Lafaurie et ses deux matelots étaient blessés, sans doute gravement. Tous les trois gisaient sur le pont où le chargement de merrain s'était renversé. Il fallut les dégager, les allonger dans l'herbe en attendant des secours, qui, heureusement, ne tardèrent pas. Habitués aux nombreux accidents du confluent, les gens de Limeuil arrivaient sur leurs barques de pêche, posant des questions auxquelles Victorien Donadieu refusa de répondre.

On décida de transporter les blessés à l'auberge, où l'on pourrait leur donner les premiers soins. Ils souffraient d'hématomes multiples, de plaies ouvertes, sans doute même de fractures. Aucun d'eux, pourtant, ne se plaignait. Durs au mal, habitués aux difficiles conditions de la navigation, ils gisaient, les yeux clos, silencieux, confiants dans ceux qui les entouraient.

Il fallut près d'une heure pour que tout le monde pût

traverser sur les barques des pêcheurs. Le médecin avait été averti. C'était un vieil homme à l'air las, aux cheveux blancs, portant bésicles et montre à gousset. Selon lui, seul Louis Lafaurie souffrait de fractures, mais il s'inquiéta de possibles hémorragies internes et recommanda de ne pas bouger les blessés pendant vingt-quatre heures. Il pansa les plaies — certaines, profondes, saignaient beaucoup — et réduisit les fractures de Lafaurie en posant une attelle. Tous les matelots attendaient dans le couloir de l'auberge « A l'ancre du salut ». C'était maintenant la colère et le désir de vengeance qui, l'émotion passée, les animaient. Certains voulaient même se lancer à la poursuite des gabarots limousins en menaçant à leur tour de les envoyer par le fond.

— Ça suffit ! tonna Victorien Donadieu ; on réglera les comptes plus tard. Aujourd'hui, il y a mieux à faire.

Puis, après une longue conversation avec Benjamin et Vincent, il décida de laisser là son fils pour s'occuper des réparations et du rapatriement des blessés. En fonction de l'évolution de leurs blessures, ou bien les bateaux les reprendraient en remontant, ou bien Benjamin trouverait des rouliers pour les transporter. Un peu rassuré tout de même sur la santé de ses hommes, Victorien s'en alla avec ses matelots rejoindre ses bateaux mouillés en aval, tandis que Benjamin les regardait s'éloigner, avec, en lui, des questions qui ne cessaient de l'obséder : qui étaient ces misérables qui acceptaient de l'argent pour détruire des bateaux au risque de tuer des hommes ? Qui donnait de tels ordres ? Fallait-il que leur haine fût grande et les intérêts en jeu considérables ! Découragé, il dut faire un effort sur lui-même pour se mettre au travail. Empruntant une barque, il se fit conduire sur le gabarot qui, heureusement, malgré ses avaries, ne menaçait pas de couler. Après avoir recensé les réparations à effectuer, il s'en fut chercher le menuisier et le charpentier de Limeuil et les ramena d'autorité sur le gabarot. Là, en les aidant de son mieux, il pensa à Emeline et se dit que sans elle ç'aurait été la capitane ou la seconde qui s'en serait allée par le fond, là-bas, à l'endroit où les deux flots se mêlaient dans des remous tumultueux. Et il se demanda comment il parviendrait à effacer cette dette dont elle ne manquerait pas de s'inquiéter, au jour et à l'heure qu'elle choisirait.

Huit jours avaient passé. Les blessés avaient finalement été remontés sur les bateaux afin de leur éviter les cahots de la route. Aucun d'eux n'avait fait d'hémorragie, mais leurs plaies tardaient à se cicatriser, et Lafaurie, pour sa part, souffrait beaucoup de ses fractures. A Libourne, Victorien avait appris de Jean Delmas que l'instigateur du guet-apens avait été arrêté. Connu de la police maritime pour des agissements semblables dans la basse vallée, il avait été confondu rapidement. Les vrais responsables, eux, resteraient à jamais impunis. Leurs écus et leurs relations les mettaient de toute façon à l'abri des tracas. Ils sauraient le moment venu récompenser leur homme de main qui ne croupirait pas longtemps en prison. Il n'était donc pas utile de porter plainte. D'ailleurs ce genre d'affaires devait se régler entre gens du même monde. Jean Delmas avait promis de s'en occuper. Victorien Donadieu, lui, devait continuer à travailler sans en appeler à la justice et tout rentrerait dans l'ordre bientôt. Du moins pouvait-on l'espérer.

Victorien et Benjamin avaient tenu à ramener Louis Lafaurie dans sa maison où sa femme, Maria, qui avait été mise au courant par Elina, s'inquiétait beaucoup. Comme ils lui proposaient leur aide, elle refusa simplement. Elle allait pouvoir enfin s'occuper de « son homme » à loisir et n'avait besoin de personne. D'ailleurs, si ce n'avaient été les blessures de son mari, elle eût considéré l'accident sous un jour favorable : il allait cesser définitivement de naviguer, et c'était bien ainsi. Réconfortés par la tournure que prenaient les événements, Victorien et Benjamin oublièrent le piège de Limeuil et il fut décidé que Benjamin mènerait désormais le gabarot remis à flot par les maîtres artisans de la basse vallée.

Une semaine après leur retour, le soleil s'installa pour de

bon. Un matin où le vent du printemps avait troqué ses coups de râpe contre des caresses de plume, Benjamin rejoignit Marie qui faisait la lessive sur la plage de galets, en amont du port. En fait, prenant cette direction, c'était Emeline qu'il fuyait, car il savait qu'il devrait la remercier, sans doute même accepter un nouveau rendez-vous qui le compromettrait davantage. Et, songeant à Marie qui, malgré les précautions que l'un et l'autre prenaient, n'ignorait sans doute rien de ces rencontres, il s'en voulait par avance de ne pouvoir refuser. D'ailleurs, elle était peut-être même déjà au courant : il ne manquait pas de garnements pour jouer à la guerre dans les prairies et épier tout ce qu'il s'y passait.

Il soupira, faillit faire demi-tour, mais il y avait trop longtemps qu'ils ne s'étaient pas trouvés seuls et il savait qu'elle devait en souffrir. A droite du sentier, sur l'eau que le soleil faisait étinceler, les premières éphémères de l'année battaient désespérément des ailes avant d'être emportées par le courant. La lumière du ciel coulait à gros bouillons et se réverbérait sur la rivière avec un éclat digne des glaces d'hiver. Il y avait une telle sonorité dans l'air qu'on entendait les pêcheurs, au loin, jeter l'épervier... Benjamin était arrivé sur la plage de galets où travaillait Marie. Courbée sur son banchou [1], elle frottait les grands draps de chanvre avec un pain de savon noir, se redressait de temps en temps pour attacher ses cheveux sur ses tempes. Une traîne crémeuse fleurissait la Dordogne en aval, dessinant des volutes semblables à ces soieries de nuages qui endimanchent les soirs d'été.

Benjamin s'approcha pour la surprendre, mais son pied glissa sur un galet, et Marie fit brusquement volte-face.

— Tu m'as fait peur, dit-elle, mais avec un sourire qui trahissait son plaisir de le voir.

1. Planche inclinée munie d'un support où les femmes s'agenouillent pour frotter le linge.

Elle releva les bras pour rattacher une mèche de cheveux et sentit le regard de Benjamin errer sur ses épaules. Ce fut comme une caresse tiède, une gorgée de miel. Troublée, elle se remit au travail, tandis qu'il s'avançait en disant :

— L'eau doit être froide.

— Non ! fit-elle.

Il s'accroupit, trempa son bras jusqu'au coude, le ressortit aussitôt.

— Fais-moi voir tes mains, dit-il.

Elle refusa, répondit simplement :

— Pour quelques draps à laver, dit-elle, je ne vais pas en mourir.

Il n'insista pas, mais il remarqua qu'elle sortait ses mains de l'eau à intervalles réguliers, le temps de laisser le sang se remettre à circuler et s'estomper la douleur. Comme elle n'aimait pas le sentir dans son dos, elle lui demanda d'aller l'attendre sur la rive et précisa :

— J'aurai fini dans cinq minutes.

Il s'éloigna, sachant que plus il la gênerait, plus il lui faudrait du temps et plus elle aurait froid aux mains. Sur la berge, il s'assit sous un frêne, dans l'herbe haute. Et là, de nouveau, il songea à Emeline et s'en voulut. Marie, elle, ayant terminé de frotter, faisait couler les draps en plaçant des galets par-dessus de manière à les immerger complètement. Enfin elle se releva et vint s'asseoir près de Benjamin qui, aussitôt, lui prit les mains.

— Regarde ! fit-il, elles sont toutes bleues.

Elle haussa les épaules en souriant, se laissa faire un moment, puis elle demanda :

— C'est comme ça que tu les réchauffes, les mains d'Emeline ?

Il la lâcha brusquement, se recula, ne trouva rien à dire pendant un long moment puis, enfin, murmura :

— Tu sais très bien que sans elle on aurait sans doute perdu un bateau ; peut-être même un matelot, ou ton père, ou mon père.

— Je sais, fit-elle, mais est-ce vraiment une raison pour aller s'enfermer avec elle dans son cabanon ?

Il sentit une sueur froide couler dans son dos, se reprocha amèrement son imprudence. Mais que pouvait-il répondre ? Des enfants avaient dû le voir et raconter leur découverte aux frères de Marie.

— Tu ne dis même pas que ce n'est pas vrai, fit-elle avec un brin de lassitude dans la voix.

— Je te jure, commença-t-il...

— Surtout ne jure pas, fit-elle, ça nous porterait malheur.

— Je n'ai rien fait que tu puisses me reprocher, Marie, il faut me croire.

Elle eut un sourire forcé, murmura :

— Toi, peut-être, mais elle, je la connais, tu sais.

Il soupira, leva la tête vers les nuages qui dormaient là-haut, contre le ciel, puis il revint vers elle et fut touché de cette froideur qu'elle lui manifestait soudain et qui lui était si peu familière.

— Marie, dit-il.

Elle ne lui refusa pas son regard, mais elle demeura lointaine et dit rêveusement :

— Si au moins j'étais sûre que c'est bien avec moi que tu veux te marier.

— Comment peux-tu en douter ? s'indigna-t-il ; nous l'avons toujours su, toi et moi, et personne ne nous en empêchera.

— Alors, marions-nous tout de suite ! dit-elle.

Il la dévisagea un instant, ne sachant si elle s'amusait de lui ou si elle était sincère. Mais la gravité qui était incrustée sur son visage lui fit comprendre qu'elle parlait sérieusement. Il lui reprit les mains, lui dit d'une voix qu'il voulut la plus calme possible :

— Tu sais bien que je vais tirer au sort l'an prochain.

— Justement, fit-elle.

— Si je pars pour sept ans, qu'est-ce que tu deviendras toute seule ?

— Je t'attendrai, tiens !

Sa réponse le toucha, car Emeline avait prononcé la même, et avec la même résolution.

— Une femme mariée ne peut pas rester seule pendant sept ans, dit-il.

— Et pourquoi donc?

— Parce que c'est trop long.

— Il y en a beaucoup à qui c'est arrivé et elles n'en sont pas mortes.

— Tu ne te rends pas compte de ce que ça représente.

— De toute façon, ça ne dure pas sept ans, puisqu'il y a les permissions.

Il comprit qu'elle avait pensé à tout et tenta de trouver d'autres arguments :

— Comment feras-tu pour vivre?

— Comme aujourd'hui.

— Mais de quoi vivras-tu?

— Des sous que je gagnerai avec mes bras : je ferai des lessives, je déchargerai le sel, je pêcherai et, s'il le faut, j'irai travailler aux fonderies.

— Et si je ne revenais pas? demanda-t-il, à bout d'arguments, sentant qu'il devait trouver un terrain plus favorable.

Une incrédulité agacée assombrit le visage de Marie.

— Pourquoi ne reviendrais-tu pas, Benjamin? demanda-t-elle.

— Il peut y avoir la guerre.

Elle réfléchit un instant, murmura :

— Si un tel malheur arrivait, j'aurais peut-être eu la chance d'avoir avant un enfant de toi.

Il soupira, sa voix se fit plus sèche.

— Je ne veux pas te laisser seule avec un enfant.

— Pourquoi?

— Parce que la vie serait trop difficile pour toi.

Elle s'écarta brusquement de lui et lança :

— Tu trouves toujours de bonnes raisons, mais la vérité c'est que tu ne veux pas te marier avec moi.

Un lourd silence tomba, qu'il ne se sentit pas la force de briser. Marie, elle, demeura distante et butée. Elle lui en voulait, mais elle s'en voulait aussi de ne pas être assez forte pour le convaincre et se l'attacher définitivement. Pourtant ce n'était pas faute de lutter. Depuis quelque temps, en effet, elle se rendait chaque jour à Souillac pour y aider la gouvernante de l'abbé Pagès, qui était souffrante. Elle s'appelait Antonia, était une amie d'Amélie et s'était naturellement tournée vers elle quand elle était tombée malade. Amélie avait demandé à sa fille de répondre à l'appel de son amie malgré tout le travail auquel, déjà, elle devait faire face. D'abord réticente, Marie s'y rendait maintenant volontiers, depuis que l'abbé Pagès, l'ayant surprise un livre à la main, lui avait proposé de lui apprendre à lire et à écrire. Elle travaillait donc au ménage deux heures par jour et avait droit à des leçons d'une demi-heure ou de trois quarts d'heure qu'elle n'aurait manquées pour rien au monde. Ainsi le sentiment d'infériorité qu'elle nourrissait vis-à-vis d'Emeline s'atténuait, tant elle était consciente de devenir une autre en acquérant un savoir qu'elle dévoilerait un jour à Benjamin pour mieux le conquérir. C'était là son secret, mais aussi son combat qu'elle menait sans faiblesse, avec toute l'énergie dont elle était capable...

Benjamin poussa un long soupir, concéda :

— J'en parlerai à mon père.

— Quand ?

— Attends au moins que la saison se termine. Il a d'autres soucis pour l'instant. Sans compter qu'Angéline se marie au mois d'août ; on ne va pas faire deux noces la même année.

— Faisons donc une noce et deux mariages en même temps, dit-elle, mais sans conviction.

Il ne répondit pas, secoua la tête, attendit un long moment avant de se rapprocher d'elle et de la prendre par les épaules en disant :

— Je tirerai un bon numéro et on se mariera aussitôt après.

Elle soupira, eut un pauvre sourire.

— Si seulement ce pouvait être vrai, dit-elle.

Il serra les mains sur les épaules de Marie, souffla :

— Il faut avoir confiance.

Elle détourna la tête, suivit avec mélancolie le vol d'un milan sur les chênes de la colline, mais ne répondit rien.

— Je te promets de parler à mon père, mais il faut me laisser un peu de temps.

Une brise légère fit trembler les feuilles des frênes et frissonner l'eau entre les galets ; un homme cria, là-bas, sur l'autre rive, sans doute le passeur de Cieurac.

— Je dois aller rincer les draps, fit Marie.

— Il faut que je parte aussi ; mon père doit m'attendre.

— Peut-être quelqu'un d'autre aussi, murmura-t-elle, mais il n'y avait même plus d'amertume dans sa voix.

Il haussa les épaules.

— Tu es trop bête, fit-il.

Puis il sauta par-dessus le talus et se mit à courir en direction du port.

Juillet avait été pluvieux, mais le soleil avait percé les nuages début août et, depuis, c'était un beau temps ininterrompu. Après la Saint-Roch, on avait même eu droit à des soirées lumineuses malgré ces langueurs de l'air qui annoncent le proche automne à la tombée de la nuit. C'était l'un de ces mois d'août où la vie s'appesantit dans la tranquillité, où l'on s'allonge à l'ombre volontiers.

Chez les Donadieu, on en avait profité pour marier Angéline à Valentin Doursat, l'un des matelots de la capitane, un garçon rieur et vif comme un oiseau. Benjamin l'aimait bien et Victorien, quant à lui, le tenait en estime ; aussi avait-il donné son consentement à sa fille et fait en sorte que le mariage fût réussi. Il l'avait été, puisque pendant trois jours les familles et les amis des époux avaient festoyé dans la cour des Donadieu où avaient été dressées des tables qu'on n'avait pas arrêté de servir et de desservir. Tous, grands-pères, grands-mères, hommes et femmes d'âge mûr, jeunes gens, enfants, s'étaient montrés heureux et fiers d'avoir été conviés pour manger, rire et danser toute la nuit à la musique du vielleur et du cabretaïre.

Il y avait une semaine que les noces avaient eu lieu, mais les réjouissances de ce mois d'août n'étaient pas terminées, puisqu'on célébrait en ce dimanche la fête du port. Dans l'après-midi saturé de lumière, Benjamin et Marie marchaient côte à côte au milieu de la procession qui se dirigeait vers la Vierge des bateliers, à Lanzac, à l'autre bout des prairies. En écoutant Marie chanter le *Regina Caeli,* Benjamin songeait à la déception qui avait été la sienne le jour où il lui avait rendu compte de sa conversation avec son père. Elina avait tenté de le dissuader de parler de ce projet à Victorien, mais Benjamin avait tenu à respecter sa promesse. En pure perte, évidemment. Victorien avait été catégorique : un garçon ne se mariait pas avant d'avoir tiré au sort. Il avait tardé à en parler à Marie et il avait eu raison, car sa réaction avait été encore plus surprenante qu'il ne l'avait imaginé :

— Il y a beaucoup de garçons qui ne partent pas et qui se cachent dans les forêts, avait-elle dit. Si tu fais comme eux, je te porterai à manger, je m'occuperai de toi.

— Et si on m'arrête j'irai en prison, avait-il répondu. C'est ce que tu veux ?

— Sept ans, Benjamin, je ne pourrai pas vivre sept ans sans toi ; j'irai plutôt me noyer.

Il avait essayé de l'apaiser, de la réconforter, mais il n'y était pas parvenu. Depuis ce jour, ils évitaient de parler de ce sujet, mais il se sentait d'autant plus coupable vis-à-vis d'elle qu'il avait revu une fois Emeline dans le cabanon. Elle l'y avait attiré en lui promettant des révélations d'une extrême gravité, mais ce n'était qu'un prétexte. D'ailleurs rien n'était venu contrarier le commerce de Victorien depuis l'abordage de Limeuil. Le bois était arrivé à suffisance, les bateaux l'avaient descendu sans encombre, et les rouliers étaient partis sans difficultés vers le haut-pays. Non ! C'était autre chose que désirait Emeline, il le savait maintenant : elle voulait se compromettre avec lui et placer ainsi ses parents devant le fait accompli. Depuis ce jour, Benjamin avait toujours refusé les rendez-vous. Il se contentait de la voir sur le port et d'échanger avec elle des propos les plus anodins possible...

Après les prières d'usage, le cortège retourna vers le port. Benjamin avait hâte d'arriver car il était engagé dans les courses et les joutes et tenait à s'y distinguer, comme chaque année. Il dut pourtant patienter une heure encore, tellement la procession marchait lentement sous le soleil qui, malgré la saison avancée, n'avait rien perdu de sa vigueur. Enfin, dès qu'il fut sur sa barque, il put laisser libre cours à son énergie et jeter toutes ses forces dans la bataille. Il s'agissait de remonter la Dordogne sur deux kilomètres et de redescendre le plus vite possible, tout cela avec une seule rame. Il termina premier et fut fêté sur le port où l'on dansait aussi, au son d'une vielle dont jouait un homme sans âge, à la barbe fleurie. On servait également du vin frais, du poisson frit et des salades sur des tables dressées sur des tréteaux. Benjamin y reprit des forces en compagnie de Marie, avant de se lancer à corps perdu dans les joutes et les courses à la nage. Il y avait beaucoup de monde, des gens de la vallée comme des gens du bourg, et tous dansaient, chantaient, fêtaient les vainqueurs avec des couronnes de fleurs et des verres de vin.

Marie, elle, participa à une course qui obligeait les participants à se mettre à l'eau en face du rocher du Raysse et à remonter jusqu'au port. Comme elle nageait très bien, elle n'eut aucune peine à la gagner et dut embrasser le garçon de son choix. Benjamin n'était pas loin. Ils furent acclamés sur l'estrade du vielleur, où le plus vieux des bateliers les sacra reine et roi de la fête. Puis, les courses et les jeux ayant cessé, tout le monde se remit à danser jusqu'à la nuit qui tomba lentement sur la vallée dorée par les rayons du soleil couchant. Alors on alluma des lampions et l'on continua de danser, de chanter et de boire, tout en s'attablant de temps en temps pour manger des gâteaux de maïs et des tartes. Les jeunes gens inventèrent un nouveau jeu : surprendre un garçon et une fille et, à plusieurs, le jeter dans la Dordogne tout habillé. Cherchant à y échapper, mais aussi et surtout parce qu'ils avaient envie de se retrouver seuls, Marie et Benjamin s'éloignèrent sur le chemin qui longeait le rivage, accompagnés par la musique grinçante de la vielle. Bien que la nuit fût avancée, la chaleur était oppressante. Des bouffées d'air épais arrivaient par vagues, aussi puissantes qu'à la saison des foins, aussi enivrantes qu'un alcool très fort.

L'un et l'autre sentaient que cette nuit-là était unique. Une nuit comme on en vit deux ou trois fois dans une vie. Le temps s'était arrêté. Au-dessus des collines, les étoiles paraissaient crépiter en silence, comme des foyers lointains. Sur la gauche de la rivière, les prairies ondulaient sous le vent tiède avec des murmures de soie. Tout en marchant, Benjamin avait passé son bras autour des épaules de Marie. Ni l'un ni l'autre ne parlait, mais l'un et l'autre pensaient au mariage, à l'avenir, et chacun d'eux le savait. Un parfum de lilas sauvage glissa brusquement sur eux, les faisant frissonner.

— Ne pense à rien, dit Benjamin ; écoute !

La Dordogne chantait sur les galets, contre les berges où les lourds clapotements de l'eau répondaient au murmure des prairies. Un vent coulis haletait dans les branches des frênes. L'air était épais et sucré comme un sirop.

— Allons nous baigner, dit Benjamin, l'eau doit être fraîche.

Marie le suivit sur les galets et ils s'approchèrent à pas prudents de la rivière. Ils entrèrent dans l'eau en se tenant par la main. Elle était tiède avec, seulement par endroits, des courants plus frais. Ils nagèrent côte à côte, à petites brasses, vers le milieu de la rivière, avec la sensation d'être entrés dans un bain de velours. Puis, une fois dans le courant, ils se renversèrent sur le dos, face au ciel, et se laissèrent porter. Cent mètres plus bas, dans une meilhe, Benjamin plongea. Marie l'imita, le rejoignit, le dépassa. Il la rattrapa rapidement et la prit dans ses bras. Ils étaient seuls au monde, loin des vivants, dans une totale obscurité. Au bout de quelques secondes, il se rendit compte qu'elle devenait plus lourde dans ses bras et son instinct l'avertit d'un danger. D'un élan des jambes, il la força à remonter, la tenant toujours serrée contre lui. Ils émergèrent dans un filet de lune, inspirèrent avidement des lampées d'air au goût de feuilles, puis ils gagnèrent la rive où ils se laissèrent tomber dans les hautes herbes. Là, ils demeurèrent un long moment silencieux, occupés à reprendre leur souffle, puis Marie murmura :

— Cette nuit est trop belle. Il aurait fallu ne jamais remonter. On ne trouvera jamais de moments meilleurs, Benjamin, je le sens.

Comme il ne gouvernait ni sa vie ni leur destin, il se savait incapable de lui donner ce qu'elle désirait le plus au monde et il s'en voulait.

— Ne dis pas de bêtises, souffla-t-il, nous avons toute la vie pour être heureux.

Mais elle semblait soudain terriblement redouter l'avenir, alors que cette nuit dans laquelle montaient les chants de la fête, là-bas, semblait vouloir les protéger. Il trouva d'instinct les gestes qui, une fois qu'ils furent allongés côte à côte, apaisèrent Marie et lui firent oublier toutes ses craintes. Ils se trouvèrent sans se chercher parce qu'au fond d'eux-mêmes, dans leurs rêves les plus secrets, ils avaient déjà vécu ce moment des milliers et des milliers de fois.

7

Benjamin, qui tenait désormais le gouvernail du gabarot, était inquiet. Malgré le faible niveau des eaux, son père avait décidé de partir pour une nouvelle descente, jugeant que ce temps de froid vif et de gel ne durerait pas. Pourtant, dans le matin de cristal, le ciel, comme l'air, comme les rives, paraissait pris par les glaces. Des collines du Périgord jusqu'à l'horizon, la vallée entière resplendissait. A peine si, sur les bateaux, les hommes osaient jeter un regard sur la rivière dont les eaux charriaient des blocs de glace détachés des berges. Haut dans le ciel, des oiseaux fous luttaient contre le vent du nord, mais ils n'avançaient pas et semblaient prisonniers d'une banquise. Le moindre bruit lézardait le silence qui cassait comme un miroir que l'on eût frappé au marteau.

Ce n'était pas tellement la descente que redoutait Benjamin — à partir de Lalinde le tirant d'eau était suffisant quel que fût le temps — mais la remonte qu'il faudrait affronter dans quelques jours, et surtout au-dessus de Limeuil. En attendant, il fallait bien achever ce voyage jusqu'à Libourne et espérer que le temps changerait d'ici là. Les mains protégées par des mitaines, Benjamin tenait fermement le gabarot dans le sillage de la seconde. Le convoi passait à la perpendiculaire de l'église de Saint-Aulaye-de-Breuilh et de son cimetière connu pour sa madone qui veillait sur les bateliers. Sur les rives, les arbres projetaient vers le ciel leurs branches gaufrées par la neige et le givre, glorieux comme des lustres d'église. Malgré l'heure avancée de la matinée, le soleil apparaissait terriblement lointain, comme éloigné à tout jamais dans l'univers. Tout à coup, à l'instant où Benjamin vérifiait le bon fonctionnement de son gouvernail, il y eut un grand cri sur la seconde : un matelot avait glissé et venait de tomber. C'était la mort assurée s'il n'était pas secouru dans la minute qui suivait, et encore fallait-il qu'il fût d'une constitution exceptionnelle.

Benjamin se hissa sur la pointe des pieds et aperçut vaguement une forme noire à vingt pas sur tribord, en lisière du courant. Il donna un coup de gouvernail puis, craignant d'arriver droit sur le matelot, rectifia sa direction pour simplement l'effleurer. En moins de cinq secondes, il ne le vit plus et se dit que le courant avait dû le prendre et le faire passer devant le gabarot.

— Gouvernail à bâbord ! cria le prouvier en lançant une cordelle.

Les mains crispées sur le manche, Benjamin manœuvra aussitôt. Trois ou quatre secondes passèrent, interminables, puis il y eut un cri. Benjamin crut reconnaître la voix de Valentin, le mari d'Angéline, et son cœur s'emballa.

— Cordelle ! cordelle ! cria le mousse qui se trouvait sur bâbord, juste devant Benjamin.

Déjà, c'était trop tard : le matelot n'avait pas pu se saisir de la cordelle du prouvier et le mousse avait eu un réflexe trop tardif. Benjamin, d'instinct, se retourna. Il aperçut le corps ballotté du matelot et, sans réfléchir, donna un violent coup de gouvernail. Le gabarot se tourna en travers, perpendiculaire au courant et manqua de chavirer. Pourtant, malgré cette ultime manœuvre, les cordelles lancées sur tribord et bâbord ne rencontrèrent aucune main. Le matelot avait coulé, et il ne s'était pas passé plus de trente secondes depuis qu'il était tombé. Ainsi, l'accident que redoutait tellement Benjamin depuis le départ de Sainte-Foy-la-Grande était survenu au moment précis où son attention s'était relâchée.

Plus bas, en aval, la seconde et la capitane avaient réussi à accoster dans une meilhe et des hommes couraient sur la rive en criant. Le gabarot gîtait dangereusement. Retrouvant ses esprits, Benjamin le replaça dans le sens du courant et demanda :

— Qui c'était ?

— Je ne sais pas, répondit le prouvier, je n'ai pas bien vu.

Une nausée tordit l'estomac de Benjamin. Couvert de sueur malgré le froid, le visage défait, il vint s'amarrer doucement contre la capitane où son père, immobile, attendait.

— Je l'ai manqué, fit Benjamin, accablé.

Il y avait comme un gémissement dans sa voix.

— Tu as surtout failli chavirer, dit Victorien avec froideur.

Et, comme Benjamin semblait étonné par cette remarque :

— Vous étiez trois sur le gabarot ; si tu avais chaviré, ce n'est pas un homme que j'aurais perdu, mais quatre. Est-ce que tu te rends compte de ce que tu as fait ?

— Il fallait le laisser, alors ? répliqua Benjamin.

— Non ! il fallait vite jeter les cordelles des deux côtés et ne pas dévier de ta route ; ensuite, ne plus rien faire.

Benjamin, cette fois, ne trouva rien à répondre. Les yeux gris de son père semblaient l'accuser, le rendre responsable de la mort du matelot. A côté d'eux, le petit mousse, un adolescent de quatorze ans qui avait embarqué pour la première fois à l'automne, pleurait. Victorien s'approcha de lui, passa la main dans ses cheveux et dit :

— J'aurais dû te garder avec moi sur la capitane ; tout ça est de ma faute ; allez, change de bord !

Le mousse s'exécuta sans cesser de pleurer. Benjamin, lui, comprenait peu à peu qu'il n'avait pas manœuvré comme il l'aurait fallu, et le regard impitoyable de son père lui faisait plus mal encore que s'il avait montré de la lâcheté ou de la faiblesse.

— Laisse-nous ! dit Victorien au prouvier, un homme d'une trentaine d'années qui les observait en silence.

Le prouvier passa sur la capitane et s'éloigna. Benjamin et son père se retrouvèrent seuls, face à face.

— Rappelle-toi bien une chose, fit le maître de bateau : pour garder le respect des hommes, on n'a pas le droit à plus d'une erreur dans sa vie. Si on passe ce cap, on ne peut plus commander.

Pour Benjamin, chaque mot résonnait comme un coup sur son corps.

— Regarde-moi, petit ! reprit Victorien.

Benjamin osa enfin affronter le regard de fer qui semblait vouloir le blesser.

— C'est Jean Fauvergue, dit Victorien.

— Oh non ! fit Benjamin ; et, fermant les yeux, il pensa aux huit francs que lui avait donnés ce compagnon fidèle pour payer l'amende des saumons.

— Si ! fit Victorien en sortant de sa poche une petite bouteille d'eau-de-vie qu'il tendit à son fils.

— Bois ! ça te fera du bien.

Benjamin but une gorgée brûlante, toussa, s'essuya les lèvres.

— Ça ira ? demanda Victorien.

Benjamin hocha la tête, inspira profondément, se redressa. Les yeux de son père avaient perdu de leur éclat métallique, mais ils n'avaient pas encore retrouvé leur couleur familière.

— Bon ! fit Victorien, il n'y a pas d'autre solution que de descendre. On s'arrêtera dans les villages en remontant. D'ici là, espérons qu'ils auront repêché le corps.

Cette apparente insensibilité horrifia Benjamin. Il considéra son père d'un regard atterré, lui en voulut, soudain, comme s'il découvrait un autre homme derrière celui qu'il connaissait.

— Il n'y a pas d'autre solution, répéta Victorien ; on ne peut plus rien pour lui.

Et c'était vrai qu'on ne pouvait ni plonger dans les eaux glacées ni les sonder pour retrouver le disparu. Benjamin le savait, mais, pourtant, il ne pouvait s'empêcher de regarder en arrière pour tenter d'apercevoir le corps de celui qui ne partagerait plus jamais le voyage avec eux. C'était la dure loi de la rivière. Nul n'y pouvait rien.

— Allons, petit ! fit Victorien, il faut repartir.

Sa voix avait changé. Il paraissait être redevenu lui-même, sans doute convaincu que la leçon avait porté. Les matelots regagnèrent les bateaux, et pas un ne donna l'impression de trouver ce départ trop rapide. Aussi les trois gabares de Donadieu reprirent-elles leur descente vers Castillon, où il fallut attendre la renverse. Benjamin avait compris qu'il devait taire ses scrupules. A quoi aurait servi de palabrer, de se lamenter, et de rester sur place ? La Dordogne ne rendrait le corps que lorsqu'elle en aurait ainsi décidé, et peut-être à des kilomètres de là. Comme ceux qui naviguaient depuis longtemps, Benjamin savait cela parfaitement, mais, au contraire des vieux matelots, c'était le premier homme qu'il voyait disparaître sous ses yeux. Peut-être même par sa faute. Il sentait confusément que la blessure mettrait du temps, beaucoup de temps, à cicatriser.

A Castillon, les pilotes s'étonnèrent de voir arriver des gabares d'en haut. En raison du faible débit des eaux, il n'en descendait plus depuis trois jours.

— Vous n'êtes pas un peu fous ? lança le pilote qui prit le gouvernail de Benjamin.

— Je crois qu'on le devient, fit celui-ci en s'installant un peu à l'écart pour ne pas avoir à soutenir une conversation.

Le convoi repartit. Les eaux, devenues terreuses, avaient perdu de leur éclat. Elles sinuaient entre des îles aux saules enluminés. Plongé dans ses pensées, obsédé par la disparition du matelot de la seconde, Benjamin regardait sans les voir les villages qui se succédaient : Civrac et, plus loin, dans un cingle où étaient amarrées de nombreuses barques de pêche, les demeures paisibles de Saint-Jean-de-Blaignac. Au fil de la descente, ce furent ensuite Sainte-Terre, Vignonet, la plaine de Saint-Sulpice-de-Faleyrens, la cité médiévale de Saint-Emilion, enfin les deux méandres jumeaux de Génissac et de Condat. Benjamin n'avait maintenant plus qu'une idée en tête : arriver vite à Libourne et repartir le plus rapidement possible pour effacer cette impression d'abandon, de trahison, envers un homme qui méritait le respect de tous.

Le soir, à l'auberge, après avoir déchargé le bois dans les entrepôts de Jean Delmas, l'équipage se sentit comme orphelin, et les langues, enfin, se délièrent. Les hommes parlèrent du disparu à voix basse, racontant les voyages partagés avec leur compagnon. L'atmosphère était lourde. Ils n'avaient pas le cœur à manger ni à boire. Quand ils eurent achevé leur frugal repas, Victorien les réunit tous dans l'arrière-salle, distribua un peu d'alcool de genièvre à chacun et prononça les mots qu'ils attendaient :

— Jean nous valait tous, dit-il. Il connaissait les dangers du tillac[1], de la glace, de l'hiver et pourtant il est tombé. Nous n'oublierons jamais quel courageux compagnon il était. Nous ne rentrerons pas à Souillac sans son corps. Nous attendrons le temps qu'il faudra.

Et il ajouta, comme les hommes demeuraient silencieux :

— Nous l'enterrerons chez lui, dans son jardin. S'il avait eu de la famille, vous savez qu'elle aurait pu compter sur moi.

Ces quelques mots, pourtant dérisoires, parurent réconforter l'équipage. Victorien, une fois encore, montrait à son fils ce qu'était vraiment un maître de bateau. Et quand Benjamin, un peu plus tard, fut couché dans la soupente de l'auberge, il se dit que lui aussi eût aimé parler de cette manière aux hommes pour voir se ranimer, dans leur regard, la flamme chaude et fière qui d'ordinaire y brillait.

Le lendemain matin, il gelait toujours et le vent du nord balayait le port où les matelots de Donadieu, frigorifiés, chargeaient le sel sur les gabares. Benjamin se demanda si les bateaux pourraient passer les rapides de Lalinde et remonter vers Souillac, mais Victorien, lui, ne paraissait pas inquiet. Pourtant l'hiver tenait toujours dans sa poigne de glace la vallée statufiée où, au-delà des maisons, des collines, le ciel s'était refermé comme une cloche de verre. Sur un signal de

---

1. Le pont.

Victorien, la remonte commença, lente, pénible, dangereuse. Les bouviers avaient doublé les attelages, et la respiration des bêtes, comme celle des hommes, montait dans le froid en léger brouillard que, passé la cime des arbres, le soleil dissipait.

Victorien tenait sa promesse : le convoi s'arrêtait à chaque relais de tire et les matelots partaient le long des rives pour demander si l'on n'avait pas retrouvé le corps de leur malheureux compagnon. Dès lors, il fallut plus de trois jours pour arriver jusqu'au village de Saint-Seurin-de-Prats où des pêcheurs avaient retrouvé le corps de Jean Fauvergue dans un estey[1]. Une fois les formalités accomplies, on chargea la dépouille sur la capitane et le convoi repartit. Le soir même, le temps changea et la pluie s'annonça. Elle se mit à tomber le lendemain matin, violente, glacée, mais sans la force de ces pluies lourdes d'automne qui font changer le niveau des rivières en quelques heures. Le convoi dut « attendre l'eau » à Mouleydier, en aval des rapides de Lalinde, car les récifs affleuraient par endroits. Si bien que les bateaux de Donadieu, en cette triste et froide fin de février, mirent plus de dix jours pour ramener chez lui le corps d'un compagnon qui avait aimé le voyage et la rivière jusqu'à en mourir.

Benjamin n'avait pas fermé l'œil de la nuit. Des heures et des heures durant, il avait vu défiler des numéros devant ses yeux clos, et chacun d'eux l'avait condamné à sept ans d'exil. Sept ans dans la marine du roi ! Comment pouvait-on supporter une telle déchirure, sinon en s'efforçant de tout oublier, en rayant de sa vie son passé, sa famille, et tout ce qu'on laissait derrière soi ? N'était-ce pas Marie qui avait raison ? Ne valait-il pas mieux se cacher dans les bois plutôt que de partir ? Toutes ces questions n'avaient cessé de tourner dans sa tête jusqu'à l'aube

1. Large fossé destiné à recueillir le trop-plein des eaux et, dans les bas-pays, celles de la marée.

de ce 7 mars qui allait le voir jouer son destin en quelques secondes.

Dans la cuisine, ni son père ni sa mère n'avaient prononcé le moindre mot, tandis qu'il s'apprêtait à se rendre à Souillac où les autorités formaient le contingent de ce printemps. Que dire ? Que faire ? Victorien évitait son regard, Fantille pleurait dans un coin ; seule Elina tentait de sourire en lui communiquant l'espoir qu'elle portait en elle depuis toujours. Incapable de prolonger ces instants, de cacher plus longtemps sa rage impuissante, Benjamin était sorti sans un mot et s'était mis en route dans le vent âpre de ce début mars, sous la pluie froide de l'hiver qui ne se décidait pas à desserrer sa poigne d'acier refermée sur la vallée.

Passé le pont sur la Borrèze, il avait tout de suite reconnu la silhouette encapuchonnée qui l'attendait sous un gros chêne : Marie. Marie fidèle dans les pires moments de sa vie comme elle l'avait été dans les plus beaux, les plus précieux, ceux qu'ils avaient partagés dans la tiédeur de l'eau ou l'herbe des prairies. Marie qui veillait comme une sentinelle, qui savait le protéger de tout, même de lui. Il s'était lentement approché d'elle, avait murmuré :

— Tu m'avais promis de ne pas venir.

— Je n'ai pas pu.

Elle avait ajouté, levant vers lui son visage mouillé :

— Il m'a semblé... qu'il le fallait.

Il avait caressé les mèches humides qui sortaient de la capuche.

— Et maintenant, avait-il demandé, à quoi ça va nous servir ?

— Tiens, avait-elle répondu, prends ça.

Elle lui avait glissé dans la main l'une de ces médailles naïves que l'on peut acheter dans les foires ou les frairies et que l'on fait bénir dans les églises.

— Que tu es bête, avait-il dit ; mais il avait enfoui la médaille dans le fond de sa poche et avait serré Marie quelques instants contre lui.

Ensuite il était reparti, se retournant une fois, une seule, vers la silhouette noire immobile sous le grand chêne, qui lui adressait un petit signe de la main. Pour ne pas se mettre en retard, il avait couru jusqu'à Souillac où il était arrivé un quart d'heure plus tard. Là, sur la place Saint-Martin, se trouvaient de nombreux jeunes gens venus des rives de la Dordogne, comme lui, tirer au sort. Ils avaient attendu longtemps devant l'hôtel de ville, avant qu'on les fît entrer dans une grande salle rectangulaire où des gendarmes et des officiers de marine écrivaient derrière un bureau. Benjamin avait tout de suite remarqué la boîte où, pensait-il, se trouvaient les numéros. C'était une boîte en bois de châtaignier dont la rusticité n'évoquait rien du bonheur ou du malheur dans lequel elle précipitait les hommes. Pourtant, il ne pouvait en détacher son regard et demeurait pétrifié au milieu de la salle où régnait un profond silence.

Il s'avança lentement à l'appel de son nom, et, à l'instant de prendre le morceau de papier sur lequel apparaîtrait son numéro, il pensa très fort à Marie, à son père et à sa mère. Serrant la médaille dans sa main gauche, il puisa dans la boîte de sa main libre puis, poussé par son suivant, il se décala sur sa gauche pour donner son morceau de papier à l'officier qui le déplia et annonça :

— Quatre-vingt-quatre.

Il sembla à Benjamin que c'était un bon chiffre, mais il savait que le conseil de révision refusait toujours deux jeunes sur trois à la visite et qu'il fallait donc tirer un très fort numéro pour échapper au contingent.

L'officier donna le morceau de papier au gendarme qui se trouvait à sa droite, et celui-ci écrivit sur un deuxième registre le numéro qui scellait l'avenir de Benjamin. Ensuite, il fallut attendre que tout le monde eût fini de tirer avant de partir à la visite. Là, Benjamin se rendit compte que les jeunes gens s'épiaient, cherchant à deviner les chances de chacun. Et plus Benjamin observait ses voisins, plus il lui semblait qu'il y en avait de trop maigres, de trop petits, de boiteux ou, au contraire, de suffisamment riches pour avoir pu acheter, avec leurs louis d'or, ces fameux certificats qui exemptaient de service les prétendus malades. Lui, il était l'un des plus grands, l'un des plus forts, et il ne devrait son sort, bon ou mauvais, qu'au hasard du tirage.

Le conseil délibéra longtemps. Benjamin, assis sur un mur, n'eut pas la force de manger le morceau de pain qu'il avait apporté ni de participer à ces bagarres rituelles entre jeunes gens de villages rivaux qui émaillaient chaque journée de tirage au sort. Enfin, vers quatre heures de l'après-midi, on les fit entrer de nouveau dans la grande salle rectangulaire, et un officier de marine se leva pour annoncer que le numéro 78 avait « fermé » le contingent. Benjamin dut se retenir pour ne pas laisser éclater la joie folle dont le flot gonflait dans sa poitrine. Il dut pour cela attendre d'avoir accompli les dernières formalités et d'être libéré par les gendarmes. Alors il refusa de suivre ceux qui, comme lui, avaient eu de la chance et partaient fêter l'événement dans les auberges et, fou de bonheur, d'un bonheur aigu, indicible, il s'élança vers la rivière...

Il courait, il courait, et, tout en courant, criait à pleine voix : « Marie ! Marie ! » comme s'il était sûr qu'elle l'attendait, sur le chemin ou sous le grand chêne où il l'avait laissée au matin. La pluie inondait son visage et pourtant il riait en continuant de courir, brandissant la feuille de papier salvatrice que lui avait remise un gendarme. Marie ! Marie ! Il n'y voyait plus, mais il courait toujours, avec toute la vitesse dont il était capable, comme fou. Il glissa, tomba, demeura un moment immobile, le souffle court, le visage enfoui dans l'herbe de ses prairies qu'il ne quitterait jamais, il le savait maintenant, il en était sûr. Il se releva, repartit avec en lui la conviction que tout était possible désormais, que le monde était beau, sans menaces, et qu'il allait enfin être heureux.

Il trouva Marie à l'endroit exact où ils s'étaient séparés le matin et n'en fut même pas surpris. Dès qu'il l'aperçut, il s'arrêta brusquement, incapable d'avancer ni de trouver les mots. Pendant dix secondes, il se contenta de brandir sa feuille de papier dont elle ne pouvait pas lire la moindre ligne, ne se rendant pas compte combien elle était dévorée par l'angoisse et brûlait de savoir.

— Marie ! cria-t-il enfin, je ne pars pas ! je ne pars pas !

Elle demeura un bref instant sans bouger, ferma les yeux, dodelina de la tête comme si elle n'avait pas compris ce qu'il lui avait dit, puis elle cria à son tour :

— Benjamin ! c'est vrai ? C'est bien vrai ?

Il s'élança vers elle, l'enlaça, ne cessant de répéter :

— Mais oui, c'est vrai, je ne pars pas.

— Oh ! Benjamin, fit-elle, j'ai tellement eu peur !

— C'est fini, dit-il, regarde !

De sa main libre, il lui montrait sa feuille de papier devenue pourtant illisible sous la pluie. Elle riait maintenant, persuadée qu'elle ne rêvait pas. C'était bien Benjamin qui la serrait dans ses bras à lui briser les os. Ils se mirent à tourner comme des danseurs ivres, puis, entraînés par leur élan, ils finirent par tomber sur un lit de fougères où ils demeurèrent allongés un long moment, profitant de ce bonheur tout neuf qui, ce matin de mars, leur était donné.

Lorsqu'ils se relevèrent, de longues minutes plus tard, leurs vêtements étaient transpercés par la pluie. Ce fut Marie qui, la première, retrouva ses esprits :

— Et ton père ? Et ta mère ? Ils doivent attendre, les pauvres !

Ils coururent d'une traite jusqu'à la maison des Donadieu où toute la famille se mourait d'impatience. Cependant, à l'instant même où ils ouvrirent la porte, souriants, chacun comprit que ce jour était un jour de joie et bondit de sa chaise. Elina et Fantille embrassèrent Benjamin, puis Victorien s'approcha.

— Alors, c'est vrai ? fit-il, on te garde avec nous ?

— Oui, père, je ne partirai pas.

— A la bonne heure ! dit Victorien.

Et, pour cacher son émotion :

— Nous allons fêter ça ! Tiens ! Fantille, fais-nous donc des merveilles [1] !

— Voilà une bonne idée, fit Elina en devançant sa fille et en se précipitant vers la maie à farine.

On s'aperçut seulement à ce moment-là combien Benjamin et Marie se trouvaient dans un piteux état. On leur fit place devant le feu, et Benjamin fut invité à raconter par le détail comment s'était passée la journée.

— Tu es bien sûr, au moins ? demanda Fantille quand il eut terminé son récit.

— Tout à fait sûr, répondit-il en riant, regarde ! c'est écrit... là !

Victorien, prenant la feuille de papier, ne parvint pas à déchiffrer les mots effacés par la pluie. Benjamin dut alors reprendre ses explications jusqu'à la fameuse phrase prononcée par l'officier, la répéter, la répéter encore jusqu'à ce que chacun fût convaincu. Il finit par comprendre que c'était par plaisir de l'entendre, de comparer les numéros, de mesurer la chance qui avait été sienne qu'on l'incitait à la parole, et enfin il se tut.

— Marie ! enlève donc ce capuchon et cette veste, je vais les mettre à sécher, dit Elina en la voyant trembler.

Marie ne se fit pas prier car elle ne parvenait pas à se réchauffer. Benjamin s'aperçut alors qu'elle était mouillée jusqu'aux os et il comprit qu'elle l'avait attendu sans bouger sous le grand chêne depuis les premières heures de la matinée. Une bouffée de reconnaissance lui donna la force nécessaire pour demander :

— Père ! vous nous donnerez bien maintenant l'occasion de nous marier, j'espère ?

Surpris, Victorien plissa les paupières, parut hésiter entre la colère et la bonne humeur, puis il déclara :

— Encore faudrait-il que Marie soit d'accord.

Elle se troubla, devint rouge de confusion, bredouilla :

— Vous le savez bien que je n'attends que ça.

---

1. Sorte de beignets.

— Non ! je ne le savais pas, fit Victorien en riant ; personne n'en a jamais parlé et ça ne se voyait pas.

Tout le monde rit de bon cœur et ce fut un moment unique, de vrai bonheur. Un peu plus tard, invités par Elina, Vincent, Amélie et leurs enfants arrivèrent pour fêter l'événement et manger les merveilles. Quand la pâte sucrée fondit dans la bouche de Marie, elle pensa que sa vie avait pris pour toujours ce goût délicieux, et qu'elle n'épuiserait jamais le plaisir de le savourer.

— Ce qui s'est passé à Libourne est très grave pour vous, avait dit Emeline.

Benjamin n'avait pu résister et avait accepté le rendez-vous en se jurant bien que c'était le dernier. En cette mi-avril que réchauffaient à peine les rayons du soleil, il effectuait un long détour avant de revenir vers le cabanon, espérant ainsi n'être vu de personne. Il se méfiait d'autant plus qu'Emeline ne pouvait pas ignorer la nouvelle de son mariage avec Marie fixé à la fin de l'été. Il savait par ailleurs qu'il courait un grand risque, mais, s'il avait cédé, c'était parce qu'elle lui avait paru sincère et, en même temps, préoccupée par la nouvelle qu'elle détenait.

Après avoir parcouru le double de chemin qu'il n'en fallait d'ordinaire, il arriva en vue du cabanon dont la porte était ouverte, longea le jardin en épiant les alentours et entra. Emeline se trouvait là, assise sur des bottes de paille dont quelques brins éclairaient ses cheveux, souriante, une sorte de défi dans le regard. Benjamin eut tout de suite la sensation d'un danger, mais lorsqu'elle se leva pour fermer la porte, de peur de paraître ridicule, il n'osa pas s'y opposer. Ils se trouvèrent face à face dans la demi-obscurité, elle les mains dans le dos, provocante ; lui immobile, glacé, conscient que le piège, cette fois, allait se refermer.

— Qu'est-ce que tu voulais me dire ? demanda-t-il d'une voix faussement agressive.

Les boucles brunes jouèrent sur les épaules d'Emeline, ses paupières se plissèrent comme celles des chats.

— Je voulais savoir si c'était vrai que tu allais te marier avec Marie.

Il fit un pas vers la porte, mais elle s'y précipita, lui interdisant le passage. S'il voulait sortir, il fallait qu'il la touchât, et il ne le devait pas, il le savait, car elle n'attendait que ça.

— Laisse-moi passer, Emeline, fit-il d'une voix menaçante.

— Pas avant que tu ne m'aies répondu.

Sa voix était calme, chaude, enjôleuse. Il sentait de nouveau ce parfum de violette qui l'émouvait tant, bien qu'il s'en défendît.

— Le mariage est prévu pour la fin du mois d'août, dit-il.

Elle garda un moment le silence, murmura :

— Tu me l'avais promis à moi, le mariage.

— Je ne t'avais rien promis, Emeline.

— Tu ne t'en souviens pas, de même que tu ne te souviens pas des services que je t'ai rendus.

Sa voix avait changé au fur et à mesure qu'elle parlait. La menace était évidente, immédiate. Benjamin n'avait pas peur, mais il essayait de deviner quelle vengeance avait mûri dans sa tête.

— Je n'accepterai jamais que tu te maries avec une autre que moi, Benjamin, tu le sais bien. Et d'ailleurs dis-moi ce que tu lui trouves, à Marie ?

Il lui tourna le dos, répondit :

— Ça ne te regarde pas.

— Tu la trouves plus belle que moi ?

— Ça ne te regarde pas, répéta-t-il.

— Ce n'est qu'une petite lavandière, fit-elle.

Puis, avec un profond mépris dans la voix :

— Elle est jolie, Benjamin, mais c'est la joliesse des pauvres. Tu mérites beaucoup mieux que ça ; moi, je suis riche et je suis belle.

Elle hésita quelques secondes, ne sachant, devant son silence, si elle l'avait blessé ou convaincu.

— Et moi, comme elle, reprit-elle, je t'ai choisi depuis que nous sommes enfants. C'est pour cela que j'ai les mêmes droits qu'elle.

La colère faisait briller ses yeux, donnant à sa beauté naturelle un charme supplémentaire qui, peu à peu, elle le savait, l'envoûtait.

— Tu n'as aucun droit, dit-il, et encore une fois ce que je pense de Marie ne te regarde pas.

— Parce que tu crois que tu l'aimes ? fit-elle avec un sourire mauvais.

Il ne répondit pas.

— Tu ne l'aimes pas. Ce que tu aimes, c'est qu'elle vive à tes pieds. Elle ne sait pas lire, elle n'a pas de fortune, elle restera toujours ce qu'elle est : une pauvre fille.

Il ne put se contenir, la gifla violemment. A peine surprise, elle porta une main vers sa joue et continua de sourire.

— La vérité fait mal quand on la découvre ; si tu te maries avec elle, Benjamin, tu resteras toujours petit.

Il tremblait, sentait qu'il allait la frapper de nouveau et que c'était sans doute ce qu'elle souhaitait.

— Laisse-moi passer, Emeline, fit-il.

— Eh bien, passe ! qu'est-ce que tu attends ?

Il fit un pas en avant, et aussitôt elle fut contre lui, le serrant dans ses bras, cherchant à l'embrasser, nouant ses bras autour de sa taille avec une force étonnante. Il la repoussa sans ménagement, et elle recula vers la porte, les cheveux dans les yeux, en ayant perdu son sourire.

— Prends garde, Benjamin ! fit-elle, il s'est passé des choses graves à Libourne et vous allez avoir des ennuis, ton père et toi.

Il inspira profondément, essaya de garder son calme.

— Je ne te crois pas, dit-il, c'est le dépit qui te fait parler.

— Le dépit de quoi ? répliqua-t-elle dans un éclat de rire ; il ne se passe pas un jour sans que mon père et ma mère me présentent un prétendant.

Elle ajouta, volontairement cruelle, après un instant :

— Aucun d'eux ne porte de pantalons rapiécés.

— Et alors, fit-il, glacé, qu'est-ce que tu attends ?

Elle repoussa ses cheveux vers l'arrière, murmura d'une voix subitement changée :

— C'est toi que j'aime, Benjamin, je n'y peux rien.

Ce fut à son tour de prendre sa revanche :

— Il n'y a pas que mon pantalon qui soit rapiécé, il y a aussi ma chemise et mon tricot. Et mes mains ! regarde mes mains, Emeline : elles sont dures, crevassées, est-ce que tu es sûre de les vouloir, ces mains-là ?

Il y eut un long silence, puis elle releva la tête, planta son regard dans le sien et murmura :

— De toi, j'aime tout, Benjamin.

Il fut troublé par son accent de sincérité et se sentit glisser dangereusement dans les mailles d'un filet d'une étrange douceur. Elle reprit en s'approchant :

— J'aime tes mains, ta voix, tes yeux, tes bras, ta bouche...

Elle l'enlaça de façon naturelle, si naturelle que, lorsqu'elle posa ses lèvres sur les siennes, il ne put la repousser. Il réalisa à peine qu'ils basculaient sur la paille et il oublia tout ce qui, jusqu'alors, l'avait empêché de succomber au charme terrible de cette fille qu'au fond de lui, pourtant, il haïssait.

Plus tard, quand ils se relevèrent, elle ne lut pas dans ses yeux les signes de la victoire qu'elle avait espérée ; au contraire.

— Tu n'aurais pas dû, Emeline, dit-il en se détachant d'elle.

Elle voulut revenir contre lui, mais il la repoussa en disant :

— C'est fini ; tu ne me verras plus jamais.

Il devina une ombre de désarroi dans son regard, mais elle se reprit très vite et dit :

— Si tu te maries avec moi, tu n'auras plus besoin de travailler ni de partir sur la rivière dans le froid et la pluie.

Elle se trouvait de nouveau entre la porte et lui ; elle souriait.

— Si tu veux, nous irons habiter à Libourne ou Bordeaux. Nous aurons des bateaux, beaucoup de bateaux ; nous pourrons voyager sur la mer, très loin, vers des pays que l'on ne connaît pas. Si tu préfères, nous ferons construire une grande maison, un vrai château avec un parc et des grands arbres...

Comme il restait silencieux, elle continua, se laissant griser par les mots :

— Je vivrai toujours près de toi ; j'aurai le temps. Tu sais bien qu'il ne manque pas de filles pour entrer au service des gens aisés. Si je le veux, je peux en prendre trois... quatre...

Elle se tut brusquement, réalisant qu'elle venait de commettre une faute impardonnable. Un lourd silence tomba.

— Laisse-moi passer, Emeline, c'est la dernière fois que je te le demande, fit-il d'une voix calme, si calme, si froide, qu'elle n'eut aucune peine à comprendre qu'elle l'avait perdu.

— Attends, dit-elle, encore un mot : réfléchis bien, Benjamin ; c'est vrai qu'il s'est passé quelque chose de grave à Libourne, écoute-moi !

Il comprit qu'elle essayait de gagner du temps, voulut forcer le passage, mais elle lui prit le bras et dit, presque suppliante :

— Ne t'en va pas, Benjamin ; si tu veux, on quittera tout. On partira loin. Sans argent. Je travaillerai.

Sa voix sonnait faux. Elle affronta son regard dans lequel elle put constater sa défaite. Il dégagea violemment son bras, lui fit mal volontairement. Puis il avança d'un pas vers la porte et, comme il s'apprêtait à sortir, il entendit des voix au bout du jardin. Il se rejeta brusquement en arrière, sentit une onde glacée couler dans son dos. Emeline, maintenant, souriait.

— Je crois que c'est mon père et le jardinier, fit-elle sans manifester la moindre surprise.

Elle lut clairement dans ses yeux qu'il allait la frapper et recula d'un pas. Il ne prononça plus un mot, n'esquissa aucun geste, espérant que s'ils n'entendaient pas de bruit les deux hommes s'éloigneraient sans entrer dans le cabanon. Une minute passa. Benjamin et Emeline étaient restés face à face, de part et d'autre de la porte. Il ne la regardait pas, tentait seulement d'interpréter les bruits pour saisir l'occasion de s'enfuir. Les voix se rapprochèrent. Benjamin comprit que les deux hommes parlaient d'outils et qu'ils allaient certainement entrer. Il se déplaça sans bruit pour se cacher derrière la porte si elle venait à s'ouvrir, crut encore un instant pouvoir se sauver, mais il était dit ce matin-là que le piège auquel il avait si souvent échappé devait se refermer sur lui.

Poussée par le jardinier qui tenait à montrer à son maître le bon état de ses outils, la porte s'ouvrit brusquement. Dans le même instant, Emeline, qui avait feint de vouloir se cacher elle aussi et s'était rapprochée de lui, agrippa Benjamin et le fit basculer avec elle sur les bottes de paille en poussant un cri.

Arsène Lombard apparut dans l'encadrement de la porte, énorme, effrayant. Benjamin se redressa aussitôt mais le marchand avait eu le temps d'apercevoir sa fille allongée sur la paille, et l'expression furieuse de son visage fit comprendre à Benjamin que les mots étaient inutiles. Emeline avait imaginé cette vengeance depuis longtemps, sans doute le jour où il avait refusé pour la première fois de la rejoindre dans ce cabanon de malheur. Volontairement, elle ne s'était pas relevée et sa robe était remontée jusqu'à ses genoux tandis que les brins de paille épars sur son corsage et ses cheveux donnaient à croire qu'elle se trouvait là depuis longtemps. Son père la prit par le bras, la mit debout, la gifla. Un sourire de défi éclata sur ses lèvres, et il s'adressait à la fois à Arsène Lombard et à Benjamin.

— Rentre à la maison ! lança le marchand fou de rage ; nous réglerons nos comptes ce soir.

Elle fit voler ses magnifiques cheveux autour de ses épaules, lança un bref regard de victoire à Benjamin, puis elle s'élança en riant comme savent rire les filles lorsque leur orgueil a triomphé.

— Ecoutez, monsieur, dit Benjamin, une fois qu'il se retrouva seul en face d'Arsène Lombard.

— Tais-toi ! fit le marchand, de toute façon je ne te croirai pas ; c'est toi qui vas m'écouter, petit ! Ce que tu as fait, je ne te le pardonnerai jamais ; toi et ton père, bientôt, vous n'aurez plus qu'à mendier sur les chemins !

Devant la menace, Benjamin voulut répliquer, mais il se sentait tellement inférieur, tellement coupable, qu'il murmura seulement :

— C'est elle qui m'a attiré ici ; moi, je ne voulais pas.

C'était si dérisoire qu'il baissa la tête et ne dit plus rien.

— Va-t'en ! fit Arsène Lombard ; la parole des Donadieu n'a jamais rien valu à mes yeux !

Benjamin pensa à son père, pâlit, serra les poings. S'il avait été dans son droit, il eût certainement répondu, peut-être même par la force, mais il y avait entre eux un témoin tout acquis à la cause du marchand, et celui-ci en savait suffisamment pour lui nuire. Il valait mieux se taire et s'en aller. Profondément humilié, il partit en bousculant au passage le jardinier qui, avec son air outragé, préfigurait déjà la gravité des conséquences de cette funeste matinée.

Victorien s'était trompé sur l'heure de la marée, et le convoi risquait de ne pas arriver à Libourne avant la renverse. Lorsque le gabarot conduit par Benjamin passa devant le port de Génissac, tous les matelots présents sur les bateaux avaient pris les rames, car il fallait arriver au plus vite si on ne voulait pas être bloqué par les vagues du mascaret. Benjamin était d'autant plus contrarié qu'il lui tardait de savoir si Emeline avait menti ou non au sujet des graves problèmes survenus à Libourne. Depuis l'épisode du cabanon, il vivait avec la sensation d'une menace perpétuelle suspendue au-dessus de sa tête et il avait failli plusieurs fois en parler à son père. Seule la honte de ce qu'il avait fait l'en avait empêché.

Marie, elle, avec cette prescience, cet instinct des choses qui lui étaient propres, avait deviné qu'un événement grave avait eu lieu, mais elle ne savait où ni quand, et n'en connaissait pas la nature. Elle interrogeait souvent Benjamin qui niait avoir des ennuis, car il était persuadé qu'elle ne lui pardonnerait pas. Il sentait qu'elle souffrait de son silence, de son manque de confiance, mais c'était plus fort que lui : la honte qui l'accablait depuis l'arrivée d'Arsène Lombard dans le cabanon lui interdisait de se confier, et à qui que ce fût. Maintenant, un seul désir, une seule idée l'animaient : arriver à Libourne et apprendre enfin ce qui s'y passait.

Le convoi atteignit les cingles de Génissac et de Condat, puis les toits de la grande ville apparurent à l'horizon. Une demi-heure plus tard, dans l'après-midi déclinant, les bateaux de Donadieu dépassèrent les chais et leur odeur de moût, glissèrent sous la deuxième arche du pont de la grand-route de Bordeaux à Lyon, longèrent les vestiges des remparts et la tour du grand port coiffée d'ardoises bleues, bifurquèrent sur la droite au confluent de l'Isle, après avoir laissé passer les cargos, les bricks, les goélettes, les « mouches » affectées au service du port. Le gabarot s'amarra juste derrière la capitane et la seconde, face à l'entrepôt de Jean Delmas.

Une fois à terre, Benjamin se fraya un passage entre les tonneliers, les débardeurs et les sacquiers pour rejoindre son père. Sans plus attendre, les deux hommes partirent vers les bureaux tandis que les matelots commençaient à décharger la carassonne et le merrain.

Parvenus dans la cour pavée où d'ordinaire Jean Delmas, mystérieusement prévenu, les accueillait comme des amis, ils furent surpris de ne pas apercevoir sa silhouette familière. Ils se rendirent compte que la cour était déserte, alors que d'habitude toutes sortes de gens s'y pressaient. Intrigués, ils entrèrent dans le bureau dont la porte était entrebâillée mais qui, lui aussi, était désert. Victorien appela. Comme nul ne se manifestait, il appela de nouveau et, au bout de quelques secondes, une femme apparut et leur demanda ce qu'ils voulaient.

— Je suis Victorien Donadieu, dit le père, et je voudrais parler à Jean Delmas.

La servante, une petite brune, boulotte, aux yeux éteints, répondit qu'elle allait prévenir sa patronne et disparut. De plus en plus inquiets, Victorien et Benjamin durent patienter deux ou trois minutes supplémentaires avant de voir apparaître une femme vêtue de noir, aux traits délicats, grande et fine, qui approcha avec une sorte d'élégance glacée, bien différente de la bonhomie souriante de son mari. Un petit homme marchait derrière elle, mais ce n'était pas Jean Delmas. Il demeura près de la porte qui communiquait avec les appartements tandis que la femme, elle, s'avançait vers les visiteurs.

— Je suis Victorien Donadieu, dit le père, et j'avais l'habitude de retrouver M. Delmas dans ce bureau dès mon arrivée.

— Oui, dit la femme en s'inclinant légèrement vers lui, ma servante m'a mise au courant.

Et, après avoir pris une inspiration qui parut lui coûter :

— Mon mari est décédé il y a huit jours, monsieur. Il était tombé gravement malade... Le cœur... Complications pulmonaires... Les funérailles ont eu lieu mardi.

Le choc fut si violent que Victorien ne sut que bredouiller des condoléances et des excuses auxquelles elle répondit par un sourire poli. Benjamin, lui, songea aussitôt à Emeline, à ses menaces, et se demanda comment la nouvelle de la mort de Jean Delmas avait été si rapidement portée jusqu'à Souillac. Elle avait dit vrai, pourtant, et peut-être même en savait-elle davantage sur les conséquences qu'allait provoquer ce décès inattendu. Qu'allait-il se passer ? Il lui revint alors brusquement en mémoire que son père devait encore l'argent qu'il avait emprunté au marchand lors de la construction de la gabare seconde. Il songea également que Jean Delmas était devenu l'unique réceptionnaire du bois que descendait Victorien. Il entendit à peine la veuve remercier son père et présenter le petit homme qui se tenait près de la porte, une serviette de cuir à la main :

— Mon mari ne me tenait pas au courant de ses affaires. Voici maître Fabrègues, c'est avec lui que vous allez pouvoir régler les problèmes. Je vous prie de m'excuser, mais on m'attend à l'étage et maître Fabrègues saura mieux que moi vous mettre au courant.

Victorien et Benjamin s'inclinèrent avec respect, tous deux intimidés par la froide beauté de cette femme très digne qui faisait manifestement des efforts pour dissimuler son chagrin. Elle s'en alla, les laissant seuls en présence du notaire qui s'assit derrière le bureau et, de la main, leur désigna deux chaises.

Après quoi, il sortit des feuilles de papier de sa serviette et les examina un moment sans rien dire. Benjamin se sentait très mal, mais Victorien, la première émotion passée, avait repris son visage de tous les jours, quoiqu'un peu plus réservé, peut-être, du fait qu'il ne connaissait pas son interlocuteur.

— Voilà, dit enfin le notaire qui avait des yeux très étroits et louchait légèrement, il n'y aura pas de problème en ce qui concerne la marchandise commandée par M. Delmas : je suis chargé d'assurer les affaires courantes et donc de régler les fournisseurs. Cependant j'ai là sous les yeux une reconnaissance de dette de 3 000 francs qui demeure impayée. Il n'y a pas urgence tant que la vente n'est pas réalisée ; après, ma foi, les acheteurs aviseront.

— Quels acheteurs ? demanda Victorien.

— Ils sont plusieurs et la décision définitive n'est pas encore prise. D'ailleurs, depuis qu'ils savent que Mme Delmas a décidé de vendre — ils n'avaient pas d'enfants, comprenez vous ? — je suis sollicité chaque jour.

— Ce sont donc des marchands ?

— Un groupement de marchands, rectifia le notaire ; vous pensez bien que l'affaire de M. Delmas était devenue si importante que son rachat nécessite des fonds qu'il n'est pas aisé de rassembler en peu de temps.

— Ne pouvez-vous pas me dire quel est celui qui a les meilleures chances ? demanda Victorien.

Le notaire réfléchit un long moment, ne sachant s'il pouvait faire confiance à ces bateliers venus de loin et qui semblaient si désemparés.

— Ecoutez, dit-il enfin, si vous me promettez de ne tenter aucune démarche tant que l'affaire ne sera pas conclue, je veux bien vous donner un nom, mais un seul.

Victorien ne voyait pas d'utilité à connaître le racheteur s'il ne pouvait pas intervenir tout de suite auprès de lui, mais il répondit néanmoins :

— C'est entendu, vous avez ma parole.

Le notaire toussota, s'éclaircit la gorge, puis :

— A l'heure actuelle, la meilleure offre est celle de Jean Fourcaud, dit-il.

Et, comme le visage de ses interlocuteurs s'était brusquement assombri, croyant les rassurer :

— Il connaît très bien M. Lombard de Souillac. D'ailleurs, ils sont maintenant associés ; vous pourrez sans doute intervenir là-bas.

Si la foudre était tombée aux pieds de Victorien et de Benjamin, elle n'aurait pas eu plus d'effet. Ils demeurèrent un long moment muets, anéantis, perdus dans leurs pensées.

— Si je comprends bien, dit le notaire, vous êtes dans l'incapacité d'honorer cette créance.

— Pour le moment, fit Victorien, pour le moment.

Le notaire réfléchit, consulta d'autres feuilles de papier, précisa :

— Vous avez quand même un mois devant vous ; les ventes de cette importance ne se règlent pas si facilement.

Il ajouta, ne comprenant pas très bien pourquoi ses interlocuteurs paraissaient consternés de la sorte :

— Rien ne dit que les nouveaux propriétaires ne vous consentiront pas un délai de paiement.

— Non, fit Victorien, en effet.

Puis, revenant à des préoccupations plus immédiates :

— Pour la livraison en cours, qui va me payer ?

— Moi, répondit le notaire ; je vous ai dit que j'assurais les transactions jusqu'à ce que la vente soit devenue effective.

— C'est vrai, fit Victorien, excusez-moi.

— Ce n'est rien, dit le notaire de plus en plus circonspect.

Victorien n'avait plus rien à demander, et pourtant il ne parvenait pas à se lever. On eût dit que le monde entier pesait sur ses épaules. En fait, il songeait à tout le travail effectué depuis deux ans pour fortifier le réseau qu'il avait mis en place avec tant de difficultés, deux ans d'efforts quotidiens qui risquaient d'être réduits à néant en quelques jours. Ce fut Benjamin qui, le premier, réagit. Il se leva, posa sa main sur l'épaule de son père qui parut sortir d'un songe. Ils remercièrent le notaire qui les raccompagna jusqu'au portail, puis le père et le fils retournèrent sur le port. Ils ne se parlaient pas, trop préoccupés qu'ils étaient l'un et l'autre par la nouvelle qui venait de leur être annoncée. Mais Benjamin savait, lui, que la situation était plus grave encore que ne l'imaginait son père. Et s'il ne disait rien, c'était parce qu'il cherchait désespérément comment il allait pouvoir échapper à la vengeance d'Arsène Lombard.

Une fois sur le port, il se mit au travail avec les matelots, essayant d'oublier toutes les idées noires qui ne cessaient de se bousculer dans sa tête. Cependant, surpris de ne pas apercevoir Jean Delmas, les hommes demandèrent des explications à Victorien. Ils étaient en effet habitués à sa silhouette bonhomme, à sa faconde, à ses grands éclats de rire qui faisaient se retourner les débardeurs et les sacquiers. Victorien dut leur expliquer ce qui s'était passé : la brusque maladie du marchand, puis sa disparition tragique alors que rien, un mois auparavant, ne laissait supposer un tel drame. A partir de ce moment-là, les hommes ne parlèrent plus que de cette mort subite, sur le quai comme à l'auberge, le soir, où d'ordinaire ils partageaient le repas dans la bonne humeur.

Même là, dans la tiédeur de l'auberge et la compagnie chaleureuse des matelots, Benjamin ne put oublier Souillac, Arsène Lombard et ses menaces, et il ne trouva pas le courage de prévenir Victorien des dangers qui, tous deux, les guettaient. Une fois couché dans la soupente familière de l'auberge, il rêva qu'il courait sous la menace d'un orage et que la foudre le frappait comme les peupliers solitaires, l'été, au milieu des prairies.

8

Ce matin de juin avait déjà des lueurs de plein été. Tandis que le soleil achevait de boire la rosée, des vagues chaudes descendaient des collines, apportant avec elles des odeurs de rocaille et de bois sec. Parti pêcher au filet à l'aube, Benjamin ne se décidait pas à rentrer. Il savait que Marie, comme chaque jour, lui poserait des questions auxquelles il ne pourrait pas répondre. Et cela durait depuis un mois, exactement depuis ce fameux voyage à Libourne à l'occasion duquel il avait appris la mort de Jean Delmas. Il s'étonnait d'ailleurs qu'Arsène Lombard ne se fût pas manifesté et, loin de trouver dans ce retard des raisons d'espérer, il imaginait d'obscures machinations, toutes aussi redoutables les unes que les autres. Comment dans ces conditions eût-il pu répondre à Marie quand elle lui parlait de leur mariage fixé à la fin du mois d'août? Chaque fois, quelque chose en lui se nouait, et elle prenait son silence pour une trahison, un refus d'abandonner sa liberté, un manquement à la parole donnée. Il sentait qu'elle s'interrogeait, cherchant quelle faute elle avait commise pour qu'il s'éloignât d'elle ainsi, sans la moindre excuse ni la moindre explication. Elle souffrait sans doute autant que lui, et il se désespérait de l'impossibilité où il se trouvait de lui dire la vérité, étant incapable d'avouer qu'il avait rejoint une fois de trop Emeline dans le cabanon du jardin. Celle-ci ne se manifestait plus. Elle devait savourer sa revanche en apprenant les difficultés dans lesquelles se débattaient Victorien Donadieu et son fils. Dès qu'il pensait à elle, Benjamin revivait ce moment où elle l'avait attiré sur la paille et celui où Arsène Lombard avait surgi dans l'encadrement de la porte. Ce souvenir l'obsédait, assombrissait sa vie au point de lui faire perdre le sommeil. Si seulement Jean Delmas n'était pas mort au moment où était survenu l'épisode du cabanon ! Benjamin avait beau regretter, réfléchir, échafauder des plans, les événements qui se succédaient depuis plus d'un mois paraissaient l'entraîner vers un abîme.

Il ramena son filet à petites mailles d'où il dégagea des gougeons et des ablettes, puis il reprit les rames et partit dans la direction de Lanzac. Il n'avait pas vu Marie sur le chemin, ne l'aperçut qu'à l'instant où elle l'appela en agitant le bras. Son premier réflexe fut de l'éviter, mais il s'en voulut et vint accoster le long du chemin de rive.

— Je vais au bourg vendre ces pigeons, lui dit-elle en approchant sa joue qu'il effleura du bout des lèvres.

En réalité, elle les portait à l'abbé Pagès pour le remercier de la peine qu'il prenait à lui apprendre à lire, mais elle avait décidé de n'en rien dire à Benjamin tant qu'elle ne serait pas certaine de sa réussite. Comme il demeurait lointain et qu'il semblait pressé de s'en aller, elle demanda :

— Tu ne veux vraiment pas me dire ce qui ne va pas ?

— Je t'ai déjà dit cent fois que tout allait bien, répliqua-t-il avec une agressivité qu'il regretta aussitôt, tellement elle en parut blessée.

— Bon ! eh bien, je m'en vais, fit-elle avec une petite moue de tristesse.

Il fut tenté de la retenir, mais qu'aurait-il pu lui dire ? Il la regarda s'éloigner en soupirant, malheureux de ce fossé qui se creusait de plus en plus entre eux.

Lorsqu'elle eut disparu derrière un taillis d'églantiers, il repoussa la barque d'un coup de rame, redescendit le courant jusqu'au port où il accosta près de la capitane. Là, il enfouit ses poissons dans un sac, monta sur le quai, discuta un moment avec des matelots qui graissaient les rames des bateaux, puis il partit. C'est en passant devant la porte de l'entrepôt de sel qu'il se trouva face à Arsène Lombard qui, manifestement, l'attendait.

— J'ai quelque chose à te dire, Donadieu, fit le marchand d'un ton qui n'augurait rien de bon.

Benjamin, surpris, fut d'abord tenté de forcer le passage, puis il songea qu'une altercation valait mieux que cette incertitude, ces menaces obscures qui le rongeaient.

— Viens avec moi, on sera plus tranquilles à l'intérieur !

Et, comme Benjamin hésitait, ne sachant s'il n'allait pas tomber dans un nouveau piège :

— Il vaut mieux pour toi et aussi pour ton père.

Le fait que Victorien fût en cause suffit à le décider : il préférait affronter le danger seul et, si possible, l'écarter avant que son père ne fût directement menacé. Il passa donc devant le marchand, entra dans l'entrepôt qui sentait le salpêtre et l'humidité, puis dans le bureau où il resta debout, face à Arsène Lombard qui referma la porte derrière lui. Une fois seuls, ils se mesurèrent un instant du regard, puis le marchand lança :

— Voilà, petit, c'est tout simple : tu vas quitter le pays le plus tôt possible. Tu n'as pas le choix : j'ai racheté le fonds de Delmas avec mon ami Fourcaud, et j'ai trouvé une créance de 3 000 francs. Si ton père ne me paye pas dans les huit jours, je le fais mettre en prison. Si tu t'en vas, je lui donne le délai qu'il voudra.

Il ajouta, tandis que Benjamin, assommé, tentait de rassembler ses idées :

— Le mieux est que tu t'engages dans la marine. Je sais que tu as tiré un bon numéro, mais tu n'as qu'à te vendre. D'ici que tu reviennes, ma fille sera mariée et elle t'aura oublié.

Il se tut, s'appuya au mur, glacé, implacable, sans que le moindre sourire ne vînt trahir sa satisfaction. Benjamin avait senti son sang refluer de ses mains et de son visage. Il faillit s'élancer pour frapper, mais il pensa à son père, à tous ses efforts vains, et il reprit suffisamment d'empire sur lui-même pour ne pas bouger. Il inspira profondément, murmura :

— Je n'ai jamais voulu me marier avec votre fille.

— C'est pour cette raison que tu la retrouvais dans le cabanon ? grinça le marchand.

Benjamin secoua la tête, essaya de trouver une parade, mais le sourire perfide d'Emeline flotta un instant devant ses yeux et il se sentit totalement impuissant à se défendre. Pourtant il ajouta, comme s'il s'agissait seulement d'un mauvais rêve :

— Je dois épouser Marie Paradou à la fin du mois d'août.

— Ça m'est égal. Tant que tu seras là, ma fille refusera de se marier : je veux que tu partes, et vite !

— Laissez-moi un peu de temps ; je parlerai à votre fille.

— Rien du tout ; va-t'en !

Benjamin se sentit pitoyable. Il serra les dents, essaya de contre-attaquer.

— Votre fille ne vous le pardonnera pas, dit-il.

— Ma fille, je m'en charge ; occupe-toi donc de ton père si tu ne veux pas qu'il aille en prison !

Benjamin eut envie de tuer cet homme qui menaçait ce qu'il possédait de plus précieux. Ses lèvres et ses mains tremblaient, il regardait fixement les yeux du marchand où il lisait à la fois une haine terrible et une détermination irrévocable.

— Vous, les Donadieu, reprit Arsène Lombard qui cherchait visiblement à l'accabler, vous avez toujours voulu être plus forts que les autres ; vous n'avez jamais su rester à votre place. Eh bien, vous allez vous apercevoir que vous n'êtes pas de taille à lutter avec nous : petits vous êtes et petits vous resterez !

A peine le marchand avait-il fini sa diatribe que Benjamin s'élança et l'empoigna au col de sa chemise. Ils roulèrent sur le sol et luttèrent un moment, le souffle court, résolus l'un et l'autre à l'irréparable. Malgré son âge, le marchand possédait une force de colosse, et Benjamin, pour résister, devait utiliser toute son énergie. Il parvint difficilement à desserrer l'étreinte des mains qui l'étranglaient, y réussit au prix d'une manœuvre délicate au terme de laquelle il se retrouva prisonnier du marchand qui l'écrasait de tout son poids.

Ils luttèrent ainsi plus de trois minutes, muets, terrifiants dans leur désir de tuer, avant que deux sacquiers, alertés par le bruit de la lutte, n'interviennent. Il leur fallut un long moment avant de pouvoir séparer les combattants qui semblaient tous les deux être devenus fous. Il était temps : pâles, défaits, tremblants de tous leurs membres, les deux hommes se relevèrent, chacun d'eux maintenu par un sacquier, mais possédés encore par la même rage, la même folie. Benjamin se retrouva coincé dans un angle de la pièce, meurtri mais prêt à reprendre le combat, à tomber sous les coups s'il le fallait pourvu que le marchand, lui aussi, fût atteint. Il essuya ses yeux aveuglés par la sueur. De longues secondes passèrent.

— Va-t'en, petit ! souffla Arsène Lombard d'une voix blanche, va-t'en vite ou tu ne sortiras pas vivant d'ici !

Les deux sacquiers s'étaient rangés à ses côtés. Benjamin eut la conviction que la menace n'était pas vaine. Il pensa à Elina, à Marie, inspira profondément, et les traits de son visage se détendirent.

— Va-t'en loin d'ici et ne reviens jamais ! reprit le marchand.

Benjamin ramassa son sac, se redressa, et, défiant toujours Arsène Lombard du regard, il sortit du bureau tête haute, sans même effacer le sang qui coulait sur ses joues.

En quelques jours, il était devenu complètement imperméable au monde extérieur. Ni le parfum des prairies ni le bleu du ciel de juin ne parvenaient à le tirer de ses méditations. Il ne cessait de penser à Marie, au piège dans lequel il était enfermé, à son père qu'il devait sauver. Que faire ? Il avait beau réfléchir, tourner et retourner le problème dans sa tête indéfiniment, il ne trouvait aucune issue et il lui semblait qu'il devenait fou.

La nuit, sa fenêtre ouverte sur les étoiles, il ne pouvait fermer les yeux et comptait les points lumineux jusqu'à ce que l'aube vienne le délivrer de ses angoisses. Parfois, quand il n'en pouvait plus, il utilisait le chemin si souvent emprunté lorsqu'il était enfant et partait dans les prairies, le long de la rivière où le parfum de l'herbe haute et de l'eau endormait un peu sa douleur. Pendant la journée, il s'appliquait à fuir Marie, ne supportant plus la candeur de ses yeux posés sur lui dans une interrogation muette. Mais le plus pénible, peut-être, c'était, durant les repas, le visage tourmenté de son père quc la bonne humeur d'Elina ne déridait même plus. Alors Benjamin s'enfuyait dès qu'il le pouvait vers la Dordogne où il se jetait à l'eau et il nageait, nageait à en perdre le souffle, jusqu'à l'épuisement.

Un soir, Marie le rejoignit sur le rivage et, comme il réprimait difficilement un réflexe de fuite, elle le prit par le bras en demandant doucement :

— Mais qu'est-ce qu'on t'a fait ? Qu'est-ce qui s'est passé ?

Et, dans un sanglot étouffé :

— Je ne te reconnais plus, Benjamin, ce n'est plus toi. Si tu as encore un peu d'amitié pour moi, dis-moi ce qui est arrivé, je t'en supplie !

Comme il demeurait muet, vaguement hostile, elle ajouta :

— Tu sais bien que je peux tout comprendre...

Puis, après un silence :

— C'est à cause d'Emeline ?

Il fit un signe négatif de la tête mais ne répondit pas.

Elle voulait lui poser des questions sur la liste des invités à leur mariage, l'heure de la cérémonie, les musiciens à retenir, mais elle n'osa pas. Espérant provoquer une réaction, elle faillit lui dire qu'elle savait presque lire, mais quelque chose la retint au dernier moment, et elle se tut, désemparée par son silence.

Quelques minutes passèrent, pendant lesquelles ils regardèrent couler l'eau où se débattaient les éphémères, puis elle demanda doucement, dans une ultime tentative pour le ramener vers elle :

— Tu ne veux donc plus me faire confiance ?

Il sentit qu'elle essuyait une larme et dit, incapable de supporter son chagrin :

— S'il te plaît, Marie, laisse-moi seul ; dès que je le pourrai, je reviendrai vers toi.

Elle se leva sans un mot et se fondit dans l'ombre, tandis que, seul près d'un grand frêne, il frappait le tronc avec ses poings nus, se blessant jusqu'au sang.

Il prit sa décision la nuit qui suivit cette triste entrevue. Mieux valait réagir avant que tout fût détruit autour de lui, et cela par sa faute. Ce matin-là, donc, il se leva de très bonne heure pour préparer la barque et le filet et attendit son père sur le port. L'aube de juin coulait des crêtes comme un lait qui déborde, accompagnée par le chant des oiseaux. Quand Victorien le rejoignit, Benjamin comprit que lui aussi avait eu du mal à trouver le sommeil. Ils s'en allèrent en silence vers Lanzac, posèrent leur filet et pêchèrent à la ligne en attendant d'aller le relever. Aussi soucieux l'un que l'autre, ils évitaient de se regarder et feignaient d'être absorbés par leur pêche, pourtant de peu d'intérêt. Benjamin hésitait à parler, car il se demandait maintenant, le jour ayant succédé à la nuit, s'il n'avait pas pris sa décision sous l'emprise d'un abattement passager. Pourtant il eut beau échafauder d'autres plans, se torturer à n'en plus finir, il en revint au point d'où il était parti : il devait agir, ce matin ; maintenant.

Comme ils redescendaient en direction du port, il arrêta de ramer et accosta sur la rive gauche sous de grands peupliers.

— Il faut que je vous parle, père, fit-il d'une voix qui n'était pas aussi bien assurée qu'il l'eût souhaité.

Surpris, Victorien posa son regard d'acier sur son fils qui eut du mal à le soutenir et dit, tournant la tête vers la rive :

— Si nous marchions un peu ?

Victorien ne prononça pas le moindre mot, mais il monta sur la berge, attacha la chaîne au tronc d'un peuplier, et il rejoignit Benjamin qui s'éloignait déjà sur une sente où scintillait la rosée. Ils marchèrent un moment sans parler, tandis que Benjamin sentait une boule se former dans sa gorge en songeant à la gravité des mots qu'il allait prononcer. Après avoir cherché une dernière fois une issue impossible dans sa tête, il se retourna et dit soudainement :

— Père, je vais partir.

Puis, comme Victorien, le visage impénétrable, semblait ne pas avoir compris :

— C'est Arsène Lombard qui a racheté l'affaire de Jean Delmas ; nous allons devoir payer tout de suite.

A la lueur qui passa dans les yeux de son père, il eut la conviction qu'il le savait aussi. Alors, craignant de ne plus en avoir la force s'il tardait trop, il déclara hâtivement, sans reprendre son souffle :

— Je vais chercher un marchand d'hommes et m'engager pour sept ans. Avec les louis d'or qu'il me donnera, vous payerez Arsène Lombard et vous ne devrez plus rien à personne. Quand je reviendrai, je travaillerai avec vous, sur nos bateaux, et nous serons libres.

Voilà ! C'était dit. Benjamin se sentait mieux, soudain, et ne remarquait même pas la pâleur terrible de son père dont les épaules s'étaient affaissées et les mains tremblaient. Il dévisageait son fils avec une sorte de stupeur et semblait tout à coup moins grand, moins fort, un peu comme ce jour d'hiver où la seconde avait coulé au relais de La Roque-Gageac.

— Ecoute, fils, dit-il après un moment, je trouverai cet argent ; il ne faut pas que tu t'en ailles ainsi.

— Si, père, répondit Benjamin, il n'y a pas d'autre solution, vous le savez bien, puisque vous y réfléchissez comme moi depuis longtemps. Songez que lorsque je reviendrai tous les bateaux seront à nous et que nous ferons une fière équipe tous les deux.

Victorien ne trouva rien à répondre sur l'instant. Il s'éloigna de quelques pas, s'appuya au tronc d'un peuplier, regarda s'allumer les prairies, de l'autre côté de la Dordogne qui scintillait sous les premiers rayons du soleil. Il soupira plusieurs fois, ne se sentant pas le droit d'accepter cette proposition qui pourtant, il le savait, le sauvait du déshonneur.

— Ce n'est pas à toi à payer, petit, dit Victorien sans se retourner. Je trouverai cet argent.

— Disons que la seconde sera à moi et que vous la ferez marcher en attendant mon retour, fit Benjamin en s'approchant.

Victorien demeura silencieux un long moment, puis il se retourna enfin et murmura :

— Je te remercie, mais ça n'est pas possible.

— Et pourquoi donc ?

— Parce qu'un père ne peut pas laisser payer son fils à sa place.

Benjamin comprit alors qu'il ne le convaincrait pas sans tout lui dire. Comme il avait longuement pensé à ce moment, même s'il eut l'impression de se jeter du haut d'une falaise, il avoua :

— Je me suis battu avec Arsène Lombard, l'autre jour dans l'entrepôt ; c'est pour cette raison qu'il faut que je parte.

— Et pourquoi donc ? demanda Victorien d'une voix devenue métallique.

— Parce que je n'apprenais pas les nouvelles en écoutant les conversations des marchands ; c'est Emeline qui me renseignait.

Le regard que Victorien adressa à son fils étincela comme une lame de couteau.

— Emeline ? fit-il, sa fille ?

— Il nous a surpris l'autre jour dans le cabanon.

Victorien, stupéfait, paraissait peser un à un les mots qu'il venait d'entendre et Benjamin eut l'impression qu'il ne les comprenait pas. Aussi ajouta-t-il, d'une voix presque inaudible :

— Elle veut se marier avec moi et refuse tous les partis qu'il lui présente. Si je ne m'en vais pas, il va exiger ses écus.

Victorien sembla se tasser sur lui-même tandis que les paroles prononcées par son fils faisaient lentement leur chemin en lui. Benjamin devina que de la déception, mais aussi de la colère bouillonnaient dans sa tête. Mais le plus terrible, c'était sans doute ce silence qui s'éternisait et dans lequel rôdait la menace d'une déchirure. Enfin Victorien parut faire un effort sur lui-même et demanda :

— Tu étais seul avec elle dans le cabanon ?

— Oui, père.

Les yeux gris se voilèrent. Benjamin ne reconnut pas la voix qui lança avec une violence à peine contenue :

— Tu t'es mal conduit.

— Je sais, père.

Qu'aurait-il pu répondre ? Il ne le savait que trop qu'il avait été fou et qu'aucune excuse ne lui ferait trouver grâce auprès de son père. Celui-ci, passé le choc de la déception, s'était repris. Il recula de quelques pas et dit entre ses dents :

— Tu leur as fait du tort.

Et il ajouta plus bas, mais d'une voix qui tremblait un peu :

— On ne se conduit pas comme ça dans nos familles ; on respecte les gens quels qu'ils soient et on se garde d'être malhonnête.

— Je ne l'ai pas voulu, plaida Benjamin.

Victorien parut ne pas l'entendre.

— Tout le monde sur la rivière connaît la droiture et la valeur de la parole donnée des Donadieu ; je ne veux pas que cela change.

Il parut hésiter, buter sur les mots, mais il prit sur lui-même et lança :

— Ou tu te maries avec elle ou tu t'en vas !

Benjamin vacilla sous les mots qui avaient claqué comme un fouet.

— C'est Marie que j'aime, dit-il, et en même temps il sentit combien il était pitoyable.

— Je le croyais aussi ! jeta Victorien de plus en plus hostile. Si tu tiens vraiment à elle, tu l'épouseras dans sept ans, si elle veut toujours de toi.

Il y eut un long silence. Les deux hommes, figés, ne se regardaient pas et c'est à peine s'ils apercevaient la gabare du haut-pays qui, à moins de trente mètres d'eux, glissait sur les eaux transparentes.

— Et pour Marie ? Qui lui dira ? demanda Benjamin au bout d'un instant.

— Ta mère. Je lui expliquerai.

De nouveau ils se turent. Là-bas, de l'autre côté de la Dordogne, des enfants criaient dans les prairies. Plus haut, sur les collines, des perdrix s'appelaient dans les vignes et il semblait à Benjamin que ces bruits familiers n'auraient plus jamais la même importance. Quelque chose, ce matin, avait disparu de sa vie. Une source s'était tarie, sans doute celle de la complicité qui l'avait uni à son père et à laquelle il tenait par-dessus tout.

— Allons ! fit Victorien après un soupir.

Et il partit vers la petite baie où était amarrée la barque. Benjamin le suivit en ayant l'impression que c'était un autre homme qui marchait devant lui, peut-être même un étranger. Pourtant, au moment d'embarquer, Victorien se retourna brusquement, arrêtant Benjamin du bras avec cette rudesse qui, chez lui, dissimulait l'émotion. Il murmura, cherchant son regard :

— Tu sais, fils, tout ça me coûte autant que toi.

— Je sais, dit Benjamin, soulagé d'avoir retrouvé le vrai Victorien.

Celui-ci hochait la tête, comme s'il n'arrivait pas à exprimer ce qu'il tenait à dire. Il se retourna brusquement et monta dans la barque en soupirant. Benjamin fit de même en songeant vaguement qu'il ne repartirait peut-être plus à la pêche avec lui avant de longues années. A cette idée, quelque chose en lui se noua douloureusement. Laissant la barque dériver en bordure du courant, ils revinrent vers le port lentement, très lentement, comme s'ils avaient voulu ne jamais arriver.

Benjamin partit le lendemain matin pour Sarlat où habitait l'un de ces marchands d'hommes dont l'occupation principale était de trouver aux fils de familles riches un remplaçant qui, pour quelques pièces d'or, acceptait de partir à leur place. Il faisait toujours aussi beau en ce mois de juin que le soleil auréolait d'une lumière magique, à même puisée, semblait-il à

Benjamin, dans la rosée de l'aube. L'air sentait le bois de châtaignier et la fougère humide et lui rappelait le voyage effectué avec son père dans le haut-pays. Cette lueur du jour, ces parfums si puissants réveillaient en lui des sensations si agréables, si précieuses, qu'il se demanda pourquoi il devait perdre tout cela. Quel crime avait-il commis ? Qui pouvait l'obliger à quitter sa vallée ? Il faillit faire demi-tour, hésita, puis il prit une sente forestière et s'assit sur une souche pensivement. Son regard erra un moment sur les guirlandes argentées des toiles d'araignées suspendues entre les branches des fougères, il respira à pleins poumons l'odeur acide de la mousse, ferma les yeux. L'image de Marie traversa son esprit. Pouvait-il l'abandonner ainsi après l'avoir trahie ? Il chercha encore une fois une solution qui lui permette de ne pas la perdre, mais il se heurta de nouveau à l'idée de son père à sauver et renonça. Allons ! Il fallait repartir et en finir le plus vite possible. Pourtant il attendit encore un instant, comme s'il voulait imprégner à tout jamais ses sens de cette forêt, de cette terre, de ces plantes et de ces arbres dont il allait se séparer, puis, infiniment las, il se leva et regagna la grand-route d'où, par endroits, il devinait le vif éclair de la Dordogne.

Il arriva à Sarlat vers la fin de la matinée et n'eut aucun mal à trouver la maison du marchand qui habitait sur la route du Bugue. Il poussa un portail, pénétra dans une cour entourée de massifs de buis, s'arrêta devant une lourde porte ornée de ferrures. Il s'apprêtait à frapper quand l'image de Marie, de nouveau, se forma devant ses yeux. Il n'en eut pas la force, revint vers la route et tomba sur le marchand qui rentrait chez lui, tenant par la bride un cheval gris attelé à un cabriolet. Celui-ci n'eut pas besoin de demander à Benjamin ce qu'il désirait : il avait l'habitude de ces visites au cours desquelles les détenteurs de bons numéros, la mine fière mais le cœur brisé, venaient se vendre.

— Attends-moi là, petit, dit-il ; le temps de dételer mon cheval et je reviens.

L'homme et l'attelage disparurent derrière la maison et

Benjamin songea que c'était le moment ou jamais de fuir. Il hésita, alla respirer les buis, revint vers le portail, fut tenté de courir et de disparaître, faillit s'élancer, mais la voix du marchand le retint au dernier moment :

— Viens par ici, mon gars ! lança-t-il en lui faisant signe de le rejoindre.

Et, comme Benjamin ne bougeait pas, il s'approcha et le prit par le bras en disant :

— Tu tombes bien ; j'ai un client et il y a un départ dans huit jours.

Benjamin remarqua qu'il était élégamment vêtu d'une lévite noire, d'un chapeau de la même couleur, d'une cravate et d'un gilet à fleurs agrémenté d'une montre à gousset. Il suivit le marchand qui semblait redouter une ultime hésitation de son visiteur et n'avait pas lâché son bras. L'homme le fit entrer dans une vaste pièce très sombre et s'assit derrière un bureau après avoir désigné à Benjamin un fauteuil aux accoudoirs en bois. La discussion fut vive et animée, car Benjamin avait compris que sa visite était providentielle et le marchand, lui, était rompu à ces négociations d'où il avait coutume de sortir vainqueur sans beaucoup de difficultés.

Finalement, après avoir feint à plusieurs reprises de s'en aller, Benjamin obtint exactement ce qu'il était venu chercher : 3 000 francs que le marchand lui paya comptant, certain, sans doute, d'en obtenir davantage de son client, l'un des plus grands propriétaires fonciers de tout le Sarladais. Ensuite, il fallut remplir et signer des papiers — dont une acceptation de rallier Rochefort au plus tard le 20 juin —, demander tous les renseignements nécessaires au voyage et remercier, malgré tout, comme si c'était le marchand qui rendait service et non pas le contraire. Benjamin ne s'y attarda pas. Il enfouit soigneusement les écus et les louis dans sa poche, salua et sortit dans la lumière vive du milieu du jour qui l'éblouit brusquement. Il ne sut si les deux larmes qui coulèrent au coin de ses paupières étaient dues à cette lumière trop vive ou si elles étaient nées de l'humiliation d'avoir vendu sept années de sa vie. Il serra les pièces dans sa poche et se mit en route, désespéré, plein de honte et de colère, pour aller se cacher le plus vite possible dans l'ombre épaisse de la forêt.

Il y demeura si longtemps qu'il arriva seulement chez lui à la tombée de la nuit. Elina et Victorien étaient assis, elle cousant, lui fumant la pipe, et tous deux se levèrent dès qu'ils l'aperçurent. Benjamin posa les louis d'or sur la table, devant Victorien, et s'assit en disant :

— Voilà ! il y a 3 000 francs et je pars demain matin pour Rochefort.

Elina abandonna son ouvrage, jeta un regard insistant à son mari pour l'inviter à intervenir.

— Pourquoi si tôt, petit ? fit ce dernier sans toucher aux louis d'or qui semblaient occuper tout l'espace.

— Parce qu'il y a un départ dans huit jours et qu'il me faudra bien la semaine pour arriver à l'heure à Rochefort.

Victorien soupira, puis il s'assit et murmura :

— C'est peut-être mieux comme ça.

Elina servit son fils qui commença à manger sans lever les yeux de son assiette. Il savait sans la voir que sa mère le regardait. Il releva la tête, vit qu'elle souriait en retenant ses larmes et dit doucement :

— Sept ans, ce n'est pas grand-chose, mère.

Il savait que Victorien lui avait tout expliqué, et elle ne lui avait fait pourtant aucun reproche.

— C'est vrai, dit-elle, et peut-être nous reviendras-tu officier ?

Il la reconnaissait bien là, toujours prête à sourire, toujours confiante, même dans les pires moments de sa vie.

Il y eut un long silence, puis, après un soupir, elle ajouta sans se départir de son sourire :

— Je vais aller préparer tes affaires, puisque c'est pour demain.

A cet instant, on entendit frapper à la porte entrouverte et Marie entra.

— Bonsoir, dit-elle.

Et, aussitôt, comme elle avait perçu la tension anormale qui régnait dans la pièce :

— Je n'ai pas vu Benjamin de la journée et j'avais peur qu'il soit malade.

Ce fut Victorien qui réagit le premier en déclarant, le plus calmement possible :

— Je l'avais envoyé à Sarlat pour nos affaires.

— Ah bon ! fit Marie qui sentait encore le malaise qu'avait provoqué son arrivée subite.

Puis, comme tous les trois la dévisageaient avec une insistance qui la mettait mal à l'aise, elle murmura, s'adressant à Benjamin :

— J'avais pensé qu'on pourrait peut-être aller se promener un peu.

Une sueur glacée coula dans le dos de Benjamin. Comment pouvait-il refuser sans éveiller ses soupçons ? D'ordinaire, avant que les événements ne se précipitent de cette manière, c'était lui qui insistait pour l'emmener le soir dans les prairies.

— Nous irons dès que j'aurai fini, dit-il, assieds-toi donc en attendant.

Marie prit place à la droite de Benjamin et s'étonna du silence qui succéda à ces quelques propos. Heureusement Elina entama une conversation ménagère et la fit durer jusqu'à ce que Benjamin eût avalé son maigre repas.

— Allez ! viens ! dit-il en se levant, tu as raison, il doit faire bon ce soir.

Marie embrassa Elina, salua Victorien et suivit Benjamin dans l'ombre tiède de la nuit. Un chien hurlait au loin, et ses abois, portés par l'écho des collines, résonnaient dans la vallée avec une sonorité étrange. Haut dans le ciel, des continents de nuages filtraient la lueur de la lune et la faisaient par moments disparaître comme un montreur de tours derrière son chapeau.

— Que se passe-t-il ? demanda Marie doucement. Vous vous êtes disputés ?

— Un peu, répondit-il, satisfait qu'elle ait d'elle-même trouvé une explication.

Elle sentit qu'il mentait ce soir comme il mentait depuis deux mois. Mais elle ne lui en fit aucun reproche et continua de marcher près de lui, ne s'étonnant même plus qu'il ne la prenne pas par les épaules, comme il en avait l'habitude auparavant. Elle regrettait déjà d'être venue le retrouver et se demandait quelle obscure raison l'avait poussée. Un pressentiment ? Une angoisse soudaine ? Non ! C'était peut-être seulement le désir de marcher près de lui, de l'entendre respirer, de le sentir à ses côtés.

Ils arrivèrent à l'endroit où les femmes faisaient la lessive, au bout de la plage de galets. Elle s'assit sur le tronc coupé qui, d'ordinaire, leur servait de siège, puis, comme il s'asseyait aussi, mais sans l'approcher, elle lui dit doucement :

— Si tu ne veux plus de moi, je ne t'en voudrai pas, mais je t'en prie, dis-le-moi.

Il fut tenté de la prendre au mot, ce qui lui éviterait d'autres questions, mais il ne fut pas certain d'être assez fort pour jouer ce jeu jusqu'au moment de leur séparation. Conscient de ne pas pouvoir rester silencieux trop longtemps, il répondit :

— Il y a un problème grave à Libourne depuis la mort de Jean Delmas.

— C'est si grave ?

— C'est très grave.

— Alors pourquoi ne pas me l'avoir dit plus tôt au lieu de me laisser imaginer le pire ?

— Parce que je ne voulais pas t'inquiéter.

Elle lui fit face, s'avança à le toucher.

— Mais j'étais bien plus inquiète encore ! dit-elle ; j'ai imaginé des tas de choses, tu ne peux pas savoir !

— Si, je le sais, dit-il, mais c'est si grave qu'on ne va pas pouvoir se marier tout de suite. Il faut que j'aille là-bas quelque temps.

Elle se retint de respirer, puis elle se dit qu'elle allait pouvoir profiter au maximum des leçons de l'abbé et qu'ainsi, peut-être, elle saurait lire avant le mariage. Quel merveilleux cadeau ferait-elle alors à Benjamin ! Déjà résignée, elle demanda :

— Ce sera long ?

— Un peu, dit-il.

— Un mois ?

— Un peu plus.

— Deux mois ?

L'ampleur de la tâche lui fit comprendre qu'il avait été fou de s'engager sur ce terrain-là. Il ne sut que répondre, murmura seulement :

— Je ne sais pas.

— Mais enfin ! s'exclama Marie, qu'est-ce qui se passe vraiment là-bas ?

— C'est à cause du bateau qu'on n'avait pas fini de payer ; je dois travailler pour rembourser.

— Ah ! fit-elle.

Puis elle ajouta, donnant encore une fois sa confiance avec un tel naturel qu'il eût préféré ne jamais entendre ces mots :

— C'était si simple de tout me dire ! tu sais bien que, s'il le fallait, je serais capable de t'attendre toute ma vie !

Benjamin se sentit accablé par un tel dégoût de lui-même qu'il faillit tout lui dire. Pourtant il murmura simplement, s'efforçant de sourire :

— Si tu peux attendre un peu, ça suffira.

Elle se laissa aller contre lui et il ne se refusa pas à ce contact dans lequel elle le retrouvait tel qu'il était vraiment.

Devant eux la rivière étincelait sous la lune comme un torrent couronné d'écume.

— Tu dois être fatigué, dit Marie, songeant à son voyage de la journée à Sarlat.

— Un peu, dit-il, espérant ainsi écourter son épreuve.

Et il songea en même temps qu'il ne la reverrait peut-être plus avant sept ans. Quelque chose en lui se révulsa brusquement.

— Ça ne fait rien ; marchons un peu, dit-il pour ne pas avoir à la quitter si vite.

— On pourrait plutôt se baigner, fit-elle en cherchant à l'entraîner.

Il hésita, sachant qu'en ce mois de juin l'eau devait être encore froide, puis il se leva, poussé par la pensée que c'était la dernière fois.

Malgré le soleil qui dorait la vallée depuis le début du mois, l'eau, effectivement, était très froide. Elle portait encore des courants qui rappelaient les neiges du haut-pays. Nageant côte à côte comme ils en avaient l'habitude, Marie et Benjamin traversèrent lentement, précipitant leur allure quand le froid les saisissait, reprenant un rythme normal dès qu'ils retrouvaient la température ordinaire de l'été. De l'autre côté, sur la berge tapissée d'herbe, ils s'assirent un moment à l'endroit où souvent ils s'allongeaient face au ciel, mais, ce soir-là, ils ne s'y hasardèrent pas : ils avaient trop froid. Ils marchèrent quelques minutes en silence, puis, d'un accord tacite, ils traversèrent de nouveau, afin de se sécher et s'habiller rapidement. Marie, alors, se serra contre lui si violemment qu'il eut la certitude que son instinct l'avertissait d'un malheur imminent. Il la repoussa doucement en disant :

— Il faut rentrer maintenant ; on prendrait mal.

Elle n'insista pas, lui tint simplement le bras tout le temps qu'ils mirent à revenir vers le port où ils entendaient crier des enfants malgré l'heure avancée de la nuit. Ils s'arrêtèrent sous le grand chêne qui abritait d'ordinaire leurs retrouvailles et leurs séparations.

— Bonne nuit, dit-elle.

Il l'embrassa mais se détacha d'elle aussitôt.

— Bonne nuit, dit-il.

Puis, prenant la tête de Marie entre ses mains, il la regarda un long moment à la lueur de la lune comme pour incruster à tout jamais son visage dans sa mémoire.

— Marie, murmura-t-il, Marie...

Il ne put en dire plus. Conscient qu'il allait se trahir, il fit brusquement demi-tour et s'éloigna en courant, tandis qu'elle le regardait se fondre dans l'ombre, immobile, une folle angoisse en elle, vaguement consciente de le perdre sans en connaître la raison.

Il courut jusqu'à sa maison, entra dans la cuisine déserte où les braises achevaient de s'éteindre dans la cheminée. Il songea que, s'il attendait le lendemain matin, il n'aurait pas le courage de dire au revoir à son père, à sa mère et à Fantille. Peut-être même ne trouverait-il pas la force de les quitter. Il s'assit quelques minutes, attendit dans l'obscurité pour être sûr que Marie fût rentrée, puis, après un dernier regard pour cette pièce chaude où il avait été si heureux, il ouvrit doucement la porte, et, une pince géante refermée sur sa poitrine, il s'en alla lentement dans l'obscurité.

Marie n'avait pas dormi de la nuit. Plus que de la déception de son mariage remis à plus tard, elle n'avait pu se libérer de l'angoisse qui l'étreignait. Car elle avait la conviction que Benjamin ne lui avait pas tout dit et elle sentait rôder au-dessus d'eux une menace. Aussi s'était-elle levée avant le jour pour effectuer les menus travaux domestiques que sa mère, de plus en plus, négligeait.

L'esprit hanté par Benjamin, elle s'occupa à nettoyer la souillarde, à ravauder des vêtements, à préparer le repas, puis elle sortit pour aller chercher du bois dans la réserve. L'aube pointait, légère et fraîche comme les aubes de juin, et le soleil commençait à éclairer, sur la crête des collines, cette frange de ciel par où coule le jour. Depuis les maisons du port jusqu'à celles du bourg, des coqs se répondaient... Mais pourquoi la lumière brillait-elle déjà dans la cuisine des Donadieu ? Sans même s'en rendre compte, comme aimantée par la lueur qui filtrait entre les volets, Marie se mit en marche vers la maison de Benjamin. A mi-chemin, elle aperçut Victorien qui sortait et, l'air préoccupé, prenait la direction du port. Elle pensa à un malheur survenu pendant la nuit, courut jusqu'à la porte, frappa, et, comme nul ne répondait, entra. Elina était assise, très droite près de la cheminée, mais avec un air hagard que Marie ne lui avait jamais vu. Elle eut beau s'essuyer furtivement les yeux et esquisser son sourire familier, Marie vit distinctement disparaître un mouchoir dans sa poche. Et, quand Elina se leva pour l'embrasser, elle serra Marie contre elle un peu plus longtemps qu'elle n'en avait l'habitude. Puis elle s'assit de nouveau, soupira :

— Eh bien, ça y est ; il est parti.

— Ce ne sera pas long, fit aussitôt Marie qui s'étonnait, chez une femme d'ordinaire si forte, d'un si profond désarroi.

— Tout de même, dit Elina, sept ans !

D'abord Marie ne comprit pas. Les mots demeurèrent en dehors d'elle, comme si elle était incapable de les recevoir.

— Sept ans, répéta Elina en hochant la tête.

Un torrent glacé coula sur les épaules de Marie qui eut l'impression que son cœur s'arrêtait. Elle s'assit face à Elina, demanda :

— Comment ça, sept ans ?

— Sept ans, ma fille, dit Elina en posant la main sur son bras.

— Non ! dit Marie.

Mais le regard d'Elina lui fit comprendre que c'était la vérité et que le malheur qu'elle avait redouté s'était bien abattu sur elle pendant la nuit. Elle porta ses mains devant sa bouche comme pour s'empêcher de crier, ferma les yeux, gémit :

— Oh non ! Elina ; dites-moi que ce n'est pas vrai !

Elina, accablée, répondit :

— Si, ma fille, il est parti pour sept ans.

— Mais pourquoi ? cria Marie.

Elina lui expliqua en quelques mots qu'Arsène Lombard menaçait de faire jeter Victorien en prison s'il ne payait pas tout de suite la somme empruntée pour la construction de la gabare seconde, et que Benjamin avait obtenu l'argent nécessaire chez un marchand d'hommes. Elle ignorait l'épisode du cabanon que Victorien lui avait volontairement caché, de même le fait que Benjamin et Lombard se fussent battus dans l'entrepôt. Victorien avait voulu ménager l'avenir et ne pas compromettre la possibilité d'un mariage entre Benjamin et Marie, un jour, quand tout serait oublié.

Celle-ci regardait fixement Elina qui hochait la tête, maintenant silencieuse.

— Il est parti loin ? demanda-t-elle.

— A Rochefort.

— Rochefort... Rochefort, répéta Marie... alors il est dans la marine ?

— Oui, ma fille.

Le premier choc passé, elle comprenait mieux maintenant l'attitude de Benjamin pendant les dernières semaines. Mais, au fur et à mesure qu'elle réflechissait, elle mesurait toutes les conséquences de ce départ si soudain.

— Pourquoi ne m'a-t-il pas expliqué ? demanda-t-elle.

— Si tu avais cherché à le retenir, il n'aurait jamais pu partir ; et il le fallait.

— J'aurais compris et je ne l'en aurais pas empêché.

— Qu'est-ce que ça aurait changé, ma fille ? demanda Elina doucement ; ça n'aurait servi qu'à rendre son départ plus difficile pour tous.

— Peut-être, dit Marie, mais j'aurais tellement aimé qu'il me fasse confiance.

— C'est sans doute en lui qu'il n'avait pas confiance, tu comprends ?

Marie eut un pauvre sourire qui s'effaça très vite.

— Et puis tu sais, reprit Elina, il reviendra peut-être dans trois ans en permission.

Trois ans sans le voir ! Etait-ce possible ? Il lui sembla qu'elle ne pourrait jamais vivre jusque-là et, tout à coup, quelque chose en elle se brisa. Se levant brusquement, elle sortit et s'enfuit dans l'aube en train de naître, taraudée par l'idée qu'il avait gardé tout le poids de sa décision sur lui pour lui éviter de souffrir, alors qu'elle le soupçonnait de ne plus vouloir d'elle.

Une fois sur le port, elle prit sur la droite et continua de courir en direction du Raysse dont la masse grise émergeait de la nuit. Mon Dieu ! Trois ans ! se répétait-elle en songeant à cette façon qu'il avait eue, la veille au soir, de la quitter sans rien lui laisser soupçonner de son départ Un point de côté la força à s'arrêter. Elle reprit son souffle puis repartit en marchant vers la rive. Là, un vertige la saisit et elle glissa lentement sur l'herbe où elle demeura allongée un long moment. Puis, quand la fraîcheur du matin eut dissipé son malaise, elle se releva et, prenant de l'eau dans ses mains, elle s'humecta le visage et se sentit mieux. Alors, au lieu de revenir vers le port, incapable d'ordonner ses pensées, elle continua de marcher vers le rocher, murmurant :

— Qu'est-ce que je vais faire, moi ?

Et elle répéta plusieurs fois, comme si ces quelques mots avaient seuls le pouvoir de l'apaiser :

— Mais qu'est-ce que je vais faire ?

Une fois parvenue en haut du chemin de rive, elle s'assit juste au-dessus du gouffre, ramena ses jambes sous elle, et, comme elle tremblait, les encercla de ses bras. D'abord elle demeura immobile en évitant de regarder l'eau d'un vert sombre dont le remous bouillonnait contre la falaise, puis son regard y revint malgré elle et, comme cette fois où, malgré Vivien, elle avait plongé dans le gouffre, elle se sentit irrésistiblement attirée. Elle descendit de quelques mètres, se retrouva juste en surplomb du remous, ferma les yeux. Cela suffit à la libérer de l'attraction de l'eau, mais le sortilège l'enveloppa de nouveau dès qu'elle les rouvrit. Heureusement son regard se posa sur la plage de galets où elle s'était échouée après avoir échappé à la noyade et elle se souvint de la fabuleuse impression ressentie ce jour-là : rien ne valait une minute de vie, rien n'était meilleur que de pouvoir sentir, entendre, respirer, vivre enfin comme on devait avoir envie de vivre à dix-huit ans. Au même moment, le soleil surgit au-dessus des collines et la même délicieuse sensation de chaleur sur la peau l'envahit. La rivière se mit à fumer comme un drap ouvert sur un pré, les feuilles des peupliers frissonnèrent, les couleurs de la vallée s'enflammèrent et, d'une colline à l'autre, la rosée de la nuit s'illumina... Marie songea avec une sorte d'apaisement que le bonheur serait de vivre de nouveau cela près de Benjamin. Il suffisait de se montrer patiente, à l'exemple des pêcheurs qui, en amont, jetaient l'épervier inlassablement. Une minute de vie valait une éternité, elle s'en souvenait, et elle était vivante, bien vivante, comme l'était aussi Benjamin qui reviendrait partager des jours, des mois et des années avec elle...

Essuyant ses joues, elle se leva, fit demi-tour en prenant mille précautions pour ne pas glisser, puis elle marcha vers le port où elle aperçut la silhouette de Victorien sur la capitane. Comme il devait lui en coûter, à lui aussi, d'avoir été contraint de laisser partir Benjamin ! Elle s'approcha du bateau, s'arrêta. Il se redressa, lui donna l'impression d'être content de sa présence. Ni l'un ni l'autre n'eut d'abord la force de prononcer le moindre mot, puis, esquissant un sourire, il demanda :

— Ça va, petite ?

Elle eut la certitude qu'il l'avait guettée, là-haut, sur le rocher.

— Ça va, dit-elle d'une faible voix.

— A la bonne heure, fit Victorien qui ajouta, plantant son regard d'acier brut dans le sien :

— Il fait beau le jour où il s'en va, il fera beau aussi le jour où il reviendra...

Et il se remit à l'ouvrage, tandis qu'elle s'éloignait vers sa maison, réconfortée par la conviction qu'elle ne serait pas seule dans l'attente qui venait de commencer ce matin de juin.

Troisième partie

LES RIVAGES LOINTAINS

9

Ce n'était pas la première fois que Benjamin montait en haut du mât de misaine, mais il l'avait toujours fait par beau temps. Or, aujourd'hui, le vieux vaisseau de 80 canons piquait du nez dans une mer monstrueuse dont les embruns atteignaient la dunette et recouvraient le pont tout entier. Là-haut, Benjamin se sentait minuscule sur l'immensité de l'océan qui déroulait des vagues d'un vert sombre dont les creux approchaient les sept mètres. Il évitait de regarder vers le bas, serrait ses doigts rendus gourds par la pluie sur les drisses qui claquaient dans le vent, faisait appel à toute son énergie pour ne pas tomber.

Une déferlante surgit à l'instant même où le *Duguay-Trouin* basculait sur sa proue, et Benjamin eut l'impression terrible, affolante, qu'il ne remonterait jamais. Pourtant, vibrant de toutes ses membrures, rejetant l'eau par ses deux écubiers, le vaisseau refit surface et poursuivit sa route, tandis que Benjamin, le cœur au bord des lèvres, cherchait un secours improbable vers la hune. Il ne parvenait pas à dénouer la drisse qui retenait la voile et se sentait affreusement seul, là-haut, dans la tempête, pour affaler le petit cacatois qui claquait dangereusement dans la tourmente, au risque de se déchirer. Il ferma les yeux, tira de toutes ses forces, parvint à dénouer la corde et, dans un ultime effort, à rabattre la voile sur la vergue où il put enfin l'attacher. Restait à redescendre. Le vieux vaisseau pourfendit de nouveau la mer avec son mât de beaupré, s'enfonça presque entièrement dans les flots, vibra, parut se disloquer mais remonta, rejetant l'eau de toutes parts. Accroché à l'échelle, transi, aveuglé par la pluie, Benjamin descendit lentement, assurant bien ses prises, comptant mentalement les pas qui le séparaient du pont.

A l'instant où il y posa le pied, une vague le cueillit sur son côté et l'envoya cogner contre le mât qu'il heurta violemment. Il porta sa main sur son crâne, essuya le sang, se releva et vint prendre sa place, debout près de l'officier en grand uniforme bleu, hausse-col, gilet pourpre, qui attendait les ordres devant la dunette du commandant. Là, tremblant de froid, Benjamin se demanda s'il allait pouvoir tenir son poste encore longtemps. Il était épuisé, tous ses muscles lui faisaient mal. En effet, il ne grimpait pas seulement au mât, mais il devait aussi assurer les corvées de pont avec la gratte, sous la surveillance du second maître, un homme brutal et redouté de tous, et prendre également part aux exercices de tir, sur la rangée de bâbord, derrière un canon de 36. Premier servant, le canonnier Benjamin Donadieu répétait les mêmes gestes pendant des heures et des heures, sous l'œil inflexible des officiers. Chaque jour qui passait lui faisait détester davantage cette vie qu'il menait depuis plus de deux ans. Heureusement, il y avait les heures de repos qu'il prenait dans son hamac de l'entrepont, et l'amitié qu'il avait nouée avec un Bergeracois, Pierre Bourdelle, un fils d'avocat qui avait refusé d'avoir recours à un marchand d'hommes, malgré la fortune de son père. C'était d'abord cela, sans doute, qui les avait rapprochés, ainsi qu'une certaine idée de la justice et du respect d'autrui. Et quand Benjamin ne parlait pas avec lui, il pensait à sa vallée, là-bas, si loin, à sa rivière qui lui paraissait maintenant beaucoup moins redoutable, à ses parents, à Marie qui l'attendait sans doute, mais comment savoir ? Ces deux années n'avaient en rien atténué les sentiments qu'il lui portait, au contraire : elles n'avaient fait qu'exacerber sa passion pour elle et aviver ses regrets de ne pouvoir vivre en sa compagnie.

Après plusieurs petits voyages le long des côtes, le *Duguay-*

Trouin avait traversé l'Atlantique jusqu'à la Guadeloupe et la Martinique où il avait fait escale pendant trois mois. Il rentrait maintenant à Rochefort où Benjamin comptait d'autant plus obtenir une permission que le prochain voyage devait durer deux ans. Sa destination en était l'île Bourbon [1], dans l'océan Indien, par-delà le cap de Bonne-Espérance, dont les officiers parlaient comme d'un lieu fabuleux.

La tempête prenait de la force. Toujours immobile sous la pluie, Benjamin rêvait à la chaleur des cuisines où les hommes mangeaient dans des écuelles du bouillon et des pommes de terre, parfois des raves qu'accompagnaient un morceau de pain et une timbale de vin. Ce n'était certes pas les galettes de maïs ou les saumons d'Elina, mais c'était au moins un peu de chaleur et de repos au milieu des journées interminables dont il avait perdu le goût... Le commandant ordonna de réduire encore la voilure et de mettre le bateau à la cape. C'était un vieux matelot au visage mangé par les favoris, qui suçait éternellement une pipe au fourneau large comme sa main.

— Affalez les voiles d'artimon ! hurla le braillard [2].

Aux côtés de Benjamin et de l'officier se tenait un garçon brun, frêle et de petite taille, que Benjamin connaissait bien : il s'appelait Jacques Malaurie, était originaire de Siorac, et vivait depuis leur embarquement sous la protection de Benjamin avec lequel il parlait volontiers du pays, de bateaux et de la rivière près de laquelle il avait vécu lui aussi. De faible corpulence, Malaurie souffrait des brimades que lui infligeaient les autres matelots et Benjamin, plus d'une fois, avait dû se battre pour lui, non sans risquer de se retrouver aux fers, à fond de cale, pour huit jours.

— Canonnier Malaurie ! hurla l'officier, au mât d'artimon !

Les trois hommes y voyaient à peine, tellement la pluie et la brume enveloppaient le vaisseau de plus en plus malmené par

1. La Réunion.
2. Sorte de haut-parleur.

le gros temps. Benjamin se dit que jamais son ami ne pourrait affaler les dernières voiles.

— Monsieur, laissez-moi y aller, dit-il.

Le regard froid de l'officier le cloua sur place.

— Canonnier Malaurie, répéta l'officier, exécution !

Jacques Malaurie jeta un regard désespéré à Benjamin, puis il s'élança comme on se jette à l'eau, glissa, tomba lourdement. Une lame l'envoya buter contre des cordages auxquels il s'agrippa et, dès que le bateau se redressa, il se releva, courut vers le mât qu'il atteignit en trois foulées, se mit à monter doucement, puis de plus en plus vite, et subitement, s'immobilisa.

— Affalez la perruche ! hurla le braillard.

Le petit canonnier parut ne pas entendre. Sans doute avait-il regardé vers le bas, et il restait accroché au mât sans bouger d'un pouce, paralysé. Le vaisseau, trop voilé, enfournait de plus en plus par la proue, menaçant de chavirer vers l'avant. « Il va tomber », se dit Benjamin qui, par réflexe, fit un pas en direction du mât.

— Je vous l'interdis ! hurla l'officier en le retenant par le bras.

Plongeant de nouveau dans les flots, le vaisseau, pris par une déferlante, se mit à gîter. Là-haut, Malaurie glissa, se rattrapa un peu plus bas, mais de justesse, avec un seul bras. C'était plus que n'en pouvait supporter Benjamin : repoussant l'officier, il s'élança, eut la chance de passer entre deux lames et atteignit le mât où il commença de grimper en regardant au-dessus de lui. Le froid nouait ses mains sur les drisses, le vent et la pluie battaient son visage, le déséquilibrant à chaque pas.

Enfin, après avoir plusieurs fois repris son souffle en inclinant la tête sur sa poitrine, il arriva à la hauteur de Malaurie, entoura son buste du bras, cria pour se faire entendre :

— Descends un pied... là... doucement...

D'abord Malaurie ne réagit pas, puis, une fois que Benjamin l'eut rassuré, il déplaça un pied, puis un autre, avant de s'immobiliser de nouveau.

— Encore ! dit Benjamin ; n'aie pas peur...

Le petit canonnier poussa un gémissement mais obéit. Alors, lentement, serrés l'un contre l'autre, ils redescendirent.

Une fois en bas, Malaurie s'accroupit, et, aussi pâle qu'un mort, demeura immobile au pied du mât, accroché à l'échelle de corde. Benjamin, lui, remonta pour affaler la voile, la fixa sur la vergue et redescendit, sans illusion sur ce qui l'attendait. Effectivement, dès que ses pieds touchèrent le pont, deux matelots l'encadrèrent tandis que l'officier criait :

— Canonnier Donadieu ! Aux arrêts !

Sans opposer la moindre résistance, il se laissa emmener à fond de cale, près de la poudrière, où le vieux matelot borgne qui vivait là avec ses chats lui passa les fers aux chevilles et aux poignets. Quand ce dernier eut refermé la porte, Benjamin se retrouva seul dans l'obscurité, au milieu d'une puanteur insupportable, dans la compagnie de rats énormes dont les yeux rouges brillaient dans l'ombre. Il se laissa aller contre la coque derrière laquelle battait l'océan en furie, soupira. Décidément, il ne s'habituerait jamais à cette hiérarchie aveugle, à cette violence permanente qui sévissait sur ce bateau. S'il n'était pas monté au mât, Jacques Malaurie serait tombé à la mer, il en était sûr, et ce ne serait pas le premier. Il en avait vu, depuis deux ans, des matelots disparaître dans les flots ou châtiés par la bouline [1] pour n'avoir pas pu monter au mât dans la tempête. Certains, même, par représailles, étaient plongés dans la mer au bout d'une corde jusqu'aux limites de l'asphyxie, et souvent y laissaient leur vie...

Les deux ans qui venaient de passer n'avaient été que deux ans de révolte muette, deux ans de vie perdue. Aussi avait-il décidé qu'au terme de sa première permission, il ne regagnerait pas Rochefort. Tant pis pour les conséquences s'il était repris. Il en avait déjà trop accepté, trop supporté. Personne n'avait le

---

1. Châtiment corporel qui consistait à faire passer un homme torse nu entre deux rangées de matelots munis de cordages avec lesquels ils le frappaient.

droit de lui imposer une pareille existence pendant sept ans... Inspirant bien à fond, il chercha refuge dans les souvenirs, pensa au port de son enfance, à la vallée, à Marie. Allons ! Il ne fallait pas désespérer ! Dans un mois, peut-être deux, il aurait retrouvé sa maison et la Dordogne, il se cacherait sur les collines où Marie viendrait le retrouver chaque nuit. Apaisé par cette pensée, il s'assoupit et parvint à oublier la tempête qui s'acharnait contre le *Duguay-Trouin* dont les membrures malmenées par les vagues géantes craquaient de toutes parts.

Pour Marie, ces deux ans avaient été interminables. Il ne se passait pas un soir, à la belle saison, sans qu'elle se rendît sur le port ou dans les prairies, aux endroits où Benjamin et elle avaient été le plus heureux. Avec le temps, un peu d'amertume venait se mêler aux regrets : pourquoi n'avait-il pas voulu se marier avant de partir ? Elle était obsédée par l'idée de n'avoir jamais pu s'endormir dans ses bras, de ne s'être jamais réveillée près de lui. Au lieu de cela elle dormait seule, guettait son pas sur les chemins, pensait à cette nuit de septembre où ils s'étaient aimés pour la première fois et, parfois, pleurait de rage. Il était devenu une ombre, un souvenir, alors que c'était d'un corps qu'elle avait besoin, et de deux bras, d'une voix, d'une présence, enfin, qui lui rendît le sourire et le goût de la vie.

Dans la maison, Amélie, sa mère, déclinait de plus en plus. Vivien, à quatorze ans, naviguait maintenant en compagnie de Vincent, sur la seconde. Les autres garçons grandissaient aussi, et, en l'absence du père et de l'aîné, devenaient difficiles à élever. Joseph avait douze ans, et Jean onze. Ils n'arrêtaient pas de se battre, passaient leur temps sur la rivière où ils pêchaient avec des filets aux mailles interdites, revenaient crottés et morts de faim, mangeaient salement, répliquaient à Marie qui s'efforçait de leur apprendre les bonnes manières, repartaient dès que leur estomac était plein sans jamais dire merci. Amélie n'était d'aucun secours à Marie. La pauvre femme perdait un peu la tête et ne cessait de parler de son François disparu tout en restant assise près de la cheminée, le plus souvent vacante et le regard perdu dans les flammes.

Ainsi pour Marie passaient les jours, dans l'attente et les souvenirs, mais aussi dans le travail dont elle ne venait jamais à bout, car elle se rendait toujours à Souillac pour aider Antonia — elle aussi vieillissante et malade — et profiter des leçons de l'abbé Pagès. Son savoir lui avait permis, en l'absence de Victorien, de lire à Elina la première lettre de Benjamin, arrivée il y avait un peu plus de six mois. Elle l'avait apprise par cœur, en connaissait chaque mot, se la récitait sur les chemins, au bord de l'eau, dans sa chambre aussi, la nuit, quand elle se sentait trop seule et ne trouvait pas le sommeil. Elle disait :

« Mes chers parents,

« Je vous écris par un ami, Pierre Bourdelle, qui est de Bergerac, pour vous donner des nouvelles de ma santé, qui est bonne, autant que la vôtre, j'espère. Nous allons appareiller pour l'île de la Martinique, mais je compte bien recevoir une permission à mon retour pour venir vous voir. Ici, il fait du vent et il pleut souvent, mais on mange à peu près à notre faim. Je connais maintenant l'océan où les vagues sont beaucoup plus grosses qu'à Castillon ou à Libourne. Mon bateau s'appelle le *Duguay-Trouin,* et c'est un 80 canons, mais ne vous inquiétez pas : on ne s'en sert que pour les exercices. J'ai avec moi un Malaurie de Siorac. Comme c'est un « pays », je peux parler avec lui de notre Dordogne et je ne m'en prive pas. Beaucoup de ceux qui ont tiré au sort avec moi ont été envoyés à Toulon. C'est beaucoup plus loin que Rochefort ; j'ai eu de la chance de trouver ce marchand d'hommes de Sarlat. J'espère qu'il n'y a pas eu d'accidents avec les bateaux et qu'à Libourne les affaires se sont arrangées pour le mieux.

« Faites bien mes compliments à tous les amis en leur donnant de mes nouvelles, et surtout à Marie. Je me languis beaucoup en pensant à vous et à elle, mais je tâche d'être patient. Je termine en vous embrassant — Marie aussi — et en vous promettant de revenir très bientôt.

« Votre fils affectionné.
« Benjamin Donadieu. »

« Je reviendrai très bientôt... je reviendrai très bientôt... » Marie ne cessait de se répéter ces mots riches de promesses, cet après-midi-là, sur le chemin du bourg, en allant aider Antonia, comme chaque jour. Elle marchait rapidement entre l'or mat des feuilles d'érable et le cuivre des chênes, quand les cloches de l'église se mirent à sonner. Elle n'en fut pas surprise, car elle savait depuis plusieurs jours qu'Emeline épousait l'un des fils de Georges Duthil, de Libourne. Elle se sentait tellement soulagée, tellement heureuse de ce mariage, qu'elle n'aurait pour rien au monde manqué la cérémonie. Ayant peur d'être en retard, elle courut jusqu'aux premières maisons, puis ralentit au fur et à mesure qu'elle approchait de la place, comme si, au dernier moment, elle redoutait d'avoir à affronter encore une fois Emeline.

Elle arriva à l'instant où le cortège sortait de l'église, se mêla à la foule des badauds qui se pressaient à proximité pour admirer les toilettes et féliciter les mariés. On reconnaissait parfaitement les gens de Libourne, mieux apprêtés que ceux de Souillac, à l'exemple du marié et de son père qui portaient des chapeaux hauts de forme, des gilets de soie où brillaient des chaînes en or, des cravates superbement ajustées et des chemises dont le col montait jusqu'aux oreilles. Les femmes, elles, portaient des robes longues aux épaules bouffantes qui laissaient découverts leurs cous parés de bijoux, des pendants d'oreilles, des châles, et, luxe suprême, des éventails qu'elles agitaient de l'air nonchalant, vaguement blasé, de celles dont les vies se rêvent.

Marie observa un moment l'époux d'Emeline qui était plus petit qu'elle et prenait des airs en parlant haut et fort. Elle sourit, sentit des frissons délicieux courir sur sa peau. Elle avait gagné. Même si Benjamin était parti pour sept ans, même si Emeline feignait d'être au comble du bonheur, elle savait qu'elle avait gagné. Cette certitude l'habita tout le temps que durèrent les félicitations d'usage adressées par les invités, les parents et les amis, aux jeunes mariés. Elle fut tentée un instant de se montrer à Emeline, mais elle y renonça rapidement, car il n'avait jamais été dans sa nature de provoquer qui que ce soit. Puis, peu à peu, demeurant cachée dans l'anonymat de la foule, il lui sembla que le monde où évoluaient les mariés lui demeurait lointain, inaccessible, et elle en éprouva un pincement au cœur d'autant plus douloureux qu'elle ne le comprit pas. Certes, elle avait gagné mais, en même temps, elle se sentait petite, toute petite, par rapport à ces gens si élégamment vêtus qui paraissaient tellement fiers d'être admirés, considérés, comme s'ils étaient ducs ou marquis.

Ce fut d'ailleurs ce qu'elle crut lire dans les yeux d'Emeline lorsque leurs regards se croisèrent. « Même si tu as gagné, disait ce regard, quoi que tu fasses tu n'appartiendras jamais au monde qui est le mien, celui que rejoindra peut-être un jour Benjamin quand il aura découvert des pays, toutes sortes de gens, se sera enrichi de mille rencontres, de mille secrets et qu'il reviendra différent, semblable à ceux qui te paraissent étrangers aujourd'hui. » Profondément déçue, furieuse contre elle-même, Marie fit demi-tour et se rendit au presbytère où elle se mit au travail sans plus tarder, avec une vigueur inhabituelle qui finit par consumer sa colère. Pourtant, cet après-midi-là, même la leçon de l'abbé ne lui parut pas aussi profitable qu'à l'ordinaire. Elle repartit tôt, courut pour sortir du bourg comme si elle devait échapper à un ennemi invisible, mais elle fut arrêtée au carrefour de la route de Sarlat par les voitures de la noce. Elle recula, se cacha derrière un mur, subjuguée malgré elle par ce carrousel de breaks, de cabriolets, de calèches décorés de rubans multicolores et conduits par des cochers qui semblaient tout droit venus de la cour du roi. Tout le temps que passa le cortège d'où s'élevaient des cris et des chants, elle se sentit sous une menace dont elle ne connaissait pas la nature.

Quand le cortège eut disparu, elle s'élança vers les prairies avec l'impression de regagner le domaine où elle était à l'abri des dangers. Tout en marchant, et pour parfaire ce sentiment de sécurité, elle pensa que le moment était venu de confier à Benjamin le succès de ses efforts : aujourd'hui, elle savait lire et écrire, et elle allait le lui prouver en lui envoyant une lettre. Elle en avait besoin. Ainsi il n'y aurait plus de différence entre ceux de Souillac et elle, ainsi sa victoire serait totale puisqu'elle comblerait le fossé qui, dans son esprit, l'avait toujours séparée d'Emeline.

Dès son arrivée, elle prit la plume d'oie qu'elle avait dégraissée dans les cendres, un petit encrier et des feuilles de papier achetés en secret à Souillac, et se mit au travail. C'était très émouvant pour elle, ce moment qu'elle avait attendu si longtemps, et elle ne trouvait pas les mots, soudain, alors qu'elle les avait si souvent formulés dans sa tête. Elle s'appliqua de son mieux, recommença plusieurs fois jusqu'à ce qu'elle soit tout à fait satisfaite, put relire, enfin, avec la certitude d'avoir réussi à traduire sa pensée :

« Cher Benjamin,

« Je t'écris ces quelques mots dans ma maison, car aujourd'hui, grâce à l'abbé Pagès, je sais lire et écrire. C'était mon secret depuis longtemps, mais je n'ai pas voulu te le dire tant que je n'avais pas fini d'apprendre. J'espère que tu seras content autant que je le suis. Notre santé est bonne, l'eau est marchande et les bateaux sont partis hier. Je me languis beaucoup depuis ta dernière lettre et je prie tous les jours pour que tu n'aies pas trouvé de tempêtes sur la route de l'île Martinique. Si tu pouvais écrire plus souvent, ce serait bien pour Elina et Victorien qui se font des soucis. Je t'espère pour ces prochains jours ou ces prochains mois, et je veux que tu saches que je suis pour la vie ta Marie affectionnée. »

Elle avait mis plus d'une heure pour écrire ces quelques lignes, mais la fierté l'embrasait. Elle se sentait merveilleusement bien, avait oublié ses impressions désagréables du début de l'après-midi. Ce fut donc avec plaisir qu'elle annonça à Elina, venue prendre des nouvelles d'Amélie, ce qu'elle avait fait. Elina la félicita et demanda :

— Tu lui donnes de nos nouvelles au moins ?

— Bien sûr ; et je lui dis aussi qu'on espère sa venue pour bientôt.

— A la bonne heure ! dit Elina en s'approchant d'Amélie, silencieuse, toujours assise à la même place au coin du feu.

Elle lui prit les mains, ajouta :

— Vous devez être contente que votre Marie sache lire et écrire, maintenant.

Amélie sourit, mais ne répondit pas. Marie se demanda si sa mère comprenait seulement ce qu'Elina lui avait dit. Elle se leva pour lui expliquer, mais, découragée par avance, renonça. S'adressant à Elina, elle demanda doucement :

— Et lui, Elina, croyez-vous qu'il sera content ?

Elina sourit et répondit :

— Non seulement il sera content, ma fille, mais encore il sera fier de toi.

En cet après-midi d'octobre, debout sur la capitane, Victorien Donadieu pensait aux tractations qu'il allait mener avec Jean Fourcaud, le marchand libournais à qui, désormais, il vendait son merrain. La concurrence devenant de plus en plus vive, là-bas, Victorien avait été contraint de signer un contrat, poussé en cela par Ambroise Debord qui avait fait le voyage, l'an passé, sur la capitane, tout heureux de descendre de ses forêts et de visiter les grands ports du bas-pays. Les affaires marchaient d'autant mieux que les risques de la descente se trouveraient bientôt diminués du fait de l'achèvement du canal de Mauzac à La Tuilière. Ainsi éviterait-on les dangers — et les pilotes — des rapides de Lalinde. C'était depuis quelque temps le principal sujet de conversation dans les auberges où les bateliers brocardaient volontiers ces pilotes qui avaient si souvent abusé de leurs prérogatives. On disait qu'une partie d'entre eux trouverait à s'employer aux écluses, mais si on se penchait sur le sort de ceux qui allaient se retrouver sans travail, c'était seulement pour en rire.

A Libourne, le sel blanc du Verdon arrivait beaucoup plus régulièrement en raison du développement de la flotte affectée à son transport, ce qui satisfaisait à la fois Victorien et les grossistes du haut-pays qui préféraient ce sel, d'excellente qualité. Comme les circuits des échanges s'étaient eux aussi améliorés, Victorien regrettait fort de ne pas être secondé par Benjamin pour mener à bien tant d'ouvrage. C'était un jeune homme de trente ans, Ghislain Claveille, qui tenait maintenant le gouvernail du gabarot. Victorien avait pensé le confier à Valentin, le mari d'Angéline, mais celui-ci avait manifesté sa volonté d'arrêter les voyages et s'était engagé comme contremaître aux forges de Cressensac. Ils avaient donc quitté le port, et on ne les voyait pas souvent. Elina, qui prenait régulièrement des nouvelles de sa fille, disait à Victorien qu'Angéline regrettait amèrement son départ, car elle vivait pour ainsi dire séparée de son mari qui travaillait jour et nuit. Même s'il ne l'avait pas montré, Victorien avait été déçu de ce départ. Il n'était pas loin de considérer que son gendre l'avait trahi et qu'il rendrait sa femme malheureuse. Contraint et forcé, il avait donc remplacé Valentin par Ghislain Claveille, un homme brun, aux fines moustaches, aux grands yeux noirs, qui était rentré de Toulon juste après l'engagement forcé de Benjamin. Originaire de Limeuil, celui-ci s'était rapidement intégré à l'équipage à qui sa connaissance de la navigation en haute mer en imposait. En l'écoutant, parfois, Victorien croyait entendre son fils et pensait au temps où il pourrait enfin se reposer sur Benjamin. Il imaginait des vieux jours paisibles, s'occupant du commerce avec le haut-pays, tandis que Benjamin mènerait les convois à Libourne et peut-être Bordeaux...

Dans l'après-midi déclinant, les eaux étaient marchandes

mais basses, la chaleur inhabituelle. Depuis la fin de la matinée les nuages s'amoncelaient au-dessus des roux, des bronzes, des jaunes des arbres encore lourds de leurs feuilles. L'air sentait la terre et le bois. L'orage ne cessait de gronder sur les collines où, de temps en temps, un éclair balafrait l'horizon couleur d'encre. D'épaisses vapeurs se levaient de la vallée et semblaient monter vers les nuages, se fondre en eux, les nourrir de la chaleur dérobée à la terre que les pluies tièdes de la quinzaine passée n'avaient pas suffisamment refroidie.

Victorien jugea qu'il avait le temps d'atteindre Sainte-Foy et le fit savoir à la seconde et au gabarot. Pourtant, plus les minutes passaient et plus le ciel s'assombrissait. Le trafic, lui, était intense, à la descente comme à la remonte, car on naviguait sur les premières eaux marchandes depuis l'été. Le convoi louvoyait entre des îles longues et sablonneuses où poussaient des aulnes, à hauteur du petit village de Gardonne. Des bateaux, on entendait claquer les volets des maisons et crier des hommes dans les prés. A deux cents mètres en aval, des gabarots limousins, lourdement chargés de bois et de châtaignes, traçaient un sillage grisonnant d'écume. Derrière le convoi de Donadieu, deux bateaux d'Angibeau suivaient, à moins d'une centaine de mètres du gabarot conduit par Claveille.

La première goutte s'écrasa sur la capitane avec un bruit mat, aussitôt suivie par plusieurs autres qui se mirent à crépiter comme grêle. En moins de trois minutes, le ciel parut s'ouvrir et le déluge s'abattit sur la vallée. Comme lancé à la poursuite des bateaux, le tonnerre courut sur la rivière noyée sous une gigantesque vague. Victorien, qui n'y voyait plus, cria pour se faire entendre du prouvier. Où se trouvaient les gabarots limousins ? Où était Angibeau ? Impossible de le savoir. C'était à peine si, en se retournant, il apercevait la seconde éloignée de lui de trente pieds. Il avait ordonné d'allumer des fanaux, mais il pleuvait trop et les matelots n'y parvenaient pas. Il savait que le convoi allait entrer dans le cingle du Fleix et qu'on ne pouvait pas s'arrêter sans prendre le risque de s'échouer. Il décida de passer le cingle et d'accoster dans les meilhes qu'il connaissait bien, à moins d'un kilomètre de là. Il transmit la consigne à l'un de ses matelots qui la répercuta à Vincent, sur la seconde. Il n'y avait pas d'autre solution que de gouverner au jugé, aidé par les hommes qui, debout malgré la tempête, guettaient les obstacles sur bâbord et tribord.

Cependant, comme la violence de la pluie augmentait, Victorien essaya d'obliquer vers le rivage pour chercher un passage. La capitane, aussitôt, rencontra des gravières et heurta le fond. Il regagna vivement le milieu de la rivière, suivi par Vincent qui l'avait accompagné dans sa manœuvre. Décidément oui, il n'y avait pas d'autre solution que de continuer vers les meilhes où l'on attendrait la fin de l'orage. En même temps que lui vint cette pensée, il entendit des cris sur bâbord et, quelques secondes plus tard, un choc sourd ébranla la vallée. Sentant le danger, Victorien tenta de se rapprocher de la rive droite, mais la capitane, comme lors de la première tentative, racla les gravières avec une plainte sinistre. Comme Victorien manœuvrait pour redresser son bateau, le prouvier cria :

— A bâbord, toute !

Victorien obéit aussitôt, cherchant en même temps à amorcer une dérive pour ralentir la course de son bateau, mais sa manœuvre n'avait aucune chance d'aboutir : un bateau de remonte, ayant rompu sa cordelle, était venu faucher deux gabarots limousins et formait avec eux un barrage infranchissable. La capitane les heurta par son travers, à peine ralentie par la manœuvre hardie de Victorien. Celui-ci, accroché à son gouvernail, demeura debout et cria pour prévenir Vincent, mais la seconde était trop près. Elle percuta le bateau de remonte avec un craquement d'arbre qui rompt ses racines, augmentant du même coup les dimensions du barrage. Restait le gabarot. Victorien put juger des qualités de Claveille qui, aux bruits, avait anticipé la manœuvre et surgit suffisamment sur bâbord pour éviter l'obstacle. Il passa sur la gauche comme un vaisseau fantôme et disparut en quelques secondes, avalé par la brume et la pluie. C'est alors que Victorien se souvint des bateaux d'Angibeau. Il cria de nouveau, imité par ses hommes qui essayaient toujours d'allumer un fanal. Angibeau, qui était un marin d'expérience, avait compris le danger, mais ses bateaux étaient beaucoup plus lourds que le gabarot de Claveille et ne se manœuvraient pas aussi facilement. Il réussit cependant à réduire sa vitesse en obliquant au maximum vers tribord, cherchant à s'échouer sans trop de mal. Le choc fut un peu moins violent que celui des bateaux de Donadieu sur les Limousins, mais la capitane en reçut tout le poids. Alors, sous le déluge qui continuait, tous les bateaux, comme amarrés les uns aux autres, commencèrent à dériver vers l'aval, sans que nul ne connût la gravité exacte des voies d'eau.

Dans la tourmente, les hommes criaient, s'affolaient, et Victorien avait du mal à se faire entendre. L'un des gabarots limousin sombra. Ses matelots réussirent à regagner la rive, agrippés aux planches du chargement. La gabare qui avait rompu sa cordelle gîtait dangeusement. Elle perdait son sel comme un blessé son sang, et celui-ci se mêlait à la terre et à la boue que charriait maintenant la rivière.

Victorien, qui pensait que la seconde était plus gravement touchée que la capitane, cria à Vincent :

— Essaye de te dégager et accoste au plus près, quoi qu'il arrive !

Il valait mieux s'échouer que sombrer. Poussant sur les bergades, les matelots de Vincent parvinrent à prendre suffisamment de travers pour s'écarter des bateaux prisonniers. Victorien eut plus de mal, mais réussit lui aussi à se dégager et à obliquer vers tribord. Après avoir plusieurs fois heurté le fond, il accosta au jugé, au risque de se fracasser sur des rochers. Par chance, la berge était à cet endroit tapissée de bonne terre meuble, et plantée seulement de petits saules cendrés. L'accostage se fit donc en douceur et sans trop de dégâts, sinon pour le fond du bateau que les gravières avaient peut-être crevé.

Il pleuvait toujours. Des hommes arrivaient à la nage, portés par le courant. Les matelots de Donadieu les aidèrent à monter sur la berge puis se regroupèrent. Il fallait décharger le merrain au plus vite. Les hommes se placèrent de manière à former une chaîne et commencèrent à entasser le bois sur la rive. Pendant ce temps, Victorien recensa les blessés dont la plupart souffraient de bosses et de coupures, mais aucun, semblait-il, de fractures. Il aperçut la seconde échouée à une trentaine de mètres, s'approcha et trouva Vincent qui, lui aussi, organisait le déchargement.

— Est-ce que la brèche est profonde ? demanda-t-il.

— Je ne crois pas, fit Vincent ; dès qu'on aura déchargé, j'essayerai de colmater avec de l'étoupe.

Un éclair déchira le ciel, tout près, et la foudre fit éclater une yeuse dans le pré voisin.

— Ne vous mettez pas sous les arbres ! cria Victorien. A découvert ! A découvert !

Ceux qui déchargeaient le merrain, trop absorbés par le travail, ne l'entendirent même pas et continuèrent leur tâche avec la même fébrilité. On entendait crier en aval. Le tonnerre roulait sans interruption, comme si la tourmente prenait un malin plaisir à s'acharner sur ce coin de Dordogne. On y voyait de moins en moins car la brume, qui montait des rives, s'épaississait au fil des minutes. Victorien revint vers la capitane et prêta main-forte à ses hommes, un peu rassuré maintenant, son bateau, allégé de moitié, ne touchant plus le fond.

Quand le déchargement s'acheva, la nuit tombait sur la vallée. Victorien envoya un homme au village pour y chercher le charpentier. On avait pu enfin allumer quelques fanaux. Après inspection, il semblait que la capitane souffrît de deux fissures longues mais peu larges, sans doute aisément colmatables. La seconde, elle, présentait une brèche beaucoup plus importante, et il faudrait attendre le jour pour effectuer les travaux avec l'efficacité nécessaire.

Après avoir protégé le chargement au moyen du pralin, les matelots confectionnèrent de petites tentes avec les bâches disponibles. Il n'était pas question de se rendre au village, car il fallait veiller sur les bateaux qui risquaient de ne pas résister à la crue. La pluie tombait maintenant avec moins de violence, mais avec une régularité monotone et têtue. On entendait bouillonner la Dordogne dont les eaux gonflaient de minute en minute. Victorien envisagea un instant d'aller voir où se trouvait le gabarot, mais il pensa qu'il avait sans doute accosté après le cingle. C'était beaucoup trop loin et d'ailleurs Claveille devait s'être mis de lui-même à la recherche du convoi. Victorien se réfugia lui aussi sous un abri où il distribua de l'eau-de-vie à ses hommes transis. Certains essayèrent d'allumer un feu mais n'y réussirent pas. Les matelots s'apprêtèrent donc à passer une longue nuit de veille, accroupis dans le froid, tenus constamment en alerte par le crépitement de l'eau au-dessus de leur tête.

Quand le jour se leva, la pluie avait cessé depuis une heure. Les trois hommes du gabarot surgirent de la brume, conduits par Claveille qui s'empressa de rassurer Victorien : le bateau était amarré dans une meilhe calme à l'abri du danger. Un brouillard humide et sale recouvrait la vallée où l'on entendait ruisseler d'innombrables rus creusés par le déluge. C'était comme si les champs et les prairies chantaient. Leur fredonnement ininterrompu soulignait le roulement terrible de la Dordogne dont les eaux pâteuses charriaient des branches et des troncs arrachés par la crue. Les hommes avaient enfin allumé du feu et, serrés autour du foyer, ils buvaient du vin chaud en se brûlant les doigts. Précédé par le matelot dépêché par Victorien la veille au soir, le charpentier du Fleix arriva sur un char à bancs tiré par un cheval bai. Aidé par l'équipage, il se mit ausitôt au travail, afin de renforcer le colmatage de fortune effectué la veille. Il semblait maintenant que ni la capitane ni la seconde ne fussent réellement en péril. L'arrêt de la pluie et le lever du jour invitaient les matelots à plus d'optimisme. Aussi, deux heures plus tard, quand les travaux furent achevés, Victorien donna-t-il sans hésiter l'ordre de charger le merrain, d'autant que le tirant d'eau était suffisant pour gagner le lit de la rivière sans toucher les gravières. A midi, tout était terminé.

Le convoi repartit après que l'équipage eut pris un rapide repas sans redescendre des bateaux. Ce fut à l'instant où les bergades repoussèrent la capitane vers le large que Victorien pensa brusquement à Benjamin. L'idée qu'il fût parti inutilement pour sept ans fit couler des gouttes de sueur glacée sur son dos. Quelle catastrophe si les bateaux avaient coulé ! Alors, pour la première fois, il se demanda si, malgré sa passion pour la Dordogne, il n'était pas fou de lui consacrer toute sa vie.

Quand la porte de la soupente s'ouvrit, Benjamin fut à peine surpris de voir apparaître Pierre Bourdelle. Ce n'était en effet pas son premier séjour chez le borgne, loin de là. Ses idées originales, son caractère rebelle, son refus de toute hiérarchie lui avaient déjà fait encourir les foudres des officiers. C'était précisément cette révolte qui, au départ, l'avait rapproché de Benjamin. Ensuite, une fois qu'ils eurent fait connaissance, la Dordogne avait cimenté cette amitié naissante, avant de la fortifier encore en suscitant des souvenirs, des récits dont Pierre, qui habitait à Bergerac l'une des grosses maisons bourgeoises du port, face au faubourg de la Madeleine, n'était pas avare...

Le borgne lui passa les fers, grogna, prononça quelques mots incompréhensibles et referma la porte. L'obscurité se fit, isolant les deux hommes qui se faisaient face sans se voir.

— Qu'as-tu fait ? demanda Benjamin.

— C'est comme ça que tu me remercies ? plaisanta le Bergeracois. On dirait que tu n'es pas content de me voir.

— Bien sûr que si, je suis content ; mais ça finira par te coûter cher... Dis-moi ce qui s'est passé.

— Eh bien ! le pauvre Malaurie a eu droit à la bouline et j'ai tout simplement refusé de frapper. Dès qu'il sera sorti des griffes du médecin, il ne tardera pas à nous rejoindre.

— Pauvre Jacques ! fit Benjamin.

— Tu sais, reprit Bourdelle, je crois qu'on va pouvoir dire adieu à notre permission.

— Tu crois vraiment ? fit Benjamin.

— Il vaut peut-être mieux pour toi. Avec ton idée de déserter, tu serais repris aussitôt et tu te retrouverais dans un cachot pour longtemps.

Il ajouta, comme pour atténuer le découragement qu'il sentait monter chez Benjamin :

— Ne t'en fais pas ; la Dordogne ne s'arrêtera pas de couler.

Benjamin ne répondit pas. Il songeait que s'il ne pouvait pas quitter Rochefort avant le départ pour l'île Bourbon, il devrait patienter plus d'un an avant de revoir les siens. A cette idée, tout son être se révulsait et il se disait qu'il ne le supporterait pas.

— Je te répète une nouvelle fois, reprit Bourdelle en renouant le fil d'un discours qui lui tenait à cœur, que nous aurons beau déserter, nous cacher, nous ne serons jamais libres tant que nous ne vivrons pas en république.

Il avait étudié dans un pensionnat jusqu'à l'âge de dix-sept ans et il avait lu en cachette Montesquieu, Voltaire et Diderot. De la révolution de 1789, il n'avait retenu que la Déclaration des droits de l'homme et la proclamation de la République. Il prétendait qu'elle seule viendrait à bout de l'oppression, des inégalités et de la misère des petites gens.

— Réfléchis un peu ! disait-il souvent à Benjamin : 1815, 1830 ; nous n'avons guère que quatre ou cinq ans à attendre pour que le feu reprenne. Et cette fois, ce sera la bonne !

— J'espère bien que dans quatre ans je serai sorti de ce piège depuis longtemps, répliquait Benjamin qui ne savait trop ce que signifiait révolution et république et, comme son père, tenait toujours l'Empereur comme le plus grand des Français.

— Tu es bien du peuple, toi ! grinçait Bourdelle : vous ne savez que défendre ceux qui vous saignent aux quatre veines et vous envoient crever sur les champs de bataille.

C'était ainsi depuis le début d'une amitié qui ne cessait de grandir avec le temps, magnifiée par la lecture des mêmes livres et des discussions qui en résultaient. Pierre avait en effet emporté avec lui l'*Esprit des lois* de Montesquieu, un volume de l'*Encyclopédie* de Diderot et *L'Essai sur les mœurs,* de Voltaire. C'était d'ailleurs avec ces livres-là que son père l'avait instruit, quand il avait été renvoyé du pensionnat pour avoir tenu des propos offensants envers Louis-Philippe. Au début, Benjamin en lisait une page, parfois deux, perfectionnant les notions que lui avait données Victorien, le soir, sous la lampe, puis il s'était vite passionné, à mesure que Pierre lui expliquait ce qu'il ne pouvait pas comprendre. Ainsi de la séparation des pouvoirs législatif, exécutif et judiciaire qui ne devaient pas être tenus par une seule main ; ou encore du principe selon lequel « la liberté étant un présent du ciel, chaque individu de la même espèce a le droit d'en jouir aussitôt qu'il jouit de la raison ». Pierre prenait le temps de disséquer chaque phrase, de les commenter en faisant des projections sur l'avenir qui, par leur intelligence et leur nouveauté, éblouissaient Benjamin. Celui-ci, sans qu'il s'en rendît compte, s'imprégnait peu à peu de ces idées, en venait à haïr Bonaparte et Louis-Philippe.

Il s'étonnait maintenant que sa mère, Elina, ne sût pas lire ni écrire, parce qu'il était admis dans la vallée que les femmes n'avaient pas les mêmes facultés ni les mêmes besoins que les hommes. Mettre au monde des enfants, faire la cuisine et s'occuper de leur maison devaient suffire à leur bonheur. Le peu de savoir que détenait Victorien lui venait de son père, mais il n'avait jamais songé à le faire partager à sa femme. Et si Benjamin mettait en cause tout ce qui lui avait paru évident jusqu'alors, c'était parce qu'il devenait un autre homme, s'enrichissait chaque jour au contact de celui qui, par amitié, était venu le rejoindre dans la cale du *Duguay-Trouin.*

— Crois-tu que nous soyons loin des côtes ? demanda-t-il.

— On a passé les Açores depuis quatre ou cinq jours, répondit Pierre ; il nous reste donc deux semaines de mer, peut-être même plus ; cela dépend du vent, tu le sais bien.

Benjamin soupira, mais ne fit aucun commentaire, car un bruit de pas et des jurons résonnèrent dans l'escalier. Quand la porte s'ouvrit, trois chats en profitèrent pour se glisser à l'intérieur. Jacques Malaurie apparut ensuite, soutenu par le borgne qui le lâcha brusquement. Il tomba aux pieds de ses amis qui étaient impuissants à intervenir, gémit, provoquant les sarcasmes du borgne qui, en lui passant les fers, ne fit rien pour le ménager malgré ses blessures.

— Merci pour lui ! dit Pierre.

— Ta gueule ! répliqua le borgne en rappelant ses chats.

Et il sortit en proférant des menaces, comme à son habitude. La porte se referma, l'obscurité tomba sur les trois hommes qui, pour supporter la sensation d'isolement qu'elle suscitait, avaient besoin de parler.

— Ils t'ont drôlement arrangé, dit Benjamin.

— C'est rien, gémit le petit canonnier.

Et, avec un rire bref qui s'acheva dans une plainte :

— Vous connaissez le remède ; alors, qu'est-ce que vous attendez ?

Tous trois savaient en effet qu'ils ne trouvaient la paix que dans l'évocation de leur vallée, de leur rivière. Les souvenirs leur faisaient tout oublier de leur vie quotidienne, des rats qui grouillaient autour d'eux, de la discipline de fer qui avilissait les matelots déjà amoindris par la faim, le froid, l'humidité et les châtiments physiques.

Benjamin raconta la descente au cours de laquelle s'était produit l'abordage du gabarot limousin, à Limeuil, puis il parla de son voyage avec Victorien dans le haut-pays, d'Ambroise Debord, des forêts, des sources de la Dordogne où ses deux compagnons n'étaient jamais allés. Immobiles, les deux autres écoutaient en silence, avant de prendre le relais et d'évoquer, pour Pierre le port de Bergerac, pour Jacques les pêches miraculeuses grâce auxquelles les siens vivaient beaucoup mieux que de la culture de trois pièces de terre louées à ferme par son père au bord de la Dordogne.

Au terme de ces récits, ils retrouvèrent naturellement leur sujet de discussion favori qui opposait Pierre à ses deux compagnons : Benjamin et Jacques étaient d'accord pour déserter à la première occasion ; le Bergeracois, lui, essayait toujours de les en dissuader :

— Si vous êtes repris, dit-il, ce n'est pas dans un an que vous reviendrez chez vous, mais dans cinq.

— De toute façon, maintenant, après ce qui vient de se passer, il est sûr qu'ils ne nous lâcheront pas, dit Benjamin. Et si nous ne sortons pas de nous-mêmes, nous ne sortirons peut-être jamais.

— D'ailleurs nous ne serons pas les premiers, renchérit Jacques ; tu sais bien que dans toute la vallée il y en a au moins trente sur cent qui désertent.

— Je suis sûr que tu viendras avec nous, reprit Benjamin en s'adressant à Pierre.

— Attendez ! soyez patients ! répondit celui-ci ; il y a beaucoup de gendarmes et de mouchards dans la vallée. Mon père a secouru des dizaines de pauvres bougres qui ont été arrêtés sans même savoir qui les avait trahis !

— Attendre ! attendre ! fit Benjamin, tu ne comprends donc pas qu'ils nous considèrent comme des rebelles et que nous ne verrons peut-être plus jamais notre village !

Un bruit, dans l'escalier, les alerta. Ils se turent. C'était le borgne qui leur portait de l'eau et un morceau de pain bis. Il enleva leurs fers un par un, les servit en maugréant, les rudoya par habitude, comme s'il y prenait plaisir. Ils mangèrent rapidement, burent un gobelet d'eau, tendirent leurs mains sur lesquelles le borgne referma de nouveau les bracelets de fer, se retrouvèrent seuls dans l'obscurité maintenant familière. Des coups de canon retentirent sur le pont : les exercices avaient repris. Ils auraient au moins échappé à ça.

— Je vous ai déjà expliqué que la seule solution était d'attendre la révolution qui ne va pas manquer d'arriver, reprit Pierre. C'est notre seule chance. La vraie. La bonne. Celle qui durera et fera de nous des hommes libres.

— Dans vingt ans, peut-être, fit Benjamin.

— Mais non ! fit Pierre d'une voix excédée ; je te l'ai déjà dit : voilà deux fois que la bourgeoisie récupère les barricades à son profit. La dernière fois, le 30 juillet, alors que le peuple tentait d'instaurer la République à l'Hôtel de Ville, les députés libéraux sont arrivés avec le duc d'Orléans, l'ont fait monter au balcon avec La Fayette, lui ont mis dans les mains le drapeau tricolore. Le tour était joué. On avait trouvé le « roi des barricades », et pour le défendre on a créé la Garde nationale. Si bien que le dimanche, on peut voir parader des centaines de pauvres bougres qui n'ont même pas le droit de voter ! Tu ne crois quand même pas qu'ils réussiront à dépouiller le peuple de sa victoire une nouvelle fois ?

Pierre Bourdelle n'attendait pas de réponse : il s'enflammait tout seul, reprenait le cours d'une argumentation que Benjamin suivait mal, car son esprit s'évadait malgré lui. Il pensait à son père qui n'avait jamais voté et qui, sans doute, s'en moquait ; à Elina et à Marie qui avaient sûrement d'autres soucis en tête que l'avènement de la République. Est-ce que Marie saurait patienter le temps qu'il faudrait ? Avait-elle appris ce qui s'était réellement passé avec Emeline et son père ? Ce genre de questions ne cessaient de trotter dans sa tête, parfois tempérées par l'espoir qu'une lettre l'attendait peut-être à Rochefort. Que n'aurait-il pas donné pour pouvoir lire quelques mots écrits par Victorien, caresser la feuille de papier qui sentirait peut-être la fumée de la grande cheminée, savoir enfin ce qu'ils devenaient, comment vivait Marie, se rapprocher d'elle l'espace d'un instant, la toucher, lui parler ! Il fit un tel effort de mémoire qu'il parvint fugacement à retrouver des sensations familières : celle de l'eau de la rivière contre son torse et ses cuisses, l'éclair de la lumière en émergeant des grands fonds, le parfum des prairies, le goût sucré des lèvres de Marie... Voilà ce qu'aurait dû être sa vie, la vraie vie, le bonheur fou de la vie.

Il ferma les yeux pour arrêter les deux larmes qui venaient d'y éclore, mais elles débordèrent et coulèrent sur ses joues. Dans l'obscurité du fond de cale, personne ne les vit. Il s'empressa de les faire disparaître d'un coup de langue et recommença d'écouter Pierre qui discourait toujours, avec la même fougue et la même passion.

10

Ce mois de mars était très froid et prolongeait l'hiver jusque dans ses moindres souffles de vent, même au milieu du jour. Une pluie glacée noyait les prairies sous des averses aussi violentes qu'imprévisibles. Marie, qui revenait du bourg où elle avait aidé Antonia, fut obligée de s'arrêter sous un chêne pour s'abriter. C'était celui sous lequel elle avait l'habitude de retrouver Benjamin, celui-là même où elle l'avait attendu, le jour du tirage au sort. Trois ans, déjà ! Trois ans et une seule lettre ! Trois ans et pas le moindre espoir de voir arriver Benjamin dans les prochains jours ni les prochaines semaines ! Pendant combien de temps trouverait-elle la force de continuer à faire comme si elle ne pensait jamais à lui, à dormir seule, à vivre seule, à travailler seule, incapable qu'elle était de prêter attention à d'autres êtres que lui ?

Elle se laissa aller contre le tronc humide, soupira, essuya son nez qui recevait les gouttes de sa capuche trempée, ferma les yeux. C'était la même odeur de l'air — celle de la fumée de bois —, la même morsure du vent sur sa peau, la même humidité pénétrante, et, le temps d'une brève seconde, ce fut aussi le même bonheur que ce 7 mars où Benjamin était rentré du bourg après avoir tiré au sort. Pendant une seconde le temps fut aboli et Benjamin fut là, comme avant, comme s'il ne s'était rien passé. Ce fut si bon, si merveilleux, qu'elle tenta de retenir son souffle en espérant retenir le temps. Hélas ! ce fut aussi très fugitif et elle reprit pied dans la réalité avec l'impression de sombrer dans une eau glacée.

Elle allait devoir repartir seule, toujours seule, même parmi les hommes de la famille pour qui, de plus en plus, elle devenait une servante, une ombre, un fantôme. Amélie, elle, ne descendait même plus dans la cuisine, demeurait couchée dans sa chambre, et c'était pitié de la voir ainsi s'éteindre sans pouvoir lui apporter le moindre secours. Quand il ne naviguait pas sur la seconde, Vincent, lui, passait toutes ses journées dehors, parlait peu, ne manifestait plus rien de cette affection dont Marie avait tant besoin et que seule, Elina, aujourd'hui, lui donnait...

Lorsqu'elle ouvrit la porte de sa maison, les hommes, attablés, l'attendaient. Elle lut dans leur regard un reproche muet car elle était en retard. Elle feignit de ne pas le remarquer, se débarrassa de son manteau et de sa capuche, aperçut alors un matelot qui ne lui était pas inconnu.

— C'est Claveille, dit Vincent ; il va manger avec nous et aussi coucher quelque temps.

Et, comme Marie n'avait pu dissimuler sa surprise, il ajouta :

— Il n'a plus de logement pour le moment, mais ça ne saurait tarder.

Ghislain Claveille s'était levé à l'entrée de Marie et paraissait gêné.

— Excusez-moi pour le dérangement, mademoiselle, dit-il avec un trouble manifeste dans la voix ; mais c'est votre père qui a insisté, sans quoi je me serais arrangé.

— Ce n'est rien, répondit sèchement Marie qui n'aimait pas être prise ainsi au dépourvu ; une assiette de plus ou de moins, vous savez...

Puis elle se tourna vers la crémaillère et versa le bouillon que les hommes avaient mis à réchauffer sur le pain qu'elle avait pris la précaution de couper avant de partir. Quand la soupe fut prête, elle la porta sur la table, donna la louche à Vincent qui servit Claveille, puis ses enfants. Ensuite elle reprit la soupière, se servit et commença de manger, debout devant la cheminée, tournant le dos à la table. Elle avait toujours vu sa mère servir ainsi les hommes et elle l'avait remplacée tout naturellement, sans rien changer aux coutumes de la maison. D'ailleurs, toutes les femmes de la vallée agissaient de la sorte, alors pourquoi aurait-elle remis en question ce qui était la loi communément admise ?

Ce soir, pourtant, elle était contrariée par la présence de cet étranger qui entrait chez elle sans qu'elle en eût été avisée. Elle en voulait à son père d'avoir pris une telle initiative et reconnaissait bien là sa manie de s'entourer d'amis, de compagnons de pêche près desquels il passait la plupart de ses journées. Elle se retourna brusquement car les garçons se disputaient et Vincent, comme à son habitude, ne s'en souciait même pas. Elle devait intervenir chaque fois, mais avec de moins en moins de succès au fur et à mesure que ses frères grandissaient. Ce soir, cependant, elle ne réagit pas et se contenta de soupirer en haussant les épaules.

— Ça suffit ! dit Vivien qui essayait d'aider sa sœur de son mieux.

Les garçons se turent car ils craignaient leur aîné qui n'hésitait pas, lui, à employer à leur égard la manière forte. Au reste, il y avait toujours eu une grande complicité entre Vivien et Marie, surtout depuis qu'elle avait remplacé Amélie et pris, en quelque sorte, la place que devait occuper une mère dans un foyer. Vivien était devenu peu à peu le seul allié sur qui elle pût vraiment compter, et la confiance qu'ils avaient l'un en l'autre lui était précieuse.

Elle se dépêcha de finir sa soupe et porta un reste de ragoût sur la table. Elle-même n'en prit pas, car il n'y en avait pas assez pour tous. Elle se contenta d'un morceau de gâteau de maïs qu'elle mangea rapidement en s'occupant à d'autres tâches ménagères dans la souillarde.

— Claveille était dans la marine, dit brusquement Vincent qui avait deviné la contrariété de sa fille ; approche-toi donc, Marie, il va nous raconter ça !

— J'ai à faire, dit-elle, mais vous pouvez parler, je ne suis pas sourde.

En réalité, elle était déçue de ne pas pouvoir débarrasser rapidement la table et monter dans sa chambre pour lire le livre que venait de lui prêter l'abbé. Chaque soir, en effet, elle avait pris l'habitude de retrouver le monde imaginaire qui prolongeait ses rêves, la délivrait du quotidien, de cette attente interminable où se consumait le meilleur de ses forces. Pourtant, tout en vaquant à ses occupations, elle ne put s'empêcher d'écouter Claveille qui parlait de l'océan et de ses tempêtes.

— Et ton bateau ? demanda Jean avec des yeux brillants d'excitation, c'était un trois-mâts ou un quatre-mâts ?

— Un trois-mâts, répondit Claveille : le mât de misaine, le grand mât et l'artimon ; sans compter le mât de beaupré sur la proue.

— Et les canons, reprit le garçon, t'en es-tu servi ?

Claveille sourit, précisa :

— Tous les matelots apprennent à se servir des canons.

— Tu as tiré sur des ennemis ?

— Non ! on n'était pas en guerre, heureusement !

Il y eut un bref silence. Si elle n'avait jamais prêté beaucoup d'attention aux récits de Vincent ou de Victorien, Marie, aujourd'hui, trouvait dans les paroles de Claveille un intérêt qu'elle n'eût jamais soupçonné. Car ce monde dont parlait le matelot c'était aussi celui de Benjamin, et elle avait besoin de le connaître pour mieux imaginer la vie de celui qui lui manquait tant. Mais comment pouvait-elle poser des questions au matelot sans manifester à son égard un intérêt sur lequel il aurait pu se méprendre ? Elle n'en eut pas besoin, car la curiosité de ses frères était sans limite. Claveille leur expliqua qu'il dormait dans un hamac, mangeait de la soupe, du pain dur comme du bois, des ragoûts, beaucoup de poisson, mais quasiment pas de viande. Il décrivit la tenue des officiers : uniforme bleu, gilet rouge, hausse-col et poignard à la ceinture.

— Nous, les canonniers, ajouta-t-il, on portait une redingote bleue et un chapeau de cuir bouilli. Entre les exercices et les corvées de pont, on n'avait guère le temps de penser à nos belles !

Tout le monde se mit à rire, à l'exception de Marie, qui, au contraire, se sentit blessée par cette réflexion. Vincent crut bon d'apporter la précision qui, à l'avenir, éviterait ce genre de malentendu.

— Marie est la promise du fils de Donadieu, dit-il ; voilà trois ans qu'il est parti pour Rochefort.

Il y eut un long silence. Marie se refusait à se tourner vers la table et se sentait mal. C'est à peine si elle entendit Claveille murmurer avec une sincérité évidente dans la voix :

— Excusez-moi ! Je ne le savais pas.

Elle consentit enfin à faire face au matelot et lut dans les yeux noirs bien plus que de la sincérité.

— Ce n'est rien, dit-elle, troublée malgré elle par l'éclat profond du regard qui s'attardait, cherchait à retenir le sien.

Rompant aussitôt le contact, elle ouvrit la porte du buffet et prit une assiette de fromages qu'elle porta sur la table. Elle revint ensuite dans la souillarde et entendit avec soulagement reprendre la conversation. Ghislain Claveille parlait maintenant de la Martinique, du cap de Bonne-Espérance, de l'océan Indien, de l'île Bourbon, de ses habitants à la peau noire, des volcans, des forêts immenses, et Marie imaginait Benjamin sur ces rivages lointains en se disant qu'il ne pourrait jamais combler tant de kilomètres, survivre à tant de dangers. En même temps, cependant, la voix qui montait dans la cuisine tiède lui paraissait occuper tout l'espace, suscitait des sensations aussi précieuses qu'au temps où Benjamin se trouvait là, discutant avec Vincent de la pêche du lendemain. Contrairement à ce qu'elle avait redouté, la soirée finissait par devenir agréable et elle se félicitait de s'être assise en bout de table au lieu d'être montée dans sa chambre.

Bientôt, pourtant, le murmure des voix s'éteignit. Elle tressaillit, se leva, envoya ses frères se coucher et dit avant de monter elle aussi :

— Bonne nuit.

— Dors bien, petite, à demain ! répondit Vincent qui ne

paraissait pas décidé à rompre si tôt la conversation entamée avec son invité.

— Bonne nuit, Marie, fit celui-ci, ajoutant aussitôt : Si vous permettez que je vous appelle Marie.

— Bien sûr, dit Vincent, bien sûr.

Mais elle ne répondit pas et monta dans sa chambre avec l'impression curieuse d'une délivrance. Une fois dans son lit, le visage de Ghislain Claveille vint se superposer à celui, confus et lointain, de Benjamin. Elle mit longtemps à trouver le sommeil et n'y rencontra pas la paix à laquelle elle aspirait. Au contraire, une voix enjôleuse parla contre son oreille toute la nuit et ne s'éteignit qu'à l'instant où elle ouvrit les yeux, la tête douloureuse et les membres rompus.

Lorsqu'elle se leva, il y avait en elle une sorte d'amertume et comme la sensation d'une faiblesse coupable. « Coupable de quoi, grand Dieu ? » se demanda-t-elle en faisant sa toilette, furieuse contre elle-même et sans savoir pourquoi. Elle descendit, alluma le feu, entendit des pas dans l'escalier. Ce n'était pas son père, comme elle le crut d'abord, mais Claveille, qui s'approcha en disant :

— Bonjour, Marie !

— Bonjour ! répondit-elle sans la moindre chaleur.

Il ajouta, tandis que la porte de Vincent s'ouvrait à l'étage :

— Excusez-moi encore pour hier soir.

Puis, avec une gravité un peu forcée dans la voix :

— Il a beaucoup de chance, Benjamin.

L'entendre prononcer le nom qui ne devait appartenir qu'à elle la surprit si désagréablement qu'elle répliqua avec une agressivité inhabituelle :

— D'être si loin des siens ?

Comme Vincent descendait l'escalier, Claveille ne put répondre et garda en lui l'impression d'une souffrance si aiguë qu'il comprit que personne n'avait la moindre chance de la guérir un jour de ce mal-là.

Une pluie fine et glacée s'acharnait sur les coteaux de Saintonge et fouettait les deux hommes couverts de hardes qui marchaient l'un derrière l'autre en courbant la tête. Cela faisait quarante-huit heures que Benjamin et Jacques Malaurie s'étaient enfuis de Rochefort à l'occasion d'une corvée dans la campagnc. Ils avaient volé de vieux vêtements dans une ferme déserte, sous lesquels ils avaient dissimulé leur uniforme de canonnier. Ils avaient également dérobé des pommes de terre et un petit sac de farine qui leur avaient permis de manger, la veille au soir, dans une cabane des marais de la Charente.

Ce qui les surprenait le plus, c'était que ce pays, à l'intérieur des terres, était beaucoup moins boisé que la vallée de la Dordogne, le Périgord et même le Quercy. Les habitations isolées étaient rares. Au demeurant, il n'était pas question d'entrer dans les villages à cause des gendarmes, quoique le risque fût grand de s'égarer et de manquer de nourriture. Ils avaient choisi cette route au lieu de descendre droit vers l'estuaire où ils auraient pu trouver un bateau pour remonter le fleuve jusqu'à Libourne, car ils savaient que la vallée de la Dordogne regorgeait de mouchards, d'agents de l'administration fluviale, de gendarmes habitués à reconnaître les déserteurs dans ces pauvres hères affamés qui regagnaient leur milieu naturel comme des guêpes leur essaim. Ils avaient donc décidé de descendre vers le sud par l'intérieur des terres, comptant sur la clémence du ciel pour leur rendre supportable la longueur de la route. Mais le vent du nord et la pluie semblaient se liguer contre eux pour leur interdire le passage...

La nuit tombait et ils n'apercevaient aucun village à l'horizon, pas la moindre fumée, pas le moindre signe de vie. Seuls quelques bosquets de chênes tranchaient sur l'uniformité des collines rabotées par l'hiver. Benjamin, qui marchait devant, bifurqua vers l'un d'eux dans l'espoir de s'abriter un peu. Bien lui en prit : sous le plus grand des chênes, un berger avait construit une cabane de branches et de feuilles assemblées par une sorte de torchis. Ils y entrèrent, la trouvèrent assez grande pour y passer la nuit. Alors ils s'installèrent, allumèrent du feu dans un petit foyer bâti avec des pierres plates, purent ainsi se réchauffer et faire cuire des pommes de terre dans les cendres. Ils se débarrassèrent de leurs hardes, les mirent à sécher, gardèrent leurs uniformes qui commencèrent à fumer avec une bonne odeur, celle des jours de pluie passés près de la cheminée familiale. Benjamin frissonna de bien-être, se tourna vers son compagnon qui tremblait :

— Ça va pas ? demanda-t-il.

— J'ai froid.

— Mange un peu ; ça passera.

Ils grignotèrent leurs pommes de terre, puis Benjamin fit déshabiller son ami, glissa de la paille sous sa chemise, le fit rhabiller, le couvrit de sa capote qu'il boutonna soigneusement, nettoya la terre battue près du feu pour qu'il puisse s'allonger.

— Ne t'en fais pas, dit-il ; demain, ça ira mieux.

Puis il remit le bois restant dans le foyer et se coucha lui aussi.

Malgré la fatigue, il ne put trouver le sommeil, tellement le mauvais temps l'inquiétait. Si le vent ne tournait pas, si le froid et la pluie continuaient, ils ne pourraient jamais couvrir les kilomètres qui les séparaient du Périgord. Pour se donner du courage, il pensa à la lettre de Marie qu'il avait lue à Rochefort, à son retour de la Martinique. Quelle surprise cela avait été pour lui ! Et quel bonheur aussi ! Voilà qu'elle savait désormais lire et écrire ! L'émotion avait été si violente que l'absurdité de la vie qu'il menait loin d'elle lui avait été, dans l'instant, insupportable. C'est ce jour-là, après avoir lu et relu la lettre, qu'il avait pris la décision de déserter à la première occasion. Les paroles pleines de bon sens de Pierre Bourdelle n'avaient servi à rien. Benjamin était au-delà de la raison. La troisième année qu'il venait de passer sur son bateau pour avoir trop hésité un an auparavant avait rompu ses dernières digues de prudence. Il éprouvait le besoin vital de revoir les siens, Marie, la Dordogne, sa vallée, de revenir vers ces lieux qu'il n'aurait jamais dû quitter...

Il s'endormit vers le matin, tandis qu'au-dehors la pluie se transformait en neige, et put ainsi oublier le froid qui l'avait pénétré jusqu'aux os. Ce fut la toux de son compagnon qui le réveilla. Il s'ébroua, frissonna dans ses vêtements qui avaient gardé leur humidité, se leva pour rallumer le feu, se souvint qu'il n'y avait plus de bois.

— Comment te sens-tu ? demanda-t-il à Jacques.

— Un peu mieux, répondit celui-ci d'une voix altérée par la fièvre.

Benjamin poussa la porte, aperçut la neige, eut un long frisson qui lui donna la sensation d'avoir marché sur de la glace. La couche n'était pas très épaisse, mais l'immensité blanche des coteaux et des vallons lui paraissait, dans l'aube blême, infranchissable. Fallait-il repartir ou attendre une éclaircie ? Il referma la porte, se retourna vers Jacques Malaurie qui lui parut encore plus fragile qu'à l'ordinaire.

— Il a neigé, dit Benjamin. Tu veux qu'on attende un peu avant de repartir ?

— Je sais pas ; j'ai froid.

Ils mangèrent les pommes de terre cuites la veille, et Benjamin se dit qu'il était absurde de rester dans cette cabane sans feu.

— Il faut partir, dit-il.

Jacques hocha la tête, mais une quinte de toux le fit se plier sur lui-même et le laissa sans forces. Benjamin l'aida à changer la paille et bourra de nouveau sa chemise, sur la poitrine et dans le dos. Ils sortirent. Le vent était un peu tombé, mais des flocons tourbillonnaient sous un ciel d'ardoise où courait le troupeau fou des nuages. Ils se jetèrent dans l'espace découvert comme on se jette à l'eau, trouvèrent un peu d'abri en descendant au fond d'un vallon où coulait un maigre ruisselet, puis ils remontèrent de l'autre côté le long d'un chemin de chèvre En haut, l'air leur parut si froid que Benjamin se demanda s'il ne valait pas mieux retourner dans la cabane. Il continua néanmoins, poussé par l'espoir de trouver une ferme isolée où ils pourraient passer la nuit prochaine.

Ils marchèrent toute la matinée, évitant les villages dont les cheminées fumaient, suscitant en eux des rêves de joyeuses flambées. A la mi-journée, ils durent s'arrêter, Jacques étant épuisé. Ils s'abritèrent entre les murs d'une grange en ruine, réussirent à allumer un peu de feu et à faire cuire deux pommes de terre. Ils repartirent au bout d'une heure, sous la pluie qui avait succédé à la neige. Bientôt une brume épaisse recouvrit les collines, leur dissimulant l'horizon et étouffant les bruits. Ils durent faire plusieurs haltes pour essayer de se repérer et écouter les alentours. Il fallait chercher un abri au plus vite, car la nuit approchait. Ils trouvèrent une grange bâtie à flanc de coteau, bizarrement encastrée dans la terre. Le risque était grand de s'arrêter là, car on sentait la présence d'un village proche. Cependant, comme ils n'avaient pas le choix, ils y entrèrent et comprirent qu'elle était régulièrement visitée. Il n'y avait pas de bois pour faire du feu, mais le fenil contenait suffisamment de foin pour se protéger du froid. Ils se couchèrent sans manger, serrés l'un contre l'autre, leurs vêtements remplis de foin. Jacques, pourtant, ne cessait de trembler. La fièvre l'avait repris, il toussait de plus en plus, et bientôt il se mit à délirer, prononçant des phrases inintelligibles qui devaient traduire son horreur de la mer et des bateaux. Que faire ? Où trouver de l'aide ? Benjamin essaya de lui faire boire de l'eau, de lui parler, de le soulever pour l'aider à mieux respirer, mais tous ses efforts étaient dérisoires par rapport au mal qui minait son compagnon. Epuisé lui aussi, frigorifié, il finit par s'endormir, sourd aux quintes de toux qui, près de lui, faisaient tressauter le corps de son ami.

Il s'éveilla brusquement au premier chant d'un coq, comprit que le village était encore plus proche qu'il ne l'avait imaginé. Il essaya de parler à Jacques, mais celui-ci ne répondit pas. Persuadé que son état avait empiré pendant la nuit, Benjamin décida d'aller chercher du secours. Il se leva, ouvrit la porte. L'aube était là, blafarde et humide, rampant à flanc de coteau. Il y voyait assez ; il pouvait partir.

— Ne bouge pas, dit-il à Jacques, je reviens tout de suite.

Il partit, parcourut à peine trois cents mètres, arriva au

sommet de la colline, entendit le coq derrière un bosquet de chênes. Il descendit, aperçut les toits : ce n'était pas un village mais un hameau de trois maisons. La pensée de son compagnon en danger abolit ses ultimes hésitations. Il s'approcha de la première maison, frappa à la porte qui s'ouvrit aussitôt sur un homme trapu et noir, aux traits lourds, coiffé d'un chapeau troué. Benjamin s'expliqua, demanda une brouette pour aller chercher son ami malade, et n'essaya même pas de dissimuler son uniforme de canonnier. Pour le moment, seule la vie de Jacques lui importait.

L'homme appela son fils, un grand gaillard aux cheveux roux, aux yeux fuyants, et l'envoya avec Benjamin chercher le malade.

— Vous vous réchaufferez en revenant, dit-il. Moi je vais quérir le médecin au village.

Benjamin n'avait pas d'autre solution que de lui faire confiance. Il partit avec le fils du paysan qui lui posait des questions auxquelles il ne répondait pas.

Dix minutes plus tard, ils ramenaient Jacques qui délirait de plus en plus, l'installaient près du feu, s'asseyaient à côté de lui. La femme du paysan apparut, toute menue, coiffée d'un chignon, avec des yeux vides, semblables à ceux des statues qu'on voit dans les églises. Elle fit boire au malade un peu de lait chaud, mais il le rejeta en toussant. Benjamin tenta à son tour de le faire boire, vainement. Il semblait maintenant que Jacques n'eût même pas la force de se plaindre. De longues minutes passèrent, durant lesquelles Benjamin s'abandonna à la chaleur et au repos. Dans la maison, personne ne parlait et il sentait planer une méfiance qui le mettait mal à l'aise. Pourtant, il ne se leva même pas quand il entendit des pas de chevaux sur le chemin. Aussi ne fut-il guère surpris au moment où les quatre hommes entrèrent : le paysan d'abord, puis le médecin portant une sacoche de cuir, et, fermant la marche, ni pressés ni particulièrement menaçants, les deux gendarmes avec leur grand chapeau, leur habit à queue, leurs buffleteries jaunes croisées sur la poitrine.

Amélie était morte début avril. Passé le premier choc, Marie avait plutôt éprouvé le sentiment d'une délivrance et, s'il lui arrivait de pleurer encore en pensant à cette disparition, c'était avec une sorte de soulagement. En effet, avoir passé tant de jours à s'occuper de sa mère, l'avoir vue s'éteindre peu à peu, l'avaient insensiblement préparée à cette fin survenue une nuit, pendant le sommeil. Le jour de l'enterrement, dans le petit cimetière blotti au cœur des prairies, Marie s'était surprise à moins souffrir que lors des obsèques de François et en avait été secrètement troublée. Elle ne savait pas que les premiers chagrins de la vie sont toujours les plus douloureux et que le temps apprivoise aussi bien la souffrance que le bonheur. Le plus difficile, en fait, cela avait été le départ des bateaux : elle s'était retrouvée seule dans la grande maison avec ses plus jeunes frères, et la vie avait repris son cours comme s'il ne s'était rien passé. Mais quelle vie désormais ? Elle ne pouvait compter que sur l'espoir d'un retour rapide de Benjamin et sur l'affection d'Elina qui, pendant les jours de deuil, lui avait été d'un grand secours.

Un mois avait passé et l'on était en mai. Marie revenait de chez Elina : celle-ci l'avait appelée pour lire la lettre de Benjamin dont les mots dansaient devant ses yeux sans qu'elle pût se résoudre à les croire. Il était en prison et ne reviendrait pas avant de longs mois. Tout cela pour avoir voulu retrouver les siens sans autorisation et parce que, comme elle, il n'en pouvait plus d'attendre et se désespérait. Combien étaient-ils, pourtant, ceux qui désertaient ou se cachaient dans les forêts ? Des centaines ? Des milliers ? Car des familles entières étaient frappées par le sort et privées de leurs enfants. Combien, au juste, revenaient, après sept ans d'absence ? Parfois aucun, s'ils étaient envoyés en Afrique où les soldats mouraient beaucoup depuis quelques années. Marie connaissait bien la complainte qu'on entendait chanter parfois sur les places publiques :

Combien de temps encore à la France guerrière
L'Afrique servira de vaste cimetière ?

Elle en voulait au monde entier, ce matin où les premières couleurs du printemps, succédant enfin à l'hiver, réveillaient les oiseaux, les insectes et les arbres. Des bouffées tièdes descendaient des collines, portant des parfums de granges ouvertes. Marie avait cru que Benjamin serait près d'elle pour profiter de ces journées où la vie reprend ses droits, où tout recommence, où tout s'illumine. Une rage sourde l'habitait. C'était trop injuste ! Comment pouvait-on jeter en prison un homme qui n'avait ni tué ni volé ? Il avait écrit qu'il ne reviendrait sans doute pas avant trois ou quatre ans. Comment allait-elle pouvoir vivre jusque-là ?

Elle soupira, poussa la porte, entra. Les garçons l'attendaient en réparant un vieux filet. Comme ils lui réclamaient à manger, elle fit un peu de cuisine, les servit et s'assit en bout de table sans trouver le courage de répondre à leurs questions. Dès qu'ils eurent fini, ils partirent vers la rivière en lui promettant du poisson pour le soir. Une fois seule, elle s'assit devant la cheminée, vacante et découragée, et se surprit à regretter l'absence de Ghislain Claveille qui, parfois, lui semblait-il, comblait le vide laissé par Benjamin. Elle avait pris l'habitude de l'écouter, le soir, parler du grand large et des îles lointaines, jetant sans le savoir un pont entre elle et celui qui était parti un matin sans lui dire au revoir. Pourtant, même si elle ne se l'avouait pas, elle savait depuis le premier jour que la présence du matelot dans sa maison constituait un danger. Leurs relations reposaient sur un équilibre fragile : il était évident, et elle ne pouvait l'ignorer, qu'il avait pour elle plus que de l'amitié. Elle se sentait assez forte pour ne pas faire le geste — ou prononcer le mot — qui eût rompu ce fragile équilibre, mais elle redoutait de se retrouver seule avec lui, car elle se demandait souvent s'il était capable de deviner ses pensées comme Benjamin savait si bien le faire. Persuadée que le danger allait grandir, elle se proposait de demander à son père d'éloigner le matelot, un jour, plus tard. L'instant d'après, furieuse contre elle-même, elle se refusait à ne plus entendre la voix chaude qui parlait si bien de la mer, des bateaux, des voyages, cette voix qui, avec le temps, avait fini par ressembler étrangement à celle de Benjamin...

Elle soupira, se leva. Il était temps de partir à Souillac où elle retrouverait Antonia et l'abbé Pagès qui, seuls, désormais, éclairaient ses journées. Après les grands froids d'un hiver qui avait paru interminable, la tiédeur de l'air lui donna l'envie de suivre la Dordogne dont les eaux semblaient de verre. Gonflées par la fonte des neiges, elles bouillonnaient comme ces torrents de montagne qu'on ne peut jamais regarder bien longtemps sans frissons. Marie s'arrêta un instant en bordure de la plage de galets et les souvenirs affluèrent aussitôt, si précis qu'elle préféra s'enfuir. Elle courut, puis marcha, mais très vite, comme si elle était poursuivie par des ombres redoutables.

Une fois au presbytère, elle embrassa Antonia qui, de ses yeux d'un bleu de porcelaine, n'eut aucun mal à lire en elle et à comprendre qu'elle n'allait pas bien.

— Ça ne va pas, petite, dit-elle. Allez, raconte-moi !

Et Marie parla de la lettre reçue le matin, de Benjamin en prison, de son retour impossible avant plusieurs années.

— Il ne faut jamais désespérer, dit Antonia ; je suis sûre que si tu sais parler au bon Dieu, il t'écoutera et te rendra ton Benjamin.

Puis, comme Marie ne retrouvait pas le sourire pour autant, elle ajouta, un brin de mystère dans la voix :

— M. l'abbé a demandé à te voir ; je crois qu'il a quelque chose à te proposer.

— Quoi donc ? fit Marie, intriguée.

Antonia plaça son index devant sa bouche, souffla :

— Chut ! Va donc ! Il t'attend.

Marie la remercia, prit le couloir qui menait vers le bureau de son protecteur où celui-ci, en effet, l'attendait. Elle le salua avec toute la déférence qu'elle lui avait toujours témoignée, s'assit à la place qu'elle occupait pour écouter ses leçons, rencontra le chaud regard qui savait si bien la rassurer et retrouva confiance : ce visage rond qui, sous les cheveux blancs soigneusement séparés par une raie, gardait, malgré l'âge, une sorte de jeunesse, avait-il jamais exprimé autre chose que de la bienveillance ? Elle avait toujours su qu'une heure passée en compagnie de cet homme suffisait à lui faire oublier ses tracas et à l'aider à repartir d'un bon pied.

— Marie, dit-il, il fallait que je te voie, ma fille.

— Nous nous sommes vus hier, monsieur l'abbé.

— Certes, certes, fit-il, mais depuis hier, vois-tu, j'ai reçu une visite.

Il souriait, se réjouissant par avance des mots qu'il allait prononcer.

— Savais-tu, Marie, reprit-il enfin, que j'ai une sœur beaucoup plus jeune que moi et qui vient me voir de temps en temps ? Eh bien, cette sœur, qui m'est très chère et s'appelle Jeanne, vit à Bordeaux où elle est mariée à un notaire, maître Lassalle. Tous deux ont trois enfants — trois filles — dont l'aînée a treize ans et la dernière neuf. Figure-toi, Marie, que la gouvernante va les quitter pour aller à Paris. Jeanne m'a donc demandé si je ne connaissais pas quelqu'un de bonne éducation qui puisse s'occuper de ses filles ; et j'ai tout de suite pensé à toi.

— A moi ? fit Marie, stupéfaite.

— Oui, à toi, fit l'abbé en s'efforçant de rendre naturelle une proposition si peu ordinaire. Cela te surprend ?

— C'est que..., fit Marie, je ne sais pas si...

— Si tu en seras capable ?

— Oui, c'est un peu ça.

— Même si, moi, je juge que tu en es tout à fait capable ?

Elle ne répondit pas sur-le-champ car elle ne savait pas ce qui, au juste, dans cette perspective lui paraissait irréalisable.

— J'ai déjà refusé une fois de partir chez les autres, dit-elle enfin, mais sans être certaine que le problème se situait là.

— Je le sais, tu me l'as déjà dit, mais c'était comme servante, pas comme gouvernante dans une grande ville où tu rencontreras d'autres gens, où tu fréquenteras un autre milieu, où tu pourras acquérir d'autres connaissances, enrichir ton esprit, vivre une autre vie, en somme.

Il ajouta, comme elle demeurait pensive et sur la réserve :

— Je ne te l'aurais jamais proposé si ta maman était encore en vie, bien sûr.

Elle hocha la tête, comprit enfin ce qui, dans un éventuel départ, lui paraissait impossible : c'était d'abandonner ses frères et Vincent qui, elle en était persuadée, ne sauraient pas se passer d'elle.

— Je ne peux pas vous répondre, dit-elle ; vous comprenez, c'est si brusque, si inattendu...

— Je comprends, fit-il, mais il ne faut surtout pas t'inquiéter, tu as tout le temps devant toi : la gouvernante ne part qu'en septembre.

— Merci, dit-elle, merci beaucoup, mais...

— Non ! ne dis rien, l'arrêta-t-il, et réfléchis bien avant de me donner une réponse.

Elle acquiesça de la tête, ne bougea pas, indécise et troublée par cet horizon qui s'ouvrait grand devant elle, alors qu'elle n'avait jamais aperçu que celui de sa vallée. L'abbé Pagès l'invita à se lever en disant :

— Il fait beau, tu devrais aller te promener, je suis sûr que ça t'aiderait à réfléchir.

Et il ajouta, avant de la libérer, conscient de jouer de son influence :

— Vois-tu, Marie, une vie, c'est fait pour s'augmenter, pour apprendre, pour découvrir. N'oublie rien de cela, quand tu prendras ta décision.

Elle le remercia, le salua, rencontra Antonia tout sourire dans le couloir, qui demanda :

— Alors ? n'est-ce pas merveilleux ce qui t'arrive, ma petite ?

Elle approuva d'un signe de tête, lui dit au revoir et partit, pressée soudain de se retrouver seule pour mesurer, avec un peu de recul, ce qui venait de se passer en cet après-midi de printemps.

Tout en marchant vers les prairies, elle songeait qu'elle

n'avait jamais imaginé, même dans ses rêves les plus secrets, de quitter un jour la vallée où elle était née. Et voilà qu'aujourd'hui on lui donnait la possibilité de partir pour Bordeaux, la grande ville inconnue, dans une famille dont elle ignorait encore l'existence deux heures auparavant. Que se passait-il donc, soudain, dans sa vie ? Allait-elle résister à ce flot qui avait débordé des rives paisibles où elle avait vécu sans le moindre désir d'autres lieux, d'autres gens ? Elle avait peur, et, en même temps, quelque chose venait de naître au plus profond d'elle, une sorte d'espérance, un foyer ardent qui l'emplissait d'une joie un peu folle, inconnue, dangereuse.

Parvenue au bord de la plage de galets, au lieu de revenir en direction du port, elle prit sur sa gauche le chemin de berge et remonta vers Lanzac. Toutes sortes de pensées affluaient dans son esprit, se bousculaient, l'étourdissaient. Que deviendraient les hommes de la maison si elle partait ? Bien sûr, ils avaient besoin d'une femme, mais était-ce à elle de laver leur linge, faire leur cuisine, tenir leur maison ? N'avait-elle pas le droit de vivre aussi pour elle-même ? D'ailleurs, ils partiraient tous bientôt sur la rivière et peut-être que certains ne reviendraient jamais. Quant à Benjamin, s'il revenait, lui, ce ne serait pas avant quatre ans, et il aurait sans doute terriblement changé. Ne devait-elle pas changer elle aussi ? Si elle restait ici, à l'attendre, un fossé ne risquait-il pas de se creuser entre eux ? Elle s'était trop longtemps sentie inférieure à Emeline, aux gens du bourg, avait trop subi d'humiliation pour ne pas éprouver le besoin de fortifier des positions difficilement acquises. Elle voulait devenir forte, sûre d'elle, capable de combattre et ne plus jamais subir. Car elle avait toujours su qu'elle n'avait aucun goût pour la passivité ou le malheur, au contraire. Alors ? Une occasion comme celle qui se présentait aujourd'hui n'était-elle pas celle dont elle rêvait sans le savoir ? Elle découvrait, stupéfaite, que la petite Marie qu'elle connaissait si bien n'existait plus. Elle avait commencé à mourir avec le départ de Benjamin, s'était éteinte en même temps que sa mère, ce dernier mois d'avril. C'était une autre Marie qui, cet après-midi de mai, s'éveillait sous le soleil dont les rayons réchauffaient son visage et ses bras découverts. C'était une autre Marie qui, ayant lu la lettre de Benjamin ce matin, avait décidé de ne plus attendre sans se battre, sans saisir à pleines mains sa part d'existence...

Elle s'assit dans l'herbe, se pencha, entoura ses genoux de ses bras, soupira de bien-être. Devant elle, des poissons mouchaient dans l'eau d'un éclat aveuglant. Derrière elle, les branches des saules et des frênes craquaient sous la montée de la sève. Des parfums violents fusaient au ras du sol comme des sources captives que la chaleur aurait brusquement délivrées. Marie se sentait jeune. Pleine de vie. Pleine d'espoir. Elle le savait maintenant qu'elle allait partir, que rien ni personne ne pourrait l'en empêcher. C'était nécessaire. C'était évident. Elle s'allongea face au ciel, roula sur elle-même puis s'immobilisa, les yeux grands ouverts sur le bleu lumineux où lui semblait écrite en toutes lettres la certitude que le meilleur, dans une vie, est toujours à venir.

A la fin du mois de juin, les jeunes gens du port décidèrent de fêter la Saint-Jean dans les prairies, au lieu de se rendre sur la place du bourg comme c'était la coutume. Pendant la semaine qui précéda l'événement, Marie et ses frères apportèrent leur contribution à l'édification du bûcher qui, pour que l'honneur fût sauf, devait dépasser celui de Souillac. On accumula donc des troncs, des fagots, des planches, toutes sortes de pièces de bois que coiffa une vieille charrette sans ridelles et sans roues, les brancards fièrement dressés vers le ciel.

Les eaux n'étant plus marchandes depuis déjà huit jours en raison de la sécheresse, les bateliers étaient tous présents et ne mesuraient pas leur peine pour gagner cette bataille — au demeurant pacifique — de la Saint-Jean d'été. Si bien qu'à l'heure convenue il y avait foule près du gigantesque bûcher dont les cinq mètres donnaient une idée effrayante du foyer qui allait embraser la nuit. Marie se rendit sur les lieux avec un plaisir non dissimulé, car elle espérait secrètement retrouver la douceur des nuits de juin passées près de Benjamin. Elle s'aperçut que les femmes avaient dressé des tables sur lesquelles elles avaient posé des verres et des gobelets destinés à étancher la soif que ne manquerait pas de provoquer la chaleur. A cet effet, deux barriques de vin juchées sur des tréteaux trônaient à quelques pas de là, mises en perce depuis le début de l'après-midi par les hommes qui avaient baptisé le bûcher à leur manière.

L'abbé Pagès avait promis de venir le bénir et il tint promesse avec son aménité coutumière. Cependant il ne s'attarda pas, car on l'attendait au bourg pour les mêmes raisons. Dès qu'il fut reparti, Vincent mit le feu à la paille qui s'embrasa aussitôt avec un grondement de vent prisonnier d'un grenier. Très vite les fagots crépitèrent et une immense lueur monta au-dessus des prairies, illuminant la vallée et projetant sur le sol l'ombre fantomatique des grands arbres qui changeaient de couleur. Le ciel parut s'ouvrir et les étoiles s'éteignirent. Alors les premiers chants montèrent dans la nuit léchée par des langues d'une lumière magique :

Ô ma Dordogne, ô mon pays
Que j'aime tant
Sur tes rives je veux venir
Vivre et mourir...

Ils continuèrent un long moment, dans un recueillement et une ferveur qu'exaspéraient les couleurs violentes du brasier. Il ne fallut guère plus d'un quart d'heure aux flammes pour atteindre la charrette qu'elles caressèrent avant de l'envelopper. Quand elles atteignirent le faîte des grands arbres, il y eut un instant de silence entre deux chants, comme si les participants eussent craint de voir la vallée entière s'embraser sous leurs yeux. Passé ce moment de délicieuse angoisse, les chants reprirent et les hommes commencèrent à se lever pour boire. Ce fut alors d'incessantes allées et venues, des bousculades, des rires et des chutes qui perturbèrent un peu l'harmonie des voix, mais attisèrent la gaieté ambiante. Les jeunes formèrent une ronde autour du foyer fumant et crépitant. Marie ne tenait pas à danser mais elle fut soulevée malgré elle, se mit à tourner follement, et s'aperçut qu'elle donnait une main à Vivien et l'autre à Ghislain Claveille.

— Chante ! Marie, chante ! lui dit Vivien en riant.

Elle se laissa gagner peu à peu par la joie communicative et, comme les autres, elle tourna, dansa, chanta à en perdre la voix ces refrains si souvent entendus depuis l'enfance :

Quand dans le ciel brille l'étoile
Que le jour nous dit adieu
Que la lune toute rousse
Se prélasse dans les cieux...

Marie riait, retrouvait son entrain, sa bonne humeur naturelle, allait boire un gobelet de vin, revenait dans la ronde, grisée, heureuse comme ces grands malades qui redécouvrent le soleil et renaissent aux plaisirs oubliés. Combien de temps cela dura-t-il exactement ? Elle ne s'en soucia guère et sauta à plusieurs reprises par-dessus le foyer, toute seule, sans l'aide de Vivien ni de Ghislain qui pourtant, sans qu'elle s'en aperçût, ne la quittait pas des yeux. Elle était devenue une autre, ne se reconnaissait pas dans cette fille qui dansait follement, prenait le bras des garçons sans façon, le visage illuminé par un bonheur trop intense, presque douloureux.

Des hommes étaient allés chercher une autre barrique de vin et chacun se servait sans compter, soucieux seulement de prendre sa part d'une fête qu'il fallait prolonger le plus possible. Quand la lueur du foyer diminua, les femmes ramassèrent des tisons qui étaient censés protéger les maisons des incendies et de la foudre. Après quoi, le vielleur de Lanzac, qui avait assisté à la veillée, ne se fit pas prier pour se mettre à jouer, et l'on dansa dans la nuit qui s'était de nouveau épaissie et où traînaient des odeurs de bois chaud, de braises rougeoyantes. Dès que la musique grinçante s'éleva, une chape de tristesse tomba brusquement sur Marie qui s'éloigna vers les prairies en longeant la Dordogne. Elle venait de se souvenir de la nuit qui avait succédé au mariage d'Angéline lorsque, en compagnie de Benjamin, ils avaient traversé la rivière et s'étaient couchés dans l'herbe, là-bas, de l'autre côté. Et c'était aujourd'hui la même nuit, les mêmes parfums d'herbe coupée qui fusaient sous ses pas, tandis que près d'elle les arbres se balançaient avec des murmures, caressant ses cheveux.

Elle marcha un long moment puis s'approcha de l'eau qui, bien qu'il n'y eût pas de lune, scintillait sous les étoiles. Des bouffées tièdes venues de nulle part surgissaient comme des fantômes, puis s'en allaient après avoir frôlé sa peau. Marie avait très chaud, essuyait par instant la sueur sur son front et respirait difficilement. « J'ai trop bu, pensa-t-elle, je suis folle. » Mais c'était si bon de voler ces instants à la solitude qui était sa seule compagne depuis si longtemps ! C'était si bon de profiter enfin de cette jeunesse qui bouillonnait en elle et l'embrasait, souvent, pour rien, pour personne ! La musique coulait jusqu'à elle, comme la nuit d'après la noce d'Angéline et, comme cette nuit-là, le temps semblait s'être arrêté.

Elle leva la tête vers les étoiles, inspira profondément, tourna sur elle-même, dansant seule, les bras croisés sur sa poitrine, les yeux mi-clos, incapable, soudain, de savoir ce qu'elle faisait là et pourquoi elle dansait comme une sorcière sous la lune, une nuit de sabbat. Emergeant brusquement de cette fièvre, il lui vint le vague désir de retrouver ce qu'elle avait vécu avec Benjamin. Elle marcha aussitôt vers l'eau, y entra, et nagea vers la rive opposée avec le plaisir qu'avait toujours provoqué en elle la caresse de l'eau sur sa peau. Une fois de l'autre côté, quand elle émergea, l'odeur poivrée des foins fraîchement coupés la submergea. Ivre de bien-être, elle s'allongea dans les andains, ferma les yeux un moment, respirant délicieusement tous les parfums qui affluaient maintenant au ras du sol, laissant le vent jouer sur la peau de ses jambes et de ses bras humides. Elle ne sursauta même pas quand une voix, tout près, l'appela :

— Marie, c'est moi.

Comment aurait-elle eu peur de cette voix qui, dans la

maison, parlait si bien de l'océan, des bateaux, des îles lointaines et du cap de Bonne-Espérance ? Elle se blottit dans les bras de l'homme qui s'allongeait près d'elle, se laissa emporter par un flot de souvenirs si précis, de sensations si violentes qu'elle perdit totalement la notion du temps. Aussi, quand il le désira, elle s'abandonna sans songer à se défendre et, les yeux clos, murmura :

— Benjamin, tu es là, tu es là...

Le lendemain matin, lorsqu'elle se réveilla, la tête douloureuse et les membres moulus, elle eut du mal à se souvenir précisément de ce qui s'était passé la veille. Elle se rappela simplement avoir beaucoup bu, beaucoup dansé, et avoir traversé la Dordogne pour aller se coucher dans l'herbe où quelqu'un, lui semblait-il, l'avait rejointe. Ce fut seulement à l'instant où Ghislain Claveille s'adressa à elle dans la cuisine qu'elle comprit : il l'avait suivie, avait profité de l'état de faiblesse où elle se trouvait et en parlait ce matin avec des mots qui la blessaient, la dévastaient. Ce fut si douloureux qu'elle lui dit, avec une violence dont elle n'avait jamais été capable :

— Qu'est-ce que vous faites là ? Partez ! Vous avez suffisamment abusé de notre bonté !

Et, comme il demeurait pétrifié, ne comprenant rien à cette brusque colère :

— Vous n'entendez pas ? Partez, je vous dis ! Tout de suite !

Vincent, qui revenait de la remise les bras chargés de bois, demanda, stupéfait :

— Marie ! Voyons ! Qu'est-ce qui se passe ?

— Il se passe que ce monsieur devait rester chez nous quelques jours et qu'il est encore là !

Elle se tut, le temps d'aider son père à décharger son bois, puis elle reprit avec la même hostilité farouche dans la voix :

— Je veux qu'il s'en aille !

Vincent, abasourdi, ouvrit la bouche mais aucun son n'en sortit : il ne reconnaissait plus sa fille, soudain, et cherchait ce qui avait bien pu se passer pour la faire entrer dans une telle fureur.

— Laissez, Vincent, dit Claveille, Marie a raison ; je vais aller rassembler mes affaires.

— C'est ça, dit-elle, et faites vite, s'il vous plaît !

Vivien était entré lui aussi dans la cuisine et avait entendu les derniers propos de Marie. Il paraissait moins surpris que son père qui s'exclama, tandis que Ghislain Claveille montait l'escalier :

— Enfin, Marie ! qu'est-ce qui te prend ?

— Elle a raison, père, intervint Vivien, laissez-le partir.

A l'instant où leurs regards se croisèrent, Marie comprit qu'il savait et ce fut comme si la culpabilité s'en trouvait aussitôt aggravée. Elle détourna la tête, s'accroupit pour allumer le feu. Vincent, lui, écarta les bras en signe d'incompréhension et sortit en soupirant. Vivien le suivit et Marie lui sut gré de la laisser seule, meurtrie et honteuse, mais au moins délivrée de sa présence, de son regard qui, un instant, malgré leur complicité, leur estime réciproque, l'avait jugée.

Il ne fallut pas plus de dix minutes à Ghislain Claveille pour redescendre, un sac de toile sous le bras. Il s'arrêta derrière Marie qui feignit d'être occupée.

— Alors, au revoir, fit-il, puisque c'est ce que vous voulez.

— Partez ! dit-elle sans se retourner, et sachez bien que je vous déteste et ne veux jamais plus vous revoir !

Il hésita, faillit ajouter quelques mots, puis il eut un bref haussement d'épaules et sortit. De nouveau, elle fut seule et put enfin se laisser aller, effaçant furtivement les quelques larmes qui, malgré ses efforts, débordaient de ses yeux. Elle avait trahi Benjamin, avait perdu le droit de se marier un jour avec lui. Elle se débattit toute la matinée avec cette idée d'une faillite complète de sa vie et finit par s'enfuir dans les prairies où, du moins, elle pouvait se cacher. Mais la douleur ne s'estompa guère, au contraire. Tapie en elle, elle s'avivait par instants, lui donnant l'envie de disparaître, de partir loin de ces lieux où elle avait été heureuse avec Benjamin, loin de Vivien qui savait tout, d'effacer ainsi de sa mémoire cette folle nuit de Saint-Jean. Alors, si elle n'avait jamais réussi jusqu'à ce jour à annoncer son départ pour Bordeaux à son père et à ses frères, elle déclara d'une voix blanche, une fois qu'ils furent réunis autour de la table, à midi :

— M. et Mme Lassalle, qui sont notaires à Bordeaux, m'ont demandée comme gouvernante. J'ai accepté et je partirai en septembre.

Un lourd silence succéda à cette nouvelle, tandis que les hommes relevaient la tête, interdits, se demandant s'ils avaient bien entendu la même chose. Puis, après avoir interrogé les autres du regard, Vincent murmura :

— Enfin ! Marie ! tu n'y penses pas ?

— Si ! père, répondit-elle, j'y pense depuis un mois et je veux partir. J'en ai le droit. Je veux gagner ma vie, connaître autre chose, d'autres gens. Je ne veux plus vivre ici.

— Enfin ! Marie ! répéta Vincent, tu n'es donc pas heureuse chez nous ?

— Non, père, fit-elle.

Et, comme Vincent, pâle, défait, la dévisageait avec stupeur, elle ajouta, d'une voix qui tremblait un peu :

— Vous me manquerez beaucoup, père, mais c'est décidé : en septembre, je partirai.

Les trois mois de prison passés dans la solitude, sans la présence de Pierre Bourdelle ni celle de Jacques Malaurie, avaient paru durer une éternité à Benjamin. Enfermé dans un cachot, au pain noir et à l'eau, il avait eu le temps de regretter de n'avoir pas écouté son ami et d'avoir entraîné le pauvre Jacques dans une aventure qui lui avait coûté la vie. Cela, il ne l'avait pas appris dans son cachot, mais le jour de l'embarquement, de la bouche même de l'officier qui l'avait dégradé.

Aujourd'hui, redevenu simple matelot, Benjamin n'avait même pas la possibilité d'approcher Pierre Bourdelle, et il passait son temps à nettoyer le pont, avec la gratte et le faubert[1]. Oui, Jacques était mort trois jours après leur arrestation d'une double pneumonie, et Benjamin ne cessait de s'en faire le reproche. Mais le pire était peut-être de savoir qu'il n'aurait pas de permission avant la fin de son engagement, et il se débattait chaque jour avec cette pensée, courbé sur son ouvrage entre la dunette d'artimon et le gaillard d'avant, pareil à ces prisonniers condamnés aux travaux forcés à qui l'on interdit de relever la tête.

Il n'avait pas reçu de lettre de Marie. Sans doute avait-elle écrit, mais, étant au secret, il ne pouvait rien recevoir de l'extérieur. Aujourd'hui, les lettres devaient être perdues. Il eût pourtant tellement aimé recevoir de ses nouvelles, mais aussi de ses parents, des bateaux, de la Dordogne ! Il lui arrivait de fermer les yeux et de s'imaginer sur le pont de la capitane, doublant le confluent de la Vézère, à Limeuil, ou passant sous le pont qui, à Bergerac, séparait le quartier du port de celui de la Madeleine, accostant enfin à Libourne dont la rade, aujourd'hui, dans son souvenir, lui paraissait minuscule en comparaison de celles qu'il avait visitées... Mais à quoi cela servait-il de se désespérer ? Il fallait lutter pour rester en vie, pour les revoir un jour, tous, là-bas, à Souillac, pour plonger de nouveau dans les eaux de velours, pêcher les saumons dans les grands fonds, et sentir, l'été venu, l'odeur humide des prairies ou, descendue des collines, celle des vignes hautes embrasées par le soleil...

En cette soirée de juillet, après avoir passé le cap de Bonne-Espérance par beau temps et fait une courte escale aux îles Crozet, le *Duguay-Trouin* remontait vers le nord de l'océan Indien. Un vent frais s'était levé, qui creusait une houle profonde dont profitait au maximum le vaisseau, toutes voiles dehors. La nuit allait bientôt tomber, et Benjamin, qui achevait sa corvée à l'arrière de la dunette, n'avait qu'une hâte : manger et aller s'allonger dans son hamac pour dormir un peu.

1. Balai de vieux cordages.

Soudain, il y eut des cris sur bâbord, des bruits de lutte, puis la voix de la vigie annonça qu'un homme était tombé à la mer. Benjamin courut au bastingage, et, sans réfléchir, sans penser au danger, poussé par un réflexe acquis sur la Dordogne, plongea.

Ce fut seulement au moment où il émergea qu'il se rendit compte de sa folie : porté par un fort vent de sud-ouest, le *Duguay-Trouin* se trouvait déjà à plus de cent mètres. Le corps du matelot, lui, flottait à dix mètres en arrière de Benjamin qui se mit à nager dans sa direction, retrouvant naturellement les gestes et les sensations de son adolescence et par là, malgré le danger, le même plaisir. Bien que la houle fût contraire, il rejoignit rapidement le matelot, qui, en fort mauvais état, était sur le point de couler. Il s'aperçut alors qu'il ne s'agissait pas d'un simple canonnier mais de l'officier nouvellement arrivé sur le *Duguay-Trouin,* plus redoutable encore que celui dont Benjamin, parfois, rêvait encore la nuit. C'était un homme large et trapu, aux cheveux frisés et au visage anguleux, un second maître implacable et exigeant, qui prenait manifestement plaisir à avilir les matelots. Benjamin pensa qu'ils avaient dû se mettre à plusieurs pour lui faire payer ses brimades et ses humiliations. Effectivement, du sang recouvrait son visage et il parvenait à peine à se maintenir à la surface, ayant sans doute une épaule démise. Aussi, quand Benjamin lui souleva la tête pour la poser sur son épaule gauche, l'officier pesa de tout son poids et ne réagit plus.

Benjamin se retourna alors dans la direction du navire, pour juger de la distance à parcourir, et son cœur s'emballa : le *Duguay-Trouin* avait disparu. Il eut un bref moment de panique, faillit lâcher l'officier, puis la houle les souleva et lui permit d'apercevoir enfin le bateau qui, lui aussi, remontait d'un creux. Benjamin retrouva alors toute son énergie et continua de nager lentement afin de ne pas s'épuiser dans un océan qui, heureusement, portait beaucoup mieux que l'eau douce de la Dordogne. Remontant une nouvelle fois en haut d'une vague, il eut l'impression que le navire s'était encore éloigné et se demanda pourquoi le commandant n'avait pas donné l'ordre de mettre les chaloupes à la mer. Pensait-il que c'était inutile et qu'il valait mieux continuer sa route ? Benjamin, soudain, eut très peur. Qu'avait-il fait là ? Pourquoi s'était-il jeté à l'eau sans mesurer les risques de la vitesse prise par le bateau et le refus fréquent des commandants de virer de bord pour secourir les matelots ? Il se vit perdu, tout à coup, et l'image de Marie passa devant ses yeux. Il la repoussa farouchement, songea que c'était un officier qui était tombé à la mer et non pas un simple matelot et, aussitôt, reprit espoir. Nageant plus vite, il se hissa au sommet d'une vague crêtée d'écume et aperçut enfin le *Duguay-Trouin* qui tirait un bord difficile à l'ouest, presque vent debout, et tentait de revenir dans leur direction. L'instant d'après, il devina une chaloupe très loin, là-bas, devant lui, que le navire avait dû larguer avant de virer de bord. Soulagé, Benjamin s'accorda un moment de répit et se laissa porter, battant simplement des pieds pour avancer. Quand il regarda de nouveau vers l'ouest, il comprit que le vaisseau avait renoncé, car il ne distingua que la poupe. Cependant, s'étant replacé vent arrière, il avait affalé ses voiles pour avancer le moins possible.

L'officier, qui reprenait ses esprits, ouvrit la bouche pour crier, avala de l'eau, s'étrangla, ce qui le réveilla tout à fait.

— La chaloupe arrive ! cria Benjamin en ne lui maintenant plus que la tête hors de l'eau.

Puis il aperçut des oiseaux qui tournaient au-dessus d'eux en criant et en battant des ailes dans un vacarme qui dominait celui de la mer et du vent. Il pensa alors aux requins et se mit à nager en brasses régulières en direction de la chaloupe qui se trouvait maintenant à moins de deux cents mètres de lui. Se tournant de côté, il en aperçut une seconde qui, à l'est, filait sous le vent, et passerait sans doute trop loin. Au-dessus des deux hommes, les oiseaux paraissaient plus nombreux de minute en minute. Benjamin, qui redoutait de ne pas être vu, cria et agita les bras du haut d'une vague. La chaloupe venait droit vers lui. Bien qu'il fît de plus en plus sombre, il avait pu distinguer les matelots qui tiraient sur les avirons et, à l'arrière, l'uniforme de l'officier qui commandait la manœuvre. Dans sa hâte à les rejoindre, cependant, il s'épuisait, le second maître ne lui étant d'aucun secours à cause de son bras démis.

Du haut de la vague suivante, il lui sembla que la chaloupe s'était écartée. Il chercha à rectifier sa direction et, comme elle avait fait de même, leurs routes se rapprochèrent. Pourtant, au premier passage, le bateau, déséquilibré par une vague, manqua les naufragés. Il dut virer de bord un peu plus loin au risque de chavirer, puis il revint vers les deux hommes avec le vent portant. Benjamin saisit alors la corde et se laissa haler, maintenant toujours l'officier épuisé. Deux minutes plus tard, les matelots le hissaient dans la chaloupe où il bascula, le souffle court, exténué. Il ferma les yeux, se jura que jamais plus il ne se jetterait dans une tentative aussi folle, fût-ce pour porter secours à son ami Pierre qui l'accueillit à son retour sur le *Duguay-Trouin* avec un air épouvanté.

Cela faisait trois mois que Marie habitait la rue Sainte-Catherine, à Bordeaux, sous le toit de M. et Mme Lassalle et de leurs trois filles. Il lui avait été très difficile, au début, de s'habituer à l'absence d'horizon, à ces grandes avenues parcourues d'omnibus à cheval, de charrettes, de diligences et de cabriolets ; à cette foule sur les trottoirs, sur l'esplanade des Quinconces et dans le jardin public où, chaque fin d'après-midi, Marie emmenait les trois filles en promenade.

Mme Lassalle était une belle femme aux yeux noirs dont la gentillesse n'avait d'égale que l'autorité qu'elle manifestait en toute chose. La position qu'elle occupait dans cette grande ville lui avait fait oublier depuis longtemps ses origines modestes. Elle tenait avec diplomatie mais efficacité la maison de son mari qui recevait beaucoup. Aussi gardaient-ils à leur service, en plus de la gouvernante, trois servantes et un cocher qui logeaient sous les toits, tandis que Marie, elle, dormait dans une chambre à l'étage de ses maîtres et prenait le soir ses repas avec eux. Maître Lassalle était plus âgé que sa femme. La cinquantaine l'avait nanti d'un embonpoint qui l'inclinait à l'indolence. Il abandonnait sans remords la direction de ses affaires à sa femme, aussi facilement que celle de sa maison. Il passait le plus clair de son temps dans son cabinet de lecture, ou en ville, à son cercle situé à côté du palais de justice, laissant les cinq clercs de son étude travailler pour lui.

Les trois filles, elles, n'étaient pas de caractère facile. En outre, la stricte éducation reçue de leur mère, la conscience qu'elles possédaient d'appartenir au meilleur monde, le léger mépris nourri à l'égard de Marie n'avaient pas facilité les premiers contacts. Celle-ci avait usé de son savoir pour établir entre elles une distance qui la protégeait des humeurs et des basses vengeances dont les filles étaient coutumières. C'était avec la plus jeune, Elise, qu'elle s'entendait le mieux. Cette enfant de neuf ans, brune et fine, possédait de grands yeux clairs pleins de gaieté. La cadette, Laure, était la plus falote, la plus effacée, bien qu'étant aussi capable de dissimulations et de troubles desseins. L'aînée, Clothilde, ressemblait à sa mère aussi bien au physique qu'au mental. De caractère énergique, elle voulait toujours avoir raison, ordonnait, décidait, si bien que les heurts étaient devenus fréquents avec Marie qui n'arrivait pas toujours à se faire obéir.

Chaque fois qu'elle pouvait s'échapper, Marie courait jusqu'aux quais pavés des Chartrons qui descendaient en pente douce vers les trois-mâts, les morutiers retour de Terre-Neuve, les barques sardinières, les cargos, les chaloupes de déchargement. Elle demeurait là immobile à respirer les odeurs fortes qui affluaient vers elle et dans lesquelles elle reconnaissait celles du bois, du vin, des épices, du poisson et du sel. Devant elle, la Garonne roulait ses eaux terreuses, chargées d'herbes et de limon. Des voiles claquaient dans le vent, des drisses cliquetaient, des oiseaux blancs traversaient le fleuve jusqu'aux quais de la Bastide, là-bas, où l'on entreposait le bois venu du haut-pays. Marie se disait que ce bois avait peut-être transité par Souillac, que peut-être Vincent l'avait descendu sur son bateau jusqu'à Libourne, et c'était un peu comme si elle retrouvait sa vallée.

Parfois aussi, elle se promenait en remontant vers le pont, longeait les quais des Salinières, de la Grave, de Sainte-Croix, de Paludate, et s'émerveillait de la vie qui bouillonnait en ces lieux, de tous ces bateaux parmi lesquels elle cherchait ceux de la marine du roi, s'imaginant apercevoir celui qui lui ramènerait un jour Benjamin. Cette espérance folle mourait avec le soir mais renaissait chaque matin, l'aidait à s'habituer à sa nouvelle existence.

N'ayant personne à qui se confier, Marie avait noué des liens d'amitié avec Juliette, la cuisinière, en cachette de Mme Lassalle. Elle la retrouvait parfois dans sa chambre, sous les toits, le dimanche, quand le notaire et sa femme étaient de sortie, car Mme Lassalle n'eût pas toléré que sa gouvernante fréquentât l'une de ses servantes. Juliette était née dans le quartier de Bacalan où son père était docker. Elle aimait la Garonne de la même manière que Marie aimait la Dordogne, et c'est ce qui les avait tout de suite rapprochées. Ce fut donc à Juliette que Marie se confia, lorsque les craintes qui étaient nées en elle au début de septembre se confirmèrent. Car Marie avait suffisamment assisté aux transformations physiques de sa mère enceinte pour savoir reconnaître en elle les premiers signes d'une maternité. D'abord elle s'y était refusée, pleurant de rage la nuit, sous ses draps, appelant à son aide tous les saints du paradis. Puis devant l'inéluctable, l'inavouable, elle avait cherché du secours auprès de Juliette. Celle-ci, compatissante, lui avait avoué que dans une semblable situation elle avait eu recours aux services d'une femme qui habitait dans la rue du Mû. Marie avait cru trouver là une solution à cette impossibilité de mettre au monde un enfant qui ne fût pas de Benjamin. La honte l'accablait tellement qu'elle avait songé à deux ou trois reprises à aller se jeter dans la Garonne, là-bas, au bout du quai de Bacalan où personne ne se soucierait d'elle. Désespérée, elle finit par accepter l'offre de Juliette de prendre pour elle rendez-vous chez cette femme qu'il faudrait payer pour...

pour... Elle ne réussissait pas à prononcer les mots qui heurtaient si profondément sa conscience et salissaient encore plus l'image qu'elle se faisait d'elle-même.

Au jour et à l'heure convenus, pourtant, incapable de porter son fardeau jusqu'à la délivrance, elle se rendit dans la rue du Mû en dissimulant son visage. Mais dès qu'elle pénétra dans l'immeuble sordide et qu'elle monta les marches branlantes de l'escalier où régnait une insoutenable odeur de pourriture, quelque chose, en elle, se noua. Au deuxième étage, porte de droite, elle frappa timidement et attendit un long moment avant que la porte ne s'ouvre. Une grosse femme aux cheveux sales, bizarrement fardée, le regard mort, la fit entrer, la conduisit dans une chambre crasseuse, lui demanda de se déshabiller et de s'allonger sur un châlit occupé par trois chats aussi galeux que leur maîtresse. A l'autre extrémité de la pièce, des bouteilles de vin vides occupaient toute la surface d'une table vermoulue. Dans un coin, une masse confuse de déchets et d'objets divers s'amoncelait sur le plancher crevé. Soudain, cette laideur et cette misère révulsèrent Marie. Elle se vit dans le même instant laide et misérable, vaincue et indigne des siens, et un sursaut la fit se révolter. Qu'était-elle venue faire ici ? Elle se précipita vers la porte, sortit et se mit à courir pour s'éloigner le plus vite possible de ce lieu de malheur.

A partir de ce jour, cependant, elle vécut avec l'idée de plus en plus précise d'en finir avec la vie, d'oublier définitivement le cauchemar dans lequel elle ne cessait de se débattre. Aussi, un soir, à bout de forces, elle partit et marcha sur les quais encombrés de charrettes et de tonneaux en direction de Bacalan. Les dockers et les hommes de peine, surpris, se retournaient sur son passage, l'apostrophaient, mais elle ne les entendait même pas et courait presque, oubliant tout du passé, du présent, qui elle était et où elle se trouvait.

La nuit était venue lorsqu'elle arriva à l'extrémité des quais sombres où les docks et les navires enchevêtrés paraissaient monstrueux. Il tombait une petite pluie fine qui huilait les carlingues et les mâts. Elle eut un long frisson, chercha dans sa mémoire encombrée quelle nécessité terrible l'avait poussée là, puis elle commença à descendre le quai en pente douce vers la Garonne qui jetait des reflets lourds sous la lune. Quand ses pieds touchèrent l'eau, Marie eut un sursaut et s'arrêta. L'instant d'après, ayant apprivoisé la fraîcheur du fleuve, elle avança de quelques mètres, jusqu'à ce que l'eau atteigne ses genoux. Alors, tout à coup, ce contact sur sa peau réveilla des sensations qui montèrent du fond de son être et déferlèrent en vagues d'une poignante douceur. Ah ! Sentir un jour de nouveau la caresse des eaux de la Dordogne ! Revoir l'éclair du soleil en émergeant des profondeurs ! Plonger dans les grands fonds et se laisser porter par les courants d'une exquise tiédeur ! Pourquoi fallait-il renoncer à tout cela ? La vie était encore possible pourvu que le temps pût couler sur ses plaies. La vie et tout ce qu'elle portait en elle de menus bonheurs : un parfum de fumée de bois, la chaleur des draps passés à la bassinoire, une lumière fraîche de printemps, des merveilles qui fondent dans la bouche, des gouttes de rosée dans la transparence de l'aube, le goût des prunes chaudes, celui des premières cerises, des raisins éclatés sous la dent... Fallait-il perdre à tout jamais ces infimes et merveilleux trésors qui illuminent l'existence ? Elle eut comme un gémissement, un long frisson la secoua. L'image de Benjamin surgissant de la Dordogne, un saumon dans les mains, trembla devant ses yeux. Elle recula, fit demi-tour, s'éloigna du quai, rencontra deux agents de ville qui commençaient leur ronde de nuit. Quand ils lui demandèrent ce qu'elle faisait là, elle s'effondra lentement sur les pavés mouillés.

Une fois qu'elle eut retrouvé ses esprits, ils s'offrirent à la raccompagner. Se sentant incapable de revenir seule dans la rue Sainte-Catherine, elle accepta, vaguement soulagée de n'avoir pas à parcourir seule le trajet dans la nuit. Une demi-heure plus tard, lorsqu'ils furent arrivés devant la maison de maître Lassalle, les agents voulurent s'assurer que c'était bien chez elle et firent appeler la maîtresse de maison. Celle-ci, qui s'inquiétait de l'absence injustifiée de la gouvernante au repas du soir, remercia les agents et fit venir Marie dans le petit salon où, devant son visage ravagé, elle exigea des explications. Marie était trop faible et trop désespérée pour mentir.

— J'attends un enfant, madame, dit-elle d'une voix accablée.

Mme Lassalle ouvrit la bouche, écarquilla les yeux, bredouilla d'un air outragé :

— Ça ! Oh ça, alors !

Puis, se dressant brusquement comme si elle était assise sur un nid de serpents :

— Mais c'est absolument impossible, ma pauvre enfant !

Marie hocha la tête et affirma de la même voix désincarnée :

— Si ! madame. Ça s'est passé avant que je vienne à Bordeaux.

Et elle ajouta, dans un effort de sincérité pitoyable :

— Je vous promets que je n'en savais rien avant d'accepter d'entrer à votre service.

— Encore heureux ! s'exclama Mme Lassalle ; vous ne vous rendez pas compte dans quelle situation vous me mettez !

— Oh si ! madame, croyez bien que pour moi aussi...

Elle chercha les mots mais ne parvint pas à traduire en paroles ce qu'elle éprouvait vraiment en cet instant. Mme Lassalle fit le tour du salon, s'arrêta devant la fenêtre, regarda un moment la rue, puis revint vers Marie et lança :

— Ecoutez, mon enfant ! Tout cela n'est pas admissible. Comment vais-je pouvoir expliquer à mes filles ce qui vous arrive ?

Elle soupira, demanda :

— Vous en êtes sûre, au moins ?

Marie fit un signe affirmatif de la tête, tandis que Mme Lassalle la dévisageait comme si elle était brusquement devenue criminelle. A cet instant, on entendit des pas dans le couloir et la porte ne tarda pas à s'ouvrir, poussée par le notaire qui tirait avec volupté sur sa dernière pipe de la journée. Marie tourna la tête de côté, s'essuya furtivement les yeux.

— Nous en reparlerons demain, fit Mme Lassalle. Vous pouvez aller vous coucher, Marie !

Celle-ci prit rapidement congé, sortit, se réfugia dans sa chambre, se déshabilla et s'allongea sur son lit. Elle essaya d'abord de repousser les images du quai de Bacalan et celles, plus terribles encore, de Mme Lassalle qui allait sans doute la chasser, puis elle se recroquevilla, les genoux touchant son menton, comme elle aimait le faire, là-bas, à Souillac, lorsqu'elle était enfant. Mais personne ne vint à son secours : ni Amélie ni Vincent, encore moins Benjamin qu'elle avait perdu à jamais.

11

Depuis le sauvetage de l'officier, la situation de Benjamin avait évolué favorablement. Non seulement il n'était plus considéré comme une forte tête à surveiller, mais son geste courageux lui avait valu une faveur. Parmi les opportunités qui lui étaient offertes, il avait choisi celle de passer le permis maritime une fois le *Duguay-Trouin* revenu à Rochefort. Le commandant ayant exaucé son souhait, il n'avait pas failli dans son entreprise et pouvait admirer chaque soir le précieux document qui l'emplissait de fierté. Encore deux ans et, de retour chez lui, il conduirait les bateaux jusqu'à Libourne et Bordeaux sans l'aide des pilotes de Castillon. Se souvenant de la promesse faite à son père, un jour, après une entrevue orageuse avec Jean Fourcaud, il s'était empressé d'écrire à Souillac pour annoncer la nouvelle. Depuis, il se sentait un peu réconcilié avec une vie qui, aujourd'hui, lui paraissait moins vaine.

C'est qu'il en avait vu des pays, dans la compagnie retrouvée de Pierre Bourdelle ! A commencer par l'île Bourbon, ses forêts, ses cascades, ses pitons rocheux, ses tribus d'hommes et de femmes à la peau noire. Ensuite, après avoir longé les côtes de Sumatra, Java, Bali et Timor, le *Duguay-Trouin* avait fait escale en Australie, avant de passer dans la mer de Corail. Après une nouvelle escale en Nouvelle-Calédonie, où venaient de s'établir des colons français, le *Duguay-Trouin,* contournant l'Australie par la mer de Tasmanie, était revenu vers l'océan Indien, avait doublé les îles de la Désolation [1], le cap de Bonne-Espérance et longé les côtes d'Afrique. Plus d'un an de voyage, puis six mois d'escale mis à profit par Benjamin pour obtenir le fameux permis, et nouveau départ pour des manœuvres en direction des Açores.

Aujourd'hui, lorsqu'il pensait à la Dordogne, à son petit port natal, c'était avec moins de crainte pour les bateaux conduits par Victorien. Il avait beaucoup changé, en somme, comme changeait sans doute Marie qui (il l'avait appris dans une lettre qui l'attendait à Rochefort) était partie comme gouvernante à Bordeaux, chez un notaire. A la réflexion, même s'il s'inquiétait vaguement des rencontres possibles dans cette grande ville, il se disait que c'était bien ainsi. Elle avait eu raison de ne pas l'attendre sans chercher à s'instruire, à rencontrer des gens différents, à acquérir des connaissances qui leur seraient bien utiles, plus tard, quand il faudrait commercer avec les grands marchands bordelais. Il gardait un souvenir assez flou de ses yeux verts, de ses longs cheveux, de son sourire et, sa voix s'étant effacée avec le temps, elle lui paraissait terriblement lointaine. Aussi parlait-il souvent d'elle à Pierre Bourdelle qui l'écoutait patiemment. Leur amitié avait été fortifiée par la séparation qui leur avait été imposée après la désertion de Benjamin. Le Bergeracois était passé maître canonnier et s'en glorifiait malgré les railleries de Benjamin :

— Je sais bien sur qui je les pointerai mes canons ! assurait-il. La République aura besoin d'hommes, d'armes, et de canons aussi bien que de fusils !

Au cours de leurs interminables conversations, Pierre lui avait enseigné tout son savoir en matière politique. Désormais, les orléanistes, les légitimistes, les bonapartistes, les républicains n'avaient plus de secret pour Benjamin qui, par ailleurs, était révolté, comme Pierre, par l'esclavage qui régnait dans les

1. Aujourd'hui Kerguelen.

îles malgré la Déclaration des droits de l'homme, malgré les idées nouvelles répandues par la Révolution et toutes les voix, aujourd'hui bâillonnées, qui s'étaient élevées pour les défendre. Cependant, il s'agissait d'une indignation qu'ils exprimaient uniquement lorsqu'ils étaient seuls, ou la nuit, dans leurs hamacs rapprochés, car ils se méfiaient des dénonciations qui eussent réduit à néant leurs efforts pour vivre en paix.

Ce matin-là, le vent portant gonflait les voiles du vaisseau qui filait à bonne allure sur une mer d'huile. Le temps était clair, mais une dépression approchait par l'ouest, dont on sentait les premières turbulences. Le *Duguay-Trouin* achevait ses manœuvres au large du golfe de Gascogne, avant de revenir vers Rochefort où il ferait escale pour deux mois. Les tirs duraient depuis plus de trois heures et Benjamin avait hâte de pouvoir se reposer. Il comprenait à des hésitations et à des lenteurs que la fin était proche et se demandait quel serait le menu de midi. Il se trouvait sur tribord, près du mât d'artimon, s'apprêtait pour un nouveau tir, sans doute le dernier.

— Bouchez la lumière ! hurla le braillard.

Benjamin obéit de façon mécanique, sans penser vraiment à ce qu'il faisait.

— Ecouvillonnez ! La gargousse dans le canon ! Refoulez ! Le boulet dans le canon ! En batterie ! Pointez !

Il y eut alors un éclat gigantesque de métal et de feu qui le projeta violemment vers l'arrière, l'envoyant cogner contre le mât près duquel il s'affaissa, sans connaissance, après avoir pensé, comme dans un rêve, que le canon avait explosé et qu'il allait mourir déchiqueté. Il ne sentit pas la douleur tout le temps qu'il demeura évanoui. Ce fut seulement lorsqu'il revint à lui, beaucoup plus tard, qu'elle lui parut occuper chaque parcelle de son corps et lui arracha des gémissements. Autour de lui, c'était l'horreur : il y avait du sang partout, des hommes criaient, d'autres, comme lui, gémissaient, tandis que le chirurgien s'affairait de l'un à l'autre, impuissant.

— Ne t'en fais pas, souffla une voix près de Benjamin. Tu t'en sortiras.

Il battit des paupières, demanda :

— Qu'est-ce que j'ai ? Il faut me le dire, Pierre.

— Ne t'inquiète pas. On s'occupe de toi.

Benjamin fit un violent effort pour se redresser, mais la souffrance fut telle que, de nouveau, il perdit connaissance.

Il ne se souvint pas des heures qui suivirent, car il oscilla entre la vie et la mort, luttant de toutes ses forces contre la douleur qui irradiait de ses terribles blessures : fracture du bras et de la jambe gauches, perforation du ventre, éclats de métal fichés dans tout le corps. De sombres rêves déferlaient en lui, dans lesquels il reconnaissait Emeline, Arsène Lombard, l'officier despotique de son premier voyage en mer, et le plus souvent le borgne qui le frappait avec une bouline tandis que des rats aux yeux rouges rongeaient ses chairs.

Des trois servants du canon qui avait explosé, deux étaient morts. Benjamin était le seul survivant, mais dans un état si pitoyable que le chirurgien le considérait comme perdu et s'occupait d'abord des blessés qui étaient couchés dans l'entrepont. Le soir de l'accident, pourtant, Pierre étant intervenu auprès du commandant, le chirurgien daigna se pencher sur le mort vivant qui gisait dans un coin, couvert de sang. Il lui fit d'abord boire un demi-litre de rhum, puis, assisté de Pierre qui s'était porté volontaire, entreprit d'extraire les éclats un à un, de réduire les fractures, et de soigner le ventre dont l'horrible blessure bâillait. Il fallut assommer Benjamin avant de le recoudre, brûler la blessure à l'alcool, le bourrer de quinine, enfin, avant de le panser et de l'immobiliser. Cette nuit-là, Pierre ne le quitta pas une seconde. Il lui parla, au contraire, essayant de le rassurer sans être certain que Benjamin l'entendît. Au matin, pourtant, Benjamin recommença de gémir et Pierre essaya de se convaincre que le plus difficile était passé.

Comme le bateau ne se trouvait qu'à deux jours des côtes, le commandant décida de ne pas faire route vers Rochefort, mais plutôt vers Bordeaux en remontant l'estuaire de la Gironde. Ainsi les blessés graves arriveraient-ils plus rapidement à l'hôpital militaire où l'on avait l'habitude de soigner ce genre de blessures. Les quarante-huit heures qui s'écoulèrent alors furent autant de moments d'espoir et de doute pour Pierre qui ne quittait pas l'entrepont. Il se sentit seulement rassuré lorsque le *Duguay-Trouin* fut amarré au quai de Bordeaux et que les blessés furent transportés par charrette à l'hôpital où de nouveaux soins leur furent donnés.

Benjamin assistait de très loin à ces manœuvres. Il ne se rendait même pas compte que la gangrène le guettait et que les chirurgiens bordelais envisageaient de l'amputer. Ils hésitèrent plusieurs jours, puis l'infection parut se résorber. La robustesse de Benjamin, qui était habitué depuis son plus jeune âge aux durs travaux dans le froid et la pluie, venait de le sauver. Il souffrit un peu moins à partir du moment où tous les éclats, ou presque, furent extraits de son corps, et ses fractures consolidées. Un matin, en s'éveillant, il pensa pour la première fois qu'une centaine de mètres, peut-être, le séparaient de Marie. Dès lors, il ne pensa plus qu'à guérir pour la retrouver le plus vite possible.

Pourquoi avait-elle décidé de l'appeler François ? Pour faire revivre ce frère mort dont elle s'était occupée comme une mère ? Pour donner une justification à cette naissance ? Elle ne cessait de le regretter chaque jour et, chaque jour, elle parcourait le chemin de croix qui avait été le sien depuis la terrible soirée du quai de Bacalan.

— Voilà ce que nous allons faire, avait décidé Mme Lassalle : dès que votre grossesse sera apparente, vous partirez. Je ne veux pas que mes filles vivent avec l'exemple quotidien de votre inconduite sous les yeux. Je vous trouverai une chambre où vous accoucherez ; ensuite, vous mettrez votre enfant en nourrice. Je la trouverai aussi. Vous devez savoir, Marie, que notre maison ne peut pas abriter ce genre de scandale, et croyez bien que si je montre tant de mansuétude à votre égard, c'est par pure charité et pour l'affection que je porte à mon frère. Comprenez-moi bien : je ne vous demande pas d'abandonner votre enfant, mais il est tout à fait impossible qu'il vive sous notre toit. Ce serait pour nous tous, pour mes filles, pour mon mari, un fardeau qu'ils ne méritent pas... Voilà ! c'est à prendre ou à laisser ! Est-ce que vous acceptez ou est-ce que vous préférez partir ?

Marie, qui s'était déjà imaginée à la rue, sans ressources et sans abri avec la charge d'un enfant, avait répondu :

— Je vous remercie, madame, ce sera comme vous voudrez.

Ainsi avait-on fait. Dès que sa grossesse avait été visible, Mme Lassalle l'avait emmenée dans une chambre située sous les toits de la rue Poitevine, renouvelant sa promesse de la reprendre une fois l'enfant placé chez une nourrice. Pour Marie, une existence solitaire avait alors commencé, égayée seulement par les visites de Juliette et la lecture des livres prêtés par ses maîtres. Le temps lui avait paru bien long et elle n'avait cessé de se poser des questions sur l'utilité d'une telle retraite. Ne valait-il pas mieux rentrer chez elle où, sans doute, Vincent et ses frères sauraient la comprendre et l'accueillir ? Elle essayait de s'en convaincre jusqu'au moment où elle pensait à Benjamin et à son retour. Alors quelque chose se nouait en elle, et elle se résignait à vivre jusqu'au bout son calvaire.

Elle avait écrit deux lettres, l'une à Vincent, l'autre à Elina et Victorien. Elle y racontait sa vie à Bordeaux, y parlait de ses maîtres, de leurs filles, de son travail, se disait heureuse de son existence et réclamait des nouvelles. Elle avait fait connaissance avec l'une de ses voisines de palier, Roseline Coustou, dont le mari travaillait aux Salinières, et qui l'aidait beaucoup. Pourtant, les quatre mois qu'elle avait passés dans la chambre sous les toits lui avaient paru interminables. Privée de soleil, de liberté, elle s'était fanée comme une fleur en automne, songeant inlassablement aux étés lumineux de là-bas, aux aubes claires, au long miroir des eaux, aux plongées fabuleuses dans les grands fonds.

Aux premières douleurs, Roseline Coustou était allée prévenir Juliette, rue Sainte-Catherine, qui était elle-même allée chercher la sage-femme, une dame d'une cinquantaine d'années, énergique et autoritaire, qui s'appelait Mme Chambeaudie. Marie, qui était prête aux pires souffrances pour sortir enfin de cette chambre où elle vivait prisonnière, s'était livrée avec confiance aux mains expertes de la sage-femme. Elle ne se doutait pas que son calvaire devait durer douze heures, au terme desquelles elle avait fini par perdre conscience. Il avait fallu retourner l'enfant qui se présentait mal, employer les fers et stopper une hémorragie qui mettait en péril à la fois la vie de la mère et de l'enfant.

— Je n'ai rien pu faire, ma pauvre, avait entendu Marie en ouvrant les yeux. Quand je l'ai sorti, il était déjà mort.

Elle avait crié et, une fois retombée sur son oreiller, avait revu François, là-bas, dans la chambre du port, le visage stupéfié, méconnaissable. Mais ne le savait-elle pas, déjà, que son enfant ne vivrait pas, puisqu'elle avait décidé de l'appeler ainsi ? N'était-ce pas elle qui l'avait tué en lui donnant ce prénom après avoir cherché à le perdre dans le taudis de la rue du Mû ?

Pendant les jours qui avaient suivi, elle avait cru devenir folle. Chaque matin en se levant, elle avait dû batailler avec ce sentiment de culpabilité qui l'accablait et que Juliette et Mme Lassalle s'efforçaient de lui faire oublier. Or elles avaient beau multiplier les efforts, Marie n'oubliait rien, et cela faisait des mois qu'elle se torturait à l'idée d'avoir voulu la mort de son enfant...

Il allait être midi, ce matin d'été, quand Juliette lui annonça qu'un monsieur la demandait en bas. D'abord elle eut peur, car elle ne se sentait pas le courage de soutenir la moindre conversation, puis le besoin de savoir qui l'attendait fut le plus fort. Elle descendit l'escalier lentement, aperçut son frère.

— Vivien ! fit-elle en se précipitant vers lui.

Et tandis qu'elle l'embrassait, une vague tiède la submergea. Elle le serrait dans ses bras comme pour retenir à jamais cette bouée qui lui était jetée, cependant que Vivien, timide et emprunté, tenait sa casquette à la main en répétant :

— Marie ! Marie ! tu vas bien ? tu vas bien ?

Elle le lâcha enfin, retrouvant un passé merveilleux qui était sa vraie vie, son enfance, le bonheur.

— Ne pleure pas, Marie. Regarde ! je suis là !

Il était là, en effet, inchangé, toujours aussi beau, avec ses yeux lumineux, son sourire d'enfant qu'il était encore, qu'il serait toujours.

— Vivien ! fit-elle, mais comment as-tu fait ? Les eaux ne sont pas marchandes en cette saison !

— J'ai pris une voiture de roulier jusqu'à Bergerac et ensuite la diligence. Tu vois ? C'est pas compliqué.

Mme Lassalle, qui veillait sur les relations de ses employés, ne tarda pas à apparaître. Marie lui présenta son frère qui fut autorisé à déjeuner avec elle dans la cuisine. En outre, comme Mme Lassalle trouvait dans cette visite une opportunité pour Marie de sortir de la torpeur où elle avait sombré depuis de longs jours, elle lui donna congé pour l'après-midi. Une fois seuls sur les quais, Marie et Vivien purent donc parler à loisir de leur famille, de Souillac, de la rivière, d'Elina et de Victorien. A entendre Vivien, tout le monde se portait bien et les affaires de Victorien marchaient à merveille. Il attendait avec impatience le retour de Benjamin pour lui confier les bateaux et envisageait même d'en faire construire d'autres.

— Est-ce qu'il t'a écrit ? demanda Vivien qui avait senti chez Marie une sorte de rétraction à l'instant où il avait prononcé le nom de Benjamin.

— Elina m'a donné des nouvelles, dit-elle. Et toi ? As-tu reçu une lettre récemment ?

— Non. Mais peut-être veut-il nous faire une surprise. Je suis sûr que nous allons le voir arriver un de ces jours sans prévenir.

Elle eut une moue dubitative, prit le bras de Vivien. Ils marchaient sur le quai de la Bourse et Vivien s'étonnait au spectacle des grands mâts, des voiles, des drisses et des haubans, des innombrables charrettes affectées au transport des marchandises, de l'activité de ruche qui régnait partout. Au bout du quai, Marie fit passer Vivien près des colonnes rostrales pour gagner l'esplanade des Quinconces. Là, ils marchèrent un moment en silence et, une fois parvenus à proximité du bassin, ils s'assirent sur un banc.

— Tu ne m'as pas parlé de toi, fit Vivien. Es-tu contente? Est-ce que tu te plais chez ces gens?

Avait-il deviné quelque chose? Elle le considéra sans sourire, un peu angoissée, soudain, mais l'expression paisible de son visage la rassura. Il y eut un silence durant lequel le besoin subit, impérieux, vital, de se confier s'imposa à Marie. Elle avait trop souffert seule. Elle n'en pouvait plus de tous ces remords qui l'assaillaient, de cette vie sans horizon. Elle s'entendit murmurer d'une voix désincarnée :

— J'ai eu un enfant, Vivien. Il est mort à la naissance.

Elle sentit nettement une crispation dans le bras de son frère. Pendant quelques secondes, il ne respira plus. Un éclair dur passa dans son regard, mais il s'éteignit aussitôt et Marie ne le vit pas.

— Si tu m'avais appelé, je serais venu, dit-il enfin sans le moindre reproche.

— Ce n'était pas possible, Vivien.

Elle eut la conviction qu'il lui en voulait sans le laisser paraître, et elle regretta d'avoir parlé si vite. Pourtant elle se sentait mieux maintenant, et comme réconciliée avec elle-même. Aussi ajouta-t-elle, afin de se délivrer une bonne fois pour toutes d'un fardeau trop lourd à porter :

— Ça s'est passé avant...

— Arrête! dit Vivien, nous n'en parlerons plus jamais.

— Il faudra pourtant bien que j'en parle à Benjamin, fit-elle avec un soupir.

Et elle ajouta dans un souffle :

— Si j'en trouve la force.

Vivien passa son bras autour de ses épaules et ce fut comme si elle naviguait près de lui dans la barque où ils avaient été si heureux.

— Tu la trouveras, Marie, il le faudra.

Elle le reconnaissait bien là, franc comme l'or et toujours

complice malgré le temps passé, malgré l'aveu qu'elle venait de lui faire. Comme elle demeurait silencieuse, il lui parla des bateaux de Victorien, du trafic qui augmentait sans cesse sur la rivière, du gabarot qu'il conduisait depuis que Ghislain Claveille était parti pour Paris. Elle comprit qu'il voulait ainsi lui montrer qu'elle pouvait revenir sans crainte à Souillac, qu'il n'y avait plus de danger, et elle fut certaine qu'il savait parfaitement ce qui s'était passé, là-bas, une nuit de Saint-Jean.

— Merci, Vivien, murmura-t-elle.

— Ne me remercie pas, dit-il, j'aurais dû t'aider plus tôt.

Elle pensa qu'il voulait dire « avant cette nuit-là », mais elle n'en fut pas certaine et ne répondit rien. Pourtant elle se sentait proche de lui et retrouvait les mêmes sensations qu'au temps où ils restaient sans parler, enfants, et regardaient couler la Dordogne entre les galets de la plage. Aujourd'hui, c'étaient les gens de la ville qu'ils regardaient passer, Vivien avec une certaine curiosité, Marie avec l'impression d'avoir toujours vu ces hommes vêtus d'un costume noir et coiffés d'un chapeau mou, ces femmes dignes et élégantes dans leur robe longue bien coupée, rubans autour du cou et chapeau à fleurs sur la tête. Au point qu'elle se demanda si elle avait jamais habité ailleurs et que son petit port tapi dans les prairies lui parut terriblement lointain.

— Si on revenait vers les quais ? demanda Vivien.

— Tu as raison ; allons voir les grands voiliers !

— Tu sais, j'en ai vu de beaux, ce matin, en traversant sur la barque des passeurs.

— Tu n'as pas traversé sur le pont ? s'étonna-t-elle.

— Pour passer sur le pont, il faut payer un droit. Tu n'es donc jamais allée à la Bastide ?

— Non ! je me contente de marcher sur nos quais.

— Tu parles comme une vraie Bordelaise !

Elle rit, se rendit compte que cela ne lui était pas arrivé depuis longtemps et se sentit libérée du poids de remords qui l'avait oppressée chaque jour. Ils se dirigèrent vers le pont où l'on apercevait les verrues grises de l'octroi, heureux que l'on pût les prendre pour deux époux en promenade. Passé le pont, ils s'engagèrent sur le quai des Salinières, puis sur celui de la Grave. Vivien s'arrêtait devant les trois-mâts ancrés au milieu de la Garonne, mais aussi devant les morutiers et les bateaux de pêche de la mer bordelaise. Tout l'intéressait, tout l'étonnait, car il n'était jamais allé que jusqu'à Libourne et c'était ici autrement plus beau, autrement plus grand. On respirait un autre air, qui était sans doute celui de la haute mer, des pays lointains, des îles du bout du monde.

— Quand Benjamin sera revenu, on viendra jusqu'ici, dit-il d'une voix enfiévrée.

Elle faillit dire « moi aussi », mais elle n'osa pas. Elle repoussa tout ce qui était étranger au moment présent et profita de chaque seconde, de chaque minute, comme si le départ de Vivien allait la renvoyer vers ses démons et lui cacher de nouveau la lueur du soleil.

A sept heures, il fallut revenir vers la rue Sainte-Catherine où on devait l'attendre. Au lieu de passer par les quais, elle l'entraîna par l'église Saint-Michel, le marché des Capucins et la rue des Augustins. Elle retarda le plus possible le moment de le quitter, mais il fallut bien y venir enfin.

— Je ne veux pas te voir partir, lui dit-elle alors. Je vais continuer à marcher et tu te retourneras : tu trouveras le port devant toi.

— Tu ne veux donc pas m'embrasser ?

— Bien sûr que si, dit-elle. Maintenant.

Elle eut beaucoup de peine à se détacher de lui, mais, dès qu'elle fut seule au bout de la rue Sainte-Catherine, il lui sembla qu'elle avait de nouveau le droit de penser aux siens.

Ce début d'après-midi était si chaud qu'Elina avait fermé la porte de la maison et rabattu les volets. Dans la fraîcheur relative de la pénombre, elle travaillait devant l'évier de pierre tandis que Victorien comptait ses écus et inscrivait les sommes sur un cahier. Il n'en avait jamais autant eu en sa possession. Il avait beau ne pas se l'avouer, il était fier d'avoir réussi dans son entreprise et regrettait seulement que Benjamin fût si loin et que ses filles eussent quitté la maison. Pourtant il eût volontiers pris leurs maris sur ses bateaux ou en eût fait des contremaîtres pour le sel et le merrain, mais ceux-ci avaient préféré devenir ouvriers. Il leur en voulait de n'avoir pas rejoint les rangs de ses matelots et ne les ménageait pas quand il les rencontrait. Aussi ne les voyait-il pas souvent, et ses filles pas davantage, ce dont il souffrait en le cachant soigneusement.

Sur la rivière, tout se passait d'autant mieux que, depuis l'ouverture du canal de Mauzac à La Tuilière, on n'avait plus à redouter les rapides de Lalinde ni les abus des pilotes. Bientôt, il n'aurait même plus à payer les pilotes de Castillon et il comptait bien acheter d'autres bateaux, envoyer une flotte à Bordeaux sous le commandement de Benjamin, confier la deuxième à Vincent et à ses fils, même si Vivien devait tirer au sort l'année prochaine. Et Benjamin se marierait. Et la maison retentirait du rire de ses enfants, alors que cet après-midi Victorien se trouvait seul avec Elina et songeait que le temps devait lui paraître bien long quand les eaux étaient marchandes. Surtout depuis qu'Amélie était morte et que Marie était partie pour Bordeaux. Qu'est-ce qui lui avait pris, à cette petite si sérieuse et si sage, de quitter ainsi sa maison ? Il n'avait pas compris pourquoi Vincent l'avait laissée partir de la sorte, et lui en avait fait de fréquents reproches. Il se demandait souvent si elle n'allait pas trop changer là-bas, et si elle accepterait de revenir à Souillac pour y vivre avec Benjamin.

Il soupira, grogna comme un vieil ours, repoussa le cahier à l'autre bout de la table. Cinq ans qu'il n'avait pas revu son fils ! Tonnerre ! Au nom de quelle loi pouvait-on retenir si longtemps des hommes loin de leur foyer ? Lui-même, à l'époque où il servait dans la marine, était revenu chez lui au bout de trois ans. Alors ? Pourquoi retenait-on ainsi Benjamin ? Et combien de temps devrait-il encore attendre ? Elina, elle, ne se plaignait jamais, mais il voyait bien à quel point l'absence de son fils lui pesait. Heureusement que le succès de leur entreprise — à laquelle Victorien l'associait de plus en plus — les aidait à patienter, à trouver le réconfort dont ils avaient tous les deux bien besoin.

— Je vais faire mettre en chantier deux bateaux, décida-t-il brusquement, avec une sorte de violence dans la voix.

Elina se retourna, répondit :

— C'est une bonne idée. Ainsi, ils seront achevés quand il reviendra.

Victorien approuva de la tête, reprit pensivement :

— A Bordeaux, le sel se vend moins cher qu'à Libourne.

Elina vint s'asseoir près de lui, demanda :

— Est-ce vrai qu'il y a beaucoup de naufrages sur les bancs de sable de Macau ?

Victorien ne répondit pas, se contenta de sourire en haussant les épaules.

— Et les tempêtes de la mer bordelaise, reprit Elina, ne sont-elles pas plus dangereuses que celles de notre Dordogne ?

Victorien posa sa main sur le bras de sa femme.

— Il a certainement affronté des tempêtes autrement plus périlleuses sur l'océan, dit-il.

Elina demeura songeuse, jouant avec la plume que Victorien avait posée sur la table.

— Grâce au permis qu'il a obtenu, reprit-il, nous allons devenir riches.

— Il me suffira simplement que nous soyons heureux, dit-elle. Je ne crois pas beaucoup aux vertus des louis d'or.

A cet instant, on frappa à la porte. Trois coups brefs qui les surprirent. Victorien interrogea sa femme des yeux, mais elle lui fit signe qu'elle n'attendait aucune visite.

— Entrez ! fit-il d'une voix forte.

La porte s'ouvrit, poussée par un homme qui devait avoir une trentaine d'années. Il était grand, brun, vêtu d'une redingote de ville, d'un pantalon noir et de chaussures à clous qui trahissaient une certaine aisance. Il s'inclina légèrement devant Victorien qui s'était levé, demanda :

— C'est bien ici, chez Donadieu ?

— C'est ici, répondit Victorien.

— Je suis un camarade de Benjamin. J'étais avec lui sur le *Duguay-Trouin.*

— Mon Dieu ! fit Elina en s'approchant du visiteur.

— Finissez d'entrer ! dit Victorien en serrant la main de l'homme qui, de nouveau, s'inclina en disant :

— Pierre Bourdelle. De Bergerac.

— C'est donc de vous qu'il parlait dans ses lettres, dit Victorien.

Puis, lui désignant une chaise :

— Asseyez-vous, monsieur Bourdelle ; vous boirez bien quelque chose.

— Mais peut-être n'avez-vous pas mangé ? demanda Elina.

— Merci, madame, mais j'ai mangé à Carlux.

Il ajouta, s'essuyant le front d'un revers de main :

— Je boirai volontiers quelque chose ; il fait chaud sur la route.

Elina se précipita, offrit du vin frais, posa deux verres sur la table, que Victorien remplit en disant :

— Si je comprends bien, il a eu moins de chance que vous.

Pierre Bourdelle hésita. Benjamin lui avait recommandé de prendre des précautions et de ne pas donner de précisions sur l'exacte gravité de ses blessures. « Ne t'inquiète pas ! avait répondu Pierre en le quittant, je ferai attention. » Et maintenant, face à ces yeux qui brillaient d'impatience, devant cet homme et cette femme qu'il lui semblait connaître depuis si longtemps, il hésitait, ne trouvait pas ses mots.

— Un peu moins, vous avez raison, dit-il, mais s'il n'avait pas déserté, vous l'auriez déjà revu au moins une fois.

Et, cherchant à retarder le plus possible le moment où il devrait parler de l'accident :

— A l'époque, j'ai tout fait pour le retenir. Mais vous savez, c'était comme une folie qui brûlait au fond de lui. Il ne savait parler que de vous, de la Dordogne, de vos bateaux. Il ne pouvait plus s'en passer.

— Il s'en est bien passé, pourtant, soupira Elina.

— Il a fini par s'habituer. Après, ma foi, nous sommes partis pour l'océan Indien pendant plus d'un an et le voyage l'a aidé à oublier.

— Ça n'empêche pas qu'ils auraient pu lui donner une permission, tout de même, dit Victorien. Il a payé assez cher ses bêtises.

— Est-ce qu'il va bien, au moins ? demanda Elina.

Pierre Bourdelle toussota et s'éclaircit la voix. Il savait qu'au point où il était arrivé, il ne pouvait plus reculer.

— Il ne va pas très bien, non, dit-il, après un soupir.

Et, comme Elina et Victorien le dévisageaient sans comprendre, tendus comme à l'annonce d'un malheur :

— Pour tout vous dire, il est à l'hôpital de Bordeaux.

Un lourd silence se fit, que Pierre s'empressa de rompre en ajoutant :

— Ne vous inquiétez pas ; il est hors de danger, maintenant.

Victorien et Elina le regardaient durement, comme s'il avait été coupable de ce qui était arrivé à leur fils.

— Il a donc été gravement malade ? demanda Elina.

— Non ! pas malade, murmura Pierre, mais blessé par l'explosion d'un canon.

Voilà ! C'était dit. Il fallait maintenant s'employer à rassurer ses hôtes, leur montrer qu'ils pouvaient avoir confiance. Victorien ne lui en laissa pas le temps et demanda :

— Qu'est-ce qu'il a, au juste ?

Pierre eut une seconde d'hésitation, chercha les mots les plus anodins possible, répondit :

— Il a été blessé au bras et à la jambe gauches.

— C'était grave ? demanda Victorien.

Il n'était pas possible de mentir devant ces yeux gris, ce visage tendu qui exprimaient toute l'honnêteté, toute la gravité d'un homme.

— Fracture du bras, du fémur et du tibia.

— Mon Dieu ! fit Elina en fermant les yeux.

Victorien, lui, avait blêmi. Il serrait les poings et ses

mâchoires jouaient sous la peau de ses joues comme s'il était prêt à bondir sur un ennemi.

— Est-ce qu'il remarchera ? demanda-t-il d'une voix blanche.

— Tout danger d'amputation est écarté depuis longtemps, dit Pierre. A présent, c'est une question de temps. Mais il remarchera, je vous le promets : le chirurgien que j'ai vu a été formel.

Il y eut un long silence, durant lequel les mots firent lentement leur chemin chez Elina et Victorien, provoquant en eux une peur rétrospective peut-être plus terrible qu'une peur immédiate.

— C'est bien vrai ? demanda Elina.

Pierre Bourdelle sourit, répondit :

— C'est bien vrai. D'ailleurs, si ce n'était pas le cas, vous pensez bien que Benjamin ne m'aurait pas demandé de venir jusqu'ici.

Il ajouta, comprenant que ses hôtes n'étaient encore pas persuadés de sa sincérité :

— Il vous demande de ne pas le faire savoir à Marie ; il veut attendre d'être sur pied pour ça. Vous comprenez, n'est-ce pas ?

— Est-ce que ça sera long ? demanda Victorien.

— Je ne sais pas exactement... six mois... un an...

Victorien parut s'affaisser, mais il se reprit très vite et décida :

— Je vais aller le voir.

— Non ! dit Pierre ; il ne le veut pas.

Et, comme Victorien insistait :

— Il veut être debout pour vous accueillir, vous comprenez ?

Victorien acquiesça de la tête, mais il garda un air déterminé qui donna à penser à Pierre qu'il n'avait pas renoncé à son idée première.

— Au moins, ça lui évitera de finir ses sept ans, reprit le Bergeracois.

— Vous croyez ? fit Elina dont le regard s'était mis à briller de nouveau.

— J'en suis sûr. Il sera libéré dès qu'il sortira de l'hôpital ; un officier me l'a dit.

— C'est quand même cher payé ! grommela Victorien... Enfin ! qu'il revienne au moins sur ses jambes, on n'en demande pas plus.

Comprenant que le moment le plus pénible était passé, Pierre se mit à parler de leurs voyages, des îles lointaines, du sauvetage de l'officier qui avait valu à Benjamin une faveur et l'estime de tous. Il raconta par le détail leur vie à bord du *Duguay-Trouin*, les pays visités, les plantations de canne à sucre, les gens de couleur, les forêts, les montagnes, tout ce qu'ils n'auraient jamais connu sans la marine.

Quand il se tut, de longues minutes plus tard, il comprit que ses hôtes étaient rassurés. Victorien lui versa un autre verre de vin et Elina lui demanda :

— Vous resterez bien avec nous, ce soir ? La maison est assez grande, vous savez !

Il y avait une telle supplique dans sa voix que Pierre, malgré la pensée de ses parents qui l'attendaient à Bergerac, n'eut pas le cœur de refuser. Alors, Victorien, redevenu lui-même, commença à parler de ses projets, des bateaux qu'il allait mettre en chantier, des voyages qu'entreprendrait Benjamin dès son retour, des marchés qu'ils signeraient avec les Bordelais. Il s'arrêtait à chaque fin de phrase, ou presque, et demandait :

— Vous le lui direz, n'est-ce pas ? Vous le lui direz ; je compte sur vous.

Et Pierre hochait la tête, satisfait d'avoir mené à bien sa délicate mission.

Depuis qu'il était allongé dans la grande salle commune de l'hôpital, Benjamin avait l'impression que les jours duraient des siècles. Sa jambe et son bras immobilisés ne le faisaient pas vraiment souffrir, mais la vie qu'il menait dans cet univers clos où les gémissements et les râles des malades ne cessaient jamais lui était devenue insupportable. Heureusement, il avait reçu la visite de Pierre à son retour de permission, et d'entendre parler de son père et de sa mère lui avait fait beaucoup de bien. Il avait également reçu une lettre de Marie expédiée à Rochefort et qu'on avait fait suivre. Elle ne se plaignait pas, Marie, au contraire : ses maîtres étaient bons pour elle et son travail lui plaisait. Elle regrettait simplement de ne pas recevoir de ses nouvelles et demandait quelles en étaient les raisons. Benjamin lui avait répondu, mais ne lui avait parlé ni de l'accident ni de sa présence à Bordeaux. Certains jours, pourtant, quand le temps lui paraissait trop long, il regrettait de ne lui avoir pas tout avoué, comme il regrettait aussi, souvent, d'avoir interdit à ses parents de lui rendre visite. Mais ces instants de faiblesse ne duraient pas longtemps. A la seule idée de passer une heure avec eux dans cette salle où rôdaient la souffrance et la mort, il renonçait à leur écrire.

On était en octobre, un octobre doux et pluvieux qui traînait derrière lui des odeurs puissantes de moût et de chai. Benjamin, qui voyait depuis dix jours tomber la pluie derrière les carreaux, songeait que les eaux devaient être marchandes et que les bateaux, là-bas, à Souillac, avaient dû appareiller. Le chirurgien — un homme grand et svelte, aux cheveux blancs soigneusement coiffés, au profil d'aigle — lui avait promis qu'il pourrait poser les pieds par terre dans les huit prochains jours. Depuis, Benjamin ne pensait plus qu'à cela et ne doutait pas de redevenir aussi agile qu'avant.

Cet après-midi-là, il venait de prendre son repas et somnolait en rêvant à tout ce qu'il allait revoir bientôt dans les rues et sur la rivière. Autour de lui, les malades et les blessés cherchaient dans le sommeil de la mi-journée un répit à leur souffrance.

— Une visite pour vous, lui dit l'infirmière brune qui, parfois, lui tenait compagnie entre deux corvées.

Il ouvrit de grands yeux, se demanda si l'infirmière s'était bien adressée à lui, puis une onde de bonheur coula dans ses veines : son père s'approchait, les mains nouées sur une capuche qu'il triturait nerveusement, avec l'air un peu hagard de ceux qui, habitués au grand air, entrent dans une pièce close. Il s'arrêta derrière le lit, essayant de sourire.

Encombré de ses longs bras inutiles, s'efforçant de ne pas regarder à sa droite et à sa gauche où les malades l'observaient, il ne savait quelle contenance prendre. Benjamin fit un petit geste de la main, l'invitant à s'asseoir sur le lit. Alors Victorien combla les quelques mètres qui les séparaient et dit en lui tendant un paquet contenant deux oublies achetées en chemin :

— Bonjour, fils !

Benjamin, pétrifié, ne put même pas saisir le paquet que Victorien posa sur le lit, avant de se pencher pour l'embrasser. Le seul fait de sentir la rude barbe de son père sur sa peau fit resurgir toute une somme de sensations qu'il avait crues définitivement enfouies dans le passé. Il ferma les yeux, se laissa aller un instant. Benjamin se redressa, s'assit au bord du lit, croisant ses mains sur ses jambes, dans un geste maladroit qui trahissait son embarras.

— Pourquoi êtes-vous venu ? demanda doucement Benjamin. Vous savez bien que j'aurais voulu vous recevoir debout.

Victorien toussota, répondit humblement, d'une voix que Benjamin ne lui connaissait pas :

— C'est que, vois-tu, je n'ai pas pu attendre.

Il y avait dans ses yeux une lueur un peu semblable à celle que Benjamin avait vue briller le jour où Victorien l'avait frappé, après l'affaire des saumons. Il comprit que son père souffrait de le trouver ainsi meurtri et que c'était comme si lui-même était touché dans sa propre chair. Mais il n'eut pas le temps de le rassurer, car Victorien murmura en se penchant vers lui :

— Donne-moi ton mal, petit.

Il y eut un bref silence. Benjamin recevait ces mots avec d'autant plus d'émotion que son père ne s'était jamais livré de la sorte.

— Vous dites des bêtises, tenta-t-il de plaisanter.

Mais Victorien reprit avec gravité, son regard d'acier calmement posé sur son fils :

— Pour que tu puisses vivre debout, je te donnerais volontiers mes jambes et mes bras.

Benjamin l'attira contre lui et ils demeurèrent enlacés un long moment, s'efforçant l'un et l'autre de desserrer l'étau refermé sur leur poitrine.

Quand Victorien se redressa, son regard s'était voilé. Il s'empressa de déplier le papier du paquet qu'il avait apporté tandis que Benjamin murmurait :

— Vous n'aviez pas besoin de me dire tout ça, je le savais.

Victorien soupira :

— Si seulement c'était possible...

Ils parlaient à voix basse, gênés qu'ils étaient par l'attention indiscrète des hommes couchés dans les lits voisins, mais heureux, tous les deux, comme ils ne l'avaient pas été depuis longtemps.

— Et la mère ? demanda Benjamin.

— Elle se languit, mais elle va bien.

— Et Angéline ? Et Fantille ?

— On les voit pas assez souvent, mais que veux-tu ? elles ont leur maison, maintenant. Seulement, pour la mère, c'est pas toujours facile.

— Vous lui direz que je serai bientôt de retour, et pas tout seul, j'espère.

Benjamin baissa la voix pour demander :

— Vous avez des nouvelles de Marie ?

— Elle travaille à Bordeaux, pas très loin d'ici. Je vais peut-être passer la voir. Qu'est-ce que tu en penses ?

Benjamin se dressa à demi dans son lit :

— Surtout ne lui dites rien, s'il vous plaît.

Victorien l'apaisa de la main et dit :

— Ne t'inquiète pas, elle ne saura rien.

— Dès que je serai debout, j'irai la voir.

— Tu as raison, fit Victorien, c'est mieux comme ça.

Un bref silence tomba, puis Benjamin demanda :

— Et Vincent ? comment va-t-il ?

— Toujours solide, Vincent. Et maintenant il y a Vivien sur le gabarot.

Benjamin hocha la tête pensivement, une profonde mélancolie dans le regard. Des cris retentirent à l'autre extrémité de la salle, provoquant l'arrivée de deux infirmières au gabarit impressionnant.

— Ça doit être dur, ici, petit, fit Victorien.

— Je me suis habitué, il le fallait bien. Mais parlez-moi plutôt des bateaux, j'en ai besoin.

Le visage de Victorien s'éclaira.

— Les affaires marchent fort, fils, dit-il. Et elles marcheront encore mieux quand tu seras revenu !

Il se tut un instant, parut hésiter, reprit :

— Je voulais t'en faire la surprise à ton retour, mais tant pis ! autant te le dire aujourd'hui...

Et, ménageant ses effets :

— J'ai fait mettre en chantier deux bateaux. C'est toi qui les conduiras à Bordeaux. Le sel y est moins cher qu'à Libourne. Qu'en dis-tu ?

— J'en dis qu'il me tarde de tenir le gouvernail.

— A la bonne heure ! Et tu sais, là-bas, on peut acheter en gros : il n'y a pas d'intermédiaire. On gagnera d'autant plus. Vincent mènera le convoi de Libourne, toi celui de Bordeaux et moi je compterai les écus.

Ils rirent de bon cœur, retrouvant leur complicité.

— Vous ne pourrez pas rester à Souillac, dit Benjamin ; le voyage vous manquerait trop.

— J'ai passé la cinquantaine, fit Victorien redevenu sérieux.

— Allons donc ! Je sais bien que vous ne pourrez pas abandonner les voyages.

— Tu sais, fils, il y a de plus en plus de travail sur le port. Il nous faudrait quelqu'un en permanence pour tenir les comptes et vérifier les lettres de voiture.

Victorien ajouta d'un air malicieux :

— J'en connais une qui doit s'y entendre en chiffres, maintenant. Si tu me la ramènes à la maison, nous ferons tous une fameuse équipe !

Benjamin, brusquement rêveur, murmura :

— Espérons qu'elle n'aura pas trop changé et qu'elle voudra toujours de moi.

— Espérons ! fit Victorien qui n'avait pas oublié ce qui s'était passé avant le départ de Benjamin et ne savait si Marie n'avait pas appris quelque chose à ce sujet.

Alors, changeant aussitôt de conversation, il parla d'Ambroise Debord qui était toujours aussi plein de vitalité malgré son âge, des gabariers du haut-pays qui se relayaient pour descendre le bois, des rouliers, des marchands du Massif central, des négociants de Libourne, tous ceux que Benjamin connaissait et qu'il avait hâte de retrouver. Victorien donna aussi des nouvelles des amis, des parents et même d'Arsène Lombard dont les affaires ne marchaient plus aussi bien, aujourd'hui. Quand il se tut, ce fut au tour de Benjamin de raconter ses voyages, les pays qu'il avait visités, les gens qu'il avait rencontrés, et il le fit si bien que Victorien et lui oublièrent pendant plus d'une heure où ils se trouvaient, firent des projets, évoquèrent des souvenirs, s'imaginèrent assis autour de la table de la grande maison proche de la rivière.

A la fin, une infirmière vint prévenir Victorien qu'il ne pouvait pas rester plus longtemps.

— Allons ! dit-il. La voiture part à cinq heures et les bateaux m'attendent à Libourne.

Pourtant il ne se levait toujours pas et l'infirmière s'impatientait dans l'allée. Il dévisageait Benjamin en silence, ne bougeait pas.

— Vous savez, dit Benjamin, je ne voulais pas que vous veniez, mais j'en avais besoin.

— J'en étais sûr, dit Victorien.

Il ajouta tout en posant sa main droite sur l'épaule de Benjamin :

— Le plus dur est passé.

— Oui, dit Benjamin ; avant deux mois, je remarcherai comme avant.

Victorien approuva d'un signe de tête, se pencha pour l'embrasser.

— A bientôt, dit-il, si tu as besoin de moi, fais-le-moi savoir.

— A bientôt, père, fit Benjamin, mais ne revenez plus. C'est moi qui viendrai, je vous le promets.

Et il ajouta, avec un sourire un peu contraint :

— A pied et au pas de course !

Enfin, comme Victorien s'en allait :

— Surtout, pas un mot à Marie !

Victorien hocha la tête, laissa son regard errer sur les jambes de son fils, se troubla, et, prenant sur lui, fit brusquement volte-face et partit dans l'allée centrale, silhouette droite et fière que Benjamin vit trembler à travers le brouillard qui venait de se poser sur ses yeux.

12

La pluie qui tombait depuis trois semaines s'était enfin arrêtée dans la nuit. Ç'avait été une pluie lourde et grasse qui avait martelé la terre ruinée par le froid, achevant avec opiniâtreté on ne savait quelle débâcle de l'hiver. Depuis huit jours déjà la Dordogne était sortie de son lit, roulant des eaux épaisses et noyant les prairies, malmenant le quai construit sur des pieux menaçant de céder, emportant le merrain entassé sur les rives. Les bateaux, amarrés avec une grande longueur de corde, souffraient énormément des chocs provoqués par les troncs à la dérive, de la violence de l'eau qui les projetait contre les pontons presque totalement submergés par les flots.

Victorien et ses hommes étaient obligés de veiller jour et nuit sur eux, repoussant au moyen de perches munies d'un crochet les arbres en dérive qui les menaçaient. Le rez-de-chaussée des maisons les plus proches du port était inutilisable. Les familles s'étaient réfugiées au premier étage avec la résignation de ceux qui sont habitués aux colères des rivières. Cela faisait pourtant plus de dix ans que les eaux n'avaient pas atteint un tel niveau.

Assis sur une caisse de bois à bord de la capitane, Victorien, qui venait de passer le relais à Vincent, était de fort mauvaise humeur. Songeur, il regardait bouillonner la Dordogne tourmentée de remous et de tourbillons, les îlots des étangs qui avaient envahi les prairies et, sur l'autre rive, la cime des arbres et les collines encoconnées dans la brume de mars. Il était d'autant plus furieux qu'il s'était laissé piéger par la crue. Ses trois bateaux : capitane, seconde et gabarot étaient chargés pour le départ depuis plusieurs jours, mais il hésitait à appareiller, espérant que la pluie cesserait et que la décrue s'amorcerait. Il savait qu'il devait prendre une décision, les bateaux risquant gros à supporter ainsi les chocs. Il eût sans doute mieux valu naviguer en bordure des courants, même si le danger d'être projeté sur les rochers était aussi à prendre en considération.

L'hiver qui venait de passer avait été l'un des pires que l'on ait connus. Basses eaux en novembre et décembre, glaces en janvier et février, et maintenant cette pluie folle dont on avait eu l'impression qu'elle ne s'arrêterait jamais. Il y avait eu aussi cette seconde visite qu'il avait faite à Benjamin à Bordeaux et dont il était revenu anéanti. Le sourire crispé de son fils appuyé sur des béquilles, tombant, se relevant, couvert de sueur, et cette prière dans le regard qui disait « Va-t'en ! va-t'en ! » ne cessaient de le hanter jour et nuit. S'il n'oubliait pas, il n'en disait rien à Elina qui s'inquiétait de plus en plus et parlait de partir elle aussi pour Bordeaux. Heureusement, à la fin de février, le retour de Fantille et d'Angéline avait un peu éclairé tous ces jours sans lumière. Elles étaient venues avec leurs maris demander humblement si Victorien ne voulait pas les reprendre sur ses bateaux. Ils n'en pouvaient plus des interminables journées de travail pour gagner seulement quelques sous, sans jamais voir le soleil ni prendre de repos, excepté le dimanche. Or, ce jour-là, ils étaient tellement épuisés qu'ils dormaient tout l'après-midi, au grand désespoir de Fantille et d'Angéline qui regrettaient amèrement d'avoir quitté la rivière. Victorien, bon prince, avait promis de les accueillir dès que la construction de ses nouveaux bateaux serait achevée. Il avait été en outre convenu que les deux ménages loueraient une maisonnette à proximité du port, et que Victorien et Elina paieraient le loyer. Celle-ci avait été comblée par ces retrouvailles, car ses filles lui manquaient. Depuis, elle paraissait s'inquiéter un peu moins de la santé de Benjamin...

Victorien soupira, se leva. Allons ! il fallait garder l'espoir ! Tout finirait bien par s'arranger pourvu qu'on sache se montrer patient. Il s'approcha de la rive, examina le niveau de l'eau qu'il contrôlait d'heure en heure, fit appeler Vincent.

— Qu'est-ce que tu en penses ? demanda-t-il quand son second l'eut rejoint.

— Elle a baissé de deux doigts au moins, et le vent a tourné au lever du jour, répondit Vincent.

— Tu es du même avis que moi ? Tu crois que c'est fini ?

— Je le crois.

Victorien réfléchit un instant, décida :

— Va faire prévenir les femmes. On part dans une heure.

Pas une voix ne s'éleva pour discuter cette décision, ni de la part des matelots ni de la part des femmes qui apportèrent les provisions nécessaires au voyage. Tous savaient que les bateaux couraient des risques à rester amarrés avec leur chargement et que le merrain était attendu impatiemment à Libourne. Pourtant, quand, repoussée par les bergades, la capitane eut pris du travers, Victorien, en sentant dans ses bras l'énorme pression de l'eau sur le gouvernail, eut la désagréable impression d'avoir mis ses hommes en danger. Ce n'était pas la première fois qu'il descendait sur des eaux fortes, mais il n'avait jamais affronté ce genre de crue.

Dès qu'il eut parcouru une centaine de mètres, il se retourna pour savoir si la seconde et le gabarot le suivaient. Satisfait de les apercevoir dans son sillage, il s'apprêta à franchir le pas du Raysse en prenant soin de maintenir la capitane vers le milieu du lit. Il lui sembla que c'était plus facile ainsi, le niveau de l'eau permettant de naviguer sur bâbord où, d'ordinaire, il aurait raclé les galets. Cet obstacle passé, pourtant, il comprit que son bateau prenait de plus en plus de vitesse et qu'il lui serait difficile de le freiner, les meilhes s'étant elles aussi transformées en courants.

Dans la plaine de Cazoulès, on ne distinguait plus les rives, et les eaux, par endroits, étaient rouges. C'est à peine si l'on s'entendait d'une extrémité du bateau à l'autre, tellement le tumulte des flots dominait tous les sons. Pour la première fois depuis qu'il naviguait, Victorien sentit qu'il ne maîtrisait pas complètement la situation. Il avait envie de retenir ses matelots qui se penchaient sur bâbord et tribord pour repousser les troncs et risquaient la chute au moindre incident. La Dordogne roulait furieusement toutes sortes de pièces de bois, d'arbres, de meubles, de branches, de pontons arrachés aux rives et creusait d'énormes remous que la capitane franchissait en craquant de toutes ses membrures. Il fallait s'arrêter coûte que coûte, mais où ? Victorien passa mentalement le rivage en revue, songea que l'obstacle le plus dangereux serait sans doute le cingle de Montfort. Il devait donc stopper le convoi à Mareuil ou à Groléjac.

Mais déjà le port de Mareuil apparaissait et il n'avait pu donner d'ordre. Il n'y avait pas de temps à perdre. Il se retourna et cria au prouvier de Vincent :

— L'eau est trop forte ! Arrêt à Groléjac !

Il entendit à peine le prouvier répercuter l'ordre vers l'arrière, revint à sa navigation pour s'apercevoir que les rives glissaient le long des bateaux à une allure folle. Le convoi ne tarda pas à dépasser les maisons de Saint-Julien-de-Lampon, puis les falaises d'Aillac sans que ni Victorien ni Vincent ne réussissent à ralentir la course de leur bateau. Victorien tentait de réfléchir, mais tout allait trop vite. Déjà on arrivait en vue de Groléjac et il fallait se préoccuper de la manœuvre qu'il faudrait effectuer pour accoster sans dommages. Victorien, debout, essayait de regarder loin en avant, mais il avait perdu tous ses repères et il ne reconnaissait plus les rives pourtant familières. Cependant, il s'aperçut au même instant que son prouvier que le quai de Groléjac avait disparu, arraché par les eaux.

— Plus de quai ! cria-t-il au prouvier de Vincent. On continue !

Il s'agissait maintenant de passer le cingle de Montfort et de tenter de ralentir dans les eaux traditionnellement plus calmes qui coulaient sous la barre de Domme, puis d'essayer d'accoster à La Roque-Gageac.

Sur les berges, des hommes et des femmes regardaient passer le convoi comme s'il s'agissait de bateaux fantômes. Devant leurs gesticulations épouvantées, Victorien cherchait à se rassurer en se disant que Vincent avait autant d'expérience que lui, et que son ancien prouvier, Fernand Maset, qui tenait le gouvernail du gabarot depuis le départ de Vivien, était un homme qui n'avait jamais montré le moindre signe de faiblesse. La capitane entra dans le cingle. Comme au passage du Raysse, Victorien la maintint le plus possible sur bâbord, et elle passa assez loin des rochers, bien que prise dans un remous qui la coucha dangereusement. Il se retourna pour voir Vincent éviter avec adresse le remous, en fut rassuré. La capitane reprit sa course folle jusqu'à la plaine de Domme dont on apercevait les remparts, là-bas, à plusieurs centaines de mètres sur bâbord. Là aussi la Dordogne était sortie de son lit, mais, en bordure du courant principal, les eaux paraissaient plus calmes au-dessus des anciennes meilhes. Victorien donna un vigoureux coup de gouvernail pour quitter le milieu du lit, dut s'y reprendre à trois fois tellement la pression de l'eau était forte sur le soc immergé, réussit enfin à se rapprocher de la rive où les flots tournaient sur eux-mêmes en lourds remous chargés de terre. La capitane se balança d'un bord sur l'autre, mais ralentit sa course. Victorien songea un instant à accoster puis se dit qu'il ne pourrait jamais s'amarrer aux arbres des rives dont on ne distinguait plus le moindre contour. C'était trop dangereux. Il fallait continuer, si possible en suivant les meilhes, afin de ne pas reprendre trop de vitesse avant La Roque-Gageac.

Il donna ses instructions à Vincent, repartit en longeant les berges au jugé. La brume se levait. Les eaux, terreuses, devenaient grises sous la lumière qui suintait des nuages. On entendait crier sur les collines. Victorien espérait que le quai de La Roque-Gageac n'avait pas été emporté par les eaux, et surtout qu'il n'y aurait pas trop de bateaux amarrés. Mais c'était peu probable : ils avaient dû être abrités dans les esteys creusés à l'arrière du port. Il poussa un soupir de soulagement quand la capitane déboucha du dernier méandre et qu'il aperçut l'appontement toujours solidement ancré sur ses pieux, à l'abri du courant principal. Il se rabattit au maximum sur tribord, se laissa glisser en faisant légèrement dériver son bateau pour le freiner davantage, toucha le quai par la proue sans encombre. Aussitôt, le prouvier sauta sur le quai avec une corde et l'attacha solidement au ponton. Victorien, qui avait pris la place située la plus en aval, put apprécier la manœuvre parfaite de Vincent qui accosta lui aussi en douceur. Le gabarot, lui, avait pris du retard. Il se trouvait à deux cents mètres du quai, et Fernand peinait pour se dégager du courant dans lequel il s'était enferré. Il finit par y parvenir, coupa droit vers le rivage, mais n'aperçut pas l'énorme tronc qui arrivait sur son travers. Victorien et ses matelots crièrent. Le mousse qui était de garde sur ce bord vit venir l'arbre sur la coque et, malgré son jeune âge, montra son courage : il se pencha vers l'obstacle, s'arc-bouta sur sa perche, réussit à dévier le tronc qui ne heurta pas le bateau de plein fouet. Tout de suite après, reprenant appui pour amortir le choc du mieux possible, il déplaça sa perche qui glissa sur l'écorce humide, perdit l'équilibre et bascula par-dessus bord en poussant un cri.

Aussitôt, les matelots de la capitane et de la seconde jetèrent des cordes, mais le courant les rabattit contre les bateaux. Les perches étaient inutiles car le mousse allait passer à dix mètres au moins du convoi. D'ailleurs, on l'apercevait à peine, malgré ses gestes désordonnés, tellement les eaux le faisaient rouler sous la surface et l'attiraient vers le fond. C'était un garçon de treize ans dont le père était venu trouver Victorien à l'automne dernier et l'avait supplié de le prendre avec lui. Il avait une frimousse parsemée de taches de rousseur, de grands yeux rieurs, et, déjà, une force de caractère peu commune.

Victorien comprit qu'il allait se noyer. Il enleva rapidement son manteau de pluie, ses bottes, et plongea un peu avant que le corps arrive à hauteur de la capitane. L'eau était froide, mais ce n'était pas une eau de neige. Il n'y avait donc pas une grosse différence entre la température de l'air et celle de la rivière.

Passé le choc du contact avec l'eau, il réussit à remonter assez vite et à reprendre son souffle tout en nageant dans la bonne direction. Il arriva droit sur le mousse qu'il agrippa par un bras, passa sous lui afin de lui permettre de respirer, donna de furieux coups de pied pour avancer vers les bateaux en disant :

— N'aie pas peur, laisse-toi faire.

Mais un remous les prit et les attira vers le fond en les faisant tournoyer comme des feuilles dans le vent d'automne. Victorien fut obligé de se servir de sa main droite et de ses jambes pour tenter de remonter et ne tint plus le mousse que de la main gauche. Il sentit que le remous les renvoyait vers le courant, lutta de toute son énergie, puis, comprenant qu'il ne parviendrait pas à résister, se laissa porter. Bien lui en prit. Ils émergèrent très vite à l'air libre, et non pas vers le courant comme il l'avait cru dans l'obscurité des eaux, mais simplement en aval, à la même distance du rivage qu'au moment où il avait rejoint le mousse.

Cependant, le danger demeurait et le froid gagnait rapidement ses membres. Il fallait faire vite. Rassemblant ses forces, il se mit à nager en encourageant le mousse de la voix, mais, de nouveau, un remous les happa. Aveuglé par la boue chaque fois qu'il ouvrait les yeux, Victorien ne lâchait pas son matelot qui pesait de plus en plus sur son bras. Cette fois, il en était certain, ils étaient entraînés vers le milieu de la rivière. Il sentit un choc contre sa hanche, y porta la main, rencontra une masse dure qui était sans doute un madrier. Il y prit appui, et ils remontèrent ainsi facilement à la surface. Ils n'étaient pas loin du courant, mais, heureusement, la berge, passé le port, était concave. Il aperçut des hommes sur la rive. Le danger, maintenant, était d'être projetés contre les rochers qui tapissaient la berge. Choisissant ce pari difficile, Victorien abandonna le madrier et nagea vers les hommes qui lui tendaient une perche. Il parvint à la saisir et, sans lâcher le mousse à bout de forces, se laissa hisser hors de l'eau par ses matelots accourus à son secours. Une fois sur les rochers, il ne vit même pas le respect et l'admiration qui brillaient dans les yeux de ses hommes. Il ne parvenait pas à desserrer l'étau de ses mains crispées sur le corps du mousse et répétait :

— Ça va, petit ? Ça va ?

Claquant des dents, les membres douloureux, il songeait à cette merveilleuse impression qu'il avait eue, au plus profond du remous, de serrer Benjamin contre lui, et, tout de suite après, de le guérir en l'arrachant à l'étreinte mortelle de la rivière.

Il en avait fait des pas pour réapprendre à marcher ! Et avec quels efforts ! Quels moments de détresse ! Lui qui avait cru retrouver toutes ses facultés en un mois ou deux s'était aperçu que sa jambe, devenue squelettique, ne pouvait même pas supporter son propre poids. Il s'était traîné comme il pouvait pendant des jours et des jours le long des couloirs où, souvent, dans les recoins, il s'arrêtait pour se cacher. Il avait pourtant lutté de toutes ses forces, s'était battu contre lui-même, poussé par la pensée de Marie qui vivait proche de lui, par la fierté qui l'empêchait de se montrer à elle dans l'état pitoyable où il se trouvait. Il savait aujourd'hui que sa jambe conserverait une raideur dont il ne se débarrasserait jamais, que sa démarche s'accompagnerait toujours d'une légère claudication, mais, à force de se corriger, de se maîtriser, il savait surtout qu'il avait gagné.

Le chirurgien et l'infirmière brune qui s'occupaient de lui ne cachaient pas leur stupéfaction. Ils n'auraient jamais pensé que Benjamin réaliserait de tels progrès. Il ignorait combien la vie qu'il avait menée avait forgé sa volonté en lui donnant le goût de l'effort. Son corps sculpté par la nage et les plongées dans les grands fonds avait répondu à son attente, même si ce n'avait pas été sans mal, même s'il avait plusieurs fois failli renoncer. Combien de fois, en effet, avait-il perdu connaissance sous l'effet de la douleur ! En novembre, tellement il était affaibli, on l'avait obligé à demeurer couché quinze jours. Deux semaines plus tard, il recommençait comme s'il ne s'était rien passé, comme s'il devait rattraper au plus tôt le temps perdu.

Il avait écrit à ses parents à deux reprises, leur demandant de ne pas s'inquiéter, leur indiquant que ce serait un peu plus long que prévu, mais qu'il avait bon espoir. Victorien n'avait pu résister. Il était revenu une fois en janvier, avait compris la gravité des blessures de son fils, était reparti très vite, incapable de supporter le spectacle de cet homme appuyé sur des béquilles, couvert de sueur, à bout de souffle, et qu'il ne reconnaissait pas. « Plus jamais ça, s'était juré Benjamin, il ne me verra plus jamais comme ça. » Et le combat avait repris, semé d'embûches, toujours plus difficile, incertain. Des milliers d'heures passées à souffrir. Des nuits de veille avec le doute, le spectre de la défaite, la fin d'une vie à un peu plus de vingt ans. Heureusement, il pensait à Marie toute proche et il se disait qu'il ne dépendait que de lui, de ses efforts, d'aller la rejoindre, debout, pour toujours.

En ce début d'après-midi d'avril, on venait de lui remettre ses papiers de démobilisation. Il était vivant, il marchait, il était libre. Il attendait ce moment depuis si longtemps que la peur, soudain, une peur irraisonnée, inexplicable, l'étreignit. Il se voyait toujours boitant pitoyablement, ne parvenait pas à croire qu'il avait atteint le bout du tunnel. Il prit tout son temps pour rassembler ses affaires, remercier ceux qui s'étaient occupés de lui, se remémorer tout ce qu'il avait vécu depuis le jour où il avait posé le pied sur le *Duguay-Trouin,* et cet instant tellement espéré lui parut fade tout à coup, comme ces gâteaux que les enfants, pour les avoir trop rêvés, gardent dans la main sans les goûter.

Il n'eut pourtant aucune hésitation, en sortant de l'hôpital, sur la direction à prendre. Il se l'était fait suffisamment expliquer, et par plusieurs personnes, pour le seul plaisir de les entendre : il fallait suivre la rue de Cursol, descendre tout droit, et il arriverait ainsi dans la rue Sainte-Catherine. Le port était plus loin, au bout.

C'étaient les premières chaleurs. Les oiseaux pépiaient dans les arbres, et les passants, débarrassés de leur manteau d'hiver, marchaient d'un pas vif, une lueur gaie dans le regard. Benjamin ne put parcourir plus de trente mètres. Il dut s'arrêter, s'appuyer au mur, car sa tête tournait. Soûl de parfums et de lumière, il réapprenait le monde trop violemment, et c'était comme une ivresse qui l'entraînait dans une ronde folle. Il chancela, s'assit sur une murette, qui commandait l'entrée d'un jardin et, des larmes plein les yeux, s'ouvrit aux odeurs et aux bruits. Devant lui passaient des omnibus, des cabriolets, des hommes et des femmes surgis d'un univers qu'il avait désappris : celui de la vie. Il avait envie de crier, d'appeler, d'exprimer tout ce qui se réveillait en lui en le faisant haleter, comme après une course ou une plongée en eau profonde. Il demeura ainsi plus de dix minutes à écouter battre son cœur contre ses tempes, puis il repartit lentement, se demandant s'il serait capable de vivre comme ceux qui le croisaient, le dépassaient sans prêter aucune attention à lui.

Parvenu à l'angle de la rue Sainte-Catherine, il s'arrêta de nouveau, chercha à retenir le souffle qui le fuyait. Cela faisait six ans qu'il attendait ce moment, six ans, ou presque, qu'il pensait à Marie chaque jour, six ans qu'il l'avait quittée, un soir, là-bas, sous le grand chêne. Et tout à coup, quelque chose en lui se noua, l'empêcha de tourner à gauche vers la rue où habitait Marie. Il s'élança droit en direction du port, poussé par il ne savait quelle force, quel refus. L'odeur de la Garonne arrivait par bouffées et déposait sur ses lèvres une sorte de fin duvet. Il marcha vers elle, déboucha sur le quai des Salinières, et cette fois ce fut l'odeur du sel qui le prit violemment à la gorge. Mais c'était aussi l'odeur des bateaux de son père lors de la remonte, celle de l'entrepôt de Souillac, celle de sa jeunesse.

Tremblant sur ses jambes, il s'approcha des bateaux, passa entre les dockers et les sacquiers, marcha jusqu'à la Garonne dont les eaux d'un gris verdâtre clapotaient doucement. De grands oiseaux blancs frôlaient les mâtures qui vibraient dans le vent. Benjamin s'assit sur les brancards d'une charrette, regarda passer un trois-mâts qui jeta l'ancre un peu plus loin au milieu du fleuve, puis, fermant les yeux et levant la tête vers le ciel, il but une grande goulée d'air marin. La chaleur et le vent le pénétraient, ses poumons s'ouvraient enfin à un autre air que celui de l'hôpital, il revivait vraiment. Des matelots le dévisagèrent bizarrement en le croisant. Il marcha vers le pont dont la longueur majestueuse avait attiré son regard, arriva sur les quais de la douane qui étaient envahis par les morutiers et les bateaux de la mer bordelaise dont les mâts filiformes se détachaient sur le ciel comme des crayonnages à l'encre de Chine. Une sourde rumeur s'élevait de ce monde coloré. Des hommes criaient, appelaient, lançaient des ordres, d'autres répondaient, s'invectivaient, actionnaient des grues à main et des cabestans avec une adresse et une célérité impressionnantes. Des dockers peinaient sur des passerelles branlantes, des matelots conduisaient des péniches de déchargement en direction des grands bateaux ancrés au milieu du fleuve, et Benjamin s'étonnait de ce fourmillement incessant d'hommes au travail, de cette activité heureuse, semblait-il, malgré le poids des fardeaux et les cris des contremaîtres. Toute la ville paraissait se déverser sur le port par les grandes avenues d'où débouchaient des charrettes surchargées, des omnibus, des breaks attelés à des chevaux au harnais poinçonné de cuivre. En descendaient des marchands, des courtiers, des hommes de peine, toute une population qui vivait du port et pour le port. Benjamin observa un moment le déchargement d'un bateau de pêche, puis, là-bas, de l'autre côté du fleuve, les rives de la Bastide où, il le savait, on stockait le bois venu du haut-pays. Il eut envie de traverser, mais la pensée de Marie l'arrêta. Allons ! Il était temps de revenir vers la rue Sainte-Catherine. Il s'élança, se sentit mieux maintenant que son corps s'était réhabitué à l'air de la rue, aux gestes des vivants.

Il ne mit pas longtemps pour y parvenir, tourna à droite, se dirigea vers l'immeuble du notaire qui se trouvait au milieu de la rue. Il passa une première fois sans s'arrêter, puis il revint sur ses pas, cherchant à deviner une éventuelle curiosité qu'eût provoquée sa façon de marcher dans le regard des passants. Mais non : personne ne semblait s'intéresser à lui, et cela le rassura. Il s'appuya au mur d'une boulangerie le temps de savourer ce moment, bien décidé à présent à briser la distance qui le séparait de Marie. A l'instant même où il fit le premier pas, la porte de l'immeuble s'ouvrit. Trois filles en robe bleue et col blanc en sortirent, bientôt suivies par une femme vêtue d'une longue robe marine, coiffée d'un chapeau à fleurs et chaussée de souliers vernis. Toutes les quatre prirent la direction opposée à lui, et, vingt mètres plus loin, traversèrent. Ce fut seulement lorsque Marie tourna la tête pour vérifier qu'aucune voiture n'arrivait qu'il la reconnut. Il lui sembla alors que le monde chavirait sous ses pieds. Etait-il possible qu'elle eût changé à ce point ? Etait-ce vraiment elle qui s'éloignait là-bas, d'une démarche si semblable à celle des femmes fières des villes ? La brusque envie de s'enfuir le traversa. Soudain, tout son combat lui paraissait inutile. Marie n'était plus pour lui. Il l'avait perdue. Plus que le désir de la rejoindre, la curiosité, surtout, le poussa en avant. Il s'élança derrière les quatre femmes tout en demeurant à bonne distance. Comme il courait pour ne pas les perdre de vue, il s'aperçut qu'il boitait. Il ralentit, convaincu doublement d'être indigne d'elle et prêt à se cacher pour qu'elle ne l'aperçoive pas.

Après avoir suivi des allées escortées de grands arbres en bourgeons, les quatre femmes entrèrent dans le jardin public par la porte centrale. Benjamin, lui, ne sachant s'il avait le droit d'y pénétrer aussi, s'arrêta un instant. Comme personne ne semblait s'intéresser à lui, il entra à son tour, longea une verte pelouse plantée de magnolias, remarqua un kiosque à musique, des paons et, plus loin, le campanile des serres monumentales qu'il prit pour un clocher d'église. Là-bas, les quatre femmes s'étaient assises sur un banc. Il s'appuya au tronc d'un gros sapin, observa la foule dans l'allée. Des mères de famille secondées par des servantes en tablier et coiffe blancs s'occupaient d'enfants habillés comme des petits princes, employaient pour leur parler une langue inconnue à Benjamin [1]. Vêtu de ses vieux habits de Souillac, il se sentait déplacé dans ce monde qu'il redécouvrait en se demandant si le temps ne s'était pas accéléré pendant les six ans durant lesquels il avait vécu en caserne ou sur le *Duguay-Trouin*. Car même dans les grandes villes d'Australie ou dans les îles, il n'avait jamais rencontré une telle élégance, une telle grâce dans les gestes, une telle hauteur. Certains hommes le toisaient au passage avec un étonnement glacé qui lui donnait, en même temps que de la colère, le brusque désir de s'enfuir de ces lieux où il n'avait manifestement pas sa place. Cette colère, pourtant, se mua en révolte et suscita en lui un sursaut de lucidité. Même pauvrement vêtu, il n'était pas un criminel. Et avoir attendu si longtemps pour rester stupidement immobile à cinquante mètres de Marie ne lui ressemblait guère. Il n'était pas habitué à une telle passivité mais, au contraire, avait appris à se battre.

Il fit un pas vers Marie, son regard se posa sur elle, et aussitôt, il s'arrêta. Debout devant le banc, une serviette de cuir à la main, un homme en costume et chapeau noir lui parlait avec des gestes amples de la main, tandis qu'elle souriait.

Marie n'aimait pas ces promenades quotidiennes au jardin où elle ne connaissait que trop ces allées encombrées de femmes et d'enfants enrubannés, ces gardes aux aguets qui s'époumonnaient dans leurs sifflets quand un imprudent s'aventurait sur les pelouses, ces arbres au nom imprononçable, ces chaisières toutes de noir vêtues, ces deux ânes franciscains, qui, pour quelques sous, transportaient les enfants. Les filles, elles, profitaient de ces moments de liberté pour disputer avec leurs amies des parties de diabolo ou de cache-cache. Cela permettait à Marie de se promener seule ou de s'asseoir pour lire.

---

1. A l'époque, les grandes familles bordelaises utilisaient les services de nurses anglaises.

Aujourd'hui, elle en avait été empêchée par un jeune clerc qui, au retour d'une étude voisine, la sachant là, était passé par le jardin public pour lui faire un brin de conversation. Ce n'était d'ailleurs pas la première fois. Elle ne s'en offusquait pas, sachant que ce bon monsieur Lescure était d'une parfaite éducation et donc, pour elle, sans danger. Après son départ, comme elle n'apercevait plus les filles, elle se leva pour les chercher, se dirigea vers le pont des Nymphes en longeant le ruisseau de la Serpentine, songeant en même temps à cette soirée au théâtre où elle devait se rendre en compagnie de M. et Mme Lassalle. Un vent tiède jouait dans les branches des arbres, caressait ses cheveux. Il faisait si bon qu'elle en soupira d'aise et leva la tête vers le soleil. Fermant les yeux, elle demeura ainsi immobile un instant, heureuse de sentir la chaleur glisser sur sa peau comme à Souillac, là-bas, sur la plage de galets.

Quand elle rouvrit les yeux, son regard enregistra la présence d'une silhouette appuyée contre le tronc d'un arbre, près d'un bouquet de saules. Son souffle s'accéléra brusquement et ses jambes fléchirent sous elle. Pendant trente secondes, elle n'osa revenir du regard vers l'endroit où il lui avait semblé — mais elle devenait peut-être folle — apercevoir Benjamin. Quand son léger vertige fut dissipé, elle tourna lentement la tête dans la direction des saules et ce fut comme si elle heurtait le soleil. Elle voulut crier, mais aucun son ne sortit de sa bouche. Un voile se posa devant ses yeux et elle ne vit plus rien. Elle devait avoir rêvé. Comment Benjamin eût-il pu se trouver ici, dans ce jardin, alors qu'elle le croyait à des milliers de kilomètres de Bordeaux ? Elle fit pourtant un signe du bras et, dès qu'il sortit de derrière l'arbre, le reconnut vraiment. D'ailleurs, ne l'aurait-elle pas reconnu entre mille tant elle connaissait de lui chaque geste, chaque trait ? Là-bas, la silhouette familière hésitait. Elle leva de nouveau la main et cria, affolée à l'idée qu'il ne l'aperçoive pas :

— Benjamin !

Puis elle se mit à courir en s'efforçant de ne pas le perdre des yeux, se demanda pourquoi il n'en faisait pas autant, bouscula des femmes au passage, s'arrêta enfin face à lui, hésitant à combler les derniers mètres qui les séparaient maintenant. Il portait ses vieux vêtements de Souillac, souriait de la même manière et pourtant, semblait-il à Marie, quelque chose avait changé en lui, peut-être dans sa manière de se tenir debout. Incapable de prononcer le moindre mot, elle respirait très vite, une main levée vers lui, comme pour toucher son visage. Lui ne bougeait pas, paraissait être dans l'impossibilité de marcher, et son sourire s'était effacé.

— Benjamin, dit-elle, est-ce que c'est bien toi ?

Il répondit dans un souffle :

— Oui, Marie, c'est moi.

Les passants regardaient ces deux êtres immobiles, si différents et si graves, et les considéraient avec une sorte de surprise mêlée d'hostilité.

— Oh ! Benjamin, fit-elle, il y a tellement longtemps !

Il sourit, demanda :

— J'ai donc changé à ce point ?

Elle fit un signe négatif de la tête, murmura :

— Que tu es bête...

— Toi aussi, tu as changé, Marie, dit-il avec une sorte d'amertume qu'elle ne comprit pas.

A la voir, comme cela, si belle et si bien apprêtée, sa conviction de ne pas la mériter augmenta. Elle remarqua les regards réprobateurs que leur lançaient les passants, comprit qu'il était trop mal vêtu pour fréquenter ces lieux. Alors, sans le savoir, elle lui fit le magnifique cadeau de franchir les quelques mètres qui les séparaient et, les bras repliés sur sa poitrine, se laissa aller contre lui. Comme s'il avait peur de la salir, il hésita trois ou quatre secondes à l'enlacer, puis ses bras se refermèrent enfin sur elle et ils oublièrent tout ce qui était étranger à eux, les cris, les passants et l'endroit où ils se trouvaient.

— Viens ! lui dit-elle à la fin, en se dégageant doucement.

Elle l'entraîna dans une petite allée bordée d'acacias au bout de laquelle étaient entreposés des outils d'entretien. Il y avait là un banc qui servait aux gardiens, mais à cette heure-ci ils surveillaient les pelouses. Benjamin et Marie s'assirent côte à côte. C'était comme une première rencontre. Ils n'osaient pas parler, ou plutôt avaient tellement de choses à se dire qu'ils ne savaient par où commencer.

— Comment est-il possible que tu sois là aujourd'hui? demanda-t-elle enfin. Et pourquoi ne m'as-tu pas écrit?

— Je voulais te faire une surprise, dit-il.

Puis il sortit une feuille de papier de sa poche et la lui tendit en disant :

— Tiens! Lis!

Elle parcourut hâtivement les quelques lignes, la lui rendit sans comprendre.

— Oui, dit-il, c'est fini, je ne repars pas.

— Je t'en prie, fit-elle, explique-moi.

— Quelle importance? C'est fini, tu comprends? C'est fini. Nous allons pouvoir retourner là-bas tous les deux, si tu veux bien.

Comme elle ne répondait pas, il demanda :

— Et toi. Raconte-moi!

N'étant pas préparée à ces retrouvailles, elle se ferma brusquement, se refusant à l'aveu qu'elle lui devait. L'idée de s'enfuir la traversa, mais elle n'eut pas la force de se lever. Elle se dit que, si elle ne lui parlait pas tout de suite, elle ne le ferait jamais, songea en même temps qu'elle ne pourrait pas vivre avec lui dans le mensonge. Il s'était rendu compte de son changement d'attitude et se demandait ce qui se passait.

— Tu ne veux rien me dire?

Elle se sentit écrasée par le poids du fardeau qu'elle portait, essaya de se lever mais ne le put. Alors elle murmura, fermant les yeux, avec l'impression de se jeter dans un gouffre :

— Je ne peux pas me marier avec toi, Benjamin.

Et, comme il demeurait stupéfait, la dévisageant avec incrédulité :

— J'ai eu un enfant. Il est mort à la naissance.

Il sursauta, se leva, la dévisagea bizarrement, s'éloigna de quelques pas. Elle demeura immobile sur son banc, vaguement satisfaite, tout de même, d'avoir été capable d'un tel aveu. Il lui tournait le dos, cherchait à rassembler ses idées, ne comprenait pas pourquoi il avait tout à coup l'impression de parler à une étrangère. C'était comme s'il était sorti sous une pluie glaciale et en avait été transpercé. Il marcha sur une dizaine de mètres droit devant lui, puis revint vers elle qui n'avait pas bougé.

— Qui était le père ? demanda-t-il d'une voix hésitante.

— Tu ne le connais pas, souffla-t-elle sans le regarder. Il est parti pour Paris. Ça s'est passé une nuit de Saint-Jean ; j'étais très malheureuse.

Elle se tut, consciente de ne pouvoir expliquer l'inexplicable, mais elle ajouta aussitôt, comme si elle avait peur de le perdre quelques minutes après l'avoir retrouvé :

— Personne n'en a rien su là-bas, je suis partie pour Bordeaux deux mois plus tard.

Comme elle mentait, elle ajouta, un ton plus bas :

— A part Vivien.

Elle n'osait toujours pas lever la tête vers lui qui ne disait rien, demeurait devant elle les bras ballants, les yeux clos ; et ce silence lui paraissait plus terrible encore que la colère attendue.

— J'avais besoin de toi, reprit-elle. C'était après ta lettre qui m'annonçait que tu avais déserté et que tu ne reviendrais pas avant sept ans.

Enfin, ayant tout avoué, elle ajouta d'une voix froide, comme désincarnée :

— Tu peux partir, si tu veux ; je comprendrais que tu ne veuilles plus de moi.

Il s'assit de nouveau sur le banc, laissant entre eux une distance qu'elle ne chercha pas à combler. Après le choc, la douleur refluait lentement. Les derniers mots prononcés par Marie réveillaient un écho qui lui était familier. L'image de la fille du charbonnier, dans le haut-pays, et celle d'Emeline dans le cabanon s'imposa à lui. Il se souvint de sa propre trahison, de sa responsabilité dans son départ pour sept ans, de sa faute qu'il n'avait pas, lui, avouée. C'était elle, au contraire, qui, en cet instant, à cause de sa franchise, de sa loyauté, était contrainte de s'humilier. Il ne pouvait pas demeurer silencieux plus longtemps. S'approchant d'elle, il lui prit le bras.

— Moi aussi, murmura-t-il. Mais tout ça est du passé, Marie. Nous avons suffisamment attendu, suffisamment souffert. Si tu veux bien, nous n'en parlerons plus jamais.

Elle se tourna lentement vers lui, murmura :

— Ne te crois pas obligé, Benjamin. Ici, j'ai une bonne place, je ne risque rien. Il vaudrait mieux que nous attendions quelques jours, le temps de réfléchir avant de décider quoi que ce soit.

Frappé par cette humilité qu'il retrouvait intacte, il l'attira contre lui en disant :

— Je n'ai pas besoin de réfléchir pour savoir que je veux vivre avec toi.

Il ajouta, retrouvant son sourire :

— Après avoir tant attendu, c'est la seule chose qui m'importe. Dis-moi seulement : quand partons-nous ? Demain ? Après-demain ?

Elle sourit, elle aussi, mais elle ne croyait pas vraiment aux mots qu'il prononçait.

— Nous risquons de vivre dans la rancœur et les reproches, dit-elle.

Il lui serra les bras, planta son regard dans le sien.

— J'en ai trop vu, dit-il, trop enduré ; j'ai compté tous les jours, tous les mois qui passaient. Maintenant, je veux vivre, et avec toi ! Tout de suite ! Le passé ne m'intéresse pas. Ce qui compte, ce sont les jours qui me restent à vivre avec toi.

Et, la secouant un peu, une lueur ardente dans ses yeux :

— Tu comprends ça, Marie, tu comprends ? Alors, dis-moi qu'on va rentrer chez nous, tous les deux, dès demain !

Elle réalisa vraiment à ce moment-là que le passé n'existait plus, que sa vie allait reprendre son cours familier.

— Je ne pourrai pas m'en aller avant une semaine, dit-elle. M. et Mme Lassalle ont été si bons avec moi.

— Une semaine, si tu veux, mais à condition que je ne te quitte plus.

Et, comme s'il avait senti le besoin de la convaincre de son désir de vivre avec elle, il lui raconta tout ce qu'il avait subi, tout ce qu'il avait accepté pour pouvoir la retrouver un jour, lui parla enfin de sa blessure et de l'hôpital où il se trouvait depuis de longs mois.

Plus tard, quand il lui demanda si elle connaissait un endroit où il pourrait dormir en attendant de partir, elle répondit :

— Je vais demander à Mme Lassalle si tu peux aller avec Fernand, le cocher.

Et de penser à ses maîtres lui fit se souvenir des filles qu'elle avait abandonnées.

— Mon Dieu ! fit-elle, viens vite !

Ils regagnèrent l'allée centrale où Marie courut à droite et à gauche, avant de trouver ses élèves à proximité du kiosque à musique.

— On vous cherchait, dit l'aînée avec un ton de reproche.

— J'ai retrouvé un ami, dit Marie en revenant vers Benjamin. Marchez devant.

Les trois filles jetèrent à Benjamin un regard de désapprobation, mais obéirent. Marie et Benjamin les suivirent quelques pas en arrière, indifférents maintenant aux gens qui les croisaient, jetant de temps en temps un regard l'un vers l'autre, heureux d'y retrouver cette lumière qui, elle, ils en étaient sûrs à présent, n'avait pas changé.

Mme Lassalle s'était montrée compréhensive et avait libéré Marie au bout de trois jours. En l'attendant, Benjamin s'était promené dans Bordeaux, sur les quais, avait même traversé la Garonne jusqu'à la Bastide, afin d'y nouer des contacts avec des tonneliers. Il avait dormi dans la chambre du cocher la première nuit, puis dans une auberge du quai des Salinières les deux suivantes. Enfin, un lundi matin, ils avaient pris la diligence en partance pour Libourne, par la grand-route de Bordeaux à Lyon. Une fois sur le port, ils avaient été déçus de ne pas trouver les bateaux de Victorien. Mais il y avait là ceux d'Angibeau, qui leur avait proposé de les prendre à son bord. Ils avaient bien évidemment accepté, et la remonte avait commencé avec la marée, le long de la vallée qui reverdissait dans les premières langueurs du printemps. Le temps était clair et fruité. L'air portait des parfums de bourgeons et de sève.

— C'est notre voyage de noces, disait Benjamin. Où donc aurions-nous été mieux que sur notre Dordogne ?

Il aidait l'équipage, mais revenait souvent vers Marie assise sur des sacs de sel à l'arrière du bateau.

— Alors, les amoureux ! lançait Angibeau, un colosse trapu et noir qui aimait plaisanter.

Au fur et à mesure que le convoi remontait vers Limeuil, ils retrouvaient des couleurs, des parfums oubliés. Les chênes verts répandaient dans l'air limpide leur odeur sèche et poivrée ; les peupliers, les saules et les frênes se multipliaient sur les rives et dans les prés où s'allumaient çà et là des tapis de boutons d'or. La Dordogne roulait des eaux hautes mais claires qui resplendissaient dans la lumière.

— Regarde ! disait Benjamin : l'église de Saint-Aulaye-de-Breuilh. Il faut réciter un Ave ; tous les bateliers le font.

Ou alors il nommait les villages étalés sur la petite route qui épousait étroitement la courbe de la rivière :

— Marie ! voici Pessac, Saint-Avit-de-Soulège, Eynesse...

Elle riait, comprenait l'attachement des équipages pour la vallée, observait Benjamin qui redécouvrait avec ravissement tout ce qu'il avait perdu.

Depuis une semaine qu'ils s'étaient retrouvés, elle avait pu se rendre compte que, contrairement à ce qu'il prétendait, il était resté le même. Il avait gardé les mêmes expressions dans le bonheur, les mêmes élans, la même passion pour la Dordogne. Et, comme il lui avait raconté ses voyages, le sauvetage de l'officier, l'explosion du canon, elle s'étonnait de le voir si débordant de vie, se demandait comment il était possible qu'il fût aujourd'hui près d'elle, à l'abri des dangers. A certains moments, elle le voyait boiter, mais elle feignait de ne pas le remarquer et se réjouissait, au contraire, de l'énergie qu'il montrait, de son enthousiasme après tant de mois d'inactivité.

Après Bergerac, le convoi emprunta pour la première fois le canal de La Tuilière à Mauzac. Benjamin eut une pensée pour les pilotes dont certains, maintenant, manœuvraient les écluses. Certes, on mettait du temps pour franchir celles-ci et pour reprendre les attelages à la sortie, mais comme auparavant on attendait les pilotes, le retard n'était pas très important et on évitait au moins les terribles rapides de Lalinde.

A l'approche de Limeuil, le vert sombre des collines annonça le Périgord. Benjamin, debout près de Marie, sentit une étrange euphorie l'envahir. Tous deux n'avaient pas assez de leurs yeux, de leur odorat, pour accueillir la somme folle de sensations qui les assaillaient parfois avec violence, allant fouiller dans leur mémoire pour réveiller des souvenirs oubliés, les renvoyer des années en arrière, combler le temps vécu loin des seuls lieux où ils pouvaient être heureux. Le vent tiède du sud-ouest portait des haleines d'étables ouvertes et de terre chaude. Des pêcheurs et des lavandières avaient profité du beau temps pour venir au bord de l'eau, et les matelots les apostrophaient avec de grands éclats de voix et des rires sonores. Tous ces bruits répandaient sur la rivière des échos qu'elle répercutait d'une rive à l'autre en les accompagnant de ses jeux de miroir.

— Regarde ! disait Benjamin, on est presque chez nous.

Marie lui prenait le bras, riait, s'interdisait de penser aux heures noires de Bordeaux, songeait à son père, à ses frères, à Elina, à tous ceux qu'elle allait retrouver. Par moments, elle avait l'impression que les années passées loin de chez elle n'avaient jamais existé, qu'elle rentrait d'un voyage en compagnie de Benjamin.

A Limeuil, ils louèrent deux chambres à l'auberge et, comme les nuits précédentes, il la rejoignit vers minuit sans qu'elle songeât un instant à le lui interdire. Le lendemain, ce fut la magnifique remontée vers le Périgord noir, et Benjamin vit défiler avec la même violente émotion le confluent de la Nauze,

Allas-les-Mines, Beynac et ses falaises, Castelnaud et le confluent avec le Céou, La Roque-Gageac et ses belles demeures encastrées dans le rocher, et puis l'immensité des champs et des prés qui rapiéçaient la vallée de couleurs chaque fois différentes.

Benjamin détaillait chaque parcelle de terre, chaque teinte de feuillage, chaque recoin de rive, chaque épaule de colline comme si une parcelle de sa vie était inscrite là et lui était rendue. Il espérait voir surgir les bateaux de son père dans chaque cingle qui s'annonçait, imaginait déjà Victorien debout à la barre de la capitane et Vincent, derrière, sur la seconde. Mais Angibeau lui avait dit que Donadieu était parti à la remonte quatre jours avant lui, et il était donc peu probable de le retrouver si vite à la descente.

Le lendemain, dans la matinée, les remparts de Domme apparurent dans le lointain, enchâssés dans le bleu du ciel. Puis, au fur et à mesure que les heures coulèrent, ce furent le cingle de Montfort, Groléjac, Sainte-Mondane, Rouffillac, Saint-Julien-de-Lampon, la plaine de Cazoulès et, enfin, vers sept heures du soir, une colline crayeuse piquetée de chênes nains sous laquelle le rocher du Raysse se dressait fièrement. L'air fraîchissait. Des troupeaux rentraient vers les étables, le long des chemins escortés de haies vives. Sur les collines, les caries blanches du causse trouaient la pelisse verte des chênes et le brun cendré des vignes hautes. Les bateaux avançaient lentement dans des eaux couleur de verre pilé.

Benjamin et Marie, côte à côte, retenaient leur souffle. Par endroits, derrière les arbres des rives, ils apercevaient des fumées, des cheminées, des pans de mur qui réveillaient en eux des souvenirs engloutis. Un cercle de fer se refermait sur leur poitrine. Et, tout à coup, passé le pas du Raysse, les grands peupliers de la rive droite, le port et le village apparurent là-bas, à cinq cents mètres, dans une clarté bleutée que soulignait le vert des prairies. Marie eut comme un sanglot. Benjamin la serra contre lui, murmura :

— Comment avons-nous pu vivre loin d'ici ?

Elle ne répondit pas, envahie qu'elle était par une vague de bonheur indicible. Lui fermait par instants les yeux, les rouvrait, comme pour vérifier qu'il ne rêvait pas. Sa vallée lui paraissait minuscule, soudain, en comparaison des étendues océanes ou du port de Bordeaux. Il reconnaissait le chuchotement souple de l'eau contre les berges, cette chanson familière et pourtant oubliée qui avait bercé toute son enfance. Un souffle de brise apporta l'odeur du sel et du bois, puis, derrière elle, délicieuse et fragile, celle des prairies. Là-bas, sur le port, des hommes s'activaient sur les bateaux. Plus loin, des pêcheurs jetaient l'épervier face au petit confluent de la Borrèze. Des lavandières chantaient sur la plage de galets. Devant la gabare d'Angibeau, des éclairs vifs zébrèrent l'eau verte.

— Les saumons ! murmura Benjamin.

Marie sourit, mais ne dit rien. Ils avaient tous les deux les yeux mouillés d'une ineffable tendresse pour ce coin de vallée qui les avait vus naître et, la gorge nouée, ils devinaient entre les feuilles des arbres le toit de la maison qui les attendait.

Quand la gabare eut été amarrée, Benjamin prit Marie dans ses bras et la fit sauter sur le quai, comme c'était la coutume pour un homme qui ramenait au port une fiancée. Aussitôt, ce fut autour d'eux la bousculade, car il y avait du monde sur le port où les bateaux d'Angibeau étaient attendus. Vincent apparut, puis les garçons qui embrassèrent Marie et serrèrent la main de Benjamin en le dévisageant comme s'il revenait de la lune.

— Vive les mariés ! lança une voix qui provoqua des applaudissements et des cris de joie.

Chacun embrassait, questionnait, voulait savoir quelle avait été leur vie pendant tout le temps où ils avaient été absents. De partout accouraient des femmes, des enfants, des hommes qui, alertés par les cris, se précipitaient pour savoir ce qui se passait.

Il fallut un long moment à Benjamin et Marie pour arriver à s'échapper, mais ils y réussirent enfin, aidés en cela par Vincent et ses fils.

A peine se furent-ils éloignés du quai qu'ils se trouvèrent face à Victorien et Elina qui venaient eux aussi aux nouvelles. Ils s'arrêtèrent à quelques pas d'eux, aussi émus les uns que les autres de ces retrouvailles soudaines.

— Mon Dieu ! murmura Elina, est-ce possible ?

— Mais oui, mère ! dit Benjamin en s'approchant pour la serrer dans ses bras.

Puis ce fut le tour de Victorien, qui l'étreignit en disant :

— Fils ! Alors, fils, te voilà enfin !

Ensuite, ils embrassèrent Marie et, pour ne pas se laisser aller à trop d'émotion devant ceux qui les avaient rejoints, Victorien lança :

— Tout le monde à la maison ! Voilà des retrouvailles qui vont se fêter dignement et qu'on n'oubliera pas !

Les hommes, les femmes et les enfants présents emboîtèrent le pas aux familles Donadieu et Paradou, poussant des cris et des exclamations comme dans un cortège de noces. Tant de personnes eurent bien du mal à trouver de la place dans la maison des Donadieu, et Elina eut fort à faire pour servir tout le monde. Marie l'aida à faire des crêpes, des beignets, que de nombreuses bouteilles de vin firent descendre dans des estomacs prêts à tout accueillir à cette heure du jour. Les questions fusaient, surtout de la part des hommes qui voulaient savoir ce que Benjamin avait vu dans les îles, tandis que les femmes interrogeaient Marie sur la vie qu'on menait à Bordeaux dans les riches familles. L'un et l'autre racontaient de bonne grâce, non sans jeter des coups d'œil furtifs sur Victorien, Vincent et Elina avec qui ils avaient hâte de se retrouver seuls. Les enfants entraient et sortaient, bousculant les grandes personnes au passage, les joues rebondies par les beignets d'Elina. Benjamin se souvenait de la soirée heureuse qui avait suivi la collecte nécessaire au paiement de l'amende après l'épisode des saumons, et la même impression de solidarité, de fraternité heureuse accentuait le plaisir qu'il ressentait à se retrouver chez lui.

Non sans quelques scrupules, il raconta comment il avait sauvé un officier dans l'océan Indien et aussi l'explosion du canon sur le *Duguay-Trouin*. Mais il ne parla pas de sa désertion, ni de son long séjour à l'hôpital et du calvaire qu'il avait subi à ce moment-là. Marie, elle, parlait du théâtre, du jardin public, du cirque de Bordeaux où elle emmenait souvent les filles, du port, aussi, où elle aimait tant se promener le dimanche. Elle observait ses frères, Joseph qui allait avoir seize ans, et Jean, bientôt quinze. Elle avait quitté des enfants et retrouvait des hommes, s'en voulait, soudain, d'être partie au moment où ils avaient sans doute le plus besoin d'elle. Elle trouvait Vincent vieilli, se demandait quel âge il avait aujourd'hui, calculait mentalement mais ne trouvait pas. Sans doute approchait-il de la cinquantaine. Il avait perdu cet air espiègle d'éternel enfant, qui l'avait longtemps fait considérer par elle comme un grand frère plutôt que comme un père. Elle s'avisa qu'il avait sans doute beaucoup souffert de son départ. Elle eut aussi une pensée pour Vivien qui était parti après avoir tiré un mauvais numéro et qui n'était pas là, ce soir, pour partager leur joie. Mais elle ne s'attarda pas sur cette pensée car les questions affluaient et elle se faisait un devoir de répondre à toutes.

Quand tous les invités eurent bien bu et bien mangé, ils regagnèrent leur maison à la lueur de la lune qui était apparue depuis longtemps au-dessus des collines. Victorien, Elina, Marie et Vincent se retrouvèrent enfin seuls, Joseph et Jean étant allés se coucher sur ordre de leur père. On s'attabla pour boire un dernier verre et Victorien, alors, se tourna vers Benjamin en disant :

— Je suppose, fils, que tu as quelque chose à demander à Vincent.

Benjamin sourit mais se sentit gêné, tout à coup, comme s'il avait dû effectuer sa demande en mariage en uniforme et gants blancs. Il s'éclaircit la gorge, déclara :

— Il y a longtemps que je veux faire de Marie ma femme. Est-ce que tu veux bien me la donner, Vincent ?

— Je m'en doutais un peu, fit Vincent, en riant ; mais si je te la donne, c'est uniquement parce que tu sais pêcher les saumons !

Ce fut un éclat de rire général, et Victorien versa un peu plus d'eau-de-vie dans les verres, y compris dans celui de Marie qui tentait de refuser. Puis il dit, d'une voix qui laissa à penser qu'il y songeait depuis longtemps :

— Bon ! Eh bien, je crois que le mieux est de les marier le plus vite possible, c'est-à-dire dès que les eaux ne seront plus marchandes... disons... fin juin.

— C'est peut-être un peu tôt, dit Elina, pour tout ce que nous avons à préparer.

Victorien interrogea Benjamin et Marie du regard, puis Vincent, et constata qu'ils partageaient tous l'avis d'Elina.

— Bon ! fit-il alors. Eh bien, disons fin juillet, mais pas plus tard, parce que je vais vous dire une chose : on n'aura jamais vu une telle noce dans toute la vallée !

Il paraissait très gai, et Benjamin pensa qu'il avait peut-être un peu abusé de l'eau-de-vie.

— Un mariage dont on se souviendra, croyez-moi ! reprit-il en tapant sur la table, les yeux illuminés.

— Est-ce bien nécessaire ? demanda Benjamin doucement. Marie et moi voulons être mariés comme vos autres enfants.

— Mes autres enfants auront leur part. D'ailleurs ils ont demandé à revenir et je leur ai dit que j'étais prêt à les accueillir. Demande donc à ta mère.

— C'est vrai, dit Elina. Nous allons nous retrouver tous comme avant.

— Vous habiterez à l'étage, reprit Victorien ; nous allons faire arranger deux pièces. Qu'en penses-tu, fils ?

— Peut-être que Marie préférerait...

— Habiter chez Vincent ?

— Oui, fit Benjamin, mal à l'aise de contrarier son père.

Victorien regarda Marie, puis Vincent, qui déclara en posant sa main sur celle de sa fille :

— Elle nous a beaucoup donné, à moi et à ses frères. Il est juste qu'elle aille habiter aujourd'hui où elle voudra.

— Si tu veux, petite, fit Victorien, tu pourras t'occuper des comptes et des commandes.

Tous les regards convergèrent vers Marie, mais elle ne s'en émut pas, sachant aujourd'hui soutenir une conversation sans se troubler.

— C'est un peu tôt pour décider, dit-elle d'une voix ferme qui les surprit, il faut que nous en parlions avec Benjamin. Mais pour le logement, je veux bien.

— A la bonne heure ! s'exclama Victorien, tu ne le regretteras pas, ma fille.

Puis il s'adressa à Benjamin avec une grande excitation dans la voix :

— Les bateaux sont presque prêts, fils ! Si tu étais passé aux chantiers de Sainte-Capraise, tu aurais pu les voir. Je t'ai attendu pour savoir ce que tu voulais comme voiles ; il faudra que tu les choisisses au plus vite !

— Il vient juste d'arriver, enfin ! s'écria Elina. Laissez-le donc poser son sac !

— Suis-je bête, murmura Victorien, je l'ai attendu des années et je voudrais déjà le faire repartir.

— Parle-nous un peu de ta santé, mon garçon, demanda Elina ; c'est ce qui compte le plus.

— Je me porte à merveille ! fit Benjamin, et je ne souffre de rien.

— C'est bien vrai ?

— Demandez donc à Marie, elle vous le dira aussi bien que moi.

Marie hocha la tête, assura :

— Ne vous inquiétez pas, Elina, tout va bien maintenant.

Et elle ajouta, insistant du regard auprès de Benjamin :

— Il faudrait peut-être aller dormir à présent ; nous sommes debout depuis six heures.

— Tu as raison, dit Vincent, il est temps.

— Je vais vous raccompagner, fit Benjamin qui avait deviné le désir de Marie d'être seule avec lui.

Tout le monde se leva et se souhaita bonne nuit.

— Je laisse la clé sous la porte, dit Elina en embrassant Benjamin.

Il sortit en compagnie de Vincent et de Marie, et tous trois s'éloignèrent en direction de la maison Paradou. A mi-chemin, Vincent, qui marchait devant, se retourna pour leur dire :

— Allez donc ! mais ne rentrez pas trop tard ; il fait encore frais en cette saison.

Benjamin et Marie le remercièrent et tournèrent à droite pour retrouver le sentier qu'ils connaissaient si bien. Cette nuit était belle comme l'avaient été celles de leur jeunesse, chaque printemps. Des étoiles jaillissait une lumière qui semblait retomber en pluie sur la terre. Aucun bruit ne troublait la nuit bleutée sinon le murmure des feuillages qui répondait au chuchotement de l'eau. Ils avaient retrouvé leur royaume et le sentaient palpiter autour d'eux tandis qu'ils avançaient en longeant la berge pailletée de rosée.

Un peu plus loin ils s'arrêtèrent, comme ils en avaient l'habitude, sur le rivage où si souvent ils avaient, ensemble, été heureux. Ils s'assirent sur le tronc renversé en bordure de la plage de galets, surpris qu'il fût encore là pour les accueillir. Benjamin passa son bras autour des épaules de Marie, murmura :

— Même quand je me trouvais au bout du monde, je nous revoyais tous les deux à cet endroit.

La lune émergea d'un nuage, répandit sur la vallée une lave cendrée qui fit se lever le parfum des prairies en vagues lourdes et suffocantes. Une risée plissa la rivière et caressa les frênes sur la rive opposée.

— Elle m'a aidé à garder l'espoir, reprit Benjamin. Dans le fond, j'ai toujours su qu'elle nous réunirait un jour de nouveau.

Marie frissonna, murmura :

— Elina, elle, dit que notre rivière c'est l'espérance. Même pour ceux qui n'habitent pas sur ses rives.

— Elle a raison, dit Benjamin. Sans elle, que serions-nous devenus ?

Ils se turent, écoutèrent respirer la nuit, scellant leur alliance avec la beauté du monde. Les mots étaient devenus dérisoires. Leur vie avait pris les couleurs de l'éternité.

Brive, mai 1988 - janvier 1990.

LE ROYAUME DU FLEUVE

A Caroline.

« (Dieu parle)

... Fais entrer dans ton cœur toute chair de ce qui est au monde pour le conserver en vie avec toi... et j'établirai mon alliance avec toi. »

(Fragments d'un « déluge »)

« ... Cette visite à la Dordogne fut pour moi, je le répète, d'une importance capitale : il m'en reste un espoir pour l'avenir de l'espèce, et même de notre planète. »

Henry Miller
(Le Colosse de Maroussi)

Première partie

L'AIGLE AUX YEUX D'OR

1

C'était une lumière de premier jour du monde. Elle déferlait en vagues sur le fleuve qui miroitait comme une mer polaire. Depuis deux jours, le vent lustrait le ciel qui semblait sur le point de se briser. Debout à l'arrière du bateau, Benjamin Donadieu se tourna vers tribord. Le soleil venait de surgir au-dessus des collines où le printemps allumait çà et là des îlots de verdure. Il faisait froid. La gabare, que le jusant entraînait à vive allure, arrivait sous le tertre de Fronsac, un coteau aux lignes douces dominé par un château en ruine. Sous le tertre, le fleuve mesurait plus d'un kilomètre de large. Ses eaux de mica palpitaient avec un clapotis régulier où de grands oiseaux blancs s'abattaient violemment, comme foudroyés par la lumière.

Maintenant d'un bras le gouvernail, Benjamin ferma un instant les yeux pour laisser s'estomper la douleur. Il ne se souvenait pas d'avoir descendu la Dordogne par un matin pareil. Cela faisait pourtant cinq ans qu'il naviguait jusqu'à Bordeaux par le bec d'Ambès et la Garonne. Cinq ans, et, malgré tout, il ressentait toujours l'impression de descendre pour la première fois. Il aimait follement cette sensation de grand large qui l'assaillait toujours, passé Libourne, et lui rappelait les voyages lointains qu'il avait effectués pendant son temps dans la marine.

Ces cinq ans si vite passés avaient à peine estompé les

souvenirs violents de sa jeunesse. Mais la naissance de son fils Aubin, en 1844, l'avait en quelque sorte pacifié. Il prenait désormais moins de risques sur son bateau, songeant très souvent à ce fils, qui, aujourd'hui âgé de quatre ans, suivait Marie à l'école de Souillac où elle apprenait à lire et à écrire aux enfants que lui confiait l'abbé. Si, au début, Marie s'était passionnée pour cette tâche, elle ne s'en satisfaisait plus aujourd'hui, car elle estimait qu'ils étaient trop souvent séparés et manifestait le désir d'accompagner Benjamin.

— Tu n'y penses pas ? protestait-il. A-t-on jamais vu une femme sur un bateau ?

— Je serai donc la première.

— Et tu vivras parmi les matelots dans les auberges ?

— Je resterai sur le bateau.

— Même la nuit ?

— Même la nuit.

Elle avait réponse à tout, et Benjamin s'en irritait, ne comprenant pas pourquoi elle ne se contentait pas de la vie que menaient les autres femmes sur le port. Il songeait qu'un deuxième enfant l'eût probablement détournée de ce projet déraisonnable, mais la grossesse qu'il espérait se faisait attendre et les discussions devenaient parfois vives quand il rentrait au port.

Au reste, il n'avait besoin d'aucune aide sur la gabare depuis qu'il avait engagé Jean, le frère de Marie, comme second. Celui-ci avait eu la chance de tirer un bon numéro et de ne pas partir. Quant à Vivien, il lui restait encore deux ans avant de revenir près des siens, où Joseph, lui, ne reviendrait jamais. Il était mort en mer dans des conditions obscures en 1847, et la famille Paradou n'avait jamais pu récupérer son corps. Après François, c'était le deuxième frère que Marie perdait. Elle tremblait aujourd'hui pour Vivien qu'elle n'avait pas revu depuis deux ans et qui écrivait peu. Heureusement, à la maison, il y avait Jean, Vincent, Benjamin et Aubin, son petit homme, dont la seule présence illuminait ses journées.

Victorien, à cinquante-sept ans, naviguait encore en

compagnie de Vincent et conduisait le convoi qui s'arrêtait à Libourne. Chaque été, il partait avec Benjamin dans le haut-pays afin de passer les commandes de bois pour l'année à venir. Ils perpétuaient ainsi le premier voyage effectué côte à côte, dont le souvenir brasillait comme un feu qui refuse de s'éteindre.

Là-haut, Ambroise Debord était mort, foudroyé sur son plateau un soir de septembre. Son fils aîné, Henri, lui succédait, avec la même autorité et le même amour pour les arbres sacrés. La disparition d'Ambroise Debord avait affecté Victorien plus qu'il ne l'avouait. Lui-même, depuis quelques semaines, se sentait las et rentrait épuisé des voyages à Libourne. A tel point que la semaine passée, pour la première fois de sa vie, il n'avait pu repartir avec ses hommes. Elina, inquiète mais ravie, l'avait gardé près d'elle, fidèle à son image, à son destin. L'âge n'influait ni sur son caractère ni sur sa santé. Toujours aussi gaie, toujours aussi généreuse, elle continuait de veiller sur toutes celles qui restaient à quai, y compris sur ses filles, Fantille et Angéline, qui n'habitaient plus dans la maison du port, mais dans le bourg, où leurs maris, renonçant définitivement aux voyages, s'étaient établis, l'un cordier, l'autre ferblantier. Ainsi, pendant ces cinq années, malgré les accidents inévitables sur la rivière, malgré les deuils et les dangers, les familles Donadieu et Paradou avaient-elles vécu honnêtement tout en parvenant à épargner quelque argent.

La gabare passa au pied du tertre qu'avril reverdissait, puis elle poursuivit sa route à vive allure, précédant les cargos, les chalands, les couraux et les filadières qui descendaient vers la mer bordelaise. La beauté des collines couvertes de vignes, l'immensité du fleuve et du ciel enflammaient Benjamin comme à chaque voyage. Là, il se sentait libre, heureux, puissant, et il lui venait une sorte d'exaltation qui se situait au-delà du bonheur. En outre, même s'il s'en défendait, il était très fier du surnom que lui avaient donné les bateliers du Périgord : l'aigle du bec d'Ambès. Il savait que tous l'enviaient et l'admiraient. Car il était le seul à savoir se frayer une place dans le trafic, à utiliser les passes entre les bancs de sable de Macau, à se jouer des vents et des marées, à remonter la Garonne jusqu'au quai de la Bastide, à Bordeaux, où tout le monde le connaissait.

Portée par le courant descendant, la gabare allait toute seule, et il suffisait à Benjamin de la maintenir droit sur sa ligne en évitant de la ralentir. Elle passa le méandre de Fronsac, puis celui de Vayres. Plus loin apparurent Saint-Pardon d'un côté, de l'autre Perpignan. Eglises, villages et châteaux se succédèrent sur la rive droite, tandis que sur la gauche, au contraire, dans les palus cernés par les esteys [1], des troupeaux fantomatiques semblaient ancrés dans l'éternité. Les rives étaient hérissées de mâts portant le « rond », ce filet que les pêcheurs laissaient choir dans la boue avant de remonter les lamproies, les aloses, les anguilles ou les truites dont ils faisaient commerce.

Comme Benjamin n'apercevait aucun obstacle à l'horizon, ses pensées, de nouveau, s'évadèrent. Il pensa à son ami Pierre Bourdelle, avocat à Marmande, qu'il rencontrait régulièrement à Bordeaux quand celui-ci allait plaider. Le début de l'année 1848 avait enfin vu la réalisation de toutes leurs espérances : la République avait été proclamée en février, et l'on avait planté l'orme de la liberté sur les places où l'on avait chanté et dansé pendant huit jours. Puis, pour la première fois, on avait voté au suffrage universel le dimanche de Pâques. Il y avait exactement une semaine de cela. Quelle fête cela avait été ! On était parti en cortège depuis le port jusqu'à Souillac, et Benjamin, au moment d'introduire son bulletin dans l'urne, avait pensé à Pierre, à ce droit de vote conquis de haute lutte en février, dont les hommes faisaient la première expérience avec une grande émotion.

Les résultats n'avaient pas été conformes aux souhaits de l'avocat, qui avait placé ses espoirs dans Barbès et Blanqui.

1. Estey : large fossé où remontent les eaux de la marée.

Benjamin, lui, avait voté pour le candidat des modérés dont les listes, dans le pays, avaient obtenu 550 sièges sur 880. Avec les socialistes, les conservateurs avaient été les grands perdants de ces élections. Ils comptaient seulement 200 élus, dont 130 légitimistes. Benjamin imaginait la déception de son ami Pierre, tout en sachant parfaitement que ces résultats ne remettaient pas en cause l'immense joie de février.

Le bateau approchant de Saint-André-de-Cubzac, Benjamin fut rappelé aux difficultés de la navigation par le trafic devenu plus intense. De nombreux petits ports desservaient les villages de l'intérieur : Port-de-Plagne, Port-Neuf, Port-d'Espeau, Port-Mille-Secousses. Benjamin les connaissait tous, ainsi que les bourgades auxquelles ils donnaient accès. Sur babord, les marais de Montferrand annonçaient ceux d'Ambès. De l'autre côté, sur les collines, les vignes et les châteaux scintillaient sous la rosée que le soleil semblait boire goutte à goutte. C'était une succession de logis en pierre de taille, aux frontons triangulaires, aux toits couverts de tuiles romanes, qu'ombrageait çà et là un pin parasol.

Quand la gabare atteignit Bourg, dernier port avant le bec d'Ambès, les quais bruissaient d'une activité heureuse en exhalant des odeurs violentes de résine, de goudron, de moût et d'épices. Dès que son bateau eut dépassé le port, Benjamin se fit plus vigilant. Il savait que sur tribord de grands bancs de sable allaient apparaître avec la marée basse. Il savait aussi qu'il fallait traverser le fleuve avant le début de la marée montante pour éviter les vagues du mascaret qui se lèverait avec la renverse[1]. Sa vitesse étant suffisante pour traverser, il fit affaler la petite voile de la gabare, puis il manœuvra pour couper la Dordogne après s'être assuré que les bateaux qui le suivaient n'étaient pas trop proches du sien. Il ressentit aussitôt l'impression de danger qu'il connaissait bien, et les battements de son cœur se précipitèrent. Le vent prit la gabare

1. Moment où le courant s'inverse, c'est-à-dire de descendant devient montant ou inversement.

par le travers, mais Benjamin la redressa habilement tout en observant son second qui guettait, sur bâbord, la ligne des bateaux descendant de Bordeaux avec le jusant, toutes voiles déployées. C'était là l'une des plus périlleuses manœuvres du voyage, mais, ce matin, la visibilité étant excellente, Benjamin put traverser sans difficulté. Sa gabare vint s'arrêter en douceur près de l'île Cazeau où, déjà, des barques de pêche attendaient la renverse pour se lancer dans la Garonne. Jean jeta l'ancre en lisière du chenal, à dix pas de l'île, et tous les hommes d'équipage profitèrent de ce moment de répit pour sortir leurs victuailles et reprendre des forces.

Dès que Marie avait compris ce qui se passait en elle, ce dimanche-là, elle était partie sur les rives de la Dordogne qui s'éveillaient sous les premiers rayons de soleil. Elle avait besoin d'être seule pour songer à cette vie qui était née en elle pour la deuxième fois, quatre ans après Aubin, son fils, si semblable à Benjamin, si farouche et si rebelle, aussi, comme le sont les enfants quand le père est absent. Ces quatre ans de sa vie lui avaient paru durer quatre mois. Ils avaient coulé sans laisser la moindre aspérité dans son existence, sans qu'elle s'en rendît compte. Et elle se demandait si le bonheur c'était de respirer jour et nuit sans chercher à rompre ce rythme, à changer le cours d'une vie dont la tiédeur l'engourdissait, la menait au bord des larmes, parfois, le soir, à l'heure où la nuit tombe.

Elle avait retrouvé sa rivière, son enfance et ses parfums d'herbe humide, elle avait renoué avec cette sorte d'éternité qui pousse au sanglot chaque fois que la sensation de n'avoir rien perdu de sa vie illumine le moindre souvenir, et elle avait donné (du moins l'avait-elle cru) un sens à son existence en apprenant à lire et à écrire aux enfants. Elle avait aimé Benjamin et se sentait aimée de lui comme au premier jour, et pourtant il lui semblait se heurter à une muraille dont elle ne définissait pas très bien les contours : était-elle heureuse vraiment ?

Certes, il y avait toujours ce ciel d'un bleu de dragée dans les après-midi d'automne, ces vents de lilas dans les printemps frileux, cette lumière originelle dans les aubes naissantes, ces nuits magiques de juin qu'elle vivait près de Benjamin et qui perpétuaient délicieusement leur jeunesse. Oui, mais voilà : il y avait eu Bordeaux, le théâtre, les cargos, les terre-neuvas, la rue Sainte-Catherine, et l'horizon de sa vie s'était ouvert sur le grand large. Elle se défendait de son mieux contre cette nostalgie, se persuadait que le bonheur devait être protégé, que le danger commençait au-delà des collines, mais quelque chose en elle l'attirait vers l'ailleurs. Elle avait compris pourquoi depuis quelques mois. C'était assez simple, en somme : elle ne partageait pas la même existence que Benjamin, demeurait seule comme toutes les femmes du port, et le sentiment d'une perte, d'un échec, ne faisait que s'exacerber au fil des mois, des années. Ce dont elle avait besoin, c'était de respirer le même air que lui, et cela chaque jour, chaque nuit.

Elle s'en était plusieurs fois ouverte à Elina qui avait tenté de la dissuader de se confier à Benjamin. Pour elle, le monde des hommes ne pourrait jamais devenir celui des femmes. C'était ainsi. Il ne fallait pas vouloir briser l'équilibre réalisé depuis des siècles dans la vallée sous peine de rompre également celui des familles. Marie, elle, savait que l'on pouvait vivre différemment, ne pas se contenter d'attendre (espérer, disait Elina), briser ses chaînes, exister vraiment. Aussi avait-elle parlé à Benjamin de son désir d'embarquer avec lui, de le suivre partout. Ç'avait été leur première dispute. Selon lui, une femme ne pouvait pas naviguer. C'était contraire à tous les usages, à toutes les lois de la rivière. Elle avait compris qu'elle avait eu tort de le heurter, et que, comme Victorien, elle ne parviendrait à le convaincre que par la patience et la douceur. Ayant appris l'une et l'autre de bonne heure, elle n'avait pas désespéré, étant plusieurs fois revenue à son projet, jusqu'à présent en pure perte. Et voilà qu'aujourd'hui elle attendait un deuxième enfant. Cela signifiait qu'elle allait devoir renoncer à naviguer, sans doute définitivement.

Elle soupira et, tout en s'approchant de la rive, plaqua ses mains sur son ventre, cherchant à sentir cette vie souterraine qui avait déjà commencé à grandir. Parvenue au bord de la Dordogne, elle s'assit sur un talus recouvert d'herbe épaisse. La lumière giclait sur les berges comme des sauterelles. Le ciel émaillé de bleu effleurait la cime pâle des arbres qui se balançaient doucement. Où donc eût-elle pu trouver une telle paix, une telle beauté ? Nulle part ailleurs, elle le savait. Elle songea vaguement à ses rêves d'enfant. Tous s'étaient réalisés. Alors ? Pourquoi cette mélancolie ?

Un parfum de sureau, d'avoines folles, fusa vers elle, et elle inspira profondément, jusqu'au vertige. C'était chaque année à la même époque le même éblouissement, le même miracle, qui lui faisaient ressentir intensément la présence des plantes autour d'elle. Comment tant de force, de patience, d'obstination eussent-elles pu être inutiles ? Marie se sentit tout à coup feuille, herbe et fleur. Naître et renaître malgré les obstacles, les difficultés, étaient le lot des plantes, mais aussi celui des hommes et des femmes. Sans doute l'aventure était-elle la même. Dans quel but, quelle mystérieuse nécessité ? Elle ne le discernait pas clairement, mais elle prenait vaguement conscience d'un accomplissement qui, en la dépassant, la grandissait.

Elle aperçut en baissant la tête une sorte de prêle qui avait soulevé un galet et haussait sa tête fine vers le ciel. Elle y décela la preuve d'une puissance capable de faire jaillir la vie du néant, en conçut l'impression d'avoir trouvé la clef de l'explication du monde, sa grandeur et sa gravité. Il lui sembla alors que son espérance prenait aussi sa part dans la grande explosion de la vie au printemps, songea à son fils, Aubin, qu'elle avait nourri pendant de longs mois, et la naissance à venir de son deuxième enfant lui apparut comme un cadeau dont elle devait se réjouir. Allons ! Il fallait oublier les chimères, les voyages, et se contenter de mettre au monde des enfants, les aimer, les élever, puisqu'il était dans la nature des femmes qu'il en fût ainsi.

Elle se leva, observa un moment la Dordogne qui fuyait en glissades furtives et en chuchotements espiègles, tandis que derrière elle les prairies respiraient doucement, calmement, avec de brefs soupirs. Un homme chantait sur la rive opposée, sous le château de Cieurac. L'air sentait maintenant la jonquille et le laurier. Marie revint sans se presser vers le port où des garçons se disputaient sur une barque de pêche. « Si c'est un fils, se dit-elle, je l'appellerai Emilien. »

Avec la marée basse, le vent était complètement tombé et l'eau de la Garonne, presque étale, paraissait maintenant sans danger. Les cinq hommes mangeaient face à face, assis sur le merrain. Outre Jean et Benjamin se trouvaient là Ferdinand Roussel, un grand gars brun, longiligne, âgé d'une trentaine d'années ; Martin Vidal, plus trapu, plus âgé, tout aussi brun mais frisé, qui avait longtemps navigué sur la gabare de Vincent Paradou ; et le petit mousse, Jacques Mourgue, dont c'était le premier passage. Les yeux émerveillés du garçon, dont le visage était à peine entré dans l'adolescence, ne quittaient pas Benjamin qui expliquait :

— Il faut bien calculer l'heure où l'on arrive, comprends-tu ? Si c'est trop tard, le vent de la marée montante se lève et, comme le jusant s'est tari, on ne peut plus traverser.

Le mousse buvait ces paroles, en oubliait de manger. Les autres mâchaient le pain et le lard avec application, une légère ivresse en eux. Même Jean, qui, d'ordinaire, manifestait peu ses émotions, s'animait toujours à cet endroit, et ses yeux brillaient d'une émotion qu'il ne songeait pas à dissimuler.

— Le plus dangereux, reprit Benjamin, ce sont les marées d'équinoxe. Alors, les coups de vent peuvent précipiter les bateaux sur les bancs de sable, surtout si l'on n'affale pas les voiles assez tôt. Les bancs d'Ambès et de Macau sont envahis par les carcasses échouées. Regarde-les, là-bas !

Il ajouta, pour ne pas effrayer le mousse :

— Rassure-toi ; ce ne sera pas pour aujourd'hui.

Sur l'île, les arbres, immobiles, attendaient on ne savait quel signal de la terre ou de l'eau. Sur le fleuve, pas la moindre brise. Même les grands oiseaux blancs semblaient dormir, là-haut, contre le ciel. Face à la gabare, le coteau du Pain-de-Sucre, où foisonnaient les vignes et les belles demeures, veillait sur le confluent d'un œil distrait, comme assoupi dans la lumière. Benjamin, maintenant silencieux, savourait pleinement ces moments de calme avant le départ. Ces minutes-là lui appartenaient. Elles étaient sa fierté, sa victoire, car il avait rêvé du bec d'Ambès toute sa vie.

La première risée fit claquer les drisses sur le mât de l'*Elina* (Benjamin et Victorien avaient baptisé ainsi la gabare en témoignage d'affection pour celle qui, de loin, veillait sur eux depuis toujours). La Garonne se rida puis se mit à trembler, d'abord imperceptiblement, ensuite de plus en plus vite, comme une eau qui commence à bouillir. Benjamin ferma la lame de son couteau, se leva, vérifia une drisse, rencontra le regard du mousse qui demanda :

— C'est loin, Bordeaux ?

— Nous y serons bien avant la nuit.

La confiance qu'il lut dans les yeux du garçon lui fit comprendre que, s'il l'avait voulu, il aurait pu l'emmener jusqu'au bout du monde.

Des voiles se déployèrent dans un claquement de drap sec. Une première barque s'engagea dans la Garonne à petite vitesse, puis une deuxième. Les cargos et les terre-neuvas arriveraient plus tard, quand la force du vent et du mascaret serait devenue suffisante. Elle l'était déjà pour les bagariers dont l'embarcation était moins lourde que les bateaux de mer. L'*Elina* mesurait deux mètres de plus que la capitane, était construite en chêne, elle aussi, et son mât portait drisses et haubans. Sa petite voile, hissée sur une vergue unique, bourdonnait maintenant dans le vent qui forcissait de seconde en seconde.

— Parez à lever l'ancre ! ordonna Benjamin qui n'aimait pas partir le premier, la précipitation ayant plusieurs fois provoqué des accidents.

Ses matelots s'affairèrent, amorcèrent la manœuvre. Jean avait pris son poste à la proue, et le mousse s'était placé sur bâbord, côté fleuve, pour ne rien perdre du spectacle. L'*Elina* vibra, parut hésiter, puis, portée par le montant et le souffle du vent, s'engagea à son tour dans la Garonne.

Sur tribord apparut le village de Macau, là-bas, passé la pointe de l'île Cazeau, tandis que sur bâbord les marais semblèrent à Benjamin encore plus désolés que ceux qu'il avait aperçus depuis la Dordogne. Mais ce qui le frappait le plus, lors de chaque passage, c'était l'immensité du fleuve et des terres qui le bordaient, cet horizon infini que rien ne limitait, sinon par beau temps, très loin, droit devant, le clocher des églises de la grande cité. L'*Elina,* elle, paraissait minuscule entre ces étendues où d'innombrables oiseaux venaient s'échouer (sarcelles, avocettes, hérons cendrés) ou prenaient leur essor dans un silence stupéfié. L'air, que l'on avait l'impression de pouvoir gratter du bout de l'ongle, sentait le palus et la boue. Cette odeur, mêlée à celle de l'eau, voyageait sur les ailes du vent et s'abattait sur les bateaux au gré des rafales, comme si elle était portée par des vagues.

Benjamin gouvernait sans difficulté car les bateaux avançaient tous, ou presque, à la même vitesse, et il n'y avait évidemment aucune circulation en sens inverse, excepté quelques morutiers ancrés le long des rives, qui attendaient le jusant. Au fur et à mesure que l'*Elina* se rapprochait de Bordeaux, des vignes apparaissaient sur tribord, rompant délicatement la monotonie de la plaine. La lumière, elle, avait baissé d'intensité, car le vent de la mer apportait avec lui des continents de nuages qui paraissaient courir plus vite que les bateaux.

— Regarde ! dit Benjamin au mousse qui rêvait.

Passé Saint-Louis-de-Montferrand, on apercevait Bassens sur bâbord et, plus loin, là-bas, la colline qui dominait les quais de la Bastide. Plus loin encore, ce fut Lormont, un grand cingle, et puis, à droite, les premières maisons de Bordeaux, le quai de Bacalan, les Chartrons, au-delà desquels le fin clocher de l'église Saint-Michel semblait désigner un point mystérieux du ciel. Il fallut alors couper la Garonne pour accoster au quai de la Bastide où l'on entreposait le bois. Ce ne fut pas facile, car de nombreux bateaux étaient ancrés au milieu du fleuve où ils attendaient leurs marchandises. Mais Benjamin avait appris à manœuvrer dans les pires conditions, et il réussit à se glisser entre deux gabares bordelaises, à proximité des entrepôts où vivaient les marchands de bois, les tonneliers et les hommes qui étaient employés dans les chantiers de construction de bateaux.

C'était là un monde à part, différent de celui de l'autre rive, et qui tenait à son autonomie. « Passer l'eau » signifiait déjà quitter Bordeaux, cela malgré les facilités offertes par le pont et les nombreuses barques affectées à la traversée du grand fleuve. Les hommes que Benjamin fréquentait là ne ressemblaient pas à ceux des Salinières ou des Chartrons. Ici, point de riches négociants, de courtiers, d'agents de commerce, mais seulement des artisans, des petits marchands, des ouvriers qui travaillaient dans un univers plus chaleureux, où Benjamin et les siens se sentaient chez eux.

Dès que son équipage eut commencé à décharger le bois, Benjamin se dirigea vers l'entrepôt d'Hippolyte Barcos, l'homme avec qui il avait conclu un marché lors de ses premiers voyages. Née d'une sincérité et d'un respect réciproques, une véritable amitié existait entre eux. Aussi, dès que Barcos aperçut Benjamin sur le quai, il vint à sa rencontre en souriant. C'était un homme d'une cinquantaine d'années originaire du Pays basque, aux cheveux ondulés ramenés vers l'arrière, au nez osseux, aux yeux noirs et vifs, une sorte d'empereur romain égaré sur les rives de la Garonne. Il serra fermement la main de Benjamin en disant :

— Viens t'asseoir, Donadieu, on va en profiter pour boire un petit verre.

Ils réglèrent leurs affaires, discutèrent un moment du commerce du bois et de l'activité du port, se donnèrent des nouvelles de leur famille, burent un deuxième petit verre d'une délicieuse liqueur de genièvre, puis Benjamin prit congé de Barcos et repartit vers le quai. Là, il traversa sur une barque de louage pour se rendre aux Salinières où il devait passer sa commande pour le lendemain. Il accosta quai de la douane et, pris d'une soudaine envie de marcher, il se dirigea vers la rue Sainte-Catherine où il allait flâner, parfois, quand il avait le temps. S'il s'était senti pitoyable lors de ses retrouvailles avec Marie, cinq ans auparavant, il ne ressentait plus aujourd'hui la moindre honte à côtoyer la foule bordelaise pourtant toujours aussi distante et élégante. Mais ces cinq années de travail et de réussite lui avaient donné l'assurance nécessaire au contact avec les gens des villes, et il se sentait désormais sûr de lui en tout lieu.

Il s'engagea dans la rue Saint-Rémi, parcourut une cinquantaine de mètres en regardant les échoppes et les vitrines des grands magasins, puis il tourna la tête vers l'autre côté de la rue, comme attiré par une présence. Là, une femme, immobile, croisa son regard et ne le lâcha plus. Cette femme, il l'aurait reconnue entre mille, et pourtant cela faisait onze années qu'il ne l'avait pas vue. Elle n'avait pas changé, cependant, ou à peine. Ses traits s'étaient un peu creusés, mais sa beauté sombre et farouche demeurait la même. Elle l'avait reconnu, bien sûr, puisqu'elle le dévisageait sans bouger, une main légèrement dressée devant elle, comme pour l'appeler. Ses longs cheveux coulaient en boucles sous son chapeau noir, elle portait un pantalon de linon blanc sous un gilet bleu et une chemise à dentelles qui lui donnaient une allure garçonne sans altérer son charme naturel. Ses yeux ne cillaient pas. Et c'était bien les mêmes yeux, la même lueur ardente, le même défi. C'était elle : Emeline. Celle qui l'avait condamné à six ans d'exil, celle par qui il avait failli tout perdre. Il fit un effort sur lui-même pour détourner la tête, échappa au sortilège, se remit en marche, bien décidé à l'éviter. Ce fut elle qui traversa et, l'arrêtant par le bras, murmura :

— Demain, dix heures. 42, rue Sainte-Catherine.

Il ne répondit pas, se dégagea violemment du bras.

— S'il te plaît, reprit-elle, tu n'as rien à craindre de moi.

— Non ! dit-il, et il la repoussa de nouveau, s'éloigna d'un pas pressé, furieux du trouble qui l'avait envahi, de toutes ces années de jeunesse qui, brusquement, avaient surgi dans sa mémoire, sans qu'il pût s'en défendre.

Il se hâta vers les Salinières, négocia rapidement la livraison de sel, puis il regagna la Bastide aussitôt, comme si le fait de traverser la Garonne pouvait le délivrer d'un maléfice. Il retrouva ses hommes à l'auberge alors que la nuit commençait à tomber, s'assit à table sans parler. Jean, qui s'aperçut du changement d'humeur de son capitaine, lui demanda si quelque chose n'allait pas.

— Tout va bien, répondit Benjamin. Nous pourrons charger le sel demain à partir de huit heures.

Ils dînèrent d'aloses cuites sur le gril, puis, tandis que les hommes d'équipage passaient dans l'arrière-salle pour jouer aux cartes, Benjamin s'en fut dans la chambre qu'il partageait avec Jean. Là, il s'étendit sur le dos et, les mains croisées derrière la tête, il songea à celle qui l'avait surpris rue Saint-Rémi. C'étaient dix-huit ans de sa vie qui avaient surgi en un instant dans son esprit. C'étaient les prairies de son enfance, les rêves de son adolescence, c'était le même sortilège qui, de nouveau, l'envoûtait malgré le temps passé, malgré le danger de cette rencontre qui lui avait fait retrouver Emeline plus belle que jamais. Il était furieux de cet élan qui, avant même qu'elle n'ait parlé, l'avait porté vers elle. Il savait à quels risques il s'exposait s'il acceptait de la revoir, et pourtant il n'était pas certain de ne pas céder à cette tentation.

Quand son second entra dans la chambre, il feignit de dormir, mais le sommeil persista à le fuir une grande partie de la nuit. Le visage souriant d'Emeline passa et repassa devant ses yeux sans qu'il parvienne à faire surgir d'autres images qui, elles, auraient pu l'apaiser. Après le visage, ce fut la voix qui vint susurrer des mots étranges contre ses oreilles. Aussi se leva-t-il de bonne heure et de fort mauvaise humeur, pressé qu'il était de quitter cette chambre où errait un fantôme à qui il ne pouvait décidément pas échapper.

Dès que son équipage eut gagné le quai des Salinières, il aida au chargement de l'*Elina* afin d'en finir au plus vite et, sans même traverser pour aller saluer Hippolyte Barcos comme il en avait l'habitude, il donna l'ordre d'appareiller, se faufila entre les bateaux ancrés au milieu de la Garonne, s'engagea aussitôt dans la remonte sous le regard inquiet de Jean qui ne comprenait rien à cette hâte inhabituelle.

La remonte dura dix jours et s'effectua sans encombre. Elle fut même l'une des plus magnifiques en raison de la hauteur idéale des eaux et de la beauté des rives épanouies dans la lumière du printemps. C'était chaque année à la même époque le même enchantement. La luxuriance des arbres, des champs et des prairies, que lustraient de petites pluies tièdes, faisait penser à ces givres d'hiver qui vernissent la terre jusqu'au milieu du jour. De partout affluaient des parfums dont Benjamin était incapable de deviner la source, mais qui ressuscitaient autant de sensations, d'émotions, enfouies au plus profond de sa mémoire.

L'*Elina* avait retrouvé le convoi de la capitane à Libourne. Benjamin et Vincent avaient amorcé l'un derrière l'autre la remonte, pour la première fois sans Victorien dont l'absence pesait étrangement sur eux, les rendait orphelins. Car, même si Victorien ne dirigeait plus vraiment les affaires depuis quelques mois, Benjamin le tenait au courant de toutes les tractations qu'il menait à Bordeaux. Et il était habitué, en levant la tête, à apercevoir la silhouette de son père sur la capitane, sentinelle aussi précieuse qu'un fanal dans la tempête. Ils parlaient au demeurant assez peu ensemble, comme si la complicité extraordinaire qui les portait l'un vers l'autre avait quelque chose de sacré, en tout cas d'indicible. Benjamin n'avait pas oublié le voyage de son père à l'hôpital de Bordeaux et les mots prononcés par Victorien, ce jour-là. Ces mots vivaient encore en lui, lui tenaient chaud, et il se les remémorait souvent, tandis qu'il observait son père au travail, sur le port, ses gestes mesurés, ses mains sculptées par le froid, ses épaules sans une once de graisse, l'éclat métallique de ses yeux où passaient parfois, aujourd'hui, quelques ombres de fatigue. C'est à lui qu'il pensait en doublant le pas du Raysse et en découvrant ses collines qui avaient retrouvé leurs couleurs pendant son absence.

Il engagea l'*Elina* dans le canal qui avait été creusé parallèlement à la Dordogne pour servir de port abrité, accosta au plus près de l'entrepôt de sel, descendit le premier pour payer le bouvier, aperçut Aubin, son fils, qui accourait, précédant de peu Marie qui venait d'apparaître au bout du chemin. Benjamin souleva son fils dans ses bras, le projeta en l'air à deux ou trois reprises, le fit retomber sur ses pieds en demandant :

— Alors, tu as été sage ?

Aubin était un garçon déjà robuste pour son âge, aux cheveux bouclés, et dont les yeux gris-bleu avaient le même éclat métallique que ceux de son grand-père Victorien. Il ne répondit pas à la question, mais considéra Benjamin avec une expression bizarre dans le regard. Celui-ci releva la tête, aperçut Marie qui approchait. Benjamin eut l'impression d'avoir vécu cet instant des milliers de fois, tant il y avait eu de retours et tellement les années semblaient n'avoir aucune prise sur elle. Il la retrouvait chaque fois semblable à la jeune fille qu'il avait connue, semblable aussi à celle qui l'accompagnait si souvent dans les prairies, au fond de la Dordogne, pendant leur adolescence. A peine avait-elle un peu grossi, mais son corps gardait la grâce de la jeunesse, car ses fréquentes baignades l'avaient polie comme un galet. Ses cheveux tiraient maintenant davantage sur le roux et mettaient en valeur ses grands yeux verts que soulignaient délicatement deux fines rides creusées par le soleil.

Benjamin l'attira un bref instant contre lui, sentit comme une retenue, posa néanmoins la question traditionnelle, mais avec, déjà, la conviction qu'il s'était passé quelque chose en son absence.

— Tout va bien ?

Elle ne répondit pas tout de suite, évita son regard, puis, enfin, murmura :

— Ton père...

Benjamin sentit le quai se dérober sous lui, demanda doucement :

— Il est mort ?

— Non. Il est tombé voilà deux jours, et depuis il nous inquiète beaucoup.

— Qu'est-ce qu'il a ? demanda Benjamin avec une voix qu'il ne reconnut pas.

Marie le prit par le bras, répondit en l'entraînant vers la maison :

— C'est le cœur.

Et elle ajouta tout bas, comme si elle espérait que Benjamin ne pourrait pas l'entendre :

— Le médecin ne sait pas s'il va se remettre.

Benjamin hocha la tête et ne répondit rien. C'était comme si une vague glacée l'avait recouvert et roulé sur une centaine de mètres. Lorsqu'il pensait à son père, il lui arrivait d'imaginer un accident, une grave blessure, mais jamais, comme aujourd'hui, il n'avait senti combien l'idée de la disparition de Victorien lui était intolérable. Il marchait près de Marie qui ne parlait plus, tandis qu'Aubin trottinait derrière eux et que, sur leur passage, les gens du port s'écartaient avec respect, et comme avec une sorte de crainte.

Elina les accueillit sur le seuil, silhouette vigilante et, lui sembla-t-il, éternelle.

— Il t'attend, dit-elle, mais ne reste pas trop longtemps.

Benjamin monta sans bruit l'escalier, frappa doucement,

entra. Victorien reposait sur le dos, la tête soutenue par deux oreillers, ses longs bras étendus de chaque côté de son corps, les yeux clos. Benjamin s'assit près du lit, demeura un instant silencieux, accablé. Sous cet homme aux cheveux blancs et aux traits creusés par les ans, il revoyait celui avec lequel il avait embarqué à treize ans et qui lui avait tout appris. Il se souvenait de sa force, de son courage, et de le voir ainsi anéanti lui donnait l'impression d'une chute inadmissible. C'était un peu comme si Victorien était tombé à l'eau et comme si, lui, Benjamin, ne pouvait pas plonger pour le secourir. Il allongea son bras, posa sa main sur le poignet où couraient de grosses veines bleues, murmura :

— Père, je suis là.

Et, comme Victorien semblait ne pas l'entendre :

— C'est moi. Je suis rentré.

La tête de Victorien pivota doucement, ses yeux s'ouvrirent, un faible sourire naquit sur ses lèvres.

— Tu es là, petit, fit-il tout bas.

— Oui, c'est moi. Tout ira bien, maintenant.

Victorien eut de nouveau un pâle sourire qui s'effaça rapidement. Il esquissa un geste de la main gauche, souffla :

— Approche-toi un peu.

Benjamin se pencha vers son père qui murmura :

— Tu te souviens, petit, de ce naufrage de la seconde, il y a longtemps... Tu étais avec moi, je crois... Ce devait être en 1833 ou 34... Tu te rappelles cette brèche dans son corps... Cette blessure... Eh bien, aujourd'hui, vois-tu, la seconde, c'est moi.

— Que dites-vous là ? fit Benjamin. Ne savez-vous pas que c'est dans le vieux bois que l'on fait les meilleurs bateaux ?

Victorien leva une main, la laissa retomber avec lassitude.

— J'arrive au port, petit, dit-il.

— Mais vous repartirez, fit Benjamin. Rappelez-vous ! nous sommes toujours repartis, vous et moi, même dans les pires tempêtes.

— Oui, dit Victorien, tu as raison.

Puis, fermant de nouveau les yeux :

— Tu sais, garçon, je suis content que tu sois là. J'ai eu peur de... de...

Il buta sur les mots, reprit :

— Il me tardait que tu reviennes.

— A mon prochain départ, je vous emmène avec moi, dit Benjamin, feignant de ne pas avoir compris. C'est la belle saison pour le voyage. Le bas pays a reverdi. Le printemps est partout. Au bec d'Ambès, c'est vous qui tiendrez le gouvernail.

— Oui, fit Victorien, tu as raison.

Il ajouta, après un soupir qui parut lui dérober ses dernières forces :

— Mon gouvernail, j'ai bien peur de l'avoir lâché il y a deux jours.

— Mais non, voyons ! Ne me suis-je pas relevé de mes blessures, moi, après l'explosion du canon ?

— Quel âge avais-tu ?

— L'âge n'a rien à voir là-dedans, vous le savez bien. Seule la volonté compte. C'est vous qui me l'avez appris.

Victorien soupira, parut se détendre.

— C'est vrai, souffla-t-il. Ça me fait du bien de t'entendre.

— Je sais, dit Benjamin. Mais maintenant, il faut vous reposer.

Victorien semblait un peu mieux, soudain, comme si, de nouveau, il croyait en lui-même. Benjamin en profita pour se lever, sortit sur le palier, s'y arrêta un instant. Il revoyait distinctement le visage de Victorien dont le regard ne brillait plus avec la même flamme. Quelque chose d'essentiel s'était brisé en lui. L'intuition que rien ne serait jamais plus comme avant s'imposa à Benjamin. Il soupira, serra les poings, cogna plusieurs fois de la tête contre le mur, incapable d'accepter cette défaite de l'homme qui, pour lui, comptait le plus au monde. Il chassa la vision du visage vaincu qui errait devant ses yeux, descendit.

Elina et Marie étaient assises face à face, de chaque côté

de la table. Elles n'osèrent pas le regarder, ne lui posèrent aucune question. Il hésita une seconde, ne sachant que dire, lui aussi, et, sans vraiment penser à ce qu'il faisait, marcha vers le port. Là, il monta dans sa barque de pêche, traversa la Dordogne, et, de l'autre côté, pénétra dans les bois de Cieurac qu'il escalada en courant, sans reprendre son souffle. Une fois en haut, juste au-dessus du château, il s'arrêta, puis, se saisissant d'une grosse branche cassée, il se mit à cogner contre le tronc d'un chêne avec une violence décuplée par la douleur. Enfin, après plusieurs minutes de folie furieuse, couvert de sueur, il se laissa glisser sur la mousse et ferma les yeux.

Le lendemain matin, il partit à la pêche avec Marie qui prenait plaisir à ces moments de solitude à deux. La Dordogne charriait des eaux de neige peu propices à de bonnes captures, mais Benjamin avait besoin, lors de chaque retour, de partir à l'aube pour redécouvrir son domaine. Le vent du nord s'était levé pendant la nuit et poursuivait quelques rares nuages dans un ciel de faïence. Marie ne parlait pas. Pelotonnée dans sa pèlerine de laine, elle observait Benjamin et sentait qu'il souffrait. Elle savait depuis toujours ce qu'il ressentait à ses attitudes, à ses silences, à la manière qu'il avait, souvent, d'éviter son regard où elle lisait à livre ouvert.

Ils remontèrent vers les bras morts de Lanzac, car Benjamin pensait que les poissons s'étaient réfugiés dans les eaux dormantes, pour échapper au froid des courants. Marie était assise à l'avant, Benjamin ramait à l'arrière, longeant la rive emprisonnée sous une coquille de silence. C'était un matin comme ils les aimaient, l'un de ceux que le printemps réveille doucement après le long sommeil de l'hiver. Dans la phosphorescence de l'air, des nappes de brume s'accrochaient à la cime des arbres, abandonnant des lambeaux qui fondaient comme du givre sous le soleil.

Benjamin coupa le courant au niveau du gué qui avait changé pendant l'hiver mais qu'il retrouvait toujours avec la même sûreté instinctive. Dès l'entrée du bras mort, il déploya son filet, le fixa à deux baliveaux gluants de sève, puis il dirigea la barque vers l'extrémité de la retenue où, aidé par Marie, il frappa violemment l'eau avec sa rame, de manière à faire fuir le poisson. Ils ne parlaient pas, ayant l'habitude de pêcher ainsi depuis de longues années, recherchant la meilleure efficacité en enfonçant les rames bien à fond, jusque dans la vase et les herbes. Quand ils atteignirent le filet, ils attendirent quelques minutes avant de le relever, silencieux, face à face. Leurs regards se croisèrent.

— Il s'en remettra, dit Marie, tu le sais bien.

Benjamin hocha la tête, sourit.

— Il est encore jeune, reprit-elle, qu'est-ce que c'est que cinquante-sept ans ?

Il sentit à la lueur ardente de ses prunelles qu'elle pensait vraiment ce qu'elle disait.

— Il a toujours été fort, ajouta-t-elle, plus fort que n'importe qui.

« C'est vrai », songea-t-il, et cette idée d'une force extraordinaire, jamais domptée, le rassura. Il lui sembla que la loi commune ne s'appliquerait jamais à son père. Il sourit, demanda :

— On y va ?

— Allons-y ! dit Marie.

Benjamin dénoua l'une des extrémités du filet, commença à le haler doucement par-dessus bord, comprit rapidement que leur pêche serait médiocre.

— Ils sont encore dans les grands fonds, dit-il, l'eau n'a pas eu le temps de se réchauffer.

Ils prirent cependant deux grosses perches et une truite que Benjamin assomma avec le fer saumonier, puis, sachant qu'il était inutile d'insister, ils redescendirent en longeant les prairies.

— Arrêtons-nous, dit-elle, il fait si bon.

Le soleil avait bondi au-dessus des collines, lançant dans l'air frais des flèches blondes qui couraient au ras de l'eau et transperçaient les frondaisons des rives. Benjamin accosta, descendit, noua la cordelle au tronc d'un érable nain, tendit la main à Marie. Il se sentait mieux, à présent, et comme rasséréné après ses rêves noirs de la nuit, dans lesquels il s'était débattu vainement. Ils traversèrent la prairie, montèrent jusqu'à l'orée du bois, marchèrent en direction du port.

— Je ne sais pas si c'est bien le moment, fit Marie en se décidant brusquement, mais il faut bien que je te le dise : j'attends un enfant.

Benjamin s'arrêta, lui fit face, fronça les sourcils comme si les mots prononcés par Marie se frayaient difficilement un chemin dans sa tête, puis son visage, tout à coup, s'éclaira.

— Tu en es sûre ?

— Dame ! dit-elle, ça m'est déjà arrivé, figure-toi.

Il lui sembla alors qu'en l'attirant contre lui il tremblait un peu, soudain, lui qui ne tremblait jamais, qui avait l'habitude de plier le monde à sa volonté. Elle en fut si touchée qu'elle demeura suspendue au bord des larmes, mais il ne s'en aperçut pas.

— Merci, dit-il.

Elle redressa la tête, soutint son regard dans lequel brillait la flamme chaude de ses yeux d'or.

— C'est moi qui dois te dire merci, fit-elle. Merci pour ça (et elle montra la prairie, la rivière, les arbres de la rive), merci pour ces cinq années, pour Aubin...

Et elle ajouta, tout bas :

— Et merci d'être là aujourd'hui après avoir été si loin.

— Tu es trop bête, dit-il en accentuant son sourire.

La serrant plus fort contre lui, il pensa à sa patience, à ce long chemin parcouru côte à côte, à leurs deux vies qui, pour s'être rejointes et calquées l'une sur l'autre dès l'enfance, n'en faisaient plus qu'une aujourd'hui.

— Nous l'appellerons Emilien, dit Marie.

Il rit.

— Et si c'est une fille ?

— Emilienne, peut-être, qu'en dis-tu ?

— Je dis que l'essentiel est qu'il ou elle nous arrive bien vivant.

— Il n'y a pas de raison, fit Marie.

Ils continuèrent à marcher quelques minutes le long du bois, puis ils retournèrent vers la rive. Benjamin pensait à son père et à la naissance qui s'annonçait, se demandait si seulement Victorien la verrait. La vie, la mort; la mort, la vie. Il fallait bien se soumettre à la loi, mais ce matin, dans la luminosité extraordinaire de l'air qui dansait sous un ciel bleu d'iris, il lui semblait que cette loi était inacceptable. Allons! Seule la vie importait. Bientôt Victorien serait debout et tiendrait le gouvernail de la capitane, il ne pouvait pas en être autrement.

Ils embarquèrent et se laissèrent glisser au gré du courant à la surface duquel les truites mouchaient sur une éclosion d'éphémères.

— J'espère bien qu'on n'en restera pas là, dit brusquement Benjamin; il me faut au moins un fils par bateau.

Elle le reconnut bien à cette remarque qui renouvelait les préceptes de la vallée : les hommes sur l'eau, les femmes dans les maisons. Mais, curieusement, elle n'en conçut pas d'amertume. Il lui semblait maintenant que c'était lui qui avait raison, et elle se disait que les neuf mois à venir compteraient sûrement parmi les meilleurs de sa vie.

2

Autant le printemps, cette année-là, avait été précoce et ensoleillé, autant l'été fut chargé de pluies et d'orages. En septembre, il n'y eut pas davantage de soleil et, au contraire, les pluies redoublèrent, rendant l'eau marchande plus tôt que prévu. C'est la raison pour laquelle les bateaux des Donadieu avaient appareillé le 25 à l'aube, sans Victorien, toutefois, qui tardait à se remettre et demeurait affaibli. Cela avait été un déchirement pour Benjamin que de s'éloigner sur l'*Elina* en apercevant la silhouette de son père debout, sur le port, dans la grisaille du matin. Aussi, depuis l'instant où il avait vu sa mère le prendre par le bras pour l'entraîner vers la maison, Benjamin sentait une colère douloureuse bouillonner en lui, et il ne parvenait pas à oublier l'image de ces deux êtres qui semblaient entrer côte à côte dans la vieillesse. Depuis le départ, malgré le danger que représentaient les eaux vigoureuses de la Dordogne, il contrôlait mal ses gestes, agissait avec une nervosité et une précipitation inhabituelles.

Précédant de peu la capitane, l'*Elina* avait passé Groléjac, Domme, Beynac, et arrivait en vue de Siorac, quand la brume tomba sur la vallée, apportant avec elle une pluie fine mais têtue qui noya en quelques minutes la rivière et ses alentours. Le convoi ne se trouvait qu'à quelques centaines de mètres du pont qu'il fallait franchir sous la troisième arche afin d'aborder dans les meilleures conditions les remous du cingle qui suivait.

C'était l'usage, l'expérience des bateliers ayant démontré que la voie la plus favorable se situait là, et nul n'aurait songé à en utiliser une autre sans mettre son équipage en danger.

Ce jour-là, pourtant, il semblait à Benjamin que la crue avait modifié le lit de la rivière et, faute de repères sur les rives, il s'inquiétait pour Vincent qui conduisait la capitane, et pour Fernand Maset qui menait toujours la seconde à laquelle était attaché le gabarot d'allège. La sagesse commandait de s'arrêter avant le pont pour donner de nouvelles directives, mais le convoi avait pris du retard au départ de Souillac, et Benjamin désirait à tout prix arriver à Mauzac avant la nuit. Il n'avait d'ailleurs pas l'esprit assez libre pour prendre des décisions, car il était obsédé par le souvenir du jour où il était remonté avec Victorien aux sources de la Dordogne. Il n'avait rien oublié de cette complicité rare, de cette communion entre un père et son fils qui lui avaient paru devoir durer toujours. Or, ce matin, il était reparti seul pour une nouvelle campagne, et Victorien était resté au port. Le visage du vieux qui, sur les quais d'Argentat, regardait couler la Dordogne en pleurant surgit devant Benjamin. Et voilà que ce vieil homme, aujourd'hui, avait le visage de Victorien. A cinquante-sept ans ! C'était trop injuste ! Benjamin ferma un instant les yeux, s'essuya d'un revers de manche, les rouvrit sur les eaux qui roulaient comme des charrois fous, sautant par-dessus les obstacles avec des galops de troupeau furieux.

— La barre à tribord ! cria Jean qui faisait office de prouvier.

Benjamin rectifia aussitôt. Pourtant son instinct l'avertissait que la crue, dans les fonds, avait changé le chenal et que le passage idéal se situait aujourd'hui davantage sur bâbord, près de l'arche centrale. Il vérifia que le fanal de l'*Elina* demeurait bien allumé malgré le mauvais temps, obliqua légèrement vers bâbord.

— La barre à tribord ! cria de nouveau le prouvier.

Benjamin ne voulut pas l'écouter. Ses yeux grands ouverts fouillaient la brume et la pluie, tandis qu'il se demandait si

Vincent apercevait bien son fanal. La règle était que les bateaux d'amont devaient toujours suivre celui qui ouvrait la route, à plus forte raison si c'était celui de Benjamin. Il se rendit compte combien sa manœuvre avait été tardive quand le pont surgit devant lui. Il le croyait encore à cent mètres et il n'était qu'à vingt. Il manœuvra très vite pour s'engager sous l'arche centrale qui apparaissait face à lui, comme il l'avait souhaité. A cet instant, un remous s'empara de l'*Elina,* la fit pivoter dangereusement sur elle-même, et Benjamin dut user de toute son expérience pour la rétablir dans le bon axe pour passer le pont. Debout à l'avant du bateau, contraint de faire confiance à son capitaine, Jean se taisait malgré le danger. Les piles de l'arche semblèrent se précipiter sur l'*Elina* qui, pourtant, glissa entre elles légèrement de biais, frôla celle de gauche par la poupe et sortit du piège dans une gerbe d'écume.

Benjamin se rendit compte de son imprudence en entendant crier le prouvier de Vincent, puis Vincent lui-même qui cherchait à prévenir Fernand, sur la seconde. Le temps parut s'arrêter. Benjamin se demanda ce qui lui avait pris de changer de route, ainsi, au dernier moment, s'injuria mentalement et, d'instinct, rentra légèrement la tête dans les épaules en attendant le pire. Ces quelques secondes d'inattention suffirent à la rivière pour reprendre l'*Elina* dans ses bras musculeux et la faire tourner deux fois sur elle-même au risque de chavirer. Deuxième faute grave pour Benjamin, qui rectifia très vite, respira bien à fond, s'essuya le visage. Enfin, le prouvier de Vincent annonça que la capitane était passée sans encombre. Benjamin frissonna. Restaient la seconde et le gabarot arrimé à elle par dix mètres de corde. On n'eut pas à attendre longtemps. A peine quinze secondes, puis le prouvier de Fernand cria et son cri précéda de peu le craquement sinistre d'une coque qui se fracasse. Le cœur de Benjamin s'emballa, mais il n'hésita pas : prenant tous les risques, il s'approcha de la rive droite pour tenter de freiner l'*Elina* et porter secours aux hommes qui avaient dû tomber à l'eau. L'*Elina* faillit verser plusieurs fois avant de ralentir sa course dans une meilhe abritée du vent. Quelques secondes plus tard, la capitane apparut, Vincent ayant tenté la même manœuvre que Benjamin. Elle frôla l'*Elina,* s'immobilisa un peu plus loin. De nouveau, le prouvier de Fernand cria, mais on ne le comprit pas, sa voix étant emportée par la pluie et le vent. Les équipages, penchés sur bâbord, guettaient l'arrivée des hommes dans l'eau tandis que les deux bateaux, ne pouvant se maintenir longtemps immobiles, dérivaient peu à peu vers le courant. Ce fut au moment où Benjamin donnait un brusque coup de gouvernail pour regagner le milieu de la rivière qu'il distingua enfin la voix du prouvier :

— Gabarot perdu !

Il poussa un soupir de soulagement : il n'y avait aucun homme sur le gabarot, et Fernand, sur la seconde, avait réussi à passer. D'ailleurs, celle-ci apparut, lancée à vive allure et traînant derrière elle l'ossature du gabarot disloqué qui la gênait dans ses manœuvres.

— Coupe ! cria Benjamin à Fernand.

Le capitaine de la seconde obéit aussitôt. Les restes du gabarot tournoyèrent dans les eaux déchaînées et bientôt disparurent. Le convoi se reforma rapidement, et Benjamin reprit la tête avec la sensation aiguë de ne pas mériter cette place. Quelle faute il avait commise ! Il s'en voulait d'autant plus qu'il faudrait que la seconde serve de bateau d'allège lors de la remonte. Cela signifiait qu'on ne pourrait pas rapporter tout le sel qu'il avait promis aux grossistes. Quel regard ses hommes allaient-ils porter sur lui, à l'escale ? Comment allait-il pouvoir maintenir son autorité s'il commettait de telles fautes ? Il s'en voulait de n'avoir pas pu surmonter sa nervosité, de ne pas s'être maîtrisé comme l'aurait fait Victorien s'il avait pu naviguer.

Il réussit néanmoins à retrouver son calme avant Limeuil et négocia au mieux la crue de la Vézère. Puis ce furent les falaises de Sors, le cingle de Trémolat, et Mauzac, enfin, dans la nuit qui tombait, lourde de brumes et de pluies. Alors, dès qu'il eut donné ses ordres, il gagna l'auberge, rejoint par

Vincent qui le prit par le bras, et, sachant ce qui se passait en lui, affirma :

— Je suis sûr que tu avais raison. Si on était passés sur tribord, on y aurait laissé tous les bateaux.

Benjamin se dégagea, répondit :

— C'est la vérité qu'on est en droit d'attendre d'un ami. Et moi, cette vérité, je la connais. Ni toi ni personne ne pourra me faire oublier qu'aujourd'hui mon père aurait eu honte de moi.

Comme à son habitude, Elina faisait front. Dès que Victorien disparaissait, elle partait à sa recherche, ne mettait guère de temps à le retrouver, lui parlait doucement, patiemment, de cette voix chaude dont elle usait pour réconforter celles ou ceux qu'elle savait en difficulté. Pourtant, sans que nul ne pût s'en apercevoir, elle souffrait autant que lui de ce qu'il vivait, peut-être plus que lui. Car il ne pouvait pas lire sur son visage les stigmates de la maladie ; elle, si. Et elle avait peur. Non pas d'une mort subite — elle sentait confusément que l'heure n'était pas venue — mais d'un moment de désespoir qui eût décidé Victorien à quelque geste fou. Aussi le suivait-elle de loin sans qu'il s'en doute, veillant à ne rien laisser transparaître de ses craintes et, au contraire, le poussant à s'occuper comme si sa santé était restée la même. Elle ne redoutait donc pas les heures qu'il passait à la pêche ou au travail dans son jardin, mais les moments où il demeurait seul sur le quai, le regard perdu sur la Dordogne qui déroulait interminablement ses rêves de voyage.

Ce matin-là, il faisait un de ces temps lourds et tièdes de septembre qui apportent avec eux des parfums de fougères, de champignons et de grasses prairies. Les pluies des jours précédents s'étaient épuisées à lessiver la terre et le ciel que les nuages avaient enfin déserté. Victorien en avait profité pour sortir de bonne heure, sans rien dire à Elina qui s'en aperçut quelques minutes plus tard. Abandonnant son ouvrage, elle se dirigea vers le port où l'on n'attendait pas les bateaux avant trois jours, mais où, cependant, son instinct lui soufflait qu'elle retrouverait Victorien. Il y était, en effet, assis sur le petit banc qu'il avait lui-même construit, face à la rivière dont les eaux lourdes charriaient des branches et des feuillages déchus. Elle l'observa un moment sans oser s'approcher, mais la fixité de son regard et ses lèvres qui, lui sembla-t-il, remuaient toutes seules la décidèrent à le rejoindre. Elle s'assit sur une caisse laissée à l'abandon, demeura un instant sans parler, murmura en se penchant vers lui :

— Bientôt.

Il ne répondit pas, ne tourna pas la tête vers elle, et elle se demanda si, du fond de ses rêves, il l'avait entendue. Elle répéta, usant de ce vouvoiement que les années vécues côte à côte n'avaient pas réussi à effacer :

— Vous le savez bien que vous repartirez bientôt.

Les traits de Victorien s'animèrent, mais il garda le silence. Cet homme qui avait été roi sur sa rivière ne pouvait pas accepter la moindre pitié, elle le savait. Cet homme — son homme, et le seul qu'elle n'eût jamais aimé autant qu'elle le craignait — était issu d'une race qui ne tolérait pas la défaite. Inconsciemment, elle savait qu'il repartirait bientôt, même s'il devait mourir sur son bateau — surtout s'il devait mourir sur son bateau. Cette idée, pourtant cruelle, apaisa curieusement Elina. Elle se dit qu'elle s'inquiétait trop. Le danger n'était pas immédiat. Sans doute valait-il mieux le laisser seul dans le combat qu'il menait avant qu'un soupçon ne l'éloigne d'elle irrémédiablement. Elle s'apprêtait à le quitter, quand il demanda brusquement :

— Dans combien de temps revient Vivien ?

Elle compta mentalement les années, répondit .

— Dans vingt mois, ou presque.

— Il faut que je tienne jusque-là, dit-il.

Puis, comme s'il s'agissait d'une décision mûrement réfléchie :

— Je repartirai au prochain voyage

Il tourna vers elle son regard d'acier brut, cherchant dans ses yeux l'approbation dont il avait besoin.

— Vous avez raison, dit-elle ; il vous suffira d'être prudent, de ne pas trop vous fatiguer.

L'acier des prunelles parut jeter des éclairs.

— A cinquante-sept ans, je préférerais être mort que prudent.

Elle baissa les yeux, sourit, murmura :

— N'est-ce pas oublier un peu vite ceux qui restent ?

Comme chaque fois qu'il était ébranlé par la douceur de sa femme, il s'obstina un peu plus dans son hostilité :

— Pourquoi me suivre comme ça, si souvent ? demanda-t-il d'une voix qui avait retrouvé toute sa vigueur.

— Je ne vous suis pas, je vous tiens compagnie. Quoi de plus naturel ?

La flamme ardente du regard vacilla, puis, tout de suite après, se raviva.

— Vous savez bien que je ne mourrai pas dans mon lit, dit-il, mais debout sur la capitane.

Elle ne sut que répondre, mais se sentit soulagée de le retrouver tel qu'il était avant son accident : un homme de courage et de défi.

— Mes forces sont revenues, dit-il, je le sens. D'ailleurs, comment aurait-il pu en être autrement ?

— C'était juste une question de temps, fit-elle.

Des enfants passèrent en courant sur le quai. Une barque apparut, conduite par une femme qui rentrait de la pêche.

— Allons ! dit Victorien.

Ils partirent vers la maison de l'octroi près de laquelle il trouva un roulier qui travaillait depuis toujours pour les Donadieu, et il lia conversation avec lui. Elina s'éloigna, persuadée que les heures les plus difficiles étaient passées. Pour l'avenir, elle s'en remettait, comme à son habitude, à la providence.

Marie sortit de la maison d'Angéline à qui elle était allée rendre visite avant de passer au marché. Il faisait beau, ce matin-là, et on avait l'impression que les nuages étaient partis pour toujours. C'est du moins ce que pensait Marie en pénétrant sous la vieille halle où s'affairaient les gens du bourg et les paysans, séparés par des étals rudimentaires qui ne nuisaient en rien à la chaleur des conversations. Marie aimait cette agitation heureuse qui lui rappelait son enfance, se revoyait à la place où elle vendait ses truites, fermait les yeux le temps de retrouver ses dix ans, son frère, sa mère, mais aussi Emeline, dont la menace, aujourd'hui, lui paraissait dérisoire.

Autour d'elle ce n'étaient que piaillements de volailles, saluts, cris, discussions, marchandages, mais elle se sentait bien au milieu de ce monde coloré et vivant. D'ailleurs, depuis qu'elle côtoyait les parents des enfants à qui elle apprenait à lire, elle avait l'impression de posséder deux familles : celle du port et celle du bourg. L'abbé, qui approchait des soixante-dix ans, lui avait appris la patience et l'indulgence. Elle ne ressentait plus aucune animosité envers les marchands ou les artisans. Comment eût-il pu en être autrement, puisqu'elle n'avait rien aujourd'hui à leur envier, étant elle-même mariée à un marchand et disposant elle aussi du savoir ? Le souvenir du panier de truites posé à ses pieds ne provoquait en elle aucune amertume, mais simplement la nostalgie d'une époque de sa vie dont elle n'avait conservé que le suc.

Ses achats terminés, elle rencontra Fantille qui la retint un moment au milieu de la halle pour lui demander des nouvelles de Victorien. C'est là qu'une rumeur vint la frapper au cœur et la fit chanceler : un enfant, disait-on, s'était noyé au port. Elle avait confié Aubin à Elina, était partie heureuse, marchant dans l'herbe humide qui lui fouettait délicieusement les jambes, ne songeant qu'au plaisir de traverser ses prairies familières. D'ailleurs, le malheur paraissait bien lointain en ce matin lourd de parfums de treilles et de regain, tandis que les arbres, les rives, le village, la vallée tout entière profitaient des derniers feux de l'automne avec de longs soupirs. Que s'était-il donc passé ? Incrédule, elle écouta autour d'elle les conversations qui confirmaient la terrible nouvelle.

— N'aie pas peur, dit Fantille, Elina a l'habitude.

L'habitude ! N'avait-elle pas elle-même laissé fuir Aubin à deux reprises depuis qu'il marchait ? Pour lui, ses escapades étaient un jeu, alors que, pour toutes les mères d'enfants en bas âge, la Dordogne représentait le pire des dangers. Elle les attirait, les ensorcelait. Aubin plus que n'importe quel enfant, qui ne pensait qu'à elle, ne vivait que pour elle, ne cessait de parler de son père, attendait le retour des bateaux comme on attend une récompense promise depuis longtemps.

— N'aie pas peur, répéta Fantille, ça ne peut pas être Aubin.

Marie la regardait fixement mais ne la voyait pas. Ce pouvait être n'importe quel enfant, elle le savait, et déjà elle imaginait les stratagèmes inventés par son fils pour s'échapper. Alors, brusquement, sans même emporter ses achats, elle s'élança vers le port comme s'il était encore en son pouvoir de sauver qui que ce soit.

Etant enceinte de cinq mois, elle ne pouvait pas courir, mais elle marchait d'un pas vif et nerveux, rythmant sa course avec le prénom de son fils, l'appelant pour le retenir, même s'il était trop tard, même si elle était certaine d'avoir failli à son devoir de mère. Des gens la croisaient et la dévisageaient bizarrement, comme si elle avait été la « ravie » du village. Elle ne s'en apercevait pas, ne songeait même pas à se renseigner auprès d'eux, continuait d'avancer en parlant à la manière de ces sorcières que l'on croisait, parfois, sur les chemins, jetant des sorts ou déroulant des litanies à l'adresse du diable ou du bon Dieu. Elle était épuisée en arrivant sur la route de Sarlat, et sa poitrine lui semblait s'être embrasée. Elle traversa pourtant et s'engagea dans les prairies sans songer à se reposer, fût-ce quelques secondes. Mon Dieu ! Aubin ! L'image des noyés que l'on retirait de la Dordogne (trois ou quatre chaque année) erra devant ses yeux. Elle la repoussa farouchement, tout en se demandant quel était cet obscur besoin qui faisait se pencher les vivants sur les morts. La nécessité de comprendre, de savoir en quelle région de l'univers ils avaient trouvé refuge? Pourquoi de si funestes pensées, ce matin? Aubin! Aubin! Elle n'avait jamais osé avouer à Benjamin qu'elle avait laissé s'échapper leur fils à deux reprises. Elle était coupable. Elle allait expier. Elle tomba, resta un moment immobile dans l'herbe fraîche, ressentit douloureusement à quel point elle aimait son enfant et consentit l'une de ces promesses que l'on adresse à Dieu les jours de péril imminent : « Rendez-moi mon fils et je promets de renoncer à naviguer. »

Elle se releva, s'appuya au tronc d'un frêne, laissa son cœur se calmer, repartit. Aubin! Aubin! Elle ne sentait ni ses jambes ni son corps, il lui semblait que l'eau de la rivière la submergeait, elle aussi, qu'elle finissait par ne plus respirer. Elle détestait la Dordogne. Elle allait partir loin d'elle pour ne plus revivre ce qu'elle vivait aujourd'hui, ne jamais revenir sur ses rives maudites. C'est à peine si elle aperçut les jardins qu'elle traversait maintenant, avant de tourner à droite. L'ombre des frênes et des trembles lui fit du bien. Sous leur couvert, pendant quelques secondes, elle se sentit protégée. Mais cela dura peu, car le port apparut, là-bas, au bout, à moins d'un kilomètre. Aucun son ne sortait maintenant de sa bouche : elle n'en avait plus la force. Elle avançait en comprimant son ventre, s'arrêtait, repartait, imaginant des femmes en pleurs dans sa propre maison, un corps inerte sur un drap, Elina et Victorien écrasés de chagrin.

Un peu plus loin, elle s'approcha de la Dordogne, observa les eaux tumultueuses, cherchant à se rassurer au murmure familier. Des cris, sur le port, la firent frissonner. Elle se remit en route, mais plus lentement, comme si elle eût soudain préféré ne rien savoir, ne rien entendre, oublier où elle se trouvait et pourquoi. En approchant du port, cependant, elle devina un attroupement sur le quai, perçut des cris de femmes, mais n'osa pas s'avancer. A l'entrée du village, les ruelles étaient désertes, les maisons vides. C'était donc sûr : quelqu'un s'était noyé. Aubin! gémit-elle, et tout à coup le besoin de savoir fut le plus fort : malgré la peur panique qui la faisait trembler, elle courut jusqu'à la maison d'Elina, s'arrêta sur le seuil, puis poussa la porte d'un élan désespéré. Elle eut juste le temps d'apercevoir Aubin sur les genoux d'Elina qui lui racontait paisiblement une histoire, avant de tomber violemment, heurtant le plancher de la tête, emportant dans son évanouissement la vision des grands yeux étonnés de son fils souriant.

Elle revint à elle dans les bras d'Elina qui s'était précipitée pour la ranimer, mais il lui fallut plusieurs secondes avant de comprendre ce qu'elle faisait là, allongée sur le sol. C'est en apercevant Aubin près d'elle qu'elle se souvint de sa course affolée depuis Souillac. Alors elle l'attira contre elle et le serra violemment, murmurant son nom sans parvenir à se calmer, retrouvant l'angoisse qui l'avait étreinte sous la halle, dans les prairies et jusque sur le port. Elina avait compris ce qui s'était passé, car elle était bien sûr au courant de la noyade survenue au début de la matinée. Elle aida Marie à s'asseoir, lui expliqua que le fils de Martin Vidal, âgé de douze ans, avait disparu dans les remous en pêchant à la fouenne, sous les yeux de deux camarades.

— Quand ils ne l'ont pas vu remonter, ils ont bien plongé, les pauvres, mais l'eau l'avait emporté cinq cents mètres plus loin. Un pêcheur l'a retrouvé un peu avant Cazoulès.

Elina soupira, ajouta :

— On leur avait pourtant interdit de plonger là, à ces garnements !

Interdire ! Interdire ! N'interdisait-on pas aussi à Benjamin lorsqu'il était enfant ? Et elle, Marie, ne l'avait-elle pas sauvé, un jour, en l'aidant à dégager son pied pris par les racines ?

— J'ai eu si peur, murmura-t-elle.

— Et tu as couru, bien sûr, au risque de perdre l'enfant que tu portes.

— Non, fit Marie, ne dis pas une chose pareille.

— Tiens ! bois !

Elina lui tendit un verre contenant un fond d'eau-de-vie, que Marie avala en toussant et sans lâcher Aubin qu'elle avait fait asseoir près d'elle, sur le banc. Très vite, une agréable chaleur coula dans ses membres.

— Viens, mon petit, dit-elle en prenant son fils dans ses bras.

En le sentant respirer contre elle, elle consentit enfin à sourire.

Chaque fois que Pierre Bourdelle plaidait à Bordeaux, il laissait un message chez Hippolyte Barcos, invitant Benjamin à le rejoindre à l'auberge, quai des Salinières. Cela faisait deux jours que celui-ci tentait d'oublier à l'écart de ses hommes la perte de son bateau, cherchant le moindre prétexte pour ne pas prendre ses repas avec eux. Pas un, pourtant, n'aurait songé à lui reprocher quoi que ce soit, au contraire : le respect qu'ils lui portaient se situait bien au-delà d'un accident toujours possible. Mais Benjamin, qui s'en voulait, ne pouvait oublier que, pour la première fois de sa vie, il avait mis son équipage en péril.

Ce fut donc avec satisfaction qu'il partit ce soir-là vers les quais où il retrouvait Pierre à l'auberge de la Garonne : un endroit fréquenté par les sacquiers, les débardeurs, les pêcheurs et les dockers. Bien que possédant les moyens de dîner ailleurs, l'avocat aimait cet établissement où, prétendait-il, il côtoyait l' « âme du peuple ». Cela faisait sourire Benjamin qui voyait arriver son ami dans un costume de drap fin et un col anglais amidonné peu en rapport avec les blouses des hommes qui fréquentaient ces lieux, mais personne n'accordait d'attention particulière à eux, si ce n'était le patron, un gros homme chauve natif de Bergerac, qui connaissait la famille Bourdelle depuis longtemps. Il installait ses deux amis à l'écart, tout près de sa cuisine qui fumait comme un linge mouillé dans une cheminée, et il leur servait des morceaux de choix, ce qui n'était pour déplaire ni à Pierre ni à Benjamin.

Ce soir-là, dès qu'ils furent assis face à face et eurent trinqué à leur amitié, Benjamin se rendit compte que Pierre était préoccupé. Il n'eut pas besoin de le pousser beaucoup pour que celui-ci l'entretienne des événements survenus à Paris depuis l'été, événements qui, selon lui, allaient avoir des conséquences catastrophiques. Il lui rappela d'abord comment la faillite des ateliers nationaux avait jeté dans les rues de la capitale 120 000 chômeurs désœuvrés, découragés, qui, à l'annonce de la fermeture définitive décidée par Falloux, avaient dressé des barricades le 23 juin. Cavaignac avait alors fait donner la troupe et vaincu l'insurrection en quelques jours. 15 000 Parisiens avaient été arrêtés et 4 000 d'entre eux avaient été déportés en Algérie.

— Cavaignac a laissé volontairement l'émeute se développer pour mieux l'anéantir, prétendit Pierre, échauffé, tandis que Benjamin hésitait à le croire. Même Lamartine l'a reconnu. Tous nos rêves sont détruits. La République a massacré ses propres enfants. Ce sont les notables qui gouvernent de nouveau. Encore une révolution qui n'aura servi à rien !

— N'exagère pas, dit Benjamin. Il nous reste tout de même le suffrage universel.

— Pas pour longtemps, fit Pierre après avoir vidé son verre. Tu ne sais peut-être pas qu'ils viennent de supprimer la liberté de la presse, que l'état de siège est maintenu pour favoriser l'épuration, et que la journée de travail est portée à douze heures.

Il ajouta, baissant la voix, comme pour confier un secret :

— Il paraît qu'ils élaborent une constitution qui aura un président de la République élu pour quatre ans et sera tout-puissant.

— Et alors ? fit Benjamin en reprenant de la matelote d'anguille.

Pierre prit le temps d'avaler deux bouchées, but de nouveau du vin, continua de s'enflammer :

— Alors les Orléanistes préparent déjà les élections présidentielles qui sont pour la fin de l'année. Ce roi que nous avons jeté par-dessus les barricades, il va nous revenir par les urnes, avec l'aval des modérés.

Benjamin haussa les épaules, sourit. Pierre découpa une tranche de rôti, servit Benjamin, puis lui-même, reprit avec gravité :

— Il n'y a pas de quoi rire, crois-moi. La nouvelle constitution ne reprendra pas en compte le droit au travail, mais seulement le droit à l'assistance.

— Tu es bien renseigné.

Pierre se pencha par-dessus la table, murmura :

— J'ai un ami parisien qui connaît personnellement Tocqueville.

Ils se turent, mangèrent un moment en silence, réfléchissant l'un et l'autre à ce qu'ils venaient de dire. Autour d'eux, la ronde des servantes portant bonnet blanc et tablier à fanfreluches arrivait à peine à satisfaire tous les appétits. Une épaisse fumée stagnait au-dessus des tables, refluant comme une vague dès que la porte de la cuisine s'ouvrait. Des cris, des rires retentissaient continuellement, tandis que les visages s'épanouissaient dans les odeurs fortes de friture et de rôts. Pierre, qui aimait la bonne chère, parut s'apaiser en savourant la viande et les pommes de terre délicieusement parfumées.

— Enfin ! soupira-t-il, il nous reste l'espoir de pouvoir encore agir sur les événements.

— Personne ne nous volera notre République, dit Benjamin, se voulant rassurant. Tu as beau me dire tout ce que tu voudras, j'en suis absolument persuadé.

— Puisses-tu avoir raison, souffla Pierre.

Et, changeant brusquement de sujet, comme pour conjurer le sort :

— Parle-moi plutôt de Marie. Comment va-t-elle ?

Benjamin sourit, attendit quelques secondes pour répondre, ménageant ses effets :

— Marie va bien. Elle attend un enfant, et moi aussi par la même occasion.

Pierre, qui n'était pas marié, ne vivait que pour son métier et ses idées, enviait parfois Benjamin. Il prit un air enthousiaste qui éclaira soudain son visage et s'exclama :

— Ça alors ! c'est formidable ! Et ce sera pour quand ?

— Janvier, sans doute.

— Je te rappelle que tu m'as promis d'être le parrain de ton second fils.

— Et si c'est une fille ?

— Ça ne fait rien puisqu'elle sera jolie, mais ce ne sera pas grâce à toi.

Ils rirent, heureux de retrouver la complicité qui les avait si étroitement unis dans la marine, puis ils finirent le contenu de leur assiette et Pierre demanda :

— Et toi, comment vas-tu ?

— Moi, j'ai failli tuer mon équipage. A part ça, tout va bien.

Benjamin avait répondu sans réfléchir, comme si le fait de parler de son erreur à un ami allait l'effacer de sa mémoire. Il évita le regard de Pierre, repoussa son assiette, soupira.

— Qu'est-ce que tu racontes ? demanda l'avocat.

— Je raconte que j'ai perdu un bateau par ma faute et que j'aurais pu perdre un équipage entier

— Allons ! fit Pierre, explique-moi ! Ça vaudra mieux que de dire n'importe quoi.

Benjamin raconta l'incident du pont de Siorac, s'accusa d'avoir gravement failli à sa tâche.

— Arrête ! veux-tu, fit Pierre. Toi et moi, nous ne sommes pas des enfants et nous savons très bien qu'on ne passe pas sa vie sur des bateaux sans commettre d'erreur.

— Le problème est que, pour moi, ça commence tôt.

— Imbécile ! fit Pierre en riant.

Et il ajouta, devinant une blessure plus profonde :

— Dis-moi plutôt ce que tout cela cache.

Benjamin rassembla les miettes de pain avec sa main droite, hésita, se décida enfin :

— Depuis que mon père est resté à quai, j'ai l'impression d'avoir perdu un bras.

— Je savais bien que tu me cachais l'essentiel, fit Pierre avec un sourire satisfait.

Benjamin eut un sursaut, chercha le regard de son ami qui le dévisageait calmement. L'essentiel ? Oui, Pierre avait raison, l'essentiel était bien là, en effet, et il ne servait à rien de vouloir se le cacher : l'image de Victorien immobile sur le quai au matin de l' « eau de voyage » lui était insupportable.

— Il va se remettre, dit Pierre. Tu sais bien qu'il est d'un bois aussi dur que les chênes qu'il transporte.

— Qu'il transportait, rectifia Benjamin.

— Il recommencera. Et, toi aussi, tu recommenceras à donner des coups de gouvernail de travers. Tu te prends pour qui, dis ? Pour le pape ou pour ses ministres ?

Benjamin, enfin, se détendit, comprenant que son orgueil, parfois, l'entraînait un peu loin. Ils riaient quand le patron apparut, une bouteille de vin à la main.

— Il ferait beau voir que je ne trinque pas avec mes amis, dit-il en s'asseyant, la mine réjouie.

Et, versant le meilleur vin de sa cave dans les verres :

— Goûtez-moi ça, les enfants !

Les deux hommes burent une gorgée, apprécièrent en connaisseurs, commentèrent avec leur hôte la qualité du grave, puis Pierre interrogea l'aubergiste sur ce qui se passait à Bordeaux. Celui-ci n'ignorait rien de la vie de la grande cité, mais parlait peu, sauf s'il se sentait en confiance, ce qui était le cas avec les deux hommes dont il partageait les idées.

— Pas grand-chose de neuf depuis juin, répondit-il en s'essuyant le front.

Puis, après un court instant de réflexion :

— Il paraît qu'on va supprimer la malle-poste de Lyon le

mois prochain. Tout ça à cause du chemin de fer. D'ailleurs la compagnie d'Orléans va construire sa gare à la Bastide.

— A la Bastide ? s'étonna Benjamin.

— Oui, à la Bastide. Et celle de la compagnie du Midi sera construite sur la rive gauche.

— Comment passeront-ils le plateau pour aller à Libourne ? demanda Pierre.

— Je crois qu'ils vont le contourner par Bassens et Saint-Loubès.

Benjamin, qui avait entendu parler pour la première fois du chemin de fer dans cette même salle, s'exclama :

— Ils sont pas arrivés, dites donc !

— Méfie-toi ! dit l'aubergiste, ces gens-là sont puissants et disposent de beaucoup plus de moyens que tu le crois.

— Tu veux parler des Pereire ? demanda Pierre.

— Les Pereire et d'autres ; les Duthil, par exemple. On dit qu'ils sont entrés dans la compagnie du Midi et que l'un des fils s'est installé à Bordeaux pour monter une nouvelle compagnie avec les Pereire.

Benjamin sentit son sang refluer dans ses veines : Duthil ! Le mari d'Emeline ! Voilà pourquoi il l'avait rencontrée au printemps dernier dans la rue Saint-Rémi ! Il n'écoutait plus ses amis qui discutaient de l'avenir du chemin de fer mais songeait à celle qui surgissait périodiquement dans sa vie et se demandait s'il y avait là un hasard ou si c'était le fruit de son machiavélisme. Il tressaillit, revint à la conversation au moment où l'aubergiste expliquait que la ligne Bordeaux-La Teste fonctionnait très bien et voyait croître chaque jour le nombre de ses usagers.

— De toute façon, leur machine infernale leur explosera un jour à la tête, l'interrompit Benjamin avec une violence qui surprit les deux autres.

Ils le dévisagèrent, stupéfaits.

— Parfaitement ! Dans un an, on n'en entendra plus parler, de leur chaudière ambulante !

— C'est pas si sûr, dit l'aubergiste.

— C'est tout à fait sûr ! s'exclama Benjamin. Aussi sûr que je m'appelle Donadieu et que la Dordogne coule vers la mer.

Il avait haussé le ton d'une manière si agressive que ni Pierre ni l'aubergiste ne relevèrent ses propos. Ils préférèrent changer de sujet et revenir sur les événements de Paris, Pierre pronostiquant la victoire de l'avocat Ledru-Rollin aux élections présidentielles. L'aubergiste, lui, préférait Raspail. Benjamin n'écoutait plus. Il se demandait si ce n'était pas Emeline qui avait poussé son mari à venir s'installer à Bordeaux en espérant le rencontrer plus aisément, lui, Benjamin, plutôt qu'à Libourne où tout le monde les connaissait. Cette idée lui parut à la réflexion un peu folle. Emeline n'avait rien à attendre de lui. Elle possédait ce qu'elle avait toujours souhaité : la beauté, la richesse et la vie facile. Leur rencontre ne pouvait être qu'une coïncidence.

Renonçant à cerner les vrais motifs de cette installation bordelaise, il aida ses amis à finir la bouteille du Grave mémorable ouverte par l'aubergiste. Après quoi, ils discutèrent encore jusqu'à deux heures du matin avant de se quitter, à regret comme à chacune de leurs rencontres. Ils promirent de se retrouver au moins une fois avant les élections présidentielles qui allaient décider du sort du pays.

L'été, que l'on avait vainement espéré en août et dans les premières semaines de septembre, s'installa soudainement dans les derniers jours du mois. Il y eut sur le port serti dans l'or mat des érables de glorieuses journées qui firent rapidement baisser le niveau des eaux et embrasèrent les prairies ébouriffées par le vent du sud. Les nuits étaient si lourdes du parfum du regain que Marie regretta de ne pouvoir les partager avec Benjamin. Elle ne put toutefois résister au plaisir de sortir sur les sentiers éclairés par la chiche lumière d'une lune qui errait comme un fantôme au milieu des étoiles.

Chaque année, en effet, elle attendait avec impatience la

tiédeur qu'en automne la terre insuffle aux rivières, lèvres contre lèvres, bouche contre bouche, dans une ultime étreinte avant l'hiver. Si une année passait sans qu'elle eût ressenti le contact tiède de l'eau contre sa peau, elle éprouvait le sentiment de l'avoir mal vécue. Ce mois de septembre-là, comme il n'était pas question de laisser Aubin seul dans la grande maison, elle le réveilla doucement, le vêtit, le prit par la main et sortit sans bruit. L'enfant se demandait ce qui se passait, mais, malgré l'épaisseur de la nuit, ne manifestait aucune inquiétude. Elle suivit le chemin qui menait dans les prairies, s'enfonça dans la touffeur des plantes qui suaient des gouttes douces comme du lait, prononçant de temps en temps un mot pour rassurer son fils qui semblait trouver plaisante cette fugue et trottinait à côté d'elle avec confiance. Elle marcha longtemps, paisiblement, jusqu'au pont de Lanzac, respirant l'air sucré qui se levait en vagues sous ses pieds, ivre d'herbe, d'étoiles, de terre et d'eau, comme l'avait peut-être été la première femme venue au monde, à l'autre bout du temps.

Elle en avait pourtant vécu, des nuits semblables, dans cet univers qui lui appartenait et qu'elle avait jusqu'alors seulement partagé avec Benjamin. Mais, cette nuit, elle le faisait découvrir à son fils et elle connaissait l'importance des sensations premières chez un enfant, la profondeur du sillon qu'elles creusaient, l'inoubliable empreinte qu'elles laisseraient dans sa mémoire. Aubin, d'ailleurs, paraissait grave et se taisait. Comme sa mère, il essayait d'instinct de se fondre dans ce monde qui n'était pas hostile, mais accueillant, et chaud, et heureux, pour peu qu'on sût l'apprivoiser. Au bout d'une heure, ce fut lui qui entraîna Marie vers la rivière. Elle le suivit d'autant plus facilement que, au fil de leur longue promenade, l'attente de la baignade en avait exacerbé le désir. Elle se laissa guider vers la plage de galets, se déshabilla rapidement, gardant seulement sa chemise, mit Aubin nu, le prit dans ses bras, marcha vers l'eau.

Dès le premier contact, elle sut qu'elle était bien telle

qu'elle l'avait espérée : une eau épaisse et tiède de la chaleur que la terre avait emmagasinée pendant l'été, et qu'elle restituait maintenant à la rivière avant le grand sommeil. Marie avança lentement jusqu'à ce que son ventre fût recouvert.

— N'aie pas peur, dit-elle à Aubin.

Mais il n'avait pas peur. Il ne tremblait même pas, malgré le vent léger sur sa peau nue. Marie avait toujours su qu'il aimerait l'eau, mais elle était heureuse de le vérifier, cette nuit, tandis qu'elle avançait vers le milieu de la rivière. Aubin battait des pieds, riait. Elle s'élança doucement sur le dos, les yeux grands ouverts sur les étoiles, s'aidant pour flotter de sa jambe et de son bras droit, tandis qu'elle maintenait son fils sur sa poitrine de sa main gauche. Il avait instinctivement encerclé son cou de ses petits bras, mais il ne la serrait pas plus fort qu'il ne le fallait, lui démontrant ainsi sa confiance.

— C'est bien, dit-elle, laisse-toi aller.

La lanière plus froide du courant qui voyageait au milieu du lit la fouetta brusquement. Elle avança d'une détente plus vive des pieds, puis, renonçant à le franchir, elle se laissa emporter sans lutter, songeant seulement à cette caresse sur sa peau dont elle ne savait plus si c'était celle de son fils ou celle de l'eau. Que c'était bon cette dérive dans laquelle elle s'abandonnait au plaisir qui avait nourri son enfance ! Et le velours de l'eau l'enveloppait tandis que le vent glissait sur son visage et, là-haut, les étoiles semblaient l'accompagner dans sa descente, couler sur elle comme une pluie d'été. Elle dépassa le port éclairé par la lune, se laissa emporter encore et encore jusqu'à ce qu'elle eût pied. Alors, lâchant Aubin, elle recula d'un pas et dit :

— Viens ! viens !

L'enfant, d'abord, eut peur, puis, d'instinct, trouva les gestes qu'il fallait.

— C'est bien ! dit-elle.

Elle recommença plusieurs fois, puis le reprit contre elle et nagea vers une meilhe profonde de trois mètres. Là, elle le rassura en disant :

— N'aie pas peur, je suis là, laisse-toi faire.

Le serrant dans ses bras, elle descendit en apnée jusqu'à deux mètres. Après une brève contraction, Aubin se détendit. Marie demeura immobile pendant quelques secondes, puis, s'aidant de ses jambes, remonta. Ils émergèrent à l'air libre dans un éclaboussement lumineux.

— Encore ! dit Aubin.

Elle redescendit, resta plus longtemps dans les fonds, habituant son fils à ne pas respirer, à ne pas s'affoler, puis, le lâchant doucement, à remonter près d'elle, avec le simple contact d'une main. Elle se rendit compte qu'elle pensait à cette initiation, à ce baptême, depuis le jour où elle avait eu si peur en apprenant la noyade d'un enfant à Souillac. Elle avait attendu cette chaude nuit de septembre pour mettre son projet à exécution, ajoutant à son plaisir de nager en automne celui d'apprendre à Aubin les gestes qu'il n'oublierait jamais. Dans son ventre vibrait une autre présence aussi précieuse, que le contact de l'eau paraissait également séduire, et elle avait l'impression de soustraire définitivement ses enfants aux périls de la rivière. Ces moments étaient rares. Elle le savait. Jamais comme cette nuit elle ne s'était sentie aussi proche, aussi semblable, aussi solidaire de l'eau, de la terre et du ciel.

Aussi se baigna-t-elle longtemps, oubliant les minutes et les heures. A la fin, Aubin barbotait seul, et avançait de quelques mètres. Un souffle de vent plus frais la fit frissonner. Elle revint lentement vers la rive, rhabilla son fils, se vêtit à son tour, l'entraîna vers les prairies où se dressaient des meules de regain. En passant près d'elles, l'envie la prit subitement de s'y coucher comme elle aimait à le faire, seule ou avec Benjamin, il y avait si longtemps. Elle se dit que le jour la réveillerait bien assez tôt et qu'elle pourrait rentrer chez elle sans être vue, puis elle monta sur la meule la plus proche, hissa son fils près d'elle, creusa un trou dans le foin, s'y glissa délicieusement. Aubin manifesta à peine sa surprise. Elle n'eut aucune peine à le rassurer et, dans les secondes qui suivirent, il ne bougea plus. Marie rêva un moment à Benjamin, à sa vie, à son désir de sommeil dans l'odeur poivre et miel de l'herbe coupée. Une grande chaleur l'envahit. Elle songea vaguement qu'elle était heureuse, puis elle s'endormit dans un soupir, comme ces enfants, lovés en chien de fusil, qui poursuivent des rêves d'avant la lumière.

3

Décembre était là, tout poisseux de brumes que dispersait à peine le vent du nord. La neige n'avait pas encore fait son apparition, mais les pluies, elles, ne cessaient de s'acharner sur la terre en rafales furieuses qui cinglaient les visages comme une grêle d'avril. Sur les bateaux, les hommes s'en accommodaient sans se plaindre, préférant cette pluie aux glaces et au gel qui eussent rendu la navigation plus périlleuse encore.

Ce temps humide et froid n'avait pas empêché Victorien d'embarquer de nouveau. Depuis octobre, d'ailleurs, ayant retrouvé un peu de son énergie, il tenait sa place sur le bateau comme il avait toujours fait, sans souci de se ménager. Il cachait soigneusement les moments durant lesquels son cœur s'enflammait dans sa poitrine et feignait d'ignorer qu'un jour il devrait déposer les armes.

A l'auberge de la Garonne, la discussion avait été vive entre Pierre et lui, car Victorien avait décidé de voter pour Louis Napoléon, le neveu du grand homme qu'il avait tant admiré. Pierre lui avait expliqué que le prince était en réalité le candidat des royalistes et que, s'ils étaient vainqueurs, ils auraient tôt fait d'assassiner la République. « Un nigaud que l'on mènera », disait Thiers, que Pierre considérait comme un dangereux intrigant. Selon lui, les démocrates ne pouvaient voter que pour Ledru-Rollin, l'avocat, qui saurait être le garant du droit et des libertés. Quant à Cavaignac, le boucher de juin, les voix de la bourgeoisie ne lui suffiraient pas pour être élu, pas plus d'ailleurs que les voix des ouvriers à Raspail. C'était également l'avis de Benjamin et de l'aubergiste. Pourtant, Victorien n'avait pas voulu se rendre aux arguments invoqués par Pierre : pour lui, le prince était le candidat de l'ordre, de la défense de la propriété, mais aussi des gens simples. Comme son oncle, il saurait récompenser les hommes d'après leurs mérites et non d'après leur fortune. La conversation ayant menacé de s'envenimer, on en était resté là et l'on s'était séparé dans la nuit de décembre avec un peu d'amertume.

Le lendemain, la remonte avait commencé dès l'aube, car il ne fallait pas perdre de temps si l'on voulait arriver à temps pour voter : on était le 2 et les élections étaient fixées au 10. Au début de l'après-midi, l'*Elina* attendait à l'abri de l'île Cazeau les rafales annonciatrices de la renverse pour s'engager dans la Dordogne, et Benjamin s'impatientait, craignant de ne pouvoir arriver à Libourne avant la nuit. Il fut rapidement satisfait, mais au-delà de ce qu'il souhaitait : le vent se leva avec une telle violence que, sur les gabares et les couraux amarrés sous le couvert de l'île, les équipages eurent d'énormes difficultés à hisser les voiles. Benjamin appareilla pourtant sans hésiter et s'engagea dans la perpendiculaire de la Garonne, suivant les bateaux qui, comme le sien, remontaient vers Libourne.

Une rafale d'une violence inouïe faillit coucher l'*Elina* sur tribord, et il réussit à grand-peine à la placer dans le vent portant pour la redresser. Aussitôt, elle fusa sur l'eau et partit à vitesse folle vers le bec d'Ambès.

— Affalez la voile ! cria Benjamin.

Victorien et Jean dénouèrent la drisse, et la voile, brusquement libérée, claqua comme un drap, empêchant les deux hommes de la ferler. Benjamin comprit alors qu'ils n'étaient pas pris dans un simple coup de vent, mais dans une véritable tempête dont ils n'essuyaient pour l'instant que les premières brises. Il fallait très vite s'engager dans la Dordogne et remonter le long des rives pour trouver l'abri des collines.

Maintenant, perdue dans la brume, l'*Elina* se trouvait juste à la limite des eaux de la Dordogne et de la Garonne, c'est-à-dire juste en face de la pointe du bec, et elle ne pouvait pas encore bénéficier du courant montant dont les premières vagues mouraient dans l'estuaire. Il fallait remettre la voile, bien que cela fût aussi risqué que d'aller s'échouer sur la pointe d'Ambès. Benjamin hésita quelques secondes, ses yeux fouillant la brume, cherchant à déterminer l'exacte direction du vent, puis il donna ses ordres à Jean tout en recommandant à son père de rester à l'abri. C'était peine perdue, il le savait. Victorien se dressa, manœuvra avec Jean, mais un écart de l'*Elina* les projeta l'un et l'autre contre le mât au pied duquel ils s'écroulèrent, arrachant un cri à Victorien. Jean se releva le premier, lui tendit la main, l'aida à se remettre debout.

— Reste à l'abri ! cria de nouveau Benjamin.

Victorien ne voulut pas entendre. Conjuguant leurs forces, les deux hommes réussirent à hisser la voile dans laquelle, aussitôt, le vent s'engouffra. Une nouvelle fois l'*Elina* fusa sur l'eau, obligeant Benjamin à donner un brusque coup de gouvernail, pour éviter d'être projeté sur la terre ferme.

Dès qu'il lui sembla que l'obstacle était passé et qu'il était entré dans la Dordogne, il obliqua vers tribord pour chercher l'abri de la colline. Le vent prit la gabare par le travers, la rendit ingouvernable. Elle frôla un bateau, en dépassa un autre sans que Benjamin ne puisse la contrôler. Il essaya de changer de direction, mais l'*Elina* faillit chavirer. Il fut contraint de rendre sa liberté au bateau, sachant très bien ce que cela signifiait.

— Attention aux bancs ! cria Jean.

Sa voix se perdit dans la tempête. La pluie transperçait la brume et le vent mugissait, emportant les cris des prouviers.

— Tenez-vous au mât ! hurla Benjamin.

Puis, songeant au mousse qui devait paniquer :

— Jean ! Occupe-toi du gamin !

Toutes ces recommandations étaient inutiles, il le savait. L'*Elina* se précipitait droit vers les bancs de sable, et il ne leur restait plus qu'à espérer que l'eau serait à un niveau suffisamment haut pour atténuer la violence du choc. Les secondes qui passèrent durèrent une éternité. Ils commençaient à relâcher l'air qui était prisonnier dans leurs poumons quand la coque heurta le sable avec une force terrible. L'*Elina* parut se déchirer et s'inclina dangereusement, au point qu'une partie de la cargaison passa par-dessus bord, tandis que les hommes étaient projetés contre le merrain avec une violence qui leur fit lâcher leurs appuis. Le mousse cria, et il sembla à Benjamin que Victorien avait crié aussi. Ensuite, la pluie s'acharna sur le bateau comme pour le détruire, et le vent devint fou.

Benjamin, qui s'était retenu au gouvernail, n'avait été gravement touché. Il retrouva le premier ses esprits mais, aveuglé par la pluie, il eut du mal à deviner où se trouvaient ses hommes. Machinalement, il fit passer par-dessus bord les sacs de sel qui demeuraient en équilibre, se dégagea, se releva.

— Père ! cria-t-il.

— Ça va ! répondit Victorien.

— Et les autres ?

— Ça va ! cria Vidal.

— Et le mousse ?

— Il est là, fit Jean, je le tiens.

— Pas trop de casse ?

— Des bosses et un peu de sang. Rien de grave, fit Victorien.

— Alors, faites vite ! Il faut larguer le sel.

Une fois debout, les hommes n'avaient pas attendu ses ordres. Poussés par le même réflexe, ils avaient commencé à jeter des sacs par-dessus bord pour alléger la gabare, dans l'espoir qu'elle se redresserait. Frigorifiés, saignant des mains, des lèvres ou du front, ils agissaient mécaniquement, encore hébétés par le choc, vaguement conscients d'avoir échappé au pire. Autour de l'*Elina,* la tourmente répercutait les ordres vainement lancés par les capitaines et, par moments, des bateaux la frôlaient puis s'évanouissaient dans la brume comme des vaisseaux fantômes.

Benjamin se dit qu'il valait sans doute mieux rester ensablé le temps que durait la tempête. Avec un peu de chance, si elle s'éteignait avec la marée haute, il suffirait de larguer les derniers sacs pour que l'*Elina* se redresse et se désensable. Jean et Victorien étaient du même avis. Il fallait donc attendre, en priant le ciel qu'aucun bateau ne viendrait pendant ce temps heurter l'*Elina*.

— Tout le monde à l'abri ! cria Benjamin.

L'équipage creusa des caches sous les sacs et s'installa du mieux qu'il put. Benjamin s'inquiéta de savoir si le gouvernail ne s'était pas brisé dans le sable, mais il était impossible de le vérifier pour l'instant. C'était la première fois qu'il se laissait surprendre par la tourmente. Furieux, il songea que la précipitation était toujours la cause des accidents survenus à ses bateaux, et il s'en voulut de ne pas avoir retenu la leçon du pont de Siorac. Il s'abrita à son tour sous des sacs échafaudés en forme de toit, s'enroula dans son manteau de pluie, résigné à subir jusqu'au bout la fureur du fleuve.

Les heures qu'il passa dans cet abri de fortune exposé à tous les dangers comptèrent parmi les plus difficiles de sa vie. Par moments, il lui semblait que le vent allait complètement retourner l'*Elina* ou qu'elle allait s'ouvrir sous le poids des vagues de plus en plus grosses qu'amenait la marée. De temps à autre, il appelait ses hommes, recommandait à Jean de veiller sur le mousse, à Victorien de bien s'abriter. Il actionnait régulièrement une corne de brume pour signaler la présence de son bateau, mais aucun ne passait plus maintenant dans la Dordogne. Ils s'étaient tous mis à la cape ou avaient réussi à fuir la tempête. Il eut la certitude qu'une ou deux gabares s'étaient échouées comme l'*Elina,* mais il ne put les apercevoir.

Enfin, longtemps après le début de la tourmente, les eaux de l'estuaire atteignirent leur niveau maximum. Dans les minutes qui suivirent, le vent faiblit et la pluie diminua de violence.

Benjamin sortit de son abri et cria :

— Allez ! On largue tout !

D'abord la gabare ne bougea pas d'un pouce, puis, au fur et à mesure que les sacs passaient par-dessus bord, elle gémit, vibra, et, alors qu'il restait à bord une trentaine de sacs, elle se redressa d'un seul coup, bougea, et, lentement, se mit à glisser sur l'eau. Benjamin empoigna aussitôt le gouvernail, qui, à son grand soulagement, répondit, bien qu'ayant pris du jeu. L'*Elina* s'engagea dans la Dordogne grâce à la seule force du courant et sans qu'on ait besoin de déployer la voile, au demeurant déchirée par la tempête. Très vite, les collines protégèrent l'*Elina* des derniers assauts du vent. L'équipage et le bateau étaient tirés d'affaire. Benjamin y croyait à peine, tant la tempête hurlait encore à ses oreilles, tandis que le choc de l'*Elina* s'engouffrant dans le sable résonnait toujours en lui. A l'approche de Bourg, la brume s'ouvrit et la pluie s'arrêta. A ce moment-là, seulement, Jean lui fit dire par Victorien qu'il avait un bras cassé et qu'il faudrait chercher un médecin à Libourne.

Le dimanche des élections, le 10 décembre, les hommes étant partis à Souillac, Marie demeura seule avec Elina et Aubin dans la maison des Donadieu. Elina avait fait cuire un gâteau de maïs qu'on mangerait à quatre heures en buvant du vin chaud. Marie, qui arrivait au terme de sa grossesse, se plaisait à paresser pendant ces longs après-midi d'hiver où l'on entendait le vent s'acharner contre les murs, se battre avec les frênes de la rive, remonter sur les collines et redescendre enfin avec plus de colère, plus de violence, inlassablement. Assise devant le feu crépitant du bois de châtaignier, elle délaissait volontiers son ouvrage, posait ses mains sur son ventre, parlait à son enfant qui bougeait au son de sa voix et lui répondait déjà, elle en était sûre, elle en était fière. Ces longues heures vécues dans la maison qui avait abrité son enfance lui donnaient l'impression d'avoir trouvé un refuge, d'éloigner les dangers qui, depuis quelque temps, lui semblait-il, rôdaient autour d'elle.

Elle caressa les cheveux d'Aubin qui jouait avec des bûchettes et une boule de bois, soupira. Elina, face à elle, préparait les châtaignes que les hommes, entre deux voyages, étaient allés chercher dans les forêts du Sarladais.

— Qu'y a-t-il, ma fille? demanda-t-elle sans lever les yeux du panier posé sur ses genoux. Je te sens inquiète.

Marie ne répondit pas tout de suite, continua d'observer les ailes dorées qui prenaient leur essor dans les flammes.

— Tu sais bien que tu peux tout me dire, murmura Elina.

Cette voix, depuis toujours, était celle de la confiance. Elle savait se frayer un chemin entre les écueils des doutes ou du désespoir, parvenir à cet endroit du cœur où la vie, si souvent, se dilue ou s'embrase. Marie, de nouveau, soupira, puis elle se décida, mais comme à regret :

— Il me semble que Benjamin s'occupe trop de politique, dit-elle. Et je crois bien qu'un jour nous aurons des ennuis.

— C'est vrai, dit Elina, mais que veux-tu? Les hommes sont ainsi.

— Pas tous.

— Victorien est pareil. Il n'a plus que le nom de Napoléon à la bouche. Comme si toutes nos familles n'avaient pas assez souffert de ses guerres!

— Tout ça finira mal.

— Mais non, dit Elina. Dès que les élections seront passées, la rivière les reprendra et ils oublieront tout.

— Jusqu'à Bordeaux. Or, à Bordeaux, il y a Pierre Bourdelle.

Elina abandonna ses châtaignes, rapprocha sa chaise de celle de Marie.

— Ce Pierre Bourdelle, je le connais, dit-elle. Il est venu ici quand Benjamin était à l'hôpital. Eh bien, il ne m'a pas paru si fou que cela, au contraire : je l'ai trouvé très raisonnable.

— Il parle trop bien, dit Marie, et surtout : il n'a pas de famille à protéger. Si c'était le cas, il s'intéresserait un peu moins à la politique, j'en suis certaine.

— Ça passera, répéta Elina, il ne faut pas t'inquiéter comme ça.

— Espérons, dit Marie, mais quelque chose me dit qu'un jour il faudra payer.

— Payer quoi ? demanda Elina en se levant.

— Un jour, les gendarmes entreront dans cette maison, reprit Marie avec une sorte d'amertume.

— Mais non ! fit Elina en posant une marmite pleine d'eau sur le trépied. Tu ferais mieux de penser à cette naissance qui approche ! Dans un mois, peut-être, ton enfant sera né.

— Non ! Pas avant la fin de janvier.

— En tout cas, si tu te désoles continuellement, tu finiras par lui faire du mal.

Marie caressa la tête d'Aubin qui venait de se blottir contre elle, reprit :

— Je ne me désole pas par plaisir. Ce ne sont pas les raisons qui me manquent.

— Allons, bon ! fit Elina. Qu'est-ce qu'il y a encore ?

Marie haussa les épaules, murmura :

— A quoi bon ?

— Parle ! ma fille, tu sais bien que c'est le seul moyen de te sentir mieux.

— Il y a Jean, dit Marie après une brève hésitation.

— Quoi, Jean ? Son bras s'est bien remis. La fracture était franche, et dans un mois ou deux ce ne sera plus qu'un mauvais souvenir.

— Non, fit Marie, ce n'est pas cela.

— Alors ? dit Elina, qu'est-ce qui te tourmente tellement ?

Marie hésita une nouvelle fois, eut un geste vague de la main comme pour balayer un dernier scrupule, murmura :

— Il veut partir

Elina, stupéfaite, s'assit de nouveau et demanda :

— Où donc veut-il partir ?

— Là-haut, dans la forêt. Depuis que Benjamin l'a emmené chez Henri Debord, l'été dernier, il ne pense plus qu'à ça.

— Mais pourquoi donc ? A cause de son accident ?

— Non, ça n'a rien à voir. Il m'en a parlé dès qu'ils sont revenus, en juillet. C'est une idée qui le tient et ne le quitte pas. Il veut vivre en forêt, au milieu des arbres. Il dit qu'il n'a jamais aimé la vallée, la rivière, les voyages ; que la vraie vie, c'est là-haut, dans l'odeur de la mousse et des fougères. Il dit des mots que je ne comprends pas et qui me font peur.

Marie se tut un instant, réfléchit, ajouta :

— Il prétend qu'on ne lui a jamais laissé le choix, mais que maintenant c'est décidé : il veut partir.

— Et Benjamin ?

— Je n'ai pas osé le lui dire. Jean non plus, d'ailleurs.

— Ça alors ! fit Elina. Si je m'attendais...

— Et moi donc ! dit Marie. Quand il m'a parlé, l'été dernier, j'ai d'abord cru à un caprice, à une folie de jeunesse, mais il y revient toujours : dès que nous sommes seuls, il me parle des arbres, de la montagne, et je vois dans ses yeux des nuages au-dessus des forêts et sa voix gronde comme un orage... Il n'en démordra pas. Il va partir.

— Est-ce qu'il en a parlé à Vincent ?

— Il n'en parlera à personne d'autre qu'à moi, mais il partira.

Elina rêva un instant, murmura :

— Qui aurait pensé ça de lui ? Il a toujours été si sage, si soumis.

— Justement ! dit Marie. Aujourd'hui, c'est un homme et il sait ce qu'il veut.

Elina réfléchit, suggéra :

— Il faudrait peut-être en parler à Benjamin.

— Si c'était facile, soupira Marie.

— Il ne te fait pas peur, tout de même ?

— C'est à Jean qu'il fait peur. Ou plutôt : il a peur de le décevoir. Alors il ne parlera pas. Il partira.

Elina versa les châtaignes dans la marmite, proposa .

— Veux-tu que je m'en charge, moi ?

Marie, qui avait entamé cette conversation en espérant qu'Elina lui proposerait son aide, retrouva son sourire.

— Nous lui parlerons toutes les deux, dit-elle.

— Si c'est pas malheureux ! Avoir peur d'un homme, comme ça ! fit Elina d'un air faussement indigné. Et elle ajouta, reprenant aussitôt un ton familier :

— J'espère au moins que tu n'as pas d'autres soucis que ceux-là !

— Non, dit Marie, amusée, c'est tout pour le moment.

— A la bonne heure ! Nous allons pouvoir manger ce gâteau avant qu'il refroidisse.

— Il est déjà quatre heures ?

— Dame ! A trop parler on ne voit pas le temps passer.

Ayant coutume de « faire collation » — comme disait Elina — chaque jour au milieu de l'après-midi, elles s'installèrent à table. L'été, plus que des gâteaux de maïs ou des crêpes, elles mangeaient du pain coupé en morceaux dans du vin sucré. C'était là une habitude à laquelle les hommes et les femmes de la vallée, qui travaillaient depuis l'aube jusqu'à la nuit et dépensaient beaucoup d'énergie, ne dérogeaient guère.

Elina et Marie mangèrent un moment en silence, regardant Aubin qui errait, désœuvré, dans la cuisine, son gâteau à la main. L'une, comme l'autre, songeait à Jean, ce jeune homme qui parlait si peu, paraissait si fragile avec ses cheveux blonds et bouclés, ses yeux clairs, ses membres minces et déliés, que les longues heures de navigation n'avaient pas réussi à nouer. Quelle folie le prenait aujourd'hui ? Marie songeait que, si Vivien ne revenait pas, elle aurait perdu tous ses frères. Cette idée, soudain, lui parut insupportable. Son amertume se raviva, augmentée par la certitude que son fils, lui aussi, un jour, partirait. Elle murmura, d'une voix dans laquelle vibrait une colère mal contenue :

— Je donnerais tout ce que j'ai de plus cher au monde pour que l'enfant que je porte soit une fille.

En arrivant à Bordeaux, ce jour-là, Benjamin n'avait qu'une hâte : se rendre au plus vite chez Hippolyte Barcos, afin de prendre connaissance du billet de Pierre qui l'attendait sûrement. Il avait besoin de parler à son ami des résultats des élections qui n'étaient pas du tout conformes à ce qu'ils espéraient. Le prince Louis Napoléon, en effet, avait recueilli les trois quarts des suffrages, soit 5 400 000 voix ; Cavaignac un peu plus d'un million, Ledru-Rollin 370 000, et Raspail 36 000. Mais le plus grave, pour Benjamin, c'était que, le jour du vote, il avait entendu des ouvriers et des paysans crier : « Plus d'impôts ! A bas les riches ! A bas la République ! Vive l'Empereur ! » La grande majorité des campagnes avait voté pour le prince, mais aussi la population ouvrière des villes, ainsi que les royalistes et beaucoup de républicains modérés qui désapprouvaient le zèle de Cavaignac. Benjamin se doutait que Pierre Bourdelle devait être dans les mêmes dispositions d'esprit que lui, mais il pensait qu'il lui communiquerait les dernières nouvelles de Paris et qu'ils trouveraient peut-être dans leur analyse des raisons d'espérer.

Il laissa ses hommes décharger l'*Elima*, partit chez Barcos, qui ne se trouvait pas dans son entrepôt. Le premier commis lui donna néanmoins le billet qui lui était destiné et dans lequel Pierre avait écrit que, toutes ses soirées étant prises, ils pourraient seulement se voir au palais entre 18 et 19 heures. Il était justement 17 heures. Il faisait un temps gris et froid de décembre, mais il ne pleuvait pas. Benjamin traversa sur une barque de louage et, à partir de la porte des Salinières, monta tout droit vers la rue de Cursol, coupant la rue Sainte-Catherine à l'endroit exact où, il y avait longtemps, il était arrivé, venant de l'hôpital, pour retrouver Marie. Le palais se situait plus haut encore. C'était loin du port, mais marcher réchauffait Benjamin qui ne songeait pas à emprunter un fiacre. Au contraire, revenir en ces lieux lui était agréable, et il allait lentement, dans la nuit qui tombait, comme ces hommes harassés dont les trajets de retour sont autant de répit après une journée de travail.

Une fois au palais, il hésita un moment à monter les marches que, dans l'esprit des humbles, on escaladait inévitablement la honte au front. C'était plus fort que lui : chaque fois il butait sur la première et, malgré l'ami qui l'attendait là-haut, il avait la sensation de franchir une frontière au-delà de laquelle la foudre allait s'abattre sur lui. Pierre se moquait de cette appréhension, mais il la comprenait. Aussi s'efforçait-il de venir à sa rencontre dès qu'il le pouvait. Ce fut le cas ce soir-là, au grand soulagement de Benjamin dont la présence intriguait les agents de ville en patrouille autour du palais.

Pierre l'entraîna aussitôt vers un estaminet dont les quinquets jetaient une faible lueur dans la brume qui tombait. Là, ils trouvèrent à s'asseoir dans un angle de la petite pièce enfumée et, face à face, se dévisagèrent un instant sans parler. Ce fut Benjamin, impatient, qui mit un terme à ce silence dans lequel pesaient la déception et l'amertume.

— Alors ? fit-il.

— Alors le pire est arrivé, répondit Pierre. La République est condamnée. C'est une question de mois, peut-être seulement de jours.

Benjamin soupira.

— Toi aussi tu as entendu crier « Vive l'Empereur » ?

— S'il n'y avait que cela, dit Pierre.

— Qu'y a-t-il encore ?

Pierre hésita, reprit en baissant la voix :

— Je suis surveillé par la police. J'ai de plus en plus de difficultés à plaider. L'épuration est déjà commencée.

Benjamin, stupéfait, murmura :

— Qu'allons-nous faire ?

— Il faut résister partout où nous le pourrons, continuer de répandre nos idées, songer qu'il nous faudra du temps mais qu'un jour la liberté triomphera.

Pierre but son verre de vin chaud, poussa un long soupir, reprit :

— Il ne faut pas qu'on reste ensemble trop longtemps. Je reviendrai dans un mois. Je te ferai signe.

Benjamin ne parvenait pas à croire ce qu'il venait d'entendre. Il était venu chercher du réconfort auprès de son ami, et voilà qu'ils ne pouvaient même pas discuter à leur guise, comme ils en avaient l'habitude. Quelle était cette ombre noire qui s'était mise à planer, soudain, au-dessus d'eux ?

— Fais attention, dit Pierre en se levant. Il va sûrement y avoir des règlements de comptes. Pense à ta famille. Sois prudent.

Benjamin se leva pour lui donner l'accolade fraternelle dont ils étaient coutumiers, mais Pierre le repoussa de la main en disant :

— Reste assis. Ne me suis pas... A bientôt.

Et il ajouta, juste avant de se retourner :

— Ne perds pas espoir. Un jour, tu le sais, nous gagnerons.

Benjamin le regarda s'éloigner avec l'impression qu'ils avaient changé de monde. Il attendit une dizaine de minutes avant de sortir à son tour, et il s'enfonça dans la nuit que la brume rendait lourde d'une menace précise et immédiate.

Il sursauta quand le bras de l'homme qui le suivait se posa sur son épaule. Se retournant brusquement, il fut surpris de reconnaître un cocher de maître à son carrick cintré, son chapeau de feutre, ses bottes à revers et ses gants de peau.

— On veut vous parler, dit l'homme. La voiture est derrière vous, dans la rue. Si vous voulez bien me suivre.

Le premier réflexe de Benjamin fut de se dégager, mais il

n'y avait aucune menace dans la voix. Il en fut étonné, car il s'attendait à se trouver face à un agent de la police. Le cocher, d'ailleurs, paraissait très calme et persuadé que Benjamin allait le suivre sans difficulté. Ce fut cette assurance paisible qui convainquit Benjamin de l'absence de danger. Il emboîta le pas du cocher qui s'était mis en route sans l'attendre, tourna à l'angle d'une ruelle derrière la chapelle de la Madeleine, aperçut la berline à laquelle étaient attelés deux chevaux dont les harnais, les gourmettes et les anneaux d'argent trahissaient un luxe de bon goût.

Quand le cocher ouvrit la porte, le fanal éclaira un visage que Benjamin reconnut tout de suite. Il n'en fut pas surpris : ne se trouvait-il pas à quelques centaines de mètres de la rue Sainte-Catherine? Il eut pourtant un mouvement de retrait, comme à l'approche d'un foyer ardent.

— S'il te plaît! dit Emeline.

Est-ce le « s'il te plaît » qui le décida, ou bien la lueur d'humilité — bien surprenante — qui avait illuminé les yeux noirs?

— Je monte à condition que ton cocher nous emmène sur le port, dit-il d'une voix qu'il voulut froide mais qu'il contrôla mal.

Elle hocha la tête, fit un signe de sa main gantée de blanc et dit :

— Quai des Salinières!

Le cocher referma la porte et Benjamin se retrouva dans une demi-obscurité, la lumière du fanal éclairant seulement la banquette sur laquelle était assise Emeline. A moins d'un mètre d'elle, il sentait ce parfum de violette qu'il n'avait jamais oublié et grâce auquel, lui semblait-il, il l'aurait reconnue n'importe où. Ses boucles noires s'échappaient d'une capeline à franges rose et s'évasaient sur un manteau de velours qui jetait des éclats glacés. Benjamin, immobile, entendait Emeline respirer doucement et s'en voulait d'être monté, maintenant, tandis que la voiture roulait sur les pavés en direction du port, du moins l'espérait-il.

— Qu'est-ce que tu veux ? demanda-t-il d'une voix où il mit toute la froideur dont il était capable.

Elle ne répondit pas à sa question et dit simplement, d'un ton où il devina une blessure :

— Je ne suis pas heureuse, Benjamin.

— Tiens, donc ! fit-il avec acidité. Et tu crois que j'ai été heureux, moi, pendant six ans loin des miens ?

Elle laissa passer quelques secondes, murmura :

— J'espérais qu'avec le temps tu m'aurais pardonnée.

— On n'oublie pas six ans de malheur si facilement.

— Je le sais. J'en fais l'expérience tous les jours.

— Même en fréquentant les Pereire, les Sursol, tous les grands messieurs de la ville ?

Un silence tomba. Il entendit Emeline respirer plus vite, comprit qu'elle était touchée.

— Comme tu me connais mal, fit-elle avec une amertume où perçait une véritable détresse. Depuis que mon père et ma mère sont morts, je vis pour ainsi dire seule.

— Et ton mari ?

— Mon mari n'est jamais là. Il ne s'occupe que de ses affaires.

— Oui, je sais. La politique et le chemin de fer.

— Tu oublies la banque, ajouta-t-elle avec lassitude.

— J'espère que malgré ses nombreuses occupations il a trouvé le temps de te donner un enfant.

— Même pas, souffla Emeline. Je n'ai pas eu la même chance que toi.

Il sursauta, se demandant comment elle avait pu apprendre cela. Elle le devina, reprit :

— J'ai beaucoup d'argent. Il me suffit de payer pour envoyer des gens. Je sais tout ce qui se passe à Souillac. Je sais même que Marie va accoucher bientôt.

— Ah non ! fit-il, pas Marie !

Emeline hocha la tête, reprit :

— Je sais aussi que ton père a été bien malade.

— Tu n'y es pas pour rien. Ces six ans durant lesquels j'étais loin par ta faute l'ont rongé, affaibli, brisé à tout jamais.

Un long silence s'installa, puis :

— Comme tu m'en veux ! murmura-t-elle enfin.

Et, avec une sorte de plainte :

— Pourquoi t'acharner ? Pourquoi me rendre tout le mal que je t'ai fait ?

Il ne répondit pas tout de suite, observa ce visage qui lui paraissait tellement changé. Elle retira le gant de sa main droite, la tendit vers lui, mais il ne la prit pas.

— Qu'est-ce que tu veux ? demanda-t-il de nouveau, mais sans l'agressivité qu'il avait placée dans ces mots la première fois.

— Mes seize ans, fit-elle tout bas, si bas qu'il crut avoir mal entendu.

Il la dévisagea, aperçut nettement deux larmes au bord de ses paupières, se sentit foudroyé, soudain, tandis qu'elle ajoutait :

— Prends-moi quelques secondes dans tes bras et tu me les rendras.

Et, le sentant touché au cœur, comme elle, par le souvenir de ce qui avait été et qui, plus jamais, ne serait :

— Quelques secondes, est-ce vraiment trop te demander ? S'il te plaît, Benjamin, donne-les-moi, ça ne te coûte rien. Rappelle-toi ces sentiers, ce soleil, ces prairies de notre jeunesse. Rends-les-moi, une seconde, un instant...

Elle ajouta, comme il ne bougeait ni ne répondait :

— Après tu pourras partir, je te le promets.

Il lui sembla que le sortilège était le même, qu'elle avait, en parlant, aboli les années. Il lui vint dans le corps cette tiède langueur qui accompagne la découverte d'un jouet cassé au fond d'un grenier. Emeline se laissa glisser à genoux devant lui et, sans qu'il songe à le lui interdire, elle posa sa tête sur ses genoux qu'elle enserra de ses bras. Alors il glissa sa main dans les cheveux, les caressa un instant, puis, lentement, la retira.

Enfin, s'apercevant que la voiture s'était arrêtée, il la repoussa doucement, ouvrit la portière et partit en courant dans la nuit.

La neige avait fait son apparition le 22 décembre au soir et, depuis, tombait en averses qui rapiéçaient la pelisse blanche des prairies trouée par les furtives apparitions du soleil. Benjamin avait deviné que ce serait un Noël blanc et il n'était pas reparti, ne voulant pas risquer de n'être pas rentré pour la veillée. D'ailleurs, depuis l'accident du début du mois et la perte d'une cargaison entière de sel, il était bien décidé à tenir davantage compte du mauvais temps. Il lui arrivait de se réveiller la nuit et, les yeux grands ouverts dans l'obscurité, d'apercevoir ses hommes pleins de sang, comme Jean, ce jour-là, qui n'avait même pas crié malgré sa blessure.

Le 22 au début de l'après-midi, tandis que Victorien était allé retrouver Vincent chez lui, Marie retint Benjamin au moment où il sortait et lui demanda s'il ne voulait pas l'aider à pétrir la pâte des gâteaux de fête. Il s'en étonna d'autant plus qu'Elina, d'ordinaire chargée de cette tâche, feignait d'être occupée auprès d'Aubin. Il songea que les deux femmes avaient sans doute quelques projets en tête et attendit que Marie fût prête, pas fâché de rester au chaud au lieu de sortir dans la neige.

Dès que Benjamin commença à battre la pâte, Marie fit signe à Jean, assis près de la cheminée : il fallait profiter de l'occasion pour parler. Celui-ci se réfugia dans un mutisme d'où rien ni personne, sembla-t-il à Marie, ne parviendrait à le tirer. Elle implora des yeux l'aide d'Elina qui n'hésita que quelques secondes avant de déclarer, abandonnant brusquement Aubin à ses dominos :

— Jean veut partir, mais il ne sait pas comment vous le dire.

Elle était venue face à Benjamin qui avait relevé la tête et la dévisageait comme si elle avait proféré un blasphème :

— C'est vrai, dit Marie, volant au secours de son frère et d'Elina.

Benjamin blêmit, demanda :

— Qu'est-ce que c'est que cette histoire ?

— Ce n'est pas une histoire, fit Elina de sa voix la plus douce qui, souvent, désarmait Benjamin. C'est la vérité : il veut nous quitter.

Benjamin se tourna vers son beau-frère, regarda Elina, puis Marie, et, de nouveau, son beau-frère qui semblait vouloir disparaître sous terre. Un long silence tomba, lourd de menace. Les muscles de ses mâchoires jouaient sous les joues de Benjamin qui, ayant baissé la tête, s'essuyait les mains à un torchon blanc de farine. La lenteur de ses gestes trahissait la réflexion dans laquelle il s'abîmait, tout en s'efforçant de refouler la vague de colère qui montait en lui. Il quitta la table, alla lentement s'asseoir face à Jean qui respirait à peine.

— C'est vrai que tu veux partir ? demanda-t-il d'une voix blanche.

— Oui, je veux m'en aller, fit Jean sans le regarder.

— Je peux savoir pourquoi ?

Fouetté par le ton employé par Benjamin, Jean se redressa et dit précipitamment, comme pour s'engager sur une voie de non-retour :

— Je veux vivre en forêt !

Et, comme Benjamin le dévisageait sans comprendre, cherchant dans sa mémoire un mot, un geste qui l'eût alerté sur cette envie soudaine :

— J'aime les arbres et la montagne. Je n'ai jamais aimé la rivière !

Il jeta vers les deux femmes qui s'étaient approchées un regard qui était un appel à l'aide, puis il reprit sa position première, tourné vers le feu, hostile à tout ce qui se passait dans son dos. Benjamin, immobile, un peu penché vers l'avant, observait ses mains comme si elles eussent constitué les preuves vivantes d'une faute ignorée. Il faisait manifestement un effort sur lui-même pour conserver son calme.

— C'est ton bras cassé qui t'a donné cette idée?

— Non, fit Jean avec une évidente sincérité. C'est la forêt. Elle est entrée en moi. Depuis que j'ai vu ces arbres, ces fougères, cette mousse, ces montagnes, j'ai jamais pu les oublier. C'est là-haut que je veux vivre... Je veux partir!

Benjamin réfléchit un instant, parut se détendre. Le fait que Jean n'eût rien à lui reprocher l'inclinait à la compréhension et le rendait perméable à la volonté, pourtant si surprenante, de son homme de confiance.

— Pourquoi ne m'en avoir pas parlé plus tôt? demanda-t-il doucement.

Un silence embarrassé lui répondit.

— Tu crois que c'est facile? dit Marie.

— Qu'est-ce que ça veut dire? s'emporta-t-il. On dirait que je terrorise tout le monde dans cette maison!

— Pas tout le monde, dit Elina en souriant.

Benjamin, désarmé, se tourna de nouveau vers Jean, demanda :

— Tu voudrais partir quand?

— Dès qu'il n'y aura plus de neige, dit Jean. Mon bras est presque guéri.

Benjamin le considéra un long moment en silence, lança :

— C'est entendu. Je te donnerai une lettre pour Henri Debord. Il te prendra avec lui.

— Merci! dit Jean, stupéfait d'avoir si facilement obtenu satisfaction.

Elina et Marie n'étaient pas moins étonnées que lui. Elles s'étaient attendues à l'une de ces violentes colères, qui, parfois, embrasaient Benjamin, et, au contraire, il paraissait très calme, à présent, bien qu'il observât son beau-frère avec une lueur étonnée dans les yeux. Elles ne pouvaient pas savoir que, depuis son premier voyage avec Victorien dans la montagne, il gardait lui aussi une sorte de fascination pour les forêts du haut pays et attendait impatiemment l'été, chaque année, pour remonter et conclure les marchés de bois avec Henri Debord. Elles furent encore plus étonnées quand Benjamin invita Jean à le suivre au-dehors, en disant d'une voix décidée :

— Viens donc ! Laissons les femmes à leurs gâteaux et allons parler de la forêt, puisque tu l'aimes tant !

Et, devant Elina et Marie stupéfaites, Jean le suivit après les avoir rapidement remerciées d'un sourire.

Elles ne s'en formalisèrent pas, heureuses qu'elles étaient d'avoir évité une querelle entre les hommes en ce 24 décembre, et elles travaillèrent à leur cuisine tout l'après-midi, en attendant leur retour. Ils ne tardèrent pas à rentrer, car la nuit tombait tôt. Ils portaient la souche de chêne qui devait « tenir le feu » jusqu'au lendemain matin. Ce fut Victorien qui l'alluma, après que Marie eut fait goutter au-dessus d'elle le cierge de la Chandeleur. Enfin, ils s'installèrent pour prendre leur meilleur repas de l'année : soupe, graillons, poule farcie, confit d'oie, pommes de terre aux cèpes, galettes et tartes qu'ils savourèrent avec la lenteur et le recueillement de ceux qui connaissent le prix du pain gagné dans la peine et le danger.

A onze heures, après qu'Elina eut dit des contes et chanté au milieu des hommes rassemblés autour du feu, les femmes se préparèrent pour la messe de minuit. Il avait été décidé que Benjamin les accompagnerait. Chaque année, à tour de rôle, un homme les suivait, car il fallait porter Aubin qui ne résistait pas au sommeil au retour. Et puis, cet hiver-là, Marie en était à son huitième mois de grossesse et Benjamin ne pouvait pas la laisser s'en aller seule sur les chemins enneigés.

Chaudement vêtus de manteaux et de houppelandes de laine, ils sortirent dans la nuit d'une étrange clarté. Benjamin portait la lanterne. Marie lui avait pris le bras. Derrière eux, Elina donnait la main à Aubin. Dans les prairies, la neige niellait les creux d'herbe et réverbérait la lueur des étoiles qui pétillaient dans le ciel battu par le vent du nord. Sous leurs pieds, la neige se tassait avec un bruit de feutre. Marie se sentait bien. Heureuse comme elle ne l'avait pas été depuis longtemps. Car il y avait longtemps que Benjamin ne l'avait pas accompagnée au bourg pour la messe de minuit. Elle se serra contre lui, murmura :

— L'année prochaine, nous serons quatre.

— Pourquoi pas cinq ? fit-il sans ralentir le pas.

Elle le força à s'arrêter, le regarda. Il partit d'un rire clair, insouciant, de ce rire d'enfant qu'elle n'avait pas entendu depuis des années. Aussi, à partir de cet instant-là, la soirée, la messe, le réveillon, furent-ils illuminés pour Marie par le souvenir de ce rire qu'elle garda en elle précieusement, jusque dans le sommeil.

Quelques jours plus tard, une fois que la neige eut fondu et que les bateaux furent repartis, Jean, un matin, annonça son départ.

— Ce sera plus facile tant qu'ils ne sont pas là, dit-il.

— Attends un peu, dit Marie, il fait si froid, là-haut, en cette saison. Tu es donc si pressé de me quitter ?

Le visage de son frère se ferma, et elle comprit à une crispation de ses traits que pour lui aussi, malgré tout, c'était difficile.

— Te quitter, Marie, dit-il après un instant, c'est ce que j'ai toujours refusé. Et c'est aussi pour cette raison que j'ai attendu si longtemps.

Elle fut touchée par cet aveu, chercha son regard, y trouva une immense tendresse, frissonna.

— J'aime le froid, dit-il, ça ne m'a jamais fait peur.

Elle le dévisagea un moment, songea qu'elle ne le connaissait pas vraiment. Elle se haussa vers lui, l'embrassa furtivement, s'écarta, comme pour lui ouvrir la route. « Puisqu'il le veut, songea-t-elle, puisque c'est sa vie... » Elle l'accompagna sur le chemin des prairies, s'arrêta, eut un vague geste de la main pour le retenir, mais elle la laissa retomber sans un mot. Jean s'éloigna rapidement, ne se retourna pas. Il disparut bientôt derrière la haie d'où s'envola une grive des bois.

— Voilà, murmura-t-elle, je n'ai plus de frère.

Deux minutes passèrent sans qu'elle ne bouge, puis une main se posa sur son épaule. C'était celle d'Elina, qui dit en lui prenant le bras :

— Console-toi : dans quelques jours, tu auras une fille.

4

L'été s'était fait attendre, mais il s'était installé brusquement en deux jours et deux nuits grâce au vent du sud. Comme il avait beaucoup plu en mai, les eaux étaient encore marchandes, mais pour peu de temps. Benjamin, dont les bateaux étaient à la remonte en amont de Limeuil, s'inquiétait du niveau qui baissait de jour en jour. Mais ce n'était pas là son seul souci : l'assiduité d'Emeline, à Bordeaux, qui le traquait lors de chaque voyage jusque chez Hippolyte Barcos, l'inquiétait également. Au début, il avait plusieurs fois accepté de la retrouver dans sa voiture pour une promenade sur les quais en direction de Bacalan, mais il mesurait aujourd'hui son imprudence à la manière dont les mailles du filet, qu'elle savait si bien tresser, se refermaient sur lui. Aussi était-ce avec satisfaction qu'il envisageait la venue de l'été et l'arrêt des voyages. Une semaine ou deux dans les forêts d'Henri Debord lui permettraient d'échapper au sortilège et de retrouver son équilibre. Il le souhaitait vraiment. Il en avait besoin.

A dix heures, ce matin-là, le convoi se trouvait entre Beynac et la Roque-Gageac sous le soleil déjà chaud. La vallée, enfermée dans une coquille de silence, respirait doucement. Les arbres, sur les rives, égouttaient leur rosée avec de brefs soupirs. L'*Elina* arrivant à l'extrémité d'un tire, on allait devoir traverser. Benjamin se renseigna sur la hauteur de la rivière auprès du passeur, et celui-ci assura que le niveau de l'eau était suffisant.

— Tu en es sûr ? demanda Benjamin.

— Vous pensez ! J'ai fait traverser dix bateaux, depuis ce matin, répondit le passeur, un homme jeune, brun et frisé, dont le sourire creusait deux fossettes espiègles.

— Alors, allons-y !

Benjamin attacha au mât l'extrémité de la cordelle, et l'homme emporta l'autre vers la rive où l'attendaient les bouviers. Quand ceux-ci l'eurent fixée à l'arbre le plus robuste, Benjamin dénoua l'amarre de l'*Elina* qui, aussitôt, partit à la perpendiculaire du courant à grande vitesse. Il sut d'un regard que son bateau ne risquait pas de racler les graviers, du moins à cet endroit de la Dordogne. Il en fut rassuré, se dit qu'il aviserait plus loin en fonction des difficultés que le convoi rencontrerait.

Au moment précis où il releva la tête, il y eut un claquement de fouet d'une extrême violence, qui rebondit d'écho en écho le long de la vallée. La cordelle venait de se rompre. Déséquilibrée, l'*Elina* s'inclina vers tribord, projetant quelques sacs dans la rivière. Benjamin jura, mais ses réflexes jouèrent aussitôt et il replaça son bateau dans le fil du courant. Sur les berges, des hommes crièrent. Il distingua parmi leurs voix celle du passeur et se promit de régler ses comptes avec lui, dès que l'*Elina* serait hors de danger. Pour l'heure, il avait mieux à faire, car son bateau reculait, la proue vers l'amont, entraîné par le courant peu profond, mais vif, qui, en aval du passage, crêtait la Dordogne. Benjamin se retourna rapidement pour juger de l'état des rives près desquelles des arbres et des rochers affleuraient çà et là.

— Droit sur tribord ! cria Vidal qui, depuis le départ de Jean, faisait office de prouvier.

C'était en effet la direction qui paraissait la moins périlleuse à Benjamin. Il donna un brusque coup de gouvernail, et la gabare pivota lentement pour se retrouver enfin parallèle au courant, au beau milieu de l'eau. Cette première manœuvre ayant réussi, Benjamin tenta de rejoindre la berge où se tenaient les bouviers, déjà à plus de trois cents mètres du bateau. L'*Elina* obéit, se rapprocha du bord beaucoup trop vite au gré de Benjamin qui n'aperçut le tronc immergé qu'en arrivant sur lui. Il réussit pourtant à l'éviter, cria :

— Martin ! Guide-moi !

Au fur et à mesure que la distance diminuait entre la rive et l'*Elina,* les obstacles se multipliaient du fait des basses eaux. Benjamin parvint à passer entre les troncs, les rochers, mais ne put éviter ceux qui, à l'endroit où par force il allait accoster, égratignaient le fond de la rivière. Quand il entendit un craquement de coque éventrée, il était bien trop tard pour changer de cap. La gabare ralentit, gémit de toutes ses membrures, puis, continuant sur sa lancée, alla s'échouer contre la berge haute plantée de saules. Roussel sauta vivement sur la terre ferme, réussit à nouer une cordelle et à immobiliser le bateau qui, déjà, commençait à gîter.

— Vite ! Les sacs ! cria Benjamin.

L'équipage se mit à décharger la cargaison de sel dans une petite clairière cernée par des trembles et des frênes. Bientôt apparurent les bouviers et le passeur qui les aidèrent en silence, conscients de la menace qui planait. Aussi ne fallut-il pas longtemps pour libérer totalement l'*Elina* de son chargement et découvrir la brèche, au centre de la gabare, par laquelle l'eau entrait à flots. L'équipage se précipita pour la colmater, y parvint après bien des difficultés. Puis les hommes durent écoper un long moment et calfater de nouveau l'ouverture qui laissait encore entrer l'eau. Enfin, quand il fut certain que son bateau ne sombrerait pas, Benjamin remonta sur la berge et s'approcha du passeur qui, discutant à l'écart avec un bouvier, tentait de se faire oublier.

— Tu ne peux pas vérifier tes cordelles ? fit-il, mâchoires crispées, furieux à l'idée d'avoir failli perdre son bateau.

Le passeur recula d'un pas, tenta maladroitement de se défendre, ce qui exaspéra Benjamin.

— Moi, je vérifie mes cordes avant chaque voyage,

reprit-il en avançant toujours vers l'homme qui, lui, continuait de reculer.

— Moi, je suis sur l'eau tous les jours, répondit le passeur, et je n'ai pas le temps de veiller à tout.

Il ajouta, en une ultime défense, comprenant que rien n'arrêterait Benjamin :

— D'ailleurs, avec vous, ça ne va jamais bien. Même vos hommes le disent. C'est pour ça qu'ils vous quittent!

Le coup partit dans un réflexe. Le passeur poussa un cri, tomba sur le dos, ne bougea plus. Les bouviers s'approchèrent, menaçants, mais les hommes de Benjamin s'interposèrent. Celui-ci, toujours aussi furieux, hésitait. Les derniers mots lancés par le passeur creusaient une brèche en lui, lui faisaient mal. Depuis que Jean l'avait quitté, il s'était demandé plusieurs fois s'il n'avait vraiment aucune part de responsabilité dans ce départ. Mais non! Elina et Marie avaient été catégoriques : il voulait vivre en forêt, et c'était tout. Alors pourquoi ces accusations? Pourquoi ces mots terribles?

Le passeur s'ébroua, puis, aidé par les bouviers, se releva. Cependant Benjamin ne décolérait pas et avançait encore vers lui, malgré Roussel et Vidal qui tentaient de faire barrage.

— Mes hommes, au moins, ils savent que mes cordelles ne cassent pas! lança-t-il d'une voix cinglante.

Le passeur voulut répondre, mais les bouviers l'en empêchèrent. C'est alors que Benjamin vit le sang qui coulait derrière l'oreille et dans le cou du passeur. La vague de colère qui avait déferlé en lui reflua brusquement. Il regarda ses mains, fit demi-tour et s'éloigna sur le chemin de rive où arrivait Vincent, qui avait réussi à traverser sans que l'on sût comment.

Vincent avait assisté à la scène de loin. Il prit Benjamin par le bras, le ramena vers l'*Elina* où ils examinèrent ensemble les dégâts. Après de longues réflexions, ils décidèrent d'envoyer le mousse chercher des charpentiers à Vézac, d'attendre les réparations avec un équipage, tandis que la capitane et la seconde remonteraient à Souillac, afin de ne pas retarder la livraison de sel. Les hommes retournèrent à leur travail, les bouviers et le passeur s'éloignèrent, et Benjamin, accompagné par Vincent, se dirigea vers la capitane.

— J'aurais pu le tuer, dit-il, s'arrêtant brusquement.

— Mais non, dit Vincent, il est solide.

— Depuis que Jean nous a quittés, reprit Benjamin, je ne suis plus le même. Je me demande s'il n'est pas parti à cause de moi.

— Qu'est-ce que tu vas chercher ? fit Vincent. Ce n'est pas depuis le départ de Jean que tu n'es plus le même, c'est depuis les élections.

Benjamin eut un sursaut étonné, planta son regard dans celui de Vincent, demanda :

— Tu crois vraiment ?

— Je crois pas ; j'en suis sûr. Allez ! Viens vite au relais ! Il est grand temps d'aller payer un verre à tout le monde, à commencer par ce pauvre passeur.

En ce jour de la Fête-Dieu, toutes les maisons du port étaient pavoisées de draps ornés de bouquets, tandis que les rues étaient tapissées de fleurs des champs dont les couleurs éclataient au soleil. En attendant la procession, Marie, debout sur le pas de la porte, berçait son fils Emilien dans ses bras. Déjà presque six mois qu'elle avait accouché ! Le temps avait passé si vite avec ce petit homme à la maison ! Elle avait attendu impatiemment les beaux jours et profitait de ses premières sorties avec un plaisir ineffable, comme si elle avait tout oublié des étés précédents.

Les bateaux étaient entrés au port et n'en ressortiraient pas jusqu'à l'automne. Le temps était venu, pour Benjamin, de partir dans le haut pays pour acheter du bois. Il avait proposé à Marie de l'accompagner, afin qu'elle puisse voir son frère. Ne pouvant se séparer d'Emilien, elle avait décidé de l'emmener avec eux, puisqu'en cette saison on ne risquait pas de trouver du froid. Quant à Aubin, elle le confierait à Elina. Il savait nager, désormais, et elle pouvait s'en aller sans crainte. Cette décision étant prise, il lui tardait maintenant de partir et elle pensait sans cesse à ce voyage.

A trois heures précises, le prêtre et les enfants de chœur arrivèrent, précédant l'ostensoir éclatant de tous ses ors sous un dais majestueux. La procession passa devant la maison des Donadieu lentement, solennellement. Elina et Marie profitèrent d'une halte pour y prendre leur place et se rendre sur le port où le prêtre allait bénir les bateaux. Les hommes attendaient sur leur gabare ou leur barque de pêche, silencieux, recueillis. Quand la procession s'arrêta face au premier bateau, il y eut un long silence, puis le prêtre commença son office et les chants s'élevèrent vers le ciel. Benjamin et son équipage se trouvaient sur l'*Elina,* Vincent et le sien sur la capitane, Maset et son aide sur la seconde. Tous inclinèrent la tête et se signèrent à l'instant de la bénédiction, puis la procession revint vers les maisons qui, elles aussi, furent bénies selon les liturgies traditionnelles. Ensuite, elle s'éloigna vers les prairies, mais Marie et Elina, au lieu de la suivre, retournèrent vers le port. Là, elles retrouvèrent Benjamin et Vincent qui prenaient congé de leurs équipages.

— Viens ! dit Benjamin à Marie dès qu'il fut seul.

— Donne-moi le petit, fit Elina, en voyant que Marie hésitait.

Et elle ajouta, prenant Emilien dans ses bras .

— Va donc te promener, ça te fera du bien.

Emilien se raidit, pleura durant quelques secondes, mais il se calma dès qu'il ne vit plus sa mère que Benjamin aidait à monter dans sa barque de pêche, à l'extrémité du quai.

Une rame dans chaque main, il traversa la Dordogne et prit la direction de Lanzac en longeant la rive, sous Cieurac. On entendait les chants de la procession qui s'attardait dans les prairies en remontant lentement vers Souillac. Marie songeait que cette première promenade sur l'eau était comme une nouvelle naissance. Elle avait été tellement privée de grand air et de lumière depuis le début de l'année qu'il lui semblait que cet après-midi d'été ne ressemblait à aucun autre. Il y avait encore des andains dans les prés et leur parfum poivré se mêlait à celui des feuilles qui craquaient sous la chaleur avec un bruit de cosse écrasée. La Dordogne avait repris sa vraie couleur d'un vert sombre et parfois lumineux.

Marie se pencha sur le côté, plongea sa main dans l'eau et dit :

— Elle est presque tiède.

— Pourquoi crois-tu que je t'ai emmenée? demanda Benjamin. Je veux savoir si tu sais toujours nager.

Elle rit, humecta son front, ses joues, rejeta la tête en arrière, et l'éclat de ses cheveux éclaboussa l'air autour d'elle.

— Qui tiendra le plus longtemps dans les fonds? demanda Benjamin avec une lueur amusée dans le regard.

Elle l'observa sans répondre, heureuse de retrouver leurs jeux et, surtout, de le retrouver, lui, tel qu'il était vraiment, tel qu'elle l'aimait. Elle ferma les yeux, le revit à quinze ans, sauvage et provocant, toujours prêt au défi, au danger. Elle les rouvrit brusquement, sourit. Non, il n'avait pas tellement changé : c'était bien les mêmes yeux, les mêmes boucles châtain, la même fierté farouche, la même force et aussi, parfois, fugitivement, la même fragilité. Qu'aurait été sa vie sans cette présence? Aurait-elle pu vivre sans lui?

— A quoi penses-tu? demanda-t-il soudain.

— Je pense à toi.

Une ombre de gravité passa dans les yeux de Benjamin, qui, sous l'acuité du regard de Marie, se sentit transpercé. Il eut un geste de refus qu'elle ne remarqua même pas, car le bonheur de vivre, en cet après-midi d'été, provoquait en elle comme un début d'ivresse. Il lui semblait que tous les parfums, tous les bruits, toute la lumière de la vallée avaient pris une intensité qu'elle ne leur avait jamais connue, et sur ses tempes glissait une légère brise qui lui paraissait avoir parcouru des terres inexplorées.

Longeant toujours la rive sur laquelle les bois jetaient leur ombre fraîche, ils passèrent sous le pont, remontèrent vers les meilhes où l'eau était profonde, au pied des rochers. Ils s'arrêtèrent un peu plus loin, dans une anse verte, attachèrent la barque à un baliveau, retournèrent vers les rochers, plongèrent dans l'eau sombre où le soleil n'entrait jamais. Benjamin prit la main de Marie et l'entraîna au fond, à cinq ou six mètres de profondeur, à l'endroit où dormaient de grands poissons, assoupis sur le sable. Elle connaissait le jeu : s'embrasser éperdument, loin de tout, seuls au monde, et faire durer le plaisir jusqu'au moment où le sang bourdonnerait à ses oreilles, où ses yeux deviendraient rouges, où son cœur serait sur le point d'exploser. Il n'y avait que Benjamin pour inventer ce genre de jeu. Pourquoi avait-elle accepté la première fois de le suivre jusqu'à ces lisières où la vie n'est presque plus la vie, où l'on a l'impression de passer à travers le miroir ? Elle ne s'était pas vraiment posé la question. Elle savait seulement qu'elle l'accompagnait ainsi dans un lieu où personne ne le suivrait jamais et que le pacte scellé à cette frontière était inaccessible aux autres. Aussi ne s'était-elle jamais refusée à ces descentes en eau profonde et au vertige qui lui succédait.

Ce jour-là, pourtant, passé vingt secondes, un épais nuage passa devant ses yeux et il lui sembla qu'un vent glacé l'emportait. Elle n'eut même pas le temps de réagir, perdit conscience en un instant. Benjamin se rendit compte très vite qu'il se passait quelque chose d'anormal, au poids qu'elle pesait dans ses bras. Il la prit sous les épaules, tapa du pied pour remonter, mais ce ne fut pas facile car elle était très lourde, soudain, si lourde que la peur le priva d'une partie de ses forces. Il y réussit après plusieurs secondes d'effort dans lesquelles il laissa toute son énergie. Une fois à l'air libre, comme il ne pouvait pas se hisser sur la berge hérissée de rochers, il se laissa entraîner par le courant en maintenant la tête de Marie hors de l'eau et en demandant :

— Tu m'entends ? Tu m'entends ?

Elle ne répondait pas, gardait les yeux clos, pesait de plus en plus dans ses bras. Deux cents mètres en aval, il put enfin monter sur la berge en pente douce et allonger Marie sur l'herbe. Il tapota ses joues à plusieurs reprises, commença même un bouche-à-bouche. Elle finit par ouvrir les yeux, le reconnut, demanda :

— Où sommes-nous ?

La mémoire lui revint dans le même temps, et ce fut comme si l'ombre immense qui s'était posée sur elle la quittait.

— Ça va ? demanda Benjamin.

Elle hocha la tête.

— Tu en es sûre ?

— Oui, dit-elle.

Et, après un soupir qui parut lui redonner vie :

— On n'aurait pas dû descendre si vite.

Cependant, devant la lueur égarée qui flottait dans ses yeux, il ne se sentait toujours pas rassuré.

— C'est fini ? C'est bien vrai ? demanda-t-il.

Elle lui sourit, chercha à se redresser, mais il l'obligea à rester allongée.

— J'ai eu si peur, dit-il, j'ai cru que...

Il se tut, n'osa pas achever.

Elle lut dans son regard une telle sincérité, une telle angoisse de la perdre, qu'elle fut persuadée de ne jamais oublier la chaleur de sa voix, cet après-midi-là.

Benjamin avait loué le cheval et le cabriolet d'un roulier, et ils étaient partis vers le haut pays par Vayrac, Puybrun, Beaulieu, et de là, longeant la Dordogne, vers Argentat où ils avaient passé la première nuit dans une auberge, sur le port. Le lendemain, dès la sortie du village, la route avait commencé de monter, dominant la vallée qui dormait sous des écharpes de brume où le soleil creusait çà et là des ruisseaux d'huile blonde. Plus ils montaient, plus l'air avait le poli et l'éclat d'un lustre. Marie, qui venait de donner le sein à Emilien, était frappée par une sensation de distance entre le monde et elle. Les arbres, le ciel, la vallée, lui paraissaient soudain inaccessibles, pareils à ces torrents de montagne qu'on voit couler sans les entendre.

— Tu n'as pas froid ? demanda Benjamin.

— Non ! Le soleil commence à chauffer.

La route montait toujours, et le cheval allait au pas. Plus ils avançaient et plus la forêt se refermait sur eux. Des sapins et des mélèzes apparaissaient maintenant entre les feuillus, formant un dôme d'un vert profond, presque noir, que trouaient parfois les toits gris d'un hameau perdu.

Passé Saint-Privat (un village d'une trentaine de maisons couvertes de lauzes), ils firent une halte pour manger le pain, le lard et le fromage dont ils s'étaient munis à l'auberge. Quelques kilomètres plus loin, ils quittèrent la grand-route et s'engagèrent sur leur gauche vers le hameau de La Besse d'où, selon le patron de l'auberge, ils pourraient gagner Auriac en peu de temps. Une impression de profonde solitude les assaillit alors. Car, s'il avaient le matin croisé des voitures sur la grand-route, il leur semblait maintenant que toute vie avait disparu, qu'ils pénétraient le monde du commencement des temps. Autour d'eux, il n'y avait que la forêt. Epaisse. Enorme. Où le soleil n'entrait jamais. Et pas le moindre hameau ni la moindre fumée. Benjamin mit le cheval au trot, mais il leur fallut encore une heure pour arriver à Auriac et retrouver la vie paisible d'un village.

Là, Benjamin laissa Marie et Emilien à l'auberge, sur la place, face à l'église, et il se rendit chez Henri Debord, de l'autre côté du village, à la lisière du coteau qui s'inclinait presque à la verticale vers la Dordogne. Il revint une heure plus tard, expliqua à Marie que Jean couchait dans la forêt et redescendait seulement le samedi soir à Spontour. Henri Debord s'était néanmoins engagé à le faire prévenir. Bien que l'on fût mercredi, ils pourraient le retrouver le lendemain soir à l'auberge où il prenait pension.

Ils décidèrent de passer la nuit à Auriac, afin que Benjamin puisse régler ses affaires avec Henri Debord pendant la matinée. Ils ne descendirent donc à Spontour que dans l'après-midi, par une route étroite et en lacet qui serpentait dans la forêt. C'est avec plaisir que Marie aperçut la Dordogne en débouchant des bois, même si elle lui parut différente, moins profonde et plus capricieuse que dans la basse vallée. Ils la traversèrent sur le pont de bois, non sans songer à celui, en pierre et majestueux, de Lanzac, où l'on se sentait davantage en sécurité. De l'autre côté, Marie fut surprise par l'activité heureuse qui régnait sur les chantiers, ceux des constructions de gabares ou ceux des merrandiers. On entendait des cris, des rires, des appels que la sonorité de l'air répercutait sur les coteaux où de longues saignées lardaient la verdure de failles rousses, dont la profondeur révélait la hauteur étonnante des arbres.

Ils trouvèrent une chambre à l'auberge du pont et, tandis que Benjamin allait rendre visite à Eusèbe Cueille, le gabarier qui descendait le bois à Souillac, Marie se promena dans le village où des femmes vêtues de noir travaillaient devant leur maison, dans de petits jardins, ou au bord de l'eau, lavant leur linge en s'interpellant joyeusement. Malgré les bruits des travaux et des hommes, une grande paix habitait cette vallée du bout du monde. Tandis qu'elle marchait sans se presser, Emilien dans ses bras, il semblait à Marie qu'elle se trouvait dans un univers protégé, à l'écart des dangers. Elle songea que Jean, d'une nature rebelle et silencieuse, était sans doute heureux, ici, et elle eut hâte de le retrouver.

Elle dut attendre huit heures du soir pour pouvoir enfin l'embrasser, souriant, métamorphosé, le corps musclé par le travail en forêt. Il paraissait calme et serein. Il amenait avec lui une jeune fille qui semblait se cacher derrière lui. Ce fut seulement à l'instant où Jean la prit par la main, pour la faire venir à sa hauteur, que Marie la vit vraiment. Autant Jean était blond, autant elle était brune, avec de grands yeux verts, si timides qu'ils osaient à peine rencontrer d'autres yeux.

— Voici Rose, ma promise, dit Jean. Je voulais que vous fassiez connaissance.

La jeune fille salua d'un petit signe de tête, bredouilla

quelques mots, et Marie, qui la sentait embarrassée, l'embrassa. Benjamin lui serra la main et invita tout le monde à s'asseoir à une petite table, au fond de l'auberge. Aussitôt, Jean, qui restait souvent muet à Souillac, se mit à parler et ne s'arrêta plus. Il expliqua que le père de Rose possédait quelques terres sur la route de Soursac, mais faisait aussi le gabarier de l'automne au printemps. Bien que veuf, il était d'accord pour donner sa fille à Jean, à condition qu'ils habitent avec lui.

— Le mariage est prévu pour la fin de l'année, dit-il; j'espère bien que vous viendrez !

— Bien sûr ! dit Marie qui avait du mal à reconnaître son frère dans cet homme si jovial, si heureux.

Ils parlèrent de la famille, du port, de la vallée, du commerce, et Rose consentit à prononcer quelques mots. Au moment de passer à table, pourtant, elle demanda à Jean de la raccompagner chez elle : comme ils n'étaient pas mariés, les convenances l'obligeaient à rentrer avant la nuit. Marie l'embrassa de nouveau, murmura :

— A bientôt, donc, puisque nous viendrons, c'est promis.

Elle se retrouva seule avec Benjamin, se demandant comment on pouvait changer à ce point en si peu de temps. Benjamin, lui, en comprenant qu'il n'avait aucune responsabilité dans le départ de son beau-frère, se sentait rassuré : les mots prononcés par le passeur, le jour du bris de la cordelle, aujourd'hui s'effaçaient. Cette impression de retrouver un homme heureux augmenta encore au retour de Jean, dès qu'il raconta sa vie dans la forêt. Les coupes, l'ébranchage, le flottage jusqu'à Spontour l'occupèrent pendant de longues minutes. Ensuite, il expliqua qu'il dormait dans des huttes de feuillage, sur des lits de fougères, protégé du froid par une houppelande en peau de mouton. Puis il parla des arbres avec passion, de ce fameux cœur de chêne si cher à Henri Debord, des hêtres, des érables, des charmes, des mélèzes, des frênes, des châtaigniers, des aulnes, des ormes, des sapins, des bouleaux, de l'odeur propre à chacun d'entre eux, de leur langage dans le vent. La forêt! La forêt! Ce mot prenait dans sa bouche des intonations suaves, mystérieuses, coulait avec un goût de sève, de bonheur sans égal.

— Et quand tu seras marié, demanda Marie, comment feras-tu?

— On ne va dans les coupes qu'à la belle saison. L'hiver, on taille le merrain et la carassonne ici, sur les chantiers.

Il ajouta, souriant :

— Quand les journées sont longues, rien ne m'empêche de descendre tous les soirs et de repartir à l'aube.

Marie songea qu'il avait pensé à tout et remarqua qu'il portait sur lui un parfum de feuilles et de mousse semblable à celui des rives de la Dordogne en automne. Elle remarqua aussi combien il semblait loin en feignant d'écouter Benjamin qui racontait ses dernières descentes, et cette constatation la glaça. Jean ne reviendrait plus jamais à Souillac. Il était perdu pour elle. Son regard se voila, s'emplit de tristesse, mais aucun des deux hommes ne s'en aperçut. Elle dévora des yeux ce frère qui était devenu un étranger en quelques mois, ne fut pas surprise quand il se leva en disant :

— C'est vraiment gentil à vous d'être passés me voir. Mais si je veux être à l'heure demain, à la coupe, il faut que je me repose un peu.

Il était deux heures du matin. Emilien dormait sur la banquette entre Marie et Benjamin. L'aubergiste était monté se coucher depuis longtemps. Ils se levèrent, s'embrassèrent. Jean repartit comme il était venu, souriant, et Marie, une fois dans son lit, les yeux grands ouverts dans l'obscurité, se demanda un long moment quel était ce sortilège qui envoûtait si bien les hommes dans les forêts du haut pays.

Ils repartirent le lendemain matin, couchèrent le soir à Argentat, dans la même auberge qu'à l'aller. Avant de reprendre la route, Benjamin, qui se souvenait de son premier voyage avec son père, insista pour qu'ils se promènent un peu sur le port. Il était tôt, mais le soleil embrasait déjà les arbres sur les rives et la fraîcheur de la nuit s'était dissipée. Ils marchèrent le long des quais encombrés de fonçailles et de merrain, admirèrent les maisons à balconnet de bois, leurs escaliers de pierre, puis ils s'engagèrent sous le pont sur lequel passaient des silhouettes pressées, et ils continuèrent sur le chemin de rive.

Une centaine de mètres plus loin, Benjamin sursauta : assis au bord de l'eau, un vieil homme immobile lui rappela celui qu'ils avaient rencontré avec Victorien, il y avait bien longtemps, et qui les avait tant aidés. Emu par cette présence, il s'approcha et demanda :

— Vous ne seriez pas le père Sidoine, par hasard ?

Le vieillard tourna lentement vers lui des yeux étrangement clairs, comme délavés par la pluie.

— Il est mort depuis plus de dix ans, le père Sidoine, dit-il, mais je l'ai bien connu.

Marie s'était approchée, elle aussi, et se demandait si Benjamin avait travaillé avec le vieil homme qui regardait de nouveau droit devant lui, comme s'il les avait oubliés.

— Et vous avez navigué aussi ? demanda Benjamin.

— Oh ! Pour ça, oui, j'ai navigué, et je la connais bien, la Dordogne !

Il ajouta, plus bas, si bas que Benjamin eut du mal à entendre :

— Et je l'ai vue plus d'une fois !

Il leva lentement sa main à la peau transparente, la posa sur le poignet de Benjamin, demanda :

— Tu t'appelles comment ?

— Donadieu. Benjamin Donadieu. Je suis de Souillac.

— Et elle, c'est ta femme ?

— Oui, c'est ma femme, Marie. Elle porte notre fils Emilien.

— Ça, alors ! Emilien, comme moi.

Sa voix trembla un peu lorsqu'il demanda :

— Tu veux pas me le donner une minute, ton petit ?

— Mais si, dit Marie, je vais l'asseoir sur vos genoux, vous allez voir.

Le vieillard reçut Emilien maladroitement, entoura son corps de ses bras, souffla :

— A vous, il faut que je le dise.

— Quoi donc ? demanda Benjamin.

Le vieillard hocha la tête, caressa les jambes d'Emilien qui se demandait ce qui se passait mais ne pleurait pas.

— Je l'ai vue peut-être quatre ou cinq fois, reprit-il tout bas.

— Qu'est-ce que vous avez vu ? fit Benjamin en se penchant vers lui.

— Elle, l'âme, je l'ai vue, répondit le vieux. C'est pas une légende, puisque moi je l'ai vue.

Benjamin et Marie se regardèrent, stupéfaits, mais n'osèrent rien dire.

— Ça se passe le matin, au moment où le soleil touche la rivière de ses premiers rayons. On l'aperçoit derrière la brume : c'est une boule ronde, toute rouge, mais on voit à travers...

Le vieillard soupira, hésita, poursuivit en se tournant brusquement vers Marie :

— Il y a une goutte de sang au milieu, toute petite comme une pointe d'aiguille. Elle monte en se cachant derrière la brume et elle pleure des larmes de sel à cause du mal...

Il soupira, reprit :

— La dernière fois que je l'ai vue, elle m'a parlé.

Le regard du vieillard se voila. Il eut un geste du bras plein de lassitude, se mit à trembler.

— Reprends ton petit, fit-il, c'est pas bon que je le touche pour ce que je vais te dire.

Marie, qui était aussi étonnée que Benjamin mais n'osait pas interrompre le vieil homme, reprit Emilien dans ses bras et se recula d'un pas.

— Si elle te parle, c'est que tu vas mourir. Je le sais, elle me l'a dit. Dans un mois, je ne serai plus là.

Benjamin et Marie, bouleversés par cette voix qui semblait venir de très loin, étaient incapables de prononcer un mot. Le vieillard ne les regardait plus, mais continuait de parler doucement :

— Emilien, qu'elle m'a dit, n'aie pas peur. Toi aussi, tu es l'eau et tu es la lumière, et, si tu as vécu libre, tu monteras comme moi dans la grande vallée où les arbres, les eaux et les étoiles se ressemblent. Et sa voix était tiède, et c'était comme si elle me caressait les cheveux, et elle répétait : N'aie pas peur, n'aie pas peur. Regarde comme je suis belle et vois comme tu es beau ! Qui te voudrait du mal puisque tu es si beau ? Emilien ! qu'elle m'a dit, la grande eau libre, c'est toi.

Il se tut brusquement en entendant claquer une porte derrière lui. Un chien aboya, puis un coq chanta, à l'autre bout du quai.

— Voilà Marguerite, ma fille, souffla le vieux. Vous allez voir : elle va vous dire que je perds la tête.

Ses yeux se firent suppliants. Il prit la main de Benjamin, la serra, bredouilla :

— Il ne faut pas l'écouter. Je l'ai vue aussi vrai que je vous vois, là, devant moi. Vous me croyez, dites ?

— Bien sûr, dit Benjamin.

Le vieillard parut s'apaiser. Le tremblement qui agitait ses mains s'atténua. Il ne bougea plus jusqu'à ce que sa fille apparaisse. C'était une femme noire peignée en chignon, sans âge, l'air revêche.

— Bonjour, madame, dit Marie. On parlait un peu avec le monsieur.

— Oh ! pour parler, il parle ! fit la femme avec humeur, mais pour travailler, c'est pas la même chose. Vous savez, avoir des vieux à charge, comme ça, c'est un véritable chemin de croix !

Benjamin et Marie se raidirent.

— Il faut bien soigner ceux qui nous ont soignés quand nous étions enfants, dit Benjamin ; c'est la vie.

— Oui, mais quand ils perdent la tête, comme lui, c'est pas de tout repos, croyez-moi !

Marie regarda le vieillard, vit des larmes dans ses yeux, sentit son cœur se serrer.

— En tout cas, dit-elle, à nous il n'a pas dit de bêtises, au contraire.

— C'est vrai, dit Benjamin, on avait plaisir à l'écouter.

Le vieillard leva vers eux des yeux pleins de reconnaissance.

— Il va falloir venir à l'ombre, maintenant, dit la femme sans prêter attention à leur propos. Allez ! Lève-toi !

Le vieil homme essaya mais retomba sur sa chaise. Marie lui tendit la main, l'aida, tandis que la femme emportait la chaise en disant :

— Si on les écoutait, on n'en finirait pas. Surtout lui. Vous savez, il a toujours eu des idées pas ordinaires.

Benjamin avait pris Emilien dans ses bras, tandis que Marie accompagnait le vieil homme à l'ombre de sa maison.

— Merci, ma fille, chuchota-t-il en s'asseyant de nouveau.

Puis, dans une sorte de sanglot :

— N'oubliez pas.

— Je vous le promets, dit Marie.

La femme hocha la tête d'un air excédé, puis elle attendit sur le pas de sa porte que Benjamin et Marie s'en aillent. Ils s'éloignèrent à regret, se retournèrent pour un dernier signe d'adieu, mais le vieillard regardait la rivière.

Ils revinrent à l'auberge avec, en eux, la désagréable sensation d'un abandon. Ils montèrent sur leur cabriolet sans parler, gardèrent le silence jusqu'à la route de Beaulieu. La Dordogne coulait sur leur gauche, trouant les frondaisons avec de brefs éclairs de vitre. La route serpentait entre rochers et rivière dans une fraîcheur de crypte. De puissantes odeurs de sous-bois erraient au ras du sol, épaisses comme du miel.

— Le pauvre, dit Benjamin ; il n'avait plus toute sa tête.

Marie se tourna brusquement vers lui, planta son regard dans le sien, demanda :

— Est-ce que tu crois vraiment ?

Benjamin la dévisagea avec surprise, hésita, puis .

— Non, fit-il, je ne sais pas.

Ils entrèrent dans une clairière où le soleil perça brusquement la ramure des arbres. Un poudroiement doré tomba des branches, tandis qu'une gerbe de lumière jaillissait devant la charrette, comme si le ciel s'ouvrait devant eux.

Deuxième partie

LES RÊVES DE DÉCEMBRE

5

Deux ans, ou presque, avaient passé depuis ce fabuleux voyage dans le haut pays, dont Marie gardait le souvenir ébloui. Vivien était revenu en bonne santé, encore plus vigoureux que lors de son départ, sept ans auparavant, mais avec la même tendresse vis-à-vis de Marie, la même complicité. Il s'était marié six mois plus tard avec Elise, l'une des filles de Martin Vidal, et tous deux habitaient dans la maison des Paradou. Après avoir un temps redouté cette promiscuité, Marie était maintenant rassurée : Elise était une jeune femme de nature soumise, d'une extrême timidité, et elle s'accommodait fort bien de la place prépondérante occupée depuis toujours par Marie dans la maison.

Jean aussi, s'était marié, et avec Rose, comme il le projetait. Un fils, déjà, leur était né. Il s'appelait Louis, et Marie ne le connaissait pas encore. Jean avait promis de descendre à Souillac avec sa femme et son fils en juillet, mais Marie n'y croyait pas trop : il se plaisait tellement, là-haut, dans ses forêts, qu'il aurait du mal à les quitter, fût-ce pour quelques jours.

Si Elina vieillissait bien, Victorien, lui, déclinait de plus en plus. Sa maladie de cœur l'empêchait d'embarquer régulièrement, mais, dès qu'il se sentait mieux après une alerte, il remontait sur les bateaux malgré les réserves émises du bout des lèvres par Elina et Benjamin. Comment pouvait-on interdire de naviguer à un homme qui avait voyagé sur l'eau toute sa vie ? C'eût été le tuer avant l'heure, et tous le savaient. Aussi s'efforçaient-ils de le distraire quand il restait au port, notamment en lui confiant les enfants. En sorte que Victorien emmenait fréquemment Aubin à la pêche et que son plaisir, le soir, était de s'occuper d'Emilien qui, à deux ans et demi, manifestait une intrépidité préoccupante. Depuis qu'il marchait, en effet, il saisissait la moindre occasion pour s'enfuir et se précipitait vers le port pour y chercher son père. Marie était hantée par le danger d'une fuite dont elle ne s'apercevrait pas à temps et se promettait de lui apprendre à nager dès l'arrivée des beaux jours.

A Souillac, l'abbé Orlianges était mort. L'abbé Paret, qui le remplaçait, était un homme brun et rond, d'une cinquantaine d'années, affable et débonnaire. Marie entretenait avec lui des relations aussi fécondes qu'avec son prédécesseur. Un an auparavant, elle avait formulé le désir d'ouvrir une salle de classe sur le port, où les enfants étaient de plus en plus nombreux. Ainsi leur éviterait-on de longs trajets, ce qui avait souvent découragé plus d'un. L'abbé Paret avait repris le projet à son compte. Il le défendait régulièrement auprès de ses supérieurs et laissait espérer une décision favorable. D'ailleurs, en cette mi-avril, elle était imminente.

Ce matin-là, Marie faisait la classe à des filles de neuf et dix ans, et s'efforçait, comme chaque jour, de leur apprendre le français à partir de ce patois mi-aquitain, mi-limousin, que l'on parlait dans la vallée. Il allait être dix heures lorsque l'abbé ouvrit la porte et l'appela. Un peu surprise, elle désigna une élève pour veiller sur la classe et le suivit dans son bureau, au bout du couloir. Dès qu'elle fut assise, elle comprit à son regard qu'il s'agissait d'une mauvaise nouvelle.

— Vous l'ignorez, peut-être, Marie, commença-t-il, mais bien que nos prérogatives en matière d'enseignement aient été restaurées par la loi Faloux, ce sont les préfets qui nomment les instituteurs.

Marie hocha la tête, mais ne dit mot, devinant que ce

préambule n'augurait rien de bon. L'abbé esquissa un sourire, poursuivit :

— J'ai le regret de vous dire, ma fille, que malgré les interventions de monseigneur et les rapports favorables que nous établissons chaque année à votre sujet, monsieur le préfet ne veut pas vous nommer dans une nouvelle classe sur le port. Il a définitivement repoussé ce projet.

Marie sentit une vague glacée la submerger, ne parvint pas à prononcer les mots qui lui venaient aux lèvres, réussit seulement à demander tout bas :

— Pourquoi ?

L'abbé hésita un long moment à répondre en la dévisageant bizarrement. Il ne s'y décida qu'à regret.

— Hélas, ma fille, fit-il, vous pensez bien que l'hostilité manifestée par Benjamin envers le Prince Président et les idées qu'il propage dans le village ne peuvent guère lui attirer ses faveurs.

L'abbé hésita encore, comme si la confidence qu'il projetait lui coûtait, puis il ajouta :

— Autant vous le dire puisqu'il semble que le temps soit venu : nous avons eu toutes les peines du monde à vous garder ici. Il a fallu que monseigneur s'engage personnellement auprès de monsieur le préfet en octobre dernier.

Il se tut, et, de nouveau, sourit tristement. Marie, qui ne parvenait pas à rassembler ses idées, demanda :

— Ai-je fait ou dit quoi que ce soit qui puisse...

Elle n'eut même pas la force d'achever.

— Non, dit l'abbé, nous n'avons rien à vous reprocher, et c'est pourquoi nous avons tenu à vous garder parmi nous.

Il s'éclaircit la voix, murmura :

— Peut-être pourriez-vous faire comprendre à votre mari que...

Le regard que lui lança Marie le dissuada de poursuivre. Il soupira, eut un geste désolé de la main, hocha la tête avec une sorte de compassion.

— Le combat que mène Benjamin, dit Marie, je l'approuve.

— Certes, ma fille, je comprends cela, mais voyez-vous, il ne faut pas provoquer les puissants. Seul le bon Dieu a le pouvoir de les éclairer; mais nous, qu'y pouvons-nous?

S'apercevant que Marie tremblait, il chercha des mots rassurants, reprit :

— Votre mission, chez nous, est exaltante. Les enfants vous aiment. Que pouvez-vous souhaiter de plus?

Marie n'écoutait plus. Elle qui avait lutté seule souvent, longtemps, se découvrait impuissante et vaincue.

— Ce n'est pas juste, dit-elle.

— Hélas! Ma fille, qu'est-ce qui est juste en ce bas monde?

Un brusque mouvement de révolte la fit se redresser soudain, et elle lança :

— Puisque c'est comme ça, je ferai l'école chez moi, gratuitement, à tous les enfants du port.

L'abbé se leva, contourna son bureau, lui prit les mains.

— N'en faites rien, dit-il, je vous en prie. Si vous avez un peu confiance en moi, écoutez-moi : renoncez à ce projet.

— Et pourquoi donc? Qui pourrait m'en empêcher?

L'abbé revint s'asseoir, répondit avec gravité :

— Ne vous méprenez pas, ma fille, tant que vous êtes sous notre protection, vous ne risquez rien, vous le savez bien. De même que votre époux et votre famille. Nous connaissons tous votre dévouement et votre honnêteté, mais, de grâce, c'est moi qui vous le demande : n'enfreignez pas la loi!

— La belle loi qui permet de régler ses comptes entre adultes sur le dos des enfants!

— On ne vous privera pas de vos enfants puisque nous sommes là.

Un long silence s'installa. Marie, alors, songea à tout ce que lui avait dit Benjamin et qu'elle n'avait pas voulu croire : trois millions d'électeurs écartés des urnes par la loi sur le travail et la résidence, la presse réduite au silence, l'autorité renforcée des préfets, les arrestations au petit matin... Tous ceux qui osaient manifester la moindre opposition au Prince Président devaient en payer le prix. Non, elle n'avait pas voulu le croire, car elle vivait loin des préoccupations des puissants et s'en était toujours crue hors de portée. Et voilà qu'aujourd'hui elle était frappée pour la seule raison qu'elle était mariée avec Benjamin.

— Je m'en vais, dit-elle, je ne veux plus rester ici.

L'abbé essaya de la retenir en disant :

— Je vous en prie, ne décidez rien sous l'empire de la colère. Réfléchissez ! Ce n'est pas si grave !

Mais une immense révolte dévastait Marie. Elle sortit du bureau sans un regard pour l'abbé qui tendait les mains vers elle, alla chercher Aubin dans sa classe et partit en traînant son fils, stupéfait, derrière elle.

Elle ne lui lâcha la main qu'après avoir traversé la route de Sarlat et être entrée dans les prairies. Alors elle marcha devant lui d'un pas vif pour lui cacher les larmes qui montaient dans ses yeux, l'aveuglaient. Aubin, qui ne comprenait rien à ce qui se passait, trottait sans un mot sur ses talons, n'osant pas poser de questions. Une telle colère embrasait Marie qu'elle croisa plusieurs personnes de sa connaissance sans les voir. Elle ne remarquait même pas la luxuriance des arbres et des feuilles dans la lumière d'avril. Elle se sentait humiliée comme si on l'avait exhibée comme une criminelle sur une place publique. Une seule pensée la poussait : se réfugier chez Elina, lui parler, se libérer de cette flétrissure honteuse qu'elle n'avait pas méritée.

Vivien avait remplacé Jean comme second sur l'*Elina* qui, ce matin-là, remontant la Garonne, approchait de Bordeaux dans un flamboiement heureux de la terre et de l'eau. Il y avait une telle allégresse dans l'air que Benjamin se demandait pourquoi il demeurait aujourd'hui étranger à cet univers qui, d'ordinaire, l'envoûtait. On eût dit qu'il s'était absenté. Qu'il n'était pas sur l'*Elina*. Car il ne cessait de penser à ce qui s'était passé la veille du départ, sur le quai, où, avec son père, il vérifiait l'arrimage du bois : Victorien, tout à coup, portant la main sur sa poitrine, s'était effondré, la bouche grande ouverte sur un cri muet. Accouru près de lui, Benjamin avait lu dans ses yeux ce que jamais, auparavant, il n'avait décelé : une immense faiblesse et, plus cruelle encore chez un homme qui avait toujours vécu dans le danger et le courage, une peur folle, atroce, une grande peur d'enfant. Cela avait duré longtemps, très longtemps, sous le regard impuissant de Benjamin qui sentait sur son poignet les doigts qui serraient, serraient, à lui rompre les os. Puis la douleur avait reflué et les yeux de Victorien avaient retrouvé leur éclat. Mais comment oublier ce regard implorant, cet appel au secours d'un homme qui avait si longtemps incarné la force et le pouvoir ? Il était évident que Benjamin ne pouvait plus rien pour son père. Cette pensée l'obsédait et ruinait le plaisir qu'il ressentait d'ordinaire sur l'immensité du fleuve à la belle saison. Il lui tardait de retrouver l'amitié d'Hippolyte Barcos, d'oublier la débâcle dans laquelle sombrait Victorien sans pouvoir s'en défendre.

Cinq minutes après que l'*Elina* eut accosté au quai de la Bastide, il s'empressa d'aller serrer la main de son ami qui lui proposa une chaise et lui dit :

— Assieds-toi ! Donadieu, ne t'en prive pas, parce que c'est la dernière fois !

Benjamin, surpris, se demanda si par hasard il avait failli dans l'amitié qui le liait au marchand, mais celui-ci poursuivit, sans lui laisser le temps de répondre :

— Envolé tout ça ! Fini ! Terminé !

Le ton de bonne humeur cachait une blessure.

— Qu'est-ce que ça veut dire ? demanda Benjamin, à la fois surpris et inquiet.

Barcos laissa passer quelques secondes avant de répondre, comme s'il ne croyait pas tout à fait aux mots qu'il allait prononcer.

— Ça veut dire qu'il faut que je déménage, mon vieux! On me fout dehors! On me chasse!

Benjamin ne comprenait pas. Il ne reconnaissait plus son ami.

— Enfin, Hippolyte, qu'est-ce que tu me racontes? fit-il d'une voix qu'il voulut la plus calme possible.

Barcos hochait la tête, accablé, ne se décidait pas à poursuivre. Il s'y résolut brusquement, comme pour se libérer de la colère qui l'étouffait :

— Le chemin de fer, t'as entendu parler?

Benjamin fut soulagé. Il avait cru à un accident imprévu, un drame de la famille, à une sorte de catastrophe naturelle, et ce n'était qu'une histoire sans la moindre gravité.

— La machine infernale qui explose tous les deux kilomètres et empoisonne les gens? fit-il en riant.

— Ne ris pas, Donadieu, dit Barcos d'une voix blanche, nous en crèverons tous!

Il y eut un silence durant lequel les deux hommes ne se lâchèrent pas du regard, puis :

— Mais qu'est-ce que tu me racontes? demanda Benjamin. Et que vient faire ton entrepôt, là-dedans?

— Le rapport, Donadieu, c'est qu'ils vont construire ici la gare de la compagnie d'Orléans. Alors, ils me chassent. Et bientôt toutes les rives seront couvertes de rails, et les rails remplaceront les bateaux, et vous en crèverez tous, que vous le vouliez ou non!

Benjamin ressentit une sorte de crispation dans son ventre, une sensation de menace imprécise mais terrible. Ils en parlaient, certes, du chemin de fer, avec Pierre et l'aubergiste, mais il n'avait jamais considéré comme une menace cette machine qui crachait des flammes et de la fumée pour mieux étouffer les hommes et les bêtes. Le pessimisme de Barcos lui parut risible, tout à coup, et seulement explicable par son amertume d'avoir à déménager.

— Personne ne peut t'obliger à partir, dit-il.

Barcos hocha la tête d'un air affligé, répondit :

— Si tu les connaissais, tu n'aurais pas envie de rire.

Benjamin haussa les épaules, se demanda ce qu'était devenu l'homme qui, d'ordinaire, savait si bien se faire respecter.

— J'ai un ami avocat, dit-il, si tu veux...

— J'ai déjà un avocat, dit Barcos. Il me conseille de partir, sinon j'aurai les pires ennuis.

Benjamin haussa les épaules.

— Les banquiers et les politiciens qui travaillent pour eux sont tout-puissants. Ils me proposent un emplacement sous Lormont. C'est ça ou rien. Ils ne me laissent même pas le choix.

— Enfin ! Hippolyte, murmura Benjamin, tu ne vas pas me dire que tu as peur ?... Non ! pas toi.

Barcos leva vers lui des yeux bouleversés.

— Ecoute ! Donadieu, dit-il.

— Non ! Toi, écoute-moi ! l'arrêta Benjamin. Tu vas cesser de dire des sottises et venir voir le beau merrain que je t'ai apporté ! Après, tu te sentiras mieux !

Le marchand se redressa, mais ne bougea pas de sa chaise.

— Alors, tu ne veux rien comprendre ? fit-il avec amertume.

— Il n'y a rien à comprendre, Hippolyte, nous en reparlerons dans quelques jours.

Barcos eut un geste désabusé de la main, souffla :

— Alors, toi non plus tu ne veux rien savoir.

— Non ! fit Benjamin en riant, je crois seulement que tu as dû boire un peu trop ces temps derniers. Et puisque tu ne veux pas en convenir, je vais aller m'occuper de mon sel. Allez ! A plus tard !

Sur ces mots, il quitta le marchand de bois, sortit, surveilla de loin le déchargement de l'*Elina,* puis il emprunta une barque pour se rendre aux Salinières. Là, il négocia sa livraison de sel pour le lendemain, et, encore sous l'effet de sa désagréable conversation avec Barcos, il se rendit à l'auberge où, maintenant, Pierre Bourdelle laissait ses messages. Il n'y en avait pas. L'aubergiste lui expliqua que l'avocat avait des ennuis et qu'il évitait de venir à Bordeaux où, du reste, il plaidait de moins en moins. Déçu, Benjamin flâna un moment sur le port sans parvenir à se défaire de sa sensation de malaise. Il eut beau s'intéresser aux cargos et aux morutiers, à l'activité inlassable des portefaix et des dockers, les propos désespérés du marchand continuaient de le hanter. Ce qui le surprenait le plus, c'était qu'un homme aussi avisé, aussi énergique que Barcos, pût ainsi capituler sans songer à combattre. Il lui semblait deviner derrière cette défaite une présence occulte et maléfique contre laquelle il devrait lui aussi, un jour, prendre les armes.

Il s'arrêta, se rendit compte qu'il se trouvait à l'endroit exact où il avait vu Emeline pour la dernière fois, dix-huit mois auparavant. Il se remit à marcher le long du quai pour essayer de fuir ce souvenir, mais les mots qu'elle avait prononcés à l'instant où il lui avait dit qu'il ne voulait plus la revoir lui revinrent brutalement à la mémoire : « Où que tu ailles, quoi que tu fasses, tu me trouveras devant toi, avait-elle lancé d'une voix farouche. Tu es à moi, Benjamin, que tu le veuilles ou non. Je ne m'éloignerai jamais de toi. J'attendrai le jour où tu auras besoin de moi. Ce jour viendra, j'en suis certaine. Avec le chemin que tu as pris, les gens que tu fréquentes, un jour, je le sais, tu devras faire appel à moi. Je répondrai à cet appel. Alors tu ne pourras plus rien me refuser et je te reprendrai pour toujours. »

Sautant hors de la voiture, il avait fui sans répondre, effrayé par cette passion folle, cette détermination qui brillait dans les yeux noirs et menaçait d'embraser son existence. Depuis, il ne l'avait jamais revue, mais il devinait partout sa présence, se sentait surveillé par ses gens, et il avait fini, malgré tout, par s'y habituer. Or, ce soir, le fait de penser à elle ne faisait que multiplier les nuages qui, depuis plusieurs jours, lui semblait-il, s'accumulaient au-dessus de sa tête. C'était un peu comme si le monde auquel il était accoutumé devenait tout à coup incertain, le trahissait. Jusqu'à Pierre Bourdelle — le seul ami à être d'un soutien précieux dans les épreuves — qui l'abandonnait. Pourtant, ce soir, le printemps éclatait sur les quais où les hommes, malgré le travail, riaient, plaisantaient, chantaient. Benjamin s'assit sur un tas de bois, se laissa envahir par l'atmosphère heureuse qui régnait en ces lieux. Regardant sans les voir les hommes et les bateaux, il songea vaguement que la Garonne, comme la Dordogne, servait au transport des marchandises depuis des siècles. Comment le chemin de fer pouvait-il les menacer au point de tant inquiéter Hippolyte Barcos ? Plus les minutes passaient dans cet univers qui, par sa force et sa permanence, lui apparaissait maintenant indestructible, et plus les propos du marchand lui semblaient dérisoires. Il demeura longtemps assis sur son tas de bois, observa, écouta, s'imprégna de la beauté de ce monde ouvert sur le grand large, finit par oublier tout ce qui en altérait la beauté. La nuit tombait quand il traversa la Garonne pour rejoindre ses hommes à l'auberge, et il la trouva belle.

A son retour à Souillac, Marie lui avait appris ce qui s'était passé à l'école. Ce dimanche-là, ils avaient longtemps parlé du combat que Benjamin menait, des risques qu'il courait. Marie n'avait pas émis le moindre reproche, pas la moindre plainte. Pourtant il la sentait beaucoup plus ébranlée qu'elle ne l'avouait. Aussi, après lui avoir demandé de ne pas renoncer à son travail, il lui avait promis de l'emmener avec lui lors du prochain départ, pensant qu'un voyage à Bordeaux lui ferait oublier les récents événements. Elle avait hésité, puis, finalement, avait accepté, après avoir obtenu sans difficulté l'autorisation de l'abbé qui était soucieux de la ménager. Dès lors, elle avait attendu le départ avec une impatience seulement tempérée par l'idée de laisser ses deux fils à Elina pour une dizaine de jours. Elle avait embarqué un mercredi du mois de mai, heureuse de pouvoir vivre ce que vivait Benjamin depuis toujours, sans qu'elle en connût rien.

Les deux premiers jours de voyage avaient été un

enchantement. Domme, Beynac, Siorac, Limeuil, Lalinde, Bergerac n'avaient pas changé malgré les huit ans passés depuis la remonte effectuée avec Benjamin après leurs retrouvailles de Bordeaux. N'avaient pas changé non plus les couleurs, la lumière, l'ambre des soirs et l'argent des matins, les dômes verts des bois, le cristal des aubes, l'éblouissement violent des midis, et, quelque part tapie sur les rives, la vie primitive, lente et sereine, des lieux où l'homme, depuis la nuit des temps, se regarde sans crainte dans le miroir des eaux.

Ce matin-là, les bateaux de Donadieu venaient de quitter Sainte-Foy-la-Grande et descendaient lentement le long de la rive gauche dominée par des escarpements boisés. Une mince route courait à travers la pente en direction de quelques toits.

— Saint-Avit-de-Soulège, dit Benjamin, en désignant un village à moitié enfoui dans la verdure.

Marie l'observa un moment puis se retourna. Pilotée par Vincent, la capitane suivait l'*Elina* à une centaine de mètres, et là-bas, tout au fond, comme surgie de la brume qui montait doucement, la seconde arrivait dans la paix, le silence. Marie se tenait adossée au chargement de bois et ne perdait pas un geste de Benjamin. Depuis le temps qu'elle n'avait pas descendu la Dordogne, elle avait oublié la magie des voyages. Le glissement de l'eau sur la coque faisait penser à la caresse d'une peau sur une autre peau, et le ciel, tout là-haut, roulait ses vagues sur le vert des collines qu'il finissait par entamer, parfois, quand la plaine creusait des brèches dans le moutonnement des chênes. Plus bas, la lumière ruisselait jusqu'à l'eau, paraissait l'enrichir d'un éclat plus intense, comme ces poignées de sel qu'on jette dans les feux pour mieux les ranimer.

L'*Elina* dépassa Pessac, son église romane et son cimetière peuplé de cyprès, puis, sur la rive droite, Sainte-Aulaye-de-Breuilh et sa madone qui veille sur le fleuve.

— Récite un Ave et fait un vœu, dit Benjamin à Marie.

Elle se signa, récita une courte prière, se rapprocha de lui.

— Alors, ce vœu ? fit-il.

— C'est un secret, dit-elle.

Il sourit, n'insista pas. Maintenant, les brumes achevaient de se lever, laissant le soleil lécher les frondaisons humides. Puis, soudain, ce fut comme si la paille d'un grenier s'embrasait, projetant sur le fleuve des flammes dorées qui se mirent à danser. Benjamin attira Marie contre lui, prit ses mains, les posa sur le gouvernail, les retint dans les siennes.

— Regarde mon royaume, dit-il. Le seul au monde qui mérite d'être défendu.

Il manœuvra le gouvernail et Marie sentit dans ses mains, dans ses bras, ses épaules, la puissance de l'eau.

— Tu sais pourquoi ? demanda Benjamin.

Elle sourit, amusée, fit un signe négatif de la tête.

— Parce que, dans ce royaume-là, tous les hommes peuvent devenir rois.

Il ajouta, avec un rien de gravité dans la voix :

— Il leur suffit d'avoir deux mains, deux yeux et deux oreilles.

Elle le considéra un moment en silence, demanda :

— Et les femmes ?

— Seulement celles qui savent tenir un gouvernail, fit-il en riant.

— Alors, laisse-moi essayer.

Il s'écarta, l'aida à placer la barre sous son épaule droite, à disposer convenablement ses mains pour bien la maîtriser. Dès lors, ce fut pour elle une illumination : la vie du fleuve lui sembla se mêler à ses veines, à son sang, et, à cette seconde précise, quand la force du fleuve bougea dans ses bras, dans son cœur, elle sut qu'elle ne pourrait plus se passer de cette présence, de cette alliance subtile entre elle et lui, de ce pouls qui s'était mis à battre elle ne savait où, mais réveillait en elle un écho venu de très loin. Benjamin devina son émotion et lui abandonna le gouvernail pendant quelques minutes. Elle tremblait un peu malgré la chaleur montante, se laissait délicieusement envahir par l'ivresse d'une grandeur mystérieuse. Maintenant, les mots prononcés par Benjamin avaient un sens : elle comprenait qu'au milieu de tant de puissance et tant de beauté l'on pût se sentir, soi-même, reine ou roi. Cette sensation fut si violente qu'elle lâcha brusquement le gouvernail, comme s'il la brûlait. Benjamin le reprit sans un mot, invita Marie à s'écarter, et redevint attentif à la navigation.

L'*Elina* longea les ruines du château de La Mothe-Montravel, puis, sur la rive droite, des coteaux aux lignes douces, couverts de vignes. Bientôt, là-bas, dans une buée bleue, apparurent les toits de Castillon qui semblait surveiller la vallée. Là, il fallut attendre la renverse pendant plus d'une heure, ce dont profita l'équipage pour manger. Marie s'assit entre Vivien et Benjamin, se laissa bercer par la sensation d'un étrange bonheur. Enfin, elle partageait leur vie; enfin, elle découvrait leurs secrets. Le rêve qu'elle avait abandonné à l'époque de sa deuxième grossesse devenait aujourd'hui réalité, et elle mesurait combien elle avait eu raison de ne pas désespérer. Elle avait forcé les portes de leur univers, et rien ne serait jamais plus comme avant.

Le convoi repartit sur de superbes coulées qui caressaient des îles plantées de saules. Le lit du fleuve paraissait s'élargir de plus en plus à mesure que les bateaux avançaient dans la plaine. Passé le village de Saint-Jean-de-Blaignac, des peupliers sentinelles escortèrent un moment l'*Elina* qui descendait lentement, portée par la seule force du jusant. Plus loin, ce fut le tertre de Cabara et, sur la rive opposée, Sainte-Terre où s'arrêtaient les « Argentats ». Dans cette grande plaine rapiécée de champs, de vignes et de prairies, Marie devinait des existences heureuses. Cette impression était accentuée par la paix de cet après-midi qui exaspérait dans la chaleur d'innombrables parfums. Chaque fois qu'ils giclaient sous le soleil, Marie s'efforçait de deviner leur provenance : lilas, chèvrefeuille, treilles, vergers, saules, violettes, sable, lauriers; et déferlait en elle, à chaque lampée d'air, le flux délicat de ces vagues qui traversent les territoires les plus secrets de la mémoire.

Plus loin, ce fut Génissac et ses bateaux de pêche, bientôt

les coteaux de Saint-Emilion, puis les toits de Libourne apparurent dans le soleil couchant. L'*Elina* se fraya un chemin entre les bateaux de mer et les couraux, doubla les quais couverts de barriques, les chais, pour aller accoster, juste avant le pont, à l'endroit où les tonneliers travaillaient le merrain et entassaient les futailles des vendanges à venir. Pendant que ses hommes déchargeaient le bois, Benjamin emmena Marie dans une auberge située près de l'église Saint-Jean, puis il revint aider son équipage. Marie se promena seule dans les ruelles remplies d'échoppes aux odeurs d'épices et de poisson séché, tourna un moment sur la place de l'Hôtel de ville, revint vers l'auberge où l'attendait Benjamin. Le soir, ils dînèrent avec Vivien d'une délicieuse matelote d'anguilles, puis, tandis qu'il rentrait retrouver l'équipage, Benjamin et Marie allèrent marcher sur les quais, le long de l'Isle. Là, Benjamin se souvint du jour où, grâce à Vincent, il avait découvert les bateaux de mer lors de son premier voyage. Il y avait combien de temps de cela ?

— Presque vingt ans, fit-il à mi-voix.

Comme Marie l'interrogeait sur ces vingt ans, il lui expliqua ce qu'il avait vécu à cet endroit et lui raconta également la promesse faite à Victorien, dans une rue voisine, de s'établir marchand.

— Quel homme c'était alors ! murmura Benjamin.

Elle comprit que ces souvenirs l'empêchaient de savourer avec elle ces moments de complicité, l'entraîna en disant :

— Viens ! Marchons un peu.

Ils se dirigèrent vers le pont qui supportait la grand-route de Bordeaux à Lyon, s'y arrêtèrent pour contempler, en bas, les quais qui brillaient sous la lune en exhalant une odeur humide de moût et de goudron. Ils descendirent par le chemin pavé dont l'accès s'ouvrait à l'extrémité du pont, allèrent jusqu'au bout des chais, retournèrent, s'assirent sur un banc. Benjamin prit Marie contre lui et ils écoutèrent le cliquetis des drisses contre les mâts, le murmure de la Dordogne qui semblait endormie. Marie pensa au soleil qui, ce matin, avait embrasé le fleuve comme un gigantesque incendie, à la force de l'eau dans ses bras, et à cette sensation merveilleuse de puissance et de vie qui l'avait assaillie.

— Merci, dit-elle.

Etonné, il ne répondit pas, mais se tourna vers elle et comprit combien, ce soir, elle était proche de lui. Alors, il se leva brusquement et il l'entraîna vers l'auberge, persuadé qu'ils n'oublieraient jamais cette nuit de printemps.

Alors qu'elle avait cru tout connaître du fleuve, Marie comprit le lendemain, dès le tertre de Fronsac, que l'univers dans lequel elle pénétrait était plus envoûtant encore que celui de la veille. Après un grand cingle, la Dordogne s'épanouissait dans la plaine dont les coteaux s'écartaient comme pour lui témoigner leur respect. Dans cette immensité lumineuse, l'*Elina* paraissait minuscule, surtout lorsqu'elle passait à proximité des bateaux de mer qui remontaient vers Libourne ou, comme elle, descendaient vers la mer bordelaise. Pour Marie, cette impression de fragilité ne fit qu'augmenter à mesure que l'*Elina* approcha du bec d'Ambès. Benjamin lui désigna les clochers des églises de Saint-Germain, de Lugon, de La Lande-Fronsac et d'Asques; tous émergeant d'une verdure tendre qui semblait, sur la rive droite, escorter le fleuve, en s'y mêlant parfois. A gauche, au contraire, s'étendait la désolation des palus d'où surgirent le hameau de Caverne et ses barques de pêche. Puis ce furent Saint-André-de-Cubzac, de nombreux petits ports que Benjamin nomma un à un, et, plus loin, Bourg, sentinelle de la mer bordelaise.

A l'approche du bec, Marie sentit une grande exaltation l'envahir. Elle, qui n'était jamais venue en ces lieux, sentait confusément que le fleuve, ici, donnait aux hommes un peu de sa dimension. A commencer par Benjamin qui tenait le gouvernail avec encore plus de fermeté, tête haute dans le vent, jetant à droite et à gauche de rapides regards pour juger de la distance qui le séparait des bateaux, rectifiant la direction de l'*Elina* d'une impulsion précise, donnant d'un signe ses instructions à l'équipage.

Cette impression de grandeur lumineuse persista pendant l'heure où ils attendirent la renverse à l'abri de l'île Cazeau. Puis, dès que l'*Elina* s'engagea dans la Garonne, l'émotion de Marie fut telle qu'elle eut de nouveau envie de tenir le gouvernail. Le frôlement d'une filadière, qui faillit heurter l'*Elina*, l'en dissuada. Maintenant, toutes les collines avaient disparu. Il ne restait plus devant l'*Elina* que le fleuve et le ciel qui semblaient se fondre à l'horizon dans une même lumière. Ivre d'espace et de vent, ses cheveux rejetés vers l'arrière, Marie avait l'impression de partir sur la mer dans l'un de ces bateaux qui l'avaient tant fait rêver, à Bordeaux, sur les quais.

Elle fut un peu déçue d'apercevoir au loin les clochers de la ville, mais cette déception fut rapidement effacée par l'envie de retrouver les lieux où elle avait vécu : le port, la rue Sainte-Catherine et le Jardin des plantes. Aussi le temps lui parut-il passer très vite — trop vite — et elle se laissa doucement envahir par une sensation de bonheur un peu vague, comme celui que procure la chaleur du réveil, après un dernier rêve. Une fois sur le quai de la Bastide, elle n'eut de cesse que de traverser. Benjamin abandonna ses hommes à leur travail, loua une barque et accosta au quai de la douane après avoir manœuvré avec sa dextérité coutumière entre les grands voiliers. Il entraîna Marie vers les Quinconces, s'éloignant de la rue Sainte-Catherine où rôdait une menace. Elle l'accompagna un moment sans rien dire, puis ce fut elle qui le guida vers l'immeuble qui avait abrité plusieurs années de sa vie. Il s'y résigna, espérant seulement qu'Emeline n'oserait pas se montrer. Il avait tort. A peine eurent-ils franchi une centaine de mètres en direction du centre qu'une silhouette familière surgit devant eux, sur le même trottoir. Benjamin songea qu'elle avait dû être prévenue par ses gens et qu'elle les avait sans doute suivis, puis dépassés, avant de faire demi-tour pour se retrouver face à eux. Il pensa également qu'elle allait lui faire payer cher les longs mois durant lesquels il s'était évertué à la fuir. Il voulut alors changer de trottoir, mais il était trop tard. Marie s'était arrêtée, ayant tout de suite reconnu celle qui leur faisait face, la tête haute, les yeux brillants d'une jubilation évidente. Tenant Marie par le bras, Benjamin la sentit trembler. Il voulut l'entraîner vers le milieu de la chaussée, mais c'était comme si elle était paralysée.

— Emeline, dit-elle, dans un souffle.

Celle-ci se tenait immobile à moins d'un mètre, comme pour leur interdire le passage. Un grand sourire éclairait son visage qui avait pris une expression redoutable.

— Marie ! fit-elle avec une voix de surprise feinte. Mais tu n'as pas changé ! Tu es toujours la même !

Et, se tournant brusquement vers Benjamin :

— Quelle chance as-tu là !

— Oui, répondit-il avec une agressivité à peine dissimulée, j'ai toujours eu de la chance, même dans la marine, et ça a duré six ans !

Le visage d'Emeline se crispa. Elle avait compris qu'il était déterminé à l'affrontement. Elle parut hésiter, rompit le contact, demanda, s'adressant à Marie :

— Et toi ? Est-ce que tu m'as reconnue ?

— Tu n'as pas changé non plus, répondit Marie qui sentait son sang refluer dans ses veines.

— Merci. Tu es gentille.

Et, avec un naturel d'une extrême perfidité :

— J'habite au 42 de la rue Sainte-Catherine ; c'est tout à côté. Venez donc chez moi, je vous invite.

— C'est pas possible, intervint sèchement Benjamin. On nous attend.

— On attendra une heure de plus, ce n'est pas si grave.

— Non ! dit Benjamin violemment. On n'a pas le temps.

— Comme c'est dommage ! Nous aurions parlé de Souillac, des prairies, des jardins, des...

Elle se rendit compte que Benjamin était sur le point de la bousculer. Elle se tut, soupira, reprit en s'écartant légèrement :

— La prochaine fois, j'espère. Cela me ferait tellement plaisir. N'oubliez pas ! 42, rue Sainte-Catherine. Faites-moi signe !

Elle avait prononcé les derniers mots en défiant Benjamin du regard. Il avait relevé ce défi en avançant vers elle, la contraignant à leur ouvrir le passage. Sans se retourner, il entraîna Marie vers l'angle d'une ruelle, tourna à droite. puis ils continuèrent au hasard, encore sous le coup de cette apparition qui avait fait surgir, chez Marie, des ombres dont elle avait cru être délivrée pour toujours. Marchant rapidement au bras de Benjamin comme pour s'éloigner d'un danger, elle songeait avec amertume que son voyage venait d'être gâché.

Au fil des minutes, pourtant, tandis qu'elle avait retrouvé d'instinct le trajet qu'elle effectuait entre la rue Sainte-Catherine et le Jardin des plantes en compagnie des filles de Mme Lassale, une douce émotion vint se substituer à celle, si désagréable, de sa rencontre avec Emeline. Elle pesa un peu moins au bras de Benjamin, repartit dans ces années de sa vie dont, au bout du compte, elle gardait un bon souvenir. Puis, dès l'entrée du jardin, ses retrouvailles avec Benjamin, huit ans auparavant, lui devinrent étrangement présentes. Il lui sembla que le même bonheur la touchait, et ce fut sans la moindre souffrance qu'elle put lui dire enfin :

— Je l'aurais reconnue entre mille.

Il ne répondit pas tout de suite, se demandant si elle parlait bien d'Emeline — mais de qui d'autre eût-elle parlé ? Même s'il ne la voyait plus, il se reprochait (et plus encore ici, dans ce jardin, qu'ailleurs) de l'avoir retrouvée plusieurs fois dans sa voiture, et il hésitait à en parler à Marie. Mais à quoi aurait servi de la faire souffrir inutilement, puisque cela n'arriverait plus jamais ?

— Je savais qu'elle était à Bordeaux, dit-il. L'aubergiste m'a parlé de son mari qui est venu travailler avec les Pereire. Quelle importance ? Viens ! Marchons !

Ce fut tout. Ils mirent leurs pas dans ceux qu'ils avaient

faits ensemble il y avait si longtemps, se promenèrent jusqu'à la nuit, le plus souvent en silence, avant de retourner vers l'auberge de la Garonne où Vivien les attendait depuis une heure. Là, parmi la multitude bruyante de la grande salle, Marie, devant ses lamproyons aux poireaux, ne parvint pas à s'intéresser à la conversation qui occupa Vivien, Benjamin et l'aubergiste. Que lui importaient aujourd'hui la politique, les difficultés de Pierre Bourdelle, les préfets du Prince Président ? Elle songeait qu'elle allait retrouver le fleuve dès le lendemain, tenir le gouvernail, ressentir de nouveau cette ivresse de vent et de lumière dont elle savait maintenant, de façon aiguë, qu'elle ne pourrait plus se passer. Ce fut là, dans la fumée des pipes et les odeurs de poisson, qu'elle prit la décision de naviguer quoi qu'il lui en coûtât, dès qu'Emilien pourrait se passer d'elle.

La remonte avait été aussi somptueuse que la descente. Comment aurait-il pu en être autrement dans la splendeur de ce mois de mai que se disputaient la rosée des matins et le soleil des midis ? Marie, qui avait souhaité ne jamais la voir finir, se résigna à quitter le pont de l'*Elina*, un samedi soir, à la tombée de la nuit, tandis qu'une ombre tiède descendait doucement sur la vallée sur le point de s'endormir. L'air était sans épaisseur et plein d'échos fragiles, où l'on sentait s'insinuer l'été.

Benjamin lança la cordelle à Vivien qui venait de sauter sur le quai, puis il noua la barre du gouvernail à un anneau, pour l'empêcher de battre. En relevant la tête, il aperçut Marie près d'Elina qui tenait Emilien par la main. Les deux femmes, tournant le dos au bateau, parlaient à voix basse. Emilien appela Benjamin. Celui-ci donna rapidement ses ordres pour le déchargement du sel, sauta sur le quai. A son approche, les femmes se tournèrent vers lui. C'est alors qu'il aperçut les larmes dans les yeux de Marie, et que le monde chavira autour de lui.

— Il est mort, dit Elina doucement en lui prenant les

mains. Cela fait deux nuits... Il dormait... Je suis sûre qu'il n'a pas souffert.

D'abord Benjamin dévisagea sa mère comme s'il n'avait pas compris, puis il sentit une mâchoire de fer se refermer sur son ventre et le serrer si fort qu'il retint un cri. Il regardait Marie, puis Elina, sentait battre son cœur follement. Un grand froid l'envahit. Il eut la sensation que le monde, la rivière, les prairies venaient de changer de couleur. Il ferma les yeux. La main de Marie se posa sur son bras.

— Viens ! dit-elle.

Il la suivit sans parvenir à définir ce qu'il y avait de terriblement nouveau dans cette vallée, ces maisons. « Il est mort, il est mort », se disait-il, et pourtant cette pensée demeurait vague, ne recouvrait pas encore toute la gravité de ce qui allait suivre. Il pénétra dans la chambre de son père sans avoir accordé la moindre attention aux amis rencontrés en chemin. Des femmes veillaient Victorien qui reposait sur le dos, un chapelet glissé entre les doigts. Benjamin fit un geste de la main qui signifiait qu'il voulait rester seul.

— Moi aussi ? demanda Marie.

Il hocha la tête. Marie et les femmes sortirent. Il s'approcha lentement de son père et fut surpris de cette sorte de sérénité qui s'était posée sur son visage. Quelque chose, pourtant, « n'allait pas ». Il comprit que c'était le regard, ou plutôt l'absence de regard, ce vide à la place des yeux gris acier qui se levaient sur lui à l'autre bout de la table, lorsqu'il était enfant. Un seul regard de ces yeux-là lui avait toujours donné la certitude que le monde avait été créé pour lui. Et de comprendre qu'il ne sentirait jamais plus posés sur lui ces yeux de la bonté, de la force et de la confiance, le foudroya debout. Il lui sembla qu'il s'ouvrait comme un arbre sous un orage, appela des larmes qui, elles au moins, auraient le goût, la saveur du temps où Victorien était le maître du bonheur. Mais elles s'étaient taries depuis longtemps, et il le regretta. Puis, s'approchant, il posa ses mains sur celles de son père, et le froid le glaça.

— Je suis là, dit-il.

Oh ! Sentir la chaleur de cette grande main enveloppant la sienne, entendre une dernière fois les pas dans l'escalier, et la voix qui disait : « Réveille-toi, c'est l'heure ! » Victorien s'asseyait sur le lit dont les fanes craquaient doucement, une peau rude frôlait celle de Benjamin : avait-il jamais connu de bonheur plus puissant que celui-là ? Non, il le savait bien. Et plus jamais ils ne partiraient à la pêche dans les matins frileux, plus jamais ils ne descendraient face à face la Dordogne, plus jamais il ne sentirait le poids de cette grande main sur son épaule. C'était des années de sa vie qui s'en allaient avec Victorien, creusant un gouffre qu'il ne pourrait pas franchir sans souffrance. Alors le saisit le besoin de toucher les bras, les épaules, le visage qui allaient disparaître eux aussi dans ce gouffre. Il voulut compenser cette perte terrible par la parole, se mit à parler à son père à voix basse. Il lui dit doucement ce qu'il avait été pour lui, ce qu'il n'avait jamais osé lui confier. Mais il ne put continuer longtemps, car sa voix s'éteignit, mourant sur ses lèvres comme était morte celle de Victorien.

Un peu plus tard, un pas, dans son dos, le fit se retourner. C'était Marie.

— Tu étais là ? fit-il.

— Je viens d'arriver. Tu devrais descendre et manger un peu. Il est déjà dix heures.

Dix heures ! Aucune lumière ne filtrait entre les volets clos et, en bas, on avait arrêté l'horloge. Benjamin se sentait vide, maintenant, et comme absent de cette pièce où il s'était passé quelque chose qu'il ne comprenait pas. Il descendit avec Marie, salua celles et ceux qui venaient veiller le défunt, répondit vaguement à leurs condoléances, ne put réussir à manger. Il demeura un long moment face à Elina qui, depuis deux jours, avait eu le temps de se faire à l'idée de cette disparition et paraissait étrangement résignée. Pourtant sa voix trembla quand elle lui dit que l'enterrement était prévu pour le lendemain.

— On ne pouvait pas attendre un peu ? demanda-t-il.

— Non. Il fait trop chaud en cette saison.

Il voulut remonter pour veiller, jugeant qu'il restait peu de temps avant... avant... Il se refusa à prononcer dans sa tête le mot qu'il redoutait, se leva, regagna la chambre, s'assit près du lit, indifférent aux femmes qui priaient à mi-voix. Il s'assoupit un peu, fut réveillé par la sensation d'un danger immédiat, reprit conscience du lieu où il se trouvait. La même poigne d'acier qui l'avait fouaillé sur le port, de nouveau, se referma sur son ventre. Il s'aperçut qu'il était seul, maintenant, avec Elina et Marie. Il se pencha une nouvelle fois sur le visage tant aimé qu'éclairait la chiche lueur de la bougie.

— Tu devrais aller dormir un peu, dit Marie.

Il fit un signe négatif de la tête. Quelque chose en lui s'y refusait. Il lui semblait que la fragilité de Victorien nécessitait sa présence. Son père avait besoin de lui. Il ne devait pas l'abandonner, mais plutôt l'accompagner dans ce nouveau voyage. Il revécut sa première descente sur la capitane, entendit la voix de son père qui disait :

— Regarde bien comment il faut tenir le gouvernail.

Et aussi, à Libourne, près du port :

— Dès que tu seras grand, nous nous établirons marchands.

Quelque chose en lui se révulsa : comment, après tant de pas effectués ensemble, leurs routes pouvaient-elles se séparer ? Il eut une sorte de plainte, posa sa tête sur l'épaule de son père et finit par s'endormir, épuisé.

Le lendemain, pendant la matinée, il alla couper un morceau de gouvernail de l'*Elina,* le posa près du corps, dans le cercueil. A midi, il mangea à peine, soucieux de rester le moins de temps possible éloigné de son père. Au début de l'après-midi, avant que ne se referme le couvercle, il demanda à demeurer seul quelques minutes avec lui pour lui parler une dernière fois, mais il ne put murmurer que ces quelques mots :

— Ne m'oubliez pas.

Il l'embrassa et ne put se résoudre à descendre. Marie dut venir le chercher, afin qu'il s'habille avant la cérémonie.

— Il m'aurait jamais laissé seul, lui ! cria-t-il, fou de douleur, tandis qu'elle essayait de l'entraîner maladroitement dans l'escalier.

Il ne s'aperçut pas combien il faisait beau, cet après-midi-là, dans la vallée. Il marcha derrière le corbillard au bras d'Elina avec, toujours ancrée au fond de lui, la sensation d'une lâcheté, d'un abandon. Quand tout fut terminé, il voulut rentrer seul le long de la rivière. L'eau était grise, les arbres d'un vert sombre, le ciel d'un bleu délavé. C'était bien ce qu'il avait pressenti dans la chambre, là-haut, près de Victorien endormi : le monde, désormais, ne serait plus jamais ce qu'il avait été.

6

Ce mois de décembre était lourd de brumes et de pluies. Le froid n'avait pas encore planté ses dents d'acier dans la terre qui sentait toujours les feuillages déchus. Le soir du 3, en rentrant au port, Benjamin avait appris de la bouche même de Marie le coup d'Etat de Louis Napoléon. Refusant d'y croire, il s'était rendu à Souillac, à la nuit, pour y lire l'affiche où figurait le décret du Prince. Il dut se rendre à l'évidence : ce qu'il redoutait depuis longtemps était arrivé : l'Assemblée nationale était dissoute, l'état de siège était proclamé, tous les pouvoirs étaient confiés aux préfets qui devaient assurer le maintien de l'ordre. Le décret était daté du 2 décembre.

Benjamin n'était pas seul à trembler de rage dans cette nuit froide et funeste : Vivien, converti par Pierre Bourdelle, à Bordeaux, aux idées républicaines, se tenait à ses côtés. Au retour, incapables d'aller se coucher, ils avaient discuté toute la nuit, se demandant si les campagnes allaient se révolter, s'interrogeant sur les moyens d'agir. Le lendemain, ils avaient testé les hommes sur le port, mais ils avaient compris que la peur régnait dans les cœurs et dans les foyers. Deux gendarmes ne cessaient de patrouiller sur le quai et dispersaient le moindre attroupement.

A huit heures, le soir du 4, des coups résonnèrent contre la porte, alors que Marie, Elina, Benjamin et les enfants étaient en train de manger — depuis la mort de Victorien, Benjamin et Marie habitaient chez Elina, ayant laissé Vincent, Vivien et sa femme dans la maison des Paradou.

— N'ouvre pas ! dit Marie à Benjamin qui se levait.

Il hésita, alla décrocher le fusil suspendu au-dessus de la cheminée, s'approcha de la porte, demanda :

— Qui est-ce ? Qu'est-ce que vous voulez ?

— Je viens de la part de Pierre, dit une voix qu'il ne connaissait pas.

— Qu'est-ce qui me le prouve ?

Il y eut un instant d'hésitation derrière la porte, puis la voix répondit :

— Il m'a donné un mot de passe · Duguay-Trouin.

— Une seconde ; j'ouvre.

Benjamin fit jouer la clé dans la serrure, entrouvrit, aperçut un homme au visage émacié, très noir, aux cheveux drus, qui lui donna un billet plié en quatre et dit :

— J'entre pas, c'est trop dangereux. Il faut que je reparte tout de suite.

Et, avant même que Benjamin ait esquissé un geste pour le retenir, il se fondit dans l'obscurité.

Benjamin avança de quelques pas dans la direction où l'homme était parti, mais renonça rapidement. Il fit demi-tour, ferma soigneusement la porte derrière lui, vint s'asseoir sous la lampe, déplia le billet sous le regard inquiet de Marie. C'était bien un billet de Pierre. Il n'avait écrit que quelques mots, mais Benjamin comprit que ces mots étaient graves, pour lui comme pour sa famille :

« Viens vite à Marmande.
Toute la ville a pris les armes.
Vive la République ! »

Marie, qui avait lu en même temps que Benjamin, se recula brusquement et dit dans une plainte :

— Tu ne vas partir !

Les enfants se demandaient ce qui se passait et ressentaient la tension qui régnait dans la pièce. Devinant que Benjamin et Marie avaient besoin d'être seuls, Elina, malgré leurs protestations, accompagna Emilien et Aubin dans leur chambre. Benjamin, qui n'avait pas répondu à la question angoissée de Marie, la regardait fixement tout en réfléchissant.

— Ecoute, fit-il en essayant de lui prendre la main.

Elle sursauta, comme au contact d'une flamme. Son corps tout entier n'était que refus à ce qu'elle devinait d'inévitable. Il soupira, reprit en s'efforçant de rester calme :

— L'Assemblée est dissoute. L'état de siège est proclamé à Paris. Les républicains sont en prison. L'empire est pour bientôt.

— Ça m'est égal, dit Marie.

Et, comme si ces quelques mots étaient impuissants à traduire cette angoisse folle qui faisait monter des larmes dans ses yeux :

— Je t'ai déjà perdu pendant six ans. Si tu t'en vas, cette fois-ci, je ne...

Imaginant le pire, la prison, la mort, peut-être, elle ne put poursuivre mais trouva une défense plus sûre, l'instant d'après, en demandant :

— Et les enfants, tu y penses ?

Il y eut un long silence durant lequel le regard de Benjamin ne se déroba pas, au contraire. La fermeté de sa voix surprit Marie lorsqu'il répondit :

— Justement. C'est à eux que je pense.

Elle comprit que ce combat était perdu d'avance, ne songea même pas à se battre quand il reprit :

— Je veux qu'ils vivent libres sur le fleuve. Libres et fiers, sans avoir peur de rien ni de personne.

— N'avons-nous pas été heureux quand même ?

— Louis-Philippe, ce n'était déjà plus un roi. Et ce n'est pas de royauté qu'il est question, mais d'empire.

Il se tut, reprit d'une voix qui vibrait de colère :

— L'empire, c'est la guerre ou la prison. Il nous prendra tous nos enfants.

— Mais qu'y changeras-tu ? Personne, ici, n'a osé élever la voix. Que feras-tu, tout seul ?

— Je ne serai pas seul, si je vais à Marmande.

Marie baissa la tête, comprenant qu'il avait pensé à tout. Pourtant, elle dit encore, cherchant une dernière défense :

— Parles-en au moins à mon père et à Vivien.

— C'est ce que je vais faire.

Un peu d'espoir revint à Marie qui se dit que Vincent, peut-être, saurait le retenir.

— Je sors par derrière, fit Benjamin, il vaut mieux.

Il ajouta, plus bas, esquissant un sourire :

— Tu devrais aller te coucher.

Elle ne répondit pas, s'indigna seulement devant Elina dès qu'elle redescendit. Mais celle-ci lui dit avec résignation :

— Ils peuvent être arrêtés ici, sans même avoir tenté quoi que ce soit. Ecoute, ma fille, il vaut peut-être mieux qu'ils s'en aillent.

— Et nous ?

— Nous avons toujours été seules.

Elina prit les mains de Marie, ajouta :

— Empêcher un homme de se battre pour ses idées, c'est le plus sûr moyen de le perdre. Tu comprends ?

Marie hocha la tête, tandis que la vague de révolte qui avait déferlé en elle refluait lentement, douloureusement. Elle ne trouvait plus rien à dire, ne luttait plus. Pendant la demi-heure où Benjamin fut absent, Elina continua de la rassurer, y parvint, ou presque, tant elle avait l'habitude, mais aussi le pouvoir, de ranimer chez les êtres les flammes qui vacillaient.

Quand Benjamin fut de retour, Marie fut à peine surprise de l'entendre dire que Vivien partait avec lui et que Vincent était d'accord. Elle songea qu'ils avaient dû envisager cette éventualité depuis longtemps. Ils s'en iraient avant le jour sur l'*Elina* jusqu'à Saint-Foy-la-Grande. Ils abandonneraient le bateau dans le port et gagneraient Marmande par la route. Vincent récupérerait l'*Elina* à la remonte lors du prochain voyage si Benjamin et Vivien n'étaient pas rentrés d'ici là. Un lourd silence s'intalla quand Benjamin se tut. Craignant d'avoir à répondre encore aux arguments de Marie, il prépara son sac, tandis que Marie et Elina demeuraient désœuvrées, face à face, près du feu.

— Le mieux est d'aller se coucher, dit Benjamin lorsqu'il eut terminé. Ça ne sert à rien de toujours parler des mêmes choses. Il vaut mieux se reposer avant demain.

Il couvrit le foyer, Elina souffla la lampe, et tous trois montèrent dans leur chambre.

Une fois allongés côte à côte dans leur lit, ni Marie ni Benjamin ne purent trouver le sommeil. Il respirait calmement, mais elle sentait qu'il ne dormait pas. Elle se rapprocha de lui, et il ne la repoussa pas, au contraire. Comme elle, il songeait qu'ils ne se reverraient peut-être pas avant longtemps, et comme elle il souhaitait que cette nuit fût celle dont ils garderaient le souvenir si le destin, de nouveau, les séparait.

Au matin, Benjamin partit bien avant le jour, après avoir expliqué à Marie qu'il irait aborder à une petite anse qu'il connaissait à la sortie du pas du Raysse et qu'il attendrait là le lever du soleil. Il ne put s'opposer à ce qu'elle l'accompagne un peu sur le chemin du port, mais elle n'eut pas le courage d'aller jusqu'au quai. Elle avait froid. Elle avait peur. Et surtout elle craignait de le retenir au dernier moment, alors qu'elle avait promis à Elina de le laisser partir.

— Embrasse-moi, dit-elle en le retenant par le bras.

Il l'enlaça, et elle se pressa follement contre lui à la pensée que c'était peut-être la dernière fois. Alors, d'un élan où elle mit toute son énergie, elle le repoussa brusquement et s'enfuit dans la nuit.

Grâce à leur parfaite connaissance de la rivière, ils n'avaient pas rencontré de difficultés pour passer le pas du Raysse, malgré le brouillard et l'obscurité. Vivien à la proue, Benjamin tenant le gouvernail comme à son habitude, ils avaient entamé la descente dès le lever du jour et brûlé les étapes pour arriver plus vite. Le bateau n'étant pas chargé, ils avaient mis moins de temps qu'à l'ordinaire pour accoster au quai de Sainte-Foy où ils avaient solidement amarré l'*Elina*. Là, ils avaient pris une voiture de roulier pour se rendre à Marmande dont ils avaient franchi la porte à la tombée de la nuit, le lendemain de leur départ.

Dès leurs premiers pas dans les rues, ils avaient été surpris par l'atmosphère enfiévrée qui régnait dans la ville. Comme nul ne les connaissait, deux gardes nationaux armés jusqu'aux dents les avaient emmenés devant la commission provisoire qui gérait le soulèvement et dont Pierre était l'une des têtes. Il fut ravi de ces renforts sur lesquels il ne comptait guère, ne sachant si son émissaire avait pu remplir sa mission. Il entraîna ses deux amis à l'écart, fit devant eux le point de la situation : le soulèvement avait chassé le sous-préfet de Marmande le 5 et avait élu une commission qui avait nommé commandant des gardes nationaux un ancien chef d'escadron qui s'appelait Peyronny. Des émissaires avaient été envoyés à Nérac, Villeneuve, La Réole, Bordeaux. Si leur action n'avait pas encore donné de résultats positifs à Bordeaux, le soulèvement avait réussi à Nérac, dont les révoltés faisaient route vers Agen. On ignorait encore ce qui se passait à Villeneuve et à La Réole, mais Pierre avait bon espoir de voir d'autres troupes rejoindre Marmande dans les jours qui venaient.

— Comme vous le constatez, ajouta-t-il, notre ville est une véritable place forte. Et nous savons qu'il se passe la même chose dans les Landes, le Lot, le Gers, la Dordogne. Le soulèvement est une immense vague qui va tout emporter sur son passage.

Benjamin et Vivien eurent beau assurer qu'ils n'avaient rencontré aucune agitation dans les villes et les bourgs pendant leur voyage, ils ne réussirent pas à tempérer l'enthousiasme de l'avocat qui les emmena sur la place noire de monde, où un officier leur remit deux mousquets et des cartouches. Après quoi, Pierre les quitta pour aller faire face à ses responsabilités, qui étaient multiples. Ils se fondirent alors dans la foule où couraient les bruits les plus divers : certains prétendaient que les révoltés de Nérac avaient été arrêtés à

Agen, d'autres que les gardes nationaux de Villeneuve allaient arriver d'une minute à l'autre, d'autres, enfin, que les Républicains avaient pris le contrôle de villes telles que Lyon, Toulouse et Marseille. A Marmande même, où Vivien et Benjamin cherchaient un coin tranquille pour se reposer, la foule était agitée par des mouvements de panique ou de brusques élans d'exaltation qui frisaient la folie.

Ils trouvèrent refuge dans l'échoppe d'un cordonnier à qui Pierre les avait recommandés. Ils y passèrent la nuit sur deux paillasses, mais ne purent dormir plus de deux heures, tellement il y avait de bruit dans la rue. Dès le lendemain matin, ils essayèrent de voir Pierre, afin de savoir ce qu'il y avait de vrai dans les nouvelles qui affluaient, mais ils n'y réussirent pas. Ils mangèrent dans une sorte de cantine installée à la hâte sur des planches, reprirent leurs recherches, durent présenter les armes à un officier qui les réquisitionna jusqu'à cinq heures de l'après-midi. De nouveau libres, ils parvinrent à trouver l'avocat au bout d'une heure. Celui-ci, épuisé, leur apprit qu'un escadron d'infanterie remontait la Garonne depuis Bordeaux, tandis qu'un escadron de cavalerie, lui, progressait vers Marmande par la route. L'heure de vérité allait sonner. Il leur recommanda de prendre garde à eux et, de nouveau, les quitta.

Un peu plus tard, le tocsin appela à l'alerte générale. Benjamin et Vivien regagnèrent la place où ils se rangèrent sous les ordres. Leur colonne prit la route de Sainte-Bazeille, un petit bourg qui se trouvait en aval de Marmande, sous le commandement de Peyronny. Malgré le froid, les hommes chantaient, tiraient des coups de fusil, s'interpellaient comme à l'occasion d'une fête. Cette insouciance désordonnée parut de mauvais augure à Benjamin qui en fit part à Vivien. Celui-ci s'inquiétait surtout de ne pas apercevoir Pierre, d'autant que la pleine lune éclairait la vallée où la Garonne creusait un sillon lumineux. Benjamin finit par entraîner Vivien vers la tête de la colonne où ils aperçurent enfin leur ami qui se trouvait aux côtés de Peyronny. Cette présence les rassura. Se laissant glisser vers l'arrière à la place qui leur avait été assignée, ils marchèrent côte à côte en évitant de se poser des questions et en rassemblant leur courage : il était clair, en effet, que l'on allait livrer bataille.

A trois heures du matin, un peu avant Sainte-Bazeille, le brouillard se leva et noya la vallée en quelques minutes. La colonne était arrivée à l'embranchement de deux chemins. Celui de gauche se dirigeait vers Couthures, celui de droite vers Castelnau. Le commandant décida de laisser sur place un peloton pour garder la route de gauche, et il s'engagea avec le reste de la colonne sur le chemin de droite. Vivien et Benjamin étaient de ceux qui avançaient au-devant des troupes gouvernementales, ainsi que Pierre, d'ailleurs, qui les encouragea en passant près d'eux. Cinq minutes ne s'étaient pas écoulées que le martèlement d'une cavalerie se fit entendre au fond de la nuit. La colonne s'arrêta, se déploya sur une ligne, jusque dans les champs. Vivien et Benjamin, côte à côte, avaient mis un genou à terre et attendaient les ordres en ayant épaulé leur mousquet. Au « Qui vive ? » poussé par Peyronny répondit une grêle de balles.

— Feu ! Feu ! cria le commandant.

Un bref échange succéda à son cri, puis il n'y eut plus que les plaintes des blessés dont les corps étaient restés sur le terrain, là-bas, à quelques dizaines de mètres. Quand la fumée se dissipa, les révoltés s'aperçurent qu'ils n'avaient pas tiré sur la cavalerie, mais sur un détachement de gendarmes venu, sans doute, de La Réole. Entre les corps, des chevaux blessés hennissaient de douleur. Alors un vent de panique se mit à souffler sur la colonne de Peyronny dont la plupart des hommes n'avaient jamais connu le feu. Jetant leurs fusils dans les fossés, ils partirent en courant, convaincus d'être devenus des assassins.

Aidé par Benjamin, Pierre essaya de les retenir, mais en vain. Peyronny donna l'ordre de continuer sur Castelnau avec les deux cents hommes restants, mais Pierre s'y opposa. Selon lui, il serait plus facile de résister à la cavalerie à l'intérieur de

Marmande. La colonne se scinda en deux. Benjamin et Vivien retournèrent dans la ville où ils furent affectés à la surveillance de la porte nord. Ils ne reconnurent pas les rues de la ville qui, maintenant, paraissaient frappées de stupeur. Pourtant Pierre espérait encore, haranguait ses soldats, allait de l'un à l'autre, hagard et halluciné, pris par l'excitation de la poudre et de la mort.

Une longue nuit s'écoula dans l'attente et l'inquiétude. Benjamin et Vivien furent relevés au petit jour par deux gardes nationaux au regard hébété, qui semblaient n'aspirer qu'à une seule chose : dormir. Une rage sourde habitait Benjamin. Il n'acceptait pas ce manque de courage, alors qu'il venait de loin, lui, pour défendre la République et les idées auxquelles il croyait. Il avait tout quitté, il avait pris des risques, avait failli mourir, et il sentait se refermer sur lui les dents d'un piège redoutable. Le tocsin se mit à sonner, appelant les volontaires, mais peu nombreux furent ceux qui osèrent reprendre les armes après les événements de la nuit.

A midi, tandis que Vivien et Benjamin mangeaient du pain et du lard un peu à l'écart, à l'ombre d'un mur, Pierre vint les trouver, désespéré.

— J'ai de mauvaises nouvelles, dit-il en s'asseyant près d'eux. Les hommes de Peyronny se sont débandés. L'infanterie a rejoint la cavalerie à Sainte-Bazeille. Elles marchent vers Marmande.

Sa voix tremblait. Il avait des larmes dans les yeux.

— Partez tant qu'il est temps, dit-il, tout est perdu.

— Et toi ? demanda Benjamin, que feras-tu ?

— Moi, je suis d'ici. Marmande, c'est chez moi.

— Nous ne partirons que si tu viens avec nous, dit Benjamin.

— C'est moi qui ai lancé tout ça. Tant qu'il restera un ou deux hommes en armes dans cette ville, je me devrai d'être au milieu d'eux.

Il ajouta, prenant Benjamin par les épaules :

— Pense à Marie. A tes enfants. Il est encore temps.

Benjamin, qui avait envie de crier sa révolte et sa colère, ne pouvait se résoudre à partir. Il n'était que refus. Entêtement. Fureur. Il dévisageait Pierre qui, comme lui, tremblait, et il demeurait immobile comme un rocher sur lequel s'acharne la tempête. Pierre, alors, se tourna vers Vivien, supplia :

— Dis-le-lui, toi, qu'il faut partir. Je t'en prie ! Emmène-le !

Vivien se leva, s'ébroua comme sous une averse, prit le bras de Benjamin en disant :

— Allons ! Viens ! Il faut partir !

Et, comme Benjamin ne bougeait toujours pas :

— Pense à Marie. Six ans, ça suffit !

Il prit Benjamin par les épaules, le mit debout. Pierre les embrassa, s'écarta, évitant le regard de Benjamin qui ne pouvait se décider à abandonner son ami. Vivien l'aida à faire le premier pas et l'entraîna sur la route défoncée par l'hiver. Ni l'un ni l'autre ne pouvaient savoir, en cet instant terrible, qu'ils ne se verraient plus jamais.

A trois heures, cet après-midi-là, tandis que les deux fuyards traversaient les champs et les bois en direction de Sainte-Foy-la-Grande, la troupe entra dans Marmande sans la moindre résistance. Les dénonciations et les visites domiciliaires commencèrent aussitôt. Pierre n'y échappa point. D'ailleurs il ne fit rien pour fuir. Il demeura seul dans la salle de la mairie, jusqu'au bout. C'était là qu'il avait pris le pouvoir, c'est là qu'il allait le rendre. Il fut arrêté à quatre heures, lançant un dernier défi dans le cri qu'il retenait depuis le début de l'après-midi : « Vive la République ! »

Vivien et Benjamin, eux, réussirent à gagner Sainte-Foy à la faveur de la nuit. Ils avaient dû, pour cela, se cacher dans les fossés, éviter les routes peuplées de gendarmes et s'écarter des villages. Une fois dans la ville, malgré les patrouilles, ils parvinrent à se faufiler dans les ruelles et montèrent sur le pont de l'*Elina* où ils se couchèrent tout habillés, protégés du froid par une couverture. Ils n'eurent même pas le temps de plonger dans la Dordogne quand les gendarmes surgirent, cinq minutes après leur arrivée. Garottés comme des criminels, ils furent emmenés dans la prison de cette ville qui avait tant de fois été pour eux, à la descente comme à la remonte, un symbole de leur liberté.

A Souillac, Marie, Elina et Elise attendaient vainement des nouvelles depuis plusieurs jours. Vincent les rassurait comme il pouvait, mais, à mesure que le temps passait, il se trouvait à bout d'arguments et il se réfugiait sur le port où il préparait les bateaux pour la prochaine descente. C'est à peine si Marie trouvait la force, chaque matin, de se rendre à l'école, tellement elle était préoccupée. A ses yeux, rien ne justifiait cette absence de nouvelles. Elle était persuadée qu'il était arrivé un malheur. Aussi, la veille au soir, avait-elle demandé à Vincent de l'emmener à Sainte-Foy avec la capitane. Il lui avait promis de l'y conduire dans deux jours s'ils n'avaient rien appris d'ici là.

Il faisait un temps gris et froid, ce soir-là, et la nuit était tombée depuis longtemps quand on frappa à la porte des Donadieu. Marie était en train de dîner avec Elina et les enfants, qui ne cessaient de poser des questions sur leur père — surtout Aubin à qui, du haut de ses huit ans, il était difficile de cacher quoi que ce fût.

— J'y vais, dit Elina.

Marie ne chercha pas à l'en empêcher : elle préférait entendre n'importe quoi plutôt que de rester dans cet état d'incertitude où ses forces se consumaient. Elina ne demanda même pas qui frappait, à cette heure, et ouvrit sans hésiter. Les gendarmes étaient deux : un grand moustachu aux yeux couleur de châtaigne et un petit brun, sec et nerveux, dont les sourcils étaient agités de tics. Marie reconnut ceux qui surveillaient le port à longueur de journée, se leva.

— C'est bien ici, chez Donadieu ? demanda le petit dont

les yeux vifs et noirs inspectaient la pièce tandis qu'il dépliait une feuille de papier.

— Oui, c'est ici, dit Elina.

— Et chez Paradou ?

— Un peu plus loin, sur la droite.

Ils savaient très bien où habitait Benjamin et où habitait Vivien. Marie comprit que ce luxe de précautions précédait une communication officielle. Un instant elle crut que Benjamin était mort, et ce fut comme si tout le froid de l'hiver entrait dans la maison. Puis elle entendit avec soulagement le brigadier déclarer :

— Je suis chargé de vous informer que Benjamin Donadieu a été arrêté le 7 décembre après avoir porté les armes contre le Prince Président. Il a été de ce fait emprisonné à Marmande afin d'être jugé ultérieurement en conseil de guerre.

Il reprit son souffle, ajouta avec une apparente satisfaction :

— Vous n'aurez pas d'autres nouvelles d'ici là. Il vous est interdit de lui rendre visite.

Un lourd silence tomba. Marie avait saisi Aubin par les épaules à l'instant où il s'était dressé, prêt à bondir. Quant à Emilien, il ne comprenait pas très bien ce qui se passait.

— Et Vivien Paradou ? demanda-t-elle d'une voix défaite.

Elle ajouta aussitôt, comme le gendarme hésitait :

— C'est mon frère.

— Ils ont été arrêtés ensemble et sont ensemble en prison.

De nouveau, un silence glacé s'installa. Les gendarmes se consultèrent du regard, puis ils saluèrent et sortirent après avoir jeté un dernier coup d'œil soupçonneux dans la cuisine. Elina referma la porte, vint s'asseoir, accablée.

— Pourquoi mon père est en prison ? demanda Emilien

— Il n'est pas en prison, répondit Marie, ce n'est rien, il va revenir bientôt.

Et, s'adressant à Aubin :

— Allez vous coucher, c'est l'heure. Emmène ton frère, dépêche-toi.

Comme Aubin protestait, Elina les accompagna dans leur chambre. Dès qu'elle redescendit, elle dit à Marie qui tremblait, maintenant, de tous ses membres :

— Il faut aller chez Vincent. Elise doit avoir besoin de nous.

Elles attendirent quelques minutes, le temps que les enfants s'endorment, puis elles sortirent dans la nuit battue par le vent d'ouest. Bizarrement, Marie se sentait presque soulagée. Certaines nuits, en effet, cherchant vainement le sommeil, elle avait imaginé Vivien et Benjamin morts ou agonisants sans aucun secours, et il lui était arrivé de penser qu'elle ne les reverrait plus. Donnant le bras à Elina, elle marchait avec hâte, baissant la tête pour se protéger du froid, heureuse de pouvoir compter sur cette présence précieuse entre toutes.

Elles arrivèrent dans la maison des Paradou juste après le départ des gendarmes. Vincent, qui s'attendait à leur visite, leur ouvrit la porte avant qu'elles ne frappent. Elles entrèrent, aperçurent Elise près de la cheminée. Elina s'approcha, la prit par les épaules, lui parla doucement. Marie, elle, s'assit face à son père, de part et d'autre de la table qui avait été celle du bonheur. Marie trouva Vincent vieilli, soudain, comme si le fait d'être désormais le seul homme dans la maison lui conférait des responsabilités qu'il n'était pas capable d'assumer.

Il soupira, demanda :

— Alors, que va-t-on faire ?

— On va continuer, répondit Marie. Il nous reste les équipages. Avec eux, on peut voyager. Je viendrai avec toi sur le bateau. Tu m'apprendras.

Elle avait parlé d'une traite, très vite, comme si ces mots avaient été prêts à jaillir depuis longtemps. Elle s'en rendit compte, songea que ce n'était pas la réponse que Vincent, préoccupé par le sort de Benjamin et de Vivien, attendait, et elle reprit :

— De Sainte-Foy, à la remonte, je partirai pour Marmande. Toi, tu ramèneras les bateaux à Souillac.

Elle se tourna vers Elina, guetta une approbation qui vint avec un sourire.

— Tu as raison, ma fille, on ne peut pas rester sans travailler. Les hommes d'équipage doivent vivre. Eux aussi ont une famille.

Elle ajouta, s'adressant à Elise, dont la fragilité, dans l'épreuve, devenait pitoyable :

— Ne nous inquiétons pas sans savoir ce qui s'est exactement passé. Si ça se trouve, dans deux semaines nos hommes seront là.

Personne ne répondit. Tous savaient parfaitement que la situation était bien plus grave que cela. Elina ne se découragea pas pour autant : l'espérance était chez elle une seconde nature.

— Je suis sûre qu'ils n'ont tué personne, reprit-elle, on ne pourra pas les garder en prison bien longtemps.

Marie se taisait. Après un sursaut de courage, la perspective d'une longue séparation, maintenant, l'accablait. Comme elle ne voulait le montrer ni à son père ni à Elise, elle s'approcha de la porte en disant :

— Les enfants sont seuls. Il faut rentrer.

Elina embrassa Elise puis la suivit. Elles marchèrent en silence, mesurant maintenant le poids de cette nouvelle solitude dans laquelle elles étaient entrées. Une fois chez elles, elles se séparèrent sur le palier sans trouver la force d'ajouter quoi que ce soit.

Quand elle fut seule dans son lit, Marie laissa couler les larmes qu'elle avait retenues jusqu'alors et chercha vainement le sommeil. Elle décida de se rendre à l'école le lendemain pour avertir l'abbé qu'il ne pourrait plus compter sur elle. Puis elle se vit debout à l'arrière de la capitane, le gouvernail dans les mains, et cette image, en demeurant longtemps devant ses yeux, finit par l'apaiser. Elle s'endormit.

Au réveil, elle redevint celle qui avait combattu courageusement pendant les six ans durant lesquels Benjamin avait été absent. Elle partit pour Souillac, bien décidée à ne pas écouter le discours de l'abbé s'il tentait de la retenir. Elle n'eut pas à le chercher. Il l'attendait devant la porte.

— Vous ne pouvez plus venir ici, ma fille, dit-il d'une voix désolée. C'est fini. Il faut rentrer chez vous.

Marie aperçut les gendarmes derrière le portail, et les élèves qui regardaient dans sa direction en se demandant ce qui se passait. « Heureusement que je n'ai pas amené Aubin », songea-t-elle, tandis qu'une chape glacée tombait sur ses épaules. Pourtant, l'instant d'après, un sursaut de révolte la fit se rebeller.

— C'est moi qui ne veux plus venir chez vous, fit-elle avec un orgueil qui lui parut déplacé devant la bonté placide de l'abbé.

— Je comprends, ma fille, dit-il, et je prierai pour vous.

Elle fit brusquement volte-face et, dès qu'elle eut disparu au coin de la rue, elle se mit à courir pour s'arracher à cette honte qui l'avait saisie devant ses élèves et qui, maintenant, au fur et à mesure qu'elle traversait les prairies, se muait en une colère terrible et farouche. Elle sentit que cette rage ne cesserait de l'animer tout au long du combat dans lequel, malgré elle, elle venait d'être précipitée.

Benjamin était d'autant plus inquiet sur son sort qu'on l'avait séparé de Vivien. Noël était passé sans que le moindre espoir de libération vînt éclairer les journées interminables durant lesquelles il mesurait combien il avait été fou de se lancer dans un combat perdu d'avance. Il avait beaucoup pensé à Marie et à ses enfants, criant parfois, la nuit, sa révolte et son impuissance. Aujourd'hui, un mois après son arrestation, il était tombé dans une sorte d'abattement de bête malade, et demeurait allongé tout le jour.

Dès qu'il fermait les yeux, il se revoyait à la barre de l'*Elina,* sur la Dordogne, dans un de ces matins de printemps qui incite à appareiller pour le bout du monde. Car il avait surtout besoin d'espace, dans cette cellule de quatre mètres sur quatre où ils étaient huit à croupir misérablement. L'immobilité à laquelle il était contraint le rendait irritable et parfois fou furieux : il lui arrivait de se battre avec ses compagnons, tous de Marmande ou des alentours, avant de retomber dans sa torpeur.

Les prisonniers savaient par les gardiens que le conseil de guerre siégeait en permanence, et qu'ils ne seraient même pas entendus. D'ailleurs, quelle aurait pu être leur défense, puisqu'ils avaient tous été reconnus comme ayant fait partie de ceux qui avaient pris les armes contre Louis Napoléon ? Les accusateurs ne manquaient pas. L'officier qui faisait office de procureur en avait rassemblé des dizaines. Au besoin, on avait même fabriqué des faux témoins qui réglaient des comptes avec d'anciens amis à qui, le plus souvent, ils devaient quelque argent. Au milieu de tant de haine, Benjamin espérait, sans trop y croire, une visite de Marie ou de Vincent. Comme son attente demeurait vaine, il s'attachait à l'idée de s'évader à la première occasion, et il échafaudait dans sa tête toutes sortes de plans propices à une fuite nocturne vers la Garonne, où il trouverait à se cacher parmi les bateliers.

Il crut cette occasion venue le 10 janvier, quand les soldats rassemblèrent tous les prisonniers dans la cour. Mais, lorsqu'ils furent alignés en colonne, garrottés, surveillés par des gendarmes et des soldats en armes, il comprit qu'il ne lui serait pas facile de s'échapper. Alors, une fois qu'ils eurent pris la route, dans cet hiver gris et froid qui avait hersé la campagne à perte de vue, il ne songea plus qu'à faire provision d'air pur, d'espace et de lumière.

Dans les villages où les curieux considéraient les prisonniers comme des criminels, il repoussa la honte qui, souvent, s'insinuait en lui, pour ne songer qu'à emplir son corps de sensations qu'il savait vitales. Toute son existence, ou presque, s'était jusqu'alors passée en voyages, sur l'eau et dans le vent. L'espace lui était aussi nécessaire que l'oxygène de l'air. Tout en marchant, il aspirait profondément de grandes bolées fraîches, levait la tête vers le ciel jusqu'à s'aveugler de lumière, respirait insatiablement ces odeurs de granges et d'âtres que le vent ramenait parfois jusqu'à lui.

Tous les villages qu'ils traversaient, au demeurant, n'étaient pas hostiles. Quelques encouragements fusaient de temps en temps d'une porte, d'une fenêtre où l'on ne voyait personne. Quelquefois aussi, une femme, assise sur un seuil, faisait le signe de la croix et plaignait les prisonniers à voix haute. A la sortie des villages, les enfants suivaient la colonne pendant quelques centaines de mètres en poussant des cris et en se moquant des hommes attachés les uns aux autres comme du bétail au retour d'une foire.

Tout cela n'était rien en comparaison de ce qui attendait Benjamin dans la prison d'Eysses, une bourgade où il fut enfermé avec des condamnés de cour d'assises. Là, des centaines d'honnêtes républicains durent cohabiter avec des repris de justice rongés par le vice et le crime. Là, également, le 20 janvier, Benjamin apprit qu'il avait été condamné à la déportation en Algérie et que, pour la deuxième fois de sa vie, on allait lui voler sa vallée, sa rivière, le priver pour de longs mois de la présence de ceux qu'il aimait.

7

Grâce à son père, il n'avait pas fallu plus de trois mois à Marie pour apprendre à naviguer. Si bien qu'en ce matin d'avril elle tenait elle-même le gouvernail de l'*Elina* avec assurance, tandis que Vincent, debout à côté d'elle, la gratifiait de ses ultimes conseils. C'était durant ces moments-là qu'elle pensait le plus à Benjamin, car il lui suffisait de fermer les yeux pour l'imaginer près d'elle, comme à l'occasion de leur merveilleux voyage, l'an passé, à peu près à la même époque.

Un mois auparavant, elle avait appris par l'aubergiste de Bordeaux que Benjamin, après avoir été emprisonné à Marmande, se trouvait maintenant à Eysses. Vivien, lui, était enfermé au fort du Hâ depuis trois semaines. L'aubergiste ne lui avait guère donné d'espoir quant à leur éventuelle libération. Depuis que le conseil de guerre siégeait, de nombreuses déportations ou expulsions du territoire avaient été prononcées. On le savait par les gardiens de prison et les soldats favorables à la République, bien qu'ils fussent peu nombreux. On savait également que certains prisonniers avaient été libérés sous surveillance et assignés à résidence. C'était à cette idée-là que Marie s'attachait, surtout la nuit, quand elle se sentait trop seule et que brasillait en elle le souvenir des six ans durant lesquels elle avait vécu loin de Benjamin. Au plus fort de son désespoir, après avoir longtemps cherché comment lui venir en aide, elle avait songé à Emeline, dont les relations dans les milieux du pouvoir lui permettraient sans doute de le sauver. Depuis, chaque nuit, une voix murmurait dans l'ombre : « 42, rue Sainte-Catherine » ; et Marie, sans en parler à qui que ce soit, pas même à Elina, avait décidé de se rendre à Bordeaux. Elle en mourait de honte à l'avance, se disait qu'elle n'aurait jamais effectué une telle démarche pour elle-même, mais pour Benjamin elle était capable d'affronter n'importe quelle épreuve. De Libourne, elle prendrait une voiture jusqu'à Bordeaux (car personne parmi les matelots n'était capable de passer le bec d'Ambès) et Vincent l'attendrait avant d'entamer la remonte.

Ce matin-là, la patte griffue de l'hiver crissait encore sur l'air cassant comme du verre. Le soleil, bien que haut, manquait de cette force que le mois de mai lui délivre en une journée, pour peu que le vent tourne au sud. L'*Elina* arrivait en vue de Libourne, précédant de quelques dizaines de mètres la capitane pilotée désormais par Roussel, elle-même ouvrant la route à la seconde conduite par Vidal. Marie s'était rendu compte que les hommes n'appréciaient guère sa présence sur les bateaux. Aussi avait-elle décidé, en accord avec Vincent, de les regrouper sur la capitane et sur la seconde, tandis qu'elle-même, son père et le mousse voyageraient sur l'*Elina*. Cette découverte l'avait désagréablement surprise, mais, en y réfléchissant, elle avait compris qu'elle se heurtait à une tradition séculaire et s'était dit que le mieux était de ne pas s'en soucier. D'ailleurs, l'épreuve qu'elle traversait lui faisait paraître dérisoires les problèmes du quotidien, et elle savait qu'elle aurait besoin de toute son énergie pour mener à bien ses projets.

Elle n'avait encore jamais accosté seule au quai de Libourne. Elle hésita à donner le gouvernail à son père, puis, songeant qu'elle avait décidé de mener seule l'*Elina* lors du prochain voyage, elle le garda en le serrant fermement contre elle. La tâche n'était pas facile à cause du mouvement des cargos, des bricks, des gabares, des barques de pêche et des mouches du port qui traversaient la Dordogne à chaque instant, se frayant le plus souvent un chemin par la force. Marie se rassura en pensant qu'elle connaissait parfaitement les réactions de l'*Elina* et qu'à la moindre impulsion de ses bras le bateau répondait fidèlement. Vincent lui désigna du doigt un espace libre à trente mètres sur tribord. Elle évita une barque de pêche qui s'écartait sans prévenir, obliqua tout de suite après vers le quai, passa devant le nez d'un cargo qui appareillait, se faufila entre deux couraux, puis elle fit légèrement pivoter l'*Elina* sur elle-même pour la ralentir et, la redressant en souplesse, vint effleurer le quai sur lequel sauta le mousse avec un cri de victoire.

— Tu vois ! dit Vincent, je n'aurais pas fait mieux.

Elle ne répondit pas, mais il lui sembla que le sang se remettait à couler dans ses veines, et une sorte de plénitude l'envahit, où se mêlaient la fierté et le soulagement.

Dès que les deux autres bateaux eurent accosté, elle partit dans la ville et se mit en quête d'une voiture pour le lendemain. Elle n'eut pas de mal à trouver un coche à l'auberge même où elle descendait, les allées et venues entre Bordeaux et Libourne étant très fréquentes par route pour les voyageurs, tandis que les marchandises, elles, transitaient surtout par la rivière.

Durant la nuit, comme elle n'aimait pas rester seule dans l'auberge fréquentée par les hommes de la batellerie, elle dormit dans la même chambre que Vincent, sur une paillasse d'appoint. Le lendemain matin, avant de partir, elle lui demanda de ne pas l'attendre plus de quarante-huit heures, car on ne pouvait pas retarder la livraison du sel trop longtemps. Si cela se révélait nécessaire, elle rentrerait à Souillac par ses propres moyens. A midi, après un voyage qui lui parut bien long, elle descendit du coche à la Bastide, où Hippolyte Barcos (dont elle avait fait la connaissance lors de son voyage avec Benjamin) ne put lui donner le moindre renseignement : trop pris par les travaux de son nouvel entrepôt de Lormont, il se tenait à l'écart des événements. Elle traversa sur le pont, acheta des oublies et les mangea en se promenant sur le quai, en direction des Quinconces. Enfin, malgré l'angoisse qui augmentait à chacun de ses pas, elle se résigna à revenir vers le 42 de la rue Sainte-Catherine qui hantait ses nuits.

Comme ses jambes se refusaient à la porter jusque-là, elle s'obligea à penser à Benjamin qui croupissait en prison, se persuada que la seule manière de le sauver était de suivre jusqu'au bout ce chemin de croix. Elle s'arrêta plusieurs fois, arriva enfin face à l'immeuble le long duquel elle était passée si souvent, du temps où elle travaillait chez Mme Lassale, et sans y accorder d'attention. C'était un bâtiment cossu qui s'ouvrait sur une cour intérieure par une porte cavalière, dont la façade était ornée d'un mascaron joufflu et la porte d'un heurtoir italien. Marie s'approcha, tendit la main, et, alors qu'elle s'apprêtait à frapper, ce fut comme si une femme inconnue, et qui pourtant lui ressemblait, la dévisageait. Elle se vit telle qu'elle était vraiment en cet instant, vaincue et pitoyable. Alors lui vint la pensée que Benjamin ne lui pardonnerait peut-être jamais cette démarche de la défaite et de la soumission. Le regard que lui avait lancé Emeline sur le trottoir, le jour de leur rencontre, la pénétra de nouveau, et la foudroya. Elle ferma les yeux, chancela, et sa main retomba, comme morte. Puis, dans un élan de refus total, elle se mit à courir follement dans la rue, bousculant les passants, sans voir ni entendre personne, pas même ce cocher qui lui cria des injures après que ses chevaux eurent failli la renverser.

Elle courut de la sorte jusqu'à ce qu'un point de côté la force à s'arrêter, s'aperçut qu'elle s'était dirigée d'instinct vers l'auberge dont Benjamin connaissait le patron. Elle s'assit sur le brancard d'une charrette laissée à l'abandon, essaya de calmer les battements de son cœur, puis elle entra dans la grande salle où se trouvaient encore quelques clients. Elle aperçut l'aubergiste qui la reconnut tout de suite et l'emmena dans sa cuisine. Là, il la fit asseoir et, devant son air bouleversé, lui versa un fond d'eau-de-vie. Elle le but très vite, presque sans respirer, n'eut pas besoin de poser de questions.

L'aubergiste, qui avait compris pourquoi elle se trouvait à Bordeaux, lui dit à voix basse, comme si un ennemi invisible rôdait à proximité :

— Il a été transféré à Agen.

— Je veux y aller, dit-elle aussitôt, sans réfléchir au danger qu'elle allait courir.

— Ça ne servirait à rien. D'ailleurs, ils vont tous être amenés à Bordeaux. Si ça se trouve, ils sont déjà en route.

Il ajouta, comprenant qu'elle demeurait décidée à partir :

— On essaiera de les sortir de là.

— Comment ferez-vous ? Vous avez des armes ?

— Je ne sais pas encore, fit-il, mais je vous promets que nous allons essayer.

— Dites-moi quand ! Je vais rester ici.

Il haussa les épaules, reprit :

— Comment voulez-vous que je le sache ? Des prisonniers, il en arrive tous les jours.

Il réfléchit, ajouta :

— Ce ne sera sans doute pas avant deux semaines, au moins. Il vaut mieux que vous rentriez chez vous. De toute façon, ici, vous ne nous seriez d'aucune utilité.

Elle hocha la tête, mais ne bougea pas.

— Soyez raisonnable ! dit-il, faites-moi confiance et revenez dans quinze jours.

Marie songea qu'elle avait le temps de remonter à Souillac puis de redescendre, et, finalement, se décida.

— Merci ! dit-elle. Heureusement que vous êtes là.

Il se leva, murmura :

— Faites attention, l'auberge est surveillée.

Puis, comme s'il était pressé de la voir disparaître, il la précéda jusqu'à la porte où elle le remercia encore.

— Partez vite ! fit-il.

Une fois dehors, la tête bourdonnante, elle hésita sur la conduite à tenir, marcha un moment sur le quai tout en s'interrogeant. Allons ! Elle devait faire confiance à cet homme, remonter le sel et redescendre le plus vite possible.

Attendre ici ne servirait qu'à souffrir inutilement, et elle risquait d'être arrêtée. Il fallait partir, travailler, oublier.

Elle trouva sans difficulté une voiture à la Bastide au début de l'après-midi, arriva à Libourne à la nuit tombée. Dès qu'elle eut retrouvé son père à l'auberge, elle s'inquiéta de savoir si les sacs de sel étaient chargés.

— On est prêts, dit Vincent. On t'attendait.

— Alors on partira demain à la première heure.

Elle lui raconta ce qui s'était passé à Bordeaux, omettant seulement la rue Sainte-Catherine et sa fuite éperdue vers l'auberge de la Garonne.

Pour Benjamin, le transfert d'Eysses à Agen avait été moins pénible que le précédent. Les prisonniers avaient pu manger convenablement leur ration dans un champ, sous la surveillance d'un détachement commandé par un capitaine bienveillant. Une fois à Agen, une population compatissante les avait escortés jusqu'à la prison où Benjamin, ivre d'air et d'espace, s'était écroulé sur la paille, épuisé.

Le lendemain, attachés entre eux par des cordes, les prisonniers avaient été conduits sur les rives de la Garonne avant d'être embarqués à bord du *Courrier*, qui les avait transportés à Bordeaux sous bonne escorte. Lors du passage à Marmande, les hommes originaires de la ville avaient envoyé des adieux bouleversés aux femmes et aux enfants accourus sur les quais. On avait entendu des pleurs, des appels angoissés, et quelques prisonniers avaient demandé à l'officier de faire escale, afin d'embrasser leur famille. En vain, bien sûr, les risques d'émeute étant trop importants. La descente de la Garonne s'était poursuivie dans l'accablement et le silence, et Benjamin, désespéré, avait vu plus d'un homme pleurer.

Le *Courrier* arriva à Bordeaux le soir même, et mouilla au quai de la douane où Benjamin, si souvent, avait accosté, venant de la Bastide. Vers sept heures du soir, un attroupement se forma, dans lequel il reconnut l'aubergiste et quelques-uns des hommes qu'il rencontrait fréquemment chez lui. Il y eut des cris, des coups furent échangés, puis une délégation demanda à monter à bord. Redoutant un piège, le commandant donna l'ordre à la troupe de faire reculer la foule des républicains qui devenait de plus en plus menaçante. Quelques coups de feu retentirent, puis les renforts venus des garnisons de la ville achevèrent de disperser les manifestants. Contrairement à ce qui était prévu, le *Courrier* ne passa pas la nuit sur le port, mais quitta Bordeaux vers minuit et descendit la Garonne en direction de Blaye où il arriva au matin. Les prisonniers furent alors dirigés vers la citadelle et, pour Benjamin, une nouvelle attente commença dans l'humidité froide d'un cachot qu'il partageait désormais avec six compagnons.

Pendant les longs jours qui suivirent cette escale, il se désespéra de ne recevoir aucune nouvelle de l'extérieur, aucune visite, pas même celle de l'aubergiste qui, il en était sûr, l'avait reconnu, puisqu'il avait crié son nom. Un jour enfin, vers midi, deux soldats vinrent le chercher et l'emmenèrent dans une pièce sombre située au fond de la cour centrale. Ils l'attachèrent à un anneau scellé dans le mur, bras dans le dos, après l'avoir fait asseoir. Un immense espoir en lui, il attendit une dizaine de minutes, avant que la porte ne s'ouvre sur la seule personne à laquelle il ne songeait pas : Emeline. Emeline qui s'assit sur une chaise en face de lui, sans paraître troublée le moins du monde par l'austérité des lieux, et le considéra gravement, une lueur étrange au fond des yeux. Plus de trente secondes passèrent avant que sa bouche ne s'ouvre en un murmure dont elle n'était pas coutumière :

— J'ai souvent souhaité te voir dans une telle situation, dit-elle, mais aujourd'hui, tu vois, je le regrette.

Il choisit de ne pas répondre, ne sachant dans quel but elle était venue, et au terme de quelles compromissions.

— Pourtant, je savais que ça arriverait, reprit-elle.

Le ton de supériorité navrée déplut à Benjamin qui demanda avec toute l'agressivité dont il était capable :

— Qu'est-ce que tu savais ?

Elle attendit un peu avant de répondre, martelant les mots :

— Je savais que tu te mêlais de problèmes qui te dépassaient. Je savais que ton ami l'avocat de Marmande allait t'entraîner dans un abîme d'où je serais la seule à pouvoir te sortir. Aujourd'hui, ton ami est parti pour Cayenne, et toi tu es sur le point d'être transporté en Algérie.

Bouleversé par ce qu'elle lui apprenait, il eut à peine la force de demander d'une voix qu'il ne reconnut pas :

— Et Vivien ?

— Le petit frère de Marie ? fit-elle avec un sourire glacé.

Il hocha la tête.

— Il a eu plus de chance. Il faut dire qu'il a toujours été plus prudent que toi. Du moins jusqu'en décembre.

Elle ajouta, après l'avoir fait attendre quelques secondes avec cruauté :

— Il va être libéré sous surveillance et sera assigné à résidence dans un village de la Dordogne, je crois.

Benjamin ferma les yeux, eut un soupir de soulagement en songeant que Vivien ne s'éloignerait pas trop de Marie. S'il partait, lui, en Algérie, comme le prétendait Emeline, Marie pourrait au moins compter sur son père et sur son frère... Il rouvrit les yeux, se heurta violemment à l'ironie du regard d'Emeline et lança avec acidité :

— C'est ton mari qui fait les enquêtes ?

— Tu sais très bien que je n'ai besoin de personne pour obtenir ce que je veux. L'argent que je possède suffit.

— L'argent qu'il te donne, en somme.

— Non. L'argent qui me vient de mes parents et que j'ai investi dans les banques et le chemin de fer. Je peux très bien vivre sans mon mari.

Après cet échange dans lequel ils avaient l'un et l'autre jeté toute leur amertume, ils se défièrent un moment du regard.

— Et tu n'as pas eu besoin de lui pour te faire ouvrir les portes de cette prison ? reprit Benjamin.

— Non plus. Les relations que j'ai me suffisent à obtenir tout ce que je veux. Ou presque.

— Je t'en félicite.

Un lourd silence tomba, troublé seulement par les ordres lancés par un officier dans la cour, puis, exaspéré par la suffisance d'Emeline, Benjamin demanda brusquement :

— Qu'est-ce que tu es venue faire ici ?

— Je suis venue te sauver, répondit-elle d'une voix étrangement changée.

— Me sauver ! Rien que ça ! Tu ne sais donc pas que personne ne peut rien contre les sentences d'un conseil de guerre ?

Elle eut un geste vague de la main, soupira :

— Les décisions du conseil de guerre lui sont dictées par des gens qui sont mes obligés.

— Je te trouve bien présomptueuse.

— Non, je ne suis pas présomptueuse. Je sais que le Prince Président a le pouvoir de prononcer des grâces. Morny, son demi-frère, est dans les affaires, avec moi.

Elle ajouta, après un instant de réflexion, avec une sorte de lassitude :

— Tu ne connais rien à ce monde, à ces gens. Essaye de me croire pour une fois, au lieu d'aller croupir en Algérie d'où tu ne reviendras peut-être jamais.

— En quoi ça te concerne ? fit-il rageusement.

Le visage d'Emeline se ferma. Elle eut une petite moue qui pouvait passer pour du dépit, puis elle murmura :

— Tout ce qui te touche me concerne, depuis toujours et pour toujours, tu le sais bien.

— Je ne le sais que trop ! s'emporta-t-il. J'ai déjà payé assez cher pour ça !

Sa voix attira le soldat de garde qui ouvrit la porte et, sur un signe d'Emeline, la referma.

— Ecoute ! fit-elle, tu es un proscrit. Si tu refuses mon aide, tu ne reviendras sans doute jamais.

Face à face, ils cherchaient l'un et l'autre à deviner l'étincelle de sincérité qui, peut-être, les eût fait déposer les armes.

— Qu'est-ce que tu veux en échange ? demanda brutalement Benjamin. Car je suppose qu'il y a un prix à payer.

Elle hésita un instant, souffla :

— Un peu de bonheur.

— C'est-à-dire ?

— Je veux que tu viennes vivre à Bordeaux avec moi.

Voilà ! C'était dit ! Benjamin, qui avait soupçonné quelque marché de ce genre, comprenait qu'il ne s'était pas trompé.

— Et tu crois que je vais accepter ?

— Oui. Pour éviter de passer le restant de ta vie enfermé.

— Eh bien, tu te trompes ! Parce que j'ai une femme, des enfants, des bateaux et...

— Tu n'as plus rien, Benjamin, l'arrêta-t-elle d'une voix froide comme de la glace.

Et, tandis qu'il demeurait sans réaction, assommé par les mots qu'elle venait de prononcer :

— Tu n'as plus rien. Tu as tout perdu.

Elle ajouta, tout bas, avec une sorte de gravité :

— Sauf moi.

Le sang parut se retirer du visage de Benjamin. Pâle à faire peur, il sentait bouillonner en lui une colère décuplée par l'horreur qu'il éprouvait maintenant pour cette femme, si belle, qui prétendait vivre avec lui en l'obligeant à renier ce qu'il possédait de plus précieux.

— Va-t'en ! cria-t-il, hors de lui, tirant sur les liens qui le rivaient à sa chaise, comme pour se jeter sur elle.

Elle recula un peu, tandis qu'une lueur égarée passait dans ses yeux noirs.

— Sors d'ici ! Disparais de ma vie ! reprit-il, car elle ne bougeait pas et le dévisageait avec une sorte de désespoir.

Comme elle ne se levait toujours pas, il continua de crier, ce qui provoqua l'entrée de deux soldats qui le frappèrent pour le faire taire. Emeline, debout maintenant, avait les yeux pleins de larmes. Il lui sembla alors qu'elle souffrait vraiment et il en fut troublé. Mais il était trop tard, car les soldats entraînaient Emeline au-dehors et refermaient la porte. Il demeura seul quelques instants, puis il fut reconduit sans ménagement dans sa cellule où il s'allongea sur la paille, refusant de répondre aux questions de ses compagnons, convaincu d'avoir refusé la seule main qui pouvait le hisser hors du gouffre au fond duquel il était tombé.

Le mois d'avril accrochait sur les arbres des pompons de verdure qui répondaient à ceux, huilés par la rosée, de l'herbe neuve sur les rives. On sentait, à une résonance plus profonde de l'air, que le printemps achevait de grignoter l'hiver. La Dordogne elle-même luisait comme une vitre. C'eût été, pour Marie, une descente de vrai bonheur si la pensée de Benjamin en danger n'était venue altérer le plaisir qu'elle prenait à conduire son bateau dans cette matinée de marbre.

Après avoir quitté Sainte-Foy-la-Grande à l'aube, le convoi descendait sans le secours des rames, porté par l'eau vive et espiègle de la fonte des neiges. Malgré les traditionnelles difficultés à naviguer sur des eaux de printemps, Marie n'avait aucune appréhension. Il lui semblait même que plus elle serrait le gouvernail contre elle, plus elle pénétrait les secrets de la rivière. C'était une sensation paisible et rassurante, qui lui faisait apparaître dérisoires les risques d'un voyage dont elle avait appris, ou presque, tous les pièges. Non, ce matin, le danger était ailleurs, elle le savait. Il menaçait Benjamin, là-bas, devant elle, au bout de l'horizon. Aussi n'avait-elle qu'une hâte : arriver à Libourne et, sans perdre une minute, repartir pour Bordeaux.

Les villages défilaient sur les rives, étincelants de rosée, mais elle ne les voyait pas. Tous ses sens, toute sa force étaient tournés vers Benjamin, vers l'espoir que lui avait donné l'aubergiste, à Bordeaux, lors de son dernier voyage. A Castillon, elle était repartie dès le début de la renverse, précédant de plusieurs centaines de mètres l'*Elina* et la seconde, malgré les conseils de prudence de Vincent qui, maintenant, se contentait de la surveiller de loin.

En sautant par-dessus la colline, le soleil libéra une lave de feu qui se répandit sur toute la vallée. Le ciel, perdant de son éclat, devint d'un bleu cendré. Malgré ces merveilles d'un monde qui, d'ordinaire, la bouleversait, Marie brûla d'impatience tout au long de la journée. Elle ne redevint elle-même que lorsque les bateaux furent amarrés au quai de Libourne, alors que la lumière baissait depuis une heure.

Elle partit aussitôt dans la ville en espérant trouver une voiture qui l'amènerait à Bordeaux avant la nuit. C'était là un espoir insensé, elle le savait, mais elle redoutait d'arriver trop tard pour, au moins, voir Benjamin, peut-être lui parler et, pourquoi pas, le sauver. N'ayant trouvé aucune voiture, elle revint vers le quai, où Vincent eut toutes les peines du monde à l'empêcher de prendre un bateau dont ils ne connaissaient ni le capitaine ni l'équipage. Elle se résolut alors à passer la nuit à Libourne, non sans avoir au préalable retenu sa place dans le premier coche qui quitterait la ville le lendemain matin.

Elle ne put fermer l'œil de la nuit, se leva trop tôt, arriva bien avant l'heure, eut froid, revint à l'auberge, repartit, faillit manquer le départ et put enfin se reposer, une fois assise dans le coche, en se laissant bercer par les cahots de la route. A la Bastide, elle ne perdit pas de temps à rendre visite à Hippolyte Barcos, mais traversa tout de suite. A midi, elle entrait dans l'auberge de la Garonne où, déjà, de nombreux convives étaient attablés. Dépitée, elle dut attendre que le patron, débordé, trouve le temps de s'occuper d'elle. Elle en profita pour manger dans un coin de la cuisine, à l'écart des travailleurs du port. Vers deux heures, enfin, le patron l'emmena dans un petit appartement situé de l'autre côté d'une cour encombrée de barriques et de charrettes. Célibataire, il vivait là, dans une pièce sombre qui sentait le salpêtre. Il alluma une lampe à pétrole, la fit asseoir en face de lui dans un fauteuil de reps vert qui lui sembla s'ouvrir sous elle, puis il dit d'une voix grave et désolée :

— Il est passé, mais on n'a rien pu faire.

Il ajouta, tandis que Marie, le souffle coupé, le dévisageait avec une lueur de panique dans le regard :

· Il est à Blaye, à la citadelle.

— Blaye ! fit-elle sans bien comprendre ce que cela signifiait, c'est loin d'ici ?

— Après Ambès, sur la Gironde.

— Il est en prison ?

— Oui, en prison.

— Vous m'aviez dit que vous le feriez libérer.

— Nous n'avons rien pu faire, répéta l'aubergiste, ils ont tiré sur nous. Ensuite, nous avons attendu la nuit, mais le bateau est parti presque aussitôt.

Le silence se fit. Les mots prononcés par l'aubergiste se frayaient difficilement un chemin dans l'esprit de Marie qui se sentait trahie. Elle songeait qu'elle avait eu tort de faire confiance à cet homme et s'en voulait d'avoir été absente au moment où elle aurait pu agir. Elle frissonna, demanda :

— Il est en prison pour longtemps ?

L'aubergiste détourna son regard, murmura :

— Vous ne savez pas ?

Marie sentit son cœur s'emballer.

— Quoi donc ? fit-elle.

L'aubergiste, qui suait à grosses gouttes et s'épongeait le front continuellement, hésita. Manifestement il n'était pas habitué à parler aux femmes et ne savait comment s'y prendre. Il soupira, leva un bref instant les yeux sur elle et dit, très vite, fuyant de nouveau son regard :

— Il va être déporté en Algérie.

Marie cria, se leva puis retomba aussitôt dans son fauteuil.

— Non ! fit-elle.

— Hélas ! dit-il. Vous pensez que je pourrais inventer une chose pareille ?

Deux ou trois secondes passèrent, durant lesquelles Marie sentit un voile épais se poser sur ses yeux. L'instant d'après, quand il se dissipa, elle demanda :

— Mais pourquoi ?

— Ils ont tiré sur les gendarmes. Le conseil de guerre les a jugés.

— C'est pas possible ! dit-elle, incapable de croire à cette nouvelle qui dépassait de loin toutes ses craintes.

L'aubergiste, qui apercevait des larmes dans les yeux de Marie, ne savait quelle contenance prendre. Elle essayait de les refouler, mais elle pensait aux six années durant lesquelles elle avait été séparée de Benjamin et ne se sentait pas la force de revivre une telle épreuve.

— Oh ! Non ! fit-elle encore d'une voix qui tremblait.

Et plus elle songeait à ces six années, plus ses larmes coulaient sans qu'elle fît rien maintenant pour les retenir. L'aubergiste se leva, lui versa un fond d'alcool de menthe. Puis, lui donnant le verre et changeant brusquement de sujet, il déclara :

— Votre frère Vivien ne sera pas déporté. Il a été assigné à résidence dans un village de Dordogne.

— Mon Dieu ! Vivien ! fit-elle, s'apercevant que, dans sa détresse, elle l'avait oublié. En Dordogne, dites-vous ?

— Oui. A Thiviers, je crois.

— Alors il ne va pas partir ?

— Non, je vous dis. Et il pourra travailler, il ne sera pas enfermé.

Elle sourit à travers ses larmes, murmura :

— Vivien !

Puis, tout de suite après, songeant de nouveau à Benjamin :

— Et pour mon mari ? On ne peut rien faire ?

— C'est trop tard, dit-il, ils vont embarquer d'un jour à

l'autre. Même si vous connaissiez quelqu'un de haut placé, ça ne servirait à rien.

Elle songea à Emeline, se sentit coupable de n'avoir pas poussé sa porte au moment où tout était encore possible.

— Je veux essayer, dit-elle, je connais quelqu'un.

— C'est trop tard, répéta l'aubergiste en secouant la tête.

— J'y vais, dit-elle, butée, se sentant capable en cet instant de renverser des montagnes.

Elle se leva, salua précipitemment l'aubergiste qui la précéda jusqu'à la rue, dans laquelle elle se mit à courir à perdre haleine. Il lui fallut à peine un quart d'heure pour arriver devant le 42 de la rue Sainte-Catherine où, cette fois, elle osa saisir le heurtoir de cuivre pour frapper à la porte. Quelques secondes plus tard, une servante brune vêtue d'une robe de pilou grise et d'un tablier blanc s'enquit de l'objet de sa visite.

— Madame est en voyage, répondit-elle quand Marie eut demandé à voir Emeline.

— Quand doit-elle revenir ?

Ne sachant à qui elle avait à faire, la servante, cette fois, ne répondit pas.

— Je vous en prie, fit Marie, c'est très important.

— Je ne sais pas. Tout ce que je sais, c'est qu'elle est à Blaye.

« Mon Dieu ! se dit Marie, elle est à Blaye, elle sait tout, elle va le sauver. »

— Merci ! fit-elle, et elle repartit vers l'auberge, le cœur soulevé par un espoir fou.

Aux Salinières, comme elle insistait, l'aubergiste l'aida à trouver un bateau qui allait descendre vers la mer bordelaise avec le jusant. Elle embarqua sans hésiter, se fit toute petite dans un coin du courau qui transportait des épices et du poisson séché. Tout le temps que dura le voyage, elle passa avec Dieu de terribles marchés, aux termes desquels elle consentait à tous les sacrifices. Une seule chose lui importait : que Benjamin fût sauvé, quel qu'en fût le prix. Elle ne remarqua rien de la splendeur du fleuve, des îles langoureuses, du vol des hérons pourpres et des sarcelles à tête rouge. Elle se tenait immobile et tournée vers l'intérieur du bateau, tendue vers une seule pensée : sauver Benjamin.

Quand le courau arriva à Blaye, la nuit tombait, étirant sur l'horizon des écharpes violettes. Marie dut ruser pour échapper aux hommes de l'équipage qui cherchaient à l'entraîner vers leur gîte du soir. Elle se renseigna auprès d'une vieille femme tout en os qui portait deux petites griffes de moustache au coin des lèvres, trouva une auberge de bonne réputation où elle put s'installer sans risques pour la nuit. Elle dormit d'un sommeil peuplé de cauchemars qui l'épuisèrent.

Dès l'aube, pourtant, et sans même prendre le temps de manger, elle partit vers la citadelle proche du port, rencontra des hommes et des femmes qui avaient passé la nuit sur les quais, dans des abris de fortune. Le fait de ne pas être seule à attendre la rassura un peu : elle se dit qu'on ne pourrait pas refuser à tous ces gens une visite aux prisonniers. Elle apprit d'une femme aux yeux brillants de fièvre que le transfert des proscrits prévu pour ce matin sur la frégate *Isly* était le dernier. La plupart se trouvaient déjà à bord du bateau blanc qui était amarré, là-bas, entre un cargo et un morutier. Folle d'angoisse, elle se rendit devant la porte principale de la citadelle, mais ne put franchir le petit pont de pierre qui enjambait le fossé. Refoulée une première fois, et sans ménagement, par les soldats de garde, elle revint à la charge en les suppliant de la renseigner. Un officier compatissant consentit à aller aux nouvelles, revint dix minutes plus tard et lui dit que le nommé Benjamin Donadieu se trouvait sur la frégate *Isly* depuis la veille. Elle revint en courant vers le port, essaya de forcer le barrage des soldats qui interdisaient l'accès à la passerelle, mais elle fut repoussée violemment. Désespérée, elle se mit à crier le nom de Benjamin, dut reculer de quelques pas, mais continua malgré les menaces. Alors qu'elle ne l'espérait plus, il apparut tout à coup, penché vers le quai, fou de douleur de l'apercevoir ainsi, à quelques mètres, sans pouvoir lui parler.

Elle comprit qu'il parlementait avec les soldats qui s'agitaient, là-haut, sur le pont. Elle l'appela de nouveau, mais il lui sembla qu'on le forçait à s'éloigner. A cet instant, le dernier convoi de prisonniers arriva, encadré par des soldats très nerveux. Ignorant sa peur, elle tenta de se glisser parmi eux, reçut un coup de crosse qui l'envoya rouler sur le sol. Des gendarmes se précipitèrent, l'aidèrent à se relever, mais l'entraînèrent à l'écart. Une corne de brume retentit dans le froid du matin. Quand Marie put enfin se tourner vers la frégate, elle ne vit plus Benjamin. Dans un sursaut désespéré, elle échappa aux gendarmes, courut vers la passerelle et s'aperçut qu'elle avait été enlevée. Elle s'arrêta net, cria une dernière fois, mais c'est à peine si elle entendit le son de sa voix. Alors, les yeux pleins de larmes, elle regarda s'éloigner lentement le bateau qui emportait son mari loin d'elle pour la deuxième fois.

Benjamin s'était de lui-même écarté du bastingage car il n'avait pu supporter d'entendre crier Marie. Il s'était réfugié dans un coin et, recroquevillé sur lui-même, il s'était bouché les oreilles jusqu'à ce que la frégate fût suffisamment éloignée de la ville. Alors il était revenu sur le pont et, comme ses camarades, il avait tristement cherché à deviner les côtes de France englouties par la brume. Celle-ci avait persisté tout le long de l'estuaire et ne s'était déchirée qu'à l'entrée de l'océan. Alors les soldats armés de sabres et de pistolets avaient dénoué les liens des prisonniers et les avaient parqués dans l'entre-pont. Ainsi avait commencé un long et pénible voyage vers la terre d'exil.

Un après-midi, le feu s'étant déclaré dans la soute à charbon, les prisonniers furent contraints d'éteindre l'incendie. Benjamin y prit sa part et fut étonné de retrouver si vite les sensations de son service militaire dans la marine. Lui, au moins, contrairement à la grande majorité de ses compagnons, ne souffrait pas du mal de mer. Aussi, les sept jours qui passèrent avant l'arrivée de la frégate à Mers el-Kébir lui parurent-ils bien moins difficiles à vivre que ceux qu'il avait vécus, parfois, sur le *Duguay-Trouin,* à fond de cale.

Au terme de ce voyage, des chalands débarquèrent les prisonniers sur la côte d'Afrique. Des détachements de soldats et de gendarmes refoulèrent les marchands d'oranges qui tentaient d'écouler leur marchandise et conduisirent les proscrits vers les baraques du pénitencier. Ces baraques de planches étaient clôturées par une palissade de quatre mètres de haut et, comme elles étaient situées au bord de la mer, le vent les aérait agréablement, ce qui préservait les hommes de la chaleur. Benjamin reçut un mince matelas d'étoupe et une couverture de laine, ainsi qu'un matricule qui devint très vite son patronyme. Alors commença une vie qu'il avait imaginée beaucoup plus périlleuse. Les prisonniers pouvaient communiquer entre eux et se promener sous un immense préau. Ils mangeaient quelquefois de la viande, souvent des fèves, des pois, des artichauts, des salades et de belles oranges. Certains, escortés par des soldats, sortaient dans les villages voisins pour y puiser de l'eau potable, d'autres travaillaient à la construction de fours en terre pour la cuisine, d'autres enfin cassaient des pierres sur les routes ou creusaient des fossés. Ceux qui se rebellaient étaient conduits au fort de Mers el-Kébir, y demeuraient enfermés une quinzaine de jours et revenaient couverts de vermine.

Rassuré par la certitude de ne pas mourir d'épuisement ou de malnutrition, Benjamin faisait en sorte de ne pas se faire remarquer. Il pensait à Marie et à ses enfants à chaque instant, tandis qu'il cassait des pierres ou portait des barriques d'eau sur le chemin enfariné de poussière. Il se demandait si Vincent et Marie avaient repris les voyages, si Aubin et Emilien ne souffraient pas trop de son absence, si Elina trouvait toujours à communiquer à ceux qui l'entouraient son énergie rayonnante. Il essayait de ne pas trop songer à l'avenir, de vivre chaque jour qui passait en cultivant l'espoir de les revoir bientôt. Il s'abrutissait dans le travail depuis l'aube jusqu'au soir et, parfois, pensait à Pierre déporté à Cayenne et lui en voulait un peu de l'avoir entraîné dans cette aventure. Certes, il ne regrettait pas d'avoir défendu les idées auxquelles il croyait, mais ce qu'il regrettait, c'était de s'être engagé dans un combat dans lequel il avait côtoyé plus de lâcheté que de courage. La façon dont les hommes de Peyronny s'étaient débandés après la fusillade lui avait laissé un goût amer dans la bouche. Il s'était aperçu que les idées qui le portaient ne s'exprimaient pas chez les autres avec la même force que chez lui. Toutefois, parmi ses compagnons d'infortune, quelques-uns ne renonçaient pas. Ils ne se privaient pas de discuter avec lui de l'avènement de la République et assuraient qu'ils finiraient par triompher. Ces conversations lui étaient d'un grand secours, car elles atténuaient l'impression de trahison qu'il avait gardée des folles journées de Marmande. Ainsi il se sentait moins seul et attendait des nouvelles de France avec autant d'impatience que de confiance. Un jour, bientôt, il en était sûr, il reverrait Marie, le port, la vallée, la Dordogne qu'il entendait couler la nuit, dans ses rêves, et dont le murmure continuait de le bercer.

Troisième partie

LA BELLE DU PÉRIGORD

8

Il fallait trouver le courage de vivre pour Aubin, Emilien, Elina, et pour celui qui reviendrait quand les nuages de décembre auraient disparu à l'horizon. Les six mois qui venaient de passer avaient été pour Marie un calvaire qu'elle avait gravi pas à pas, surtout pendant l'été, quand les basses eaux l'avaient contrainte à demeurer à quai, à errer dans les prairies pour y cacher sa peine, à rassembler ses forces pour trouver celle, chaque matin, de sourire à ses enfants.

L'été déclinant, les pluies avaient rendu les eaux marchandes dès la fin de septembre. Marie avait alors dû faire face à un problème imprévu : la moitié de l'équipage refusait d'accorder sa confiance à un Vincent vieillissant et à une femme, si courageuse fût-elle, qui prétendait assumer la responsabilité des voyages. Vidal et Roussel, notamment, avaient trouvé un engagement auprès des maîtres de bateau de Groléjac et de La Roque-Gageac. Demeuraient fidèles aux Donadieu les hommes les plus âgés, plus le mousse dont la bonne volonté n'était pas en cause, mais qui manquait de force, souvent, lors des manœuvres de déchargement. En outre, les marchands de sel se montraient retors vis-à-vis de Marie. Elle avait beau négocier en présence de Vincent, évoquer le nom de son mari, elle ne parvenait pas à arracher les rabais que Benjamin, lui, obtenait sans difficulté. Heureusement, dans le haut pays, Jean s'occupait de l'approvisionnement du bois. Lors d'un voyage à Souillac, il s'était montré désolé de ne pouvoir aider davantage Marie, mais il travaillait maintenant avec son beau-père qui avait acheté des coupes et formé des équipes pour tailler le merrain. Il ne pouvait abandonner une entreprise qu'il dirigerait un jour. Marie l'avait remercié et rassuré : il lui était déjà d'un grand secours. Pour le reste, elle se débrouillait avec Vincent et Elina qui, désormais, tenait les comptes. Même si l'on gagnait moins, même si les difficultés s'accumulaient, il fallait tenir ferme le gouvernail jusqu'au retour de Benjamin. Il n'y avait pas d'autre solution.

Une légère angoisse en elle, Marie était donc repartie à la fin de septembre, sur une crue qui avait gonflé les eaux de la Dordogne en trois ou quatre jours. Devant la capitane, Vincent menait l'*Elina* qui tirait la seconde. Il ne pleuvait plus, mais le ciel demeurait chargé de nuages, et l'on sentait la présence de l'eau partout : dans le vent, sur les berges, les prés et les champs au-dessus desquels tournaient les oiseaux chassés de leur nid. Jamais Marie n'avait ressenti à ce point la violence de la rivière. Elle avait du mal à résister à la pression de l'eau contre le gouvernail, surtout lorsque la capitane entrait dans les remous ou qu'un courant habituellement inoffensif la prenait violemment dans sa poigne et l'entraînait vers les rochers. Il fallait alors réagir très vite pour éviter l'écueil.

Au fur et à mesure que les villages se succédaient, Marie retrouvait peu à peu sa confiance. Calviac, Aillac, Carsac sur la rive droite, Veyrignac et Groléjac sur la rive gauche lui servirent de repères familiers, vaguement protecteurs. Dans le cingle de Montfort, ce fut plus difficile : elle frôla les rochers, car la Dordogne semblait vouloir s'ouvrir un passage dans la falaise. Plus loin, elle dut se montrer vigilante à La Roque-Gageac où la rivière, dissimulant son lit habituel, passait par-dessus la route étroite avant de repartir, presque à angle droit, vers Beynac.

Il n'était pas question de s'arrêter pour manger. Le

mousse vint porter à Marie un morceau de lard et de pain, mais elle n'y toucha pas, ne trouvant pas le temps de libérer ses mains. La descente continua dans cet après-midi d'automne où l'on n'entendait que la colère de l'eau, et, parfois, sur les rives, le cri tourmenté des corbeaux. Marie pensa à ce que lui avait recommandé Vincent (le suivre attentivement à l'approche du pont de Siorac) dès que la capitane effleura Saint-Cyprien dominé par le château de Fages. Très vite, ensuite, passé le confluent avec la Nauze, le pont apparut, et Marie veilla à se placer exactement dans le sillon ouvert par l'*Elina*. Du fait des hautes eaux, le passage entre les arches lui parut minuscule. Il lui sembla que la capitane, chahutée par des courants contraires dus à la crue de la Nauze, se comportait anormalement. Au fur et à mesure que son bateau se rapprochait du pont, l'impression de ne pas pouvoir passer sans toucher augmenta. Elle eut très peur, soudain, se refusa de toutes ses forces à affronter l'obstacle, mais comment s'arrêter ? Les flots l'emportaient irrésistiblement vers le pont qui se dressait maintenant, immense et terrifiant. Ses réflexes jouèrent d'instinct, la contraignant à suivre au mètre près la route de Vincent. Elle retint son souffle lorsque l'*Elina* s'engouffra sous la troisième arche et passa en moins de trois secondes sans même frôler les pierres. A dix mètres de l'arche, elle fut tentée de fermer les yeux, faillit crier, crispa ses mains sur la barre puis, comme le lui avait appris Benjamin, inspira bien à fond et se relâcha, barrant en souplesse. La capitane se redressa, effleura les pierres sur tribord, glissa interminablement dans le chenal mais passa sans encombre, laissant en bout de course à Marie une sensation de froid polaire qui provoqua en elle un long frisson.

Ça y était ! Elle était passée ! L'horizon, maintenant, paraissait dégagé. Rassurée par le succès de sa manœuvre, Marie respirait mieux. Et comme par enchantement la Dordogne lui parut moins hostile, d'autant qu'elle défilait entre des rives peuplées de manoirs paisibles et assoupis sur des collines ignorantes de la fureur des eaux. Il semblait à Marie qu'elle avait grandi. Elle avait fait face, elle s'était souvenue au moment où il le fallait des conseils de Benjamin. Elle se sentit très proche de lui, et ce fut si bon, soudain, qu'elle en oublia les dangers. Alors elle retrouva plaisir à naviguer et rêva un moment au voyage qu'elle avait effectué avec lui lors d'un précédent printemps.

Le clocher carré de Cabans, qui veillait fidèlement sur le cimetière et la vieille église, apparut sous une éclaircie qui semblait le désigner à tous les regards. Ensuite, la Dordogne contourna Le Buisson et se pressa vers Limeuil dont on apercevait au loin le coteau noyé dans la verdure.

— Attention à la Vézère ! cria Vincent.

Le prouvier de Marie lui répéta le message. C'était un jeune homme de vingt ans qui avait tiré un bon numéro et lui avait demandé du travail. Il venait du bas pays, disait-il, et nul ne le connaissait à Souillac. Marie, qui n'avait pas le choix depuis le départ de ses meilleurs matelots, avait accepté de l'engager. Il s'appelait Philippe Rey, se montrait adroit et courageux, mais cherchait souvent son regard. Elle demeurait distante, se souvenant d'un certain Ghislain Claveille qui, comme ce Philippe, était grand, brun, avec des yeux d'un noir profond, où l'on avait envie de se perdre.

— La barre à bâbord ! cria Vincent.

Elle se demanda pourquoi le convoi ne gardait pas sa ligne au milieu du lit, se hissa sur la pointe des pieds et comprit : là-bas, au confluent, la Vézère ne portait pas la même crue que la Dordogne qui se jetait en elle du haut d'une chute d'un mètre.

Le cœur de Marie, de nouveau, s'affola. Alors que depuis Siorac la peur l'avait quittée, elle ressentit cette contraction douloureuse dans le ventre qu'elle connaissait bien. Pensant qu'elle avait le temps de s'arrêter, elle donna un coup de gouvernail qui fit tourner la capitane d'un quart de cercle et faillit la faire verser sur tribord, sans pour autant freiner sa course. Marie sentit jusque dans ses épaules la stupidité de cette manœuvre et rectifia aussitôt. Prise par la vigueur du courant, la capitane tarda à se rétablir. Un nouveau coup de gouvernail la remit dans le fil de l'eau, la proue dirigée vers la petite baie de Limeuil. Ce fut au moment précis où le bateau achevait de se rétablir que Marie aperçut l'*Elina,* trente mètres devant, qui piquait du nez vers la Vézère et disparaissait tandis que la seconde, amarrée à elle par une corde, se retournait pendant le saut et disparaissait à son tour. Elle entendit crier le mousse, puis le prouvier, essaya de diriger la capitane dans l'axe de la chute, serra très fort le gouvernail, sentit son bateau se soulever par l'arrière et, aussitôt, fut submergée par une vague glaciale qui lui fit fermer les yeux. Elle ne lâcha pas le gouvernail pour autant, au contraire. Ce fut comme une bouée à laquelle elle s'accrocha et qui lui permit de rester debout au moment où la capitane, lestée de tout son chargement, émergea de la rivière dans un éclaboussement d'écume.

Marie s'essuya les yeux de la main gauche, comprit que la capitane poursuivait sa route comme si de rien n'était, puis elle aperçut l'*Elina* qui traînait la seconde la quille en l'air. Le chargement de bois qu'elle portait avait basculé dans les flots, mais la cordelle avait tenu le choc et le bateau semblait intact

— Je continue comme ça ! cria Vincent.

Qu'aurait-il pu faire d'autre ? Certes la seconde le ralentissait, mais ce n'était pas très grave dans ces eaux si rapides, à condition qu'elle ne vienne pas heurter l'*Elina.*

Revenant à son bateau, Marie se rendit compte que le mousse et Philippe la regardaient. Elle lut dans leurs yeux une lueur de respect, peut-être même d'admiration. La sensation heureuse d'avoir définitivement gagné la partie dura jusqu'à l'escale de Mauzac. Elle savait qu'elle ne pourrait pas trouver à l'avenir des conditions plus défavorables. L'orgueil d'avoir franchi toutes les marches qui menaient à la maîtrise de la navigation vibrait en elle et la grisait.

Pourtant, quand elle entra dans la salle de l'auberge, les hommes l'apostrophèrent avec ces plaisanteries habituelles qu'elle ne relevait jamais. Le dos tourné à la salle, elle se sécha du mieux qu'elle put, puis elle monta dans la chambre où elle avait pris l'habitude de manger seule, parfois avec Vincent. L'amertume d'avoir triomphé de tant de dangers sans que l'on reconnût ses mérites la meurtrit au plus profond d'elle. Mais cela ne dura pas. Elle savait que son bras n'avait pas tremblé et qu'un jour viendrait où les hommes finiraient par lui témoigner leur respect.

C'était la deuxième fois depuis avril qu'en compagnie de Vincent et d'Elise Marie prenait la route de Thiviers où résidait Vivien. Pas exactement Thiviers, d'ailleurs, puisqu'il travaillait dans une ferme au lieu-dit « Les Essarts », en lisière d'une forêt. Il devait signer chaque semaine à la gendarmerie, et ne pas quitter la ferme où il avait été assigné à résidence.

Le temps s'était mis au beau en ce début octobre qui allumait sur les arbres des foyers d'or et de rouille. La charrette et le cheval loués à un roulier de Souillac avançaient lentement sur la route de Périgueux que l'attelage, venant de Montignac, avait rejointe à Thenon. Vincent tenait les rênes, et Marie, assise près de lui sur la banquette, pensait à la dernière lettre de Benjamin qui était rassurante : il n'avait ni faim ni froid. Il travaillait. Il ne lui manquait que sa famille, mais il gardait confiance.

Comme il savait que Marie et Vincent avaient repris les voyages, il prodiguait les conseils, donnait des appréciations sur telle ou telle personne, indiquait les marchands dont il convenait de se méfier, demandait enfin qu'on ne le laisse pas sans nouvelles. Marie s'y évertuait, mais les voyages prenaient beaucoup de son temps et elle se reprochait de ne pas écrire aussi souvent qu'elle le souhaitait. Il fallait bien travailler, pourtant, car ceux qui étaient restés fidèles aux Donadieu avaient eux aussi une famille à nourrir.

Penser à la famille de ses matelots la fit songer à Elina restée seule à Souillac pour garder les enfants. Marie se demanda vaguement ce qu'elle serait devenue sans cette présence chaude et rassurante à ses côtés. Elle n'avait pu, en effet, compter sur Elise dont la pâleur du visage, aujourd'hui, sur cette charrette exposée à tous les vents, accentuait l'extrême fragilité. Elle avait vécu la séparation d'avec son mari dans les larmes et le silence. Nul sursaut de révolte ni de colère. Marie se demandait parfois comment Vivien avait pu se marier avec une telle femme, sur laquelle les événements glissaient sans provoquer la moindre ride. Et cependant elle l'aimait bien. C'était d'ailleurs pour elle que Marie avait insisté, bien que les eaux fussent marchandes, pour aller rendre visite à Vivien que l'on n'avait pas revu depuis la fin du mois d'août.

Il fallait pourtant deux jours pour arriver à destination, et ce n'était pas facile. On faisait halte un peu avant Périgueux, à Saint-Pierre-de-Chignac, où se trouvait une auberge qui avait été recommandée à Vincent par le propriétaire de la charrette. Après un bon repas et une courte nuit, on repartait à l'aube, afin d'arriver avant midi.

Ce jour-là, précisément, quand ils pénétrèrent dans la cour de la ferme, Vivien et son maître n'étaient pas encore rentrés des champs. La maîtresse des lieux les accueillit avec une grande amabilité, comme à son habitude. Elle s'appelait Noémie Prades. C'était une petite femme ronde, aux yeux couleur de châtaigne, qui débordaient de bonté. A soixante ans passés, elle cultivait encore avec Emile, son mari, une propriété de peu d'étendue sur laquelle ils vivaient chichement, mais sans manquer du nécessaire. Ils avaient saisi l'occasion de prendre un ouvrier dès qu'ils avaient appris la nouvelle de la venue d'hommes assignés à résidence. Peu leur en importaient les raisons. Pour eux, un homme était un homme, et ce que leur reprochait le gouvernement ne les regardait pas. Ils avaient donc accueilli Vivien comme un vague cousin de retour de voyage. Il dormait dans un minuscule réduit aménagé entre la cheminée et le mur, tandis que ses hôtes partageaient l'unique chambre de la maison.

— Heureusement que vous êtes venus, leur dit ce jour-là

la fermière en les invitant à entrer. Mon mari et moi, nous ne savons plus quoi faire.

Et, s'arrêtant sur le pas de la porte, s'adressant à Marie :

— Figurez-vous qu'il a disparu.

— Comment ça, disparu ? fit Marie, stupéfaite.

— Ma pauvre, on ne l'a pas vu depuis deux jours, et pourtant ce n'est pas faute de le chercher.

Elle ajouta aussitôt, devant l'effarement de ses visiteurs :

— Rassurez-vous : nous n'avons pas prévenu les gendarmes.

Marie se sentit un peu soulagée, s'assit sur la chaise que lui proposait Noémie, demanda :

— Qu'est-ce qui s'est passé ?

— Je ne sais pas. Tout ce que je peux vous dire, c'est qu'il nous parlait tout le temps de la Dordogne et de ses bateaux. On voyait bien, avec Emile, qu'il se languissait.

— Vous pensez qu'il est revenu chez nous ?

— C'est ce qu'on se dit. Pour moi, il n'a pas pu résister.

Emile Prades arriva sur ces entrefaites. C'était un homme de taille moyenne, aux sourcils très épais, aux yeux d'un bleu très pâle, presque gris. Il semblait harassé.

— Rien trouvé, dit-il après avoir salué les Donadieu. Pour moi, il est reparti. A savoir si on le reverra jamais !

— Il ne vous a rien dit de précis ? demanda Vincent. Essayez de vous souvenir.

— La Dordogne, la Dordogne, il n'avait que ce mot à la bouche. Il faudrait bien qu'il signe sa feuille dimanche, sinon il aura des ennuis... Et nous aussi, peut-être.

Ils étaient tous désemparés, dans cette pièce qui sentait pourtant bon la soupe et le ragoût de pommes de terre, et ils ne savaient plus que dire.

— Mangeons ! fit Noémie qui avait tenu, dès leur premier voyage, à les garder à sa table. Quand nous aurons le ventre plein, il sera bien temps d'aviser.

Les femmes l'aidèrent à mettre le couvert, puis ils s'installèrent et Emile les servit. Le début du repas fut silencieux.

Chacun se demandait si Vivien avait mesuré les risques qu'il prenait en disparaissant ainsi, sans rien dire à personne.

— Je suis sûre qu'il est chez nous, fit Elise, incapable d'avaler la moindre nourriture. Je savais qu'il ne pourrait jamais s'habituer ici.

— Mangez, ma petite ! fit Noémie, ne vous laissez pas aller, ça n'avance à rien.

Elise porta sa cuillère à la bouche, puis elle la reposa. Décidément non, elle ne pouvait pas manger. Les autres, obsédés par cette absence qui pouvait dissimuler le pire, eurent vite terminé. Noémie, seule, continuait de manger debout et se désolait de s'être mise en cuisine pour rien :

— Bonté divine ! dit-elle, si c'est pas malheureux de voir ça.

Mais elle n'insista pas et, au contraire, approuva Marie qui manifestait l'intention de repartir tout de suite.

— Un peu de café, tout de même, fit-elle.

Pendant qu'elle le mettait à chauffer, Emile dit à Vincent :

— Ne vous inquiétez pas, personne n'en saura rien, ici, avant dimanche.

Puis, au moment de quitter la table, il proposa à Elise :

— Si vous le trouvez, revenez donc ici avec lui. Ça ne nous gênera pas, au contraire. On n'est pas obligé de dire que vous êtes sa femme. On peut très bien avoir besoin de quelqu'un pour nous aider. Les gendarmes n'iront pas chercher si loin, allez !

— Comme ça, il s'habituera peut-être, ajouta Noémie.

Marie, Elise et Vincent remercièrent les deux vieux avec émotion, puis ils repartirent le plus vite possible sur la longue route qui traversait des bois et des prés d'un vert vieillissant où erraient par endroits les ombres annonciatrices de l'hiver.

Le lendemain soir, lorsqu'ils arrivèrent à Souillac, ils n'y trouvèrent pas Vivien. Mise au courant de ce qui se passait,

Elina feignit de ne pas trop s'inquiéter, mais, à sa façon de regarder vers la porte chaque fois qu'un souffle de vent l'agitait, Marie comprit qu'elle était beaucoup plus préoccupée qu'elle ne le montrait. En accord avec les femmes, Vincent décida de descendre en bateau, le lendemain, jusqu'à Domme et Groléjac, pour tenter de glaner des nouvelles sur les ports.

— A moins qu'il ne soit là-haut, dit Elina dans un soupir.

— Où cela ? demanda Marie.

— A Spontour. Dans les forêts.

— Non, fit Marie, je ne crois pas. C'est plutôt notre vallée qui lui manque. S'il est vraiment revenu vers la Dordogne, c'est ici, chez nous, ou alors...

Atterrée par l'idée d'une disparition définitive, elle renonça à poursuivre et s'occupa à ranger les bagages. Dès qu'elle eut terminé, elle accompagna Vincent et Elise dans la maison des Paradou, puis elle revint chez elle rapidement, car elle n'avait pas vu ses enfants depuis deux jours et elle voulait passer un moment avec eux avant de les coucher. Elle prit Emilien sur ses genoux, lui demanda de lui raconter ce qu'il avait fait en son absence, écouta également Aubin qui avait pêché des truites et lui expliquait qu'elles se trouvaient en cette saison dans les grands fonds. La présence de ses enfants et celle d'Elina lui firent oublier pour quelques instants la disparition de Vivien.

Quand les enfants furent endormis, Marie redescendit pour parler avec Elina qui, encore une fois, se montra rassurante : même s'il était venu jusqu'à la Dordogne, Vivien rentrerait en temps voulu à Thiviers, elle en était certaine.

— Espérons ! fit Marie en soupirant, mais tout de même, quelle folie !

Une fois dans sa chambre, elle ne put s'endormir et elle écouta les murmures de la nuit : caresses du vent dans les frênes, gémissement des chiens dans les niches et glissades de l'eau le long des rives. A chaque seconde qui passait, elle s'imaginait entendre des pas sur le chemin, un doigt cognant contre les volets, mais rien d'insolite ne troublait la vallée assoupie. Lorsqu'elle parvint à trouver le sommeil, vers quatre heures, ce fut pour voir Vivien qui se noyait, les bras tendus vers elle, dans les remous du Raysse, et dont elle n'entendait même pas les cris.

Le lendemain matin, comme il l'avait décidé la veille, Vincent partit pour les ports du Sarladais. Marie, qui ne savait demeurer inactive, remonta jusqu'à Lanzac sur sa barque de pêche, puis descendit jusque dans la plaine de Cazoulès, s'arrêtant dans les prairies, les champs, les bois de Cieurac, cherchant les traces d'une présence qui, par moments, lui semblait proche. En prenant garde de ne pas se trahir, elle interrogea les gens des fermes riveraines, du moins ceux chez qui Vivien aurait pu se réfugier sans danger. Rien. Pas le moindre indice. De même pour Vincent qui revint à la nuit, désolé d'avoir cherché en vain toute la journée.

Après le repas qu'ils prirent ensemble dans la maison des Donadieu, Marie et Elina décidèrent de rester dans la cuisine pour veiller. Elles laissèrent la lampe allumée et le volet entrebâillé, comme on le faisait jadis pour guider les pèlerins. Marie avait beau réfléchir, examiner toutes les possibilités, elle était persuadée que Vivien était revenu. Il ne pouvait pas en être autrement. Ici se trouvaient ses bateaux, la maison de son enfance, la vallée qu'il aimait.

Les heures défilèrent et rien ne se passa. Les deux femmes ne parlaient pas, ou à peine. Vers minuit, Elina fit du café qu'elles burent lentement, toujours en silence. Puis Marie s'assoupit, se réveilla en sursaut un peu plus tard, vint près de la porte, écouta, s'assit de nouveau et, enfin, s'endormit. Ce fut Vincent qui, à trois heures, l'éveilla en frappant doucement à la porte.

— Il est chez nous, fit-il en se glissant à l'intérieur. Il vient d'arriver.

Marie le suivit aussitôt, tandis qu'Elina restait dans la maison pour ne pas laisser les enfants seuls.

Une fois dans la cuisine des Paradou, Marie eut du mal à

reconnaître son frère dans cet homme accoudé sur la table, échevelé, le regard perdu, qui leva la tête vers elle et la rabaissa aussitôt, comme s'il ne l'avait pas vue. Elle s'approcha, se pencha vers lui, murmura :

— Vivien ! C'est moi.

Il eut un vague sourire, mais il sembla à Marie qu'il ne lui était pas adressé.

— Vivien ! répéta-t-elle, où étais-tu ?

Il ne répondit pas, se contenta de la dévisager un instant avant de se perdre de nouveau dans la contemplation de ses mains largement ouvertes devant lui. C'était bien lui, pourtant, c'était bien ses yeux lumineux, son sourire d'enfant, ses cheveux bruns, et cette manière qu'il avait depuis toujours d'incliner la tête en poursuivant on ne savait quel rêve impossible. Marie s'assit face à lui, lui prit les mains, les serra :

— Vivien ! fit-elle, pourquoi es-tu revenu ?

Elle ajouta, comprenant à une lueur dans son regard qu'elle avait capté son attention :

— Tu es à Souillac, dans ta maison.

Quelque chose en lui se ranima, comme un pouls qui, doucement, se remet à battre.

— Marie, dit-il.

— Où étais-tu ? demanda-t-elle tout bas.

Il fronça les sourcils en essayant, manifestement, de rassembler ses idées, répondit enfin :

— Je n'en pouvais plus.

— Oui, dit-elle, mais où es-tu allé ?

— La rivière, fit-il.

— Où donc ?

— Je ne sais pas.

Elle comprit qu'elle n'en apprendrait pas davantage, n'insista pas. Elise porta à son mari un bol de café et un petit verre d'eau-de-vie. Vivien but l'un et l'autre, soupira. Puis il se redressa et parut s'étonner de l'endroit où il se trouvait. Ce fut comme s'il reprenait pied dans le monde réel.

— Qu'est-ce que tu as fait ? demanda de nouveau Marie. Pourquoi es-tu revenu ?

— J'avais besoin de voir la Dordogne, d'aller sur l'eau... J'avais des envies de bateaux, de voyages. C'était en moi. Ça me prenait, là, j'y pouvais rien.

— Oui, dit Marie d'une voix douce. Je comprends, tu as bien fait, mais demain il faudra retourner là-bas.

Il se raidit, les traits de son visage s'assombrirent.

— Non ! fit-il.

— Si on te prend, on te mettra en prison, dit Elise, épouvantée.

— Non ! répéta Vivien, plus jamais.

— Elise va venir avec toi, dit Marie. Emile et Noémie sont d'accord, on les a vus. Tu seras bien là-bas, avec Elise, et ça ne durera pas longtemps, je te le promets.

Vivien, incapable d'entendre les mots de la raison, demeura muré dans son refus. Vincent essaya lui aussi de le convaincre, mais sans plus de succès. Marie demanda alors à son père d'aller chercher Elina et de rester là-bas au cas où les enfants se réveilleraient. Vincent partit, et l'on entendit le bruit de ses pas décroître dans la nuit. En attendant l'arrivée d'Elina, Marie ne dit plus rien. Seule Elise, assise près de Vivien, lui parlait à l'oreille, mais il se contentait de remuer la tête, exprimant une hostilité farouche qui finit par la décourager.

Elina arriva, s'assit face à Vivien, à la place de Marie qui préféra les laisser seuls et monta, avec Elise, se reposer dans une chambre. Et ce qu'elles n'avaient pu faire entendre à Vivien, Elina y parvint au bout de deux heures de patience et de douceur. Une fois de plus, avec des mots, qui, dans sa bouche, prenaient une couleur différente, elle réussit à insuffler chez un autre un regain de vie, un nouvel espoir. Vivien accepta de revenir aux Essarts avec Elise, à condition de faire de temps en temps une escapade sur la Dordogne sans attirer l'attention des gendarmes.

Marie, redescendue avec Elise, proposa à son frère de

passer toute la journée du lendemain à se reposer et à profiter de sa maison. Vincent louerait de nouveau la charrette et l'on repartirait samedi matin, ce qui permettrait d'arriver à Thiviers le dimanche avant midi. Il suffirait, pour cela, de voyager de nuit, ce qui n'était pas un inconvénient puisque l'on connaissait la route.

Ainsi fut fait. Marie, Vincent, Elise et Vivien repartirent le surlendemain, Vivien caché sous une bâche entre la malle qui contenait les affaires d'Elise et la ridelle. Ce matin-là, de grandes gerbes de nuages s'étiraient dans le ciel. La pluie menaçait. Elle ne tarda pas à rattraper l'attelage et à noyer la campagne sous une bruine qui, heureusement, n'était pas froide mais tiède, et qui faisait jaillir de chaque côté de la route des parfums de mousse et de champignons. Marie et Vincent déplièrent les capotes de toile cirée dont ils se servaient sur la Dordogne, et le voyage se poursuivit dans une monotonie accentuée par la grisaille du jour.

A chaque instant, Marie redoutait que Vivien ne sautât de la charrette et ne s'enfuît. Il n'en fit rien. Il se laissa conduire jusqu'aux Essarts sans un mot et sans le moindre mouvement de révolte. En le laissant, si loin de la Dordogne, Marie s'en voulut. Il ressemblait à l'un de ces grands aulnes qui manquent d'eau et qui meurent doucement dans les anciens lits des rivières. Et, au retour, après un repas qu'elle s'efforça, avec Noémie, de rendre gai, tandis que la charrette avançait lentement entre les châtaigniers, la pensée que Benjamin, là-bas, de l'autre côté de la mer, pût souffrir autant que Vivien frappa Marie comme un coup dans le cœur. Elle se tourna de côté pour cacher ses larmes à Vincent, folle d'angoisse à l'idée qu'il pouvait être tué s'il essayait un jour, lui aussi, de s'évader.

Les six mois qui avaient passé avaient ancré Benjamin dans la certitude que sa détention allait durer longtemps. Aussi avait-il pris la décision de s'enfuir dès que l'occasion se présenterait. Dans son désir fou de revoir son pays et la Dordogne, les risques qu'il fallait prendre lui paraissaient dérisoires. A ses yeux, le seul obstacle, c'était la mer. Or, durant les travaux qu'ils exécutaient sur la côte, les proscrits pouvaient apercevoir de nombreuses barques de pêche dans les petits ports des villages côtiers. Il ne semblait pas impossible à Benjamin de s'emparer de l'une d'entre elles à la faveur de la nuit, sans attirer l'attention des villageois. Pour le reste, il avait suffisamment navigué sur tous les océans pour franchir sans dommage la Méditerranée, à plus forte raison s'il longeait les côtes vers l'ouest, afin de traverser par le détroit de Gibraltar.

Comme il ne pouvait manœuvrer seul, il avait mis un homme dans la confidence : il s'appelait Etienne Cazalbou, et, avant les événements, était cordonnier à Marmande. Républicain de la première heure, ce colosse brun, au faciès de loup, avait très bien connu Pierre Bourdelle et parlait souvent de lui avec Benjamin. C'était d'ailleurs ce qui les avait rapprochés, avec, peut-être aussi, ce refus de la discipline manifesté par Cazalbou, dans lequel Benjamin se reconnaissait. Bien qu'il n'eût guère le pied marin, le Marmandais avait accepté tout de suite. Ils avaient décidé de tenter l'aventure avant l'hiver, de manière à ne pas trop s'exposer au mauvais temps.

— Une fois là-bas, on se cachera sur les rives de la Dordogne, disait Benjamin. Tu viendras avec moi.

— Non ! c'est toi qui viendras avec moi, répondait Cazalbou, dans ma campagne toutes les portes me sont ouvertes.

Ils en discutaient interminablement, ce qui avivait leur désir de partir, d'échapper à la surveillance de plus en plus tatillonne des soldats, à l'épouvantable chaleur des jours qui n'en finissaient pas de se succéder sans que rien vînt troubler leur monotonie languissante.

Ils profitèrent d'une corvée effectuée sur la plage pour disparaître de l'autre côté d'une dune et se mettre à courir vers des pins derrière lesquels ils s'allongèrent, guettant les bruits.

Rassurés par le silence, ils reprirent leur course vers l'ouest, longeant la mer dans la direction opposée à Mers el-Kébir. La nuit tomba, étouffante en raison du vent du désert qui grillait tout sur son passage depuis le début de l'été. Des chiens aboyaient à l'intérieur des terres, dans les villages où les indigènes s'endormaient dans leurs maisons blanches, sans étage, serrées les unes contre les autres comme les moutons d'un troupeau sous l'orage.

Afin de s'éloigner le plus possible de Mers el-Kébir où l'alerte avait dû être donnée, les deux hommes ne s'arrêtèrent pas au premier village qu'ils rencontrèrent, mais ils continuèrent à courir dans la nuit en suivant la côte. Il leur fallut près d'une heure pour atteindre un deuxième village et descendre sans bruit vers le petit port où des mâts se balançaient sous la lune. Là, Benjamin n'eut aucun mal à s'emparer d'une barque, car le site était paisible et les pêcheurs peu méfiants : il lui suffit de faire glisser la corde au-dessus de la bitte d'amarrage et de hisser la petite voile qui rappelait celles, anciennes, des Barbaresques, pour quitter le port sans être vu.

Il avait décidé de ne pas naviguer trop près des côtes et de gagner la pleine mer le plus rapidement possible. Ensuite, une fois qu'ils se seraient éloignés de Mers el-Kébir, ils reviendraient plus près des terres, afin de ne pas s'égarer. Le vent qui venait du désert était portant, et Benjamin n'eut aucun mal à mettre en œuvre son projet. Il barra droit devant lui jusqu'à cinq heures du matin, puis le vent tomba. Ils demeurèrent encalminés un long moment avant qu'une risée ne balaye la mer, venant de l'ouest. Comment se diriger vers Gibraltar avec le vent de face ? Dès que la brise forcit, Benjamin fut contraint de tirer des bords qui l'éloignèrent de plus en plus de la côte sans pour autant les faire progresser de façon significative vers l'ouest.

Quand le jour se leva, le vent devint tourmente. Benjamin, donnant la barre à Cazalbou, affala la voile et se mit à la cape, ainsi qu'on le lui avait appris dans la marine. Le grain arriva peu après, malmenant la barque qui roulait d'un bord sur l'autre et se comportait tout à fait différemment de l'*Elina,* ce qui inquiéta beaucoup Benjamin. Cazalbou, victime du mal de mer, dut s'allonger à l'abri : une petite dunette de planches dans laquelle un seul homme pouvait entrer. Benjamin resta à la barre, à peine protégé par une bâche et rageant contre le mauvais sort : ils étaient partis au commencement d'une tempête alors que le soleil brillait depuis des mois ! Sa blouse bleue de prisonnier transpercée par la pluie, il grelottait, cherchant à s'orienter malgré la brume épaisse et les rafales qui entraînaient la barque dans une folle dérive.

Un peu plus tard, comme il lui semblait qu'ils se rapprochaient des côtes, il tenta de hisser de nouveau la voile, mais le vent était trop violent et il dut la ferler au plus vite pour ne pas chavirer. Il avait faim. Il avait froid. Son compagnon ne lui était d'aucun secours. Il se contentait de grogner comme un ours blessé et de demander s'ils étaient loin de Gibralter. Leur dérive forcée se prolongea jusqu'au début de l'après-midi. Alors le vent faiblit et la brume se déchira. Benjamin se rendit compte qu'ils se trouvaient à moins de trois kilomètres de la côte. A peine eut-il le temps de hisser la voile et de parcourir quelques centaines de mètres en direction du large qu'un navire de la marine française surgit et vint arraisonner la frêle barque de pêche incapable de fuir.

Arrêtés, mis au fers, Etienne et Benjamin furent conduits au fort de Mers el-Kébir et enfermés séparément dans deux cachots qui ne laissaient filtrer qu'un mince rai de lumière et dont la paille, humide et pourrissante, grouillait de vermine. Ils y restèrent un mois, sans nouvelles de l'extérieur, au pain sec et à l'eau, privés de lumière et de la plus élémentaire liberté d'aller et venir. Benjamin en ressortit dévoré par les poux, couvert de pustules, incapable de se tenir debout. Il y avait longtemps que le bonheur d'avoir respiré l'air du grand large avait fondu dans l'ombre froide du cachot. Il songea pourtant que les quelques heures qu'il avait passées sur la barque de pêche avaient été aussi nécessaires à sa survie que les maigres repas quotidiens. Malgré l'épuisement dans lequel il se trouvait, il se jura de recommencer. Mais il prendrait, avant, la précaution de s'enquérir auprès des indigènes du temps qu'il ferait pendant les quarante-huit heures à venir.

Du début de l'automne, Marie aimait passionnément l'embrasement des rives et les parfums de treille qui coulaient des collines. Des couloirs roux s'ouvraient dans les forêts pour mieux les enflammer. Le ciel duveté de gris fondait dans un ultime éclat de la lumière. C'étaient les dernières douceurs de l'air avant l'hiver. Marie le sentait à une sorte de lézarde dans le vent, par où se glissaient des pointes fraîches qui, par moments, faisaient frissonner la peau sur les bras. Mais elle savait aussi que le froid attendrait encore plusieurs semaines avant d'emprisonner la vallée dans les premières gelées. Et elle comptait bien profiter de ce voyage à Bordeaux qu'elle avait décidé subitement, deux jours auparavant.

A Bordeaux, en effet, on attendait la visite de Louis Napoléon qui avait entrepris une grande tournée dans le Sud-Ouest. Pourquoi avait-elle éprouvé le besoin de voir cet homme par qui le malheur était arrivé ? Elle ne le savait pas exactement, mais elle s'y était décidée à l'instant même où elle avait appris la nouvelle. Il lui semblait que le fait de l'approcher prouverait qu'il n'était pas aussi puissant, aussi inaccessible qu'on le croyait et atténuerait du même coup la gravité des événements de décembre. Elle n'était pas tout à fait certaine, cependant, qu'il ne s'agît de sa part d'un défi. Mais qu'importaient ces interrogations ? Elle était heureuse de cette fièvre ardente qui brûlait en elle, provoquant une sorte d'enthousiasme qu'accentuait encore la beauté de l'automne.

L'eau, dans cet après-midi sonore, était tout en muscles et en roulements d'épaules. Elle portait les gabares avec cette force qu'elle conserve longtemps après les crues, quand son cœur bat encore d'avoir charrié tant de terre et tant d'arbres jusqu'au bout du voyage. Marie avait plaisir à naviguer sur ces eaux vigoureuses qui lui faisaient oublier, sur les rives, le déclin des couleurs. Elle songea vaguement qu'il n'y aurait peut-être jamais plus de printemps, haussa les épaules, porta son regard sur la rivière qui filait sur bâbord en longues glissades d'un vert sombre, tandis que sur la berge, là-bas, les quenouilles des peupliers jaunissaient de la pointe comme une laine mal cardée.

L'*Elina* et la capitane arrivaient dans la plaine de Sainte-Foy-la-Grande qui, sur la rive gauche, était couverte de vergers. Le vent d'ouest faisait danser les feuilles dont le murmure parvenait jusqu'au milieu de l'eau où Marie aspirait de grandes bolées d'air au goût de pomme. Devant les deux bateaux, trois gabarots limousins traçaient une route bizarre depuis le début de l'après-midi. Ils ne cessaient d'aller d'un bord à l'autre de la Dordogne, révélant un manque d'expérience inquiétant sur des eaux si nerveuses. Comme Vincent évitait de les suivre de trop près, Marie avait compris qu'il se méfiait. Elle se demandait si l'équipage des gabarots n'était pas ivre et elle demeurait vigilante, gardant une centaine de mètres de distance entre la capitane et l'*Elina*.

Le convoi dépassa le manoir de Riandole, lécha un îlot couvert d'aulnes, puis arriva à la hauteur du château de Saint-Martin dont on apercevait le parc entre les frondaisons. Marie l'admira un instant puis revint à la rivière qui, là-bas, recevait sur bâbord la Gardonette et sur tribord l'Eyraud, tout droit descendu des forêts de Lagudal. Ensuite, ce fut Gardonne, de longues îles de sable blanc d'où s'envolèrent deux tadornes au bec rouge, encore des vergers et, plus loin, les coteaux du Fleix avec leurs vieilles demeures et leurs pins parasols.

Marie connaissait parfaitement les dangers du cingle qui formait un coude aussi fermé qu'un angle droit, et elle se rendit compte que les gabarots, là-bas, devant, ignoraient tout des risques qu'ils couraient. Elle se dit qu'ils naviguaient trop sur tribord et que, s'ils ne redressaient pas leur trajectoire à temps, ils allaient être précipités contre la rive par le courant. Le prouvier de Vincent cria, cherchant à les prévenir. Elle comprit qu'ils n'avaient pas entendu quand le courant les prit, et, sans qu'ils aient le temps de tenter la moindre manœuvre, les envoya buter contre la berge. Leur cargaison bascula, ils chavirèrent, et Marie vit distinctement des hommes tomber à l'eau à l'endroit où le courant était le plus violent. Aussitôt, contrairement aux règles établies, elle dirigea la capitane vers tribord et demanda à Philippe de se préparer à jeter des cordes. Comme elle avait l'habitude de passer le cingle sur bâbord, elle fut surprise par la force du courant et dut rectifier très vite sa trajectoire. Il fallait pourtant se rapprocher le plus possible des hommes qui, sans doute blessés, luttaient dans les eaux écumantes pour ne pas sombrer. Vincent avait amorcé la même manœuvre, mais, du fait qu'il se trouvait plus près des gabarots, elle avait été trop tardive, et il n'avait pu repêcher qu'un Limousin.

Quand elle sentit que le courant s'emparait de la capitane, Marie résista de toutes ses forces en pesant sur le gouvernail, mais en vain. Alors elle laissa glisser son bateau sur tribord et, ainsi, passa tout près des hommes, épuisés, qui purent se saisir des cordelles. Cette manœuvre ayant réussi, restait le plus difficile : éviter l'obstacle de la berge qui se rapprochait à vitesse folle. Marie s'était tellement engagée sur tribord qu'elle crut le choc inévitable. Cependant, tandis qu'elle luttait contre la pression de l'eau sur le gouvernail, elle sentit dans ses bras une totale impossibilité à passer ainsi et, aussitôt, d'instinct, changea de position, amorçant un demi-tour, la poupe vers bâbord et non pas vers tribord. La capitane faillit verser, frôla la rive, partit la poupe en avant, mais glissa hors du courant et entra dans la meilhe, en aval, qui la ralentit suffisamment pour que Marie réussisse à la redresser en douceur. Elle entendit des hommes crier : les Limousins et ses propres matelots. La Dordogne, maintenant pacifiée, s'attardait dans les calmes qui suivent souvent les rapides. La capitane s'arrêta presque en arrivant à hauteur de l'*Elina,* ce qui permit à l'équipage de haler les Limousins à bout de forces. Tous étaient en piteux état. Beaucoup saignaient, trois ou quatre souffraient de fractures. Assis contre le merrain, ils reprenaient leurs esprits, étonnés de découvrir une femme à la barre du bateau qui les avait sauvés.

Tout de suite après le cingle, la capitane et l'*Elina* purent accoster dans un calme, à l'entrée d'un bras mort. Les matelots de Vincent aidèrent ceux de Marie à donner les premiers soins aux blessés encore sous le choc. Marie comprit qu'ils avaient trop arrosé leur voyage à l'escale de Bergerac où, d'ordinaire, ils arrêtaient leur descente. Elle n'intervint pas dans la conversation entre Vincent et les Limousins qui décidèrent finalement de continuer jusqu'à Sainte-Foy où ils pourraient mieux soigner leurs blessés et reprendre des forces avant de repartir vers le Fleix.

Quand le convoi atteignit Sainte-Foy, la nuit tombait, lourde des odeurs du port, épaisse comme les nuages violets qui coiffaient les collines. Dès que les bateaux furent amarrés, Marie se réfugia dans sa chambre, à l'auberge, avec en elle une immense fierté. Aujourd'hui, elle avait « senti » la rivière comme cela ne lui était jamais arrivé. Il lui sembla qu'elles étaient l'une et l'autre de la même chair, du même sang. Elle se dit qu'une femme, avec son instinct, était peut-être plus apte à naviguer qu'un homme. Puis, songeant à Benjamin, elle redevint humble au souvenir de son habileté au passage du bec d'Ambès, que pour sa part elle n'affronterait jamais.

Un peu plus tard, comme on tardait à lui apporter le repas qu'elle avait l'habitude de prendre dans sa chambre, elle descendit le chercher. Dès qu'elle entra dans la cuisine, le patron l'invita à le suivre dans la grande salle où mangeaient les bateliers. D'abord elle refusa, puis, devant son insistance, elle accepta, intriguée. A peine eut-elle refermé la porte qu'elle fut entourée par six hommes qui se mirent à tourner autour d'elle en chantant. Elle voulut s'échapper, y parvint, mais fut arrêtée par le regard de Vincent qui l'incitait, au contraire, à entrer dans le jeu. Elle comprit que tous savaient ce qui s'était passé durant l'après-midi et qu'ils avaient décidé de la fêter, elle, la seule femme à oser naviguer. Elle se laissa entraîner et fut contrainte de s'asseoir en bout de table où une place lui avait été réservée, comme à un maître de bateau respecté de tous. Elle dut chanter et boire, finit par se laisser griser par ce triomphe qu'elle n'aurait jamais espéré, oublia les affronts, les sarcasmes, l'accident de l'après-midi et même la raison de sa présence ici. Cette joie un peu folle dura un long moment, puis elle s'estompa lorsqu'elle pensa à Benjamin, si loin, qui était privé du bonheur des voyages. Elle trouva alors le courage de parler de lui. Quelques mots seulement, mais qui furent salués par les applaudissements de toute la salle.

— Vive la République! lança-t-on çà et là.

Puis les hommes scandèrent le nom de Benjamin jusqu'à ce que l'aubergiste, craignant l'arrivée des gendarmes, vienne ramener le calme. Marie, qui n'avait pas l'habitude de boire tant, se sentait mal. Elle demanda à monter dans sa chambre. Aucune des plaisanteries habituelles ne lui fut adressée, au contraire. L'un des gabariers qui avait été repêché par la capitane se leva et prononça un couplet à son honneur :

Sur la verte Dordogne
Depuis le haut pays
Jusqu'à Bordeaux encore
Il n'y a qu'une Marie
La belle du Périgord.

Elle s'enfuit sous les acclamations et se réfugia dans la chambre où, ivre d'émotion et de fatigue, elle put enfin partager sa victoire avec Benjamin.

Le surlendemain, de Libourne, elle partit pour Bordeaux par le coche qu'elle avait l'habitude d'emprunter aux premières heures de la matinée. La pluie menaçait, mais le vent d'ouest poussait les nuages vers l'intérieur des terres, et Marie pensa que le beau temps s'installerait sans doute pendant la journée. Assise dans la voiture le dos tourné aux chevaux, elle ne voyait même pas ses compagnons de voyage, tant elle était plongée dans le souvenir des événements de la veille. Elle sentait vibrer en elle une force qui lui donnait l'impression de pouvoir renverser des montagnes. N'avait-elle pas réussi dans toutes ses entreprises ? N'était-elle pas désormais l'égale des maîtres de bateau ?

Comme elle avait appris que Louis Napoléon avait accordé cent sept grâces lors de son passage à Agen, l'idée lui était venue de l'approcher, afin de plaider la cause de Benjamin. Certes, elle savait que c'était là une idée un peu folle, mais rien ne lui paraissait plus impossible depuis la veille au soir. Aussi, ce matin-là, depuis son réveil, sans en avoir parlé à personne, échafaudait-elle toutes sortes de plans afin de mener à bien son projet, quels qu'en fussent les risques.

Une fois à la Bastide, elle traversa rapidement pour se rendre chez l'aubergiste du quai des Salinières. Celui-ci, conscient d'avoir failli à sa promesse de faire libérer Benjamin, avait pris Marie sous sa protection. Il lui trouva une place dans son arrière-salle où elle put manger sans être dérangée, puis il vint la retrouver dès qu'il eut un moment de libre. Elle en profita pour se renseigner auprès de lui sur l'itinéraire que devait suivre le Prince Président, apprit que son bateau, l'*Etoile de France*, qui descendait la Garonne depuis Agen, accosterait au quai de la douane. Ensuite, le cortège traverserait la ville au cours de l'après-midi, et le Prince prononcerait un discours à l'hôtel de ville, avant le grand dîner.

Marie remercia l'aubergiste et, comme il était déjà quatorze heures, descendit jusqu'au quai de la douane où des badauds attendaient Louis Napoléon, derrière une rangée de soldats en armes. Une calèche découverte, aux ferrures dorées et pavoisée aux couleurs de la ville, était attelée à deux chevaux blancs dont le frontal, la muserole et les anneaux d'argent jetaient des éclairs sous le soleil. Perdue dans la foule impatiente des Bordelais, Marie se sentait toute petite, mais sa résolution demeurait la même : si elle parvenait à s'approcher du Prince, elle saurait trouver les mots, et Benjamin serait gracié. Elle s'aperçut que de l'autre côté de l'avenue, au bord de la Garonne, les soldats étaient moins nombreux. Elle réussit à traverser sans attirer l'attention, un peu effarouchée, cependant, par les baïonnettes qui prolongeaient les fusils au-dessus des képis.

Un peu plus tard, alors qu'elle s'était glissée au premier rang, juste derrière les soldats, un long murmure parcourut la foule et ne fit que croître jusqu'à ce que l'*Etoile de France* vienne jeter l'ancre, face à l'endroit où se trouvait Marie. Les autorités se précipitèrent, ainsi qu'un détachement de soldats qui se déploya de chaque côté de la passerelle. Il y eut des cris, des vivats, bientôt couverts par les accents d'une musique militaire. Devant la passerelle, une bousculade ébranla le cortège des officiels pressés d'accueillir le Prince. Il fallut patienter cinq minutes avant qu'il ne paraisse, vêtu d'un pantalon rouge à lisérés noirs, d'une jaquette de la même couleur barrée d'une large écharpe également rouge et ornée de deux galons dorés encadrant les décorations. Tête nue, son bicorne à la main, il salua les autorités d'une inclination du buste, prononça quelques mots, puis il s'avança dignement vers la calèche dont un officier ouvrit la porte. Il y monta, s'assit, puis se releva aussitôt pour répondre aux acclamations. A cet instant, éblouie par tant de prestige, Marie crut que ses forces allaient l'abandonner. Pourtant les cent sept grâces prononcées à Agen lui revinrent en mémoire et ranimèrent son courage. Sans réfléchir davantage, elle se détacha du premier rang où elle s'était glissée, se faufila entre deux soldats qui regardaient dans la direction de la calèche et ne se rendirent pas compte de ce qui se passait. Le cœur fou, elle avança rapidement, mais sans courir, vers la voiture où s'étaient également assis, face au Prince, deux officiers. Les cris, la musique, les vivats, le soleil qui faisait luire l'or et l'argent des uniformes paraissaient irréels à Marie, de même que sa présence insolite en ces lieux. Une seule chose importait : s'approcher de la calèche, afin de sauver Benjamin. Elle se trouvait à quelques mètres seulement, lorsqu'un cri retentit dans son dos, dominant tous les autres. Elle ne s'arrêta pas, au contraire : elle combla les derniers mètres et eut le temps de distinguer, dans cette tête qui s'était tournée vers elle, les cheveux châtains presque roux, les yeux d'un vert doré, un peu glauques, le nez fort et droit, la moustache effilée aux deux extrémités, et la stupéfaction hostile du regard où erra, lui sembla-t-il, l'espace d'un instant, une ombre de frayeur.

— S'il vous plaît ! dit-elle, en tendant une main vers lui.

Elle n'eut pas le temps de faire un pas de plus car des soldats l'avaient saisie et immobilisée.

— S'il vous plaît ! répéta-t-elle.

Une lueur de mépris insondable brilla dans les yeux qui, tout de suite, se détournèrent. Elle gémit sous la poigne qui lui avait rabattu les bras dans le dos, se retrouva à terre, aveuglée par des larmes de douleur. Elle essaya de se relever, mais renonça en apercevant les bottes noires qui l'entouraient, tandis que des coups pleuvaient maintenant sur son dos. Elle entendit démarrer la calèche et, dans le vacarme provoqué par les chevaux, elle songea vaguement qu'elle allait mourir. Elle s'évanouit en emportant avec elle le regard glacé qui l'avait transpercée et la certitude qu'elle allait devoir payer cher son crime de lèse-majesté.

Elle revint à elle de longues minutes plus tard, dans une voiture qui roulait à vive allure sur les pavés. Elle était allongée entre deux rangées de trois soldats, ses poignets attachés dans le dos, incapable de bouger dans l'étroit couloir entre les sièges. Mon Dieu ! Qu'avait-elle fait ! Elle se sentit prise au piège entre ces hommes qui l'écrasaient de toute leur hauteur et l'emportaient elle ne savait où.

— Je ne lui voulais pas de mal, gémit-elle, vous pouvez me croire, je n'avais pas d'arme.

Un coup de botte la fit taire et elle se résigna à attendre le moment où, inévitablement, elle aurait à se justifier. Le temps lui parut terriblement long dans la position où elle se trouvait, la tête reposant sur le plancher de la voiture, les jambes repliées sous elle, tout le corps douloureux.

Enfin la voiture ralentit, tourna à droite et pénétra dans une cour pavée. Etait-ce l'hôtel de police ou une prison ? Elle n'eut pas à s'interroger davantage, car les soldats l'empoignèrent et l'entraînèrent dans un couloir sombre. Ils le suivirent jusqu'au bout, ouvrirent une porte qui donnait sur une pièce étroite dans laquelle ils poussèrent Marie. Ils la firent asseoir et la fouillèrent, lui arrachant des larmes de honte qu'elle tenta de dissimuler en baissant la tête.

— Pas d'arme, dit l'un des soldats.

Elle sentit une présence dans son dos, puis entendit des pas qui s'approchaient lentement. Une main empoigna ses cheveux, la forçant à relever la tête. L'homme qui lui faisait face était vêtu d'un pantalon et d'une redingote noirs, portait un foulard également sombre qui tranchait sur le blanc de sa chemise. Il était rond, chauve, avec des yeux étrangement clairs qui brillaient d'une sorte de fièvre sous des sourcils épais. Une impression de force animale émanait de son corps trapu, entièrement couvert de noir, excepté la chemise et une chaîne d'argent qui pendait du haut de son gilet vers son gousset.

— Une femme, dit-il, voilà qu'ils arment des femmes à présent !

— Je n'avais pas d'arme, bredouilla Marie, je voulais simplement lui parler.

— Lui parler ! Voyez-vous ça !

L'homme lâcha ses cheveux, et s'assit face à elle, s'appuyant des coudes sur le dossier d'une chaise retournée. Son regard, d'une implacable cruauté, cherchait à lire en elle, la transperçait. Il approcha son visage jusqu'à celui de Marie qui recula, terrifiée.

— Et qu'est-ce que tu voulais lui dire ? demanda-t-il.

— Lui parler de mon mari, fit-elle.

— Ton mari ! Comment s'appelle-t-il, ton mari, ma belle ?

— Benjamin Donadieu.

— C'est donc qu'il ne peut pas faire ses commissions lui-même ?

Marie avala à grand-peine sa salive, murmura :

— Il est en Algérie.

L'homme se redressa, sourit.

— Et pourquoi se trouve-t-il en Algérie, ton mari ? Explique-moi ça, ma belle, ça m'intéresse énormément.

Marie, comprenant qu'elle s'était mise dans une situation extrêmement périlleuse, hésita.

— Tu ne veux pas répondre ?

Il empoigna de nouveau ses cheveux, repoussant sa tête vers l'arrière.

— Il a été déporté, souffla-t-elle ; il se trouvait à Marmande.

L'homme, une nouvelle fois, la lâcha. Son visage s'éclaira d'un grand sourire qui découvrit ses dents d'une blancheur parfaite.

— Un complot républicain, siffla-t-il en hochant la tête d'un air de triomphe.

— Non, fit Marie, pas du tout.

— Alors, tu voulais le tuer, dit l'homme, comme s'il n'accordait aucune attention à ce qu'elle disait.

— Non, répéta-t-elle, je voulais simplement lui demander la grâce de mon mari.

— Tu portais quelle arme ? demanda-t-il, feignant de nouveau de ne pas l'entendre.

— Je n'avais pas d'arme, gémit-elle, je voulais seulement lui parler.

— Tu l'as donc jetée ! Il va falloir me dire où, ma belle.

— Non ! fit-elle dans une plainte, je n'ai jamais eu d'arme, je vous le jure !

— Sur les quais ou dans la voiture ?

Il lui sembla qu'elle se heurtait à un mur et qu'elle devenait folle.

— Je n'ai jamais eu d'arme, répéta-t-elle plaintivement.

Et, comme l'homme s'approchait d'elle de nouveau, elle se réfugia dans le silence, essayant de retenir ses gémissements quand la douleur devenait trop forte, incapable de répondre aux questions qu'il hurlait contre ses oreilles, et dont elle ne comprenait pas le sens. A la fin, elle bascula dans un trou béant et perdit conscience durant un bref instant, qui lui parut pourtant durer des années.

Un grand froid la fit suffoquer. Un soldat venait de lancer un seau d'eau sur elle. Elle était assise par terre, claquant des dents, entourée d'hommes noirs qui martelaient des mots avec la même violence têtue, implacable : « L'arme ! L'arme ! Tu voulais le tuer ! Où est l'arme ? » Recroquevillée sur elle-même, elle résistait de son mieux aux coups qui pleuvaient sur son dos, persuadée qu'elle ne sortirait jamais vivante de cet enfer où elle était allée absurdement se jeter. Combien de temps dura ce calvaire ? Elle ne le sut jamais, car l'horreur de ce qu'elle vivait provoqua une perte de connaissance qui la préserva de plus graves blessures.

Plus tard, beaucoup plus tard, il lui sembla que sa tête reposait sur quelque chose de doux. Elle reconnut l'odeur de la paille, comprit qu'elle se trouvait dans un cachot et ressentit un tel soulagement qu'elle pleura de bonheur. Epuisée, le corps perclus de douleurs, elle se réfugia dans un sommeil qui s'ouvrit sur un abîme sans fond.

Le lendemain, dès l'aube, le supplice recommença : les questions, l'eau froide, les brutalités et ces mêmes mots criés près de ses oreilles : « Avoue ! Avoue ! Dis-nous où tu as caché l'arme et tu pourras te reposer ! » Elle faillit avouer tout ce qu'on lui demandait, mais elle pensa à ses enfants, à Elina, à Benjamin, et un ultime sursaut de volonté lui permit de ne pas céder. Elle parvint à résister jusqu'au répit de midi et retrouva son cachot, la peur, la faim, mais aussi le silence et la paix. Ces quelques instants de solitude lui permirent de se forger de nouvelles forces avant l'interrogatoire de l'après-midi. Elle s'y prépara en se disant que sa seule chance de sortir d'ici était de ne rien avouer. Mais allait-elle tenir jusqu'au soir ?

A sa grande surprise, on ne vint pas la chercher. N'osant y croire, elle guetta les bruits, s'attendant à tout moment à être emmenée dans l'horrible salle où il lui semblait parfois perdre la raison, mais la porte ne s'ouvrit pas avant sept heures, heure à laquelle un gardien lui apporta une boule de pain et de l'eau. Elle se crut sauvée, mangea avec un plaisir infini la croûte et la mie qui avaient le goût de la vie, dormit mieux, reprit espoir.

Alors qu'elle croyait être libérée, pourtant, elle dut encore subir trois séances d'interrogatoire durant lesquelles elle ne céda rien, ayant deviné que la police enquêtait sur son compte. Ces moments d'horreur et de répit durèrent exactement dix jours. Elle puisa tout au fond d'elle une énergie dont elle ne se serait jamais crue capable en pensant sans cesse à ses enfants, dont il lui paraissait impossible qu'ils pussent grandir sans elle. Elle n'avait pas le droit de flancher. Benjamin subissait une punition bien plus terrible que la sienne. Elle devait reprendre le combat. Elle ne pouvait pas capituler sans donner raison à ceux qui l'avaient éloigné d'elle.

Dix jours après les événements du port, un matin, elle se retrouva à l'air libre, étonnée, éblouie, dans un quartier qu'elle ne connaissait pas. Elle dut se renseigner pour trouver la direction du port, marcha vers les quais avec une hâte joyeuse, respirant à pleins poumons l'air frais du matin, levant la tête vers cette lumière qui lui avait tant manqué. Elle avait faim. Terriblement faim. En la voyant pousser sa porte, l'aubergiste en laissa tomber son torchon.

— Et où étiez-vous passée ? demanda-t-il. Tout le monde vous cherche. On vous a crue morte.

Elle lui expliqua en peu de mots d'où elle venait et il murmura, abasourdi :

— Ainsi, c'était donc vous !

Puis, l'installant à table devant une assiette de soupe aux légumes, il lui expliqua que son père, désespéré, était venu à l'auberge. Lui aussi avait entendu parler d'une femme qui avait été arrêtée sur le port après avoir essayé de tuer le Prince, mais il n'avait pas supposé un instant qu'il pût s'agir de

Marie. D'autant que pour certains témoins cette femme était blonde, pour d'autres brune, petite ou grande, de sorte qu'on ne savait même pas ce qui s'était réellement passé.

— Vous êtes folle, ma petite! dit l'aubergiste quand Marie lui eut expliqué son projet. Ils auraient pu vous tuer. D'ailleurs je ne comprends pas pourquoi ils vous ont relâchée.

Il réfléchit un instant, tandis qu'elle ne songeait qu'à manger une deuxième assiette de soupe, reprit en baissant la voix :

— Ou plutôt si, je comprends très bien.

Elle leva sur lui un regard interrogateur.

— Ils vont vous faire suivre pour essayer d'infiltrer les milieux républicains. Vous allez devoir vous méfier.

Il ajouta, d'un air accablé :

— Et moi aussi.

Marie reposa sa cuillère. Elle n'avait plus faim, soudain, et se sentait coupable.

— Je m'en vais, dit-elle, ne vous inquiétez pas.

— Oh ! fit-il, ils me connaissent depuis longtemps.

— Quand même, dit-elle, vous en avez assez fait comme ça.

Elle se leva, lui dit au revoir, posa deux piécettes sur la table.

— De toute façon, dit-elle, il faut que j'aille vite rassurer les miens. Ne vous dérangez pas, et merci pour tout.

Elle sortit, fut de nouveau éblouie par la lumière et, réconfortée par la soupe chaude, elle courut vers le pont en espérant arriver avant neuf heures à la Bastide. Se souvenant des propos de l'aubergiste, elle se retourna plusieurs fois, mais il ne lui sembla pas qu'elle était suivie. Dans la voiture, elle voyagea seule avec une femme qui descendit à trois lieues de Bordeaux. Rassurée, Marie songea aux siens, à Vincent qui se trouvait peut-être à Libourne s'il avait eu le temps de redescendre, puis, n'osant croire encore à sa liberté retrouvée, elle appuya sa tête contre le carreau pour profiter du soleil et ferma les yeux.

9

Cet automne-là fut suivi par un hiver terrible qui provoqua la disette dans les campagnes. En raison du froid et de la glace, Vincent et Marie avaient arrêté de naviguer à la mi-décembre et n'avaient pu reprendre les voyages avant le début du mois de mars. Les quelques écus qu'ils avaient mis de côté avaient été dépensés pour acheter de la farine et des pommes de terre. La Dordogne charriait de la glace, et il était difficile de pêcher. Marie, qui s'inquiétait tous les jours avec Vincent et Elina du peu de ressources rapportées par les voyages, avait décidé de ne plus s'arrêter à Libourne, mais de continuer jusqu'à Bordeaux où elle trouverait de meilleurs prix aux Salinières.

— Tu n'as pas de permis maritime, avait objecté Vincent.

— Je m'en passerai et je ne serai pas la seule.

— Et pour passer le bec ?

— J'ai mon idée.

Elle avait contacté l'un des anciens matelots de Benjamin, dont elle avait entendu dire qu'il n'était pas satisfait de son patron de Groléjac. Martin Vidal avait répondu favorablement à son appel, lui témoignant ainsi une confiance qui l'avait touchée. Avec un second aussi expérimenté que lui, elle pourrait passer le bec d'Ambès et remonter la Garonne sans courir trop de risques. Elle avait toutefois décidé d'attendre les beaux jours, car elle se méfiait des coups de vent d'automne et de printemps. En attendant, elle était repartie avec Vincent jusqu'à Libourne où la concurrence était tellement féroce entre les marchands et les maîtres de bateau qu'elle avait l'impression de travailler pour rien, ou pour quelques sous seulement, une fois qu'elle avait payé l'équipage.

Pourtant, sur la Dordogne, elle jouissait maintenant d'une réputation bien établie parmi les bateliers. Son coup de folie devant Louis Napoléon, à Bordeaux, l'auréolait d'un prestige que rehaussait encore son habileté à naviguer. Elle mangeait désormais à la même table que les hommes et ne lisait dans leurs yeux que respect et admiration. Bien autre chose, aussi, parfois, mais elle demeurait distante et sur ses gardes quand l'un des maîtres de bateau, la sachant seule et en difficulté, lui proposait son aide. C'est vrai qu'elle était seule, mais elle parlait le plus souvent possible de Benjamin, était devenue une républicaine convaincue qui ne craignait pas d'afficher ses idées. Le bonheur d'avoir repris à son compte le combat qu'il menait l'exaltait, surtout lorsqu'elle sentait les matelots suspendus à ses lèvres, et cela malgré les mises en garde de Vincent. Car elle savait que la Dordogne portait aussi bien les idées que les hommes. Comme elle avait véhiculé la pensée chrétienne, celles des croisades, de la Réforme et de la Révolution, elle se chargerait de répandre dans toute la vallée, depuis le haut pays jusqu'à la mer bordelaise, celles de la République. Marie en était sûre. Ce qui l'étonnait un peu, c'était de ne pas se sentir surveillée, contrairement à ce que lui avait prédit l'aubergiste et ce qu'elle avait cru, elle aussi, inévitable.

Les lettres de Benjamin l'aidaient beaucoup car il ne se plaignait de rien et parlait d'avenir. Elle lui répondait chaque fois qu'elle rentrait au port, évoquait la Dordogne, les bateaux, mais taisait les difficultés auxquelles elle se heurtait. Elle recevait de temps en temps des lettres caviardées par la censure, ou même déchirées, ce qui la rendait prudente dans ses propres écrits. Quelquefois aussi elle pensait à Emeline et se demandait si elle n'allait pas intervenir pour faire libérer

Benjamin. Elle l'espérait secrètement, honteusement, finissait par se persuader qu'Emeline en avait déjà pris l'initiative et, pour quelques instants, était heureuse.

Elle s'inquiétait un peu moins pour Vivien qui, avec Elise à ses côtés, avait fini par s'habituer dans la ferme des Essarts. Elle savait qu'il revenait de temps en temps vers la Dordogne mais qu'il rentrait toujours avant la date fatidique pour signer sa feuille à la gendarmerie. Parfois, il arrivait de nuit, affamé, exténué, se jetait sur la nourriture, dormait trois ou quatre heures et repartait avant le lever du jour. Marie se trouvant le plus souvent sur l'eau, c'est Elina qui lui racontait ces visites impromptues. Elle se souvenait pourtant de l'arrivée de son frère la semaine d'après le référendum qui, à la fin de novembre 52, avait officialisé l'Empire. Heureusement qu'elle avait regagné le port, ce dimanche-là : Vivien était comme fou, dans un état de révolte et d'excitation qui avait fort inquiété les deux femmes. Il semblait prêt à tirer sur les gendarmes, et même sur le premier homme qui lui parlerait de Louis Napoléon. Elles avaient dû fermer soigneusement les portes avant qu'Elina n'entreprît son patient travail de persuasion qui dura, cette fois-là, une grande partie de la nuit. Elle avait réussi à grand-peine à le calmer et à lui faire promettre de songer avant tout à sa famille. Il était reparti peu avant l'aube, hébété, le regard sombre, et les deux femmes avaient tremblé pendant deux jours, s'attendant au pire.

Ce matin de printemps, en appareillant de Sainte-Foy pour Libourne, ce n'était pas Vivien qui occupait les pensées de Marie. Ce qui l'obsédait depuis quelques jours, c'était l'idée de laisser péricliter le commerce que Victorien et Benjamin avaient créé avec tant de difficulté. Aussi, malgré les conseils de prudence d'Elina, Marie avait décidé de passer le bec pour la première fois et de s'aventurer dans la Garonne. Il était en effet essentiel pour elle que Benjamin pût reprendre ses activités dans les meilleures conditions dès son retour. Car il reviendrait. Tôt ou tard. Elle en était certaine. Et sa fierté serait de pouvoir lui dire : « Regarde de quoi j'ai été capable. Désormais nous pouvons naviguer ensemble. »

Il faisait à peine jour quand la capitane et l'*Elina* s'éloignèrent des dernières maisons de Sainte-Foy espacées dans des prairies grasses. Malgré la brume de ce matin de mai, Marie barrait sans aucune appréhension car elle connaissait parfaitement le cours du fleuve : la Dordogne suivait une ligne droite pendant trois kilomètres, ou presque, avant de buter sur la colline d'Appelles où, par temps clair, on apercevait les murailles claires d'un étrange château parmi les arbres. Les sons portaient loin, si bien que le moindre mot prononcé par les matelots de Vincent, répercuté par la sonorité de l'air, était audible sur les autres bateaux.

Marie, qui menait le convoi depuis qu'elle avait décidé de prendre en main l'*Elina,* devinait le soleil prêt à percer la brume et attendait ce moment avec impatience. Elle savait que tout s'embraserait, la rivière comme les collines, la terre comme le ciel, et que ce serait, comme chaque fois, le même enchantement. Perdue dans ses pensées, elle fut surprise quand la colline surgit devant elle, mais elle eut le bon réflexe, et l'*Elina* obéit au gouvernail dans la seconde précise où Marie manœuvra.

Passé ce danger, la descente s'effectua sans problème jusqu'à Sainte-Aulaye-de-Breuilh. Dix minutes passèrent, durant lesquelles Marie sentit que le brouillard s'amincissait, puis, d'un coup, il s'ouvrit comme un drap déchiré au couteau. Aussitôt, dès que les rayons de soleil touchèrent la surface de l'eau, la Dordogne parut prendre feu : des milliers de foyers s'allumèrent entre la rivière et la brume. Derrière eux, Marie crut apercevoir une sorte de boule de feu et pensa au vieillard d'Argentat. Elle ferma les yeux un moment, puis les rouvrit : la brume, déjà, n'était plus qu'une longue écharpe étirée au-dessus de la rivière. Bientôt, les arbres de la rive jaillirent comme des quenouilles vertes plantées dans la vallée. Une brise légère acheva de soulever le brouillard qui se fondit dans l'espace. « S'il pouvait voir ça, songea Marie en pensant brusquement à Benjamin, comme il serait heureux ! » Son absence lui sembla à cet instant si cruelle que les larmes, malgré ses efforts pour les retenir, débordèrent de ses yeux. Afin de les cacher au mousse qui se trouvait près d'elle, elle se tourna de côté et les laissa couler un instant avec la sensation d'un bonheur interdit.

Elle se lança dans la descente vers le bec d'Ambès le lendemain matin, avec Martin Vidal, Philippe et le mousse. Dès le départ elle essaya de ne rien laisser paraître de son appréhension, sachant que les hommes n'auraient pas accepté d'embarquer s'ils ne l'avaient pas sentie sûre d'elle. Mais déjà l'*Elina* prenait sa place dans le trafic, minuscule entre les cargos, les couraux et les chalands qui, comme elle, s'engageaient dans le méandre du tertre de Fronsac avec le jusant. Comme la veille, la brume avait recouvert la vallée, dissimulant les rives et réduisant la visibilité à quelques dizaines de mètres. Si elle avait eu le choix, Marie eût certainement attendu que la brume se lève, mais il fallait profiter du courant afin de ne pas utiliser la voile dont elle-même et les hommes d'équipage maîtrisaient mal l'utilisation. Vidal se tenait à côté du mât, prêt à la hisser si cela se révélait nécessaire, Philippe faisait office de prouvier et le mousse surveillait, sur bâbord, les bateaux qui accompagnaient l'*Elina* en se rapprochant dangereusement d'elle, parfois, comme si sa petitesse la rendait invisible.

Au fur et à mesure que s'égrenaient les quarante kilomètres qui séparent Libourne du bec d'Ambès, Marie s'inquiétait de plus en plus : comment, sans visibilité, allait-elle pouvoir traverser la Dordogne pour aller s'abriter sous l'île Cazeau ? Il n'était pas question d'accoster sur bâbord à cause des palus, ni sur tribord en raison des bancs de sable dont Benjamin lui avait enseigné les dangers. Elle n'avait d'autre solution que de continuer en priant pour que la brume se lève avant le bec. Elle ne reconnaissait pas les nombreux petits ports qui se succédaient et dont Vidal, lorsqu'il les identifiait malgré l'absence de visibilité, lui donnait les noms : Port-de-Plagne, Port-Neuf, Port-de-Mille-Secousses ; tous sur la rive droite, mais tous aussi invisibles, pour Marie, qui cherchait désespérément le moyen de s'arrêter.

Le temps passait, et la brume ne se levait toujours pas. Marie prit alors le parti de s'écarter un peu sur bâbord afin de ne pas avoir à manœuvrer trop brusquement si elle arrivait au bec sans s'en rendre compte. La corne de brume d'un cargo protesta furieusement contre cette manœuvre, mais rassura Marie : elle était sûre, au moins, que les gros bateaux apercevaient le fanal de l'*Elina*. Vidal devina les coteaux de Bourg et lui indiqua qu'ils n'étaient plus très loin.

— Combien de temps ? demanda-t-elle.

— Je peux pas vous dire. Je me souviens pas très bien.

Elle se tourna vers bâbord pour tenter d'apercevoir assez tôt la pointe de terre qui allait s'effacer devant les morutiers arrivant de Bordeaux. Comme la grisaille lui semblait diminuer d'épaisseur, elle leva la tête vers le ciel, comprit que le soleil était sur le point de déchirer la brume, mais cela se produirait trop tard : elle serait déjà dans la Garonne. Le mousse et Vidal ne cachaient pas leur inquiétude. Leurs regards, qu'elle sentait rivés sur elle, l'incitèrent à prendre une initiative. Elle choisit de se rapprocher du milieu du fleuve et, malgré les protestations des grands voiliers, elle maintint l'*Elina* sur cette ligne dans l'espoir de traverser le plus rapidement possible quand le moment serait venu.

Les palus défilaient sur bâbord à grande vitesse, paraissaient fondre dans le fleuve. Le bec d'Ambès était au bout, Marie le savait. Son cœur s'accéléra, mais ses mains serrèrent fermement le gouvernail. Elle eut l'impression d'avoir commis une faute d'une extrême gravité en naviguant ainsi sur bâbord, mais il n'était plus temps de changer de direction car la bande de terre achevait de s'effacer, et, bientôt, disparut. Un énorme morutier apparut dans la brume et passa devant l'*Elina,* deux cents mètres en aval, comme un bateau fantôme. Un second le suivit, tout aussi menaçant, et passa très vite, lui aussi, toutes voiles déployées. L'*Elina,* maintenant, était sur le point d'entrer dans la Garonne. Marie, retenant son souffle, allait s'y décider quand elle aperçut le cargo qui arrivait par le travers. D'un coup de gouvernail rapide vers tribord, elle plaça l'*Elina* dans la perpendiculaire de la Dordogne pour laisser le passage. Le cargo s'y engouffra, faisant retentir sa corne de brume et soulevant une vague qui fit tanguer l'*Elina* bord sur bord. Alors, sans attendre, Marie, redressant son bateau, le lança dans la Garonne à moins de trente mètres de la poupe du cargo. Déjà, sur bâbord, apparaissait un morutier, mais l'*Elina,* portée de nouveau par le courant, fusa sur l'eau, traversa le chenal de navigation et, sur sa lancée, fila vers l'île Cazeau que Vidal désignait du doigt, droit devant. Philippe, le prouvier, guida Marie entre les bateaux qui, ancrés à l'abri, attendaient la renverse. Marie se plaça face au jusant, faisant dériver doucement l'*Elina* entre un courau et une filadière, puis le mousse jeta l'ancre et, enfin, le bateau s'immobilisa. Marie s'aperçut qu'elle était couverte de sueur et que son cœur cognait dans sa poitrine, follement. Pourtant elle ne tremblait pas et, une fois encore, la fierté l'envahit quand elle lut dans les yeux de ses hommes cette lueur qui ne trompait pas : ils l'avaient jugée, avaient admiré son sang-froid à l'instant de se faufiler entre les cargos, et ils exprimaient maintenant leur confiance en venant vers elle.

Sans un mot, ils s'installèrent pour manger, la laissèrent se servir la première, puis ils commencèrent à parler entre eux, comme si le respect qu'ils lui témoignaient l'excluait nécessairement de leur conversation. Tournée vers le fleuve, elle se mit à manger elle aussi et, soudain, le vit s'embraser. Ce qu'elle avait tant espéré depuis Libourne survenait alors qu'elle n'y songeait même plus, apaisée qu'elle était par le fait d'avoir réussi la manœuvre la plus délicate du voyage. Mais elle ne regretta pas d'avoir traversé la Garonne dans des conditions aussi périlleuses. Au moins, à l'avenir, elle aborderait le bec d'Ambès sans appréhension et avec la certitude de savoir éviter les pièges les plus dangereux.

Toute à sa fierté, elle contemplait l'immensité laiteuse que la brume venait de dévoiler. Et ces marais à l'infini, là-bas, quadrillés par les jalles ! Et ces oiseaux, hérons pourpres et sarcelles, qui parcouraient les rives à pas prudents ou s'envolaient à grands coups d'ailes vers la mer ! Et tous ces bateaux qui attendaient la renverse en miroitant sous le soleil ! Et cet horizon brusquement découvert, si blanc, si bleu, qui s'ouvrait sur des espaces infinis vers lesquels elle avait envie de se précipiter ! Du plus loin qu'elle se souvenait, Marie n'avait jamais imaginé voyager en ces lieux de grand large et d'aventure.

Bouleversée, elle se retourna vers l'intérieur du bateau. Les hommes, qui l'observaient, baissèrent la tête en même temps, comme des valets sous le regard de leur maître. Il lui sembla qu'ils la trouvaient belle, en fut bizarrement troublée.

— Dès qu'on repartira, on essaiera de hisser la voile, dit-elle pour dissimuler son émotion.

Vidal acquiesça de la tête. Une première risée effleura les bateaux. La Garonne se rida, tandis que de grandes vagues de lumière se mettaient à rouler sur l'eau comme pour la soulever. La brise de la renverse vint caresser les cheveux de Marie, que le soleil dorait.

Pendant la remonte vers Bordeaux, elle ressentit davantage encore l'impression de fragilité et de petitesse qu'elle avait connue la veille. Aussi naviguait-elle assez loin de la rive droite par peur de s'échouer, mais assez loin aussi du milieu du fleuve par souci de ne pas heurter les couraux, les gabares et les filadières qui semblaient avancer beaucoup plus vite que l'*Elina*. Au milieu d'un trafic si intense, Marie avait renoncé à hisser la voile et se contentait du courant, bien contente de savoir que les grands voiliers arriveraient plus tard, avec la marée haute. Elle évitait tout écart qui eût précipité l'*Elina* sur les autres bateaux, et, très impressionnée par la majesté du fleuve, demeurait vigilante.

Le soleil au zénith rendait l'eau aveuglante et noyait les repères. C'est à peine si Marie distinguait les vignes sur les rives. Le temps, maintenant, paraissait suspendu. Il n'y avait plus d'horizon. L'*Elina* semblait perdue dans la multitude des bateaux qui vibraient dans les froissements d'ailes du vent. Quand il s'éteignait, le cri des mouettes écorchait par instants le silence. L'air sentait le sel et la vase des palus. Marie, avec des frissons délicieux, se disait qu'elle était entrée dans un univers auquel n'accédaient que de rares privilégiés.

L'après-midi coula lentement dans cette gloire de lumière qui semblait avoir fait fondre toutes les terres des alentours. Vers cinq heures du soir, après un voyage dont elle apprécia chaque minute, Marie distingua enfin, sur bâbord, les collines de Lormont. Quand l'*Elina* les eut dépassées, elle manœuvra avec une certaine excitation (à laquelle l'idée d'un nouveau danger n'était pas étrangère) au moment de négocier le grand cingle qui menait à la Bastide. Puis il fallut se faufiler entre les bateaux ancrés au milieu de la Garonne et trouver une place pour accoster. Ce ne fut pas chose facile, mais Marie, forte de l'expérience du port de Libourne, parvint à se tirer d'affaire sans provoquer d'accident et put enfin pousser un soupir de soulagement.

Son équipage mit pied à terre sans prendre garde aux changements survenus sur les quais. La gare de chemin de fer était maintenant terminée, et les entrepôts d'Hippolyte Barcos avaient disparu. Des rails couraient le long des rives de la Garonne jusqu'à l'immense bâtiment aux tours majestueuses à proximité desquelles Marie et son équipage, stupéfaits, se tenaient immobiles. Des hommes poussaient des wagonnets qui frôlaient les voitures à cheval, criaient, repartaient, préfigurant le combat qui commençait entre le chemin de fer et les moyens de transport traditionnels. Cette agitation désordonnée suscitait un vacarme qui dénonçait, semblait-il, un bouleversement des habitudes auquel personne n'était préparé. Ce quai, qui avait été celui de l'harmonie entre les hommes dans leur travail quotidien, paraissait aujourd'hui pris de folie.

Déconcertée, Marie se renseigna pour savoir où se trouvaient les entrepôts de Barcos. Un homme en blouse bleue lui répondit qu'ils avaient été transférés là-bas, en aval, à près d'un kilomètre. Il fallait attendre le jusant pour redescendre. Dépitée, elle décida de confier la manœuvre à Vidal et de traverser tout de suite pour mener ses affaires à bien avant la nuit.

Une fois de l'autre côté, elle se rendit d'abord chez l'aubergiste en espérant qu'il lui recommanderait quelqu'un avec qui elle pourrait négocier en confiance. Il lui donna le nom d'un de ses habitués, lui aussi sympathisant républicain, qui s'appelait François Lapeyre. Puis, comme elle lui demandait si les rails de la compagnie d'Orléans avaient atteint Libourne, l'aubergiste lui expliqua que les tunnels s'écroulaient les uns après les autres et que l'exploitation de la ligne n'allait pas débuter de sitôt. Après lui avoir donné des nouvelles de Benjamin, Marie se rendit aux Salinières, trouva facilement ce François Lapeyre, un homme d'une quarantaine d'années, grand, blond, qui portait une cicatrice sur la joue droite et fumait une pipe de terre en clignant les yeux. Il se rappelait très bien Benjamin et facilita la tâche de Marie en traitant en son nom avec un marchand de sa connaissance. Elle trouva du sel blanc de la mer à trente francs de moins qu'à Libourne, et à quinze francs de moins pour la capitane qui attendait là-bas. Heureuse de constater qu'elle avait eu raison de venir jusqu'à Bordeaux, elle repartit chez l'aubergiste pour le remercier, parla un moment avec lui de Benjamin et de Pierre dont il avait reçu une lettre, puis elle ressortit, pressée de traverser avant la nuit et de retrouver son équipage.

De l'autre côté de l'avenue, juste à l'entrée du pont, elle se heurta presque à Emeline qui, de toute évidence, l'attendait. Elle n'en fut pas vraiment surprise, car elle savait qu'elle payait des gens pour la surveiller, que ce fût à Souillac, à

Libourne ou à Bordeaux. Elle voulut l'éviter, mais Emeline se campa devant elle et dit, l'arrêtant de la main, d'une voix humble :

— S'il te plaît ! Dis-moi seulement comment il va.

— Et pourquoi je devrais te le dire ? répliqua Marie, bien décidée à ne pas s'en laisser conter.

Emeline parut réfléchir et, pour la première fois depuis que Marie la connaissait, elle baissa les yeux.

— J'ai essayé de le faire libérer, dit-elle enfin. Je n'y suis pas parvenue... C'est trop tôt.

Marie cessa de respirer. Pour elle, à cet instant, l'espoir qu'elle poursuivait secrètement, honteusement, depuis des mois, s'évanouissait. Elle se demanda si Emeline ne faisait pas exprès de la torturer, mais elle remarqua que l'éclat de son regard, d'ordinaire si sombre et si fier, n'était plus le même. Elle y décela une sorte de gravité qui la troubla profondément et répondit :

— Il va aussi bien que l'on peut aller dans un camp.

Emeline hocha la tête, esquissa un sourire aussitôt effacé, murmura :

— Merci.

Puis, avec une sincérité que Marie perçut comme une complicité qui lui réchauffa le cœur :

— Il n'est pas malade ? Enfin... Je veux dire... Il ne souffre pas trop ?

Marie, de nouveau, hésita, mais la sensation de n'être plus seule dans l'attente l'incita à répondre :

— Il essaie de s'habituer. Ce n'est pas facile.

Elles demeuraient face à face, silencieuses maintenant, étonnées, sans doute, l'une et l'autre, de cet échange si nouveau pour elles.

— Tu ne veux rien me dire de plus ? demanda Emeline de ce même ton d'humilité qui surprenait tant Marie.

— Il a essayé de s'évader, mais on l'a repris. Il a passé un mois au fort de Mers el-Kébir.

— Ah ! fit Emeline. Et maintenant, ça va ?

— Oui, dit Marie, ça va. Il espère seulement que ça ne durera pas six ans.

Emeline blêmit, et Marie frissonna. Ces quelques mots venaient de réveiller en elle tellement de souvenirs douloureux qu'elle se demanda si elle n'était pas devenue folle. Pourquoi parlait-elle ainsi de Benjamin à cette femme qui le lui avait toujours disputé ? Que pouvait-elle espérer, sinon, comme à chaque fois, d'être trompée ou humiliée ? Elle eut un sursaut d'orgueil et son visage se ferma.

— Au revoir, dit-elle en contournant Emeline et en s'éloignant à pas pressés.

Elle ne sut pas très bien si elle avait entendu un deuxième « merci », mais elle ne se retourna pas et se mit à courir sur le pont en direction de la Bastide.

Benjamin avait longtemps hésité à utiliser l'argent qui lui parvenait, accompagné de lettres dont il connaissait l'écriture et qu'il ne lisait pas. Des mesures venues d'Oran l'y avaient décidé, car il s'était dit qu'il pouvait faire fructifier cet argent et le rendre à Emeline à son retour. Ces mesures prévoyaient que « les transportés disposant de ressources pécuniaires seraient transférés dans les provinces où l'autorité militaire leur donnerait un lieu de résidence pour y travailler ou y vivre de leurs deniers ». Conformément à ces dispositions, Benjamin avait adressé une demande écrite au gouverneur général de l'Algérie, qui l'avait acceptée malgré la mauvaise conduite du prisonnier durant les mois précédents. Cette décision avait surpris les autorités du camp, mais elle n'avait pas été remise en cause. Certains prisonniers bénéficiaient d'appuis souvent inexplicables que les militaires ne se permettaient pas de contester.

Benjamin, pour qui il s'agissait d'une question de survie, avait accepté de s'installer dans une des colonies de la Bourkika au service d'un colon : Mathieu Charrière, un colosse natif de la Lozère, qui avait des mains larges comme des battoirs et travaillait comme un bœuf. L'homme était seul, sans famille, et le fait de s'acharner sur une terre ingrate ne le décourageait pas. Même si sa première récolte avait été brûlée par le soleil, il avait recommencé avec davantage de matériel et de main-d'œuvre, sur une surface plus importante encore. Benjamin lui ayant prêté de l'argent, il était devenu pour ainsi dire l'associé du géant et avait trouvé une occupation qui l'accaparait assez pour lui faire oublier son exil, du moins pendant le jour. Travaillaient avec eux une douzaine de fellahs, qui arrivaient le matin avant le lever du soleil et repartaient le soir. Benjamin dormait avec Charrière dans une baraque en planches située au beau milieu du domaine. Il profitait des soirées pour écrire à Marie à la lueur d'une bougie et remettait son courrier à la patrouille de surveillance qui passait tous les huit jours.

Les cent cinquante hectares que possédait Charrière étaient couverts de pierres, de jujubiers et de palmiers nains qu'il fallait arracher avec, pour seuls outils, une pioche et une houe. Une antique charrue tirée par un âne creusait des sillons misérables dans la terre défrichée et délivrée de ses cailloux. Charrière et Benjamin avaient investi dans un troupeau de brebis et de chèvres dont ils vendaient le lait dans les villages en attendant que leurs travaux produisent les récoltes espérées.

Ces efforts quotidiens, répétés sous un soleil de feu et dans des conditions épouvantables, avaient au moins le mérite d'abrutir Benjamin et lui évitaient de penser aux siens. Cette débauche d'énergie finit pourtant par l'épuiser. En rentrant, un soir, harassé, il se coucha, tremblant de fièvre. Charrière essaya de le soigner en lui faisant boire du thé et en tamponnant ses tempes avec de l'éther, mais la fièvre ne tomba pas, au contraire. Le lendemain, Benjamin demeura seul dans la cabane toute la journée, frissonnant malgré la chaleur, en proie à des moments de délire et de torpeur, sans même avoir la force de se lever pour boire. Le soir venu, en le retrouvant dans un état aussi pitoyable, Charrière se décida à envoyer l'un des fellahs prévenir les autorités militaires, lui confiant un billet dans lequel il réclamait la venue en urgence d'un médecin. Il soigna Benjamin de son mieux, humectant son front avec une serviette humide et lui donnant à boire un peu d'eau-de-vie qu'il avait apportée de sa Lozère natale. Ensuite il s'endormit comme une brute, sachant très bien que le médecin, s'il venait, n'arriverait pas avant le lendemain.

Benjamin délira toute la nuit, mais le colon ne l'entendit pas. Quand le jour se leva, il fit chauffer du thé, tenta de faire pénétrer le liquide chaud dans la bouche de Benjamin, mais en vain. A l'arrivée des fellahs, il s'aperçut que manquait à l'appel celui à qui il avait confié la mission de ramener un médecin. Cela prouvait au moins qu'il avait bien compris ce qu'on lui demandait. Charrière décida d'attendre une heure ou deux avant de partir au travail et donna ses instructions aux fellahs qui s'en allèrent, la houe sur l'épaule.

Le médecin arriva une demi-heure plus tard, accompagné de l'indigène ravi d'avoir accompli sa mission et de se déplacer dans une voiture à cheval. Le Français était un gros homme roux aux cheveux coupés très court, portant la barbe et parlant haut et fort. Il posa sa trousse de cuir sur la banquette qui servait de lit, se pencha sur Benjamin, lui prit le pouls, hésita, et dit :

— On n'a plus de quinine depuis un mois.

Il haussa les épaules, sortit un flacon de sa trousse, fit boire à Benjamin une drogue d'un vert épais, puis il se redressa et ajouta d'une moue désolée :

— Il sera mort avant midi.

C'était la dernière remonte avant l'été. Les eaux, à peine marchandes, rendaient déjà la navigation dangereuse à cause des rochers et des troncs d'arbres qui affleuraient sans qu'on pût deviner leur présence. Les bouviers rencontraient beaucoup de difficultés pour tirer les bateaux le long des rives, où, par endroits, ils raclaient les gravières. Il fallait alors allonger les cordelles qui reliaient les attelages aux gabares, ce qui nuisait à l'efficacité de la tire et ralentissait considérablement l'allure.

Si, malgré l'insuffisance des pluies de printemps, Marie avait décidé ce dernier voyage, c'était dans l'espoir de gagner quelques écus supplémentaires avant l'été. Aujourd'hui, tandis que les bateaux étaient à la remonte à proximité de Sainte-Foy, elle le regrettait amèrement, car elle ne savait pas si elle pourrait ramener son chargement de sel jusqu'à Souillac. Il fallait en effet se servir continuellement du bateau d'allège pour franchir les « maigres », et les hommes étaient épuisés par les transbordements.

La nuit allait tomber et il restait encore trois kilomètres à parcourir avant le port. Marie et Vincent avaient insisté auprès des bouviers pour qu'ils acceptent de continuer malgré les risques que cela supposait dans l'obscurité, y compris au retour. Ils avaient dû payer pour cela le prix fort, et Marie rageait de savoir son bénéfice gravement amputé en quelques heures, après avoir consenti tant d'efforts. Aussi, à l'image de tout son équipage, arriva-t-elle à dix heures à l'auberge, épuisée. N'ayant ni l'envie ni le courage de prendre son repas dans la grande salle, elle monta directement dans sa chambre, malgré les invitations des maîtres de bateau qui souhaitaient l'avoir à leur table.

Elle fit une rapide toilette, dîna d'une assiette de soupe, et, comme elle s'apprêtait à se coucher, entendit frapper à sa porte. Elle ouvrit, reconnut l'aubergiste qui la pria de le suivre : quelqu'un désirait lui parler dans le plus grand secret. Elle avait autant confiance en cet aubergiste qu'en celui de Bordeaux, tous deux ayant entretenu avec Benjamin des relations privilégiées. Elle le suivit donc dans l'arrière-cour envahie par les chats et, intriguée, entra avec lui dans un bâtiment tout en longueur qui servait d'entrepôt.

Elle sursauta en apercevant non pas un homme mais cinq. Et parmi eux un seul maître de bateau. Il s'appelait Caminade, était de La Roque-Gageac, et Marie avait quelquefois dîné à sa table. Avant même qu'elle ait le temps de prononcer un mot, l'aubergiste referma la porte derrière elle et l'invita à avancer dans la pièce qui sentait le sel et le vinaigre. Oppressée, Marie eut l'impression de se trouver devant un tribunal, car les hommes étaient assis au fond de la pièce, derrière une table recouverte d'une nappe verte. Un abat-jour en perles de jais éclairait étrangement la pièce d'une lueur rougeâtre.

— N'ayez pas peur, fit l'un des hommes en se levant.

Vêtu d'un pantalon gris et d'une redingote noire, coiffé d'un chapeau haut de forme, il était grand, avait de larges épaules, des yeux sombres, des cheveux gris et portait une cravate de soie aux amples tours qui lui donnait l'allure d'un notable.

— Je m'appelle Octave Desplas, reprit-il d'une voix grave, presque solennelle ; et voici mes amis.

Il les nomma l'un après l'autre, terminant par le maître de bateau que Marie connaissait.

— Notre petite société aurait certainement séduit votre mari, ajouta-t-il, puisqu'elle milite pour l'avènement de la République. Acceptez-vous de vous asseoir ?

Marie se sentit flattée d'être admise dans un cercle d'hommes aux préoccupations semblables aux siennes. En outre, entendre parler de Benjamin en quelque sorte la rassurait.

— Nous connaissons votre action dans les auberges de la vallée, reprit Desplas, et nous avons pensé que vous accepteriez de nous aider dans le combat que nous allons livrer pour chasser ce Napoléon de malheur !

La voix avait vibré en prononçant les derniers mots. Marie se revit à Bordeaux, pendant les interrogatoires, et cette curieuse association d'idées fit naître en elle un malaise. Elle s'assit néanmoins à la place que lui désignait Desplas, mais sur ses gardes, maintenant, comme à l'approche d'un danger.

— Nous ne nous présenterons pas davantage, fit Desplas en se rasseyant. Vous comprendrez aisément que moins nous en saurons sur les autres, mieux cela vaudra en cas d'arrestation.

Marie remarqua dans son regard une lueur qu'elle connaissait bien : celle des hommes habitués à séduire. Elle songea que Desplas devait être avocat, ou banquier, ou encore exerçait de hautes responsabilités dans la ville. Elle se dit qu'il avait dû enquêter à son sujet et qu'il connaissait certainement ses habitudes, sans doute aussi ce qui s'était passé à Bordeaux en octobre dernier.

— Je veux bien vous aider, fit-elle d'une voix qui ne tremblait pas, mais je n'ai guère de temps pour cela.

— Vous avez des bateaux, madame, observa Desplas, et c'est très important.

Elle sentit qu'elle était sur le point de mettre le doigt dans un engrenage redoutable, mais elle pensa que Benjamin, s'il avait été présent, n'aurait pas hésité.

— Vous pouvez compter sur moi, fit-elle. Dites-moi en quoi je puis vous êtres utile.

— Merci, madame, fit Desplas, nous n'en attendions pas moins de vous. Mais auparavant, si vous le permettez, Céret va dresser pour nos amis un tableau complet de la situation. Car les choses ont pas mal évolué depuis notre dernière réunion.

Marie hocha la tête, écouta le rapport que présenta le nommé Céret, un homme d'une quarantaine d'années, très brun, à la peau mate, qui portait une lavallière autour du cou et ressemblait à un Espagnol. Il expliqua que la presse était de plus en plus muselée par un système de surveillance extrêmement strict, que le corps législatif n'exerçait plus aucun pouvoir de contrôle, que les préfets dressaient les listes des « mauvais citoyens » dans tous les départements, que les banques nouvellement créées servaient uniquement à financer les affaires lancées par les proches de l'empereur, puis il précisa que leur mouvement se structurait dans toutes les villes du Sud-Ouest et qu'il serait bientôt temps de l'armer. On avait déjà les fonds, qui venaient de Hollande et d'Angleterre.

Restait donc à acheter les armes destinées à l'insurrection et à les transporter dans les villes et les bourgs, ce qui serait réalisé par bateau et non par la route.

— C'est là que vous interviendrez, madame, fit Desplas, si vous en êtes d'accord.

— Les eaux ne seront pas marchandes avant le mois de septembre, dit Marie. C'est notre dernière remonte avant l'été.

— Ça suffira, madame Les armes arriveront par la mer à Bordeaux, mais pas avant le début du mois d'octobre.

— Dans ce cas, dit Marie, je veux bien m'en charger.

Quelque chose, pourtant, l'intriguait chez Desplas : c'étaient ses manières de parler avec emphase et son maintien d'aristocrate. Elle se demanda s'il n'était pas un Orléaniste chargé de ranimer les milieux républicains dont les meneurs avaient été transportés en Algérie, afin de profiter ensuite d'une éventuelle insurrection. Elle songea qu'il lui faudrait se renseigner sur son compte avant l'automne et, en attendant, décida de lui faire confiance.

L'aubergiste, qui avait apporté une bouteille de vieux marc, profita d'une pause pour les servir. Les hommes goûtèrent l'alcool en connaisseurs et Marie se força pour les imiter. Puis la conversation reprit et roula un long moment sur les Pereire et les Rotschild qui, selon Desplas, finançaient les projets du duc de Morny. Marie, qui était éreintée par la dure journée qu'elle avait vécue, attendit encore dix minutes et demanda à se retirer. Les hommes se levèrent, s'inclinèrent en la remerciant. Desplas lui baisa la main, puis l'aubergiste la raccompagna jusqu'à la porte de sa chambre où elle se réfugia avec, en elle, la sensation d'avoir mis sa vie en péril. Et sa famille ? Et ses enfants ? Elle était donc devenue folle ? Que deviendrait-ils si elle était arrêtée, emprisonnée, ou envoyée en Algérie comme Benjamin ?

Elle se coucha et, malgré sa fatigue, chercha vainement le sommeil. Quand elle le trouva, enfin, au petit matin, ce fut pour rêver qu'elle conduisait un bateau rempli d'armes, tandis que sur les rives, de chaque côté de la Dordogne, galopaient des dizaines de gendarmes à cheval qui avaient tous le visage du policier chargé des interrogatoires, dans la terrible prison de Bordeaux.

Elle s'était juré de profiter des basses eaux pour se consacrer à ses enfants. Souvent, en effet, sur la rivière, elle pensait à eux et regrettait d'être obligée de les confier à Elina. Non qu'elle pensât qu'Elina ne s'occupait pas bien d'Aubin et d'Emilien, mais elle se sentait coupable de ne pas veiller sur eux chaque jour, alors que leur père leur manquait déjà tellement. Elle redoutait le regard d'Aubin — si semblable à celui de Benjamin — lorsqu'il se posait sur elle avant chaque départ.

— Emmenez-moi, lui disait-il. J'ai neuf ans. Regardez mes bras !

Il faisait saillir ses muscles en prétendant qu'il saurait aussi bien travailler que le mousse.

— Bientôt, répondait-elle, quand tu auras douze ans.

— Pourquoi douze ans ? demandait-il.

— Parce que ton père a embarqué à cet âge-là.

— Il sera de retour, mon père, quand j'aurai douze ans ?

— Bien sûr, et il a promis de t'emmener.

Ces mensonges lui pesaient, d'autant qu'elle n'avait pas reçu de lettre de Benjamin depuis trois semaines. Elle ne s'inquiétait pas outre mesure, mais il lui était de plus en plus difficile de trouver des réponses aux questions d'Aubin et même d'Emilien, qui, à cinq ans, ne savait parler que de bateaux, de voyages, comme son frère aîné. Et, en cette soirée de la mi-juin, tandis qu'ils pêchaient tous les trois sous le château de Cieurac, Marie regrettait de s'être engagée si loin, à Sainte-Foy, dans un combat qui la dépassait. Ce soir, en effet, les parfums poivrés de la vallée, les couleurs douces des prairies, le ciel laqué de rose et la profondeur de l'air où l'on devinait l'approche des fenaisons incitaient Marie au repos, à la paix. Tous les combats lui paraissaient dérisoires. Elle était chez elle, avec ses enfants, et pouvait apercevoir, en se retournant, le toit de sa maison. La Dordogne elle-même semblait retenir sa respiration. C'est à peine si le chuchotement de l'eau soulignait le léger frémissement des feuillages où les oiseaux s'étaient déjà nichés pour la nuit.

— Regardez ! cria Aubin.

Sa ligne pliait à se rompre et il avait du mal à la tenir. A quelques mètres de la barque, un saumon se débattait, faisant gicler l'eau dans une défense furieuse. Emilien criait lui aussi. Marie amena doucement la barque vers le saumon qui, calé dans le courant, refusait la défaite, puis elle le hala par-dessus bord avec l'épuisette et se réjouit de la joie de ses fils.

— C'est l'un des derniers à remonter, dit-elle, il a dû se blesser et s'est reposé dans un calme.

Le saumon se tordait dans le fond de la barque avec des éclairs d'argent et des coups sourds contre le bois. Aubin l'acheva avec le fer, comme il l'avait vu faire si souvent à son père, et Marie revit Benjamin, face à elle, exécuter ce même geste avec la même dextérité. Mon Dieu ! Comment allait-elle pouvoir supporter plus longtemps cette absence ? Elle n'en pouvait plus, ce soir, de ne pas l'entendre, de ne pas le voir, de chercher vainement ses traits qui s'étaient effacés dans sa mémoire. Dix-huit mois, déjà, qu'il était parti ! Dix-huit mois qu'il ne l'avait pas prise dans ses bras, qu'ils n'étaient pas allés se promener dans les prairies, qu'ils ne s'étaient pas baignés ensemble dans la rivière, dix-huit mois qu'elle dormait seule et rêvait à son corps, chaque nuit !

— Qu'y a-t-il ? demanda Aubin en remarquant l'ombre posée sur son visage.

Elle sursauta, sourit.

— Rien, dit-elle, ce n'est rien.

Il la considéra un moment en silence, troublé par l'éclat humide de ses yeux, puis il proposa :

— Si on allait fermer le bras mort avec le petit filet ?

— Si tu veux, dit-elle, pas fâchée de se soustraire au regard inquisiteur de son fils.

Elle reprit les rames et s'approcha de l'endroit indiqué par Aubin, entre les aulnes et les frênes de la rive droite. Elle l'aida à installer le filet, puis il descendit dans l'eau qui lui arrivait à hauteur de la poitrine et l'agita jusqu'à la vase avec une rame. C'était l'époque de la « crevée », les eaux ayant commencé à baisser au mois de mai. Aussi le poisson n'était-il pas très difficile à prendre. Déjà, d'ailleurs, le filet s'agitait et Marie devait retenir Emilien qui prétendait le hisser à bord tout seul. Aubin ramena les deux extrémités l'une vers l'autre, les donna à Marie, puis il remonta dans la barque. Marie laissa ses deux garçons haler lentement le filet d'où coulèrent des perches, un petit brochet et deux truites. Elle dut se fâcher car Emilien prenait plaisir à caresser les poissons et refusait de les abandonner aux mains expertes d'Aubin. Quand ce fut fait, elle recula lentement vers le petit courant qui léchait la berge et hésita sur la direction à prendre.

— Ne rentrons pas tout de suite, dit Aubin, rien ne nous presse.

Marie acquiesça de la tête et remonta vers Lanzac en longeant la rive. La nuit tombait maintenant, escamotant la rondeur verte des collines. De grandes ombres glissaient le long des arbres et s'étendaient sur les prairies. Des étoiles s'allumaient dans un ciel de porcelaine. Cette permanence de la paix et de la beauté parut à Marie rassurante. Il existait bien en ces lieux un refuge où le bonheur était possible. Bientôt, elle le partagerait de nouveau avec Benjamin.

Elle accosta un peu avant le pont, attacha la chaîne à un frêne, entraîna ses enfants dans les prairies où elle avait peut-être vécu les heures les plus précieuses de son existence. Non ! Décidément, ici rien ne changerait jamais. Elle avança dans l'herbe haute, soulevant d'épaisses vagues de parfums qui la firent suffoquer. Elle leva la tête vers la plage de ciel par où coulait encore un peu de jour et la vit s'éteindre doucement. Il y eut quelque part un soupir qui montait de la terre elle-même. Marie, alors, s'arrêta et s'assit. Emilien et Aubin la rejoignirent dans l'herbe où ils creusèrent un refuge à l'abri du temps.

Marie s'allongea sur le dos, les yeux dans le semis des étoiles qui clignotaient, comme apeurées par un spectre invisible. Ses enfants s'allongèrent aussi, et elle les prit contre elle, de chaque côté, leur tête reposant sur ses épaules.

— Mes deux hommes, dit-elle.

Et elle ajouta, après un long soupir :

— Quand votre père sera de retour, nous reviendrons tous les quatre à cet endroit et nous nous souviendrons.

— Il reviendra quand ? demanda Emilien.

— Bientôt, mon petit ; bientôt.

Des larmes glissèrent sur ses joues, mais il lui sembla que c'était la rosée des étoiles qui, là-haut, coulait sur la terre pour la rendre plus belle.

— Transportez-le à l'hôpital d'Oran, avait demandé Charrière au médecin, bouleversé par ce qui arrivait à son compagnon.

Et il avait ajouté, tandis que le médecin haussait les épaules d'un air contrarié :

— Je payerai ce qu'il faudra.

Le médecin avait fait boire à Benjamin le reste de son flacon de drogue, puis il avait demandé à Charrière de l'aider à installer le malade dans la voiture.

— Si vous devez vraiment payer, c'est tout de suite, avait-il dit ensuite.

Le colon était entré dans sa cabane et avait remis au médecin toutes ses économies.

— Gare à vous ! avait-il menacé. Si j'apprends que vous n'êtes pas allé à Oran, je vous fais sauter la cervelle, foi de Charrière !

Le médecin, de nouveau, avait haussé les épaules, puis il était parti, soulevant un nuage de poussière ocre qui avait un long moment dissimulé à Charrière les collines lointaines.

Le voyage avait duré toute la journée, et le médecin militaire s'était arrêté souvent pour voir si Benjamin n'était pas mort. Une fois à l'hôpital, plus par acquis de conscience que par conviction, il donna de la quinine à haute dose à son malade. Benjamin se débattit toute la nuit, seul, sans surveillance, dans une pièce qui servait de morgue. La robustesse de son corps habitué aux efforts lui permit de passer ce cap. Le lendemain matin, devant le médecin de garde sidéré, il gémit et ouvrit les yeux. A partir de ce moment-là, on le changea de pièce et on le considéra comme un malade, non comme un moribond. Malgré la quinine et les soins attentifs, il mit dix jours à guérir de cette fièvre dont aucun des médecins qui défilèrent à son chevet ne lui donna l'explication. C'était assez fréquent. Il fallait faire attention à l'eau que l'on buvait.

Commença alors pour lui une convalescence qui fut longue et difficile. Il avait maigri de dix kilos. Il n'avait plus d'appétit. Quand il essayait de marcher, il tenait à peine sur ses jambes. Il tenta d'écrire à Marie, mais sa main tremblait trop, et il dut y renoncer pour ne pas l'inquiéter. Il avait conscience d'avoir frôlé la mort de près et se jura, à l'avenir, de ne pas s'épuiser à la tâche comme il le faisait depuis qu'il avait rejoint la Bourkika.

En quittant Oran, il dut passer deux jours à Mers el-Kébir pour être examiné par le médecin militaire qui l'avait transporté à l'hôpital.

— Vous pouvez dire que vous revenez de loin, vous ! dit le barbu, sans préciser quelle somme il avait perçue de Charrière le matin du transfert.

Et il ajouta, peut-être pour soulager sa conscience :

— A votre place, je ne reviendrai pas là-bas. On doit pouvoir vous trouver un autre emploi par ici. Tout s'achète, vous savez, il suffit d'y mettre le prix.

Benjamin ne répondit pas, mais il était bien décidé à demander une autre affectation dès qu'il aurait réglé ses affaires avec le colon.

La veille de son départ pour la Bourkika, on lui remit deux lettres arrivées pendant son séjour à l'hôpital : l'une était de Marie qui s'inquiétait de ne plus recevoir de nouvelles, l'autre d'Emeline, qu'il ne lut pas, comme d'habitude. Dans un envoi séparé, il y avait aussi les louis d'or, dont Benjamin s'étonna une nouvelle fois qu'ils n'aient pas été volés. Mais il se dit qu'Emeline payait sans doute grassement les intermédiaires et usait de toute son influence pour que ses subsides arrivent à bon port.

Il repartit chez Charrière avec la ferme intention d'abandonner ce travail de bête de somme et de l'inciter à faire de même. Ils trouveraient bien un colon dans le voisinage qui serait intéressé par le rachat du domaine à bas prix. C'était compter sans l'attachement de Charrière à la terre sur laquelle il trimait depuis quatre années.

— Chez moi, maintenant, dit-il, c'est ici.

— Tu vois bien que tu n'y arriveras jamais.

— J'y arriverai. J'y mettrai le temps, mais je réussirai.

Benjamin eut beau insister, il ne parvint pas à convaincre son ami. Il lui demanda alors de dresser le bilan de leur exploitation de plus d'une année. Contraint et forcé, Charrière dut lui avouer qu'il n'avait plus d'argent et il lui en expliqua la raison. Bouleversé, Benjamin posa alors ses louis sur la table et dit :

— Paye-toi, Mathieu !

Il dut insister un long moment avant que le colon accepte. Quand celui-ci eut enfin empoché deux louis, Benjamin reprit :

— Tu me réveilleras demain à la première heure. Je reste avec toi !

Ils s'embrassèrent comme deux frères qui se retrouvent après une longue séparation.

10

Cet hiver-là fut très froid, et les glaces rendirent la navigation dangereuse. Marie avait hésité à repartir après les fêtes de Noël, la hauteur des eaux était tout juste suffisante pour naviguer. Elle s'y était résolue sous la pression de l'équipage et avait appareillé la veille du premier de l'an, sans son père qui était tombé malade en décembre. La descente avait commencé sous un ciel de neige que le froid trop vif retenait encore prisonnière des nuages, mais pour combien de temps ?

A Sainte-Foy, Marie avait rencontré Desplas et ses compagnons, qui lui avaient demandé de prendre livraison de deux caisses d'armes à Bordeaux. Elle s'était engagée à en transporter à l'occasion de chacun de ses voyages, jusqu'au printemps. Elle les cacherait sous les sacs de sel et les livrerait à Libourne, ou dans les villes qu'on lui désignerait lors de son passage, à la descente.

Au fur et à mesure qu'elle approchait de Bordeaux, cet après-midi-là, elle sentait une angoisse folle s'insinuer en elle, la faisant amèrement regretter d'avoir donné sa parole à Desplas. Ce ne fut rien en comparaison de sa peur, au quai de la Bastide, où elle attendit, en compagnie de Philippe et du mousse, frigorifiée, jusqu'à deux heures du matin, la livraison des caisses. Une fois que la charrette fut repartie, ils dissimulèrent les caisses sous des bâches et elle se décida à aller dormir, les laissant sous la surveillance de Philippe et du mousse couchés entre elles et serrés l'un contre l'autre dans leur houppelande en peau de mouton.

Le lendemain, il fallut se montrer vigilant, aux Salinières, pendant le chargement des sacs. Dès que ce fut terminé, Marie se demanda comment elle allait pouvoir supporter cette tension lors de chaque voyage. Un moment, elle eut envie de renoncer, puis la neige se mit à tomber et d'autres soucis l'accaparèrent. La visibilité était mauvaise, le ciel très bas, mais elle devait quand même appareiller pour profiter du jusant. Elle attendit le plus possible, laissa partir la plupart des bateaux, puis elle leva l'ancre dès que le trafic se fit moins dense.

Une fois sous la colline de Lormont, elle se félicita d'avoir été patiente, car la bourrasque de neige se calma et la visibilité devint meilleure. A peine protégée du vent de nord-ouest par les sacs de sel, elle tentait de résister aux rafales furieuses qui cinglaient son visage bleui par le froid. Ses gants de laine étaient trop humides pour protéger ses mains. La douleur lui arrachait des larmes qui lui semblaient creuser des sillons dans sa peau et qu'elle essayait de dissimuler au mousse assis face à elle à l'abri des sacs. Ils n'étaient que trois sur le bateau. Elle avait pris le parti de ne pas se servir de la voile du fait que Vidal, qui était le seul à savoir la manœuvrer, remplaçait Vincent sur la capitane.

Passé le cingle, des calottes de neige tapissaient les rives d'où la vie avait disparu. Aucun obstacle ne s'opposait à la colère du vent qui malmenait de grands charrois de nuages. Le fleuve noyait les palus comme une mer qui aurait rompu ses digues et dévasterait la plaine. Marie barrait au jugé, surveillant surtout le fleuve sur bâbord, par peur de s'échouer sur les bancs de sable de Macau. Elle pensa qu'elle n'aurait jamais dû remonter jusqu'à Bordeaux en cette saison, puis elle se dit qu'un tel renoncement eût été considéré par Desplas et ses amis comme une dérobade. Il fallait faire face. Elle ne pouvait plus reculer.

La force du jusant diminuait et l'*Elina* descendait de moins en moins vite. Elle se demanda si elle pourrait atteindre l'île Cazeau avant la renverse, et, comme il fallait de toute façon traverser la Garonne pour aller s'abriter sous l'île, elle se rapprocha du milieu du fleuve où le courant portait davantage. Comme elle ne voyait presque rien, elle se haussait sur la pointe des pieds et s'essuyait souvent les yeux que les flocons criblaient de fines piqûres. Philippe, qui servait de prouvier, ne devait pas y voir mieux qu'elle, mais elle avait totalement confiance en lui. Il lui était tellement dévoué qu'elle le soupçonnait d'être amoureux d'elle. Souvent elle sentait son regard posé sur sa nuque, ses épaules, et elle prenait garde de ne pas se retourner. Elle se souvenait trop bien de Ghislain Claveille et du prix qu'elle avait payé pour s'être laissé attirer par l'aimant de ses yeux noirs. Philippe possédait les mêmes. Mais Philippe, lui, ne parlait pas et demeurait dans une réserve dont elle lui savait gré. Jusqu'à quand ? Elle l'ignorait, mais ce qu'elle savait, en revanche, c'est que le jour où il changerait d'attitude, elle devrait se montrer vigilante.

— Ile Cazeau, droit devant !

Marie frissonna, redevint attentive, à l'idée qu'elle risquait de s'échouer avec des armes sur son bateau. Elle scruta le fleuve sur bâbord, mais elle se trouvait déjà tellement engagée dans cette direction que nul bateau ne pouvait surgir de ce côté-là. Elle coupa la Garonne, fit dériver lentement l'*Elina*, puis elle distingua les voiliers qui attendaient la renverse et vint jeter l'ancre à une trentaine de mètres de l'île. Dès que l'*Elina* fut immobilisée, Philippe et le mousse vinrent s'abriter entre les sacs et le gouvernail. Elle les rejoignit, versa de l'eau-de-vie à ses matelots, en but dans son gobelet et, tout de suite, se sentit mieux. Elle leur donna ensuite du pain et du lard, et Philippe retint un moment sa main dans la sienne. Elle feignit de ne pas le remarquer mais ne put faire autrement que de se serrer contre lui pour ne pas sortir de l'abri, tandis qu'elle tentait de manger en soufflant sur ses mains douloureuses. Nul ne parlait. Tous trois étaient trop occupés à savourer les minutes qui passaient sans avoir à endurer les morsures du vent, repoussant le moment où il faudrait de nouveau l'affronter. Ce moment, pourtant, arriva vite, car on était parti de Bordeaux bien après le début du jusant. Marie redonna aux deux hommes de l'eau-de-vie, et le mousse, qui était chargé des victuailles, alla ranger la musette dans le coffre situé sur bâbord. Profitant de son absence, Philippe prit les deux mains de Marie et les serra dans les siennes.

— Non ! Philippe, fit-elle durement.

Et elle les retira vivement, feignant de n'accorder aucune importance à ce geste qu'elle redoutait tant, puis elle se leva et observa le ciel. Le vent avait balayé les nuages. Le froid demeurait toujours aussi vif, mais la neige s'était arrêtée de tomber et la visibilité, maintenant, était meilleure. Elle donna aussitôt l'ordre de départ et s'engagea dans la Dordogne au milieu d'un intense trafic, inquiète de nouveau à l'idée d'un abordage qui eût attiré sur l'*Elina* l'attention des autorités maritimes. Car non seulement elle ne possédait pas de permis, mais encore elle transportait des armes. Elle se demanda si Benjamin, lui-même, aurait pris de tels risques et, une nouvelle fois, se dit qu'elle était folle.

Heureusement, les petits ports se succédèrent très vite sur bâbord, et rien ne vint troubler la remonte sinon le vent et le vol tourmenté des oiseaux qui ne pouvaient lutter contre lui et se laissaient emporter comme des feuilles mortes. Passé Saint-André-de-Cubzac, le trafic augmenta encore, mais le vent, lui, parut s'essouffler, la Dordogne étant maintenant protégée par les collines. Marie avait un peu moins froid. Face à elle, le ciel semblait s'ouvrir, là-bas, au-delà de Libourne, avec de grands froissements d'air et de lumière. La vallée se mit à mieux respirer. Il ne neigerait plus. Cette paix retrouvée rassura définitivement Marie qui, en apercevant le clocher de l'église Saint-Jean dans le lointain, rêva un long moment au lit passé à la bassinoire dans lequel elle allait bientôt se glisser.

La nuit tombait quand l'équipage de l'*Elina* retrouva celui de la capitane à l'auberge. Marie mangea une soupe brûlante en compagnie de ses matelots, puis elle donna ses dernières instructions à Vidal avant de monter dans sa chambre.

Elle approchait de l'escalier lorsqu'un homme vint au-devant d'elle et demanda à lui parler. Ce n'était pas un batelier. Elle ne l'avait jamais vu. Sa houppelande verte, son gilet de soie et ses bottes à revers indiquaient plutôt un marchand. Elle hésita, puis le suivit dans l'arrière-salle sous le regard hostile de ses hommes.

— C'est pour les caisses, dit l'étranger, dont les yeux gris, le nez très fin, les lèvres minces inspiraient à Marie une grande méfiance.

Elle ne répondit pas, feignit de ne pas comprendre en attendant le mot de reconnaissance donné par Desplas.

— Résurgence ! dit l'homme avec un sourire qui le rendit tout de suite moins inquiétant.

— Suivez-moi !

Elle appela Philippe et le mousse, sortit, précédant ses deux matelots et l'homme à la houppelande verte. Elle se dirigea vers l'*Elina,* le cœur battant à grands coups dans sa poitrine, avec une seule idée en tête : se débarrasser le plus vite possible des armes. Cependant, elle dut attendre que l'homme fasse approcher la charrette menée par l'un des sacquiers du port.

— Combien y en a-t-il ? demanda-t-il en montant sur l'*Elina.*

— Deux.

— C'est le compte.

Marie fit le guet pendant que les quatre hommes s'activaient. Le quai était désert, mais elle redoutait à chaque instant de voir surgir des uniformes et jetait des regards d'impatience vers le bateau. Quand les caisses furent dégagées, l'homme à la houppelande sauta sur le quai et surveilla le transfert avec beaucoup de calme. Dès qu'elles eurent été portées sur la charrette, pourtant, il ne s'attarda pas : tandis que le sacquier prenait les rênes, il s'éloigna à pied dans la direction opposée et disparut dans une ruelle. Marie et ses matelots eurent tôt fait de remettre les sacs en place et de regagner l'auberge où elle put enfin se blottir dans des draps chauds et oublier l'angoisse qui l'avait étreinte à chaque minute de cette interminable journée.

Le lendemain, croyant ses épreuves terminées, elle déjeuna de bonne humeur, d'autant que le froid semblait avoir un peu desserré sa prise. Ensuite, elle se hâta de rejoindre l'équipage qui procédait aux préparatifs du départ. Elle aperçut seulement les policiers à l'instant où elle déboucha sur le quai. Ils étaient six, trois devant chacun des bateaux et, manifestement, l'attendaient. Elle croisa le regard de Philippe et de Vidal, sentit une main glacée se poser entre ses omoplates, s'arrêta, cherchant à rassembler ses idées, puis, lentement, s'approcha. Un brigadier moustachu, qui tenait une arme dans sa main droite, vint au-devant d'elle et demanda :

— Ces bateaux sont à vous, madame ?

Elle hocha la tête, avec en elle la certitude d'avoir été trahie. Par qui ? Pourquoi ? Elle n'eut pas le temps de s'interroger davantage, le brigadier reprenant :

— Ces sacs ont été scellés à Bordeaux. Montrez-moi votre permis maritime.

Elle se sentit presque soulagée, répondit :

— Je n'en ai pas.

— Dans ce cas, dit-il, vous allez devoir décharger vos bateaux.

— Vous n'y pensez pas ? dit Marie.

— Je dois saisir toute la cargaison.

— Sur ma capitane les sacs sont scellés à Libourne.

— Toute la cargaison, madame ! répéta le brigadier.

Marie chercha l'aide de Vidal et de Philippe, hésita, mais elle comprit à leur regard qu'il valait mieux obtempérer. La rage au cœur, elle leur donna l'ordre de décharger les sacs, songeant avec effroi à ce qui se serait passé si les policiers étaient intervenus la veille au soir. Elle se tint immobile tout le temps que dura l'opération, puis, flanquée de Philippe et de Vidal, tremblante à l'idée de la catastrophe à laquelle elle avait échappé, elle suivit les policiers avec la sensation de revivre le cauchemar de sa prison bordelaise.

Quinze jours avaient passé depuis cette funeste escale libournaise. Marie avait dû vendre la seconde pour payer l'amende et une partie de la cargaison de sel qui avait été saisie par les autorités maritimes. Au terme de ce sinistre voyage, cependant, une bonne surprise l'attendait à Souillac : Benjamin avait envoyé de l'argent, expliquant qu'il était le fruit de son travail sur le domaine de Mathieu Charrière dont il avait déjà parlé dans ses précédentes lettres. Réconfortée par cet apport inespéré, Marie s'en était servie pour acheter un petit gabarot qui servirait d'allège et pour payer au marchand bordelais la deuxième moitié de la cargaison saisie. Elle avait gardé quelques louis en réserve, sachant que ses voyages, arrêtés désormais à Libourne, lui rapporteraient moins que ceux de Bordeaux. Il était évident qu'elle ne pouvait continuer de vivre dans l'illégalité et risquer de perdre une deuxième cargaison. D'ailleurs cette décision n'avait pas été trop difficile à prendre : passer le bec d'Ambès avait été chaque fois une épreuve, et c'était avec une sorte de soulagement qu'elle envisageait un avenir plus prudent.

Vincent, guéri de sa pneumonie, avait repris sa place sur la capitane. Le temps, heureusement, avait cassé, et les pluies avaient relevé le niveau des eaux, les rendant moins dangereuses. Délivrée du carcan qui l'avait emprisonnée depuis décembre, la Dordogne bouillonnait avec allégresse, dans la vallée ruinée par le froid de l'hiver, et le vent d'ouest glissait en longues vagues qui sentaient la mousse. Debout à la barre de l'*Elina*, Marie ne cherchait plus à s'en protéger, au contraire : elle lui offrait son visage et en buvait de grandes bolées qui l'enivraient délicieusement. On était encore très loin du printemps, mais il lui était infiniment agréable d'imaginer qu'il était pour demain.

Le convoi approchait de Libourne. La veille au soir, à Sainte-Foy, retrouvant Desplas et ses amis, Marie leur avait expliqué à quels périls elle avait échappé lors de son dernier voyage. Ils en avaient été ébranlés, car ils n'étaient pas éloignés de croire, comme elle, à une trahison. Mais ils avaient davantage été contrariés d'apprendre qu'elle ne descendrait plus jusqu'à Bordeaux. Cependant, comme ils n'avaient pas le choix des moyens, ils l'avaient chargée d'une autre mission : remonter les armes depuis Sainte-Foy jusqu'à Bergerac, Limeuil et le Périgord. Ils trouveraient un autre bateau pour les livraisons de Bordeaux, du moins l'espéraient-ils. Bien qu'elle se sentît surveillée, Marie avait accepté, ne pouvant pas les abandonner dans une période aussi cruciale.

Ce ne fut pas sans appréhension, ce soir-là, qu'elle accosta au port de Libourne, à l'endroit exact où sa cargaison avait été saisie. Elle n'eut pas le courage d'attendre la fin des manœuvres sur ce quai maudit, et elle partit tout de suite à l'auberge, confiant à Vidal le soin d'organiser la surveillance des bateaux pour la nuit. Une fois à l'auberge, elle monta directement dans sa chambre et s'y fit servir à manger. Elle ne tenait pas à redescendre parmi les gabariers, où il lui semblait qu'elle se trouvait désormais en danger. Qui, en effet, pouvait être responsable d'une dénonciation, sinon l'un d'entre eux ? Elle avait dû trop parler, trop faire confiance, et la menace était là, confuse mais certaine, peut-être même immédiate.

Quand on frappa à sa porte, une heure plus tard, elle était bien décidée à refuser toutes les invitations. Elle ouvrit sa porte de mauvaise grâce, s'attendant à se trouver face à son père ou à l'aubergiste. C'était Philippe.

— Il faut que je vous parle, bredouilla le jeune homme d'une voix troublée.

— Voyons ! fit-elle, pas dans ma chambre, ce n'est pas possible, ça attendra demain.

— Non ! dit-il, ça ne peut pas attendre, et il faut que nous soyons seuls !

Elle pensa qu'il avait appris quelque chose au sujet du transport des armes et, après une ultime hésitation, s'effaça pour le laisser entrer. Ils demeurèrent debout, face à face, et elle remarqua la fièvre qui faisait briller ses yeux. Elle recula, se tourna vers la fenêtre, et demanda d'une voix froide :

— Alors ! Qu'y a-t-il de si urgent ?

— Vous le savez bien, madame, dit le jeune homme en s'approchant d'un pas.

Elle lui fit face brusquement, observa un instant ce grand garçon brun, au regard farouche, qu'elle côtoyait depuis de longs mois en ayant l'impression de le connaître depuis toujours.

— Non, Philippe, dit-elle, je ne sais rien et ne veux rien savoir.

Elle avait essayé de conserver un ton distant mais elle n'y était pas tout à fait parvenue. Il la dévisageait gravement, espérant un geste, un mot qui l'encouragerait à poursuivre, et, comme elle demeurait silencieuse, il ajouta :

— Vous savez bien que je souffre, madame.

Elle n'eut pas la force de soutenir ce regard qu'elle avait si souvent surpris posé sur elle. Comme elle ne répondait pas davantage, il reprit :

— Je souffre de vous aimer comme un fou depuis le premier jour.

Il avait avancé en parlant, mais elle l'arrêta de la main et murmura :

— Si vous m'aimez vraiment, Philippe, il faut partir tout de suite.

Il pâlit, demanda :

— Mais vous ?

Elle eut quelques secondes de faiblesse, puis elle songea au risque qu'elle courait, seule avec cet homme dans sa chambre, et répondit :

— Mon mari est en Algérie, Philippe. Il y est prisonnier et peut-être est-il en danger en ce moment.

Il baissa la tête, comme un enfant pris en faute. Un silence tomba, durant lequel elle comprit qu'elle avait trouvé les mots qu'il fallait.

— Alors je vais vous quitter, dit-il.

Elle soutint son regard, sourit.

— Oui, Philippe, s'il vous plaît, dit-elle.

— Je veux dire : définitivement, madame.

— J'avais compris.

Il s'ébroua, poussa un long soupir, puis :

— Encore un mot, madame, si vous le permettez. Vous verrez combien aimer est peu dire.

Il la considérait maintenant avec une sorte de désespoir, se débattant manifestement contre une idée qui semblait l'obséder.

— Avant, je vous en prie, promettez-moi une chose...

Et, comme elle hésitait, ne sachant dans quel piège il tentait de l'attirer :

— Promettez-moi de ne pas charger d'armes demain à Sainte-Foy.

Elle crut que son cœur s'arrêtait de battre, chancela, s'appuya au mur : elle n'avait mis encore personne au courant des caisses qu'il fallait remonter de Sainte-Foy à Bergerac.

— Puis-je vous demander comment vous savez cela ? fit-elle d'une voix blanche.

— Je sais tout, madame, dit-il, et depuis le début.

Il ajouta, tandis qu'elle le dévisageait avec l'impression que le monde basculait autour d'elle :

— Ils m'ont envoyé auprès de vous pour ça. C'est mon travail.

Elle s'assit sur son lit, cherchant à rassembler ses idées, regardant ses mains qui tremblaient.

— Me croyez-vous, maintenant, si je vous dis que je vous aime ?

Elle ne répondit pas, incapable qu'elle était de prononcer

le moindre mot, épouvantée par l'idée de savoir qu'elle était surveillée depuis le début — sans doute depuis l'arrestation de Benjamin — et qu'elle avait frôlé le pire. Elle avait souvent entendu dire que la police essayait d'infiltrer les réseaux républicains, mais elle ne s'était pas méfiée. Et elle comprenait mieux aujourd'hui pourquoi elle était sortie si facilement de la prison de Bordeaux. Elle se redressa, demanda avec lassitude :

— Et la saisie des sacs de sel, l'autre jour ?

— C'était moi, madame, de ma propre initiative, j'ai voulu vous faire peur, vous protéger. J'ai appris aujourd'hui que je n'y avais pas réussi.

Elle hocha la tête pensivement, demanda encore :

— Et mes amis ?

— Ne cherchez pas à les revoir. Vous ne pouvez plus rien pour eux. Tout ce que vous réussiriez à faire, ce serait de disparaître avec eux.

Un long silence s'installa. Elle comprit qu'il s'approchait.

— Marie, dit-il.

Elle se leva brusquement, sachant que s'il la touchait elle était perdue.

— Partez ! dit-elle d'une voix où, maintenant, il pouvait déceler de la colère.

— Alors nous ne nous reverrons plus ?

— Non !

— Plus jamais ?

— Non ! plus jamais.

Il approcha encore et elle recula jusqu'au mur.

— Eh bien ! Adieu, madame, dit-il.

Elle ne répondit pas. Il attendit encore quelques secondes, espérant qu'elle allait le retenir, mais elle regardait à travers la fenêtre, hostile et désespérée. Alors il fit brusquement demi-tour et se précipita vers la porte sans entendre le « merci » qu'elle prononçait du bout des lèvres, des larmes plein les yeux.

A la fin de février, le vent du nord ramena le froid sur la vallée. Les eaux étant propices au voyage, Marie et Vincent repartirent de Souillac dans un de ces matins d'hiver que le gel enlumine. Entre Groléjac et Domme, la rivière réverbérait si violemment la lumière qu'elle semblait couler d'un lustre d'église. Tenant fermement la barre de l'*Elina,* Marie précédait d'une centaine de mètres la capitane conduite par Vincent. Elle se retournait régulièrement pour juger de la distance entre les deux bateaux, était à chaque fois éblouie par une luminosité insupportable aux yeux. Devant elle, le pont de l'*Elina* luisait dangereusement malgré l'apparition du soleil dont les premiers rayons n'étaient pas assez puissants pour faire fondre la mince pellicule de glace.

Ce fut au passage de la barre de Domme que Marie entendit le bruit caractéristique d'un tas de bois qui s'écroule, puis, tout de suite après, le cri terrible d'un homme blessé. Quand elle se retourna, elle aperçut la capitane qui était en travers du courant et menaçait de chavirer. Elle cria elle aussi, de panique et d'impuissance, sachant que si l'un des matelots tombait à l'eau il mourrait aussitôt. Là-bas, Vidal tentait d'escalader le merrain qui s'était écroulé sur Vincent, mais il glissait et n'y parvenait pas. Marie manœuvra pour sortir du courant et se laisser rejoindre. Elle réussit à s'arrêter dans une meilhe, regarda désespérément dans la direction de la capitane où Vidal, après avoir failli tomber plusieurs fois, atteignit enfin le gouvernail et rétablit le bateau dans le bon axe de la descente. Il sortit lui aussi du courant et put s'approcher sans trop de difficulté de la rive près de laquelle attendait l'*Elina.* Le visage décomposé, Marie aperçut alors les épaules et la tête de son père qui dépassaient du bois et comprit qu'il n'était pas possible de le dégager sans accoster. Or la rive, en cet endroit de la rivière, était hérissée de rochers.

— A La Roque-Gageac ! cria-t-elle d'une voix qu'elle essaya de maîtriser mais qui trahit son angoisse.

Les deux gabares poursuivirent leur descente en prenant tous les risques et ne mirent pas plus d'une demi-heure pour venir s'amarrer au petit port sous la route qui longe la falaise. Les matelots de la capitane avaient commencé tant bien que mal à dégager Vincent qui gisait sur le dos, la tête contre le bordage, les yeux clos. Marie descendit de l'*Elina,* courut vers la capitane, furieuse contre ses hommes qui avaient si mal échafaudé le merrain. Elle savait pourtant que c'étaient le froid et le gel qui avaient provoqué la chute du bois, mais la peur et la colère l'aveuglaient.

— Dépêchez-vous donc ! lança-t-elle sur un ton qui surprit les matelots.

Vincent fut dégagé en moins de cinq minutes. Il respirait avec difficulté, n'ouvrait pas les yeux. Incontestablement, il souffrait de fractures, mais où ? Marie pensa à un enfoncement de la cage thoracique, à de graves hémorragies internes, se dit que son père allait mourir. Elle s'agenouilla près de lui, l'entendit murmurer :

— Mes jambes ! Mes jambes !

Elle aida ses hommes à le transporter dans l'auberge, de l'autre côté de la route. Là, une fois qu'il fut allongé près du feu, on le ranima en le frictionnant avec de l'eau-de-vie. Marie en fit glisser quelques gouttes entre ses lèvres. Il cessa de trembler, ouvrit les yeux, se plaignit de nouveau de ses jambes. Elle trouva miraculeux de ne constater aucune plaie ouverte, puis elle se dit qu'il eût peut-être mieux valu.

L'attente dura longtemps, car le médecin était en tournée dans les fermes. Un rebouteux trouvé par l'aubergiste posa des attelles sans chercher à réduire les fractures qui, au demeurant, paraissaient franches. Marie hésita alors sur la conduite à tenir : fallait-il transporter son père dans un hôpital ou bien le ramener à Souillac où le docteur Lafarge — qui s'occupait depuis longtemps de la famille Donadieu — avait l'habitude de traiter ce genre de blessure ? Elle opta pour la deuxième solution, songeant que, si elle partait tout de suite à la remonte, elle arriverait à Souillac avant la nuit. Son père serait alors soigné, au chaud et en sécurité. Elle demanda à Vidal de continuer jusqu'à Libourne et de l'attendre là-bas, puis elle donna l'ordre de déballer les victuailles : puisqu'on avait dû s'arrêter, il valait mieux se restaurer sur la rive que sur l'eau.

Un peu après midi, donc, une fois que tous les hommes eurent repris des forces, elle descendit avec l'*Elina* en aval de La Roque-Gageac où se trouvait le relais de tire, puis elle se lança dans la remonte en essayant de se persuader qu'elle avait pris la bonne décision.

Cette remonte fut très lente et très dangereuse, car le soleil s'était caché et le vent du nord courait dans la vallée en rafales furieuses. Les attelages glissèrent à plusieurs reprises sur le chemin de halage, et il fallut toute l'habileté des patrons bouviers pour arriver sans encombre à l'extrémité des tires. Une partie du bois de l'*Elina* ayant été transbordée sur le gabarot, on avait pu allonger Vincent à l'abri du vent. Il ne se plaignait pas, paraissait dormir. Seule, de temps en temps, une grimace venait trahir sa souffrance. Alors, Marie, assise près de lui, se maudissait d'avoir entrepris ce voyage Déjà fortement ébranlée par la trahison et le départ de Philippe, elle se sentait responsable de cet accident et elle perdait cette confiance si précieuse que les passages du bec d'Ambès et le respect des gabariers, au fil des mois, avaient forgée. Aujourd'hui, elle n'aspirait plus qu'à une chose : arriver le plus vite possible à Souillac et retrouver Elina, son sourire, sa chaleur si réconfortante.

Ce fut fait juste avant la nuit. Les matelots transportèrent Vincent dans la maison des Donadieu où le médecin ne tarda pas à venir. Il défit les attelles, examina les blessures, vérifia qu'il n'y avait aucun déplacement, reposa les attelles, immobilisa les jambes et rassura Marie : avec ce genre de blessure, les hémorragies internes étaient la plupart du temps foudroyantes; si donc son père était toujours en vie, c'est qu'il n'avait pas subi de lésions majeures. Pour le reste, il fallait du temps et de la patience : les os se ressouderaient d'eux-mêmes.

Quand il fut reparti, Marie raconta à Elina comment s'était produit l'accident. Elles convinrent que c'eût pu être pire si le bateau avait chaviré ou si Vincent avait été projeté à l'eau.

— Avec un temps pareil, il ne faudrait jamais naviguer, soupira Elina.

— Comment faire autrement ? dit Marie.

Plusieurs familles dépendaient d'elle. Qu'elle le voulût ou non, elle devait continuer. Il n'était plus temps de mesurer les risques ou de faire preuve de prudence.

— Je dois appareiller demain, dit-elle. La capitane ne peut pas attendre indéfiniment à Libourne.

— Alors, allons nous coucher, ma fille, dit Elina. Tu dois en avoir bien besoin.

Quand elle entra dans ses draps chauds, Marie se demanda comment elle allait trouver la force de remonter à l'aube sur son bateau. Durant toute la nuit, le cri de son père la tira du sommeil chaque fois qu'elle y sombrait. Elle descendit, ralluma le feu, s'assit devant les flammes bleues, et attendit le lever du jour en pensant à Benjamin.

Elle repartit donc dans le froid glacial qui la transperçait jusqu'aux os malgré ses deux tricots de laine, sa pèlerine et le manteau en peau de mouton de Benjamin. Elle avait découvert avec un plaisir infini que ce manteau portait encore son odeur et elle ne s'en séparait plus. La nuit, elle s'en servait d'oreiller. C'était à la fois délicieux et douloureux, mais elle ne pouvait plus s'en passer.

Quarante-huit heures plus tard, elle arriva à Sainte-Foy avec une légère appréhension, mais bien décidée à ne pas prendre contact avec Desplas et ses amis. Elle s'en voulait un peu de ne les avoir pas prévenus du danger qu'ils couraient, mais comment faire autrement ? Une intervention de sa part n'aurait eu pour conséquence que de disparaître avec eux. Ne devait-elle pas penser à ses enfants ? Sincère avec elle-même, elle était persuadée que, si elle avait eu la moindre chance de les sauver, elle n'aurait pas hésité.

Sur le port, une désagréable surprise l'attendait : l'auberge était fermée. Elle en chercha une autre avec son équipage, certaine qu'il s'était passé quelque chose de grave pendant les derniers jours. Toutes affichaient complet : avec ce froid vif, aucun matelot ne couchait sur les bateaux. Ils finirent pourtant par en trouver une dans une ruelle, et, malgré son aspect peu engageant, y entrèrent. Ils furent accueillis fraîchement par une maîtresse femme qui régentait sa maison avec autorité. Elle n'avait qu'une chambre disponible. Les matelots pouvaient dormir dans la grange, sur la paille. Vidal et les hommes d'équipage, qui avaient craint de passer la nuit dehors, acceptèrent sans discuter. Ils purent manger dans la grande salle sous l'œil inquisiteur des habitués des lieux : des portefaix, des sacquiers, des petits marchands et quelques hommes dont il était bien difficile de deviner l'activité.

A peine Marie eut-elle avalé une soupe bien chaude que deux gendarmes firent irruption et lui demandèrent de les suivre. D'abord elle refusa, puis, comme ils la menaçaient d'aller chercher des renforts, elle leur demanda où ils voulaient l'emmener.

— A la gendarmerie, madame ! fit le brigadier qui était si gros et si rond que ses buffleteries arrivaient à peine à en faire le tour.

Les matelots de Marie se levèrent comme un seul homme.

— Ils viennent avec moi, dit-elle.

Le brigadier hésita, se vit entouré par l'équipage et concéda :

— La patronne va nous trouver ce qu'il nous faut pour parler au calme.

— D'accord, dit Marie, mais je veux un de mes hommes comme témoin.

Le brigadier, de nouveau, hésita, puis, tandis que son collègue allait chercher l'aubergiste, se retrouvant seul, il finit par accepter. Quand la patronne arriva, il la suivit dans une sorte de resserre attenante à la cuisine, précédant son collègue, Marie et Vidal à qui elle avait fait signe de l'accompagner. Ils pénétrèrent dans une pièce étroite à peine éclairée par un mauvais chaleil, où étaient entreposés des sacs de sel et des denrées diverses. Ils restèrent debout, Marie et Vidal d'un côté, les gendarmes de l'autre.

— Connaissez-vous un homme qui s'appelle Philippe Rey, madame ? demanda le brigadier sans le moindre préalable.

— Oui, répondit Marie, en sentant son cœur s'affoler.

— Il travaillait avec vous ?

— Oui.

— Depuis combien de temps ?

— Deux ou trois ans, répondit-elle en se demandant ce qui avait bien pu se passer en son absence.

— Pourquoi vous a-t-il quitté ?

Elle craignit un piège et prit le temps de la réflexion.

— Je ne sais pas. Il ne voulait plus voyager, je crois.

— Il ne vous a rien dit en vous quittant ?

— Non. Absolument rien. Mais pourquoi toutes ces questions ? Vous savez très bien que je ne suis pas obligée de vous répondre.

Le brigadier la dévisagea de ses yeux sombres, attendit un long moment avant de poursuivre, un léger sourire aux lèvres :

— Il est mort, madame.

Et il ajouta, comme Marie s'appuyait au mur pour ne pas tomber.

— Dix coups de couteau. Dont deux au cœur.

— Mon Dieu ! fit Marie en sentant ses jambes s'affaisser sous elle.

Vidal, heureusement, vint à son secours et demanda .

— On connaît les coupables ?

Le brigadier ne le regarda même pas et reprit, s'adressant à Marie :

— A votre idée, madame ?

— Comment voulez-vous que je le sache ? fit Marie avec colère.

Le brigadier sourit de nouveau mais ne répondit pas tout

de suite. Son regard transperçait Marie qui tremblait de plus en plus et se troublait.

— Evidemment... Evidemment..., fit-il.

Il caressa ses moustaches qu'il portait très effilées, reprit de la même voix soupçonneuse :

— Est-ce que le nom de Desplas vous dit quelque chose ?

Marie accusa le coup, devint encore plus pâle qu'elle n'était, attendit deux ou trois secondes, craignant que sa voix ne la trahisse.

— Rien du tout.

— Vous ne l'avez jamais rencontré ?

D'abord elle refusa de répondre, puis elle se dit qu'il pourrait considérer cela comme un aveu.

— Jamais, fit-elle.

Elle n'en pouvait plus, aurait donné tout ce qu'elle possédait pour sortir de cette pièce.

— Et Caminade ? Et Laribe ? Ça ne vous dit rien non plus ?

Elle fit « non » de la tête, incapable, maintenant, de parler. Vidal, qui s'en aperçut, demanda :

— Ça va continuer longtemps, vos histoires ? Madame répond à vos questions parce qu'elle le veut bien, mais ça ne va pas durer toute la nuit, croyez-moi !

L'hésitation du brigadier indiqua à Marie qu'il n'était pas aussi sûr de lui qu'il voulait bien le montrer. Même s'il avait des soupçons, il ne possédait aucune preuve. Car elle était certaine qu'aucun de ces hommes n'avait parlé, et surtout pas Philippe.

— Une dernière question, s'il vous plaît, dit le brigadier, et vous pourrez aller.

Marie hocha la tête et attendit, se demandant si elle allait enfin pouvoir s'échapper.

— Tous ces gens descendaient chez M. Menault.

— M. Menault ?

— Oui. Le patron de l'auberge que vous fréquentiez. Vous ne pouvez pas ne pas les avoir rencontrés.

— Rencontrés, peut-être, dit Marie, mais je ne les connais pas.

— Et vous ne vous demandez pas ce qu'il est devenu, votre aubergiste ?

Marie revit l'homme débonnaire et chaleureux qu'elle retrouvait toujours avec plaisir et qui lui aussi, avait épousé la cause républicaine.

— Celui-là est en prison, madame. Il ne risque que la peine de mort.

Le brigadier était ravi de son effet. Il jubilait. Marie, elle, était à bout.

— Bon, c'est terminé ! dit Vidal.

— Pour le moment, dit le brigadier, mais je crois que nous sommes appelés à nous revoir.

Marie sortit de la resserre avec une sensation d'oppression aussi pénible que celle qu'elle avait éprouvée à Bordeaux. C'était bien la même menace, le même étau qui se refermait inexorablement. Et Philippe était mort ! Et l'aubergiste allait mourir aussi ! Qu'étaient devenus Desplas et les autres ? Elle avait si mal au cœur qu'elle monta directement dans sa chambre et se jeta sur son lit.

Elle pensa toute la nuit à Philippe, à son regard posé sur elle, à cette manière qu'il avait eue de la protéger alors qu'on l'avait envoyé près d'elle pour la perdre. Comment aurait-elle pu trouver le sommeil après une telle épreuve ? Qu'allait-il se passer ? Parviendrait-elle à se soustraire aux soupçons qui pesaient sur elle ? Oui, peut-être, si Philippe avait pu détruire avant de mourir les papiers compromettants qu'il devait posséder. Mais comment en être sûre ?

Toutes ces questions tournèrent douloureusement dans sa tête une grande partie de la nuit. Dès quatre heures du matin, elle n'eut qu'une hâte : voir se lever le jour. Elle eut très peur, un peu plus tard, quand des pas s'arrêtèrent devant sa chambre. Elle comprit qu'on glissait une feuille de papier sous sa porte, attendit quelques instants, alluma sa chandelle, se leva, revint lire dans son lit. Une écriture inconnue lui expliquait que Desplas, ses hommes et l'aubergiste avaient été arrêtés dix jours auparavant. L'un d'entre eux, pourtant, avait pu s'échapper. Quant à Philippe Rey, c'était un indicateur. Il n'avait eu que ce qu'il méritait. Le billet se terminait par ces mots : « Le combat continue ! Vive la République ! » Elle relut le billet, puis, fébrilement, le brûla. Jusqu'à l'aube elle guetta les bruits dans le couloir, craignant à tout moment que les gendarmes ne viennent la chercher. Dès que le jour pointa, elle rejoignit son équipage, un peu réconfortée de savoir qu'un homme, au moins, avait relevé le défi, mais bien décidée à rester à l'écart, désormais, d'un combat qui la dépassait.

Elle appareilla dès que la lumière fut suffisante, soulagée de quitter ce port où erraient tant de menaces. Une fois sur la Dordogne que le soleil nacrait d'une pellicule rose, elle songea de nouveau à Philippe et eut très froid, soudain, jusque dans ses os, jusque dans son cœur. La vision hideuse du monde auquel elle venait de se heurter lui donna l'envie de retourner très vite chez elle, de se blottir au cœur de ce coin de vallée qu'elle n'aurait jamais dû quitter.

Cet hiver de glaces et de drames s'acheva heureusement par un bonheur inattendu Vivien put revenir au village après une remise de peine justifiée par sa bonne conduite. Il arriva avec Elise un soir de mars alors que Marie, Elina, Vincent et les enfants s'apprêtaient à manger. Ce fut la joie dans la maison où les femmes se mirent en frais de cuisine, faisant sauter des crêpes et cuire des quartiers de canard. Malgré l'évidence de ce retour merveilleux, Marie n'osait y croire. Elle avait fait plusieurs fois répéter à Vivien la bonne nouvelle et voulu voir le document officiel que lui avaient remis les gendarmes. Elle l'avait lu en tremblant, aveuglée par une buée qui était douce à ses yeux. C'était donc vrai ! L'impression de solitude et de menace qui la hantait depuis plusieurs mois s'estompait, ce soir, de la plus heureuse des manières qui fût. Elle ne serait plus seule, désormais, pour conduire les bateaux, négocier le prix du sel, se faire obéir des hommes d'équipage. Vivien serait près d'elle, et bientôt Vincent pourrait remarcher, et tout recommencerait !

Pendant le repas, Vivien voulut savoir ce qui s'était passé en son absence. Marie raconta pourquoi elle avait été obligée de vendre la seconde pour payer l'amende, et comment elle avait pu acheter un gabarot avec les louis d'or envoyés par Benjamin. Elle ne dit rien de Desplas et des armes qu'elle avait transportées, car elle craignait le jugement de Vivien, et surtout celui d'Elina à qui elle avait soigneusement caché cette activité. Elle évoqua les dangers de la navigation au bec d'Ambès par temps de brume et ses difficultés à négocier le prix du sel. Vincent, lui, raconta son accident, insistant sur le courage de Vidal qui avait réussi à redresser la capitane. Quand ils se turent, Vivien les rassura : ils pouvaient se reposer sur lui ; désormais, il était là et rien ne pourrait de nouveau l'éloigner de Souillac.

Elina porta sur la table deux bouteilles de cidre pour accompagner les crêpes. Ce fut le moment que choisit Vivien pour annoncer qu'Elise attendait un enfant.

— C'est pour quand ? demandèrent Elina et Marie d'une même voix.

— Pour juillet.

— Qu'est-ce que vous préférez ? Un garçon ou une fille ?

— Je voudrais bien un garçon, dit Vivien, mais Elise préférerait une fille. Enfin ! On prendra ce qui arrivera !

Il s'extasia sur la bonne mine d'Aubin et d'Emilien, puis il parla de la vie qu'ils avaient menée, là-bas avec Elise, dans la ferme des Essarts et se montra soucieux pour les deux vieux qu'ils avaient laissés seuls.

— Ils ont été si bons avec nous ! dit-il, tourné vers Elise qui approuvait de la tête, toujours aussi timide.

Enfin il demanda des nouvelles de celui dont l'absence pesait tellement sur ces retrouvailles. Le silence se fit, tandis que Marie tendait à Vivien la dernière lettre de Benjamin. Il ne travaillait plus dans la Bourkika, mais près de la côte, dans un domaine que Charrière avait réussi à acheter après avoir vendu le précédent à un colon récemment arrivé. Le climat y était plus clément et la culture moins difficile. Comme à son habitude, Benjamin ne se plaignait pas, mais s'inquiétait plutôt pour sa famille, demandait des précisions sur les bateaux, le commerce, et donnait des conseils, toujours les mêmes, sans se douter qu'il était impossible à Marie de les mettre en pratique.

— Je lui écrirai demain, dit-elle Il sera rassuré de savoir que tu es parmi nous.

La devinant préoccupée, Vivien fit des projets et assura que Benjamin, lui aussi, reviendrait bientôt. Ils achèteraient d'autres bateaux et leur flotte deviendrait la plus importante de toute la vallée. Il riait, plaisantait. Mon Dieu ! comme il avait changé ! Marie ne reconnaissait plus ce soir l'homme désespéré qui venait, la nuit, hanter les rives de la Dordogne. Alors, la pensée de ne plus reconnaître Benjamin à son retour lui broya le cœur, et elle se leva pour éviter que Vivien ne s'en aperçoive. Elle remarqua que Vincent, lui aussi, ne souriait guère. Elle savait qu'il redoutait de ne pas pouvoir remarcher convenablement malgré le pronostic favorable du docteur Lafarge. Allons ! ce soir était soir de fête ! Il fallait profiter de ces moments sans trop penser à l'avenir et faire confiance à la providence. S'asseyant de nouveau à table, elle invita son père à trinquer avec elle, reparla des voyages avec Vivien, et Vincent consentit à sourire.

Ils se couchèrent tard, cette nuit-là, et Marie fut la dernière à monter dans sa chambre. Elle savait qu'elle allait se retrouver seule comme chaque nuit depuis plus de deux ans. Mais elle mesurait davantage ce soir combien Benjamin était loin. Fière et forte la journée, il lui arrivait de sombrer, la nuit, lorsqu'elle cherchait un corps près d'elle dans son demi-sommeil. A ces moments-là, s'il n'y avait eu Elina et les enfants, elle aurait crié de douleur. Mais quelquefois aussi elle le voyait en rêve et cherchait vainement à s'en approcher. Lorsque le rêve s'estompait et qu'elle s'asseyait, hagarde, sur son lit, la colère supplantait le chagrin : on leur avait volé huit années de leur vie ! Huit ans ! se disait-elle. Huit ans qu'ils ne revivraient jamais et qui étaient perdus, pour l'un comme pour l'autre ! Elle se demandait alors si la solution n'était pas de partir pour l'Algérie où elle pourrait le voir enfin, une heure, une minute, une seconde, et il lui arrivait de penser qu'elle s'embarquerait dès l'arrivée des beaux jours.

11

Les beaux jours étaient là et elle n'était pas partie. Comment aurait-elle pu abandonner ses enfants, Elina et Vincent qui marchait avec des béquilles et se plaignait de n'être plus utile à rien ? Le printemps avait été pluvieux dès le début d'avril et l'on pouvait raisonnablement penser que les eaux seraient marchandes jusqu'à la mi-juin. C'était de bon augure pour le commerce qui bénéficiait maintenant de l'expérience de Vivien. Autant Vincent n'avait été d'aucun secours à Marie pour négocier les marchés, autant Vivien démontrait une autorité qui en imposait aux marchands. En le voyant agir, elle comprenait pourquoi elle avait eu tant de mal à se faire une place dans ce monde gouverné par les rapports de force.

En cette mi-mai, c'était pour Marie, comme chaque année, le même émerveillement. Debout à l'arrière de la capitane (Vivien conduisait maintenant l'*Elina*), elle s'étonnait du renouveau magique des couleurs qui jaillissaient en gerbes sur les rives et endimanchaient la vallée dont les arbres frissonnaient doucement. Même la lumière semblait verte. Elle paraissait surgir de la terre et non couler du ciel, faisait fondre le bleu comme un fleuve en crue qui entre dans la mer. Des parfums de lilas sauvages et de prairies grasses affluaient dans l'air tiède que Marie respirait en fermant les yeux, savourant cette paix éternelle dans laquelle s'assoupissait la vallée bercée par le froissement des feuilles et les soupirs de la terre caressée par le vent.

Le convoi arrivait à Libourne. La ville semblait écrasée par le poids du ciel. La capitane passa devant les chais, où les odeurs fortes de vin et de moûts épaississaient l'air comme du sirop. En prenant pied sur le quai, Marie se sentit ivre et chancela. Son corps, ce soir, lui semblait lourd. Elle eut la fugace impression que le monde entier était en elle. Ce sentiment de communion avec le port, la ville, le monde, cette sensation de plénitude s'accentuèrent encore pendant le court trajet de son bateau à l'auberge située à proximité de l'église Saint-Jean. Ce n'était pas un soir ordinaire, elle le savait. Aussi ne fut-elle pas surprise d'apercevoir Emeline sur le seuil de l'auberge et de la voir s'avancer vers elle avec sa grâce coutumière. Emeline portait une robe de soie rose et une coiffe blanche d'où coulaient ses boucles noires jusque sur les épaules. S'arrêtant à deux pas d'elle, Marie lui trouva une bizarre expression dans le regard.

— Je voudrais te parler, dit Emeline avec la même humilité qui avait tant étonné Marie lors de leur dernière rencontre à Bordeaux.

Et, comme celle-ci demeurait sur ses gardes et ne répondait pas :

— C'est au sujet de Benjamin.

Il sembla à Marie qu'elle avait du mal à se tenir debout.

— Rentrons, si tu veux bien, ajouta-t-elle, je voudrais m'asseoir.

Surprise par cette sorte de désarroi qu'Emeline ne cherchait pas à dissimuler, Marie accepta et la précéda dans l'auberge où elles furent accueillies par des cris, de nombreux matelots étant déjà attablés pour le repas du soir. Elles montèrent l'escalier et, quand Marie se retourna après avoir ouvert sa porte, elle dut soutenir Emeline, qui, livide, le visage défait, respirait avec difficulté. Elle l'aida à s'asseoir, un peu effrayée par sa pâleur que soulignait le rouge étrange des pommettes. Elle attendit patiemment qu'Emeline reprenne son souffle, malgré les innombrables questions qui se bousculaient dans sa tête. Emeline s'essuya le front luisant de sueur avec un mouchoir qu'elle sortit de sa manche, murmura :

— Il va revenir.

Ces trois mots portaient trop de bonheur pour que Marie pût les accepter si vite. Elle demanda doucement :

— Qui ?

— Benjamin, il va revenir, répéta Emeline.

Marie chancela, dut s'asseoir elle aussi, tellement son cœur était devenu fou. Un reste de méfiance, pourtant, jetait un peu d'ombre sur l'immense soleil qui était entré dans la pièce.

— Tu m'avais dit que ce n'était pas possible, bredouilla-t-elle.

Un bref sourire éclaira le visage d'Emeline.

— Mon mari a rencontré le duc de Morny la semaine dernière, dit-elle.

Marie ne comprenait pas pourquoi Emeline avait fait intervenir son mari dans une affaire qui ne le concernait en rien. Elle redouta un marché qui consisterait à échanger le retour de Benjamin contre une promesse de renoncer à lui. L'espace d'un instant, pourtant, elle y consentit, prête à le perdre pourvu qu'elle puisse le voir de temps en temps, pourvu qu'il soit libre. Emeline comprit ce qui se passait dans sa tête. Une ombre d'une infinie tristesse erra dans ses yeux noirs lorsqu'elle murmura dans un soupir :

— Quels que soient leurs rapports, leurs conflits, un mari ne peut rien refuser à sa femme qui va mourir.

Elle baissa la tête, comme si cet aveu avait consumé toute l'énergie qu'elle possédait, puis elle la releva lentement, cherchant le regard de Marie qui ne mesurait pas tout à fait, encore, la gravité des mots qu'elle venait d'entendre. Un lourd silence erra dans la chambre, que ni l'une ni l'autre n'osait rompre. Et surtout pas Marie qui sentait des frissons courir sur son dos, bouleversée qu'elle était par l'appel au secours décelé dans les yeux d'Emeline.

— Phtisie galopante, reprit celle-ci après un long silence. J'ai rencontré les plus illustres médecins du pays. Ils ne peuvent plus rien pour moi. Il me reste très peu de temps.

Elle gardait la tête haute, maintenant, souriant avec une sorte de fierté pitoyable qui broyait le cœur de Marie. Celle-ci cherchait des mots mais n'en trouvait pas d'assez grands pour exprimer tout ce qu'elle ressentait de compassion.

— Tu sais, commença-t-elle...

Mais elle s'interrompit aussitôt, car il lui sembla que tout ce qu'elle pouvait dire allait aggraver la souffrance d'Emeline. Et puis elle pensa que tout valait mieux que ce silence et le poids de ce regard implorant.

— On ne sait jamais, reprit-elle...

— Non, fit Emeline en l'arrêtant de la main, je vais mourir, c'est sûr, je m'y prépare.

Et elle ajouta, avec un pauvre sourire :

— Merci. Tu es gentille.

Marie avait tellement souffert du combat qui les avait dressées l'une contre l'autre qu'elle avait du mal à croire à ces mots si nouveaux dans la bouche d'Emeline. Tout l'y poussait, pourtant, aujourd'hui, mais l'angoisse était là, toujours la même, et elle se débattait entre deux idées contradictoires qui accentuaient son trouble. Une violente quinte de toux contraignit Emeline à se plier sur elle-même Comme elle s'étouffait, Marie voulut l'aider, mais Emeline l arrêta d'un signe de la main. Alors Marie demeura sur sa chaise, terriblement émue par le spectacle de cette femme qui courbait le dos devant elle et qu'elle ne haïssait plus, soudain, mais qu'elle plaignait, au contraire, comme si elles avaient toujours été amies.

Quand Emeline se redressa, ses yeux étaient pleins de larmes. Il lui fallut plus d'une minute pour reprendre son souffle et esquisser un sourire qui fit si mal à Marie qu'elle détourna la tête.

— Tu vois, murmura Emeline, d'une voix presque inaudible, tu me crois maintenant ?

Elles s'étaient combattues toute leur vie mais, ce soir,

Marie l'oubliait car la détresse d'Emeline brisait la distance qui les avait séparées.

— Ce n'est pas pour me faire voir à toi dans cet état que je suis venue, reprit Emeline. C'est parce que je voudrais te demander quelque chose... Une dernière chose.

Marie, de nouveau, craignit d'avoir été trompée. Elle eut une sorte de retrait du buste qu'Emeline remarqua.

— N'aie pas peur, dit-elle. Ce que j'ai à te demander ne te coûtera rien et ne concerne pas Benjamin.

Et, comme Marie demeurait hostile :

— C'est un peu difficile à dire. Je ne sais pas si tu comprendras, mais c'est très important.

Marie, intriguée, ne fit pas un geste, et attendit qu'Emeline, enfin, se décide.

— Voilà : je voudrais passer une dernière journée à Souillac, dans les prairies, et je voudrais que tu la passes avec moi, comme quand on était enfants.

Devinant que Marie cherchait à déceler un piège dans cette demande effectivement peu banale, elle reprit :

— Je sais que c'est peut-être difficile à comprendre, mais comment t'expliquer ?

Elle se tut un instant, parut poursuivre un rêve, et la paix revint sur son visage. Elle murmura d'une voix dans laquelle Marie perçut une totale sincérité :

— J'ai tellement souffert d'avoir perdu tout ça.

Comment ne pas la croire ? Ses yeux étaient de nouveau pleins de larmes et, peut-être pour la première fois de sa vie, Marie eut l'impression de la découvrir telle qu'elle était vraiment. Pourtant elle ne répondit pas tout de suite car elle se rappela les années de leur adolescence et craignit de se heurter aux mêmes sensations. Puis elle se souvint que son père et sa mère avaient marié de force Emeline à Duthil. Elle songea au déchirement qu'avait été pour elle-même, le jour de son départ pour Bordeaux, le fait de quitter ce coin de vallée, le seul endroit du monde, elle le savait aujourd'hui, où elle pouvait vraiment être heureuse.

— J'en ai tellement besoin, reprit Emeline. C'était si bon. Si seulement je pouvais emporter un peu de ces prairies avec moi.

Comment Marie eût-elle pu demeurer insensible à ces mots-là ? Elle ne prit même pas le temps de la réflexion et répondit doucement :

— C'est d'accord. Quand tu voudras.

— Je suis pressée, murmura Emeline, terriblement pressée.

Marie hocha la tête, proposa :

— Je serai remontée dans dix jours. Tu peux venir. Je t'attendrai.

— Merci ! dit Emeline. Tu ne peux pas savoir ce que ça représente pour moi.

Elle ajouta après une hésitation :

— Moi qui ne t'ai fait que du mal.

Elles s'observèrent en silence, comprirent que, pour l'une comme pour l'autre, tout était oublié.

— J'arriverai la veille en voiture, à l'auberge du Lion d'or. Je repartirai le surlendemain. Je voudrais que tu viennes me rejoindre... Si j'en ai la force, nous descendrons à pied vers la Dordogne.

— Je viendrai, dit Marie.

Emeline fut prise de nouveau d'une quinte de toux qui la laissa sans forces. Marie s'approcha d'elle, posa une main sur son épaule, mais Emeline se dégagea doucement. Alors elle revint vers sa chaise et demanda :

— Tu n'as besoin de rien ?

— Non, dit Emeline, rien de plus que ce que je t'ai demandé.

Elles se turent, évitant maintenant de se regarder pour ne pas ajouter à leur émotion. Puis, Marie, se souvenant brusquement des premiers mots d'Emeline, demanda :

— Benjamin, il reviendra quand ?

— Avant la fin de l'été, j'espère. Le décret de grâce est sur le bureau de l'Empereur.

Marie songea alors au visage hautain, aux yeux glauques et à la moue de mépris qu'elle avait aperçus à Bordeaux, et la libération de Benjamin lui apparut tout à coup très lointaine.

— Il va signer, dit Emeline qui avait deviné sa pensée. Il l'a promis au duc de Morny. C'est seulement une question de jours.

— Tu en es sûre ?

— J'en suis certaine, sinon je ne serais pas venue te voir.

Une nouvelle fois, la toux la reprit, mais cette quinte-là dura plus que les précédentes. Marie dut lui venir en aide lorsqu'elle voulut se redresser. Enfin, après de longues minutes passées à retrouver une respiration normale, Emeline demanda :

— Mon cocher attend en bas. Tu veux bien m'aider à descendre ?

Marie, en prenant son bras, fut étrangement émue par ce contact, cet abandon dans lequel elle puisa la conviction qu'Emeline ne lui avait pas menti. Elle sentit son souffle brûlant contre sa joue, en fut heureuse. En bas de l'escalier, c'est à peine si, en traversant la salle, elle entendit les plaisanteries des hommes. Elle était au-delà de toutes ces petites choses, ce soir. En regardant s'éloigner la voiture dans laquelle elle avait aidé Emeline à monter, elle imaginait le moment où Benjamin apparaîtrait devant elle, et avec quelle force elle se précipiterait dans ses bras.

Douze jours avaient passé, et l'été, déjà, illuminait la vallée, bleuté comme en plein mois d'août. Ce matin-là, comme promis, Marie se rendait à Souillac en traversant les prairies qu'avait lustrées la rosée de la nuit. La veille au soir, le cocher d'Emeline était venu la prévenir de son arrivée à l'auberge du Lion d'or. Persuadée qu'Emeline allait lui donner des nouvelles de Benjamin, elle courait sur le sentier dont elle connaissait les moindres détours, la plus petite racine à éviter pour ne pas tomber. Obsédée par cette idée, elle était étrangère au monde qui l'entourait, que ce fût le balancement silencieux des grands frênes ou les grains d'or de la poussière végétale que les rayons du soleil embrasaient comme un chaume. Elle courait, elle courait, avalant avec délices de grandes goulées de parfums familiers qui lui rappelaient d'autres courses, heureuses ou malheureuses, dont les images défilaient avec une surprenante netteté.

Elle s'arrêta pour traverser la route de Sarlat, continua en marchant, mais très vite, en direction du bourg. Il lui fallut encore dix minutes pour arriver à l'auberge du Lion d'or où le cocher l'attendait devant la porte. Il la conduisit dans la chambre d'Emeline qui était assise dans un fauteuil de velours vieux rose et lui sourit. Elle paraissait moins fatiguée que lors de leur rencontre libournaise. Ou alors c'était un effet de sa robe bleue qui rehaussait son teint et redonnait à son visage un aspect plus vivant, presque gai.

— Merci d'être venue, dit-elle en se levant.

— Je t'avais promis, fit Marie, et c'est si peu de chose.

Emeline s'approcha, lui prit les mains et sourit de nouveau.

— Moi aussi je tiens mes promesses, dit-elle, et j'ai une bonne nouvelle pour toi.

Le cœur de Marie s'emballa.

— L'Empereur a signé, reprit Emeline. Benjamin sera là avant juillet.

Marie dut s'asseoir, tant ses jambes tremblaient. Elle regardait fixement Emeline sans parvenir à prononcer le moindre mot, tellement les idées se bousculaient dans sa tête. Libre ! Benjamin était libre ! Il serait là avant juillet ! Etait-ce possible ? Elle n'osait y croire et brûlait de poser d'autres questions, sans se rendre compte que sa joie s'inscrivait sur son visage.

— Merci, dit-elle enfin, je n'oublierai jamais ce que tu as fait.

Et aussitôt son bonheur lui parut déplacé devant cette

femme, si jeune encore, qui allait mourir. Elle s'en voulut, revint rapidement à l'objet de sa venue à Souillac et demanda :

— Quand veux-tu que nous partions ?

— Tout de suite, dit Emeline, mais il faudra peut-être que tu m'aides un peu à marcher.

— Je t'aiderai, sois sans crainte.

— Alors, allons-y.

Elles descendirent lentement l'escalier, se retrouvèrent dans le grand soleil, côte à côte.

— Ce matin, les prairies... Cet après-midi, si je le peux, le marché et la place de la Nau, dit Emeline.

— Comme tu veux, fit Marie en suivant Emeline dans la voiture qui allait les emmener jusqu'à la route de Sarlat.

— Mon cocher nous laissera là-bas et viendra nous reprendre à midi, dit Emeline en s'asseyant sur le siège de cuir.

Il ne leur fallut pas plus de cinq minutes pour arriver à destination. Elles traversèrent la route et s'engagèrent sur le sentier que l'herbe avait presque entièrement recouvert. Dès le début, Emeline ne cessa de s'extasier sur les couleurs, les bruits, les parfums. A chaque pas elle s'arrêtait et répétait, la tête levée vers le ciel :

— Que c'est bon !

Elles allaient lentement, attentives à l'épaisseur de l'air sous les frondaisons, aux éclats de lumière sur le sentier, aux froissements des feuilles qui chuchotaient des mots dont la douceur évoquait celle de l'enfance.

— Arrêtons-nous, dit Emeline, ne bougeons plus.

Marie remarqua qu'elle fermait les yeux et s'efforçait de respirer lentement, profondément, jusqu'au vertige. Elle les garda clos plus de trente secondes puis elle les rouvrit brusquement, comme si elle avait eu peur.

— Quitter tout ça, souffla-t-elle.

Et elle se remit en marche vers les jardins, ceux qui avaient appartenu à son père ou à d'autres, la cabane où elle donnait rendez-vous à Benjamin. Là aussi elle s'arrêta un moment, mais elle ne dit rien. Marie la sentait trembler près d'elle, était tentée de lui prendre le bras, craignant qu'elle ne tombe. Emeline respirait très vite, et Marie comprit qu'elle luttait contre la toux. Mais son malaise se dissipa, elle se détendit et repartit, entraînant Marie vers la Dordogne en disant :

— Je suis sûre qu'elle n'a pas changé.

Dès qu'elles sortirent du couvert des arbres, elles furent aveuglées par la lumière et durent fermer les yeux un instant. C'était un exercice que l'une et l'autre connaissaient bien et qui revêtait ce matin un charme indéfinissable. Le jeu consistait à rouvrir les yeux très lentement, de manière à provoquer un mélange de couleurs toutes aussi magnifiques les unes que les autres. Combien de fois n'avaient-elles pas joué, enfants, à essayer de les compter, de les décrire, mais bien souvent les mots manquaient. Aujourd'hui, il semblait à Marie qu'elle aurait su en parler indéfiniment.

La rivière était devant elles, à une centaine de mètres. On entendait crier des enfants sur le port. La vallée grésillait doucement sur elle-même, engluée dans le soleil qui noyait les collines dans un bleu de myosotis. Elles s'assirent en bordure de la plage de galets, sur le tronc d'arbre renversé qui défiait le temps. Emeline toussa douloureusement, se redressa, s'apaisa, poussa un long soupir. La Dordogne, dont les eaux étaient encore hautes, pétillait dans les éclosions d'éphémères.

— Je venais là sans que tu me voies, dit Emeline, et je te regardais pendant que tu lavais ton linge... Je t'enviais.

— C'est parce que tu ne connais pas la douleur des mains dans l'eau froide, dit Marie doucement.

— Il y a tellement de choses que je ne connais pas aussi bien que toi, reprit Emeline... Benjamin, par exemple.

Marie la regarda, comprit qu'il n'y avait aucune amertume dans sa voix. Non, c'était autre chose : un regret sincère et désespéré.

— Je l'ai aimé, poursuivit Emeline, si tu savais comme je l'ai aimé !...

Elle ajouta, plus bas, d'une voix à peine perceptible :

— Et, moi, je vais mourir.

Elle pleurait sans bruit, sans s'en rendre compte, devant cette rivière qui continuait de couler impassiblement, comme le temps qui emporte tout sur son passage, y compris les rêves, le bonheur et le malheur des hommes.

— Je n'ai pas peur, reprit Emeline. Mourir ne serait pas si grave si l'on pouvait conserver un peu de ce que l'on a aimé : un brin d'herbe, un rayon de soleil, une caresse de vent, une lampée d'eau fraîche...

Elle se tourna brusquement vers Marie :

— C'est tout cela que je suis venue chercher ici... Tu comprends ?

— Oui, dit Marie, je comprends.

Emeline sourit, ajouta :

— Ce soir, mes provisions faites, je partirai.

Elles demeurèrent un long moment silencieuses, l'une et l'autre plongées dans leurs pensées. Une barque, descendant de Lanzac, glissa devant elles sans qu'elles puissent entendre le bruit des rames maniées par le pêcheur. Il sembla à Marie que la vallée se retenait de respirer, comme elle, ce matin, pour laisser tout l'oxygène de l'air à Emeline. Celle-ci avoua à Marie combien elle avait été jalouse des enfants du port qui grandissaient dans la plus totale liberté. Elle parla de la place de la Nau où elle se sentait un peu prisonnière et du plaisir qu'elle avait à suivre son père, sur le quai où elle les rencontrait, eux, les enfants des bateliers, les enfants du voyage.

— Sauras-tu jamais quelle chance tu as eue ! dit-elle.

Marie l'écoutait, bouleversée, incapable de répondre à cette voix qui paraissait venir de très loin. Le soleil, maintenant, était haut dans un ciel sans nuages. La chaleur commençait à ramper sur les rives, épaisse comme des touffes d'herbe. On entendait chanter une femme, là-bas, de l'autre côté, à l'endroit où accostait le bac de Cieurac.

— Allons ! dit Emeline, sinon je n'aurai plus la force.

Elles partirent en direction du port. Des enfants, qui se

poursuivaient, les croisèrent en riant. Elles se retournèrent pour prendre une petite part de ce bonheur libre et insouciant, et ce fut comme la première bouffée du vent de nuit, un soir d'été. Plus loin, sous les frênes qui fredonnaient leur chanson de feuilles, Emeline s'arrêta et, de nouveau, leva la tête vers le ciel en inspirant profondément.

— Je crois qu'ici je ne serais jamais tombée malade, dit-elle.

Il y avait une joie espiègle dans sa voix, mais la toux l'obligea à se plier sur elle-même et elle aurait chuté si Marie ne l'avait retenue. Elles repartirent encore plus lentement, arrivèrent sur le port, et montèrent sur la capitane. Elles s'assirent un moment sur la marche où l'on se tient pour manœuvrer le gouvernail.

— Dire que tu sais naviguer, toi ! dit Emeline. Est-ce que tu m'aurais appris si je te l'avais demandé ?

Marie hocha la tête en souriant.

— Tu ne sauras jamais mentir aussi bien que moi.

Et, comprenant qu'elle jetait une ombre sur leur complicité :

— Sois tranquille, il y a déjà plusieurs mois que je ne joue plus à mentir.

Comme il faisait très chaud, Emeline se leva et entraîna Marie vers les entrepôts de sel et la maison de l'octroi. Elles entrèrent dans l'ancien magasin d'Arsène Lombard, mais ne purent y rester longtemps, car des hommes y travaillaient, qui les dévisagèrent bizarrement.

— Je te guettais de là, dit Emeline.

Puis, avec un soupir :

— A quoi bon, tout cela ?

Elle eut un malaise et Marie l'aida à s'asseoir un instant sous un frêne.

— J'ai trop présumé de mes forces, dit Emeline en s'essuyant le front. Tu vois, cette journée ne durera en réalité qu'une matinée. Rentrons, s'il te plaît !

Elles retournèrent sur leurs pas en longeant la rivière

Marie cherchait quelque chose à dire, mais elle n'arrivait pas à trouver les mots qui eussent procuré à Emeline la consolation dont elle avait besoin. Existaient-ils seulement, ces mots-là? Marie ne le croyait pas. Ce qui existait avant tout, ce matin, c'était la beauté terrible de cette vallée et la certitude que la mort n'y avait pas sa place.

Au moment de quitter la Dordogne et de bifurquer vers la gauche pour traverser les prairies, Emeline ne put s'y résoudre. Elle s'arrêta et, tournée vers la rivière, se laissa aveugler par son éclat en souriant. C'était la dernière fois qu'elle la voyait et Marie le savait. Elle lui prit le bras et l'aida à faire le premier pas vers les jardins. Epuisée, Emeline pesait contre son épaule. Elle ne parlait plus, respirait avec difficulté. Elles marchèrent ainsi un long moment, s'arrêtant de temps en temps, puis, à l'instant de sortir du couvert des arbres, comme on apercevait là-bas la route de Sarlat, Emeline voulut faire une dernière halte. Elle s'assit à l'ombre d'un chêne, invitant Marie à venir près d'elle. Enfin, quand elle eut récupéré un peu de son effort, elle murmura :

— Tu sais, Marie, on ne se reverra plus.

Et, comme celle-ci tentait de protester :

— Non, écoute-moi, s'il te plaît, j'ai déjà assez de mal à parler comme ça : j'ai eu ce que je voulais, ce dont j'avais besoin. Ce morceau d'enfance, qui est ce que je possède de plus précieux, j'ai réussi, grâce à toi, à le garder vivant jusqu'au bout. Je vais l'emporter avec moi et jamais je ne le laisserai s'échapper.

Marie eut un pauvre sourire, mais ne répondit pas.

— Je te demande d'oublier tout le mal que je t'ai fait, reprit Emeline. Tu sais, on devrait mourir à dix ans. Avant, on ne vit que de rêves, et même si on approche le mal, il ne nous est pas encore familier. C'est après que les choses se gâtent. Car on apprend vite...

Elle ajouta tout bas :

— Et moi j'ai appris très vite parce que je souffrais.

Elle se tut, soupira. Un cheval hennit sur la route, là-bas.

— Il est arrivé, dit Emeline, parlant de son cocher.

Et, souriant à Marie :

— On ne s'est jamais embrassées, je crois.

— Non, dit Marie.

— On ne va pas commencer aujourd'hui, ce serait trop triste. Et pourtant, aujourd'hui, tu vois, je te rends Benjamin et je suis heureuse.

Marie se mit à redouter le moment de la séparation qui approchait. Elle aurait voulu retenir Emeline, se sentait réconfortée de voir que ses yeux étaient secs.

— Ce que ces derniers mois m'ont appris, Marie, je te le dois. Un jour, sans doute, tu en auras besoin.

Elle attendit quelques secondes, reprit d'une voix étrangement calme :

— Je crois que notre véritable foyer n'est pas de ce monde. Le feu qui brûle en nous, c'est celui de l'éternité : voilà pourquoi nous souffrons tellement d'être venus sur terre. Voilà aussi pourquoi les blessures les plus terribles sont celles du temps.

Elle s'interrompit un instant, prit la main de Marie, poursuivit :

— Mais moi, aujourd'hui, ce temps, je l'ai vaincu. Marie, grâce à toi, aujourd'hui j'ai dix ans.

Elle se tut. Les traits de son visage paraissaient s'être détendus. Elle regarda un long moment autour d'elle, un léger sourire aux lèvres, puis elle dit en évitant de se tourner vers Marie :

— Aide-moi à me lever, s'il te plaît, mais ne me suis pas. Je n'ai que deux cents mètres à faire. Tu veux bien ?

Refoulant de toutes ses forces les larmes au bord de ses paupières, Marie lui prit les mains pour l'aider. Leurs regards se croisèrent. Marie ne put y résister et ferma les yeux.

— Ma petite Marie que je ne reverrai plus, dit Emeline.

Puis elle dénoua doucement ses mains et, se retournant lentement, elle s'en alla sur le sentier, silhouette fragile que semblait accompagner l'ombre fraîche des arbres. Marie regarda disparaître la robe bleue qui, sur les épaules, soulignait les boucles noires jadis tellement redoutées. Elle ne bougea pas jusqu'au moment où elle entendit claquer le fouet du cocher, là-bas, sur la route. Mais déjà elle ne voyait plus rien depuis plusieurs secondes à cause de la buée qui s'était posée sur ses yeux et descendait le long de ses joues avec la tiède douceur d'une pluie d'automne.

Après avoir consulté Vincent qui se remettait peu à peu, Vivien et Marie avaient décidé d'entreprendre un dernier voyage. L'ultime descente avant les basses eaux donnait toujours à l'équipage un peu de nostalgie. On ne se pressait pas. Comme les jours augmentaient, on pouvait se permettre d'arriver plus tard aux escales et on ne s'en privait pas. Ainsi les journées paraissaient-elles plus belles, et le voyage plus agréable encore.

Marie, elle, était pressée. Depuis la visite d'Emeline à Souillac, elle s'était persuadée que la remonte allait ressembler à celle qui, onze ans auparavant, lui avait rendu Benjamin. C'était une idée un peu folle, elle le savait, mais rien ne lui semblait impossible en cette fin du mois de mai qui n'avait jamais semé dans la vallée tant de couleurs et tapissé les rives d'un vert aussi profond et aussi lumineux. A Libourne, s'imaginant que Benjamin allait surgir devant elle comme à Bordeaux, dans le Jardin des plantes, ce printemps-là, elle avait demandé à Vivien de ne pas repartir tout de suite. Il avait entamé seul la remonte avec l'*Elina* et le gabarot. Marie avait attendu deux jours de plus, parcourant les rues interminablement, à la recherche de la silhouette qu'elle espérait tant voir apparaître, mais vainement. Comme le niveau des eaux baissait dangereusement, elle avait dû repartir elle aussi, déçue mais portée par un autre espoir qui grandissait de minute en minute. Elle s'était dit que, si Benjamin avait jugé le niveau des eaux impropre à la navigation, il était peut-être parti par la route et l'attendait à Souillac. Dès lors, au lieu de ne plus se presser, elle avait demandé aux bouviers de forcer l'allure et avait profité des relais de tire jusqu'à la nuit.

A partir de Bergerac, pourtant, la vallée incitait au rêve et à la patience. Eclaboussée par la rivière qui cascadait sur les maigres, elle tremblait sur elle-même dans une brume de chaleur qui la rendait irréelle. On avait par moments l'impression d'approcher les lisières d'un monde retourné à ses origines. Et en même temps on était frappé par cette immuable impression de splendeur qui se donnait à voir sans calcul, pour le seul plaisir des sens. Marie la première, qui avait toujours décelé derrière cette sorte de gratuité une présence divine... Siorac, Beynac, La Roque-Gageac et Domme se succédèrent dans la gloire du jour qui, malgré l'habitude qu'avait Marie de fréquenter ces lieux, trompa son impatience et son désir d'arriver au port.

Cette remonte avait fini par l'apaiser. L'été, tapi derrière les rouvres, l'emplissait maintenant d'une certitude de bonheur dont l'attente était aussi précieuse que ce bonheur lui-même. La nuit tombait quand la capitane déboucha du pas du Raysse, livrant en un instant à Marie le port et les collines. Elle reconnut le velours tiède de l'air, les flocons de lumière qu'une ombre délicate éteignait peu à peu, et ressentit la même impression terrible et délicieuse qu'il n'y aurait plus jamais d'autre jour. Des enfants criaient sur le port. Un homme jetait l'épervier sous Cieurac. Bruits et gestes immuables. Ici, rien ne changerait jamais. Ici, on se faisait une idée du paradis. Aussi, quand Marie eut compris à un mot d'Elina que Benjamin n'était pas là, elle n'eut pas de révolte et rentra simplement chez elle en tenant ses enfants par la main.

Une fois dans la maison, pourtant, elle eut peur quand Elina lui donna une lettre qui était arrivée au matin. Elle décacheta l'enveloppe avec une petite appréhension et monta dans sa chambre pour lire. Une écriture inconnue lui annonçait qu'Emeline était morte à son domicile bordelais le 22 mai. Les obsèques s'étaient déroulées le 24, il y avait six jours de cela. Marie s'assit sur son lit, se demandant si ce n'était pas son instinct qui, les jours précédents, l'avait poussée à descendre si vite vers le bas pays. L'idée qu'Emeline avait été enterrée sans témoin du village où elle était née lui parut insupportable. Elle revit ses yeux pleins de fièvre lors de leur promenade dans les prairies, son visage amaigri, sa robe bleue, se souvint de sa peur, de son courage, de ses cris muets, de son sourire. Pourquoi Marie pleurait-elle dans cette nuit si calme ? Benjamin allait revenir. Emeline était morte. Elle ne savait pas qu'elle pleurait son enfance perdue, ce trésor qu'Emeline avait emporté dans cette région de l'âme qu'ignoreront toujours les vivants.

« Avant juillet », avait dit Emeline. La Saint-Jean était passée et juin allait se terminer. Les journées n'en finissaient pas de s'étirer en langueurs que les nuits rafraîchissaient à peine. D'une colline à l'autre, le parfum des foins occupait tout l'espace et Marie, chaque nuit, partait dans les prairies. Elle ne pouvait pas dormir car elle guettait les bruits, le moindre pas sur les chemins, le moindre soupir de la rivière qui chuchotait, là-bas, derrière les frênes.

Cette nuit-là, elle s'était assise sur le tronc où ils avaient l'habitude de se retrouver, Benjamin et elle, au bord de la plage de galets. Une lune pâlotte laissait couler sur la vallée un mince ruisseau qui cascadait le long des arbres avant de se fondre dans la Dordogne. Marie soupira, enleva sa robe et entra dans l'eau. Quoique fraîche encore, elle glissa délicieusement le long de ses jambes dès qu'elle s'élança d'une détente souple. D'abord, elle essaya de nager à contre-courant pour se réchauffer, puis, se renversant sur le dos, elle se laissa porter, songeant seulement au velours de l'eau contre sa peau et au silence qui l'entourait. Un peu avant le port, elle traversa et commença à remonter lentement, en brasses régulières, le long de la rive opposée. Par instants, une liane tiède s'enroulait autour de son corps puis se dénouait mystérieusement et, de nouveau, la fraîcheur la fouettait. Elle s'amusa à descendre au fond d'une meilhe et à remonter rapidement avec l'impression d'émerger dans les étoiles. Parvenue en face de la plage de galets, elle sortit de l'eau, se promena un peu dans les prairies et se souvint de cette nuit où elle s'était endormie avec Aubin dans le foin. La chemise légère qu'elle avait gardée sur elle collait à sa peau et laissait couler sur ses cuisses des gouttes qui descendaient délicieusement jusqu'à ses chevilles.

Elle revint vers la rivière, s'assit sur la berge, prit une poignée d'herbe coupée, la respira intensément, fermant les yeux de plaisir. Ce fut au moment où elle releva la tête qu'elle aperçut une silhouette assise, là-bas, de l'autre côté, sur le tronc renversé. D'abord elle eut peur, mais la silhouette bougea et le mouvement qu'elle fit en s'inclinant sur le côté arracha un sanglot à Marie. Elle voulut crier, mais aucun son ne sortit de sa bouche. Son cœur lui faisait mal et elle n'y voyait plus.

— Benjamin !

Cette fois son cri passa ses lèvres et fit s'envoler les verdiers branchés dans les frênes. Il était debout. Il l'avait vue. Lui aussi cria, mais elle ne l'entendit pas. Déjà elle était dans l'eau et nageait vers lui de toutes ses forces, sans respirer. Sans même se déshabiller, il avait couru sur les galets et nageait aussi dans sa direction, sortant de temps en temps sa tête hors de l'eau pour juger de la distance qui les séparait.

Ils se heurtèrent avec violence au beau milieu de la rivière, s'enlacèrent et, bras et jambes noués, se laissèrent emporter par le courant. Dévastée par une onde folle de bonheur, Marie le serrait, le serrait, bredouillait son nom, le mordait, cherchait de l'air, le mordait de nouveau et se laissait emporter sans peur, avec en elle la seule pensée de ne plus lâcher ce corps auquel elle avait tellement rêvé. Lui, la sentait peser dans ses bras, agitait simplement les jambes pour ne pas couler, suffoquait, répétait :

— Marie ! Marie !

Cette dérive folle dura jusqu'à ce que le courant les dépose sur la plage de galets située en face du pas du Raysse.

Echoués là, comme morts, ils revinrent peu à peu à la vie, tournés vers les étoiles et se tenant la main. Puis ils se levèrent et marchèrent vers les prairies où ils creusèrent un nid dans le foin. Alors ils retrouvèrent les gestes et les mots qu'ils avaient désappris, tout ce qu'ils avaient perdu, y compris le plaisir qui les laissa épuisés, beaucoup plus tard, et encore incrédules de s'être retrouvés. Marie prit le visage de Benjamin entre ses mains, l'inclina dans un rayon de lune pour apercevoir enfin ces traits que le temps avait effacés. Elle ne put que deviner les yeux, le nez, la bouche, et il lui sembla qu'il avait maigri. Elle renonça à cette redécouverte en se promettant de l'entreprendre de nouveau dès le lever du jour. Ils se dévêtirent et s'enfoncèrent dans le foin. Ils ne parlaient plus. Les mots étaient inutiles. Ils s'endormirent juste avant l'aube.

Ce fut le froid qui les réveilla. Un peu de lumière coulait déjà du ciel malgré la brume prisonnière des arbres. Redressée sur un coude, Marie regardait sans pouvoir se lasser les cheveux châtains, les yeux dorés, le nez fin et droit, les traits creusés.

— Tu as maigri, dit-elle.

Il fit « non » de la tête, sourit. Ce sourire, le premier qu'elle apercevait depuis son retour, raviva tellement de souvenirs, de sensations, que des larmes lui vinrent aux yeux. Il les essuya du doigt, murmura :

— Plus jamais tu ne pleureras. Je te le promets.

Des cris retentirent sur le port.

— Rentrons, fit-elle. Les enfants vont s'inquiéter.

Ils coururent vers la rivière, traversèrent le plus vite possible, fouettés par l'eau froide. Marie enfila sa robe. Benjamin l'aida à faire passer les cheveux par-dessus le tissu, planta son regard dans les yeux verts, puis la fit asseoir près de lui sur le tronc renversé qui les avait toujours réunis. Devant eux, sur la Dordogne, le léger brouillard du matin achevait de monter, comme aimanté par le soleil. Entre son écharpe d'argent et la rivière, la lumière brasillait avec des reflets d'or.

— Tu te souviens de ce que nous a dit le vieil Emilien, là-bas, à Argentat ? demanda Benjamin.

Marie hocha la tête et frissonna dans sa robe humide de rosée.

— Et si elle nous parlait, dit-il, est-ce que tu crois que...

Il s'interrompit, tourna la tête vers Marie qui sourit et répondit doucement :

— Quelle importance ? Puisque nous partirions ensemble.

Brive, mai 1990-mars 1991

L'ÂME DE LA VALLÉE

A Marilyne

« Rien ne m'empêchera de croire que cette grande et pacifique région de France est destinée à demeurer éternellement un lieu sacré pour l'homme et que, lorsque la grand-ville aura fini d'exterminer les poètes, leurs successeurs trouveront ici refuge et berceau. »

Henry Miller
(Le Colosse de Maroussi)

« Ce dont on te prive, c'est de vents, de pluies, de neiges, de soleils, de montagnes, de fleuves, et de forêts : les vraies richesses de l'homme. »

Jean Giono
(Les vraies richesses)

Première partie

LE FER
ET LES BRAISES

1

La nuit descendait sur les collines avec des chuchotements de fontaine et des soupirs d'enfant qui dort. Le vent était tiède, en ce début du mois de mai, et portait des odeurs antiques de granges enfin ouvertes, de prairies gorgées d'eau, d'arbres gluants de sève douce.

Assise à l'avant de la barque, Marie regardait s'étendre les grands draps de soie grise au-dessus des chênes dont la cime s'estompait lentement. Elle aurait pu être heureuse, ce soir-là, si la sensation d'un péril ne demeurait ancrée en elle depuis plusieurs jours. Elle soupira, croisa le regard de Benjamin debout à l'autre extrémité de la barque. Qu'est-ce qui lui avait pris ? Elle avait cru qu'il s'assagirait avec l'âge et voilà qu'elle le retrouvait plus fou qu'il n'avait jamais été, fût-ce aux pires moments de sa vie. N'avait-il pas décidé de détruire les fondations du pont de chemin de fer que l'on construisait en aval du Buisson ? Depuis quelques mois, elle ne le reconnaissait plus. Depuis, en fait, le jour où l'on avait ouvert la voie ferrée Bordeaux-Brive, le 17 septembre 1860. Un mois plus tard, Benjamin avait commencé à perdre ses premiers marchés. D'autres, très vite, avaient suivi. Désormais, il était plus rentable de faire descendre le bois vers le bas-pays par le chemin de fer, et de même pour la remonte du sel. Et Benjamin devenait fou. Marie avait eu beau appeler Élina à son secours, elle n'avait pas réussi à le fléchir. Il n'avait rien voulu entendre. Bien au contraire. Vivien et les hommes d'équipage non plus. Il fallait agir. Pour le principe. Parce que l'on ne pouvait pas accepter de voir disparaître ce que l'on avait aimé. Parce qu'il fallait vivre.

— Vivre, ce n'est pas retourner en prison, avait protesté Marie.

— On descendra de nuit, avait répondu Benjamin. Personne ne nous verra.

— Le mal est déjà là. Qu'est-ce que ça peut faire qu'une ligne double la Dordogne, puisqu'il en existe déjà une un peu plus haut ?

— On peut pas l'accepter, ou alors nous en crèverons !

Que répondre à cela ? Elle avait murmuré simplement, comprenant qu'elle livrait un combat inutile :

— Dans ce cas, je viendrai aussi.

— Certainement pas !

— S'il le faut, je viendrai seule. Je trouverai une barque...

Cela faisait huit jours. Tous les hommes avaient répondu présents. Benjamin avait choisi les plus fidèles. Deux barques suffiraient. Ils les couleraient quand tout serait fini puis ils remonteraient à pied.

Marie essuya de la main la sueur de son front, leva la tête. La nuit avait enveloppé la vallée qu'éclairait seulement le ruban glacé de la Dordogne. Elle frissonna, chercha de nouveau le regard de Benjamin, mais il était devenu une ombre. Et pourtant qu'ils avaient été beaux les mois qui avaient suivi son retour d'Algérie ! Ils naviguaient tous les deux, les enfants grandissaient (comment se faire à l'idée qu'Aubin eût déjà dix-sept ans ?) et Vincent, comme Élina, se portait du mieux possible malgré leur âge avancé. Vivien, lui, avait eu deux enfants d'Élise : Jeanne en 1854, Élie en 1858, tous deux sains et vigoureux. Que se passait-il, soudain, dans ces vies promises au bonheur ?

Certes, en 1857, le tronçon de la voie ferrée Bordeaux-Périgueux avait porté préjudice au commerce fluvial, mais comment eût-on pu penser que l'achèvement de la voie sur

Brive allait lui être fatal ? Et voilà que l'on parlait d'une ligne Périgueux-Agen et d'une autre encore : Périgueux-Bergerac. Mon Dieu ! Qu'allait-on devenir ?

Marie se retourna pour tenter d'apercevoir la barque que menait Vivien, mais elle la distingua à peine. Ils étaient cinq derrière, et parmi les plus déterminés. Même Vincent avait voulu venir. A soixante-cinq ans ! Quelle affaire ! Elle n'avait pas eu la force de trouver les mots, de se battre comme elle l'aurait dû. « Crever pour crever, disaient les hommes, au moins nous nous serons défendus. » Que répondre à cela ? Que leur famille avait besoin d'eux ? « A quoi bon, rétorquaient-ils, si l'on ne peut plus travailler ? » Non, décidément, elle ne pouvait pas lutter contre ce vent fou qui les emportait vers le précipice.

Elle avait beau essayer de percer la nuit du regard, elle n'arrivait pas à se situer. Autant la rivière lui était familière de jour, autant elle lui paraissait redoutable la nuit. Seul Benjamin était capable de se diriger ainsi sans fracasser les bateaux sur les rochers. Elle avait quand même pu distinguer le château de Beynac quand la lune était sortie des nuages. Ensuite on passerait le petit cingle de Bezenac, le grand méandre de Saint-Cyprien, puis ce serait Siorac et, quelques minutes plus tard, Le Buisson. Nul ne parlait. On entendait seulement le bruit des rames qui entraient dans l'eau et, par moments, l'aboiement d'un chien dans un village perdu. C'était une sensation bizarre que de descendre ainsi dans une barque et non dans une gabare, comme elle en avait l'habitude. Marie se sentait plus près de l'eau, la touchait souvent de la main, humectait ses joues, son front, et pour un instant oubliait les raisons de cette folle descente. Et puis la sensation d'un péril grave surgissait de nouveau, terriblement présente, et elle avait envie de crier à Benjamin de s'arrêter, d'accoster, et de rentrer sans commettre cet acte fou dont elle le croyait encore incapable.

Les travaux du pont, ils les avaient vus lors de la dernière remonte, huit jours auparavant : des barges, un treuil, des échafaudages de bois, un caisson en cours de construction. Rien, encore, de bien menaçant. D'ailleurs la menace était ailleurs, elle le savait bien, et on ne pouvait rien contre elle, puisque les trains, déjà, traversaient le Sud-Ouest depuis plus de huit mois. Alors ? Pourquoi cette fureur soudaine ?

— La Dordogne est à nous ! tempêtait Benjamin. Ailleurs, ils font ce qu'ils veulent. Chez nous, nous sommes les maîtres.

Marie avait eu toutes les peines du monde à l'empêcher d'emmener Aubin avec eux. Il était aussi violent, aussi sauvage que son père au même âge. Et il aimait la rivière autant que Benjamin l'aimait. Peut-être même plus passionnément, car cela faisait seulement deux ans qu'il embarquait sur l'*Élina* avec son père. Marie, elle, menait la seconde avec Vivien. Au retour de Benjamin, il n'avait plus été question qu'elle demeurât à terre. Et si Benjamin avait été un peu jaloux de la réputation de Marie sur la Dordogne auprès des bateliers, il avait fini par s'y habituer, même s'il préférait la voir sur la seconde, avec Vivien, plutôt que près de lui, sur l'*Élina*. Elle s'en moquait. L'essentiel, pour elle, était de poursuivre les voyages à Libourne, au bec d'Ambès, à Bordeaux, de se sentir heureuse dans l'immensité et la lumière du fleuve.

Elle lui avait parlé d'Émeline, de ce qu'elle avait fait pour lui, de leur dernière rencontre, mais elle ne lui avait rien dit des armes qu'elle avait transportées pour Desplas, ni à quel péril elle avait échappé. Rien, non plus, des événements de Bordeaux, mais Benjamin savait, car Vincent et Vivien lui en avaient raconté l'essentiel. S'il évitait de parler politique, de prononcer le nom de l'empereur, Benjamin évoquait souvent son ami Pierre, toujours prisonnier à Cayenne, dont il n'avait pas de nouvelles. Les gendarmes, au retour de Benjamin, avaient longtemps surveillé la maison du port, puis ils s'étaient éloignés lorsqu'ils s'étaient aperçus que l'ancien proscrit ne songeait plus qu'à travailler. En 1858, toutefois, lors de l'attentat d'un nommé Orsini, à Paris, ils avaient fouillé la maison. Depuis, on ne les avait plus revus et Marie avait oublié les années noires. Aussi aurait-on pu vivre en paix si les trains ne s'étaient pas mis à rouler sur la voie ferrée de Bordeaux à Brive, et si les marchands, les grossistes, les rouliers d'Auvergne, du Quercy et du Limousin, n'y avaient pas trouvé un profit suffisant pour trahir les bateliers.

Marie eut de nouveau envie de se lever et de crier à Benjamin : « Arrête ! Arrête ! », mais la Dordogne continuait de porter les deux barques vers Le Buisson dont on apercevait quelques quinquets, là-bas, derrière la masse de la colline plus noire que la nuit. Il pouvait être dix heures, ou presque, et la lune avait une nouvelle fois émergé des nuages. Les équipages ne ramaient plus, afin d'éviter de faire du bruit. D'ailleurs ce n'était pas nécessaire. L'eau, quoique basse, était encore nerveuse de la fonte des neiges. Il fallait s'en méfier car elle était capable de tromper la vigilance des hommes, surtout dans l'obscurité.

Les lumières du Buisson défilèrent sur bâbord puis s'éteignirent, cachées qu'elles étaient maintenant par le cingle. Le pont était là, droit devant, du moins les pontons de l'échafaudage et les deux barges qui portaient le treuil.

— Ralentissez ! ordonna Benjamin.

Marie entendit le clapotis des rames manœuvrées dans le sens inverse du courant. La lune, brusquement, disparut. Mais Benjamin avait pu suffisamment juger de la distance pour venir accoster contre les deux barges qui portaient le treuil. La barque souillagaise s'immobilisa. Les hommes se dressèrent.

— Non ! dit Marie.

Mais déjà ils avaient sauté sur les barges et commençaient à scier les poteaux.

— Benjamin ! Non ! dit encore Marie.

Elle tenta de le retenir tandis qu'il sautait à son tour, mais il la repoussa vivement et elle faillit tomber. Dès lors, elle se résigna à guetter sans rien dire, souhaitant seulement que tout cela finît vite. Le choc des outils contre le bois lui parut ébranler la nuit et courir de colline en colline jusque dans les villages. Ce fut pis quand le treuil et les poteaux s'effondrèrent dans la rivière. Les hommes ne parlaient pas mais frappaient violemment, laissant couler dans leurs épaules, leurs bras et leurs mains toute la colère qui s'était accumulée en eux depuis de longs mois. Marie entendit distinctement craquer le plancher défoncé des barges. Le socle de ciment qui était retenu par l'échafaudage creva la surface de l'eau avec un bruit de gouffre que la mer recouvre, puis, subitement, quand l'onde eut déferlé le long de la rivière, le silence retomba.

— Partons ! dit Marie.

Mais les hommes s'acharnaient contre les pieux qui dépassaient encore, et ce fut Vivien qui, le premier, retrouva ses esprits.

— Ça suffit ! dit-il. Allons-y !

Ils étaient arrivés sur les lieux depuis moins de cinq minutes, mais ces cinq minutes-là avaient paru durer plus d'une heure à Marie. Elle tremblait, ne cessait de tourner la tête vers la rive où elle craignait d'apercevoir des lumières. Elle entendit le bruit caractéristique d'un bateau qui sombre quand la dernière poche d'air explosa à la surface, puis elle comprit au balancement de sa propre barque que les hommes reprenaient pied sur elle.

— Il faut les couler plus loin ! dit Benjamin.

Marie se sentit de nouveau portée par le courant. La lune se cacha. Une odeur de bois brûlé alerta les équipages, mais les hommes comprirent qu'elle venait de loin car le vent l'emporta aussitôt. Marie respirait à peine. Elle avait mal. Elle n'en pouvait plus. Elle n'aurait jamais cru que Benjamin et les siens eussent été capables d'un tel forfait. Détruire le travail des autres ! Fallait-il qu'ils aient perdu la tête !

— Attention ! dit une voix.

Les barques arrivaient sur la rive, qui était basse, à cet endroit, et bordée de prairies. L'homme de proue amortit le choc avec son pied et sauta sur la berge où l'herbe, avec le printemps, commençait à pousser. La deuxième barque accosta aussitôt après. Deux hommes furent chargés d'aller les couler au milieu de l'eau et de regagner la rive à la nage.

— Dispersez-vous ! ordonna Benjamin, et rappelez-vous : il faut être à Souillac avant le lever du jour.

Marie remarqua que sa voix n'avait pas sa sonorité habituelle. Elle sentit qu'il était blessé en lui-même par ce qu'il venait de faire et en fut bizarrement rassurée. Des ombres se fondirent dans les bosquets. Ils restèrent quatre sur la berge : Benjamin, Vivien, Vincent et Marie.

— Vite ! dit Vivien.

Ils partirent sur le chemin de rive puis, avant Le Buisson, s'en éloignèrent en coupant par les champs et les prés. Marie marchait la dernière. Elle entendait son père haleter devant elle. Il peinait beaucoup à cause de sa jambe blessée. Marie marchait en serrant les dents, ne cessant de se répéter : « Mais que s'est-il passé ? Mais qu'est-ce que nous avons fait ? » Elle avait honte de Benjamin, de tous les siens, mais honte d'elle-même, également, pour n'avoir pas été capable de les empêcher d'agir.

Ils marchaient sans lumière et butaient souvent sur des pierres, des racines, des obstacles invisibles. Dès qu'ils retrouvaient le chemin de rive, ils allaient plus vite. Au bout de dix kilomètres, Vincent ne put pas suivre l'allure imposée par Benjamin. Il leur demanda de le laisser là : il rentrerait à son rythme. L'essentiel était que les hommes les plus jeunes fussent rentrés avant le jour. Lui, on ne le soupçonnerait pas. Benjamin accepta. Ils se remirent en route et gagnèrent le flanc des coteaux qui, sur la rive droite, n'était pas très boisé. La nuit sentait l'herbe neuve et soupirait parfois, quand les sèves éclataient sur les branches.

Ils devaient être dans les environs de La Roque-Gageac quand Benjamin, qui marchait en tête depuis leur départ, se laissa glisser à la hauteur de Marie. Les nuages avaient déserté le ciel, emportés par le vent du sud qui, à mesure que les heures passaient, virevoltait dans la vallée comme un oiseau pris au piège. Marie était en sueur, respirait avec difficulté.

— Ça va ? demanda Benjamin.

Elle ne répondit pas. Après la honte, c'est la colère qui,

maintenant, la dévastait. Il le comprit, n'insista pas, rattrapa Vivien. Plus loin, ils firent une halte dans une clairière. Cinq minutes seulement.

— Quelle heure ? demanda Marie.

— Trois heures, répondit Vivien.

Ils repartirent. Marie imaginait déjà les gendarmes chez elle, tous les hommes emmenés en prison. Un sanglot l'étouffa. Elle heurta une pierre, tomba, se releva et reprit sa route sans un mot. Quand donc pourrait-elle enfin être heureuse ? Après Émeline il y avait eu l'empereur, et après l'empereur, il y avait le chemin de fer. Et il y avait surtout cette folie qui s'était emparée des hommes, l'avenir incertain, la rivière et le fleuve menacés. Marcher. Marcher. Cela n'en finirait donc jamais ?

A Cénac, ils reprirent le chemin de rive et Marie songea aux remontes heureuses des années passées. Des odeurs de vieille paille, de combes ombreuses, de feuilles mouillées giclèrent sur le coteau et glissèrent jusqu'à eux. Marie n'en pouvait plus, mais la nécessité d'arriver au port avant le lever du jour la poussait à marcher. Elle était prête à tout supporter pour ne plus jamais avoir à vivre seule, à attendre inlassablement son mari emprisonné. La vallée ne lui paraissait pas hostile, mais familière, comme à l'accoutumée. Et la Dordogne était là, tout près, qui faisait jouer ses médailles en sautillant sur les « maigres ». Pour un peu, si les eaux n'avaient pas été si froides, Marie se fût baignée. C'était là le seul remède à ses craintes, à son angoisse. Seule la Dordogne avait le privilège de la guérir de tous ses maux. Elle le savait. Et elle savait qu'il en serait ainsi jusqu'à la fin de sa vie pour peu qu'elle pût demeurer sur ses rives. Mais en était-elle sûre aujourd'hui ? Qu'allaient-ils devenir, s'ils ne trouvaient plus de bois à descendre et de sel à remonter ?

Les couloirs obscurs de la nuit figuraient ceux de sa vie. Elle avait hâte, maintenant, de voir le jour se lever. Ils débouchèrent dans un pré au sortir d'un bois de châtaigniers, et ce fut comme si les étoiles laissaient couler sur le monde des gouttes de pluie. Il n'y avait pas un nuage. Marie comprit qu'elle pleurait. Elle était épuisée, son corps entier lui faisait mal, son cœur bien davantage encore.

Bientôt deux lèvres s'ouvrirent au-dessus des collines. Une pâleur étrange rampa sur les chênes. C'était le jour. Là-bas, devant eux, apparut le rocher de Raysse qui se détachait en dôme sombre sur la blessure claire du ciel. Marie frissonna, pressa le pas. Elle n'avait plus qu'une hâte : aller se coucher et oublier pour une heure ou deux qu'elle ne pourrait plus jamais regarder Benjamin, Vivien, les hommes d'équipage, les siens, sa vraie famille, avec les yeux de l'affection et de la tendresse.

Elle s'éveilla en sursaut vers huit heures. En bas, des bruits de casserole et de feu qu'on attise indiquaient qu'Élina s'était déjà mise au travail. Le souvenir de la nuit donna comme une nausée à Marie. Elle se leva, fit une rapide toilette, descendit avec la peur de trouver les gendarmes au bas de l'escalier. Elle fut rassurée en apercevant Aubin en train de déjeuner, Élina occupée à faire cuire des légumes. Benjamin, lui, n'était pas là, pas plus qu'Émilien qui dormait encore. L'odeur du café la délivra de ses craintes. Ce matin était si paisible qu'elle se demanda si elle n'avait pas rêvé les événements de la nuit. Elle embrassa Élina, puis son fils, qui répondit à peine à son bonjour. Il n'avait pas accepté de ne pas être du voyage. Elle s'assit face à lui, le dévisagea un instant, reconnut dans ses traits l'air buté et farouche qu'elle connaissait si bien chez Benjamin, observa les boucles brunes qui tombaient jusqu'au milieu du front, les yeux clairs qu'il tenait de son grand-père Victorien, puis elle coupa du pain et se mit à manger.

— Il est sur le port, dit Élina qui désirait montrer à Marie combien elle se sentait proche d'elle.

Mais à peine eut-elle achevé sa phrase que Benjamin entra. Marie évita son regard. Il but un demi-verre de vin, fit le tour de la table, lança :

— Je vais aller jeter l'épervier dans les gravières de Lanzac. Tu viendras ?

Elle ne répondit pas tout de suite, mais, devinant les regards d'Aubin et de Benjamin posés sur elle, elle lâcha finalement :

— Oui. Je serai prête dans deux minutes.

— Alors je t'attends là-bas, dit Benjamin.

Marie savait qu'ils avaient beaucoup à se dire et qu'ils ne seraient vraiment seuls que sur la Dordogne. Ce qui s'était passé la nuit dernière était bien trop grave pour ne pas provoquer une explication qui risquait d'être douloureuse. D'ailleurs elle la souhaitait. Elle en avait besoin. Elle se leva, pensa à la possibilité d'une visite des gendarmes en son absence, voulut dire quelques mots puis y renonça :

— Nous serons là avant midi, fit-elle simplement, s'adressant à Élina.

Elle sortit, se dirigea vers le port, monta dans la barque sur laquelle Benjamin avait déjà pris place. Ils traversèrent la rivière, commencèrent à remonter vers Lanzac sur les calmes de la rive opposée. Ce début de mai était déjà chaud. Des papillons de lumière dansaient sur les rives, puis rejoignaient ceux que la Dordogne faisait naître en surface à mesure que le soleil prenait de la hauteur. Les froissements d'un petit vent du sud retroussaient sur les berges l'herbe émaillée de rosée.

Benjamin et Marie demeuraient silencieux. Leurs regards tardaient à se croiser. Ce fut elle qui se décida, enfin, tandis qu'ils arrivaient sous le pont de la grand-route sans que Benjamin esquissât le moindre geste vers l'épervier.

— Tu ne pêches pas ? demanda-t-elle.

Il fit non de la tête, soutint son regard.

— Je ne te reconnais plus, reprit-elle, et, malgré ses efforts, sa voix se brisa aussitôt.

Il y eut un silence, que troubla seulement le saut d'une ablette mouchant sur des éphémères, puis Benjamin soupira.

— Moi non plus, dit-il, je ne me reconnais pas.

Il se tut un instant, reprit :

— Non, je ne suis pas fier de moi, mais je n'ai pas le choix.

— On a toujours le choix, dit-elle.

— Non ! Plus aujourd'hui !

Sa voix avait porté loin dans le silence du matin. Elle songea fugacement à ces sorties à deux sur la Dordogne, à ces moments bénis où ils avaient été si proches. Avant. Il y avait longtemps.

— Je ne pourrai pas supporter une autre séparation, reprit Marie. Si les gendarmes te...

— Quels gendarmes ? Où sont-ils les gendarmes ?

— Ils sont peut-être chez nous à l'heure qu'il est.

— Certainement pas. Ils ne retrouveront jamais les barques. Et même s'ils les retrouvaient, ce sont celles qui étaient au rebut. Personne ne les avait jamais vues auparavant.

Ils passèrent sous le pont, accostèrent, plus haut, le long d'une prairie, à l'endroit où, un jour, Marie avait failli se noyer pour avoir voulu suivre Benjamin en eaux profondes. Il attacha la corde à un saule nain, l'aida à descendre, demanda :

— Tu te souviens ?

Elle l'arrêta, l'obligea à lui faire face.

— Je me souviens d'un Benjamin qui n'existe plus, fit-elle d'une voix froide.

— Tu te trompes, dit-il, j'ai toujours été comme ça. Je me défends. Je défends les miens : toi, mes enfants, notre vie.

Elle comprit qu'il était bien décidé à crever l'abcès et que c'était bien pour cette raison qu'il avait voulu se trouver seul avec elle.

— Je me bats pour survivre, comme je l'ai toujours fait, reprit-il, les traits durs, conscient que la partie qu'il avait engagée n'était pas gagnée d'avance.

— En détruisant le travail des autres.

— En détruisant les ponts qui vont nous faire crever.

— Et ton père ? Tu crois qu'il aurait fait comme toi ?

— La même chose.

— Et ta mère, Élina ? Lui as-tu demandé ce qu'elle en pensait ?

Elle sentit qu'elle avait touché juste. Pour Benjamin, Élina était sacrée. Marie savait qu'il y était attaché autant qu'à elle-même.

— Laisse ma mère, dit-il. C'est aussi pour elle que je me bats.

— Tu te bats mal.

— Arrête ! fit-il en baissant le ton d'une voix qui devint de ce fait si menaçante qu'elle se résolut au silence.

La chaleur, maintenant, asséchait la rosée dans les prés. Des parfums de jonquille glissaient dans l'air devenu plus épais. Le friselis des saules annonçait de prochains vents violets, des nuits épaisses, des langueurs moites. Marie, soudain, n'eut plus le cœur à parler. Ni à se battre. Elle venait de sentir combien la vraie vie était là, contre la terre, les feuilles des arbres, les parfums lourds, à se laisser caresser par le vent dont la voix, elle, disait toujours l'essentiel de la vie. Benjamin dut le sentir. Il prit un ton plus humble, presque suppliant, pour dire, la retenant par le bras :

— Si je ne peux plus naviguer, je me tuerai.

Ils se faisaient face, immobiles, bouleversés par les mots terribles que chacun prononçait.

— Et moi ? dit-elle, moi qui t'ai attendu si longtemps, moi qui n'ai jamais vécu...

Elle allait lui dire « que pour toi », mais elle y renonça. Il eut un vague sourire, caressa la joue de Marie, laissa retomber sa main, murmura :

— Toi, je t'emmènerai avec moi.

Elle comprit qu'il était sincère et elle en fut épouvantée. Aussi ne résista-t-elle pas quand il l'attira contre lui. Il devina alors qu'elle l'avait rejoint, encore une fois, malgré tout ce qui les séparait. L'entraînant vers la barque, il lui dit avant de monter :

— N'aie pas peur. Nous avons toujours gagné tous les deux. Nous gagnerons encore une fois.

Elle hocha la tête sans trouver la force de répondre. D'un coup de rame, Benjamin propulsa la barque dans le courant et la laissa descendre vers le port. L'air, maintenant, portait des odeurs de vase et de feuilles. La vallée semblait prisonnière d'une coquille de silence sous laquelle Marie, d'ordinaire, se plaisait à deviner les confins de la paix éternelle.

— Nous ferons une dernière descente, dit Benjamin. La pluie est pour demain, je le sens. Elle durera deux ou trois jours : assez pour que les eaux restent marchandes.

Marie acquiesça de la tête mais ne répondit pas : elle en était venue à redouter maintenant les voyages à Bordeaux, surtout lorsqu'on ne trouvait pas de sel à remonter ou que le bois se vendait mal. Heureusement, là-bas, Barcos, l'ami fidèle, veillait. Mais pour combien de temps ? Elle préféra n'y plus songer, tourna la tête vers le village dont les toits scintillaient entre les frênes et les peupliers, paisibles, comme toujours, et rassurants. Et si un jour il fallait quitter tout ça ? Pour cacher à Benjamin les larmes qui montaient dans ses yeux, elle se pencha vers l'eau, mouilla son visage et se redressa brusquement en riant. Puis, comme sous le coup d'un besoin subit, elle murmura :

— Benjamin ! Ne refais jamais une chose comme celle de cette nuit, sinon tu me perdras.

Elle lut une fugace lueur de détresse dans son regard, mais il se reprit très vite et dit doucement :

— Si j'avais dû te perdre, ça serait fait depuis longtemps.

Elle consentit à sourire tout en sachant que pour la première fois de leur vie quelque chose de grave, d'étranger, d'inquiétant, s'était glissé entre eux.

Ils accostèrent en amont du port, et, sans prononcer un mot de plus, ils rentrèrent pour le repas de midi, accompagnés par Aubin et Émilien déçus de les voir rentrer sans le moindre poisson.

L'incident survint en fin d'après-midi, alors qu'ils étaient sur le pont de l'*Élina* en train de charger le merrain que Jean, le frère de Marie, continuait, malgré les difficultés, de leur expédier du haut-pays. Par une maladresse inhabituelle chez lui, Aubin en laissa tout à coup échapper une brassée dans la

Dordogne. Benjamin, qui vérifiait le gouvernail à l'autre extrémité de la gabare, lança :

— C'est malheureux de ne pas savoir travailler à dix-sept ans !

Aubin blêmit, serra les poings, répondit avant que Marie ne puisse intervenir :

— Moi, au moins, si je détruis le travail des autres, je ne le fais pas exprès !

Marie n'eut pas le temps de s'interposer. Bousculant les hommes au passage, Benjamin traversa le pont et frappa Aubin avec une violence dont il ne mesura pas les effets. Projeté en arrière, Aubin tomba lourdement dans la Dordogne. Marie cria, mais Vivien, déjà, avait plongé. Il rejoignit Aubin, le maintint hors de l'eau et l'aida à regagner la rive. Marie, livide, s'arrêta devant Benjamin et lui dit d'une voix qu'il ne reconnut pas :

— C'est toi que tu frappes ! Mais tu as raison : tu le mérites.

Puis elle sauta sur le ponton et alla s'occuper d'Aubin qui reprenait ses esprits sans une plainte. Son fils et son mari avaient de tout temps entretenu des rapports difficiles parce qu'ils se ressemblaient. Benjamin avait toujours été très dur avec Aubin, comme son propre père l'avait été avec lui. Mais il ne l'avait jamais frappé de la sorte, même lorsqu'ils s'affrontaient, de part et d'autre de la table et qu'Aubin tardait à baisser les yeux. Il y avait en eux la même force, la même violence, la même fierté. Marie avait toujours su qu'un jour ils s'affronteraient vraiment et que ce serait terrible. Aussi pensait-elle parfois, avec autant de douleur que de soulagement, qu'Aubin allait tirer au sort dans un an et que, peut-être, il partirait loin du port. Elle avait très peur, en effet, de ce qui risquait d'arriver s'ils continuaient à travailler ensemble, sur le même bateau.

Aubin se releva sans le moindre regard pour son père. Marie, alors, se retourna et aperçut les gendarmes près de l'*Élina*. Oubliant aussitôt ce qui venait de se passer, elle vint se placer à côté de Benjamin, à qui le brigadier, dont ils avaient à maintes reprises reçu la visite, demandait :

— Vous avez combien de gabares, Donadieu ?

— Deux, plus un gabarot.

— Ce sont celles-là ?

Il montra l'*Élina* et la seconde, qui étaient couplées

Benjamin acquiesça de la tête.

— Et votre gabarot ?

— Là-bas, devant.

— Et des barques ! Avez-vous des barques ?

— Deux également.

— Où se trouvent-elles ?

— Là, je vais vous montrer, répondit Benjamin en se dirigeant vers l'amont.

Les gendarmes le suivirent sans descendre de cheval. Marie, incapable de marcher, les regarda s'éloigner en sentant son cœur s'affoler : une enquête était donc ouverte ! C'était inévitable, elle le savait, et pourtant il lui semblait que les gendarmes se comportaient comme s'ils avaient retrouvé les bateaux qui avaient été coulés en aval du Buisson. Là-bas, le brigadier descendit de cheval et examina les deux barques un long moment. Heureusement, pour sa funeste expédition, Benjamin avait récupéré les deux qui étaient au rebut au fond du jardin, les avait réparées succinctement, puis calfatées et mises à l'eau afin de laisser gonfler le bois pendant la nuit qui avait précédé la descente. Personne, à part Vivien et Vincent, ne connaissait leur existence.

Aubin, qui avait vu les gendarmes, revenait vers Marie et Benjamin, comme pour prendre leur défense. Les hommes d'équipage s'étaient groupés sur le ponton et attendaient sans inquiétude apparente. Les gendarmes retournèrent vers l'*Élina*, descendirent de cheval et exprimèrent le désir de les interroger un à un.

— Comme vous voulez, dit Benjamin.

Il paraissait très calme. Marie se dit qu'il avait dû réfléchir à tout ce qui allait se passer et en fut rassurée.

L'interrogatoire des hommes, au nombre de cinq, ne dura pas plus d'une demi-heure. Quand les gendarmes remontèrent à cheval, furieux qu'aucun d'entre eux n'eût parlé, le regard du brigadier se porta sur Aubin. Il sourit, s'approcha, et Marie se demanda s'il avait vu ce qui s'était passé sur le pont de l'*Élina*. Elle en fut persuadée quand il dit en accentuant son sourire :

— Ce jeune homme-là, je l'emmène.

Marie sentit son sang se figer dans ses veines. Elle prit le bras de son fils, le serra, tandis que Benjamin s'interposait en disant :

— Vous n'avez pas le droit.

— Envers les Donadieu, j'ai tous les droits, dit le brigadier dont les yeux noirs brillaient d'une joie mauvaise.

— Emmenez-moi ! Pas lui ; il n'a que dix-sept ans, reprit Benjamin.

— Il n'y a pas d'âge pour casser et détruire quand on est à bonne école.

— Vous ne l'emmènerez pas ! dit Benjamin. Nous vous en empêcherons.

— J'irai donc chercher des renforts et nous vous arrêterons pour rébellion à la force publique.

Marie sentit que Benjamin et ses hommes étaient prêts à se battre. L'adjoint au brigadier, qui était aussi imposant que lui : très gros, très brun, avec des moustaches qui lui dissimulaient la moitié du visage, dégaina son arme.

— Laissez, père, dit Aubin, j'ai tout le temps, moi.

Et il s'avança vers les gendarmes avant que Marie n'ait pu l'arrêter. Ensuite, tout se passa si vite qu'elle ne se rendit compte qu'on lui prenait son fils qu'au moment où elle le vit s'éloigner, les mains attachées par une corde reliée au troussequin de la selle du brigadier. Elle voulut alors s'élancer, mais Benjamin l'en empêcha. Elle se débattit un instant, puis planta son regard dans le sien. Il y lut une telle douleur, une telle violence qu'il lui dit d'une voix très calme :

— S'ils ne le relâchent pas demain, j'irai me livrer.

Elle fit alors volte-face et s'enfuit sous les prairies que le soleil couchant poudrait de grains de lumière rousse.

Comme elle en avait l'habitude, elle longea la Dordogne vers Lanzac en espérant que son cœur allait se calmer. Elle n'était que refus, douleur et colère. Colère envers les gendarmes, mais surtout envers Benjamin, car il lui semblait que s'il n'avait pas frappé Aubin, le brigadier ne se serait pas intéressé à lui. Il avait dû penser qu'Aubin, pour se venger de son père, le dénoncerait facilement. Mais Marie n'était pas inquiète à ce sujet. Aubin ne nuirait pas à son père. Jamais. Non, ce qu'elle redoutait le plus, c'était d'être séparée de lui pour longtemps comme elle l'avait été de Benjamin.

Elle s'éloigna de la rive, entra dans les prairies dont l'herbe frissonnait sous le vent. Comme l'air était tiède, elle songea que la pluie arriverait dans la nuit, dès que le vent tomberait. Elle regarda un moment les collines qui semblaient se fondre dans une nuée bleue, décrivit une courbe qui la ramena très vite vers la Dordogne, juste en face de la plage de galets où, si souvent, elle avait retrouvé Benjamin. Du fait que l'eau était encore assez haute, la plage n'était pas aussi découverte qu'en été. Elle s'avança néanmoins de quelques mètres, s'assit et, comme à son habitude, entoura ses genoux de ses bras tout en regardant pétiller la Dordogne sur laquelle se débattaient les premières mouches de mai...

Que se passait-il dans sa vie ? Elle ne reconnaissait plus le monde dans lequel elle vivait, elle ne reconnaissait plus les siens, et encore moins Benjamin. Et pourtant sa rivière, sa vallée avaient toujours été un refuge privilégié. Aujourd'hui tout changeait. Sa vie, la rivière, la vallée, Benjamin, son fils, tous les siens étaient menacés. Elle s'était toujours crue, ici, inaccessible au malheur, et elle découvrait qu'il s'était à son insu rapproché de ce qu'elle possédait de plus précieux.

Elle sursauta en entendant des pas derrière elle, tourna la tête. En apercevant Benjamin, elle se leva brusquement et recula.

— Non, dit-elle, n'approche pas !

— Je t'ai dit que j'irai le chercher, fit-il doucement, d'une voix si basse, si humble, si différente de sa voix habituelle qu'elle sentit qu'il était touché par l'arrestation d'Aubin plus qu'elle ne le croyait.

— Tu casses, tu détruis, tu frappes ton enfant, et demain, qu'est-ce que tu feras ? dit-elle avec une violence qui le désarçonna.

— Demain j'irai le chercher, répondit-il. Et, s'il le faut, je me livrerai.

— Et tu crois que c'est ce que je souhaite ? Retrouver un enfant et perdre un mari, c'est tout ce que tu as à me dire ?

— Écoute, fit-il en approchant d'un pas.

— Non. Je ne veux plus t'écouter.

Comme il avançait de nouveau, elle recula jusqu'à entrer dans l'eau.

— S'ils me le prennent, dit-elle, tu ne me reverras plus.

Il s'arrêta, la considéra un moment sans rien dire, puis il se retourna et partit sans un mot. Elle demeura seule, hésitante à le rappeler, dévastée par le chagrin qui l'empêchait de voir, autour d'elle, tout ce qu'elle aimait de la vie, le soir qui tombait doucement sur les prairies, la lézarde rose du ciel au-dessus des collines, l'assoupissement de la vallée dont les feux s'éteignaient un à un, comme soufflés par le silence.

Le lendemain matin, quand elle se leva, Benjamin était déjà parti.

— Sais-tu où il est allé ? demanda-t-elle à Élina.

— Où veux-tu qu'il soit ? Il est à Souillac, bien sûr.

Et, comme pour atténuer le ton anormalement vif de sa voix :

— Ne t'inquiète pas : il est parti avec Vivien et Vincent.

Marie s'approcha de la fenêtre et regarda un instant tomber

la pluie derrière les carreaux. Puis, revenant s'asseoir, elle demanda :

— Que nous arrive-t-il, Élina ?

Celle-ci s'approcha, s'assit face à Marie, murmura :

— Ça ne sert à rien de trop s'inquiéter. Je suis sûre qu'ils vont le relâcher très vite.

Marie la dévisagea, reconnut ce sourire, cette confiance que la vieillesse n'altérait pas, et elle mesura, une nouvelle fois, combien la présence de la mère de Benjamin lui était précieuse. Elle reprit :

— Je voulais dire : les bateaux, le chemin de fer, ce qu'ils ont fait la nuit dernière.

— Ils ne recommenceront pas. Ils ont bien trop honte d'eux-mêmes.

Élina ajouta, versant du café dans les bols :

— La Dordogne ne s'arrêtera pas de couler, va.

— Mais peut-être sans nous.

— Qu'est-ce que tu dis là ? Il y a toujours eu des bateaux et il y en aura toujours.

Émilien, tout juste réveillé, arriva dans la cuisine en se frottant les yeux. Lui aussi aimait l'eau, et peut-être encore plus que son frère. Il n'était pas brun, mais châtain, avec des yeux marron et deux fossettes rieuses sur les joues. Qui était responsable si les deux garçons se passionnaient autant pour la rivière ? Moi, sûrement, se dit Marie, puisque je leur ai appris à nager dès leur plus jeune âge. Elle s'en voulut, soudain, car il lui sembla qu'elle les avait contraints à aimer un monde qui, peut-être, allait disparaître. Et cependant Émilien, à douze ans, brûlait d'impatience d'embarquer. Il ne cessait d'en faire la demande à son père qui, s'il avait été seul, aurait sûrement accepté. Mais Marie veillait. A quatorze ans, comme Aubin, ce serait bien suffisant.

— Il revient aujourd'hui, mon frère ? demanda brusquement Émilien.

Marie tressaillit. Comment lui avouer que si Aubin revenait, ce serait parce que son père serait retenu prisonnier ? A moins que les gendarmes n'eussent vraiment aucun indice contre lui. Ce qui restait quand même probable. Du moins pouvait-on l'espérer.

— Il sera sans doute là pour midi, dit-elle.

Émilien, rassuré, se mit à manger. Marie, elle, n'en trouva pas la force. Elle se demanda si, malgré la pluie, elle ne ferait pas mieux d'aller à Souillac pour empêcher son père et son frère de se mettre dans un mauvais cas, pour peu qu'ils répondent aux provocations des gendarmes. Elle en parla à Élina qui lui dit :

— Il vaudrait peut-être mieux, en effet.

Aussitôt Émilien demanda à l'accompagner, et Marie eut toutes les peines du monde à le lui interdire. Elle partit donc seule, un peu plus tard, sous une petite pluie si tiède qu'elle lui offrit son visage en fermant les yeux. Décidément, ce début de mai était bien doux, cette année. Il n'y avait plus un souffle de vent. Même la Dordogne, là-bas, paraissait attentive à cette pluie qu'elle accueillait avec des bruits de bouche.

Marie bifurqua vers la gauche et se hâta vers les jardins et les prairies qui respiraient doucement, sans un frémissement. L'idée que Benjamin était capable d'avouer pour sauver son fils surgit brusquement dans sa tête, si précise, si immédiate qu'elle le crut perdu et se mit à courir. Comme elle sortait du couvert des grands frênes au-delà desquels il n'y avait plus d'abri avant la route de Sarlat, elle aperçut Vivien et Vincent qui venaient vers elle. Elle continua de courir jusqu'à eux, puis elle s'arrêta, essoufflée.

— Alors ?

Les deux hommes hésitaient. Ce fut Vivien qui se décida :

— Ils les ont emmenés tous les deux.

— Où ? cria Marie.

— Au Buisson. Ils vont être confrontés à un témoin qui était sur les lieux. Du moins c'est ce qu'ils prétendent.

Marie se sentit un peu soulagée : Benjamin avait rejoint son fils mais il n'avait pas parlé.

— Ils sont partis ?

— Oui, on les a suivis jusqu'à la route.

Marie hésitait, ne savait si elle devait se lancer à leur poursuite ou rentrer chez elle.

— Viens ! dit Vincent. Ça ne sert à rien.

— Vous croyez qu'on nous a vus ? demanda-t-elle sans bouger d'un pouce.

— Mais non. Tout ira bien, tu verras. Ils seront là demain.

Elle se laissa prendre par le bras et revint sur ses pas sans rien dire, perdue dans ses pensées, songeant qu'elle ne pourrait pas rester longtemps à les attendre sans partir à leur secours. Elle attendit pourtant tout un après-midi, toute une nuit, et toute la journée qui suivit, soutenue par Élina, Vivien, Vincent et les hommes d'équipage qui se relayaient à la maison du port.

— S'ils ne sont pas là demain matin, dit-elle à son père en fin d'après-midi, je partirai avec le gabarot.

— Et qu'est-ce que tu feras ? soupira Vincent en haussant les épaules. Patiente un peu et fais-leur confiance.

C'était aussi l'avis d'Élina, mais Marie était bien décidée à ne pas en tenir compte.

La nuit tomba, épaisse et chaude comme avant un orage d'été. Ils allaient achever de manger quand on entendit des pas sur le chemin. Marie se leva brusquement, mais avant qu'elle n'ait eu le temps de s'approcher de la porte, celle-ci s'ouvrit sur Aubin et Benjamin qui lui dit :

— Tiens ! Je te le ramène, ton fils.

Ils riaient, semblaient heureux, et Marie songea que cette épreuve les avait peut-être rapprochés. Allons ! Tout n'était peut-être pas inutile dans les événements des jours derniers. Les deux hommes prirent leur place à table et Benjamin dit simplement :

— Il s'agissait d'un faux témoin, évidemment, mais on en a vu d'autres.

Et il ajouta, avec un clin d'œil à l'adresse d'Aubin :

— Pas vrai, petit ?

— Sûr, père. Ça n'a pas été bien difficile.

Ils paraissaient avoir trouvé la complicité que Marie avait toujours crue impossible. Il lui sembla alors qu'avec une telle alliance entre ces deux forces qu'elle avait vues contraires, ils ne pouvaient pas perdre le combat qu'ils venaient d'engager sur la rivière.

2

C'étaient les premières eaux de voyage de l'automne. Cinq mois ou presque avaient passé depuis les événements du mois de mai, et les matelots de l'*Élina* manœuvraient avec une énergie toute neuve à l'approche du bec d'Ambès, s'apprêtant à traverser la Garonne pour aller attendre la renverse à l'abri de l'île Cazeau. Les eaux étaient tout juste marchandes, en cette fin du mois d'octobre, car il n'avait pas beaucoup plu depuis l'été, et les risques de s'échouer sur les bancs de sable préoccupaient Benjamin qui menait le convoi.

Il se retourna pour vérifier que la seconde ne le suivait pas de trop près, aperçut Vivien et Marie à plus de cinquante mètres en arrière et, rassuré, s'apprêta à amorcer la manœuvre la plus délicate du voyage. Le temps était très bas, en effet, avec un long cortège de nuages qui roulaient leurs grandes épaules grises et qui, là-bas, quelques lieues en avant, semblaient se précipiter dans la mer bordelaise. Le vent soufflait en rafales courtes mais nerveuses qui soulevaient des vaguelettes d'un vert très pâle et rendaient la manœuvre dangereuse.

On avait affalé la voile, le courant étant encore suffisant pour traverser. Il allait être midi. Depuis plus de cinq minutes, Benjamin apercevait les terres-neuvas qui coupaient le confluent de la Dordogne et de la Garonne, séparés seulement par une centaine de mètres. Il fallait manœuvrer, car le moment approchait où il ne pourrait plus dériver vers tribord sans risquer de s'échouer. A cet instant-là, il avait toujours l'impression de s'en remettre à la chance et il n'aimait pas cette sensation de ne pas maîtriser totalement la situation. Il arrivait que la ligne des cargos et des terres-neuvas fût facile à franchir, notamment quand ils arrivaient assez espacés, mais, ce matin, ils surgissaient les uns derrière les autres à grande vitesse, du fait que le jusant était encore puissant.

A la seconde même où il décida de donner son coup de gouvernail pour couper la Garonne, Benjamin aperçut le terre-neuvas qui arrivait sur bâbord toutes voiles déployées. La moindre hésitation pouvait être fatale. Jugeant que la distance était suffisante, il maintint sa ligne sans hésiter, tandis que son regard croisait celui d'Aubin qui s'était retourné, une lueur d'effroi dans les yeux. La corne de brume du terre-neuvas, qui avait vu l'obstacle, retentit et sembla lézarder le silence. N'importe quel autre matelot eût sans doute modifié sa route, au risque de s'échouer, mais pas Benjamin qui possédait une notion très précise de la distance et de la vitesse sur des eaux qu'il connaissait bien. Ce n'est qu'au dernier moment qu'il laissa un peu de champ à l'*Élina* sur tribord, la faisant du même coup fuser sur l'eau en la redressant brusquement. Elle passa à moins de vingt mètres devant la proue du terre-neuvas et s'en alla dériver lentement vers l'île, sur la rive opposée de la Garonne.

Benjamin se retourna alors vers la seconde que barrait Vivien et constata avec satisfaction qu'elle s'était engagée juste derrière le terre-neuvas et qu'elle allait passer plus facilement qu'il ne l'avait fait. Reprenant sa position habituelle, il contrôla calmement la manœuvre jusqu'à ce qu'Aubin jette l'ancre à trente pas de l'île.

Comme à leur habitude, les hommes se mirent à manger en attendant la renverse. Aubin avec l'équipage, et Benjamin, lui, tout seul à l'autre extrémité, comme tous les maîtres de bateau. Il jeta un coup d'œil vers la seconde qui jetait l'ancre en amont et s'immobilisait, ouvrit son panier, coupa du pain et du lard et commença à manger. A l'instant où il releva la tête, il croisa le regard d'Aubin et il y lut une sorte de respect si profond, si inattendu, si sincère, qu'il en fut touché. C'est que les choses avaient bien changé entre son fils et lui, depuis leur interrogatoire du Buisson. Benjamin se rappela l'instant où il était entré dans la gendarmerie et la manière dont Aubin s'était levé en l'apercevant, manifestement très surpris par sa présence.

— Je suis venu te chercher, avait simplement dit Benjamin. Ne t'en fais pas, fils, je ne repartirai pas sans toi.

Le brigadier n'avait pas essayé de le jeter dehors; au contraire il semblait l'attendre. S'il n'avait pas osé arrêter Benjamin devant ses hommes la veille, il avait tout de suite compris qu'en emmenant Aubin, Benjamin viendrait se livrer de lui-même. Seul Aubin semblait étonné. Mais soulagé, aussi, de n'être plus seul pour faire front.

Ils étaient partis en voiture vers Le Buisson sans pouvoir se parler, mais leurs regards suffisaient à dire ce qu'ils étaient contraints de garder pour eux : Benjamin, qu'il était mortifié d'avoir frappé son fils, Aubin, que la présence de son père près de lui scellait une alliance bien plus forte, bien plus précieuse qu'elle n'avait jamais été.

Au Buisson, ils avaient été confrontés à un homme que Benjamin connaissait pour l'avoir employé plusieurs fois lors des manœuvres de changement de rive. Ce n'était pas un mauvais homme, mais un pauvre hère que les gendarmes manipulaient, parfois, quand il avait du mal à nourrir sa nombreuse famille. Il n'avait pas osé accuser Benjamin qui l'avait souvent payé plus qu'il ne le devait. Les gendarmes, furieux, l'avaient chassé, non sans l'avoir menacé de représailles. Puis ils avaient repris la route vers Souillac en compagnie de leurs prisonniers, l'œil soupçonneux, cherchant encore dans quel piège ils auraient pu faire tomber le père et le fils Donadieu. Une fois à Souillac, ils les avaient relâchés au bout d'une heure, après les avoir menacés eux aussi : l'enquête n'était pas close et ils seraient amenés à se revoir.

Au retour, sur la route du port, Benjamin avait essayé maladroitement d'expliquer à son fils qu'il n'était pas dans ses habitudes de beaucoup parler, mais que le plus important, entre un père et son fils, ne pouvait pas se dire.

— Je sais, père, avait répondu Aubin. Je sais tout cela, ne vous inquiétez pas.

Puis Benjamin s'était brusquement arrêté au milieu du chemin, forçant Aubin à faire de même et avait ajouté :

— Nous allons vers des temps très difficiles, fils, qui peuvent nous apporter du malheur.

Il avait hésité, puis avait poursuivi, en tendant la main à Aubin :

— Est-ce que je peux compter sur toi ?

— Vous le savez bien, avait répondu Aubin en serrant la main tendue.

Ils étaient repartis très vite vers la maison du port et ils étaient arrivés souriants dans la grande cuisine où attendaient Marie, Émilien et Élina...

Un brusque coup de vent tira Benjamin de ses pensées. C'était la marée basse, mais la renverse n'était pas loin. Dans moins de dix minutes arriverait le mascaret. Benjamin se redressa pour apercevoir la seconde où Marie et Vivien devisaient en mangeant, puis il s'absorba de nouveau dans ses pensées. Il songea à son voyage d'été effectué dans le haut-pays, à Spontour, et plus haut, même, vers Nauzenac, Saint-Projet, où Jean avait acheté des coupes. Son beau-père était mort. C'était lui, qui, maintenant, dirigeait l'entreprise et il n'y suffisait pas.

— Si vous n'avez plus d'ouvrage à Souillac venez donc me voir, avait-il dit en riant. Ici, le chemin de fer, on ne le verra jamais.

Benjamin n'avait rien répondu. Il n'envisageait pour rien au monde de quitter Souillac et sa vallée. Il savait que tant qu'il recevrait du bois de son beau-frère et tant que Barcos continuerait à le lui acheter, il pourrait toujours descendre à Bordeaux. Pour le sel, évidemment, c'était plus compliqué. Il allait devoir le vendre à perte. Mais il pensait que lorsque les grossistes s'apercevraient que le sel livré par voie ferrée avait un goût de fumée, ils reviendraient vers lui. Et ce n'était pas parce que la dernière campagne avait été mauvaise que celle qui commençait le serait également. Les marchands de bois comme les marchands de sel finiraient bien par comprendre qu'ils ne pouvaient pas renoncer à un moyen de transport qu'ils utilisaient depuis des siècles à la satisfaction de tous.

Oui, décidément, cette campagne allait être celle de la revanche. Il en était sûr. Et jamais plus il n'aurait à détruire un pont, dont les travaux, d'ailleurs, n'avançaient guère. Car il s'en voulait de cet acte fou, non seulement pour Marie, pour les siens, mais aussi parce qu'il s'était fait peur. Il avait compris, en mai, que plutôt que la ruine, il ne reculerait devant rien. Et sa propre détermination l'effrayait.

Le mascaret fit osciller l'*Élina* de la poupe à la proue et ramena Benjamin à la réalité. Le vent se leva, traînant derrière lui les premières vagues du portant. Benjamin fit claquer son couteau, reprit sa place au gouvernail. Déjà, les hommes hissaient la petite voile bleue pour appareiller. Il donna un ordre. L'ancre relevée, l'*Élina* s'engagea dans la Garonne derrière les couraux du bas-pays et les barques de pêche de la mer bordelaise.

Il se demandait chaque été s'il allait retrouver la rivière, le fleuve, tels qu'il les avait laissés en juin. Et chaque fois il redoutait de ne plus les reconnaître, de ne plus savoir les dompter, les soumettre. Mais il suffisait d'une seule descente pour retrouver le même émerveillement, la même allégresse qui, chaque fois, faisaient mesurer à Benjamin combien les voyages étaient indispensables à sa vie. Surtout sur le fleuve, dans l'immensité de l'eau et de la lumière où il lui semblait qu'il allait se fondre, devenir peut-être à son tour de l'eau, de la lumière, un espace infini. Et chaque fois aussi il ne pouvait détacher son regard des hérons, des sarcelles, des avocettes au plumage cendré, de tout ce petit peuple qui avait élu domicile dans ce royaume ébloui. Là-bas, sur bâbord, les marais désolés semblaient des vagues immobiles du fleuve, tandis que sur tribord Macau apparaissait, émergeant à peine du rivage bleuté. Plus loin, c'était Saint-Louis-de-Montferrand, puis Bassens, et encore plus loin, là-bas, assoupie dans la lumière, la colline de Lormont.

Les nuages avaient déserté le ciel qui était d'un bleu très pâle, délavé par les pluies des derniers jours. Il ne faisait pas froid, encore, et Benjamin se félicitait de pouvoir entreprendre encore une ou deux descentes. Du moins si les eaux demeuraient marchandes, car l'été avait été très sec, et les pluies de l'automne n'avaient pas haussé suffisamment le niveau de la Dordogne. Il se laissa griser par cette impression d'infinie liberté, d'espace ouvert, qu'il connaissait si bien depuis son « temps » dans la marine, et dont il avait besoin. Il en rêvait, parfois : descendre la mer bordelaise, seul dans le vent, et naviguer jusqu'à la mer. Car la mer lui manquait, même s'il ne l'avait jamais avoué à personne, et surtout pas à Marie. Qu'y pouvait-il ? Il était de cette race d'hommes qui ont connu les grands espaces et qui en rêvent toute leur vie. Lui, il y reviendrait. Il ne savait quand ni comment, mais il lui semblait qu'un jour il reprendrait la mer, seul, tout seul, peut-être pour y mourir.

Il avait tellement l'habitude de la descente que, malgré le trafic intense, son esprit s'évadait constamment. Ainsi le temps passait-il vite, trop vite, et s'étonnait-il, chaque fois, en arrivant au grand cingle qui précédait Lormont où se trouvaient les entrepôts de son ami Barcos, de toucher déjà au port. Ce fut Aubin qui le rappela à la manœuvre indispensable à l'appontement. Elle était plus facile qu'à La Bastide, du fait que l'on accostait en dehors du port proprement dit, face au quartier de Bacalan, et qu'il y avait donc peu de gros bateaux ancrés au milieu de la Garonne.

La voile ferlée, la gabare solidement amarrée, Benjamin sauta sur les quais. Il contrôla du regard la manœuvre de la seconde menée par Vivien, puis il partit vers les entrepôts de Barcos. Il constata que les quais de Lormont, jusqu'alors envahis seulement par le merrain et la carassonne, étaient maintenant traversés par des rails sur lesquels des manœuvres poussaient des wagonnets. Il faillit même être happé au passage par l'un d'entre eux et il sentit la colère se réveiller au fond de lui. Puis, comme il poursuivait sa route, il découvrit que leurs rails pénétraient jusque dans les entrepôts de Barcos. Il s'arrêta, les poings serrés, tremblant sur ses jambes, de nouveau dévasté par une fureur dont il avait cru le foyer éteint. Et voilà qu'elle se réveillait dès qu'il posait les pieds sur les quais. Immobile, oppressé, il respirait très vite, essayant de repousser cette vague de fureur qu'il connaissait bien depuis le printemps dernier.

C'est à peine s'il sentit la présence de Marie à ses côtés. Elle l'avait rejoint après avoir vu les rails, elle aussi, devinant ce qui devait se passer en lui. Elle lui prit le bras, murmura :

— Reste calme. Ça ne veut rien dire.

Il se tourna vers elle, la dévisagea un instant, ne répondit pas et, l'entraînant avec lui, pénétra dans les entrepôts de Barcos. Celui-ci donnait des directives à des ouvriers au fond d'un hangar immense. Il n'entendit pas approcher Benjamin et Marie, se retourna quand ils furent près de lui, ayant deviné leur présence au regard de ses employés par-dessus son épaule.

Dès qu'il aperçut le visage de Benjamin, Barcos comprit ce que pensait son ami et voulut se montrer enjoué :

— Vous tombez bien, dit-il en embrassant Marie et en tendant la main à Benjamin.

Celui-ci feignit de ne pas la voir et murmura, les dents serrées :

— Alors, toi aussi, Hippolyte ?

Le sourire se figea sur le visage de Barcos qui répondit :

— Quoi donc, moi aussi ? Laisse-moi t'expliquer.

— Il n'y a rien à expliquer, dit Benjamin, j'ai tout compris en arrivant sur le quai.

Et il fit volte-face, obligeant Marie à le suivre.

— Attends, dit Barcos, je vais te le prendre, ton merrain. Les rails, c'est simplement pour mes clients de l'intérieur des terres

Benjamin se retourna.

— La Garonne ne te suffisait pas ?

— Écoute, Donadieu, il faut vivre avec son temps.

— C'est ça, ironisa Benjamin, et regarder les autres crever.

— Mais puisque je te dis que je te le prends, ton merrain.

— A quel prix ?

Le marchand se troubla. Marie, qui ne bougeait ni ne disait mot, eut très peur, tout à coup, mais Barcos n'osa pas annoncer le prix qu'il avait manifestement arrêté avant l'arrivée de Benjamin.

— Même tarif qu'au printemps : 480 francs le millier.

Benjamin se détendit quelque peu. Compte tenu de la concurrence du chemin de fer, il ne pouvait pas espérer mieux, mais c'était assez pour payer l'approvisionnement effectué par Jean, et les hommes d'équipage. Si tout se passait bien, il lui resterait cinq francs par millier. La situation n'était donc pas si catastrophique. Il consentit enfin à sourire, accepta le verre que lui proposait toujours le marchand lors de chaque voyage.

Celui-ci les précéda en direction de son bureau, les fit asseoir. Ils burent leur verre en silence, songeant encore, tous les trois, au malaise qui n'était pas tout à fait dissipé. Marie, elle, avait compris que le prix proposé par Barcos ne reflétait pas la réalité des cours. Tandis que le marchand se justifiait, expliquant à Benjamin pourquoi il avait fait relier ses entrepôts aux voies ferrées du Paris-Orléans, Marie observait cet homme aux cheveux blancs repoussés en boucles vers l'arrière, son profil d'empereur romain, et songeait qu'elle le trouvait vieilli, fatigué. Elle devinait surtout qu'il était gêné car il savait qu'il ne pourrait pas garantir ce prix très longtemps. « C'est toujours ça de gagné », songea Marie en s'apercevant que Benjamin retrouvait ses habitudes et sa confiance. Selon Barcos, en effet, les rails qui entraient chez lui étaient simplement destinés à approvisionner les clients qui ne pouvaient l'être par voie fluviale. Il se développait, en quelque sorte, mais sans remettre en question le transport traditionnel. Bref, on pouvait compter sur lui.

Ils prirent congé du marchand pour aller, comme ils en avaient l'habitude, aux salinières, laissant les bateaux et les hommes sous la responsabilité de Vivien. Ils trouvèrent un passeur de leur connaissance qui remonta la Garonne jusqu'au pont et les déposa là. Ils partirent sur le quai, côte à côte, comme à chacun de leur voyage, et arrivèrent rapidement chez le responsable des ventes : M. Labrède, un gros homme à rouflaquettes, portant chapeau haut de forme et gilet de soie. Marie ne l'aimait pas, même si elle n'avait jamais traité avec lui du temps où elle naviguait seule. Elle savait d'instinct que c'était un homme capable de trahir n'importe qui et dont on ne pouvait attendre aucune faveur. Il leur proposa du sel à cinquante francs l'hectolitre, pas un franc de moins. C'était le prix auquel le touchaient les grossistes, vendu et déchargé en gare de Brive. Il fallait travailler à perte, et c'était la première fois.

Benjamin entraîna Marie à l'écart. La lueur de désarroi qu'elle lut dans son regard la meurtrit.

— Réfléchissons, dit-elle, attendons demain.

— Non, décida-t-il tout à coup, je ne veux pas remonter à vide. Il ne faut pas inquiéter les hommes.

— Et si on ne le vend pas ?

— On vendra. A perte s'il le faut.

Il y avait une lueur farouche dans ses yeux, une lueur un peu folle, la même que celle du mois de mai. De nouveau elle eut peur, mais elle parvint à le lui cacher. Ils conclurent le marché, arrêtèrent l'heure de chargement du lendemain matin, puis s'éloignèrent, préoccupés, silencieux, vers la barque qui les attendait en aval du port, bien décidés à dissimuler aux hommes d'équipage que pour la première fois de leur vie, ils allaient travailler en perdant de l'argent.

La remonte fut agréable, car le soleil était de retour. Il fallait donc se hâter, le niveau des eaux baissant chaque jour d'un pied. Et pourtant Benjamin n'en avait guère envie, car les forêts de chênes et de châtaigniers allumaient des incendies de toutes les couleurs sur les collines. Il songeait par ailleurs qu'une fois à Souillac, il allait devoir vendre le sel au meilleur prix possible, ce qui n'allait pas être facile. En fait, il ne se sentait bien que sur la rivière. Dès qu'il posait le pied sur la terre ferme, les ennuis commençaient. Et ce n'était que le premier voyage. Que se passerait-il à la fin de la campagne ? Il n'y avait pas d'autres solutions que de se battre, résister, attendre que tout le monde se rende compte combien le transport par chemin de fer était néfaste pour la marchandise.

L'après-midi déclinait. L'étape du soir était prévue à Bergerac. A l'entrée du Périgord, l'immense plaine paraissait assoupie dans une grande paix. Ses prairies et ses arbres fruitiers, qui portaient encore leurs feuilles, tremblaient doucement dans le vent tiède venu de la mer. Après le clocher de Saint-Pierre-d'Eyraud, de longues îles accompagnaient la Dordogne, où les aulnes et les frênes étaient crêtés d'or et de bronze. Puis ce fut le confluent de la Gardonnette, le château de Saint-Martin, le petit manoir de Riandole, et, sur tribord, toujours la même plaine paisible étendue dans la lumière chaude des heures qui précèdent la nuit en automne.

Après les manœuvres de changement de rive de Gardonne, Benjamin se laissa aller à songer à l'époque où il n'avait que le seul souci de la solidité des cordelles. Quel plaisir c'était, alors, de sentir approcher la nuit, la chaleur des auberges, la présence des hommes autour de lui ! Il lui sembla qu'il ne revivrait plus jamais cela et quelque chose en lui se révulsa. Il tressaillit, aperçut sur sa gauche le petit bourg de La Force juché sur un plateau encore vert qu'embrasait le soleil couchant, puis ce fut l'église de Lamonzie et le pigeonnier carré qui lui servait de sentinelle, et là-bas, enfin, les premières maisons de Bergerac.

Une fois l'*Élina* solidement amarrée au quai, face au

faubourg de la Madeleine, Benjamin paya les bouviers puis il se dirigea vers l'auberge où il avait repris ses habitudes, depuis la disparition de l'ancien propriétaire. Il ne faisait pas encore tout à fait nuit et les quais bruissaient de l'activité des hommes au travail. Il tardait à Benjamin de retrouver la compagnie de ses matelots autour de la table.

Quelques mètres avant l'auberge, pourtant, une femme s'avança vers lui et demanda :

— Vous êtes Benjamin Donadieu ?

— Oui, madame, répondit-il tout en examinant cette femme âgée qu'il n'avait jamais vue mais qui lui rappelait quelqu'un. Petite, les cheveux blancs peignés en chignon, les yeux clairs, elle était vêtue d'une longue robe de taffetas et d'un caraco noir. Il se dégageait de sa frêle silhouette une expression de noblesse et de dignité.

— Je suis la mère de Pierre, dit-elle. Je voudrais vous parler.

Et, comme Benjamin, stupéfait, ne répondait pas.

— Vous voulez bien me suivre chez moi ? Votre femme aussi, bien sûr, car c'est bien votre femme, n'est-ce pas ?

— Oui, dit Marie qui s'était approchée. Juste le temps de prévenir l'équipage et nous vous suivons.

Ils expliquèrent à Vivien qu'ils devaient partir, puis ils rejoignirent la mère de Pierre qui les attendait, immobile et sans impatience, un peu plus loin. Celle-ci les précéda dans les ruelles jusqu'à l'église, puis elle ouvrit la porte d'une petite maison qui se trouvait un peu en retrait de la grand-rue, au fond d'un jardin aux allées gravillonnées. Elle fit entrer Benjamin et Marie dans une sorte de bureau, les invita à s'asseoir dans des fauteuils de reps grenat, leur proposa un verre qu'ils refusèrent, puis elle s'assit à son tour face à eux. Elle paraissait minuscule, soudain, dans son fauteuil, et sa voix était douce et frêle.

— J'habite ici depuis la mort de mon mari, dit-elle. J'ai dû vendre notre grande maison. Mais ce n'est pas pour vous dire ça que je vous ai invités, chez moi, c'est pour vous parler de Pierre.

Benjamin sentit des frissons courir dans son dos. Ce bureau sombre et cette voix grave lui faisaient envisager le pire.

— Mon fils est mort des fièvres à Cayenne, reprit la vieille dame. Mais avant de mourir il a écrit une lettre pour vous : la voici.

Dès qu'il avait entendu prononcer le nom de Pierre sur le port, Benjamin s'attendait à une telle nouvelle, mais le fait de l'entendre de la bouche même de la mère de son ami le bouleversa. Il hésita à tendre la main, comme si l'enveloppe que lui tendait la vieille dame allait le brûler.

— Il y en avait une pour moi, dit Mme Bourdelle comme pour le convaincre de s'en saisir. Avec la vôtre, ce sont les deux seules qui me soient jamais parvenues.

Elle hésita, poursuivit :

— Aussi, si vous vouliez bien me dire...

Benjamin hocha la tête, prit l'enveloppe, la déchira, se mit à lire pour lui-même ·

Benjamin,

Je vais mourir. Je le sais. Ma mère est seule. Je ne reviendrai pas. Prends soin d'elle, s'il te plaît. Et ne m'oublie pas. Un jour, tu sais, nous gagnerons.

Pierre

Ses doigts tremblaient quand il tendit la lettre à la vieille dame. Elle la lut, la lui rendit sans un mot, sans une larme, et Benjamin la donna à Marie.

— N'ayez point de crainte, monsieur, dit la mère de Pierre, je ne vous embarrasserai pas. J'ai tout ce qu'il me faut.

Et, comme Benjamin tentait de protester :

— J'ai pu vendre à bon prix la maison de Marmande. De toute façon, si mon fils était revenu, il n'aurait pas pu vivre là-bas.

— Mais vous êtes seule, dit Benjamin.

— Non point : une vieille servante veille sur moi.

Elle se tenait très droite, très digne, et un léger sourire errait sur ses lèvres.

— Nous pouvons nous arrêter lors de chaque voyage, dit Marie. Ça ne nous dérangera pas.

— C'est bien aimable à vous. Mais ne vous sentez pas obligés, dit la vieille dame ; puis elle leva une main, hésita, murmura :

— Ne l'oubliez pas, c'est tout ce que je vous demande, et n'abandonnez pas son combat. Ainsi il continuera à vivre à travers vous.

Elle soupira, ajouta :

— Quant à moi, à mon âge, je n'attends plus que de le rejoindre, et son père aussi.

Un long silence se fit dans la pièce que les rideaux de velours pourpre rendaient plus sombre malgré la lueur de la lampe. Ni Benjamin ni Marie n'osaient se lever.

— Je vous remercie de m'avoir accompagnée jusqu'à chez moi, reprit la mère de Pierre.

— Si nous pouvons vous aider, n'hésitez pas à faire appel à nous, dit Benjamin. Vous pouvez nous demander tout ce que vous voudrez.

De nouveau, elle hésita, puis :

— Vous la verrez, vous, la République. Ce jour-là, il faudra...

Elle eut du mal à poursuivre, soupira :

— Ils ne me rendront pas son corps. Il va être enterré à Cayenne. Mais ça ne fait rien. Ce jour-là, s'il vous plaît, venez fleurir la tombe des Bourdelle ici, à Bergerac.

— Je vous le promets, dit Benjamin.

De nouveau le silence s'installa. La vieille dame se leva, ouvrit un tiroir dans le bureau, saisit un coffret, revint vers eux.

— Une dernière chose, dit-elle : il m'a demandé de vous

remettre ça. Il y a quelques livres : Voltaire, Montesquieu... Prenez-les, s'il vous plaît.

Benjamin se saisit du coffret, remercia.

— Je vous raccompagne, dit la vieille dame.

Elle souriait. Devant la porte, elle ajouta :

— Mon époux disait : « Tout ce qui ne parvient pas à nous détruire nous fortifie. » Aujourd'hui je suis forte... plus que jamais peut-être.

Benjamin et Marie remercièrent et saluèrent. La porte se referma sans bruit.

Dans la rue, qui sentait la poix et le goudron, ils marchèrent d'abord en silence, tous deux encore sous le coup de l'émotion qui les avait gagnés. Benjamin ne sentait pas la douleur. Pas encore. Il avait tellement été malmené par le sort, ces derniers mois, qu'il s'était forgé une sorte de carapace.

A mesure qu'il marchait, pourtant, il se répétait ces mots que rythmaient ses pas : « Pierre est mort, Pierre est mort », et la souffrance s'insinuait peu à peu en lui. Marie le sentait, mais elle n'osait pas lui prendre le bras ni prononcer le moindre mot. Qu'aurait-elle pu lui dire ? Elle savait que le fardeau qu'il portait venait subitement de s'alourdir et elle se sentait impuissante à l'aider. Lui, revoyait le beau visage de la mère de Pierre et se reprochait de n'avoir pas essayé de lui venir en aide. Mais depuis qu'il était revenu d'Algérie, il avait volontairement coupé tous les ponts avec ce qui lui rappelait le passé. Par peur de reprendre la lutte. Pour ne plus faire le malheur des siens. Et aujourd'hui il avait l'impression d'avoir trahi Pierre, les idées qui leurs étaient chères, la cause républicaine en particulier. Et la mère de Pierre était seule, ou presque, et elle avait besoin de lui, il en était sûr, même si elle prétendait le contraire.

Tout en marchant, il songeait à leur complicité sur le *Duguay-Trouin,* à leurs rencontres de Bordeaux, à leur combat de Marmande, à cette force, cette grandeur qu'il avait devinées chez Pierre dès les premiers jours. Et lui, Benjamin, l'avait trahi. Il avait honte de lui-même autant qu'il avait eu honte, après coup, d'avoir saboté les travaux du pont du Buisson. Mais que lui arrivait-il ? Qui était-il vraiment ? Il n'avait plus qu'un désir, dans cette nuit épaisse d'octobre qui achevait de tomber, c'était de dormir, d'oublier au moins jusqu'au lendemain ces idées noires qui ne cessaient de le harceler comme un essaim de guêpes folles.

Une fois à l'auberge, il ne prit même pas le temps de dîner. Il monta dans sa chambre, suivi par Marie qui venait d'expliquer à Vivien et Aubin ce qui s'était passé. Ils se couchèrent sans un mot, mais Benjamin eut beau souffler la bougie, il ne put trouver le sommeil. Dix minutes plus tard, il se releva, ralluma la bougie, alla s'asseoir sur la chaise unique de la chambre, tandis que Marie, réveillée par la lumière, s'asseyait au bord du lit.

— Je vais reprendre la lutte, dit-il, brusquement, sans regarder Marie qui, à ces mots, avait pâli.

— Tu n'y penses pas, dit-elle doucement. Est-ce que l'Algérie ne t'a pas suffi ?

Il la dévisagea douloureusement, et, serrant les poings, cria :

— Il est mort, tu comprends ? Il est mort.

Elle laissa passer quelques secondes, souffla :

— Justement.

Il sursauta. Son regard se fit plus dur.

— Justement quoi ? Tu ne comprends donc pas qu'il est mort pour rien !

Elle savait qu'il ne fallait pas le prendre de front, et que par la douceur, comme elle l'avait si souvent vu faire à Élina avec Victorien, elle parviendrait à le calmer.

— Mais non, dit-elle. Il n'est pas mort pour rien. Tout ce qu'il a semé va germer un jour, j'en suis sûre.

— Quand nous serons morts à notre tour ?

Elle soupira. Sa voix se fit plus douce encore :

— Non, bien avant.

Son ton de certitude étonna Benjamin, l'apaisa brusquement. Il reprit, mais plus bas, lui aussi, comme s'il n'avait plus de force, soudain, pour exprimer la colère et la douleur qui étaient en lui :

— Je l'ai trahi. Et il est mort.

Elle ne répondit pas tout de suite, mais elle se leva et s'approcha de lui :

— Tu n'as trahi personne, dit-elle, et surtout pas nous.

Elle posa une main sur son épaule, reprit :

— Aujourd'hui, tu le sais bien, le combat est sur la rivière, et nous avons besoin de toute notre énergie.

Il fit comme s'il n'avait pas entendu.

— Je n'aurais jamais dû le quitter, à Marmande, le dernier jour, dit-il.

— Et aujourd'hui tu serais mort aussi.

Il se leva brusquement, commença à se rhabiller.

— Qu'est-ce que tu fais ? demanda-t-elle.

— Je vais marcher. Je ne peux pas dormir.

Il ajouta, comme elle l'interrogeait du regard :

— J'ai besoin d'être seul.

Il hésita, dit encore :

— Après le chemin de fer, c'est Napoléon qui resurgit. On dirait qu'ils ont signé un pacte pour mieux nous détruire.

Marie hocha la tête pensivement, puis :

— Justement, dit-elle, si nous gagnons sur la rivière, nous gagnerons aussi contre lui.

Il demeura un instant silencieux, puis il ouvrit la porte et murmura tout en la refermant sur lui :

— J'espère que tu as raison, sans quoi tout ça finira très mal.

Au terme de cette remonte sans autre incident, Benjamin fit la tournée des grossistes en sel qu'il avait l'habitude d'approvisionner. Trois jours à sillonner les routes du Quercy, de Corrèze et de Dordogne avec Vivien. Les compagnies de chemin de fer avaient décidé de livrer une guerre sans merci aux bateliers. Ce n'était plus à cinquante francs l'hectolitre que les marchands touchaient le sel dans les gares, mais à quarante-cinq. A ce prix-là, Benjamin ne pouvait plus payer ni son équipage ni les rouliers qui, avant l'arrivée du chemin de fer, acheminaient les marchandises. Eux aussi commençaient à disparaître, premières victimes de cette concurrence féroce. Aussi Benjamin ne dut-il qu'aux bonnes relations qu'il entretenait depuis longtemps avec deux ou trois grossistes de pouvoir écouler son sel à quarante-cinq francs.

Le retour à Souillac fut douloureux. A midi, après le repas, Benjamin, Vivien, Vincent et Marie tinrent conseil dans la grande cuisine :

— Il faut débarquer les hommes d'équipage, dit Vivien. Il n'y a pas d'autre solution.

Benjamin songea à tous ces hommes qui avaient été toujours fidèles, et qui avaient aidé Marie quand il était en Algérie.

— Jamais ! dit-il. Je préfère travailler à perte.

— Pendant combien de temps ? demanda Vivien.

— Le temps qu'il faudra.

Un lourd silence tomba. Marie, qui était demeurée silencieuse depuis le début, murmura :

— Nous les payerons avec quoi ?

Il la dévisagea durement, comme s'il découvrait seulement sa présence.

— Avec l'argent du bois, dit-il avec force.

— Et nous ? Avec quel argent vivrons-nous ?

— On se débrouillera.

De nouveau le silence s'installa. Puis :

— Nous ne sommes pas seuls, dit-elle. Vivien a deux enfants.

— Moi aussi, dit Benjamin.

Marie regarda Vivien, qui avait pâli. Elle ne lui avait jamais vu cet air si hostile. Jamais, pourtant, il n'y avait eu la moindre dispute entre son mari et son frère. Elle eut peur, tout à coup, et appela à son secours Élina qui, à ses yeux, était la seule à pouvoir convaincre Benjamin. Celle-ci s'approcha, tenta d'intervenir :

— Ton père, commença-t-elle...

— Mon père, l'interrompit-il, il aurait fait comme moi.

Et il ajouta, se levant brusquement en renversant sa chaise :

— J'ai dit que je ne débarquerai pas les hommes, et personne ne me fera changer d'avis !

Puis il sortit et disparut en claquant la porte derrière lui. Ils demeurèrent un moment sans parler. Aubin et Émilien, qui avaient entendu les éclats de voix, étaient descendus de leur chambre. Ils s'approchèrent de la table, quêtant du regard une explication. Marie observait Vivien qui était d'une pâleur extrême.

— Ne dis rien, ne fais rien, lui dit-elle ; je t'en prie. Je saurai bien le convaincre. De toute façon, nous pouvons tenir au moins trois mois.

Vivien acquiesça furtivement puis partit sans un mot, suivi par Vincent. Marie rassura les enfants, aida Élina à débarrasser la table ; après quoi elle sortit à son tour pour aller à la rencontre de Benjamin.

On était au début de novembre, mais il ne faisait pas froid. L'été de la Saint-Martin était précoce, cette année, ce qui n'arrangeait pas les affaires des bateliers, car l'eau était à peine marchande. S'il ne pleuvait pas avant trois jours, on ne pourrait pas repartir. Marie, en fait, ne s'en inquiétait pas. Elle n'était pas pressée de retrouver les mêmes problèmes à Bordeaux et à la remonte du sel. Elle avait bien d'autres soucis, aujourd'hui, et surtout celui d'éviter une dispute entre Benjamin et Vivien. Et comme elle avait peur qu'ils se trouvent face à face sur les bateaux, elle se dirigea vers le port. Benjamin travaillait sur l'*Élina,* avec Vidal et Jacques Mourgues. Elle salua les hommes d'équipage, les aida à nettoyer le pont, puis Aubin et Émilien arrivèrent, et elle leur laissa la place, car Benjamin n'aimait pas la voir travailler en présence de ses fils.

Elle ne s'éloigna pas pour autant, passa sur la seconde où

elle commença à réparer les mailles de l'épervier. De temps en temps, elle jetait un regard sur l'*Élina* ou vers le chemin sur lequel pouvait apparaître Vivien, puis elle revenait à son ouvrage, maniant avec dextérité son aiguille de buis et sa cordelette tressée. Un peu plus tard, les hommes partirent. Aubin et Émilien s'en furent à la pêche sur une barque, et elle vit Benjamin monter dans la deuxième. Portant l'épervier, elle se précipita et embarqua à son tour, sans un mot.

L'après-midi commençait à décliner. Le vent d'ouest arrachait par rafales les feuilles des frênes et des peupliers qui venaient délicatement se poser sur la Dordogne. Benjamin se laissa glisser vers les calmes situés avant le pas du Raysse, puis il tendit les rames à Marie et se dressa pour jeter l'épervier. Combien de fois n'avaient-ils pas pêché ainsi, tous les deux, au temps où l'on ne parlait pas encore du chemin de fer ! Toute une somme de souvenirs heureux affluèrent en elle, la bouleversèrent. Pourquoi fallait-il tellement trembler aujourd'hui alors que la rivière demeurait la même ? Et ce ciel, éternellement lissé de fins nuages, et cette vallée, où les cuivres et les ors mouchetaient encore le vert des collines et des prairies ? Et Benjamin lançait l'épervier avec la même adresse, et les poissons frétillaient dans la barque, entre elle et lui, et les minutes coulaient dans la paix, le silence, aussi douces, aussi belles qu'elles n'avaient jamais été.

Marie étouffa un sanglot, que Benjamin n'entendit pas. Il reposa l'épervier qui étincelait de gouttes d'argent, s'assit à l'avant, lui laissa les rames. Comme ils en avaient l'habitude, ils traversèrent pour aller dans les prairies, sous le château de Cieurac. Ils attachèrent la barque à un saule, descendirent, marchèrent dans l'herbe épaisse en direction des bois. Marie avait préparé les mots qu'elle devait dire, mais, tout à coup, elle s'y refusait. Elle pensait à la fidélité des hommes d'équipage, à Vidal qui l'avait tant aidée, à Jacques, le mousse, qui avait grandi près d'elle, aux cinq autres qui partageaient leur vie avec courage depuis si longtemps. Elle ne pouvait pas prononcer les mots que Vivien, lui, avait prononcés à table.

Ç'eût été reconnaître une défaite, se trahir, abandonner la lutte. Elle dit à Benjamin, avant qu'ils ne remontent dans la barque :

— Tu as raison. On ne peut pas lâcher les hommes comme ça. Eux aussi ont une famille. On verra à la fin de la saison.

Quand ils furent face à face sur l'eau, Benjamin planta son regard où brillait une lueur farouche dans le sien, et dit gravement :

— Si nous devons nous sauver, ce sera tous ensemble ou pas du tout.

3

Un an, ou presque, avait passé. En cette fin septembre, l'été se prolongeait agréablement et il semblait à Marie que l'eau de la Dordogne n'avait jamais été aussi tiède. Pendant toute la durée des beaux jours, elle s'était baignée dans la rivière, le soir, à la tombée de la nuit, avait plongé dans les grands fonds pour se débarrasser de tous les soucis qui l'accablaient. Elle en sortait comme lavée, propre et nette, dormait mieux, oubliait tout pour quelques heures, et c'était bon de plonger dans le sommeil comme en eau profonde, de ne plus être hantée, enfin, par les événements des derniers mois.

La campagne qui s'était achevée en juin, en effet, avait été catastrophique. Vivien, Élise et leurs deux enfants étaient partis en mars dans les environs de Carsac où ils avaient trouvé une métairie. Vivien, qui avait appris à travailler la terre dans la ferme des Prades, à Thiviers, n'avait eu aucun mal à se faire confier un bien à cultiver. Même si Vincent n'avait pas voulu les suivre alors qu'il vivait avec eux sur le port, cette séparation avait été pour Marie une déchirure qu'elle avait très mal acceptée. Vincent habitait désormais avec Marie, Benjamin, Élina et les enfants, et ce n'était pas toujours facile, car, en vieillissant, comme il souffrait toujours de sa jambe, il devenait irritable. Heureusement, Élina, elle, ne changeait pas et gardait le sourire, même les soirs où

Benjamin criait à table, s'en prenant aux marchands, à ses fils, à lui-même, au monde entier.

Pour clôturer la dernière campagne et payer l'équipage, il avait dû vendre le gabarot. Puisqu'on ne disposait plus de bateau d'allège, il fallait désormais moins charger l'*Élina* et la seconde, surtout à la remonte. Les hommes d'équipage se doutaient de ce qui se passait, mais ils n'en parlaient pas et, au contraire, travaillaient davantage, pour faire front eux aussi, car ils avaient compris que leur maître de bateau ne les sacrifierait pas.

En juillet, Marie avait suivi Benjamin à Spontour, dans le haut-pays, chez son frère Jean qu'elle n'avait pas vu depuis longtemps. Celui-ci avait renouvelé son offre d'association en disant :

— Du bois ! Du bois ! Regardez ! Il n'y a que ça ici ! Suffit de le descendre. Tu le vois, toi, le chemin de fer, dans nos montagnes ? Il exploserait bien avant ! Non, ici, on aura toujours besoin de bateaux.

— Quitter Souillac ? Jamais ! avait répondu Benjamin ; et Marie, à ces mots, avait senti son cœur s'affoler.

Depuis, elle ne pensait qu'à cela : devoir abandonner un jour sa maison, la vallée, les prairies, et elle n'avait pas assez d'heures dans la journée pour profiter des menus plaisirs qu'elle tirait naturellement de la vie en ces lieux. Car la menace de la banqueroute s'affirmait et l'année qui s'annonçait allait être décisive. Mais ce dont elle avait le plus peur, c'était des réactions de Benjamin. Elle avait en effet entendu parler de sabotage sur les voies ferrées et connaissait la sanction pour ceux qui s'en rendaient coupables : c'était la peine de mort.

Elle frissonna à cette idée, tandis qu'elle s'avançait vers l'eau dans la nuit qui tombait, chargée d'odeurs de feuilles sèches, de regain couché, de raisins mûrs. L'été à son déclin réchauffait encore les fins de jour avec des vents lourds et des bouffées torrides qui dévalaient comme des torrents la rocaille des collines. Comme toujours en cette saison, la Dordogne buvait la chaleur de la terre à grands coups de lèvres le long des rives. Marie sentait sous ses pieds jouer les galets moussus sur lesquels il était si difficile de tenir en équilibre. Allait venir le moment où l'eau atteindrait sa poitrine, où le courant la cueillerait comme une feuille le vent à la cime des arbres.

Dès qu'elle perdit l'équilibre, elle se laissa aller et bascula sur le dos, face aux premières étoiles. A ce moment-là, chaque fois, elle oubliait tout pour ne penser qu'à se fondre dans l'eau, à n'être plus qu'une brindille emportée par le courant et qui s'échouerait là-bas, un peu avant le Raysse, sur les galets. Ce fut bien, ce soir-là, la même impression d'appareiller vers un autre monde, vers les étoiles, où rien d'autre n'existait que les caresses de l'eau sur la peau, la sensation de n'appartenir à personne, sinon à l'eau, au ciel, à l'univers entier.

Quand le courant devint trop fort et qu'elle ne parvint plus à maintenir sa tête hors de l'eau, elle aspira une grande goulée d'air, se retourna, et plongea. Dès lors, il lui fut facile de gagner les grands fonds, plus calmes mais qui voisinaient avec le gouffre, sous le rocher du Raysse. Elle descendit plus bas, remonta plusieurs fois pour respirer, redescendit toujours plus profond, et, enfin, émergea de nouveau sous les étoiles qu'il lui sembla pouvoir décrocher de la main.

Elle était ivre d'eau, de nuit, de vent, et elle sentait son cœur battre à grands coups dans sa poitrine. Épuisée, elle traversa la Dordogne en brasses régulières pour aller marcher dans les prairies, de l'autre côté. Malgré la tiédeur de l'air, le vent la fit frissonner. Elle s'allongea pour se sécher sur le regain, songea à ces nuits folles où elle n'était pas seule, où Benjamin l'accompagnait. Or aujourd'hui, il la fuyait. Pourquoi ? C'était comme s'il lui cachait quelque chose. Et elle avait peur. Ce soir plus que les autres soirs alors que, d'ordinaire, la baignade la délivrait de tous ses tourments. La pensée que Benjamin avait peut-être besoin d'elle la contraignit à revenir vers la rivière. Où était-il à cette heure? Et pourquoi la fuyait-il depuis quelques jours ?

Elle entra de nouveau dans l'eau et remonta vers le port en

longeant la rive à l'abri du courant, puis elle traversa face à la plage de galets d'où elle était partie, comme à son habitude. Chaque fois qu'elle émergeait de l'eau, son regard se portait vers l'arbre où elle avait si souvent retrouvé Benjamin. Elle reconnut alors sa silhouette qu'elle aurait identifiée entre mille, même dans la nuit la plus épaisse. Ainsi, elle avait deviné qu'il était venu la chercher, ce soir, alors qu'il ne l'avait pas fait depuis leur retour du haut-pays. Elle courut vers lui, s'assit, demanda :

— Tu ne veux pas nager ? Elle est presque tiède.

Il ne répondit pas tout de suite, soupira, puis :

— J'ai l'impression qu'elle n'est plus la même, souffla-t-il.

Et l'amertume de sa voix donna à Marie la certitude qu'il était venu là pour lui annoncer quelque chose de grave. Elle insista, pourtant, cherchant à l'entraîner vers l'eau :

— Ça te fera du bien, tu verras.

Il résista, mais elle était résolue à ne rien entendre, cette nuit, à ne penser qu'au plaisir de l'eau, à retrouver ce qu'ils avaient vécu, il n'y avait pas longtemps encore, à reléguer dans l'ombre tous les soucis.

— Viens ! S'il te plaît !

Elle était debout, le tirait par le bras. Sans doute à cet instant ressentit-il lui aussi le besoin d'oublier puisqu'il céda brusquement, quitta sa chemise et la suivit.

Sitôt dans l'eau, ils se laissèrent couler, enlacés, comme ils savaient si bien le faire pour utiliser la force du courant, et respirer à tour de rôle, tournant sur eux-mêmes sans se lâcher. Ils descendirent ainsi la Dordogne sur plus de cinq cents mètres et se retrouvèrent en face du rocher de la Raysse. Là, au lieu de se diriger vers les prairies, Benjamin partit vers la droite, nageant d'une main, entraînant Marie avec lui. Un peu avant le rocher, il plongea et elle le suivit jusque dans les profondeurs qui précédaient le gouffre où, il y avait si longtemps, elle avait failli mourir prisonnière. Lorsqu'ils furent vraiment à bout de souffle, ils remontèrent à la surface, et Benjamin, comme chaque fois qu'il émergeait à l'air libre, cria de plaisir. Quelques secondes plus tard, il l'entraîna de nouveau vers les profondeurs où l'eau était presque tiède, tant elle était gorgée de la chaleur de l'été. C'était une eau caressante, attirante, dont le velours glissait sur la peau en faisant jouer les muscles et courir des longs frissons du bas du dos jusqu'à la nuque.

Marie réalisa que Benjamin cherchait à l'attirer vers le gouffre au moment où ils entrèrent dans le grand remous dont elle connaissait si bien l'étreinte dangereuse. Elle résista, mais il parvint à la maintenir sur le bord extérieur du remous, sans pour autant l'entraîner davantage. Ce n'était pas un ordre qu'il lui donnait. C'était plutôt une question qu'il lui posait. Elle le devina quand il se colla contre elle et ne bougea plus. Son cœur battait à tout rompre et elle sentait déjà la douleur dans ses oreilles, ses yeux, sa poitrine. Elle comprit qu'il s'abandonnait à elle, alors que d'ordinaire c'était elle qui s'en remettait à lui, aux confins de ces lisières où ils allaient parfois, d'un accord tacite, pour mieux se trouver. Vivre ou mourir. C'était le choix qu'il lui laissait, cette nuit si bleue de septembre qui portait encore tant de chaleur, tant d'espérance. Fallait-il qu'il souffrît !

Elle n'eut pas le temps de réagir. Le remous les avait pris, les entraînant vers le gouffre, alors que l'air, déjà, leur manquait. Ce fut elle qui, la première, commença à se battre, mais aussitôt il l'imita. Comme les eaux n'étaient pas trop fortes, ils réussirent à ne pas se laisser entraîner vers le bas. Mais fallait-il encore sortir du piège. Ce fut Benjamin qui ouvrit le passage, à grandes brasses et à grands coups de talons, tandis que Marie sentait ses forces l'abandonner, son cœur cogner contre ses tempes à les briser. Ils émergèrent à l'air libre un peu plus loin et, comme il sentit qu'elle ne pouvait plus avancer, il l'aida à glisser vers la plage de galets, où, si souvent, ils s'étaient échoués, à bout de souffle.

Un long moment passa, sans que ni l'un ni l'autre puisse esquisser un geste ou prononcer un mot. Marie sentait la peur, encore, vibrer en elle, et à l'idée de ce qu'il lui avait proposé sans oser le lui dire, elle en avait la chair de poule. Elle pensa à ses enfants, à Élina, à leur vie qui avait été si heureuse, au couloir obscur dans lequel ils étaient engagés désormais, et elle ne put retenir un gémissement. Quand il comprit qu'elle pleurait, il la souleva dans ses bras, la porta dans la prairie, l'allongea dans l'herbe et, sans un mot, s'étendit contre elle.

Quand la pluie se mit à tomber, la veille du jour où Aubin devait tirer au sort, Marie y vit un heureux présage, se souvenant du jour où Benjamin était revenu, sa feuille de délivrance à la main, tandis qu'elle l'attendait sous le grand chêne. Aussi insista-t-elle pour accompagner son fils sur le chemin du bourg, de la même manière qu'elle avait accompagné Benjamin il y avait... Mon Dieu, combien d'années ? Plus de vingt, sûrement, peut-être plus — mais elle n'eut pas le cœur de les compter.

Pendant tout le temps où il déjeuna, ce matin-là, Marie observa son fils, tout en mangeant elle-même debout, devant la cheminée. Elle ne pouvait détacher son regard des boucles brunes, des yeux si clairs qu'il tenait de son grand-père Victorien, de ce visage taillé à coups de serpe, et de cette farouche détermination qui animait ses traits. Car elle savait ce qu'il pensait, son fils : il voulait partir pour ne pas demeurer à la charge de ses parents, ne pas être une bouche de plus à nourrir, alors que l'on ne gagnait même plus sa vie sur la rivière. Il avait même proposé à Benjamin, s'il tirait un bon numéro, d'aller se vendre :

— Je te l'interdis bien ! avait tonné Benjamin. Il ferait beau voir que j'aie trimé toute ma vie pour que mes fils soient obligés de se vendre comme je l'ai fait !

Aubin n'avait pas insisté, mais Marie savait qu'il y pensait toujours, comme elle. Au reste, elle s'en voulait de le souhaiter, parfois, car elle pensait que la vie allait devenir de plus en plus difficile pour la famille. Par ailleurs, elle redoutait les heurts qui, depuis quelques mois, se produisaient entre Benjamin et

Aubin. Car Benjamin ne supportait rien ni personne. Aubin, souvent, prenait sur lui pour ne pas répondre, mais jusqu'à quand ?

Il se leva, s'apprêta à sortir. Et, comme elle approchait :

— Ce n'est pas la peine, dit-il, à quoi ça sert ?

Marie ne répondit pas, mais prit son manteau de pluie et l'attendit sur le seuil tandis qu'il s'habillait calmement. Ils s'éloignèrent ensuite sur le chemin, longeant la Dordogne qui avait pris la couleur de la pluie et roulait, sur leur droite, ses eaux grises que musclait chaque automne. Marie pensa à Benjamin qui n'avait pas voulu assister au départ de son fils et travaillait sur l'*Élina*.

— Tu sais comment il est, dit-elle à Aubin, sans préciser de qui elle parlait, mais il comprit sans peine.

— Il a raison, répondit Aubin, à quoi ça sert ? Ce soir, de toute façon, je serai là.

Elle préféra ne pas répéter ce qu'elle lui avait raconté, la veille au soir, comment elle avait attendu Benjamin sous le grand chêne et son impression qu'en agissant de même aujourd'hui, il aurait, lui, Aubin, la même chance que son père au tirage au sort.

— La chance ? avait-il répondu. Est-ce que vous en êtes sûre ?

Mais oui, la chance. On ne donnait pas si facilement sept ans de sa vie à un empereur qui ne pensait qu'à faire la guerre. Aubin avait fini par en convenir, et c'est à cela qu'il pensait, ce matin, près de sa mère, tandis qu'ils avançaient le long de la rive huilée par la pluie. Privés d'eau depuis le début de l'été, l'herbe et les arbres la recevaient avec des murmures et des longs soupirs qui rendaient les prairies vivantes et rêveuses comme une femme endormie.

Dès qu'ils eurent obliqué vers la gauche et dépassé les jardins, Aubin s'arrêta brusquement :

— Vous n'allez pas me suivre jusque là-bas ? dit-il.

Marie s'arrêta elle aussi, sourit :

— Allons ! dit-elle, puisqu'il le faut.

Elle l'embrassa, fermant les yeux, et la pluie sur son visage lui donna la sensation, un bref instant, d'avoir elle aussi dix-huit ans. Il se dégagea vivement, mais elle n'en fut pas blessée : il avait déjà accepté bien des choses, ce matin. Elle le regarda s'éloigner et demeura un long moment immobile sous la pluie, incapable de faire demi-tour, d'abandonner son fils au destin qui l'attendait là-bas.

Elle s'y résolut un peu plus tard, revint lentement sur ses pas, songeant qu'elle allait recommencer à attendre, si Aubin partait, comme elle avait attendu le retour des hommes, une grande partie de sa vie. Une fois parvenue sous le grand chêne, elle s'y abrita un long moment, de la même manière qu'elle s'y était abritée il y avait plus de vingt ans pour attendre Benjamin.

Elle allait repartir vers le port quand elle reconnut la silhouette qui s'avançait sur le chemin. Elle ne bougea pas, jusqu'au moment où Benjamin arriva près d'elle, murmurant :

— Je savais que je te trouverais là.

Cela lui fit plaisir qu'il se fût souvenu. Elle s'essuya les yeux et les joues, demanda :

— Tu te rappelles ?

Il fit « oui » de la tête, la prit contre lui.

— Allez, viens, maintenant, dit-il, tu vas prendre froid.

Elle se laissa entraîner vers la maison où, pour oublier que la vie de son fils se jouait sans qu'elle y pût rien, elle se mit à aider Élina qui préparait le repas de midi dans la cuisine.

Au début de l'après-midi, pourtant, ce fut plus fort qu'elle : elle revint sous le grand chêne. La pluie avait cessé. Les arbres s'égouttaient avec des froissements furtifs qui faisaient courir des frissons dans le dos de Marie. Toute la terre respirait avec une sorte d'allégresse. Marie songea un moment à ce plaisir qui venait du plus profond d'elle, chaque fois qu'elle se retrouvait ainsi seule au monde, accueillant par chacun de ses sens la vie de la terre, des arbres et des feuilles, certaine que l'essentiel était là, toujours, et peut-être le seul bonheur qui ne fût jamais menacé par personne. Et cette alliance, aujourd'hui, lui semblait aussi protéger Aubin.

Elle marcha à sa rencontre, puis, comme elle ne le voyait pas venir, elle s'arrêta dans les prairies d'où se levaient des vagues au parfum poivré, les mêmes qui jaillissaient sous ses pieds, la nuit, après les baignades, dans les foins coupés. Allons ! Aujourd'hui le monde parlait le même langage qu'elle. Aujourd'hui, rien de grave ne pouvait arriver. Aussi, quand Aubin surgit, souriant, vers cinq heures de l'après-midi, et qu'il lui annonça la bonne nouvelle, elle n'en fut pas vraiment surprise. Mais heureuse, oui. A tel point qu'elle courut derrière lui jusqu'à la maison, puis sur le port, où les hommes chargeaient le merrain.

Benjamin les aperçut, descendit, prit Aubin par les épaules et dit :

— Alors toi aussi, fils, un bon numéro !

— Oui, père, dit Aubin, nous allons pouvoir en faire des voyages ensemble !

A ces mots, un silence de plomb tomba brusquement. Les hommes d'équipage avaient levé la tête et les observaient en silence. En une seconde, toute leur joie venait d'être effacée par les paroles prononcées par Aubin. « Quels voyages ? Y en aurait-il encore longtemps, des voyages ? » songea amèrement Marie. Elle laissa là les deux hommes et leur tourna le dos, afin qu'ils n'aperçoivent pas les larmes qui montaient dans ses yeux. Ce jour qui aurait pu être si beau était gâché, comme les autres, depuis des mois et des mois, sans qu'apparût la moindre lueur d'espoir à l'horizon.

Les eaux étant enfin marchandes, on entreprit la première descente de la saison par un temps gris et tiède, mais sans pluie. Aubin avait pris la place de Vivien sur la seconde, près de Marie, tandis qu'Émilien avait embarqué pour la première fois sur l'*Élina,* avec son père. Benjamin l'avait exigé et Marie n'avait pas trouvé la force de s'y opposer. De même n'avait-il pas cédé d'un pouce sur la présence des hommes d'équipage. Aucun n'avait été débarqué. « Mais pour combien de temps ? » se demandait Marie. Depuis que Benjamin les payait avec le maigre bénéfice réalisé sur la vente de bois, il devait de l'argent aux bouviers et il ne restait plus rien pour la maison. Ils vivaient de la pêche, du jardin, des quelques sous de la vente du gabarot, mais bientôt viendrait l'hiver et Marie ne savait ce que ferait Benjamin qui avait dit, la veille du départ :

— On verra à Noël. En attendant, on embarque.

Marie se demandait s'il n'y avait pas de sa part une sorte de folie, de besoin de destruction, mais elle n'osait pas s'opposer à ses décisions, pas plus, d'ailleurs, qu'Élina ou Vincent.

La descente avait été agréable, surtout en aval de Limeuil, car le ciel s'était dégagé dès le premier après-midi. Depuis Lalinde, en passant par Saint-Capraise, Mouleydier et Bergerac, les bateaux étaient descendus sans le secours des rames, le courant étant suffisant, et les équipages avaient pu profiter du flamboiement que l'automne allumait chaque année sur les rives. Et de même, le lendemain, au milieu des empiècements aux couleurs si différentes des champs et des prés, dans le parfum des moûts et le velours d'un vent au goût de treille, jusqu'à Castillon-la-Bataille où l'on avait dû hisser la voile et se montrer vigilant en raison du trafic. Plus bas, le ciel, de nouveau, s'était voilé, et de grandes ailes de nuages s'étaient déployées au-dessus du fleuve, escortant les bateaux avec, par moments, de grands froissements qui faisaient soudainement s'envoler les oiseaux comme des nuées de guêpes sur les rives.

A Bordeaux, contrairement à ce qu'avait craint Marie, les prix étaient demeurés les mêmes qu'avant l'été. L'écroulement qu'elle redoutait ne s'était pas produit. Du moins pas encore. Les deux bateaux repartirent donc à la remonte sans s'attarder, et tout se passa bien jusqu'à Castillon-la-Bataille où l'on parvint sans difficulté grâce à la marée et au vent portant.

Le lendemain en fin de matinée, les gabares de Donadieu arrivèrent au relais de tire situé entre Pessac et Saint-Seurin-de-Prats. Benjamin descendit pour donner la cordelle au maître bouvier, un gros homme noir et rude, dont la réputation n'était pas bonne tant il avait eu de démêlés avec les bateliers. Il s'appelait Justin Cypière, menait ses bouviers aussi rudement que ses bêtes, parlait haut et fort, et se battait, souvent, dans les auberges. Il avait réussi à établir une sorte de monopole sur son parcours, tant les autres patrons bouviers en avaient eu assez de se heurter à lui.

Quand Benjamin, ce matin-là, lui tendit la cordelle de l'*Élina,* il la laissa retomber sans la prendre. Benjamin crut d'abord à une maladresse et, connaissant bien l'homme, se baissa pour la ramasser. Comme il la lui tendait une deuxième fois, le bouvier n'ouvrit pas davantage sa main, et Benjamin demeura face à lui, avec sa cordelle, se demandant ce que cela signifiait.

— Tu me dois dix tires, Donadieu, tonna le patron bouvier, et je ne te remonterai plus tant que tu ne m'auras pas payé.

Benjamin pâlit, serra les dents sous l'affront. Déjà, Marie, qui s'était aperçue de l'incident, s'approchait. Les hommes, qui étaient descendus des bateaux, demeuraient à distance mais ne perdaient rien de ce qui se passait.

— Je t'ai toujours payé, dit Benjamin. Je te payerai ce que je te dois à la prochaine descente. Tu as ma parole.

— Tu payes tout de suite ou tu restes là, dit le patron bouvier.

— Allons, fit Marie, vous savez bien que vous serez payé.

— Je veux l'être tout de suite ! répéta le bouvier, buté. Tout le monde sait bien que vous travaillez à perte et que bientôt vous vendrez tout pour aller courir les chemins.

Benjamin fit un pas en avant et Marie crut qu'il allait le frapper. Elle appela Aubin qui l'aida à séparer les deux hommes, car Benjamin avait déjà empoigné le bouvier. D'autres bateaux étant arrivés au relais, un attroupement s'était formé à proximité. Marie devinait que Benjamin avait honte, une honte mortelle, affreuse, d'être accusé ainsi devant ses hommes et devant les bateliers qu'il connaissait. Elle fut certaine que s'il avait été seul avec le patron bouvier, il l'aurait tué.

— C'est ton dernier mot ? fit-il, ramassé sur ses jambes, prêt encore à frapper.

— Non c'est pas le dernier ! répondit l'homme. Dégage la place si tu ne peux pas payer ; il y en a d'autres qui attendent !

Il fallut se mettre à quatre pour retenir Benjamin et l'entraîner vers l'*Élina*.

— Fais reculer les bateaux, dit Marie à Aubin, tandis qu'elle prenait le bras de Benjamin et l'emmenait vers l'aval en essayant de le calmer.

Les bateliers s'étaient dispersés. Benjamin tremblait d'une rage qui l'avait comme vidé de son sang. Jamais il n'avait subi un tel affront. Marie pas davantage, même lorsqu'elle était seule à naviguer, même lorsqu'elle avait dû négocier les marchés avec des hommes plus retors que ce patron bouvier.

— Je le tuerai, disait Benjamin entre ses dents serrées, je te jure que je le tuerai !

— Arrête ! disait Marie. Arrête ! ça ne sert à rien. Il faut trouver de l'argent, c'est tout.

Il la regarda, décida brusquement :

— Reste ici. Moi je vais retourner à Castillon et je reviendrai le plus vite possible.

Elle hésita, puis, songeant qu'il fallait mieux l'éloigner du bouvier, accepta. Benjamin disparut sur le chemin de rive et, là-bas, à quelques centaines de mètres, rejoignit la route dans l'espoir de trouver une voiture. Blessée jusqu'à l'âme elle aussi, Marie revint lentement vers les bateaux, puisant tout au fond d'elle-même la force de sourire.

Le convoi ne repartit qu'en fin d'après-midi, dut s'arrêter à Saint-Aulaye-de-Breuilh à cause de la nuit, et non à Bergerac comme les Donadieu en avaient l'habitude. Au retour de Benjamin, c'est Marie qui avait pris l'argent et était allée payer le bouvier. Elle avait fait en sorte que Benjamin restât sur le bateau jusqu'à ce que la tire se termine.

Elle avait attendu d'être seule avec Benjamin à l'auberge de Saint-Aulaye pour lui demander où il avait trouvé l'argent.

— Chez un notaire de Castillon. J'ai donné la seconde en gage.

A cette nouvelle, elle avait chancelé mais n'avait rien dit. A partir de ce moment-là, pourtant, la peur s'était glissée en elle, une peur tenace, mordante, qui ne l'avait pas quittée pendant toute la remonte et l'avait incitée à surveiller Benjamin qu'elle savait mortifié. Il n'avait pas desserré les dents, était demeuré fermé, hostile, et, elle le savait, elle le devinait, désormais capable des pires folies, comme au Buisson, lors d'un récent printemps.

A Limeuil, à l'auberge, les bateliers qui dînaient près d'eux avaient parlé de sabotages exécutés sur la voie ferrée. Les gendarmes avaient trouvé des troncs d'arbre, des pierres, et ils avaient ouvert une enquête. Marie, à ce moment-là, avait croisé le regard de Benjamin, et la peur, de nouveau, était entrée en elle. Puis la remonte avait repris, et il ne s'était heureusement pas trouvé un seul bouvier pour refuser de tirer les bateaux. Avant d'arriver à Souillac, elle avait essayé d'engager la conversation avec Benjamin pour savoir quels étaient ses projets, mais il était resté muré dans son silence, avec, au fond des yeux, cette lueur folle et désespérée qu'elle redoutait tellement.

Elle savait qu'avec leur arrivée à Souillac, le plus difficile, pour elle, commencerait. Car autant il lui était facile de le surveiller sur les bateaux, autant une fois à terre il pouvait aller et venir librement et se lancer dans elle ne savait quelle folie.

Au moment de se lever, le lendemain de leur arrivée, elle se rendit compte qu'elle ne sentait plus sa présence à ses côtés. Elle descendit, trouva Élina qui lui dit avoir entendu Benjamin dans la cuisine avant le lever du jour. Une terrible angoisse en elle, Marie courut jusqu'au port et découvrit que la seconde n'était plus là. Elle revint toujours en courant vers la maison, interrogea Vincent, Aubin, Émilien, mais aucun ne savait où était parti Benjamin.

Elle voulut se lancer tout de suite à sa poursuite avec l'*Élina,* et Vincent eut toutes les peines du monde à l'en dissuader.

— Attends un peu ! lui dit-il. De quoi as-tu peur ?

Comment avouer devant ses propres enfants qu'elle redoutait un geste fou sur une voie ferrée, ou ailleurs : chez le bouvier, dans un port, chez le notaire ?

— Allons ! dit Élina, fais-lui confiance. Il ne doit pas être loin.

— Après avoir pris la seconde ?

— Et alors ? On est sûr au moins qu'il est sur la Dordogne.

Cette idée rassura un peu Marie, mais pour très peu de temps. Si Benjamin s'arrêtait dans un port, il pouvait très bien abandonner son bateau un jour ou deux, puis venir le reprendre après avoir mené à bien Dieu sait quelle vengeance. Non, elle devait partir à sa poursuite, et tout de suite.

— Demain ! dit Aubin avec une fermeté qui la surprit. Attendons au moins demain, et nous partirons ensemble.

Elle finit par accepter, ne voulant pas montrer à ses enfants l'étendue de son inquiétude.

Un peu plus tard, en fin de matinée, comme elle se rendait sur le port pour voir si le bateau n'était pas revenu, elle y trouva Vidal et deux autres matelots qui s'étonnèrent auprès d'elle de l'absence de la seconde.

— Le patron est parti, dit-elle, et on ne sait pas où.

Ils montèrent sur l'*Élina,* s'assirent, préoccupés.

— Vous savez, dit Vidal après être resté un long moment silencieux, nous ne sommes pas fous ; nous savons ce qui se passe.

— Ah ! dit Marie, vaguement soulagée, mais cependant persuadée qu'ils ne connaissaient pas l'ampleur du désastre.

— Pourquoi ne pas nous en avoir parlé plus tôt ? reprit Vidal.

Marie sourit, répondit :

— Il ne veut pas se séparer de vous.

Les trois hommes baissèrent la tête, touchés par cet aveu qui n'était jusqu'à ce jour qu'un soupçon.

— Alors c'est nous qui allons partir, dit Vidal, ce sera mieux pour tout le monde. Sinon, ça finira mal.

Marie comprit qu'il nourrissait des craintes au sujet de Benjamin et sa peur se réveilla.

— Il ne vous a rien dit ? demanda-t-elle sans parvenir à dissimuler son angoisse. N'avez-vous rien surpris pendant la dernière remonte ?

— Non, dit Vidal, mais vous, que savez-vous au juste ?

Elle hésita, finit par avouer, tellement elle se sentait seule et désespérée :

— J'ai très peur qu'il s'en prenne aux voies ferrées.

Les trois hommes se consultèrent du regard, et, comme ils tardaient à répondre, Marie sentit que ce qu'elle redoutait ne leur paraissait pas improbable. Elle en fut encore plus inquiète et ne put cacher les larmes qui brillaient dans ses yeux.

— Ne vous en faites pas, dit Vidal, on va partir à sa recherche, et quand on l'aura trouvé on lui dira qu'on veut s'en aller.

— Il ne le supportera pas, dit Marie.

Et elle ajouta, essayant de se reprendre :

— Vous le connaissez aussi bien que moi.

— Vous savez, dit Vidal, ça fait plus de six mois qu'on a compris ce qui se passe et qu'on cherche autre chose.

— De toute façon, ajouta Jacques Mourgues, on savait que ce serait la dernière saison. Alors, un peu plus tôt ou un peu plus tard...

Marie le dévisagea, songea qu'il avait été mousse avec elle et qu'il était un peu son fils.

— Où iras-tu, toi ? demanda-t-elle.

— Je reviendrai à la terre. Ne vous inquiétez pas, avec deux bras, on se débrouille toujours.

— Et vous, Vidal ?

— Moi, je descendrai à Libourne ou à Bordeaux et je m'embarquerai.

— Vous croyez ? dit-elle.

Et elle ajouta, précisant sa pensée :

— Vous croyez que vous pourrez recommencer une vie ailleurs ?

— Il le faudra bien, dit Vidal.

Devant leur courage, leur détermination, elle s'en voulut de sa faiblesse.

— Il le faudra bien, oui, murmura-t-elle.

— Bon ! dit Vidal en se levant, on va prendre les barques de pêche. Avec l'*Élina,* il faudrait payer la remonte et c'est pas le moment.

— Merci, répéta Marie en esquissant un sourire.

— Ne vous en faites pas, allez, on va le retrouver et on lui dira qu'il n'est pas responsable.

— Merci, répéta Marie en esquissant un sourire.

Elle eut alors l'impression d'avoir trouvé des alliés sur qui elle pouvait vraiment compter.

Le lendemain, comme convenu, elle partit avec Aubin sur la barque qu'elle utilisait d'ordinaire pour la pêche avec Benjamin. Elle n'avait pas dormi de la nuit, mais depuis sa conversation avec les hommes d'équipage, elle se sentait plus forte. La présence d'Aubin, au demeurant, l'incitait à faire preuve d'optimisme. Ce n'était pas le moment de flancher. Benjamin et ses enfants avaient besoin d'elle. Il fallait faire face comme elle avait toujours su le faire dans les moments difficiles.

Ils avaient mis leur manteau de pluie car le ciel était menaçant. Aubin était à l'avant et Marie, assise à l'arrière, se servait de sa rame comme gouvernail. L'eau était suffisamment forte pour porter la barque même à travers les calmes sur lesquels, d'ordinaire, il fallait ramer. Si près de l'eau, Marie retrouvait les mêmes sensations que lors de la descente nocturne vers Le Buisson, et elle ne se sentit soulagée qu'après avoir dépassé le pont qui, aujourd'hui, était en cours d'achèvement. Elle repoussa l'idée que Benjamin pût recommencer ce qu'il avait déjà fait, s'efforça de porter son attention sur le chemin de rive au bord duquel, de temps en temps, ils s'arrêtaient pour interroger les bouviers. Mais, s'ils avaient vu passer les matelots de Donadieu, lui, ils ne l'avaient pas vu.

Comme ils descendaient plus vite qu'avec les gabares, ils dépassèrent Limeuil et Mauzac durant la première journée et firent halte à Lalinde. Le lendemain, ils reprirent la descente dès le lever du jour et ne trouvèrent nulle trace jusqu'à Saint-Martin, bien après Bergerac, où, enfin, des bateliers leur signalèrent avoir vu Donadieu et ses matelots à Sainte-Foy.

Bien que ce fût la fin de l'après-midi, Marie décida de repartir. A l'idée de savoir Benjamin si proche, en effet, le besoin de savoir était plus fort que les risques de la navigation nocturne. Mais elle n'eut pas besoin d'aller jusqu'à Sainte-Foy. A Gardonne, ils aperçurent Jacques Mourgues sur la rive où ils accostèrent aussitôt.

— Il est là-bas, avec Vidal, fit Jacques dès que Marie et Aubin eurent mis pied à terre. Ne vous inquiétez pas, ajouta-t-il aussitôt, il ne s'est rien passé de grave.

Comme ils se dirigeaient vers l'auberge, ils croisèrent Vidal qui dit à Marie :

— Je lui ai parlé. Allez le voir, je vous laisse avec lui. Nous autres, on va coucher dans la grange et on repartira demain.

Marie aperçut Benjamin, assis, là-bas, sur une barque au radoub.

— Laisse-nous, s'il te plaît, dit-elle à Aubin. Attends-nous à l'auberge.

Elle s'approcha, surprit Benjamin car il s'était accoudé sur ses genoux et regardait le sable devant lui.

— Alors, toi aussi ? dit-il. Je suis donc un enfant pour que l'on me surveille de la sorte ?

Elle ne répondit pas, s'assit près de lui.

— Pourquoi ne m'avoir rien dit? demanda-t-elle au bout d'un instant.

Il garda le silence, demeurant hostile, puis, avec une sorte de rage :

— Je fais ce que j'ai à faire. Je paye mes dettes.

— Si tu me l'avais dit, je me serais moins inquiétée.

Elle avait mis le plus de douceur possible dans sa voix pour ne pas le heurter.

— Je ne savais pas ce que j'allais faire en me levant. Ça m'a pris tout d'un coup. Je ne pouvais plus vivre comme ça.

Marie hocha la tête, demanda :

— Et alors? Qu'as-tu fait?

— Hier j'ai vendu la seconde à Castillon, et depuis je remonte en payant les bouviers.

Elle crut que son cœur s'arrêtait : il avait vendu la seconde! Il sembla à Marie que le monde s'était mis à tourner follement autour d'elle. Elle ne put s'empêcher de demander à mi-voix :

— Qu'allons-nous devenir?

— Tu as parlé avec Vidal, répondit-il, alors tu en sais autant que moi.

Des cris s'échappaient de l'auberge derrière eux, mais ils ne les entendaient pas, isolés qu'ils étaient dans cette nuit qui tombait sur eux et sur le monde. Il sembla à Marie que Benjamin pleurait, lui à qui elle n'avait jamais vu verser la moindre larme de sa vie. Elle évitait soigneusement de regarder dans sa direction, essayait de desserrer l'étau refermé sur sa poitrine en respirant l'air tiède à grandes bolées. Elle ne savait que dire, ni que faire, s'en voulait d'avoir songé qu'il était capable de saboter la voie ferrée alors qu'il ne pensait qu'à payer ses dettes, que c'était là son seul souci. Elle faillit lui prendre le bras, mais elle sentit qu'il ne le fallait pas. Plusieurs minutes passèrent, et elle n'osa ni bouger ni parler.

Il la surprit lorsqu'il se redressa brusquement et dit, d'une voix qui avait retrouvé toute sa force :

— Bon! Demain on a de la route à faire. On avisera quand on sera chez nous!

Elle le suivit jusqu'à l'auberge, réconfortée de le voir marcher avec une énergie si rapidement retrouvée, et avec l'impression qu'il était toujours le même : l'homme fort près de qui elle vivait depuis plus de trente ans.

4

Les hommes étaient donc partis, et Benjamin n'avait pas essayé de les retenir. Il se disait qu'il les avait gardés avec lui le plus longtemps possible et qu'il aurait continué jusqu'au bout s'ils n'avaient pas pris eux-mêmes l'initiative de s'en aller. Et de cela il ne doutait pas; personne, d'ailleurs, n'en doutait autour de lui : il avait suffisamment montré de détermination pour cela. Cette idée l'aidait beaucoup, de même que celle de n'avoir plus de dettes, désormais, et de pouvoir continuer à naviguer sur l'*Élina*.

Ils étaient quatre, sur le bateau, ce matin-là, au départ de Libourne : Marie, Aubin, Émilien et Benjamin. On était à la fin du mois d'avril et tout paraissait possible encore, à condition de se contenter de peu, de travailler ainsi en famille sans avoir à payer un équipage. Le prix que leur consentait Jean sur le bois permettait de l'écouler chez Barcos avec un bénéfice suffisant pour payer la remonte. Benjamin avait décidé de ne plus charger de sel, mais plutôt diverses denrées telles que du sucre, du café et du poisson séché qu'il écoulait lui-même dans les bourgs du Quercy ou de la Dordogne. Cette manière de procéder s'était révélée à peu près rentable lors des voyages précédents, mais il passait désormais beaucoup de temps sur les routes, et pendant ce temps-là le fleuve lui manquait.

Aussi était-ce avec un plaisir multiplié qu'il levait l'ancre, chaque fois, en compagnie de Marie et de ses fils, pour ces voyages que pour rien au monde il n'aurait abandonnés. Et ce matin plus qu'à l'ordinaire, peut-être, car c'était après Libourne, précisément, que la Dordogne était la plus belle, pour qui aimait ces grands espaces que dominait le tertre de Fronsac dont les épaules rondes luisaient dans la rosée. Là, Benjamin oubliait tout ce qui portait atteinte au plaisir de la navigation. Et Marie, près de lui, le sentait, qui avait aussi repris espoir et barrait avec le même plaisir qu'auparavant, lorsqu'il lui cédait le gouvernail. Aubin et Émilien, eux, se tenaient l'un sur bâbord pour surveiller le trafic, l'autre à la proue, guidant leur père avec une connaissance du fleuve qui, souvent, l'étonnait.

La gabare passa le méandre de Fronsac, puis celui de Vayres, et bientôt apparurent sur bâbord les talus délimités par les « esteys ». La matinée coula dans le silence et la lumière, puis l'*Élina* dépassa les nombreux petits ports de la rive droite qui semblaient surveiller, sur les collines, les vignes et les châteaux. Bientôt, ce fut Bourg et ses odeurs violentes de goudron et de moût, puis l'équipage s'apprêta aux manœuvres du bec d'Ambès.

Il était midi lorsque l'*Élina* s'arrêta à l'abri de l'île Cazeau et que les Donadieu s'apprêtèrent à manger. Il faisait une journée de grand soleil et de grand vent. Les bateaux semblaient pris entre le ciel et l'eau comme dans une banquise. Benjamin se surprit à penser que tout ce qu'ils avaient vécu avait servi à les rapprocher davantage et que la vie serait belle s'ils pouvaient continuer à vivre ainsi, ensemble, sur le fleuve. Il lisait la même conviction dans le regard de Marie, et il était heureux, dans ce matin si lumineux, comme il ne l'avait pas été depuis longtemps.

Ils mangèrent en silence, savourant ces minutes qu'ils avaient crues perdues pour toujours ; étonnés, même, de se trouver là après tous les obstacles qui s'étaient dressés devant eux pour le leur interdire. Autour d'eux, les bateaux se balançaient au gré de vaguelettes qui venaient mourir sur l'île et le cliquetis des drisses contre les mâts rythmaient leur attente en leur donnant l'illusion, comme à chaque voyage, d'un proche appareillage pour le grand large. Ce n'était que la Garonne qui les attendait, mais l'immensité du fleuve les surprenait toujours, une fois venue la renverse, et ce voyage-là, tous les quatre ne l'auraient échangé contre aucun autre tellement il était devenu nécessaire à leur vie.

Celui-ci, d'ailleurs, fut encore plus éblouissant que les précédents, car le soleil d'avril semblait ne pas avoir définitivement brisé les glaces de l'hiver qui, sur les rives et sur les talus, réverbéraient la lumière comme lors d'un matin de gel. Bouche ouverte, Benjamin aspirait l'air froid qui sentait les embruns, manœuvrait l'*Élina* avec une sorte d'euphorie qui le réconciliait avec la vie. La gabare dépassa Saint-Louis-de-Montferrand, puis l'on aperçut Bassens sur bâbord, et beaucoup plus loin, la colline de Lormont sous laquelle se trouvaient les entrepôts de Barcos.

Une fois son bateau amarré, Benjamin sauta sur le quai de Lormont sans la mointre appréhension. Au contraire, il avait hâte de retrouver le marchand dont l'amitié ne s'était pas démentie pendant les mois si difficiles qu'ils avaient traversés. En cette fin d'après-midi, l'activité des quais, sur lesquels circulaient des wagonnets de plus en plus nombreux, donna même à Benjamin l'impression de s'être intégré dans ce monde qui, pourtant, avait tellement changé en peu de temps.

Il ne se rendit compte qu'il s'était passé quelque chose que lorsqu'il se trouva devant le portail clos de son ami Barcos. Marie venait de le rejoindre, et ils demeuraient là, tous deux, immobiles, pas vraiment inquiets, encore, mais surpris, plutôt, d'apercevoir l'entrepôt désert à travers la grille. Il leur fallut un long moment avant de comprendre que la porte ne s'ouvrirait pas. Ils retournèrent alors sur leurs pas, et Benjamin s'approcha d'un contremaître qui donnait des ordres à des hommes en train de charger un wagon.

— Pourquoi c'est fermé, chez Barcos ? demanda-t-il alors.

Le contremaître en blouse grise se tourna à peine vers lui pour répondre, comme si cela n'avait plus guère d'importance.

— C'est la banqueroute, mon pauvre monsieur, il paraît qu'ils l'ont mis en prison, Barcos.

Benjamin voulut encore poser d'autres questions, mais le contremaître s'éloigna sans plus lui accorder d'attention. Il se retourna vers Marie qui avait entendu et dont le visage était d'une extrême pâleur. Il crut qu'elle allait tomber, la prit par le bras, s'approcha d'un ouvrier qui semblait attendre l'arrivée d'un wagonnet.

— Pourquoi c'est fermé, chez Barcos ? demanda-t-il une nouvelle fois.

L'homme haussa les épaules et ne répondit pas. Celui-là ne savait rien, c'était évident. Benjamin voulut entraîner Marie vers un autre entrepôt, mais elle le retint en disant :

— Allons à l'auberge, là on saura vraiment.

Ils expliquèrent brièvement à Aubin et à Émilien ce qui se passait, traversèrent la Garonne sur une barque de louage et remontèrent jusqu'aux salinières en direction de l'auberge où se trouvait toujours leur ami républicain, dont ils s'étaient volontairement éloignés après le retour d'Algérie de Benjamin. Quand ils arrivèrent, la nuit tombait. L'aubergiste, qui avait beaucoup vieilli et se déplaçait difficilement, les reçut comme à son habitude avec beaucoup de chaleur, les fit asseoir et leur tint compagnie un moment. Pour Barcos, oui, il savait : la banqueroute le guettait depuis longtemps car il avait tardé à jouer le jeu du chemin de fer et ces messieurs avaient décidé de se passer de lui. Les compagnies privilégiaient les négociants qui avaient signé les premiers avec elles. Les autres devaient être éliminés. Pour survivre, Barcos avait eu recours à quelques manœuvres frauduleuses et il avait été dénoncé. Aujourd'hui, il se trouvait en prison et son entrepôt était sous séquestre. Il était peu probable qu'il ouvrît un jour de nouveau, ou alors ce serait sous l'autorité d'un nouveau propriétaire.

L'aubergiste parla aussi de la mort de Pierre, du mouvement républicain qui redressait la tête un peu partout dans le Sud-Ouest, mais Benjamin et Marie n'écoutaient plus. C'était comme si, soudain, leur bateau naufragé les précipitait dans une eau glacée. Ils remercièrent l'aubergiste, repartirent sans songer à manger, silencieux, insensibles au vent de la mer et à la majesté des grands voiliers dont les mâts scintillaient sous la lune.

Depuis quelque temps, ils avaient pris l'habitude de dormir sur le pont et non pas dans les auberges, pour faire des économies. Quand ils arrivèrent sur l'*Élina,* Aubin et Émilien dormaient déjà entre deux tas de merrain, à la proue. Ils se couchèrent sous une bâche, sur la plate-forme du gouvernail, s'enroulèrent dans une couverture, et, serrés l'un contre l'autre, sans un mot, ils s'abîmèrent dans ce gouffre ouvert sous leurs pieds, incapables de dormir, de s'avouer que le coup qui venait de leur être porté allait sûrement sonner le glas de leurs dernières espérances.

Le lendemain, il fallut essayer de vendre le bois. Benjamin s'y employa seul, malgré l'insistance de Marie qui voulait le suivre, craignant un geste de désespoir. Il suivit les quais jusqu'à La Bastide, trouva un acquéreur à 430 francs le millier. C'était le prix que leur consentait Jean. Et ils allaient devoir payer la remonte. Il vendit quand même, car il n'était pas question de ramener le merrain et la carassonne à Souillac. Ils manœuvrèrent au début de l'après-midi pour décharger leur bois, puis, comme c'était le début du jusant, ils partirent sans acheter les denrées qu'ils ne pouvaient plus payer désormais.

La remonte fut d'une grande tristesse malgré le soleil du printemps. Marie essaya de donner le change pour ne pas trop inquiéter Émilien et Aubin, mais Benjamin n'ouvrit pas la bouche, ou à peine, simplement pour annoncer les manœuvres. Une idée fixe l'obsédait : c'était peut-être leur dernier voyage. Ils allaient devoir cesser de naviguer, peut-être même devraient-ils quitter le port, leur maison, leur bateau. Chaque fois que ces pensées se formaient en lui, un vent de révolte se levait, et, lui qui n'avait jamais désespéré, qui s'était toujours battu, il sentait une immense lassitude le submerger comme ces vagues de l'océan qui roulent les noyés sur des dizaines de kilomètres avant d'abandonner leur corps. Il ne pouvait pas accepter une telle défaite. C'était au-dessus de ses forces. C'était comme si sa vie, celle de son père, celle de tous les bateliers de la Dordogne n'avaient jamais servi à rien ou pis encore : n'avaient jamais eu de sens.

Le lendemain de leur arrivée à Souillac, il se leva bien avant le jour et, en prenant soin de ne réveiller personne, il sortit, se dirigea vers le port, monta sur l'*Élina* et s'en alla. Le jour pointait à peine au-dessus des collines, soulignant leur arrondi de galets qui rosissait imperceptiblement. De grands trains de nuages se succédaient sous la lune d'une brillance glacée. Il faisait froid, et Benjamin, qui n'avait même pas pris la peine de se vêtir convenablement, frissonnait en manœuvrant le gouvernail au passage du Raysse. Il ne savait pas encore où il allait, mais il partait. Il le fallait. Parce qu'il ne pouvait pas supporter l'idée de voir sa vie se briser et que c'était le seul moyen de mettre de la distance entre elle et lui. Définitivement. Il n'en pouvait plus. Il fuyait sur cette eau qui le trahissait mais dont il ne pouvait pas se passer, pourtant, et qui était aussi nécessaire à sa vie que l'air qu'il respirait.

Il navigua toute la matinée sans s'arrêter, et puis ce fut Limeuil, le cingle de Trémolat, Mauzac. Il dormit sur un peyrat un peu avant Lalinde, mangea le pain et le lard qu'il avait emportés, repartit, ne répondant ni aux bouviers qui reconnaissaient l'*Élina* ni aux matelots des ports, poussé par une fièvre qui le rendait imperméable à tout ce qui était étranger à cette nécessité de fuir, de se soûler d'espace, d'air et de lumière, pour oublier.

Le troisième jour, au matin, il s'éveilla au pied du tertre de Fronsac. La veille au soir, il avait renouvelé ses provisions à Libourne dans un quartier où on ne le connaissait pas. Il repartit dès l'aube sous un ciel lessivé par l'averse de la nuit. Il dépassa les petits ports de la rive droite, longea Saint-André-de-Cubzac et Bourg, puis il arriva au bec d'Ambès un peu avant midi. C'est là qu'il comprit où il allait et pourquoi il y allait.

Au lieu de traverser la Garonne pour remonter vers Bordeaux, il continua tout droit dans la Gironde, croisant l'île Margaux et l'île Verte qui émergeaient des bancs de vase où s'ébattaient des tadornes et des aigrettes. Ce domaine-là ne lui était pas tout à fait inconnu : il l'avait découvert lors de son emprisonnement à Blaye et de son départ pour l'Algérie. Mais, cette fois, il était seul sur son bateau, parmi les yoles, les cargos, les grands voiliers en partance pour l'autre monde, sur cette mer bordelaise dont le clapot semblait l'entraîner inexorablement vers l'océan. Oui, maintenant, il savait. Le jour était venu d'aller se perdre là où personne, jamais, ne l'empêcherait de naviguer.

En avait-il rêvé de ce voyage! Il était ivre d'air marin, de cette lumière laiteuse et froide si propre à l'estuaire, où se fondaient le ciel et l'eau qui l'attiraient, qui l'appelaient. Devant lui, l'espace était ouvert, où il allait s'engloutir. Il dépassa l'île Paté, l'île Bouchot, et la grande île de Patiras au-delà de laquelle la Gironde était large de plus de cinq kilomètres. Sur bâbord, les collines du Blayais paraissaient des îles dans le ciel. Il continua de descendre tant que le jusant le porta. Il s'arrêta avant la marée basse dans un petit port de pêche cerné par des cabanes de pêcheurs montées sur pilotis, mangea du pain et du fromage, se coucha, s'endormit.

Il s'éveilla avant le jour, sentit que la renverse lui avait rendu le jusant, mais il dut attendre que le soleil se lève pour repartir, car il ne connaissait pas suffisamment l'estuaire pour naviguer dans l'obscurité et il lui était indispensable de repérer la ligne suivie par les bateaux entre les bancs de sable pour ne pas s'échouer. Il ne pensait plus à Souillac, à Marie, à ses enfants. Le ciel et l'eau l'avaient lavé. Il était neuf. Il était prêt pour le grand voyage.

Dès le milieu de la matinée, les collines de la Saintonge semblèrent s'éloigner sur tribord, séparées qu'elles étaient du grand fleuve par des palus que recouvraient et découvraient des marées de plus de six mètres. Les deux côtes s'écartaient davantage à mesure qu'il avançait dans le sillage des grands voiliers, naviguant et barrant debout, les cheveux battus par le vent, les lèvres lourdes de sel, les yeux aveuglés par l'eau autant que par le soleil. A partir de midi, il aperçut les coteaux de Charente qui s'abîmaient dans la mer en petites falaises blanches, tandis que sur sa gauche, la ligne étroite du Médoc s'enfonçait dans la mer, ne laissant plus apparaître qu'un mince ruban vert. Il eut l'impression qu'il dormait debout, et c'était vrai. A plusieurs reprises, surpris par la corne d'un cargo, il sursauta, s'ébroua, inspirant à pleins poumons l'air marin qui sentait la vase et le pin.

Plus loin, il aperçut Talmont sur tribord et, plus loin encore, Meschers d'où provenait le sel qu'il achetait à Bordeaux, il y avait une éternité. La lumière déclinait un peu. Elle devenait plus chaude, moins violente. Il n'avait plus qu'une idée en tête : sortir de l'estuaire avant la fin du jusant, entrer dans la mer avec la nuit. Bientôt, le bec d'aigle de la pointe du Médoc s'estompa, il aperçut le fort du Verdon et barra droit vers le phare de Cordouan. Ça y était ! Il était passé ! Il était dans la mer, chez lui. La nuit tombait, mais il flottait dans un état d'euphorie dans lequel il ne subsistait rien de son passé, de sa vie d'avant. Il resta debout jusqu'à ce que les rougeurs de l'horizon soient englouties par l'océan, puis, lorsqu'il se retrouva seul dans la nuit noire, il attacha la barre pour maintenir le cap droit devant lui, se coucha face aux étoiles et finit par sombrer dans le sommeil.

Une forte houle l'éveilla au milieu de la nuit. Il se redressa, chercha à deviner la hauteur des vagues dans l'obscurité, mais la brume et le vent s'étaient levés, et il tenait difficilement debout sur la plate-forme, privé qu'il était de repères et secoué par le roulis des vagues à l'approche de la tempête.

Il hissa la voile, revint vers son gouvernail et se mit à tirer des bords vers l'ouest dans le désir inconscient de ne pas être rejeté vers les côtes. Son obsession demeurait la même depuis quatre jours : aller se perdre dans l'océan et rejoindre définitivement ce qu'il aimait par-dessus tout : l'eau. L'eau des grands fonds de Souillac, l'eau de son enfance, l'eau qu'il avait toujours connue, depuis son plus jeune âge. L'eau qui porte les bateaux, qui chuchote le long des rives, l'eau qui vibre et qui vit, qui se fond dans le ciel au bout de l'horizon, l'eau dont la caresse ressemble à celle des bras de Marie. Mais il ne pense plus à Marie. Marie est loin, dans un autre monde. Il ne la voit plus. Il ne l'entend plus...

Quand le jour se leva, les creux de l'océan lui parurent gigantesques dans la tempête qui battait son plein. Le vent charriait maintenant d'énormes paquets de pluie qui s'écrasaient contre son visage, l'aveuglaient, l'assommaient. L'*Élina* piquait du nez dans l'océan ouvert et semblait ne pas pouvoir remonter. Les déferlantes la frappaient et la faisaient rouler d'un bord sur l'autre chaque fois qu'elle prenait le vent de travers. Benjamin, par un réflexe de marin habitué au grain, affala la voile, mit le bateau à la cape, le laissa dériver, s'allongea à l'abri du bordage sur bâbord.

A midi, loin de se calmer, la tempête parut redoubler de violence. Benjamin se redressa, hissa la voile, mais, aussitôt, l'*Élina* enfourna dangereusement des paquets de mer par la proue. Il l'affala de nouveau, s'abrita, demeura ainsi immobile tout l'après-midi, dans une passivité qui, il le savait, pouvait être mortelle si la tempête le précipitait sur les rochers de la côte. La nuit arriva, lourde de menaces, battue par le vent fou, les trombes d'eau et les vagues qui, maintenant, submergeaient l'*Élina* comme pour la précipiter dans les profondeurs. Benjamin, trempé, frigorifié, ne bougeait plus. Tout au long de la nuit, il consentit à ce qui allait inévitablement se produire. Il était au bout du renoncement, à l'extrémité d'un long tunnel qui ne débouchait sur aucune lumière, et il ne bougeait plus, ne respirait qu'à peine, tremblait de froid et de lassitude, acceptait d'aller au bout du projet qui s'était formé en lui à son insu, aux frontières extrêmes du désespoir : revenir à la mer et s'y fondre à jamais.

Ce fut pourtant là, dans cette nuit épaisse et brumeuse de fin du monde, que la vertu de son sang ralluma un foyer dans ses veines, d'abord minuscule, puis grandissant, au fur et à mesure que les minutes passaient, tandis que l'image de son père Victorien se dressait devant lui. Victorien, ce roc, cette force, qui était venu à sa rencontre à l'hôpital de Bordeaux, et qui lui avait dit :

— Pour que tu puisses vivre debout, petit, je te donnerais volontiers mes jambes et mes bras.

Victorien ! Ce père immense qui lui avait tout appris, et d'abord le courage. Victorien qui vivait en lui, blotti dans son sang, et qui possédait cette force immense des hommes qui ont triomphé de tout : des blessures, du froid, du gel, des glaces, des écueils, et qui demeurent debout dans le vent de la vie lorsque soufflent les tempêtes, rochers indestructibles sur lesquels se brisent les lames de tous les océans. Victorien qui aurait donné sa vie pour que vive son fils, qui aurait été le chercher de l'autre côté de la terre s'il l'avait su en danger. Victorien qui n'avait jamais fléchi, qui n'avait jamais renoncé, même durant les dernières années de sa vie. Victorien qui le dévisageait de l'autre côté de la table avec ces yeux si clairs, si beaux, que Benjamin, enfant, avait envie de se précipiter vers lui, de se blottir dans ses bras et de n'en bouger plus jamais, plus jamais, plus jamais... Victorien, enfin, qui tenait toujours ses promesses et qui disait, passant sa main dans les cheveux de son de son fils endormi :

— Lève-toi, petit, c'est l'heure...

Benjamin se leva, mangea le pain et le lard qui lui restaient, hissa la voile et prit le gouvernail. Le jour allait naître, mais la tempête ne se calmait pas, ou à peine. A force de tirer des bords dans le vent du nord-ouest, Benjamin faillit faire chavirer l'*Élina* par la proue à cinq ou six reprises. Les paquets de mer venaient le heurter de plein fouet, mais, accroché maintenant de toutes ses forces au gouvernail, il leur faisait face, ne faiblissait pas. Il était redevenu lui-même. Il avait trouvé un adversaire à sa mesure, et il criait maintenant dans le vent, les yeux clos, la peau piquée par les aiguilles du sel :

— Victorien ! Victorien !

Puis, plus tard, dans la matinée, alors que la tempête s'acharnait toujours contre l'*Élina :*

— Marie ! Marie !

Il lutta, se battit pendant toute la journée et toute la nuit qui suivit, s'accordant de temps en temps quelques minutes de repos, mettant le bateau à la cape quand ses bras étaient pris par les crampes ou qu'il ne pouvait plus ouvrir les yeux.

Le lendemain matin, la tempête s'en alla avec les dernières ombres de la nuit. La mer s'apaisa en moins d'une heure, devint presque blanche de toute l'écume accumulée, et le soleil monta dans le ciel d'un bleu délavé. Dès huit heures, la mer étincela. Benjamin, épuisé, s'effondra, vaguement conscient d'avoir gagné le combat le plus dur de sa vie.

Il avait retrouvé sans peine l'entrée de l'estuaire en suivant les trois-mâts qu'il apercevait de loin, dépassé de nouveau le fort du Verdon, Meschers, Blaye, les grandes îles, puis il s'était engagé dans la Dordogne et s'était lancé dans la remonte. Cela faisait presque deux semaines qu'il était parti quand il arriva en vue du port où Marie attendait. Elle l'avait cherché pendant dix jours en compagnie d'Aubin, était allée jusqu'à Bordeaux où personne ne l'avait vu. Depuis, Émilien, Vincent et Aubin cherchaient toujours Benjamin, mais Marie, elle, n'en avait plus la force. Elle attendait, dévastée par l'angoisse, mais certaine, au fond d'elle-même, qu'il n'était pas mort. Elle avait imaginé le pire mais n'avait pu l'accepter. Elle avait passé avec Dieu les marchés les plus fous, comme celui de partir de Souillac pourvu qu'elle retrouve son mari, elle avait pleuré, elle avait prié, elle avait écouté Élina qui lui disait de ne pas perdre espoir, et finalement elle s'était battue elle aussi pour ne pas sombrer.

Elle avait aperçu l'*Élina* dès qu'elle avait franchi le pas de Raysse, tirée par la dernière équipe de bouviers qui survivaient sur ces rives de plus en plus désertées. Elle avait couru jusqu'au bout du quai, attendu que le bateau accoste, et maintenant elle se trouvait face à lui qui la regardait, amaigri, le visage dévoré par la barbe, mais ne trouvait pas les mots pour exprimer tout ce qu'il aurait dû dire.

— Viens ! dit-elle simplement.

Il la suivit en chancelant sur ses jambes déshabituées de la terre ferme, et sans remarquer les gens du port qui se retournaient sur lui comme sur un fantôme. Une fois dans la maison, il demanda à manger. Marie s'assit en face de lui, le regarda dévorer le ragoût que lui avait servi sa mère, retenant les questions qu'elle se posait. Lui, il levait de temps en temps la tête, laissait ses yeux errer sur elle, souriait.

— Je voudrais dormir, dit-il quand il eut terminé. Ne t'inquiète pas. Après, je te dirai.

Il était cinq heures de l'après-midi. Elle l'accompagna jusqu'à la chambre, redescendit. Il dormit jusqu'au lendemain à midi. Aubin et Émilien étaient rentrés dans la matinée. Ils mangèrent ensemble, mais nul n'osa lui poser de questions.

— Suis-moi ! dit-il à Marie quand ce fut terminé.

Il l'entraîna sur le chemin qui longe la Dordogne en direction de la plage de galets. Les pluies des derniers jours avaient fait éclore la verdure sur les rives. Sur leur gauche, les prairies luisaient encore, comme si le soleil n'avait pas réussi à boire la rosée de la nuit. A droite, la Dordogne glissait en longues coulées où les eaux de pluie et celles de la fonte des neiges se mêlaient dans un miroitement de couleurs où le vert sombre dominait.

Ils se dirigèrent naturellement vers la plage de galets, s'assirent sur le tronc d'arbre couché qui les avait si souvent réunis dans les circonstances les plus graves de leur vie. Ils regardèrent un moment l'eau cascader sur les maigres de l'autre côté des galets, puis Benjamin murmura :

— On va partir, puisqu'il le faut.

Elle s'attendait à ces mots, mais elle n'avait pas pensé qu'ils lui feraient aussi mal. Et ce qu'elle avait espéré, surtout, c'était qu'il lui raconterait ce qu'il avait fait pendant ces quinze jours. Mais elle comprenait à présent qu'il ne lui dirait rien, que c'était du passé, qu'il avait décidé de parler d'avenir.

— On va recommencer ailleurs, dit-il.

Et, comme elle ne répondait pas :

— Regarde-moi !

Elle se tourna vers lui, vit briller dans ses yeux la lumière dorée qu'elle aimait tant.

— Ne sommes-nous pas jeunes ? dit-il encore.

Elle hocha la tête, réussit à sourire.

— Je vais aller voir Jean, poursuivit-il. On va tout vendre et on s'installera là-haut.

Il ajouta, comme pour lui-même :

— Pas de chemin de fer, là-haut, et pas de Napoléon. Le bois, la forêt, et toujours la Dordogne. On continuera à naviguer. Tu viendras avec moi... Il faut savoir recommencer sa vie, sinon on vieillit vite.

Il reprit, feignant la gaieté :

— C'est moi qui suis le plus jeune ou c'est toi ?

Ils avaient le même âge : quarante-quatre ans. Elle s'efforçait désespérément de partager son enthousiasme, même si elle le sentait feint. Mais à l'idée de quitter ces prairies, cette vallée, sa maison, quelque chose remuait dans son cœur et elle ne trouvait pas la force de lui dire qu'il avait raison.

— Chaque fois qu'on passera ici, on s'arrêtera, ajouta-t-il.

Il se rendit compte qu'il n'aurait jamais dû dire ça, reprit :

— Rappelle-toi, là-haut, comme Jean est heureux. On partira à la fin de l'été.

Il sentit qu'il avait saisi là une branche plus solide, demanda :

— C'est bien ce que tu veux ? Continuer de naviguer ?

Elle fit « oui » de la tête mais sentit ses yeux s'embuer et se détourna.

— Il faudra toujours des bateaux là-haut, reprit-il. Il n'y a pas de risque : pas de bouviers à payer puisqu'ils remontent à pied. Il n'y a que du bénéfice à aller sur l'eau. J'aurais dû y penser plus tôt.

Il se tut, comprenant que tout ce qu'il pourrait dire ne servait plus à rien. Il y eut un long silence que troubla seulement le cri d'une poule faisane dans les prairies.

— Partir, souffla Marie.

Puis, se redressant brusquement :

— Et les enfants ? Et mon père et Élina ?

— On les emmènera, bien sûr, dit Benjamin.

— Est-ce qu'ils s'habitueront là-haut ?

— Il le faudra bien.

Elle le trouva dur, inflexible comme il avait toujours été, sans se douter quel chemin douloureux l'avait conduit à cette décision. Elle lui en voulut, soudain, et faillit se révolter. Aussitôt, cependant, le souvenir de ce qui s'était passé chez Barcos lui revint à l'esprit et elle comprit qu'il avait raison, qu'il n'y avait pas d'autre solution. D'ailleurs n'y avait-elle pas pensé elle-même ?

Il lui prit le bras, ajouta :

— Le mieux est d'aller vite. Attendre ne servirait qu'à rendre ce départ plus difficile.

— Oui, dit-elle.

Et elle songea à leurs retrouvailles en ce lieu, à ce bonheur qui lui avait semblé devoir durer toujours, à leurs nuits dans l'herbe chaude des étés, leurs baignades dans les grands fonds, leurs journées de pêche au printemps, à la remontée des saumons, leurs promenades sur les rives, là-bas, de l'autre côté, où toute leur vie semblait être inscrite pour l'éternité. Partir ! Était-ce possible ? Perdre son enfance, le velours de la vie, ne plus jamais parcourir ces chemins où chaque minute, chaque instant demeurait scellé dans sa mémoire ! Non, elle allait mourir si elle partait.

— Attendons encore un an, dit-elle tout bas.

— Non, fit-il, glacé.

— Et si je restais, moi ?

Il la prit violemment par les épaules :

— Tu ne resteras pas !

— Et pourquoi ?

— Parce que si tu n'es pas près de moi, je n'aurai pas la force de recommencer.

Il ajouta, aussitôt, plantant son regard dans le sien :

— A nous deux, nous l'aurons.

— En es-tu bien certain ?

— J'en suis tout à fait sûr.

Elle se laissa aller contre lui, regarda la Dordogne pétiller dans la lumière de l'après-midi, soupira :

— Et elle ?

— On ne s'en éloignera pas, dit-il. D'ailleurs c'est là-haut qu'elle est la plus belle.

Un court silence s'installa, puis elle murmura :

— Je vais essayer, puisqu'il le faut.

Il la serra plus fort contre lui et dit :

— A la bonne heure !

Elle se souvint que c'était là une expression chère à Victorien. Alors il lui sembla que plus Benjamin vieillissait et plus il ressemblait à son père. Et elle se sentit plus forte, tout à coup, comme si les deux hommes l'avaient prise par le bras pour l'aider à marcher.

5

Benjamin avait fait un voyage dans le haut-pays au mois de mai. Il avait signé chez le notaire un contrat d'association avec Jean pour la coupe et le commerce du bois, qui entrerait en vigueur à compter du mois de septembre. En le voyant revenir souriant, Marie s'était demandé s'il était vraiment sincère ou s'il se forçait à se montrer aussi enthousiaste. Elle-même ne parvenait pas à croire qu'ils allaient partir. Elle avait beau lutter contre cette part d'elle-même qui l'attachait à Souillac, son être profond se refusait à la déchirure qui l'attendait.

On était à la fin de juillet. Elle profitait des longues journées de soleil pour parcourir les prairies, se baigner deux fois par jour, et même la nuit, souvent, comme elle en avait l'habitude. Mais chaque fois son plaisir était altéré par la perspective d'un départ dont l'approche la laissait anéantie, parfois, lorsqu'elle se trouvait seule et que les bouffées d'un bonheur ancien la submergeaient. Allait-elle trouver le courage de quitter tout cela ? Elle en était de moins en moins sûre au fur et à mesure que les jours passaient et que la vallée devenait plus lumineuse, plus chaude, plus caressante à l'approche du soir.

Un matin, Aubin voulut l'accompagner de toute force à la pêche, et elle ne put s'y opposer. Ils partirent de bonne heure en direction des bras morts de Lanzac, pêchèrent pendant une heure et prirent des saumons, quelques perches et un brochet. Comme ils allaient revenir vers le port, Aubin, qui, à l'arrière, tenait les rames, accosta devant les immenses prairies qui s'étendaient jusqu'aux collines de Cieurac.

— Marchons un peu, dit-il, il fait si bon.

Marie sauta sur la terre ferme, noua la corde à un peuplier nain et, suivie par Aubin, s'engagea sur un sentier à l'herbe déjà grillée par l'été. Elle aimait cette heure du milieu de la matinée où la grande chaleur n'avait pas encore empoigné la terre, où des vagues fraîches roulaient sous les frondaisons, saturées des parfums de la nuit. Dans ces étendues par endroits piquetées de frênes et de peupliers, où crissaient les sauterelles et les grillons, Marie oubliait parfois ce qui l'attendait. La blondeur de ce monde était douce et savait l'apaiser. Cet ensauvagement des herbes folles et des feuilles la rendait à la vie primitive qu'elle affectionnait, la délivrait des tourments et des peurs.

Tout occupée à reconnaître les sensations qui avaient nourri son enfance, elle ne se rendit pas compte qu'Aubin lui parlait. Il fallut qu'il passe devant elle, et l'arrête de la main, répétant :

— Mère, je vais vous quitter.

Elle était trop loin pour comprendre en un instant la portée des mots prononcés par son fils. Elle le regarda fixement, fronçant les sourcils, un sourire figé sur les lèvres.

— Mon père est au courant, ajouta Aubin. Je pars après-midi.

Elle retint un cri, prit Aubin par le bras, le serrant de toutes ses forces.

— Mais qu'est-ce que tu dis ? fit-elle d'une voix qui tremblait déjà, car elle venait de comprendre, tout à coup, pourquoi son fils l'avait amenée là.

— Il faut que je parte, répéta-t-il. Vous aurez assez de charge, là-haut, avec Vincent, Élina et Émilien.

Il ajouta, comme elle serrait toujours son bras :

— Et puis je ne veux pas vivre là-haut. Je n'aime pas la forêt.

Elle le dévisageait douloureusement, incapable d'admettre

cette décision qui ajoutait encore à la blessure ouverte en elle par la proximité du départ.

— Non ! Aubin ! Ne fais pas ça, dit-elle enfin.

Et, les traits durs, maintenant, devant ce qui lui apparaissait comme une trahison :

— Tu ne peux pas me quitter. Pas toi. Pas maintenant !

Il se dégagea doucement, murmura :

— Il le faut, mère.

— Mais pourquoi ? Tu n'es pas une charge pour nous : tu nous aides, au contraire.

— Émilien me remplacera. Il est en âge.

Ils demeuraient face à face, et Marie ne pouvait détacher son regard des boucles brunes, des yeux si clairs qu'elle avait toujours cru lire en eux.

— Ne t'en va pas, Aubin, je t'en prie, pas maintenant, dit-elle encore.

Et, comme il écartait ses bras de son corps en signe d'impuissance, n'ayant pas imaginé qu'elle réagirait de la sorte :

— Tu ne sais même pas où aller.

— Si, fit-il : à Périgueux. Il y a du travail, là-bas.

Elle comprit qu'il avait pensé à tout, se vit perdue.

— Tu n'as jamais vécu dans une ville.

Et, aussitôt, pensant trouver une objection meilleure :

— Je croyais que tu aimais la Dordogne.

— Je ne l'aime plus.

Il était un bloc, maintenant, comme son père quand il avait pris une décision. Elle tenta un dernier assaut, mais elle savait déjà qu'il était inutile :

— Je t'en prie, Aubin, reste avec nous.

— Vous savez bien qu'il ne faut pas, mère. Un jour ou l'autre, ça finirait mal et je ne veux pas me fâcher avec lui.

C'était vrai que pendant les derniers mois la cohabitation était devenue très difficile entre Benjamin exaspéré par ses soucis et son fils qui devenait adulte. Depuis les événements du Buisson, pourtant, Marie avait longtemps cru qu'était née entre eux une nouvelle complicité, mais les difficultés de la vie les avaient de nouveau dressés l'un contre l'autre. Et Aubin avait tout fait, elle l'avait bien compris, pour ne pas aggraver une situation déjà bien compliquée. N'aurait-elle pas dû plutôt le remercier que d'insister encore, en disant :

— Attends encore un an. Peut-être que tout s'arrangera là-haut.

— Je l'espère pour vous, mère, mais moi je dois partir.

Elle était sûre, maintenant, qu'il ne fléchirait pas ; pas plus que Benjamin, d'ailleurs, dans sa décision de quitter Souillac.

— Que feras-tu ? demanda-t-elle. As-tu quelque chose au moins ?

— Je trouverai. Avec deux bras et du courage, on trouve toujours.

Elle était à bout d'arguments et pourtant elle ne se décidait pas à lui donner cette approbation qu'il était venu chercher auprès d'elle dans ce si beau matin d'été.

— Aubin ! dit-elle.

— Oui, mère.

— Tu nous aimes si peu ?

— Non, mère, je vous aime plus que tout. Et c'est pour ça que je m'en vais.

Elle se sentit lâche, soudain, d'avoir recours à de tels arguments, et peu digne de ce fils qui souffrait sans doute autant qu'elle.

— C'est donc ce que tu veux : partir !

— Oui, fit-il.

— Tu aurais pu m'en parler plus tôt, soupira-t-elle.

— Cela n'aurait-il servi qu'à vous inquiéter avant l'heure.

— Tu as raison.

Elle hocha la tête pensivement, reprit :

— Tu nous donneras des nouvelles, au moins ?

— Bien sûr, dit-il, et si je peux je viendrai vous voir.

— Mais pourquoi Périgueux ? demanda-t-elle encore, ne pouvant se résoudre à le perdre si vite.

— Il y a de l'embauche là-bas ; on me l'a dit.

Elle ne trouva plus rien à dire, revint d'elle-même lentement vers la rivière, incapable d'apercevoir le monde lumineux qui l'entourait, l'esprit tout entier occupé par Aubin. Au moment de monter sur la barque, elle se retourna brusquement, et le regarda comme si elle ne devait plus jamais le revoir. Il sourit.

— Allons, dit-il. Et si j'étais parti pour sept ans ?

Elle hocha la tête, consentit enfin à s'asseoir, tandis qu'il s'installait à l'arrière et, sans bruit, manœuvrait pour traverser la Dordogne en direction du port.

Ils avaient terminé leur repas, mais personne n'osait se lever. Personne, au reste, n'avait trouvé la force de parler depuis qu'ils s'étaient assis à table un peu après midi. Et surtout pas Marie qui ne cessait de lever les yeux sur son fils impassible. « Est-il donc si fort, se demandait-elle, ou est-il vraiment content de nous quitter ? » De temps en temps, elle observait aussi Benjamin et se demandait ce qu'il pensait vraiment de ce départ. Elle espérait encore, secrètement, qu'il allait s'y opposer, mais elle s'en voulait de sa faiblesse. N'était-il pas naturel qu'un enfant quittât le nid à dix-neuf ans ? Si, bien sûr, et d'ailleurs il aurait pu partir plus tôt s'il avait tiré un mauvais numéro. Allons ! Elle devait se montrer forte, ne rien ajouter aux difficultés du moment.

Quand il eut bu son café, Aubin se leva brusquement, prit le sac qui l'attendait au bas de l'escalier, revint vers Élina, l'embrassa, serra la main de Vincent, puis celle d'Émilien, s'approcha enfin de Benjamin.

— Je m'en vais, père, dit-il.

Benjamin se leva lentement, dévisagea son fils, murmura :

— Donne-nous de tes nouvelles.

Il prit la main tendue d'Aubin, l'attira, le garda un instant contre lui sans bouger, puis, le repoussant doucement, posa ses deux mains sur ses épaules.

— Si ça ne va pas, reviens vers nous, dit-il. On trouvera toujours à s'arranger.

— Merci, père, dit Aubin. Prenez soin de vous.

— Toi aussi.

Aubin se tourna vers Marie, l'embrassa, et, comme elle tardait à se détacher de lui :

— Allons, dit-il, je reviendrai souvent.

Elle trouva la force de sourire un instant. Et, comme il s'apprêtait à sortir, elle le suivit jusqu'à la porte.

— Non ! dit-il en se retournant.

Mais, dès qu'il s'éloigna, elle fit quelques pas sur le chemin pour ne pas le perdre du regard. Elle songea que cet homme qui s'en allait avait été son enfant et il lui sembla qu'elle le tenait encore dans ses bras quelques mois auparavant. Cette idée la bouleversa, comme chaque fois qu'elle mesurait la fuite irréversible du temps. Et plus le temps passait et plus il passait vite. Elle mobilisa ses forces pour repousser les larmes qu'elle sentait prêtes à jaillir et, au lieu de rentrer, elle s'en alla vers le port, jetant de temps en temps un regard vers le chemin sur lequel Aubin avait disparu.

Là, elle monta sur l'*Élina* et s'assit sur le bordage, face à la rivière qui, comme le temps, s'en allait, s'en allait. La vie était donc ainsi faite que l'on devait tout perdre ? La maison où l'on naissait, son enfance, ses propres enfants, ses parents, les jours et les nuits que l'on avait aimés, ce passé qui, parfois, revenait à la mémoire en tièdes vagues bleues ? Que deviendrait-elle si la vie la privait aussi des souvenirs que la vallée savait si bien entretenir, et suscitait, souvent ?

Elle entendit seulement Benjamin quand il s'assit près d'elle.

— J'ai essayé de le retenir, dit-il, mais il voulait vraiment partir.

Elle ne répondit pas, se demanda pourquoi il éprouvait ainsi le besoin de se justifier, ne songea même pas que c'était seulement parce qu'il la voyait souffrir.

— C'est sans doute mieux ainsi, dit-elle. Il fera sa vie comme il voudra.

Il se sentit soulagé de la trouver plus forte qu'il ne le pensait

Cela le décida à lui annoncer la nouvelle qu'il lui cachait depuis plusieurs jours déjà :

— J'ai vendu l'*Élina* un bon prix à Bergerac. Je l'emmenerai demain et je remonterai à pied. Tu viendras avec moi ?

Pourquoi le monde, aujourd'hui, lui paraissait-il se dissoudre autour d'elle ? Elle tendit les bras, fit mine de serrer l'air entre ses doigts.

— Qu'est-ce que tu fais ? demanda-t-il.

— Rien.

Et, comme si elle se souvenait brusquement de sa question :

— Non, je ne viendrai pas. Je préfère que tu y ailles seul.

Une barque, conduite par un pêcheur de Lanzac, remontait la Dordogne lentement, de l'autre côté, le long de la rive. « Remonter le temps, songea-t-elle, et l'arrêter pour toujours à dix ans. » C'était le souhait, aussi, d'Émeline. Marie s'aperçut qu'elle avait peu songé à elle, durant ces années, mais elle n'avait rien oublié de ce qu'elle lui avait dit, le dernier jour où elles s'étaient vues, dans les prairies : « Emporter avec soi un morceau d'enfance, où que l'on aille. » Oui, c'était bien cela qui lui faisait le plus mal : savoir qu'elle allait tout perdre, même le plus chaud, le plus précieux de sa vie. Mais quoi faire ? Cela faisait déjà plusieurs mois qu'elle se débattait pour échapper à cette blessure dont elle connaissait d'avance la gravité, et elle n'avait aujourd'hui plus assez de force pour repousser les mâchoires du piège qui se refermait sur elle. Oui, elle en était certaine : elle allait tout perdre.

— Ne te tourmente pas, dit Benjamin qui devinait ce qui se passait en elle. Tu verras, on s'habituera.

— Tu crois ? demanda-t-elle en se tournant vers lui.

— Mais oui, j'en suis sûr.

Depuis qu'il était revenu après sa longue absence, il était plus près d'elle et tentait de l'aider. Il savait en effet au terme de quel effort il avait réussi à sauter l'obstacle, et comment il avait failli sombrer totalement. Aussi craignait-il qu'elle ne réussît pas à rassembler suffisamment d'énergie pour le suivre.

— Tu ne crois pas que nous avons vécu pire ? demanda-t-il en se penchant vers elle.

Elle attendit quelques secondes, répondit d'une voix blanche :

— Non. Jamais.

— Mais si, insista-t-il : six ans dans la marine, presque autant en Algérie, et toi, tu étais seule.

— Chez moi, souffla-t-elle.

Et, en même temps, elle pensa à cette terrible solitude dont elle avait souffert chaque jour, chaque nuit. Elle sourit, se leva, dit encore, tandis qu'ils descendaient du bateau :

— Je pense à la mère de Pierre, à ce qu'elle nous a dit la première fois où nous l'avons vu.

— Quoi donc ? fit Benjamin.

— Tout ce qui ne parvient pas à nous détruire nous fortifie... ou quelque chose d'approchant.

— C'est pour cette raison que nous sommes plus forts aujourd'hui, dit Benjamin.

— Le crois-tu vraiment ?

Il la prit par les épaules, la força à lui faire face.

— Beaucoup plus forts que tu ne le penses, dit-il, sans quoi nous ne serions déjà plus là.

Benjamin avait très bien vendu l'*Élina* à Bergerac, était remonté à pied à Souillac, porteur des dernières nouvelles glanées dans les auberges. Pour la première fois le train était passé sur le pont du Buisson en août, à l'occasion de l'ouverture de la ligne Périgueux-Agen. On disait également que le tracé de la ligne Périgueux-Libourne par Bergerac et Sainte-Foy-la-Grande avait été définitivement arrêté. Bientôt, la voie ferrée allait longer la Dordogne.

— Tu vois ? dit Benjamin à Marie, heureusement que nous partons.

Elle hocha la tête mais ne dit rien. Plus il se rapprochait d'elle, plus elle s'en éloignait. Elle passait toutes ses journées dans les prairies, mais aussi une bonne partie de ses nuits, comme si la proximité du départ l'incitait à faire provision de tout ce qui allait lui manquer. Et, ce soir, voilà qu'ils n'avaient plus de bateaux. C'était fini. Ce soir, elle éprouvait davantage le besoin d'aller se réfugier dans son domaine, là où elle pouvait se sentir vivre et oublier.

La nuit d'août effaçait d'une main sombre les lueurs violettes des lointains. C'était une nuit épaisse, pleine de parfums lourds venus des chaumes de la vallée et des pierres des collines. L'une de ces nuits qui fait gonfler le sang dans les veines, qui rend plus vivant, qui se nourrit de la terre. Marie marchait vers le rocher du Raysse par le chemin de rive. Elle avait oublié que sa mère l'appelait le « rocher des neuf fuseaux », en racontant l'histoire de cette bergère qui était tombée dans le gouffre au neuvième fuseau, précisément, et qui s'était noyée. Pourquoi ce souvenir, qui avait déserté sa mémoire, lui revenait-il subitement, ce soir, porté par les ombres de la nuit ? Elle se souvint du jour où elle s'était réfugiée là-haut et avait failli se jeter dans le vide. C'était le matin du départ de Benjamin dans la marine. Et Victorien la guettait de loin, là-bas sur le port, sans vouloir le montrer. Elle soupira, continua de monter au-dessus du gouffre et, une fois en haut, s'assit, prenant ses genoux entre ses bras, le menton posé sur eux. Un chien aboyait, en face, sous Cieurac. La nuit pesait de tout son poids sur la vallée qui respirait plus vite. Bientôt on ne vit plus rien, sinon les étoiles qui s'allumaient au-dessus des collines et clignotaient comme des falots derrière des branches agitées par le vent. Marie entendait l'eau, en bas, que le remous retenait prisonnière et qui se débattait en giflant la courte falaise. L'eau l'appelait. Elle en était sûre. N'était-ce pas sa seule alliée en ces journées qui auraient pu être si belles et qui ne l'étaient plus ? L'eau de la Dordogne n'était capable que de caresses. Elle ne l'avait jamais déçue.

Elle se leva lentement, s'approcha du bord. Elle n'apercevait que les éclairs du remous. Même le silence lui paraissait palpable. Il y eut une sorte de déchirure dans la nuit, devant elle, comme si on lui ouvrait un passage. Les bras le long du corps, elle se laissa basculer en avant, avec l'impression de gagner une île au milieu d'un océan furieux.

Le choc, d'abord, l'assomma. Durant les interminables secondes de cette chute folle, elle avait à peine eu le temps, en un dernier réflexe, de lancer ses bras en avant pour se protéger. Le remous la prit et la fit tourner sur elle-même en l'entraînant vers le fond. Puis, très vite, la fraîcheur de l'eau fit son œuvre. Elle retrouva alors une partie de sa connaissance, juste ce qu'il fallait pour ne pas avaler d'eau. Ensuite, très vite, une seule idée occupa son esprit : vivre, s'en sortir, se battre comme elle s'était toujours battue. Elle retrouva d'instinct les gestes qui pouvaient la sauver. Mais le remous dont elle connaissait si bien l'étreinte ne lui permit pas de se dégager. Elle se laissa alors descendre plus bas, puis, d'un élan où elle plaça toute son énergie, se détendit. Comme les eaux n'étaient pas trop fortes, elle réussit à passer sous le remous et à sortir du piège et, nageant aussi vite qu'elle le pouvait, elle s'éloigna du gouffre, le cœur battant, avec l'impression qu'elle ne réussirait jamais à toucher le rivage.

Elle y parvint, pourtant, au prix d'un effort qui la laissa à bout de souffle, exténuée. Réfugiée dans les prairies, face au rocher du Raysse, elle se coucha dans l'herbe, encore effrayée par ce qu'elle avait fait. Son sang cognait très fort contre ses tempes. Elle s'allongea sur le ventre, le visage dans l'herbe, haletante de la peur rétrospective d'avoir failli mourir. C'était si bon de vivre, de respirer l'herbe et la nuit, si bon de sentir son corps s'apaiser, s'ouvrir au monde, si bon de savoir que la mort était loin, à des milliers d'années de cette nuit si belle. Quand elle se retourna vers les étoiles, il lui sembla que si elle avait trouvé la force de rester vivante, elle pourrait aussi trouver celle de quitter le village, sa maison, sa vallée.

Deux jours plus tard, un matin, alors qu'elle revenait de Souillac où elle était allée vendre du poisson, elle aperçut

Benjamin qui venait à sa rencontre. Elle pensa tout de suite qu'il était arrivé malheur à quelqu'un, songea à Aubin. Mais Benjamin lui dit tout de suite, la prenant par le bras :

— Ton père. On l'a trouvé mort dans son lit.

Elle avait suffisamment été ébranlée pendant les derniers mois pour pouvoir faire face à l'accablement qui, soudain, la gagnait. Immobile sur le chemin, elle se rendait compte qu'elle avait peu pensé à son père lors des épreuves récentes, et que, comme elle, malgré ses soixante-sept ans, Vincent devait se débattre avec l'idée de quitter le port où il était né, où il avait toujours vécu. Elle s'en voulait, soudain, de son indifférence, alors que, lui aussi, et peut-être plus qu'elle, avait besoin de réconfort. A son âge, en effet, il ne pouvait être question de rester seul, pas plus d'ailleurs qu'Élina.

— Mon père, murmura-t-elle.

Puis aussitôt, songeant que sa disparition lui épargnerait au moins la déchirure qu'elle-même redoutait tant :

— Au moins, il sera mort ici, dit-elle.

Benjamin la prit par le bras, la soutint jusqu'à la maison du port où Élina s'était déjà occupée de tout. Le crucifix, l'eau bénite étaient là, à portée de la main pour les premiers visiteurs qui ne tarderaient pas.

Benjamin étant sorti pour s'occuper des formalités, elle demeura seule avec Élina dans cette chambre où elle entrait peu, et où son père reposait, calme, détendu, comme si la mort lui avait été une délivrance. Élina souriait tristement, hochant la tête comme si elle ressassait des pensées aussi douces que l'était encore, malgré l'âge, son visage. Autant Vincent avait été difficile à vivre pendant ces derniers mois, autant elle avait gardé ardents sa bonté et son courage. Elle ne s'était jamais plainte à l'idée de partir, et pourtant elle aussi était née dans ce coin de vallée. Elle continuait de s'accommoder de tout, du meilleur comme du pire, d'encourager les uns et les autres, et de sourire, toujours, même dans cette chambre où la mort était présente.

— Je suis sûre qu'il vaut mieux pour lui, ma fille, répétait-elle chaque fois que son regard rencontrait celui de Marie.

Marie remerciait d'un signe de tête, tout entière absorbée par l'idée fixe qui l'obsédait : son père était mort de désespoir, et elle n'avait pensé qu'à elle. Elle finit par se confier à Élina, qui répondit, fidèle à son image :

— Tu as beaucoup fait, ma fille, ne te reproche rien. C'est déjà tellement difficile pour toi.

Marie pensa alors au temps où elle naviguait avec son père, quand Benjamin était en Algérie, au jour où il avait eu la jambe brisée, par temps de gel, et la peur atroce qu'elle avait ressentie en se penchant sur lui, une fois qu'il avait été dégagé. Elle songea à leur vie du temps où sa mère, Amélie, était vivante, à l'épisode des saumons pêchés la nuit avec Benjamin, ne cessa de parcourir cette vie qui venait de s'achever sans qu'elle en éprouvât encore toute la douleur.

Puis les voisins arrivèrent, précédant les matelots qui avaient travaillé avec Vincent et n'avaient pas encore quitté le port, les gens de Souillac, les connaissances plus ou moins éloignées avec qui l'on échangeait des commentaires sur le défunt. Ces visites durèrent jusqu'au soir. Puis il y eut la veillée en présence de deux voisines et d'Élina. Marie, épuisée, consentit à se coucher vers cinq heures du matin. Comme on était en août, et que la chaleur était torride, Vincent Paradou fut porté en terre à la fin de cet après-midi-là, dans le petit cimetière blotti au milieu des prairies, tout près de la Dordogne. C'est là que reposaient d'ailleurs tous les morts des familles Paradou et Donadieu, Victorien ayant été le dernier à disparaître. En regardant le cercueil descendre dans la fosse, Marie, un bref instant, envia son père. L'idée qu'il avait échappé à ce qui l'attendait, elle, lui fit du bien : il était chez lui pour toujours.

Sur le chemin du retour, tandis qu'ils marchaient dans les prairies grillées par le soleil, Benjamin la surprit à sourire. Il eut l'intuition de ce qu'elle pensait et lui aussi sentit la flèche d'un vague regret se planter dans son cœur.

Vint le jour du départ, au début de septembre. La veille, Marie avait parcouru son domaine une dernière fois et elle s'était baignée à plusieurs reprises, jusqu'au moment où Benjamin l'avait rejointe à la tombée de la nuit. Ils étaient rentrés pour dîner, puis ils étaient repartis ensemble sur les chemins où l'herbe, avec la rosée, commençait à briller sous la lune. D'un commun accord, ils avaient passé la nuit enroulés dans une couverture au milieu des prairies, sur la rive gauche, entre le château de Cieurac et Lanzac. Plaisir et larmes. Douceur et douleur. Une nuit dont on se souvient à jamais.

Ils étaient rentrés avec le jour, car les rouliers devaient arriver de bonne heure et l'on devait partir au début de l'après-midi, quand tout serait chargé. Mais de voir vider sa maison, et son mobilier s'accumuler sur les charrettes, foudroya Marie. Elle n'y tint plus, partit seule le long de la Dordogne qui pétillait sous le soleil déjà chaud. « Je ne pourrai pas, se disait-elle, je ne pourrai pas. » Elle suivit un moment le chemin qu'elle connaissait si bien et qui, sur la gauche, menait aux premières maisons de Souillac. Mais, au lieu de tourner dans cette direction, elle continua tout droit vers la plage de galets et s'assit sur le talus.

Devant ses yeux, le bleu du ciel prolongeait le vert des collines avec la même harmonie qu'auparavant. On eût dit qu'il n'allait rien se passer, aujourd'hui, que la vie, les arbres, l'eau, la lumière allaient demeurer les mêmes alors qu'elle les quittait. « Est-ce possible ? » murmura-t-elle. Comment pouvait-on ainsi rayer en quelques heures quarante-quatre années d'une vie ? « Non, se dit-elle, il n'y a pas de rouliers dans la maison du port, les bateaux sont prêts à partir, ce soir je retournerai dans les prairies. »

Puis elle s'avança sur les galets et songea à toutes ces lessives qu'elle avait faites, ici, penchée sur l'eau verte. Et combien de fois était-elle entrée dans la Dordogne, à cet endroit, jusqu'à ce que le courant l'entraîne ! Elle observa un long moment la rivière, l'immense étendue des prairies sur la rive opposée, fut tentée de traverser, mais y renonça. A quoi cela lui aurait-il servi, à cette heure, sinon à souffrir davantage ?

Elle revint vers le talus, s'assit dans l'herbe, ferma les yeux, inspira bien à fond. Tous les parfums qu'elle aimait passionnément affluèrent en elle. Elle rouvrit les yeux, embrassa en un instant l'univers lumineux qui avait ensoleillé sa vie et qui allait s'éteindre d'une minute à l'autre.

— Non, souffla-t-elle.

Elle s'allongea sur l'herbe et ne bougea plus.

Benjamin, qui la cherchait depuis une heure, la trouva un peu avant midi. Il s'accroupit devant elle, murmura :

— Tout est prêt, il va falloir y aller.

Elle ne répondit pas, ne bougea pas. Il laissa passer quelques secondes, reprit :

— Allez, viens !

— Aide-moi, fit-elle.

Devant ses yeux noyés, il eut un instant la tentation de renoncer lui aussi, puis le souvenir de ses derniers voyages à Bordeaux lui rendit sa détermination. Il lui tendit la main. Elle se leva lentement, profitant de ces ultimes minutes en espérant encore le miracle qui allait la sauver. Ils étaient debout à présent, regardant la Dordogne qui étincelait. Il chercha à l'entraîner, mais elle résista.

— Il le faut, dit-il, il le faut.

Elle le suivit sans un mot, trébuchant sur les pierres de ce chemin qu'elle avait parcouru des milliers et des milliers de fois, persuadée que sa vie venait de basculer sur le versant de ces sombres collines que le soleil ne réchauffe jamais.

Deuxieme partie

LES COLÈRES DU HAUT-PAYS

6

Jean et Rose avaient veillé à ce que Benjamin, Marie et leur famille puissent s'installer à Spontour dans les meilleures conditions. Ils leur avaient trouvé une maison à côté de l'église, pas très loin de la leur, qui était suffisamment grande pour loger tout le monde. Revoir son frère avait été pour Marie une grande joie, d'autant qu'il n'avait pas changé, Jean, du moins dans son physique : toujours aussi svelte, blond, les yeux clairs, c'est à peine si le travail du bois lui avait forgé une musculature. Mais il parlait aujourd'hui avec beaucoup plus d'assurance qu'à Souillac, et l'on sentait qu'il était habitué à diriger les équipes de bûcherons : des hommes durs au mal qui couchaient en forêt, descendaient dans l'eau glacée lors du flottage du bois, travaillaient de l'aube jusqu'à la nuit.

Rose, elle, était toujours aussi timide et parlait avec une voix douce que l'on entendait à peine. Elle savait pourtant se faire écouter de son fils Louis (qui était brun comme elle) et de sa fille, Céleste, qui était aussi blonde que mon père. Elle venait chaque matin voir si Marie et Élina n'avaient besoin de rien, les guidait dans le village, leur faisait connaître les gens de ces montagnes peu enclins par nature à parler à des étrangers. Le premier choc passé, Marie s'efforçait de ne plus penser à Souillac et tentait de s'habituer à ce village vivant comme une ruche mais dépourvu d'horizon. La vallée était si étroite que, bien que l'on fût en septembre, le soleil disparaissait très vite au-dessus des collines. Heureusement, Élina se montrait attentionnée et toutes deux aménageaient du mieux possible la maison qui était plus petite que celle du port : une cheminée et une grande pièce en bas, un lit dans un recoin sombre et deux chambres à l'étage. Marie occupait son temps à pêcher, utilisant à cet effet la barque de Jean. Mais la Dordogne, ici, était bien différente de son cours à Souillac : beaucoup plus vive et moins profonde, elle rendait difficile d'accès les remous et les calmes où se trouvaient les truites et les anguilles. S'il était facile de descendre, en effet, il était beaucoup plus difficile de remonter le courant, sauf le long des berges, et à condition de connaître les passages entre les maigres.

Jean lui avait dit que les eaux ne seraient pas « marchandes » avant la fin du mois d'octobre. D'ailleurs, ici, on ne voyageait que quelques semaines par an, aux pluies d'automne et de printemps. Marie vivait dans une grande impatience et, en attendant d'embarquer, faisait connaissance avec la vallée, les collines, les villages des alentours.

Il n'était pas possible de descendre vers l'aval, car la vallée, jusqu'à l'abbaye de La Valette, se resserrait en gorges tapissées de forêts, mais il existait un chemin de rive vers l'amont qui menait à La Ferrière, Aynes, et jusqu'au village de Nauzenac où se trouvait le pont qui portait la route reliant l'Auvergne au Limousin. A Spontour même, si l'on traversait la Dordogne, on trouvait le chemin qui montait, à travers la forêt, vers le domaine d'Henri Debord, à Auriac. Cet univers étroit angoissait parfois Marie qui rêvait des grands espaces du fleuve après Libourne. Et pourtant elle tâchait de ne pas trop songer au passé. Car il fallait vivre, continuer à travailler, tenter de s'occuper le plus possible au village, puisque aussi bien il n'était pas question de suivre Jean, Benjamin et Émilien dans les forêts où poussaient les chênes, les hêtres et les châtaigniers, dont les coupes ouvraient de grandes saignées brunes dans les collines.

La lumière et les parfums, aussi, étaient différents. Jamais, même au milieu du jour, la clarte n'avait cet éclat métallique de la basse vallée. C'était comme si les forêts sombres des collines jetaient un voile sur la lumière, en altéraient l'éclat, la retenait prisonnière. Et nul parfum d'herbe chaude ne coulait sur les rives, ni de chèvrefeuille, d'avoine folle, de lilas ou de vigne, mais seulement celui du bois taillé sur les chantiers du village installés le long des rives. Ce n'était pas une odeur désagréable, au contraire, mais il semblait à Marie qu'il lui manquait quelque chose d'essentiel à sa vie.

Elle se gardait bien de se plaindre de quoi que ce soit auprès de Benjamin, car elle espérait s'habituer avec le temps.

— A quoi penses-tu ? ma fille, lui demandait Élina quand le souvenir de Souillac assaillait Marie et qu'elle demeurait rêveuse devant son ouvrage.

Et, sans lui laisser le temps de répondre, car elle savait où erraient ses pensées :

— On peut être heureux n'importe où quand on a les siens près de soi.

— Et Aubin ?

— Aubin est en âge de se débrouiller seul.

— Et Benjamin, qui s'en va avant l'aube et ne rentre qu'à la nuit ?

— Bientôt tu navigueras avec lui.

Élina prenait Marie par le bras, l'entraînait sur le pas de la porte, lui désignait, au bas de la colline, la Dordogne qui scintillait sous le soleil.

— Regarde ! Elle est là, disait-elle.

— Ce n'est pas la même, répondait Marie.

Et, comme Élina, soudain, perdait son sourire :

— Ne t'en fais pas. Dans quelques mois ça ira mieux.

— A la bonne heure !

Elles rentraient, préparaient le poisson pêché par Marie, tandis qu'Élina parlait, parlait, illuminant par la parole et le sourire la cuisine que Marie ne parvenait pas à considérer comme la sienne.

C'était une autre vie, aussi, pour Benjamin, mais il n'avait guère le temps de s'attarder sur le passé. Bien avant l'aube, il partait avec Jean et Émilien dans les coupes en amont du village. Jean était obligé de s'éloigner de plus en plus de Spontour, car toutes les collines boisées qui se trouvaient de l'autre côté de la Dordogne appartenaient à Henri Debord, et la concurrence était vive avec les autres marchands de bois, notamment avec les Chamfreuil et les Barbe qui régnaient sur ces hautes contrées depuis plus de cent ans. Qu'importe ! Les affaires marchaient bien, et pour tout le monde, puisque chaque année c'étaient plus de quatre cents bateaux qui passaient à Argentat pour descendre vers le bas-pays.

A Spontour, Jean possédait deux chantiers de taille et un chantier de construction de bateaux. A l'exemple des autres marchands, il construisait ses gabares en bois pauvre : hêtre, aulne ou bouleau, et les vendait comme bois de chauffage à l'arrivée, à Souillac. La présence de Benjamin et de Marie allait lui permettre de descendre le bois à Bergerac ou Libourne, puisque aussi bien il n'y avait plus personne pour prendre le relais de ses convois dans le bas-pays. Il avait été entendu que les gabariers de Jean enseigneraient à Marie et Benjamin le parcours de Spontour à Souillac, et que ces derniers tiendraient le gouvernail à partir de ce port. En outre, comme les gabariers employés par Jean étaient âgés, ils cesseraient de descendre une fois qu'ils auraient transmis leur connaissance de la Dordogne dans le haut-pays.

En plus des gabares, les ouvriers du chantier construisaient aussi des « naus » qui servaient de bac en Quercy ou en Périgord, et des barques de pêche que Jean vendait vers Argentat en aval ou vers Saint-Projet-le-Désert en amont. Sur l'autre chantier (une plate-forme en bois d'une vingtaine de mètres de long et de sept ou huit de large construite le long de la rive droite) les merrandiers et les carassonniers taillaient le bois de chêne et de châtaignier que l'on faisait flotter depuis les coupes jusqu'au village. Toute la vallée retentissait des coups des fendeurs, des maillets et des coutres qui découpaient les marels [1], tandis que le merrain, la carassonne, le bois de chauffage, les planches et les madriers s'entassaient à proximité de l'eau où ils seraient bientôt chargés sur les bateaux.

C'était un énorme travail, pour Jean, d'organiser la chaîne depuis l'achat des coupes, de surveiller ses équipes de bûcherons, le flottage, les ouvriers des chantiers, de négocier les contrats avec les gabariers, les commandes et la vente des produits du bois. Jusqu'alors il n'avait guère eu de problème pour la vente du merrain puisque Benjamin s'en était chargé à partir de Souillac. Il était convenu que désormais Benjamin s'occuperait des affaires à compter de l'arrivée du bois sur les chantiers jusqu'à la vente dans le bas-pays.

— Depuis la mort de mon beau-père, avait dit Jean, je n'y arrivais plus. Tu comprends pourquoi j'avais hâte de te voir?

Benjamin le comprenait tout à fait. Il se demandait même comment son beau-frère était parvenu à faire marcher cette gigantesque entreprise tout seul.

— J'espérais toujours que vous viendriez, avait-il répondu à Benjamin qui lui en avait fait la remarque. Alors, j'ai fait face comme j'ai pu.

Mais cela avait été un travail harassant, sans jamais une heure de repos, même le dimanche. Un répit parfois, en janvier, quand il y avait trop de neige dans la forêt et que les eaux étaient trop basses pour faire partir les bateaux. Rarement en été, car, si l'on ne naviguait pas, l'activité était grande dans les coupes et sur les chantiers. Les périodes les plus difficiles étaient évidemment l'automne et le printemps, quand on pouvait couper, travailler le bois et en même temps naviguer.

Avant de prendre en charge cette responsabilité, Benjamin devait connaître tous les rouages de l'entreprise. C'est pour cette raison que Jean l'emmenait dans les coupes, et, chaque fois qu'il en avait l'occasion, lui enseignait les secrets que lui-

1. Troncs ébranchés.

même tenait de son beau-père. Par exemple, la nécessité de couper le bois pendant la lune vieille, ou l'utilisation de l'écorce de tilleul pour tresser les cordes d'amarrage. Il lui parlait surtout des arbres, puisqu'ils vivaient beaucoup dans la forêt. Des sapins, il disait qu'il y en avait trop peu, encore, à cette altitude, mais qu'on les trouvait en grande quantité beaucoup plus haut dans la montagne. Il avait le même amour pour les chênes qu'Ambroise Debord, celui qui goûtait leur sève et en montrait si fièrement le cœur. Et Benjamin se souvenait alors de son premier voyage dans le haut-pays avec son père Victorien, de cette complicité qui les avait unis, une fois qu'ils avaient quitté Ambroise Debord et qu'ils étaient remontés vers les sources de la Dordogne...

Jean portait un jugement sur chaque arbre et ne se privait pas de le faire partager à Benjamin. Du châtaignier, il prétendait qu'il faisait d'excellentes charpentes et que cela lui « coûtait » de le vendre en piquet de vigne. Du charme, il assurait qu'il tenait le feu presque aussi bien que le chêne et que son bois, très dur, servait surtout à la fabrication des outils. Il avait un mot pour chacun : le hêtre, dont les fûts pouvaient atteindre une dizaine de mètres et dont le bois rosé, lourd, dur, homogène, était excellent pour la menuiserie ; l'orme, toujours proche du tilleul à grandes feuilles, dont on vendait le bois aux charrons d'Argentat ou de Beaulieu ; le bouleau, avide de lumière et dont le bois léger servait à construire les caisses d'emballage ; le tilleul au bois tendre ; l'aulne au bois rouge orangé très facile à travailler ; et puis les saules et les peupliers que l'on rencontrait surtout sur les rives ; les pins et les mélèzes, plus haut, que l'on faisait flotter depuis Port-Dieu, bien au-delà de Saint-Projet-le-Désert, dans la montagne d'Auvergne.

Benjamin avait toujours aimé les arbres, du moins depuis son mémorable voyage avec son père. Il se souvenait de la fascination que la forêt, découverte à cette occasion, avait exercé sur lui, et de son plaisir, chaque été, à revenir vers le haut-pays. En quelques jours, il avait oublié Souillac. Il se levait chaque matin avec l'impression d'entrer dans une nouvelle vie, était heureux à l'idée de diriger bientôt une entreprise où il y avait tant à faire et tant à espérer.

Il marchait, ce matin-là, aux côtés de Jean et d'Émilien sur le chemin de rive en amont de Spontour. Septembre n'en finissait pas d'allumer des foyers d'or sur les versants abrupts que le vent caressait. Il n'avait pas plu depuis longtemps et les eaux de la Dordogne qu'ils apercevaient sur leur droite étaient très basses. Dès qu'ils sortaient de l'ombre des feuillages, ils sentaient déjà la chaleur ramper sur le sable du chemin.

Bientôt ils entendirent les coups des outils maniés par les bûcherons à gauche du chemin de rive, puis, soudain, un grand froissement droit devant eux, à moins de cinq cents mètres : les bûcherons faisaient descendre les marels vers la Dordogne. Jean avait prévenu les riverains du flottage prévu pour cette journée de lundi. Personne ne devait s'aventurer en barque entre la coupe et le port, car le danger eût été grand de heurter les troncs portés par le courant. Aussi était-il obligatoire de déclarer le flottage huit jours avant la mise à l'eau.

Parvenus à hauteur de la saignée, Jean et Benjamin s'arrêtèrent pour discuter avec les deux contremaîtres qui étaient des hommes peu bavards, noirs et farouches, originaires des plateaux. Comme il était d'usage, les troncs avaient été regroupés assez haut pour ne pas être emportés par une crue éventuelle. Il fallait donc les faire rouler jusqu'à la rivière où ils seraient maintenus par un câble dans un calme, en attendant de les lâcher tous en même temps. Émilien prit une gaffe et descendit vers la Dordogne, tandis que Benjamin et Jean demeuraient en bordure de la saignée pour surveiller les opérations. Les accidents n'étaient pas rares, en effet, car les hommes étaient habitués au danger et ne s'embarrassaient pas de précautions. Cela faillit d'ailleurs se produire ce matin-là, malgré les cris de Jean qui annonçaient aux hommes d'en bas l'arrivée des marels.

Benjamin, lui, observait l'adresse des bûcherons pour lâcher les troncs dans le bon axe, les faire rouler, puis remonter vers le haut pour recommencer. Parfois l'arbre était arrêté en chemin et il fallait le dégager avec des piques et des gaffes. Jean, alors, n'hésitait pas à se placer au milieu de la saignée pour arrêter le lancement. Benjamin vint tout naturellement l'y rejoindre au bout d'un moment, marquant ainsi sa volonté de partager les risques en même temps que les responsabilités.

Le soleil était déjà haut quand la totalité des troncs fut descendue dans la Dordogne. Les hommes montèrent alors dans les barques, tandis que l'un d'entre eux dénouait la « traque », ce fil d'acier qui barrait la rivière. Les troncs glissèrent très lentement jusqu'au premier rapide où ils prirent de la vitesse et se mirent à cascader sur l'eau, heurtant le fond rocheux dans un grondement sourd, ou les rochers, sur les rives, quand la Dordogne faisait un coude trop serré pour qu'ils pussent passer en même temps.

Benjamin était monté avec Jean dans une barque et retrouvait sur l'eau des sensations qui lui manquaient. Une sorte de joie, teintée d'euphorie, le gagna. Malgré la chaleur, l'air demeurait vif dans les gorges, et cette descente folle, sauvage, qui le mettait aux prises avec les rochers, le bois et l'eau, l'exaltait. Ils étaient cinq dans la barque. Un bûcheron la guidait avec une seule rame. Les deux autres, armés de gaffes, n'hésitaient pas à descendre dans l'eau pour relancer les troncs arrêtés par les calmes et les maigres. Benjamin, devançant Jean, les imita le long d'un cingle où la rivière s'attardait sur une berge basse. De l'eau jusqu'au ventre, sa gaffe à la main, il dégagea les troncs au milieu des bûcherons qui lui parurent familiers, alors qu'il ne les connaissait pas un mois auparavant.

Quand il remonta dans la barque, des gouttes de sueur suspendues au bord de ses cils coulèrent dans ses yeux. Levant la tête, il vit scintiller les collines, et songea vaguement qu'il allait être heureux, ici, dans ce monde où l'on vivait encore comme au commencement des temps, parmi les arbres, l'eau, et le ciel si bas qu'il semblait poser sur l'épaule de la montagne une main paternelle.

Il descendit dans la rivière à plusieurs reprises, se mesura avec les remous, les rapides, les gravières, les rochers, et il arriva exténué à Spontour vers midi, étonné par la surface occupée par les troncs retenus par la « traque » qui formait un angle aigu avec la rive. Les bûcherons se mirent à manger en compagnie des ouvriers des chantiers. Jean attira Benjamin un peu à l'écart pour partager le contenu d'un panier que venait de lui porter Rose. Le repas ne dura pas longtemps, car il fallait libérer le cours de la Dordogne avant le lendemain matin. Les hommes se mirent de nouveau au travail, hissant les troncs sur les chantiers où ils élevaient une sorte de muraille pour le cas où surviendrait une crue subite. Benjamin et Jean surveillèrent les opérations tout l'après-midi. Marie vint avec Rose porter à boire aux bûcherons et aux merrandiers. L'arrivée d'un flottage était la garantie de ne pas manquer d'ouvrage dans les semaines qui venaient et chacun la considérait comme une fête.

Il y eut un accident, au milieu de l'après-midi, quand un marel tomba sur le pied d'un bûcheron, mais ce ne fut pas trop grave. Jean avait vu pire depuis qu'il était arrivé dans ces collines, notamment de très graves fractures, et même la mort de quelques hommes pris sous la chute d'un arbre. La journée se termina très tard, à la tombée de la nuit, après que le dernier tronc eut été hissé sur les plates-formes des chantiers. Jean invita alors tous ses ouvriers à l'auberge, comme il en avait pris l'habitude. Là, Benjamin constata que ces hommes peu bavards, habitués à la forêt, savaient aussi profiter des bons moments. Et quand certains d'entre eux repartirent vers leur hutte de branchage, au milieu de la nuit, il se souvint de celle où il avait dormi, avec son père, et de cette fille brune qui était venue le rejoindre dans l'obscurité. Il lui sembla qu'il y avait de cela très peu de temps. Il lui sembla aussi, en rentrant chez lui, qu'il allait y retrouver Victorien et qu'il pourrait parler avec lui de cette forêt que son père avait si bien su lui faire aimer lors de son premier voyage dans le haut-pays.

L'eau était enfin de voyage. Le soleil s'en étant allé fin septembre, les trois premières semaines d'octobre avaient été très pluvieuses. Les gabares, ce matin-là, étaient donc prêtes à appareiller, et Marie avait une telle hâte d'embarquer qu'elle ne pensait même pas aux dangers qui la guettaient dans le haut-pays, surtout jusqu'à Argentat. Les gabares étaient différentes de celles de la basse vallée : elles ne mesuraient que douze mètres, ne possédaient pas de mât (puisqu'on n'y fixait pas de cordelle de remonte et qu'on n'utilisait pas de voile) ; leur barre avait environ huit mètres de long, les avirons cinq mètres, et elles étaient équipées d'une aste (une perche) pour repousser les écueils.

La veille, les deux vieux gabariers qui allaient conduire les bateaux jusqu'à Souillac avaient longuement parlé avec Benjamin et Marie. L'un s'appelait Émile Coste. La soixantaine, coiffé d'un vieux chapeau, il portait de longues moustaches blanches et souriait constamment d'un air malicieux. L'autre, Louis Aubert, était un peu plus jeune, plus trapu, massif, avec de grands yeux clairs et un front haut creusé de rides. Ils avaient énuméré à Marie et Benjamin les passages les plus difficiles, notamment le « trou du loup » et les cinq rapides de la « Despouille », leur avaient expliqué que deux rameurs suffisaient pour passer les calmes et que leur prouvier serait chargé de repousser les obstacles avec l'aste. Avec Marie et Benjamin, ils seraient donc cinq sur chaque bateau, mais, d'ordinaire, quatre hommes suffisaient.

Dans l'aube blême que filtrait un léger brouillard, Marie embarqua donc avec Louis Aubert et trois matelots. Benjamin monta à bord du deuxième bateau, sur lequel Émilien tenait l'aviron de tribord. Jean était présent pour ce départ, ainsi que Rose et Élina. Il ne pleuvait pas, mais l'air doux et humide annonçait des averses pour les jours à venir. Marie prit place près de Louis Aubert qui tenait fermement la barre du gouvernail, tandis que l'un des matelots éloignait la gabare du ponton de bois. « Enfin ! » se disait-elle, mais elle se demandait en même temps comment elle allait réagir lors des passages les plus périlleux.

Dès que la gabare entra dans le premier courant, le vieux la redressa adroitement et la laissa filer jusqu'au rapide que l'on apercevait là-bas, entre les collines, et qu'ils atteignirent en moins de trente secondes. Le vieux lança à l'instant où ils y entraient :

— C'est la Roche de Ras. On peut y aller franchement.

La gabare fut chahutée par des vagues mais se comporta remarquablement. Elle sortit du rapide en plein milieu du lit, et Marie s'efforça de noter mentalement les caractéristiques de chaque repère.

Un peu plus loin, ils dépassèrent l'abbaye de La Valette, puis quelques vignes à flanc de coteau et des bois très épais et très noirs :

— La forêt de Frétigne, dit le vieux.

Un autre rapide apparut, qui fit prendre une vitesse inquiétante au bateau.

— Roche Mâle, annonça le vieux d'une voix toujours impassible.

Puis, après quelques centaines de mètres :

— Le maigre de l'île basse. Il faut le prendre par tribord.

Marie répétait les mots prononcés par le vieux gabarier : « Le confluent de la Luzège, le village de Roffy, le pont du Chambon de l'Aygue, le roc Charlat », d'autres encore, dont la rencontre l'exaltait comme à la découverte d'un monde merveilleux.

— On a fait dix kilomètres, dit le vieux. Bientôt le « trou du loup ».

Marie, qui commençait à ressentir les mêmes sensations qu'elle éprouvait dans la basse vallée, oubliait les longs jours qui avaient précédé ce départ. C'était bien de cela qu'elle avait besoin : le voyage était devenu aussi nécessaire à sa vie que la nourriture de chaque jour. Sur l'eau, au moins, elle se sentait vivre, et c'était une nouvelle naissance que de naviguer ainsi, dans les rapides, les gravières et les remous, en sentant battre son cœur à l'approche du danger, comme au seuil de ce « trou du loup », où les collines se resserraient tellement que la Dordogne cascadait à vitesse folle avec une hauteur d'eau inférieure à un mètre. La gabare, d'ailleurs, toucha le fond rocheux, mais le vieux ne sourcilla même pas.

— On racle toujours ici, dit-il, mais ce n'est jamais grave.

Le soleil semblait maintenant vouloir percer la brume du matin. Marie pensa au vieil Émilien d'Argentat, à cette « âme » qu'il prétendait voir monter quand le soleil caressait l'eau de ses premiers rayons. Elle se demanda s'il était encore vivant et se promit d'essayer de l'apercevoir sur le banc où il avait l'habitude de s'asseoir, à l'extrémité du port d'Argentat. Il lui sembla que la vallée s'élargissait un peu, mais les collines eurent tôt fait de resserrer leur étau sur la rivière.

— On arrive à Despouille, dit le vieux, attention à vous !

Il s'agissait de cinq rapides de deux cents mètres de long, au terme desquels un énorme rocher surplombait la rivière qui avait creusé sous lui des remous. Le premier lança la gabare à vive allure, le second l'accéléra et le troisième davantage encore, jusqu'à l'énorme rocher noir qui, là-bas, semblait obscurcir la vallée. Marie s'appuya au bordage, se rendit compte que le gabarier n'était pas rassuré. Effectivement, à la vitesse où la gabare était lancée, il lui semblait impossible d'éviter le rocher et les récifs qui, sous lui, émergeaient du remous. Pendant les secondes qui suivirent, elle eut même la tentation de sauter par-dessus bord, tant elle était sûre que la gabare allait se fracasser sur l'écueil. Pourtant, l'approche du remous où l'eau était plus profonde ralentit un peu le bateau que le gabarier fit tourner légèrement sur bâbord, présentant la proue au rocher. Il passa à moins d'un mètre, alors que la poupe, si le gabarier avait amorcé la manœuvre inverse, eût certainement touché. Marie nota mentalement cette manière de procéder et, en regardant le gabarier, il lui sembla qu'il était soulagé d'avoir réussi à passer sans encombre.

— Il s'est fracassé des dizaines de gabares, ici ! dit-il en hochant la tête. Il faudra vous méfier, vous savez !

Marie se demanda si elle aurait le courage d'affronter de tels obstacles lorsqu'elle serait seule, puis elle se rappela ses hésitations, lorsqu'elle était montée sur l'*Élina,* et sa réussite, enfin, à manœuvrer les bateaux dans le bas-pays. D'ailleurs, elle n'avait pas à s'inquiéter, puisqu'elle aurait le temps de descendre trois ou quatre fois avec Louis Aubert.

La matinée s'avançait. Plus ils descendaient et plus la vallée s'ouvrait à la lumière. Le soleil sortit pendant quelques minutes avant de disparaître de nouveau derrière les nuages. Le gabarier continua calmement d'annoncer les villages, les maigres et les rapides : Saint-Jean, les rochers de Mirandel, le hameau des Combettes, l'étroit passage du ruisseau du Diable, Eylac, le rocher de la Loutre, Glény, le confluent avec le Doustre, puis Argentat apparut au détour d'un cingle, ses toits gris luisant sous le soleil.

Là, le convoi fit une halte, et les hommes déjeunèrent tranquillement. Il était un peu moins de dix heures. Marie rejoignit Benjamin sur le quai encombré de merrain et de charrettes, mangea en sa compagnie en commentant la descente. Benjamin, comme elle, était très excité par le voyage. Ils récapitulèrent les passages dangereux, s'apprêtèrent à repartir sans avoir parlé du vieil Émilien, mais ils y pensaient l'un et l'autre. En remontant sur le bateau, Marie demanda à Louis Aubert s'il connaissait un gabarier qui se prénommait Émilien et habitait là-bas, à l'extrémité du port.

— Je l'ai bien connu, répondit le vieux, et nous sommes même descendus ensemble. Mais il est mort depuis longtemps, le pauvre.

« Longtemps ? » s'interrogea Marie. Sans doute, car cela faisait bien plus de dix ans qu'ils étaient montés voir Jean, avec Benjamin, pour la première fois. Et il prétendait qu'il allait mourir, Émilien, parce qu'elle lui avait parlé, cette âme de feu qui montait derrière la brume aux premiers rayons du soleil. Il avait donc eu raison ! Ces pensées isolèrent un peu Marie de l'agitation des matelots au moment du départ, et elle ne se rendit pas compte à quel point les quais étaient animés et colorés.

Les deux bateaux passèrent sous le pont suspendu du grand port du haut-pays et ne tardèrent pas à affronter le malpas du Chambon : un gros rocher et une île séparant deux rapides.

— Toujours prendre celui de gauche ! dit Aubert.

Puis la Dordogne s'assagit quelque peu, et la navigation devint plus agréable, d'autant que le paysage, lui aussi, changeait : il y avait maintenant quelques prairies entre la rivière et les collines dont la hauteur diminuait. On avait l'impression que l'horizon s'ouvrait là-bas, loin devant, et que le ciel devenait plus vaste. On sortait enfin des gorges pour entrer dans les plaines, et c'était comme si une ère nouvelle s'installait dans une contrée pacifiée depuis peu.

La Dordogne aussi était plus calme. Peu de dangers attendaient les bateaux, à part quelques maigres qu'il fallut négocier avec adresse. Plus loin, passé les ponts de Montceau et Brivezac, la gabare d'Aubert arriva en vue du moulin d'Abadiol. La digue ne laissait qu'un étroit passage (l'ancien pas du Roi) entre l'île et la rive gauche, et présentait une chute d'un mètre qu'il était impossible d'éviter. Quand la gabare piqua du nez dans la rivière, Marie se souvint de la crue de la Dordogne au confluent de la Vézère, à Limeuil, et de la peur qu'elle avait éprouvée lors de l'un de ses premiers voyages, quand son bateau avait basculé. Rien de tel, ici, mais la même impression d'être suspendu un instant entre ciel et eau, et la nécessité de s'éloigner très vite des remous.

Enfin, peu après midi, apparut la chapelle des Pénitents, en amont du port de Beaulieu où l'on devait faire halte à l'auberge. On ne s'y attarda pas, car il fallait arriver à Carennac avant la nuit. Marie fut heureuse de constater que le ciel était dégagé et que le soleil accompagnait les gabariers au seuil de ce si bel après-midi au terme duquel elle se trouverait seulement à quelques kilomètres de Souillac. Elle ne connaissait pas les deux ports de Beaulieu qu'elle trouva très beaux, avec leur chapelle dédiée à la Vierge. Il fallut passer encore une digue, celle du moulin de Bourrier, dont le pas était aussi étroit et aussi dangereux que celui du moulin d'Abadiol, puis la vallée s'élargit encore et les champs remplacèrent les prairies. L'après-midi passa très vite, presque sans que Marie s'en rende compte, tant elle était attentive à la navigation et aux paroles de Louis Aubert.

Les gabares franchirent le pas du moulin d'Estresse, arrivèrent sous le village de Tézel, après lequel il fallut manœuvrer les rames dans les calmes. Et puis ce fut le pont de Puybrun, l'embouchure de la Cère, plus loin les murailles roses du château de Castelnau. La Dordogne se divisa alors en plusieurs bras qui cascadaient sur des rapides.

— Toujours le bras de droite, dit Louis Aubert. C'est le plus profond.

Des îles couvertes de frênes et de peupliers s'étiraient entre les champs et les prés encore verts. C'était merveilleux de voir à quel point la campagne, ici, ressemblait à celle de Souillac. Marie eut envie de prolonger cette descente jusque là-bas, mais la nuit tombait et les gabariers avaient l'habitude de s'arrêter à Carennac, entre la grande île et le château de Fénelon. L'auberge se trouvait en haut du chemin qui contournait le rempart. Ivre d'air et de lumière, Marie ne prit aucune part à la conversation. Elle n'avait plus qu'une seule pensée en tête : demain, peu après le départ, elle reverrait Souillac, les prairies, le port, sa maison, et c'étaient là des instants auxquels elle n'avait pas cessé de songer depuis plusieurs mois.

Elle n'avait pas vraiment mesuré ce qui l'attendait ce matin-là, moins d'une heure après le départ. Comme Benjamin, elle avait pris le gouvernail que lui avait abandonné Louis Aubert, puisqu'il n'y avait pas de véritable danger avant Souillac.

Effectivement, à part le passage du moulin Rouquet, des rochers de Mézel, des remous de Copeyre, elle avait eu le temps d'admirer le village de Gluges et de Meyronne, les châteaux de La Roque et de Belcastel, avant d'amorcer le grand méandre qui menait à Lanzac. Et au moment précis où elle avait aperçu le pré où elle s'était reposée en compagnie de Benjamin après s'être évanouie dans les grands fonds, puis, là-bas, le port assoupi dans la brume, Marie s'était mise à trembler follement. Ça avait été comme si une digue s'était ouverte, et l'émotion avait déferlé en elle sans qu'elle pût y résister. Le vieux gabarier, qui avait compris ce qui se passait, s'était écarté, la laissant seule avec elle-même.

Alors très vite avaient défilé les prairies, la plage de galets, le chemin du bourg, les calmes de Cieurac, le toit de la maison où elle avait vécu pendant plus de quarante ans, le port déserté, et Marie avait senti une pointe glacée lui entrer dans le cœur. Elle aurait voulu arrêter le bateau, descendre, ne plus jamais quitter ces rives, tandis qu'elle gardait le bras crispé sur le gouvernail, aveuglée par les larmes. Cela avait été si douloureux qu'au passage de la plage de galets où elle s'était si souvent échouée, face au rocher du Raysse, ses jambes s'étaient effacées sous elle et qu'elle était tombée. Le vieux avait eu bien du mal à négocier le pas du Raysse, tandis qu'à ses pieds Marie demeurait inerte, écrasée par les souvenirs d'un bonheur à jamais perdu.

Comment avait-elle trouvé le courage de se relever, elle ne le savait pas. Sans doute avait-elle été frappée par l'idée qu'en lâchant son gouvernail elle avait mis en péril la vie de son équipage. Elle avait alors repris sa place sous le regard décontenancé du vieux, qui ne lui avait fait aucun reproche. Mais la pointe qui était entrée dans son cœur y était demeurée fichée pendant les trois jours qu'avait duré la descente jusqu'à Libourne. Et si personne, pas même Benjamin, n'avait osé évoquer ce qui s'était passé, elle en avait gardé l'empreinte sur son visage qui était demeuré d'une extrême pâleur.

Heureusement, à Libourne, elle retrouva ses habitudes en

s'occupant du déchargement du bois. Sa mélancolie en fut un peu atténuée, du moins pendant quelques heures. Après une courte nuit à l'auberge, il fallut repartir à pied après avoir vendu les gabares comme bois de chauffage.

— Comptez que, pour la première fois, vous mettrez sept ou huit jours pour remonter, avaient dit les vieux. Nous, on en mettra dix.

Tout le monde avait pris la route de bon matin en direction de Périgueux, les plus jeunes devant, les deux vieux derrière, avec qui il avait été convenu de ne pas s'attendre. Il pleuvait un peu, ce matin-là, mais c'était l'une de ces pluies qui a la douceur de l'automne finissant. Marie marchait près de Benjamin et se sentait un peu mieux. La soirée et la nuit à Libourne lui avaient rendu un peu de ce passé précieux dont la mémoire ne pouvait pas s'éteindre. Il lui semblait maintenant que les lieux qu'elle aimait ne lui étaient pas totalement interdits. La douleur éprouvée à Souillac refluait au fur et à mesure qu'elle marchait, traversant des vignes et des prés qui luisaient comme une eau prise par la glace. Benjamin ne parlait pas. Il avançait d'un pas régulier, perdu dans ses pensées. Marie songea qu'il revivait peut-être leurs dernières remontes le long des rives vertes où ils n'avaient plus aperçu que quelques bouviers. Elle sentit que, comme elle la veille, il était en proie aux démons du souvenir, voulut l'aider et dit :

— Comme nous mettrons un peu moins de temps pour remonter que nous en mettions en bateau, nous pourrons en profiter pour descendre plus souvent.

Il la regarda, sourit. Elle oubliait que là-haut l'eau n'était marchande que trois ou quatre mois. Il ne lui dit rien, cependant, et continua de marcher près d'elle en rêvant aux grands voiliers de Libourne, aux coups de vent du bec d'Ambès, à l'immensité de la Garonne à proximité de Bordeaux.

Ils croisaient ou étaient dépassés par des rouliers, des charrettes, des breaks, des berlines, des paysans portant une faux sur l'épaule, des troupeaux, des colporteurs, qui, comme eux, remontaient vers le haut-pays ou en descendaient. Ainsi la route ne leur paraissait pas monotone, au contraire : ils découvraient un monde différent, mais joyeux, animé, où chacun paraissait avoir ses habitudes.

Le premier soir à l'auberge, l'un des jeunes matelots dit à Émilien qui se trouvait à la gauche de Benjamin :

— Si on remontait par le chemin de fer jusqu'à Brive, on pourrait être à Spontour en moins de deux journées.

Benjamin blêmit, lança d'une voix qui parut écraser le matelot :

— Pourquoi ne pas manger tout le bénéfice à Libourne ? Ça ne serait même plus la peine de descendre.

L'incident n'eut pas de suite, mais rendit Benjamin nerveux pendant toute la soirée. Le lendemain, cependant, il l'oublia, tandis que l'infortuné matelot marchait loin devant, près de ses compagnons.

Contrairement à ce qu'avaient prévu les deux vieux gabariers, ils ne mirent pas sept jours, mais six, pour arriver à Spontour. Le premier soir, ils avaient fait halte à Montpon, puis à Manzac, à Fossemagne, à Larche, le dernier soir à Beynat après s'être arrêtés à Brive pour faire des provisions. Il n'était pas tout à fait nuit quand ils arrivèrent à Spontour dont les rues bruissaient encore du travail des merrandiers. Lors du repas, Jean leur dit que tout serait prêt pour repartir dans trois jours. Il fallait pourtant attendre les deux vieux et les laisser se reposer. On décida que ce serait le dernier voyage avec eux, puisque Benjamin et Marie se sentaient capables de descendre seuls après un deuxième voyage en leur compagnie.

Avant de s'endormir, ce soir-là, Marie s'imagina dans les rapides, les dormants, les remous, seule à la barre de son bateau. Il lui sembla que tant qu'elle pourrait aller ainsi sur l'eau et sur les routes, elle finirait par vivre en paix avec cette part d'elle-même qui était demeurée dans ses prairies lointaines.

7

La neige s'était mise à tomber au début du mois de décembre, recouvrant le haut-pays d'une pelisse blanche qu'ouvrait en son milieu le fil d'acier de la Dordogne. Comme les pluies avaient été abondantes, Benjamin et Marie avaient pu descendre jusqu'à l'approche de Noël. Les remontes avaient été très difficiles car les routes étaient dévastées par le mauvais temps ; la dernière avait duré sept jours. Benjamin et Marie étaient arrivés épuisés à Spontour et, d'accord avec Jean, avaient décidé d'attendre des conditions plus clémentes pour repartir, même si les eaux demeuraient marchandes.

Marie songeait avant tout aux fêtes de Noël. Les trois voyages qu'elle avait effectués, dans la pluie d'abord, dans la neige et le froid ensuite, lui avaient redonné le goût de l'âtre et des journées paisibles. Et puis elle en avait vu, du pays ! Des champs, des prairies, des villages, des ports, des moulins, des églises, des châteaux, et tous ces gens que les gabariers rencontraient sur la route et dans les auberges. Elle en demeurait éblouie mais n'avait plus de forces. Pas plus que Benjamin elle n'avait imaginé la dureté du climat dans ces collines, et les difficultés à vaincre pour mener à bien les voyages.

Chaque fois qu'elle rentrait à Spontour, elle se disait qu'elle avait échappé aux pièges de la rivière, mais se demandait pour combien de temps. Aussi cette trêve de Noël lui apparaissait-elle comme une île au milieu des flots déchaînés, et elle se promettait d'en profiter le plus possible.

Le soir de Noël, après un repas de fête, elle était allée à la messe de minuit avec Élina, Rose et ses enfants, et elle s'était félicitée de n'avoir pas un long chemin à parcourir pour rentrer chez elle. Au retour, tout le monde avait réveillonné d'une délicieuse soupe aux oignons qu'avait préparé Élina avant de partir. Le lendemain, alors qu'ils étaient à table, on frappa à la porte. Quand Benjamin ouvrit, Marie ne reconnut pas l'homme encapuchonné qui s'ébrouait sur le seuil. Ce n'est que lorsqu'il enleva sa capuche qu'elle reconnut Aubin et se précipita vers lui.

— Aubin ! Mon Dieu ! dit-elle.

Il riait, embrassait les femmes et, tandis qu'elle redécouvrait les boucles brunes collées sur le front, les yeux clairs, si clairs qu'elle en avait oublié la lumière, Marie le revoyait ce jour où il l'avait quittée, dans les prairies, se rappelait la détermination qui était la sienne, alors, et cette force qu'elle retrouvait intacte aujourd'hui la bouleversait.

— Viens te chauffer ! disait-elle ; là, approche-toi du feu, tu dois être gelé.

Aubin riait, ne se pressait pas pour répondre, frottait les mains l'une contre l'autre, s'exclamait :

— Je meurs de faim !

On lui fit une place entre Jean et Benjamin, et il s'attabla, aussi heureux que tous l'étaient de sa présence.

— Tu es si gentil d'être venu, dit Marie ; avec ce temps, je ne l'espérais plus.

— Vous croyez que je vous aurais laissé manger tout ça sans moi ?

Il s'était mis à dévorer un quartier d'oie avec un tel plaisir que Marie s'en inquiéta : n'avait-il pas maigri ? Ses traits, lui semblait-il, s'étaient creusés. Le dévisageant lorsqu'il levait la tête, elle découvrit même un pli amer au coin des lèvres. Il ne consentit à parler que lorsqu'il eut comblé son estomac, expliqua qu'il travaillait à la périphérie de Périgueux dans une forge, et avoua que ce n'était pas toujours facile.

— Il faudra nous dire où tu loges, dit Benjamin, nous nous arrêterons à la remonte.

— Oh ! Oui ! dit Marie, il n'y a pas loin de Mussidan à Périgueux. Il nous suffira de partir plus tôt de Libourne et nous pourrons nous voir.

— Bien sûr ! répondit Aubin, mais je crois que je vais changer de travail. Je vous le ferai savoir dès que ce sera fait.

— C'est donc si dur, fils ? demanda Benjamin.

— Les fours, oui, c'est dur et les journées sont longues, mais tout finira bientôt ; il n'y en a pas pour longtemps.

Un silence tomba, troublé seulement par les crépitements du bois de châtaignier. Surpris, Aubin redressa la tête et demanda :

— Quoi ? Qu'y a-t-il ?

— Qu'est-ce qui va finir ? demanda Marie.

— Les conditions de travail épouvantables. Tout ça ! Cette misère ! Cette tyrannie ! Ça finira avec la République. Et croyez-moi ! Elle est proche !

Malgré la chaleur de la pièce, Marie venait de sentir un grand froid l'envahir. Benjamin, lui, avait pâli. Ils venaient de comprendre que leur fils avait pris le relais du combat qu'ils avaient été contraints d'abandonner. Or ils en connaissaient les risques, et pas Aubin. Espérant s'être trompée, pourtant, Marie constata :

— Tu ne dois pas avoir beaucoup de temps libre avec un travail si difficile.

— On ne travaille pas le dimanche, quand même ! répondit Aubin. Ni la nuit. Il manquerait plus que ça !

Il ajouta, tandis qu'Élina apportait un plat de lentilles :

— On se réunit tous les soirs.

Marie, sentant son cœur s'affoler, murmura :

— C'est donc pour ça que tu as l'air si fatigué...

— Je ne suis pas fatigué, dit Aubin. Et même si cela était,

j'aurai tout le temps de me reposer quand nous aurons la République.

Il y avait dans sa voix une telle ferveur, une telle violence contenue, que Marie, effrayée, ne trouva rien à ajouter. Ce fut Benjamin qui demanda d'une voix blanche, brusquement revenu au temps où il rencontrait Pierre en se cachant à Bordeaux :

— Et tu crois qu'il va vous la donner comme ça, la République ?

Aubin s'arrêta de manger, se redressa :

— Il ne va pas nous la donner, dit-il, on va la lui prendre.

Élina tenta de faire dévier la conversation, mais personne ne l'écouta.

— Avec quoi vous allez la lui prendre ? demanda Benjamin d'une voix de plus en plus glacée.

— Avec des armes, s'il le faut.

— Aubin ! cria Marie.

— Quoi ? fit-il, n'est-ce pas ce que tu as fait, toi ?

Comment le savait-il ? Elle songea vaguement que Vincent, sans doute, avait parlé, ou peut-être l'un des matelots qu'Aubin avait côtoyés sur les bateaux, et elle se sentit impuissante, tout à coup, et déjà résignée.

— Nous l'avons payé assez cher ! dit Benjamin.

— Justement ! fit Aubin. Aujourd'hui, il est temps que ce soit lui qui paye. Vous n'allez pas me le reprocher, non ?

Un long silence s'installa. Émilien, Céleste et Louis n'avaient pas perdu une miette de la conversation. Ils demeuraient bouche bée devant Aubin qui venait de faire entrer dans cette maison d'ordinaire si paisible un air que l'on n'avait pas l'habitude d'y respirer. Marie ne pouvait pas détacher son regard de ce fils qu'elle ne reconnaissait plus, qui était devenu un autre, et qui lui faisait peur.

— Il ne s'agit pas de reproche, dit-elle, il s'agit de danger.

— Vous avez bien vécu avec, vous !

— Justement, dit Marie, nous avons...

— Rien du tout ! coupa Aubin. Vous ignorez tout de ce qui

se passe dans les villes. Les temps ont changé : il est obligé de lâcher du lest. Ses jours sont comptés et c'est nous qui les comptons !

« Était-il possible qu'il en soit autrement puisque c'est notre fils », songea Marie devant cette violence. Elle voulut encore argumenter, mais Benjamin fit un signe de la main et dit :

— Laisse ! Puisque c'est ce qu'il veut.

Après un nouveau silence, Élina et Jean réussirent à faire dévier la conversation sur le temps puis sur les coupes que l'on avait dû abandonner. Marie n'écoutait pas. Ce Noël qu'elle avait tant attendu était gâché. Aubin, cependant, discutait avec Jean comme si de rien n'était, tandis que Benjamin feignait de s'intéresser à ce qu'ils disaient. Mais elle voyait bien que son esprit était ailleurs, et que, comme elle, il sentait se rouvrir d'anciennes blessures. Elle fit un effort pour sourire et, pendant l'après-midi qu'ils passèrent au coin du feu en buvant du vin chaud, elle essaya de ne penser qu'à l'instant présent qui les voyait réunis, à cette parenthèse dans leur vie si agitée depuis plusieurs mois.

En fin d'après-midi, tandis que Benjamin raccompagnait Rose, Jean et leurs enfants chez eux, qu'Émilien était sorti et qu'Élina préparait le repas du soir, Marie resta seule avec Aubin et lui demanda de parler de sa vie, là-bas. Ne regrettait-il pas la Dordogne ? Était-il passé par Souillac ? Mangeait-il toujours à sa faim ? Il la rassura : il se trouvait bien en ville ; sa vie était à Périgueux, désormais. Et quand elle lui demanda quelle était cette nouvelle place qu'il allait prendre, il répondit :

— Je te le dirai demain matin.

Quel mystère ! elle y pensa toute la soirée, n'en dormit pas de la nuit. Pourquoi attendait-il le moment du départ pour parler ? Elle s'arrangea pour se trouver seule avec lui au moment où, dès qu'il fit jour, il fut sur le point de se mettre en route. Comme Benjamin arrivait, elle exigea d'accompagner un peu Aubin sur le chemin. Celui-ci n'eut pas la courage de s'y opposer. Ils s'éloignèrent en direction du pont, dans un univers d'une blancheur glacée où le givre avait remplacé la neige à la cime des arbres.

— Alors ? dit-elle au moment de le laisser, au bas de la route d'Auriac, me diras-tu enfin où tu vas travailler ?

Il hésita, demanda :

— Tu es sûre que tu veux le savoir ?

— Pourquoi ? C'est un travail honteux ?

— Non. Pas pour moi. Le travail, c'est le travail. Et le passé ne m'intéresse pas.

Mon Dieu ! Pourquoi disait-il ça ? Elle n'était plus très sûre, tout à coup, de vouloir l'entendre, mais elle était allée trop loin.

— Je vais travailler au chantier du chemin de fer, dit-il très vite et sans la regarder.

Elle ferma les yeux, chancela. Il lui sembla que toute la neige des collines était entrée dans son corps.

Le froid et le gel ne desserrèrent pas leur étreinte de tout le mois de janvier. Par moins vingt degrés, la Dordogne charriait des blocs de glace qui reverbéraient le moindre rayon de soleil avec un éclat insoutenable. La plupart du temps, cependant, le brouillard ne se levait pas. Les moignons noirs des arbres sur les collines émergeaient d'une neige que le gel avait durci comme de la pierre. C'est à peine si l'on avait assez de lumière dans les maisons au milieu du jour. Dans cette brume épaisse et sur des eaux très basses, il n'était pas question, évidemment, de naviguer. On eût dit que le soleil avait décidé une fois pour toutes de ne plus reparaître et Marie, parfois, se disait qu'il n'avait peut-être jamais existé.

Un matin où Benjamin, Émilien et Jean étaient allés repérer de nouvelles coupes, un homme vint frapper à la porte. Marie ne le connaissait pas. Il était jeune, avait le visage dévoré par la barbe, des yeux très noirs et portait sur la tête un vieux chapeau aux bords effrangés qui lui tombaient presque sur les épaules.

— Le patron ! Le patron ! répétait-il avec un air épouvanté.

— Il n'est pas là, répondit Marie. Il ne rentrera pas avant ce soir. Qu'est-ce que vous lui voulez ?

L'homme hésita, puis il dit, enlevant brusquement son chapeau couvert de givre :

— C'est mon frère ; il a la jambe ouverte.

Marie savait qu'une équipe de quatre hommes continuait à travailler, là-haut, sous le plateau, et qu'ils couchaient dans une hutte prêtée par les charbonniers qui vivaient à proximité. Elle s'en était inquiétée plusieurs fois auprès de Benjamin, lui demandant comment on pouvait survivre dans des conditions aussi précaires et avec ce froid.

— Qu'est-ce que tu veux ? avait répondu Benjamin. On ne les oblige pas. Ils sont volontaires.

Il avait précisé que c'étaient des jeunes originaires du plateau qui, au retour de leur service militaire, cherchaient à gagner le plus possible pour pouvoir se marier. Marie se demanda quel âge pouvait avoir celui-là, pensa qu'effectivement ce devait être entre vingt et vingt-cinq ans. Et elle songea en même temps que le médecin n'accepterait pas de monter là-haut, si loin du village. A presque soixante-dix ans, en effet, il se déplaçait très difficilement.

— Il faut qu'ils le transportent ici, dit Élina, c'est la seule solution.

Marie réfléchit rapidement, demanda :

— Vous avez ce qu'il faut pour lui faire une attelle ?

L'homme écarta les bras, répondit :

— On a rien. Mais on peut construire un brancard avec des branches.

— Bon ! dit Marie, je viens avec vous. Entrez vous réchauffer une minute.

L'homme entra, s'approcha du feu, frotta ses mains l'une contre l'autre. Tandis qu'Élina lui versait un fond d'eau-de-vie, Marie préparait des pansements et découpait en longueur une pièce de vieux tissu. Elle glissa le tout dans un sac, revêtit par-dessus son tricot de laine le manteau de pluie qu'elle utilisait lors des voyages. Après quoi elle suivit l'homme qui emprunta le chemin de rive en direction de La Ferrière.

Il marchait d'un pas régulier, pas trop rapide pour ne pas la distancer, se retournait de temps en temps, puis repartait sans un mot. Ils parcoururent ainsi deux kilomètres avant d'entrer dans la forêt. Là, sous les hêtres et les châtaigniers, il n'y avait plus de chemin. Il fallait monter la pente abrupte en s'accrochant aux branches basses et aux fûts minces de quelques bouleaux blancs. Marie glissait sur la neige gelée qui recouvrait la mousse. A plusieurs reprises, elle dut se faire aider par l'homme qui lui tendit la main pour la hisser. « Jamais on ne pourra descendre le blessé », soupira-t-elle. Mais l'homme paraissait tellement habitué à escalader les pentes, à apprivoiser la forêt, qu'elle ne s'appesantit pas sur cette idée.

Elle dut s'arrêter plusieurs fois pour reprendre son souffle. L'homme fit de même un peu plus haut, et, tourné vers elle, attendit sans manifester d'impatience mais sans parler. Au sortir d'un bosquet de charmes, ils débouchèrent sur un sentier bordé de fougères qu'ils suivirent sur cinq ou six cents mètres puis, de nouveau, il fallut grimper la pente toujours aussi abrupte. Enfin ils arrivèrent dans une sorte de clairière au sol à peu près horizontal et Marie sentit la fumée. Tout de suite après, elle aperçut les quatre huttes des charbonniers. Elle entendit également les coups des haches sur les troncs, un peu plus haut. « Ils ont repris le travail, songea-t-elle. Ils ne s'arrêtent donc jamais ? » L'homme la conduisit à l'entrée d'une hutte, s'effaça puis s'en alla retrouver ses compagnons, sans s'attarder davantage. Une femme brune accueillit Marie, lui désigna du doigt la paillasse où gisait le bûcheron. Marie fut surprise de la bonne chaleur qui régnait dans la hutte. Deux enfants étaient assis de l'autre côté du foyer et la dévisageaient avec leurs grands yeux noirs.

Précédée par la femme du charbonnier, Marie s'approcha du blessé, faillit crier. Sous le pantalon qui avait été découpé au niveau du genou, une atroce blessure bâillait. Un os sanguinolent sortait des chairs à vif qui avaient éclaté sous l'impact de la hache. L'homme ne gémissait même pas

— J'ai nettoyé comme j'ai pu, dit la femme brune dont les cheveux tombaient en mèches folles devant les yeux.

Marie ne répondit pas, se força à s'agenouiller et à examiner la blessure. Qu'allait-elle pouvoir faire ? Comment poser une attelle sur une fracture ouverte ? Elle ouvrit son sac, en sortit les pansements et les bandes de tissu, ce qui lui donna un répit de quelques secondes. Elle jugea qu'il fallait essayer de redresser la jambe. Son regard rencontra celui du bûcheron, et elle crut y lire un acquiescement. Il savait ce qui l'attendait.

— Aidez-moi, dit Marie à la femme brune.

Elle plaça une main sous le talon, l'autre sous le genou, essaya de redresser la jambe. Le bûcheron avait pris un morceau de bois entre les dents et le serrait si fort que sa tête tremblait. Quand Marie exerça une timide traction sur la jambe, il émit un grognement sourd mais ne cria pas. Elle dut s'y reprendre à deux fois pour redresser tant bien que mal la jambe blessée. Marie suait et tremblait en même temps. Elle posa plusieurs pansements sur la blessure, puis, quand elle jugea qu'ils étaient suffisamment épais, elle disposa les attelles sur le côté du mollet, essaya de les attacher sans trop soulever la jambe. Elle ne pouvait pas faire mieux. Elle regarda de bûcheron qui semblait respirer un peu mieux.

Quand elle se releva, la femme lui donna un petit verre d'eau-de-vie. Elle essuya la sueur de son front et but en deux gorgées, tout en examinant les enfants qui lui souriaient. Ils n'avaient pas l'air malheureux, pas plus qu'ils n'avaient l'air de souffrir du froid. Mais leurs cheveux longs, leur visage noirci par la fumée, les faisaient ressembler à des petits animaux élevés en liberté. La femme était plutôt belle. Petite, noire et rondelette, elle paraissait vive et décidée.

Les bûcherons ne tardèrent pas à arriver. Ils n'avaient pas perdu de temps : ils avaient déjà fabriqué un brancard et revenaient avec le charbonnier, un gros homme moustachu qui avait des mains comme des battoirs et des sourcils si épais qu'ils dissimulaient presque entièrement ses yeux. Il travaillait aussi pour Jean et Benjamin. Il allait donc accompagner les bûcherons et les aider à transporter le blessé. Deux devant, deux derrière, ce serait peut-être suffisant. Ils réussirent à charger le blessé qui tenait toujours le bâton entre ses dents et roulait des yeux fous, puis ils partirent, Marie suivant de son mieux, trop occupée à ne pas glisser elle-même pour surveiller ce qui se passait devant elle.

Tout alla bien jusqu'au sentier bordé de fougères, puis les hommes s'engagèrent sur la pente la plus raide qui menait au chemin de rive. Ils decendirent sur quelques mètres entre des hêtres, puis il y eut un juron suivi d'un grand cri : un porteur avait glissé, lâché les poignées, et le blessé avait basculé et dévalé la pente. Il s'était arrêté dix mètres plus bas et, allongé sur le dos, ne bougeait plus. En arrivant près de lui, Marie comprit qu'il était évanoui. Le charbonnier se pencha sur lui, fit pénétrer entre ses lèvres un peu d'eau-de-vie, lui secoua la tête de droite à gauche et de gauche à droite, violemment. L'homme gémit, rouvrit les yeux. Marie s'aperçut que le pansement était rouge de sang. Le bûcheron qui avait glissé remontait la pente en soufflant Quand il arriva auprès des autres, le charbonnier remit entre les dents du blessé le bâton qu'il avait laissé tomber, puis ils s'employèrent à le réinstaller sur le brancard. Comme il gémissait et étouffait tant bien que mal des grognements de douleur, Marie voulut intervenir, mais elle se rendit compte que sa présence leur était complètement indifférente. Ces hommes étaient insensibles à la souffrance.

Aussi, tandis qu'ils s'éloignaient, elle demeura quelques minutes immobile, se demandant ce qu'elle faisait là dans cette forêt glaciale, perdue dans ce monde qui lui ressemblait si peu. Puis elle se remit en route, ayant peur de se perdre si elle restait seule dans ces collines où il était si difficile, en cette saison, de trouver âme qui vive.

Il leur fallut une heure encore avant d'arriver à la maison des Donadieu. Élina était allée prévenir le vieux médecin, M. Cheix, qui arriva en même temps que les bûcherons. C'est à peine si ceux-ci prirent le temps de se réchauffer et d'accepter le verre de vin chaud proposé par Élina. Sans un mot pour leur compagnon de travail, ils repartirent au bout de trois minutes d'un pas pressé, silhouettes massives et têtues sur lesquelles le froid semblait n'avoir aucune prise.

Malgré la vigueur du traitement que lui infligea le vieux médecin, le bûcheron, pas plus que là-haut, n'émit le moindre cri.

— Il s'en remettra, dit M. Cheix avant de partir. Ces gars-là sont solides.

Marie songea qu'ils étaient aussi durs et aussi noirs que les roches de granit que l'on trouvait dans ces collines.

— Mais enfin, qui sont-ils, ces gens ? s'inquiéta-t-elle auprès de Benjamin, quand il rentra, à la nuit tombée.

Il haussa les épaules, répondit :

— Que veux-tu ? Ils sont habitués.

« Moi, songea-t-elle, je ne m'habituerai jamais. » Et il lui sembla que la vérité du haut-pays, ce n'était pas ces arbres qui savaient être si beaux au printemps et en automne, mais plutôt ces grands pans de roche grise qui creusaient d'immenses blessures vives dans la chair des collines.

Après le froid et les glaces, la pluie avait fait son apparition à la mi-février. Une pluie lourde, têtue, inexorable, que la brume semblait nourrir de sa substance. Tout était gris depuis que la neige fondait : les pentes, le village, le ciel, la rivière, et Marie n'avait plus qu'une idée en tête : repartir, fuir, échapper à cette grisaille qui semblait avoir fait corps avec la terre pour toujours.

De trop basses, les eaux devinrent trop fortes, et il fallut patienter jusqu'au début du mois de mars. Le bûcheron blessé avait été ramené chez lui, près de Soursac, dix jours après l'accident. Durant son séjour chez les Donadieu, son frère n'était même pas revenu le voir. Marie, un moment, avait eu envie de suivre Benjamin sur le plateau que l'on apercevait si rarement au-dessus des forêts, puis elle y avait renoncé. A quoi bon ? Elle n'avait rien à apprendre de cette vie âpre, routinière, violente et silencieuse. Elle n'aspirait plus qu'à la lumière du soleil et au voyage.

Benjamin était d'avis d'embarquer, mais Jean était plus réticent : ces eaux fortes rendaient très dangereux les passages délicats. C'était aussi le sentiment des deux vieux gabariers que l'on était allé consulter. On attendit quelques jours de plus, au cours desquels la pluie s'arrêta à plusieurs reprises et la brume sembla vouloir se lever. Enfin le soleil parut, d'abord timidement, puis avec plus de force en milieu de journée. On était le 10 mars. Cela faisait presque trois mois que l'on ne naviguait plus et Marie rêvait aux aubes claires de Souillac, au pétillement de lumière du printemps, quand les éclosions réveillent la rivière du long sommeil de l'hiver. Rien de tel n'arriva, le matin où il embarquèrent. En cette saison, le haut pays demeurait clos sur lui-même jusqu'à la fin de la matinée.

Il avait été convenu que Benjamin ouvrirait la route. Marie le laissa prendre une centaine de mètres d'avance, puis son matelot de tribord poussa sur « l'aste », éloignant la gabare du ponton. Aussitôt Marie fit prendre du travers au bateau et s'apprêta à affronter le premier rapide, guidée par Émilien qui lui servait de prouvier. Elle ne sentit pas dès l'abord une différence de comportement de la gabare sur ces eaux anormalement fortes, mais un écart subit l'alerta dans les vagues de la roche de Ras : au lieu de passer en plein milieu du lit de la Dordogne, la gabare fut déviée vers la droite et frôla inexplicablement la berge rocheuse.

Elle redoubla d'attention, s'évertuant à bien observer la ligne suivie par Benjamin, là-bas, devant elle, à analyser les indications que lui donnait Émilien en se retournant. Elle aperçut à peine le monastère de La Valette dont elle n'aimait pas l'architecture noble mais sévère. Un peu plus loin, le rapide de la Roche Mâle lui donna la même désagréable impression que le premier : la gabare se déporta sur tribord sans qu'elle ait le temps de la contrôler. Passé le confluent de la Luzège, elle se sentit un peu plus rassurée. Du moins jusqu'au roc Charlat dont elle apercevait l'énorme pyramide là-bas, émergeant de la brume. Ensuite, dans la gorge du trou du loup, du fait de la hauteur des eaux, la gabare sauta un peu moins sur les vagues et se comporta à peu près normalement. Marie reprit confiance, laissa son regard errer sur les rives où des écharpes de brume restaient accrochées aux plus hautes branches.

Elle redevint plus vigilante dès le premier rapide de la Despouille, mais elle se rendit compte à ce moment-là que sa gabare se situait davantage sur tribord que celle de Benjamin. Elle voulut redresser sa course en la rapprochant du milieu de la rivière dès le deuxième rapide, mais elle n'y parvint pas. Les battements de son cœur s'accélérèrent brusquement. A l'entrée du troisième rapide qui couvrait plus de deux cents mètres, Émilien sentit que quelque chose n'allait pas. Il se retourna et cria :

— La barre à bâbord !

Marie força sur le gouvernail, gagna un mètre, peut-être deux, puis les flots trop lourds la renvoyèrent de nouveau sur tribord, trop près de la berge. Elle vérifia une nouvelle fois sa position par rapport à Benjamin, constata qu'elle ne suivait toujours pas la même ligne que lui, et son cœur, de nouveau, s'affola. Déjà s'annonçait le quatrième rapide, le moins violent : sa seule chance de gagner du terrain vers bâbord. Elle y réussit en partie seulement et, tandis que son regard croisait celui d'Émilien, elle persévéra dans sa manœuvre jusqu'à l'entrée du dernier rapide. Là-bas, deux cents mètres en aval, l'énorme rocher noir de la Despouille barrait la moitié de la rivière.

Elle sentit tout de suite à l'amorce du dernier rapide que le courant commençait à lui reprendre ce qu'elle avait réussi à gagner sur bâbord. Il y avait trop d'eau. Elle n'avait jamais connu cela. Malgré ses efforts pour peser sur le gouvernail, la gabare, prise par les tourbillons et les remous, dérivait sur tribord. A cent mètres du rocher, elle comprit qu'elle ne passerait pas. Son regard croisa celui d'Émilien, qui, debout à la proue, semblait attendre un geste de sa part.

— Tout à bâbord ! cria-t-il encore une fois.

Marie avait tendu ses muscles et luttait contre le courant en pesant de tout son poids sur le gouvernail.

— On ne passera pas ! cria-t-elle.

A cinquante mètres du rocher, la gabare n'était jamais allée aussi vite. Marie tenta une dernière manœuvre que lui souffla son instinct : placer son bateau dans la perpendiculaire du courant pour le ralentir. Son coup de barre déséquilibra Émilien qui se rattrapa de justesse. Les deux matelots avaient lâché les rames dont ils avaient essayé de se servir comme frein et s'étaient levés, se tenant au bordage. La manœuvre désespérée de Marie ralentit un peu le bateau, mais pas assez pour diminuer la violence du choc qui allait suivre, c'était maintenant inévitable. Dans l'espoir de protéger au maximum Émilien et les matelots, Marie fit passer la poupe en avant.

— Sautez ! cria-t-elle à son équipage quand cinq ou six mètres les séparèrent du rocher.

Dès que les trois hommes eurent disparu dans les eaux glacées, elle replaça la gabare dans la perpendiculaire du courant, essayant encore de la ralentir. Puis, lorsqu'elle fut sur le point d'arriver sur le rocher, refusant d'abandonner son bateau, elle fit repasser la poupe la première pour tenter une dernière fois d'éviter l'écueil en faisant tourner la gabare sur elle-même. Ce fut totalement inutile : le bateau s'ouvrit sous le choc dans un fracas que l'écho porta interminablement jusqu'au bout de la vallée.

Malgré ses bras crispés sur le gouvernail, Marie fut projetée en arrière et sentit aussitôt un froid glacial l'envahir. Elle ne fut pourtant pas assommée par l'impact, sa chute n'ayant guère été supérieure à deux mètres. Elle sombra pas très loin de la berge, du fait que le rocher précédait une anse qui s'ouvrait sur bâbord. Elle savait qu'avec la température de l'eau, elle ne disposait que de quelques secondes pour en sortir, et encore à condition que son corps résiste au choc thermique. Sa dernière pensée fut pour Émilien qui avait disparu sous ses yeux.

Elle avait amorcé d'instinct les gestes qui pouvaient la sauver en commençant à nager sans avoir refait surface. Elle gagna ainsi quelques précieuses secondes qui furent déterminantes pour sa survie. Quand elle parvint à sortir la tête de l'eau, grâce à sa grande habitude de la nage dans les profondeurs, elle se trouvait à trois mètres de la rive. Deux secondes plus tard, elle se hissait sur la berge, le souffle coupé, claquant des dents, et ce fut seulement à ce moment-là qu'elle s'évanouit.

Quand elle revint à elle, il lui sembla qu'il y avait des heures qu'elle avait quitté la lumière du jour. Émilien était penché sur elle. Dès qu'elle l'aperçut, elle trouva la force de sourire. Puis elle vit qu'il saignait et voulut se redresser.

— Non, dit-il, ce n'est rien. Des coupures.

— Et les autres ?

— Tous sauvés.

Comme elle, il claquait des dents.

— Il faudrait vous lever, dit-il. Le pouvez-vous ?

Elle hocha la tête mais ne bougea pas. Elle aperçut les deux matelots au-dessus d'Émilien. Eux aussi avaient le visage et les mains en sang. Elle songea qu'en amont la rive était rocheuse, fut étonnée que personne n'eût été tué. Cela, elle ne se le serait jamais pardonné. Émilien lui prit les mains, essaya avec précaution de la faire lever.

— Ça va ? demanda-t-il. Vous n'avez mal nulle part ?

Non, elle ne sentait rien. En fait, son corps lui paraissait étranger : elle avait trop froid. Émilien la prit dans ses bras, la serra contre lui.

— Essayez de marcher, dit-il.

Elle y parvint sans peine. Elle n'avait apparemment rien de cassé. Elle se retourna vers le rocher, cherchant des signes encore visibles de l'accident, mais il ne restait rien de la gabare ni de son chargement : les flots tumultueux de la rivière les avait dispersés comme de simples brindilles.

Benjamin avait pu s'arrêter cinq cents mètres en aval dans un dormant. Lui-même et ses hommes couraient le long de la rive plantée de hêtres et de chênes. Ce n'était pas facile, car il n'y avait pas de chemin. Quand ils atteignirent le lieu de l'accident, Benjamin se précipita vers Marie, constata :

— Tout le monde est là ; c'est l'essentiel.

— Pas le bateau, dit Marie.

— Je me fous du bateau ! dit-il brutalement, aussi brutalement que sa peur avait été grande.

Puis il enleva son manteau de pluie, son tricot de laine et obligea Marie à les revêtir.

— Vite, dit-il, en l'attirant contre lui, il faut partir. On accostera à Saint-Jean.

Les hommes échangèrent également leur manteau, puis tout le monde se mit en chemin vers la gabare qui était amarrée en aval. Marie se laissa entraîner, murmura :

— C'est de ma faute.

— Mais non ! dit Benjamin. Qu'est-ce que tu racontes ?

Elle n'arrêtait pas de songer à ces quelques secondes durant lesquelles son esprit s'était évadé vers les collines. Quand elle avait reporté son attention sur la Dordogne, elle était déjà mal engagée dans le premier rapide. Tout le temps qu'il lui fallut pour rejoindre la gabare, elle ne cessa de répéter :

— C'est de ma faute... C'est de ma faute.

Benjamin ne répondit pas. Son seul souci était d'arriver le plus vite possible à Saint-Jean, ce qui ne leur prit qu'un petit quart d'heure.

Saint-Jean était un petit port de quatre maisons planté sur la rive droite, sous le village de Soumailles. Un quai bien aménagé permettait aux gabariers d'y faire halte lorsque c'était nécessaire. On y chargeait également du merrain et du charbon de bois. Dès que le bateau eut accosté, Benjamin et ses hommes conduisirent Marie et ses matelots dans la plus proche des maisons qui appartenait à un gabarier dont ils avaient fait connaissance dans les auberges de la basse vallée. L'homme n'était pas là, mais sa femme fit de la place près du feu dont Marie, tremblante, s'approcha. Aussitôt ses vêtements se mirent à fumer. Au bout de quelques minutes, elle cessa de trembler et but avidement le vin chaud que venait de préparer leur hôtesse. Après quoi, celle-ci proposa à Marie de lui prêter des vêtements secs pendant que les siens sécheraient. Elle accepta, remercia, monta se changer, revint près du feu, demeura immobile devant le foyer, les coudes appuyés sur ses genoux.

Émilien et les matelots furent soignés par Benjamin. Aucun n'était blessé gravement, et c'était une sorte de miracle. C'est ce que se disait Marie en se souvenant du moment où ils avaient plongé dans l'eau glacée. Quand tout le monde eut retrouvé des forces, Benjamin prit Marie à l'écart et demanda :

— Comment te sens-tu ? Tu es bien sûre que tu n'as rien de cassé ?

Il redoutait les hémorragies internes dont on s'apercevait trop tard, parfois, après un tel choc.

— Non ! Tout va bien, dit-elle.

— Bon ! Je vais descendre seul et vous allez remonter tous les quatre à Spontour Il n'y a que douze kilomètres par la route du plateau.

Elle n'eut même pas la force de se rebeller, tellement elle était obsédée par l'idée d'avoir commis une faute d'une extrême gravité. Deux larmes de lassitude glissèrent sur ses joues.

— Ce n'est rien ! dit Benjamin. J'ai failli faire pareil.

— Oui, mais tu es passé.

— La prochaine fois, ce sera le contraire.

Elle ne répondit pas, se retourna vers le feu. Benjamin s'attarda encore une demi-heure, ne voulant pas partir sans être sûr que tout allait bien. Il eut encore quelques mots de réconfort, fit promettre à Marie de ne pas se mettre en route avant d'être totalement remise, puis il sortit avec son équipage.

Demeurée seule avec Émilien, Marie ne parvenait pas à se réchauffer, malgré les soins apportés par la femme du gabarier. Celle-ci offrit à ses hôtes une soupe bien chaude. Ils la mangèrent sans un mot, revivant en pensée l'accident du matin, encore étonnés d'en avoir réchappé. Émilien surveillait sa mère des yeux, s'inquiétait de la voir trembler dès qu'elle s'éloignait du feu. Il fallait pourtant repartir, car la matinée s'achevait et il ne leur serait pas facile de parcourir douze kilomètres avant la nuit, surtout sur les mauvais chemins du plateau.

Ce retour fut pour Marie un véritable chemin de croix. Si elle avait fait preuve de sang-froid au moment de l'accident, elle en éprouvait maintenant le contrecoup et ses jambes la portaient à peine. Il ne pleuvait pas, mais le vent avait tourné au nord et il balayait le plateau par le travers. Émilien prit le bras de sa mère et l'aida à marcher. Ils arrivèrent à Spontour juste avant la nuit. Une fois chez elle, elle se coucha, et, malgré la chaleur, se mit à tousser au fond de son lit. Elle ne parvenait pas à se réchauffer, recommençait à claquer des dents tandis qu'elle essayait de raconter à Jean et à Élina ce qui s'était passé. Ce fut seulement au milieu de la nuit, grâce aux bouillottes et aux briques qu'Élina faisait chauffer en se levant toutes les heures, que Marie trouva enfin le sommeil. Jusqu'au lever du jour, pourtant, elle vit s'avancer vers elle un énorme rocher vers sur lequel, interminablement, venaient se fracasser son bateau et ses hommes.

Persuadée que si elle ne remontait pas sur sa gabare le plus vite possible, elle n'y remonterait jamais, elle embarqua vingt jours plus tard, lors du voyage suivant. Si elle avait senti ses forces revenir, elle toussait toujours d'une toux sèche, âpre, qui la faisait se plier sur elle-même et grimacer de douleur. Mais elle était repartie et c'était l'essentiel. Trouver la force de repasser le malpas de la Despouille, affronter les rapides, les digues, les remous, c'était ce qui la guérirait. Du moins l'espérait-elle. Benjamin et Jean avaient un moment essayé de la retenir, mais ils avaient fini par admettre qu'elle avait raison.

C'est ainsi qu'elle avait mené à bien une nouvelle descente sans le moindre incident, malgré la pluie lourde qui était tombée pendant les quatre jours du voyage. A Libourne, soulagée d'avoir vaincu sa peur, elle retrouva un peu de ce sourire qu'elle avait perdu depuis le début de l'hiver. Quand ils furent seuls, le soir, dans leur chambre, Benjamin, qui avait senti combien Marie avait besoin de réconfort, lui dit :

— J'ai une bonne nouvelle pour toi.

Et, comme elle le dévisageait, intriguée :

— Je me suis renseigné et je sais où Aubin habite à Périgueux. C'est dans le quartier du Toulon. Après-demain, on lui fera la surprise.

Ce fut comme si la foudre s'abattait sur elle.

— Quoi ? fit-il, tu n'es pas contente ?

— Si, dit-elle, sans pouvoir dissimuler le trouble dans lequel elle se trouvait.

— On ne le dirait pas.

Elle hésita un peu, songea qu'elle ne retrouverait jamais une telle occasion pour lui parler, demanda :

— Tu sais donc où il travaille ?

— Non. Je sais seulement où il habite.

— Dans le quartier du Toulon ?

— Oui. Mais qu'est-ce que ça signifie ? Si tu sais où il travaille, pourquoi ne le dis-tu pas ?

Elle faillit répondre qu'elle l'ignorait aussi, mais elle s'imagina de nouveau seule avec son secret si lourd à porter et dit brusquement, comme pour s'en délivrer :

— Il travaille aux ateliers du chemin de fer.

Benjamin la dévisagea un long moment en silence, plissant

les paupières, comme s'il devait faire un effort pour comprendre vraiment les mots qu'elle avait prononcés. Ses traits s'étaient fermés lorsqu'il demanda :

— Qu'est-ce que tu me dis là ?

— C'est la vérité, fit Marie, sentant à quel point il allait souffrir et regrettant déjà d'avoir parlé.

— Mon fils ? Au chemin de fer ? fit Benjamin, incrédule.

— Oui, fit-elle. Il me l'a dit à Noël avant de repartir.

— Non, ce n'est pas possible, dit Benjamin, un air si dur, soudain, sur le visage, qu'elle en eut peur.

— Mon fils, reprit-il, au chemin de fer !

Et, comme si elle en portait l'once d'une responsabilité :

— Il est devenu fou ou il me veut du mal ?

— Ni l'un ni l'autre, murmura-t-elle en soupirant.

— Comment ça ? Tu es contente de lui ?

— Non, dit-elle très vite, non.

— Mais tu es de son côté ?

— Non. Mais s'il avait eu le choix, je suis sûre qu'il n'y serait pas entré.

— On a toujours le choix !

— Non, pas toujours, tu le sais bien.

— Alors tu l'approuves ?

— Mais non. Je t'ai déjà dit non. Tu le verras demain, je suis sûre que tu comprendras...

— Rien du tout ! la coupa-t-il. Ni demain ni jamais.

Et Benjamin ajouta, d'une voix terrible qui la fit tressaillir :

— Il est mort.

— Mais qu'est-ce que tu dis là ? gémit-elle.

— Pour moi, il est mort, il n'existe plus.

— Mais c'est ton fils !

— Je n'ai plus de fils, et je t'interdis bien d'aller le voir ou de le laisser entrer chez nous.

Elle ne le reconnaissait plus, tellement la colère et la douleur le défiguraient.

— Jamais je n'aurais cru ça de lui ! cria-t-il. Mon propre

fils ! Au chemin de fer ! Après tout ce qu'ils nous ont fait. Mais qu'est-ce qui lui a pris ?

Elle ne répondit pas, sachant qu'elle ne ferait qu'aviver le feu de sa fureur.

— Jamais je n'aurais cru que mon propre enfant me trahirait de la sorte !

Et il continua sur le même ton à crier son dépit, sa douleur, tandis qu'elle n'osait même plus le regarder et qu'elle attendait qu'il se calme en pensant au long combat qu'elle allait devoir mener. Quand il s'arrêta enfin, et qu'elle tourna la tête vers lui, elle crut voir deux larmes au coin de ses yeux, en fut encore plus bouleversée.

— Dis quelque chose ! fit-il, s'approchant d'elle, avec une menace dans le regard.

Elle secoua la tête, ne répondit pas. Il fit brusquement demi-tour, traversa la pièce à grands pas, sortit en claquant la porte derrière lui. Elle écouta s'éteindre les pas dans l'escalier, se coucha, se recroquevilla pour arrêter de trembler. Depuis l'accident, en effet, elle se mettait à trembler sans raison, et elle tremblait autant qu'elle toussait. Elle se demanda si cet hiver maudit s'achèverait un jour et pria pour que le soleil du printemps lui redonne la force de se battre.

8

Il était là, le printemps, tout bruissant de la fonte des neiges et pétillant d'une lumière qui prenait la couleur de l'eau — non pas celle, dorée, de l'été, mais celle, argentée, des saisons de rosée blanche. Debout au gouvernail de son bateau, Benjamin se sentait revivre. L'hiver qui s'achevait, en effet, lui avait paru interminable, comme à Marie. Car il n'avait jamais connu le haut-pays qu'en été et les longs mois d'hiver avaient altéré son enthousiasme des premiers jours.

Il sentait aujourd'hui, dans cet après-midi finissant qui le rapprochait de Libourne, combien ce monde-là était différent de celui qu'il avait quitté trois jours plus tôt. Et il sentait aussi combien lui manquait cette lumière, cet espace infini ouvert devant lui jusqu'à la mer, la tiédeur de ce vent qui ne mordait pas la peau mais la caressait comme une main agile. Une somme de souvenirs délicieux affluaient en lui, le renvoyant vers ce passé pas si lointain où il était roi sur le fleuve. Et voilà que désormais, quittant les bricks, les goélettes, les trois-mâts de Libourne, il repartait chez lui à pied comme un colporteur ignorant des embruns du grand large.

La mer! Ah! La mer! Comme elle lui manquait aujourd'hui! Chaque fois qu'il repartait sur la route, songeant au bec d'Ambès, à la Garonne, aux quais de Bordeaux encombrés de bateaux, il lui semblait qu'il trahissait ce qu'il avait de meilleur en lui, de plus fort, de plus beau. Il pensait qu'il abdiquait, qu'il rendait les armes, et cela suffisait à le rendre violent, agressif de nouveau, comme à l'époque où le chemin de fer menaçait ses bateaux.

Son regard se posa sur le dolmen de Pierrefitte dressé au bord de la Dordogne. Il savait qu'il allait devoir se montrer vigilant dès qu'il aurait passé le village de Moulon, sur la rive gauche, car il approcherait alors du port de Génissac qui était toujours envahi par les gabares et les couraux. Machinalement, il se retourna pour voir où se trouvait le bateau de Marie. Depuis l'accident, il y avait deux mois de cela, il ne cessait de se retourner, ne pouvant oublier le fracas de la gabare sur le rocher de la Despouille. Il l'avait crue morte. Il les avait tous crus morts, même Émilien, tandis qu'il courait dans les bois, le long de la rive, incapable de regarder l'eau, sur sa droite, où passaient les restes du bateau disloqué.

Depuis, il s'inquiétait pour Marie qui n'était plus la même. Elle toussait toujours, n'en finissait pas de guérir de cette blessure qu'avait ouverte en elle l'accident. Il aurait voulu l'aider, la soutenir, mais Aubin se dressait toujours entre eux, et il lui était impossible de céder.

Il savait que cet affrontement muet qui les dressait l'un contre l'autre la minait insidieusement, mais pardonner à Aubin était au-dessus de ses forces. N'avait-il pas vécu à leurs côtés la ruine de leur commerce ? N'avait-il pas compris que ce qu'ils avaient subi était comme une petite mort ? Alors ? Qui était vraiment ce fils que lui-même était allé chercher en prison et qui, parfois, lui avait semblé si proche ? Depuis que Marie lui avait appris ce que faisait Aubin, là-bas, à Périgueux, sa colère ne cessait d'augmenter au lieu de s'atténuer avec le temps.

Il s'aperçut qu'il avait passé Génissac sans s'en rendre compte quand sa gabare entra dans le grand cingle qui menait aux collines de Saint-Émilion. Il soupira, leva la tête vers le ciel que le mois d'avril avait enfin débarrassé de ses nuages. Cela signifiait aussi que les eaux ne resteraient pas marchandes longtemps, et Benjamin le savait. Aussi éprouvait-il le besoin de profiter des couleurs et des senteurs de cette vallée qui vivaient en lui depuis toujours. Après le cingle de Génissac, ce fut celui de Condat, puis apparurent les toits de Libourne dans la buée bleue que le soir diluait au-dessus des collines.

Il n'était pas facile de se frayer un passage devant les bateaux qui manœuvraient devant les chais et ceux qui, vers l'aval, déchargeaient le bois et les autres denrées. Pour ce faire, Benjamin attendait toujours que Marie se rapprochât et le suivît, de manière à accoster l'un derrière l'autre. Ensuite, il allait voir le marchand avec qui il avait l'habitude de traiter, et dont il s'était senti proche dès leur première rencontre. Ludovic Clarétie, en effet, était originaire d'Auvergne, du Mont-Dore exactement, autrement dit des sources de la Dordogne. A dix-huit ans, il était descendu dans le bas-pays pour les vendanges et il n'était jamais remonté. Il s'était lié d'amitié avec Benjamin et lui payait le merrain un bon prix, sans discuter, si ce n'était de la Dordogne et de la haute vallée qu'il n'avait pas oubliées.

Ce soir-là, justement, le marchand avait envie de parler.

— Tu n'as pas idée, dit-il à Benjamin, du nombre de ceux qui sont venus de là-haut et qui vivent ici, à Libourne ! Du Périgord, du Quercy, de l'Auvergne, ils sont des centaines à être descendus et tu peux retrouver leur nom dans les villages où ils ont encore de la famille, là-haut.

Il ajouta, tandis que Benjamin cherchait à récapituler ses connaissances libournaises :

— Tu connais le proverbe de la vallée : « Les hommes ont beau faire, le cœur va toujours où vont les rivières. »

Benjamin, aussitôt, pensa à son père qui, le premier, avait prononcé ces mots le jour où ils étaient montés jusqu'aux sources de la Dordogne. Et les mêmes sensations que ce jour-là le touchèrent si fort qu'il crut deviner la présence de Victorien près de lui. Il n'entendait pas le marchand qui continuait de parler avec passion de la rivière, du long chemin qui l'avait amené, jeune homme famélique, à devenir l'un des hommes les plus riches de la basse vallée. Il était de petite taille, carré, trapu, avec de bons yeux rieurs qui mettaient en confiance dès l'abord.

— Toi aussi, un jour, tu y viendras, disait-il.

Benjamin sortit de ses rêves, tressaillit.

— Non, dit-il; il est trop tard maintenant. Ma vie est là-haut.

— Il n'est jamais trop tard, Donadieu! fit le marchand. Rappelle-toi bien ce que je te dis aujourd'hui.

Benjamin ne répondit pas, se fit payer, remercia et sortit de l'entrepôt de Ludovic Clarétie en ayant l'impression de respirer un air neuf. Le soir qui tombait sur Libourne sentait déjà l'été alors qu'avril n'était pas encore terminé. Il lui sembla que les quais, le fleuve et la ville n'avaient jamais été aussi beaux.

Le lendemain, quand il fallut repartir à pied vers les montagnes, ce fut encore plus difficile que les fois précédentes. Le temps était clair, et les vignes, de chaque côté de la route, luisaient sous les premiers rayons de soleil. Benjamin n'avait jamais éprouvé une telle sensation de se tromper de chemin. Les mots du marchand le hantaient : « Il n'est jamais trop tard, Donadieu! » Aussi marchait-il lentement, comme à regret, à côté de Marie, qui semblait épuisée. Il ne l'avait jamais vue si pâle, si défaite, et sa toux l'inquiétait de plus en plus.

Mais le plus grave pour lui, le plus douloureux, c'était cette impression de déchéance qui s'abattait sur lui dès qu'il s'éloignait de la Dordogne et des bateaux. Il avait pris en horreur cette route interminable qui figurait un monde qui n'était pas le sien. Il la connaissait trop, désormais, pour en espérer des surprises. Une seule pensée le poussait en avant : plus vite il arriverait à Spontour, plus vite il pourrait embarquer vers le bas-pays. Certes! Mais il effectuait là l'un de ses derniers voyages, car le niveau des eaux baissait très vite malgré la fonte des neiges. Ensuite, c'étaient de longs mois sans voyages qui l'attendaient. Heureusement, les beaux jours lui permettraient de ne pas rester enfermé et de s'occuper dans la forêt.

Il s'efforça d'oublier les pensées qui, sans cesse, le ramenaient vers la Dordogne, se tourna vers Marie qui semblait préoccupée.

— Ça va ? demanda-t-il.

Elle hocha la tête, esquissa un sourire, mais demeura hésitante comme elle l'était depuis leur dispute au sujet d'Aubin. Il aurait voulu l'aider, mais il ne le pouvait pas. Un mur s'était dressé entre eux, dont la hauteur augmentait chaque jour.

Il en mesura les conséquences lorsqu'ils arrivèrent à Neuvic, un village situé entre Mussidan et Périgueux. Ils avaient l'habitude de quitter là la grand-route pour prendre à droite un chemin qui, à travers les bois, par Manzac et Chalagnac, les amenait sur la route de Brive, à hauteur de Sainte-Marie-de-Chignac, et leur permettait d'éviter Périgueux où ils perdaient toujours du temps.

Marie, près de lui, s'arrêta tout à coup et dit :

— Je continue tout droit.

Il se retourna vivement, demanda :

— Où veux-tu aller ?

— Voir Aubin.

Elle était en sueur, tremblait de fatigue, et de peur, peut-être, en le défiant si ouvertement.

— Alors, toi aussi ! dit-il.

— Non, pas moi ! fit-elle ; je veux voir mon fils, c'est tout.

— Tu as bien de la chance d'avoir un fils, dit-il, moi je n'en ai plus.

— Et moi ? fit une voix derrière lui.

C'était Émilien qui s'était approché et qui, Benjamin le comprit tout de suite, prenait le parti de sa mère. Benjamin demeura silencieux un long moment, ferma les yeux, soupira, puis les rouvrit, la dévisageant avec hostilité. Il sentit qu'il allait prononcer des paroles irréparables, mais son regard se heurta à celui de Marie, et la lueur de détresse infinie qu'il y décela l'arrêta. Il fit brusquement demi-tour et s'engagea sur le chemin des bois, seul, les traits durs, étranger à tout ce qui n'était pas sa colère, persuadé d'être trahi par ceux qu'il aimait le plus au monde.

Émilien et Marie arrivèrent à Périgueux bien avant midi. Ils se renseignèrent aux abords de la gare où un employé de la compagnie leur indiqua le quartier du Toulon, qui était proche. C'était, voisin des ateliers, un ensemble de maisons basses aux façades grises, parmi lesquelles de nombreux garnements jouaient dans les rues défoncées par les charrois. Des femmes vêtues de robes noires et de fichus attendaient près d'un puits, un seau à la main. Marie demanda à l'une d'elles si elle savait où habitait Aubin Donadieu.

— Là-bas, dit la jeune femme en montrant le bout de la rue ; vous tournez à droite et c'est la dernière maison sur la gauche.

Marie remercia, s'éloigna en compagnie d'Émilien. Tout en marchant, elle s'étonnait de voir que ces maisons ne ressemblaient à aucune autre, mais n'en disait rien à Émilien, muet lui aussi. Une fois devant celle où était censé habiter Aubin, elle frappa à la porte. A sa grande surprise, une femme ouvrit. Elle était grande, mince, brune, vêtue de noir comme celles qui attendaient devant le puits, et chaussée de sabots.

— Nous cherchons Aubin Donadieu, dit Marie.

— C'est ici, répondit la femme, qui devait avoir la trentaine et s'essuyait les mains à son tablier.

Elle ajouta, ne sachant pas à qui elle avait affaire :

— Il ne rentre pas à midi. Seulement ce soir.

— Ah ! fit Marie.

Puis, après avoir décelé une ombre d'inquiétude dans le regard noir :

— Je suis sa mère ; et voici son frère, Émilien.

Un sourire éclaira tout de suite le visage de la femme qui parut aussitôt plus jeune à Marie :

— Entrez, je vous en prie, dit-elle.

Et elle s'effaça pour leur laisser le passage. A l'intérieur, deux chaises de paille se faisaient face, de chaque côté d'une petite table en bois brut. A gauche de l'entrée, il y avait une cuisinière et, à l'opposé, un lit en fer où Marie découvrit un enfant en bas âge.

— Il est malade, dit la femme qui avait surpris le regard de Marie. Mais ce n'est pas grave.

Puis, désignant les deux chaises :

— Asseyez-vous donc !

Marie hésita, car elle se demandait si Aubin vivait bien dans cette pièce sombre avec cette femme inconnue. Celle-ci s'assit sur le lit et dit, devinant les questions que se posait Marie :

— Je suis veuve et j'ai deux enfants. Mon mari est mort au chantier il y a deux ans, écrasé par un wagon.

Elle ajouta, comprenant qu'elle n'expliquait pas tout à fait la présence d'Aubin dans sa maison :

— Nous devons nous marier bientôt. C'est lui qui le veut.

A cet instant, un enfant de cinq ou six ans poussa la porte, entra, s'arrêta net en apercevant Marie et Émilien.

— Dis bonjour, Étienne ! ordonna sa mère.

— Bonjour ! dit l'enfant après une hésitation.

Puis il fit volte-face et disparut.

— C'est mon aîné, dit la femme.

Et, désignant l'enfant qui était couché et semblait dormir :

— Lui, c'est Pierre.

Elle ajouta, d'une voix qui parut très douce à Marie :

— Moi, je m'appelle Mathilde.

Puis :

— Mais peut-être voulez-vous un peu de vin chaud ?

— Ne vous dérangez pas, dit Marie, dites-nous seulement quand nous pourrons voir Aubin.

Mathilde expliqua qu'il emportait une gamelle pour manger sur le chantier à midi, et qu'il rentrait le soir vers huit heures.

— Vous pouvez l'attendre, dit-elle, et manger avec moi.

— Non, merci, dit Marie qui avait compris que dans cette maison le pain était rare. C'est très aimable à vous, mais on nous attend à Périgueux. Nous reviendrons ce soir.

Elle avait hâte, tout à coup, de sortir, pour réfléchir à ce qu'elle venait de découvrir. En même temps, cependant, elle ne voulait pas heurter cette femme si grave, si belle, qui partageait la vie de son fils.

— Nous reviendrons en fin d'après-midi, dit-elle en souriant. Nous pourrons parler un peu en l'attendant.

— Si vous voulez, dit Mathilde.

Ils sortirent, et au moment où ils allaient s'éloigner, elle ajouta :

— Il sera content, vous savez.

Marie et Émilien s'éloignèrent vers le centre ville, mangèrent à l'auberge qu'ils avaient fréquentée une fois, sur la route d'Angoulême, et retinrent deux chambres pour la nuit. Tous les deux avaient compris qu'il n'était pas question de dormir chez Aubin, même si le logement, à en croire une porte qui était restée close, devait comporter une chambre. L'après-midi, Marie se promena un peu, acheta du pain, un morceau de bœuf et des oublies pour les enfants. Puis, tandis qu'Émilien allait attendre son frère devant les grilles des ateliers du chemin de fer, elle se rendit dans la maison de Mathilde et d'Aubin, impatiente de le voir, enfin, et espérant secrètement que ce mariage à venir allait tempérer son ardeur dans le combat qu'il menait pour la République.

Elle devina tout de suite que Mathilde avait nettoyé le logement de son mieux. L'enfant n'était plus couché sur le lit qui se trouvait dans la cuisine, mais sans doute dans la pièce d'à côté dont la porte était entrouverte.

— Il ne fallait pas, dit Mathilde, quand Marie déposa les victuailles sur la table.

— Ce n'est rien, répondit-elle, ça me fait tellement plaisir.

Puis elle aida Mathilde à préparer le dîner tout en l'invitant à lui raconter comment ils vivaient. Elle ne se plaignait de rien, Mathilde, au contraire. Si la vie avait été difficile pour elle, après la mort de son mari, grâce à Aubin elle avait aujourd'hui un toit et pouvait élever ses deux enfants. Certes, le logement était petit, mais tout le monde vivait de la même manière au Toulon et l'essentiel était de pouvoir manger à sa faim. Si l'on n'avait pas l'eau à demeure, on pouvait se chauffer avec du charbon de bois. Marie n'osa pas lui dire combien la vie lui paraissait difficile ici. Elle l'interrogea plutôt sur les activités politiques d'Aubin et comprit que c'était également un souci pour Mathilde lorsqu'elle répondit :

— Que voulez-vous ? C'est sa passion. C'est lui qui est en charge de toutes les responsabilités au chantier.

— Est-ce qu'il sait au moins ce qu'il risque ? demanda Marie.

Son regard rencontra celui, grave et profond, de Mathilde.

— Nous le savons tous les deux. Nous l'acceptons.

— Mais peut-être pouvez-vous le retenir un peu.

— J'essaye, dit Mathilde, mais ce n'est pas facile.

Puis elle parla de sa famille originaire de la forêt Barade où son père était bordier ; de son départ, à treize ans, pour Périgueux où elle avait été servante, de son mari qu'elle avait connu dans l'auberge où elle travaillait, de ses enfants, enfin, dont le dernier était fragile et lui donnait bien des soucis.

A huit heures et quart, des voix d'hommes se firent entendre dans la rue.

— Ils arrivent, dit Mathilde.

Quelques secondes plus tard, la porte s'ouvrit sur Émilien et Aubin qui embrassa Marie en répétant :

— Ça me fait plaisir, mère, ça me fait plaisir.

— Moi aussi, dit-elle.

Mathilde était allée emprunter une chaise aux voisins qui vivaient de l'autre côté du couloir. Elle-même dînerait debout ou s'assoirait sur le lit. Elle avait fait manger les enfants et les avait couchés dans la chambre. Marie s'assit face à Aubin, qui lui sembla plus amaigri encore que lors de son voyage à Spontour. Mathilde servit une épaisse soupe de pain où trempaient des morceaux de lard. Marie en mangea une cuillerée, demanda, s'adressant à Aubin :

— Alors ? C'est tout ce que tu me dis ?

— Je suppose que vous avez parlé, en nous attendant.

— Oui, bien sûr. Mais dis-moi donc si ton travail te plaît ?

Aubin sourit avec une sorte d'amertume.

— Ne doit-on pas déjà être content de travailler ?

— Si, tu as raison, mais je me demandais seulement si la Dordogne ne te manquait pas trop.

— Elle m'a manqué. Aujourd'hui c'est fini. Et vous, comment ça va ?

Marie n'insista pas, expliqua ce qui s'était passé depuis la visite d'Aubin dans le haut-pays, parla du naufrage mais feignit de n'accorder aucune importance à cette toux qui ne cessait de la harceler. Aubin expliqua son travail à la construction des wagons, parla de la solidarité qui régnait parmi les ouvriers, du mouvement républicain qui prenait de plus en plus d'ampleur à Périgueux. Émilien, lui, avoua qu'il s'était bien habitué, là-haut, à Spontour, mais qu'il n'y passerait pas sa vie. D'ailleurs il devait tirer au sort dans deux ans. Puis ils en arrivèrent à parler de Benjamin et Aubin remarqua :

— Toujours le même ! J'aurais dû me douter qu'il ne voudrait plus me voir.

— Laisse-lui donc le temps, plaida Marie.

— Il faut pourtant qu'il se dépêche s'il veut venir à mon mariage le mois prochain, plaisanta Aubin.

Puis, redevenant sérieux tout à coup :

— Oui, c'est pour le 15 mai. On ne peut plus attendre. Mathilde a terminé son deuil, et les gens commencent à parler.

— Vous avez raison, dit Marie : si c'est ce que vous voulez vraiment, il ne faut pas attendre.

— Alors ? Vous viendrez ? demanda Mathilde qui semblait avoir redouté un refus.

— Bien sûr, dit Marie, si les eaux ne sont pas marchandes, nous descendrons à pied.

— Quant à lui, ironisa Aubin en pensant à son père, il n'y faudra pas compter, bien entendu.

— Je lui parlerai, dit Marie. Ne sois donc pas si dur avec lui. Il faut lui laisser le temps de s'habituer.

— Tu t'y es bien habituée, toi ! répliqua Aubin avec une pointe d'irritation dans la voix. Et d'ailleurs est-ce criminel de travailler pour le chemin de fer ?

— Non, dit Marie, mais le temps arrange tout. Sois patient.

Un long silence s'installa dans la cuisine, seulement troublé par le murmure du plat qui réchauffait sur la cuisinière.

— Tu ferais mieux de penser un peu à toi, reprit Aubin en s'adressant à Marie. Et te reposer au lieu de continuer à aller sur l'eau. Un jour ou l'autre...

Marie sourit, feignit d'ignorer la menace :

— C'est bientôt la dernière descente, répondit-elle. Les beaux jours arrivent. J'aurai tout le temps de me reposer.

Et elle ajouta, s'adressant à Mathilde :

— Parlons plutôt de ce mariage. Est-ce que nous serons nombreux ?

— Une vingtaine, répondit Mathilde.

Et elle expliqua qu'ils avaient prévu un repas dans cette même pièce car on devait leur prêter des tables et des chaises. Ensuite, on danserait dans la rue grâce à l'accordéon d'un ami d'Aubin.

— J'espère que cela te fera oublier un peu la République, dit Marie en souriant.

— Certainement pas ! répondit Aubin sèchement.

Marie fit semblant de ne pas y accorder d'attention. Ils parlèrent de nouveau de la Dordogne, des voyages, et Marie se demanda avec amertume quel était cet homme qui était si différent du fils qu'elle avait connu. Elle fit mine d'être gaie pour ne pas assombrir ces moments qu'elle avait tant attendus, mais personne ne fut dupe.

Quand ils repartirent, Aubin les raccompagna jusqu'à

l'auberge. La nuit était fraîche et constellée d'étoiles à l'éclat de fer-blanc. Marie marchait entre ses deux fils, les tenant par le bras. « Ils sont là, tous les deux », songea-t-elle, et, en même temps, elle ne sut pourquoi, elle eut l'impression qu'elle allait les perdre définitivement.

Il y eut encore deux descentes, ce printemps-là, mais la dernière, au début de mai, débuta très mal. Sous un soleil déjà chaud à dix heures, Benjamin menait le convoi à l'approche du Buisson quand un train s'engagea sur le pont. La gabare arrivait au beau milieu de l'eau dans un silence de crypte quand un vacarme prodigieux ébranla la vallée, faisant s'envoler les oiseaux sur les rives. C'était la première fois que Benjamin se trouvait face à l'ennemi qui continuait à hanter ses nuits. Certes, il avait plusieurs fois aperçu au loin la fumée d'une locomotive qui s'éloignait, mais jamais, comme aujourd'hui, il ne s'était senti défié de la sorte. Debout à l'arrière du bateau, il sentit pour la première fois ses bras trembler sur la barre du gouvernail et il eut envie de crier, tandis que le vacarme augmentait au lieu de décroître, porté par un écho qui le multipliait à l'infini. Ainsi, bien après que le train eut disparu à l'horizon, tandis que la gabare arrivait à proximité du pont, la rivière et la vallée résonnèrent-elles de ce grondement dont elles demeurèrent vibrantes, et blessées, eût-on dit, tellement l'eau, l'air, le ciel même, paraissaient maintenant différents.

L'attention de Benjamin avait tellement été perturbée par le train qu'il présenta très mal son bateau au passage du pont. S'il rectifia au plus vite, il ne put empêcher la gabare de toucher violemment sur tribord et parvint difficilement à la replacer dans le fil du courant. Il jura contre lui-même et barra nerveusement tout au long de la matinée.

Plus loin, il « toucha » également dans les maigres, car l'eau, en amont de Limeuil, était à peine marchande. A Bergerac, le lendemain, le vieille servante de Mme Bourdelle vint lui annoncer que sa maîtresse avait été enterrée deux jours auparavant. Benjamin se rendit avec Marie sur sa tombe, s'y recueillit un long moment, puis il repartit avec le sentiment de n'avoir pas respecté son engagement vis-à-vis de la mère de Pierre.

Dès qu'ils furent de retour sur la rivière, la pluie revint et ne cessa pas jusqu'à Libourne. C'était une pluie tiède mais pénétrante, qui les accompagna également tout au long de la remonte, sur la route interminable du haut-pays. Ils arrivèrent épuisés à Spontour et Marie dut se coucher : ses jambes ne parvenaient plus à la porter.

— Il faudrait voir le médecin ! dit Benjamin, en la rejoignant dans leur chambre, un peu avant le repas du soir.

— Je le verrai, répondit-elle, je te le promets, mais après le mariage.

D'abord il crut n'avoir pas bien compris, et il pensa qu'elle était fiévreuse. Mais elle répéta, de cette voix lasse, si lasse qu'il en eut peur, soudain :

— Le mariage d'Aubin. C'est dans quelques jours. Je lui ai promis d'y aller.

Comme chaque fois qu'ils parlaient d'Aubin, Benjamin devint hostile. Elle le retint en lui prenant la main tandis qu'il essayait de se lever, lui dit :

— Je lui ai promis que tu irais aussi.

— Tu n'aurais pas dû, fit-il froidement.

Elle comprit qu'elle allait se battre inutilement, reprit néanmoins en rassemblant ses forces :

— Tu ne veux pas savoir avec qui il se marie ?

— Non !

Et son regard était si dur, si froid, si violent aussi qu'elle en fut comme désespérée.

— Tu n'as jamais aimé cet enfant, dit-elle.

Il eut un brusque retrait du buste, comme si elle le frappait. Il voulut dégager sa main, mais elle la serra si fort qu'il y renonça. Quand elle ouvrit enfin les doigts, il s'aperçut qu'elle pleurait Il soupira, se leva, puis s'assit de nouveau au bord du lit tandis qu'une quinte de toux ébranlait Marie.

— Je ne peux pas, dit-il quand elle se calma.

Et il répéta, lui serrant les poignets à son tour, au point de lui faire mal :

— Je ne peux pas, tu comprends ? Je ne peux pas.

— C'est donc si difficile de pardonner à son enfant ? murmura-t-elle.

— Je lui aurais tout donné, dit-il.

Et il pensa à son propre père, Victorien, quand il était venu le voir à l'hôpital de Bordeaux, à ces mots terribles qu'il avait prononcés.

— Je lui aurais donné mes jambes et mes bras, reprit-il. Mais ce qu'il a fait, mon propre fils, c'est comme s'il m'avait planté un couteau, là !

Et il montra sa poitrine en la cognant fortement de sa main libre. Marie demeura silencieuse un instant, puis :

— Il a aussi repris le combat que nous avons abandonné, dit-elle.

— Il ne payera jamais aussi cher que moi.

— C'est ce que tu voudrais ? Qu'il paye ce que tu as payé ? C'est donc ce que tu souhaites pour ton fils ?

— Non. Je lui souhaite de réussir.

Ils se turent. Le regard de Benjamin croisa de nouveau celui de Marie.

— Essaie de comprendre, reprit-elle au bout d'un moment, avec une voix qui ne portait plus aucune hostilité. Il ne pense pas au passé. Il ne pense qu'à l'avenir.

— L'avenir, pour moi comme pour toi, ce sont nos bateaux.

Elle soupira, demanda encore faiblement :

— Alors tu ne viendras pas ?

— Non !

Il se leva et sortit de la chambre, tandis qu'elle fermait les yeux.

Il avait été gai, malgré tout, ce mariage auquel elle s'était rendue avec Émilien et Élina. On avait dansé dans la rue une bonne partie de la nuit et tout le quartier du Toulon avait participé à la fête. A Périgueux, Marie s'était efforcée de ne pas penser à Benjamin, mais une fois de retour dans le haut-pays, ça avait été comme si une chape glacée lui était tombée sur les épaules. On n'était guère habitué à appeler le médecin, chez les Donadieu, mais Marie avait dû s'y résoudre car les tisanes et les remèdes d'Élina ne faisaient plus aucun effet sur elle, et la toux sèche, âpre, lui rendait la vie impossible.

M. Cheix, le vieux médecin, vint un matin, l'ausculta un long moment, la fit parler, assista à une quinte de toux encore plus forte que les autres, puis il réfléchit un moment et dit :

— Je crains bien que ce ne soit la phtisie.

Marie, sous le choc, se sentit défaillir, mais elle se reprit immédiatement, car elle y avait déjà songé seule.

— On ne peut pas faire grand-chose, poursuivit le vieux médecin dont les yeux, très clairs, pleuraient un peu, comme dans le froid d'un matin d'hiver. Heureusement nous arrivons aux beaux jours et vous allez pouvoir vous mettre au soleil. Mais l'hiver prochain vous ne pourrez pas rester ici, avec cette humidité, ces brumes qui ne se lèvent pas...

— L'hiver prochain..., soupira Marie.

— Allons ! Petite ! dit-il, allons ! Vous savez bien que c'est vous-même qui vous sauverez ! Moi je ne peux pas grand-chose, à part vous donner une potion pour la toux.

Et il ajouta, avec un sourire :

— Le bon Dieu, lui, vous donne le soleil. Profitez-en bien. Lui peut vous guérir... si vous le voulez.

— Bien sûr que je le veux, dit-elle en se redressant.

— Soyez forte ! dit le médecin en sortant de la chambre, et tout pourra s'arranger.

Marie l'entendit parler à Élina dans la cuisine, et celle-ci ne tarda pas à apparaître. Elle s'assit sur le bord du lit, prit les mains de Marie

— A nous deux, dit-elle, nous en viendrons à bout.

Marie hocha la tête, étouffa un sanglot.

— Oh ! Élina ! fit-elle.

— Oui, ma fille. Je suis là. Et tant que je serai là, il ne t'arrivera rien.

— Tu crois ? dit Marie.

— Je te le promets. Et en attendant que le soleil sorte, tu vas essayer de dormir un peu.

— Dormir ! fit Marie, dormir... Je voudrais tellement dormir !

— Eh bien, tu vas le faire. Allez ! Allonge-toi et ferme les yeux.

Marie obéit, puis elle entendit se refermer la porte de la chambre. Dès qu'elle se retrouva seule dans l'obscurité, l'image d'Émeline naquit devant ses yeux clos. « Comme elle, songea-t-elle, je vais mourir comme elle. Mais n'était-ce pas écrit quelque part, puisque nous avons aimé Benjamin toutes les deux ? » Puis, une sorte de révolte la poussa à refuser ce qui lui semblait inéluctable. « Jamais ! se dit-elle. Si je dois vraiment mourir, ce ne sera pas dans un lit. Dès que j'aurai repris des forces, je me lèverai et je me battrai. Parce que je ne suis pas seule et que mes fils ont encore besoin de moi. »

Un peu réconfortée par cette décision qui lui sembla repousser loin d'elle le fantôme hideux de la maladie, elle ne dormit pas, mais sommeilla. Elle rêva au mariage d'Aubin, à la Garonne, aux grands voiliers de Bordeaux, s'apaisa. De temps en temps, quand la silhouette du vieux médecin passait devant ses yeux, elle se souvenait brusquement de ses paroles, et son estomac lui semblait se soulever, comme lors de ces chutes vertigineuses qui hantent parfois les cauchemars. Et puis elle reprenait le fil de ses résolutions et retrouvait un peu de calme.

Elle voulut se lever en fin de matinée pour faire sa toilette, avant que Benjamin ne rentre. Mais elle eut froid, toussa, et se dépêcha de se recoucher. Benjamin arriva avec Émilien un peu après midi, vint tout de suite dans la chambre, approcha une chaise du lit, s'assit, demanda :

— Alors ? il est venu ?

— Oui, dit Marie.

— Et qu'est-ce qu'il a dit ?

— Phtisie.

Elle avait planté son regard dans le sien, ne baissait pas les yeux, souriait malgré tout.

— Ah ! fit-il.

Et elle comprit combien pour lui aussi le choc était terrible.

— Ce n'est peut-être pas sûr, murmura-t-il.

— Si ! fit Marie.

Il hocha la tête, sourit à son tour.

— Bon, dit-il. Qu'est-ce qu'il faut faire ?

Elle le reconnut bien là, à son attitude déterminée et volontaire, se sentit tout à coup moins seule.

— Vivre au soleil. Se reposer. Boire une potion. Ne pas se laisser aller.

Il lui prit une main, se pencha vers elle :

— Ça n'a jamais été dans nos habitudes, dit-il.

Et il demeura songeur un instant, écrasé par la nouvelle comme s'il s'en sentait responsable. Elle devina qu'il pensait à Aubin, à son refus d'aller à Périgueux, et qu'il s'en voulait.

— Je ne pourrai pas passer l'hiver prochain ici, fit-elle. Enfin... Il vaudrait mieux.

Il hocha la tête :

— On trouvera une solution. Je viendrai avec toi.

— Non, fit-elle, il faut aider Jean. Qu'est-ce qu'il deviendrait sans nous ?

— Pour le moment, on arrive aux beaux jours. On verra plus tard. L'important, c'est que tu prennes soin de toi.

Elle sourit, murmura :

— Émeline, elle est morte de ça.

Benjamin se redressa, pâlit, répondit :

— Toi, tu ne mourras pas.

Et il ajouta, tout bas, avec dans le regard une douceur qu'elle avait crue éteinte à jamais :

— Au moins tant que je serai là près de toi.

9

L'été avait un peu soulagé Marie dont la toux était devenue moins violente Cependant, comme elle demeurait fiévreuse et que le moindre effort l'épuisait, elle était partie au début de l'hiver chez son frère Vivien, à Carsac, qui habitait au sommet d'une butte où l'air, la plupart du temps, était froid mais sec et revigorant. Benjamin, pour la voir, empruntait lors de chaque remonte le chemin de rive de la Dordogne au lieu de la grand-route. La dispute avec Vivien était oubliée. Vivien aimait trop Marie pour ne pas accepter de l'accueillir chez lui durant la mauvaise saison, ainsi que Benjamin et Émilien, chaque fois qu'ils le souhaitaient. Car Émilien, désormais, malgré ses dix-sept ans, conduisait la deuxième gabare.

Ces remontes étaient pour Benjamin l'occasion de constater combien les chemins de rive étaient désertés, surtout en amont de Limeuil. Il lui arrivait fréquemment de rencontrer d'anciens bouviers qui traînaient leur peine sur les lieux où ils avaient vécu, et il n'aimait pas ces retrouvailles qui avivaient une plaie dont il ne guérissait pas.

Au début du mois de février, lors de la précédente remonte, il avait trouvé Marie plus souffrante qu'elle ne l'avait jamais été. Il s'en était inquiété, là-haut, auprès de Jean et d'Élina et, pour la première fois, il avait évoqué l'éventualité de quitter un jour le haut-pays si c'était nécessaire à la guérison de Marie. Jean n'avait pas protesté. Comment eût-il pu s'indigner, d'ailleurs, puisque Benjamin lui avait assuré qu'il formerait des gabariers avant de partir... si toutefois ils partaient... car il fallait trouver du travail. Et pas n'importe où.

Cette éventualité ne déplaisait pas à Benjamin qui ne supportait plus ces remontes par la route après avoir, chaque fois, la veille au soir, admiré les bricks, les goélettes, les dundees, les cargos amarrés au port de Libourne. Et chaque fois aussi c'était comme si le fleuve, le bec d'Ambès, la Garonne, la mer l'appelaient, et le vent qui se levait autour de lui portait déjà des embruns de grand large.

Ce mois de février avait été très pluvieux. Arrivant à Libourne dans la fin d'un après-midi sombre et froid, Benjamin barrait avec précaution sur des eaux très fortes qui secouaient les bateaux en les faisant rouler d'un bord sur l'autre. Il lui tardait d'aller se mettre à l'abri dans le magasin de Ludovic Clarétie qui ne manquerait pas de lui offrir un vieux marc en réglant leurs affaires. Aussi ne perdit-il pas de temps dans ses manœuvres pour accoster un peu en avant du confluent de l'Isle, quai du Pont. Dès qu'il eut mis pied à terre, il se hâta vers la maison du marchand qui habitait quai du Priourat.

Ce dernier était de très bonne humeur. Son visage rond et malicieux était épanoui.

— Trinquons ensemble, Donadieu ! fit-il en apercevant Benjamin. Aujourd'hui est un grand jour.

Et, devant l'air étonné de Benjamin :

— Le bois ne me suffisait plus ! Je me lance dans le commerce du vin ! C'est pas ce qui manque ici ! Et il va me falloir des bateliers, mon gars ! Pour Bergerac, Sainte-Foy, le Médoc et Bordeaux. Si tu en connais, tu peux me les envoyer.

— Je n'y manquerai pas ! dit Benjamin.

Ils burent en silence, savourant le marc doré qui avait plus de dix ans d'âge. Puis le marchand détailla ses projets qui parurent grandioses à Benjamin. Il pensa à Hippolyte Barcos, son ami bordelais qui avait été vaincu par plus fort que lui, l'expliqua à Clarétie.

— Celui qui me mangera n'est pas encore né ! proclama le

marchand libournais. Je viens de la terre, moi, mon gars, et je sais ce que représente un sou. Et puis je vais te dire : ça fait plus de trente ans que je me bats. Je connais la musique.

Il ajouta, comme Benjamin souriait :

— C'est des gars comme toi qu'il me faudrait. Mais puisque tu as décidé de te geler les pieds jusqu'à la fin de tes jours, c'est tant pis pour toi.

— Je vous l'ai dit, fit Benjamin, là-haut il y a mon beau-frère. L'entreprise est à nous ; je ne peux pas le laisser seul.

— Personne n'est irremplaçable, Donadieu !

Et le marchand ajouta, secoué par un rire gigantesque et communicatif :

— Sauf moi.

Il rit encore un instant, puis s'arrêta aussi brusquement qu'il avait commencé.

— Cessons de blaguer, Donadieu. Tu achètes un courau, et tu travailles pour moi. De Bergerac à Bordeaux, tu es le roi.

Absorbé par ses pensées, Benjamin ne répondit pas. Une grande vague de bonheur venait de l'envahir mais il refusait de se laisser griser, tellement les obstacles étaient nombreux sur la route qu'il devinait devant lui. Comment convaincre Jean de le laisser partir si vite ? Comment engager une nouvelle vie sur la seule parole d'un marchand qu'il connaissait finalement assez peu ?

— Je vous l'ai déjà dit, reprit-il, ma vie est là-haut maintenant.

Mais il regretta aussitôt d'avoir prononcé cette phrase. Le marchand le comprit, lança :

— D'accord, Donadieu, mais je suis sûr qu'on en reparlera.

En quittant Clarétie, Benjamin ne se rendit même pas compte combien la nuit était noire et froide. Il voguait sur une eau bleue, dans la lumière aveuglante du soleil, et de grands oiseaux blancs accompagnaient son bateau dont les voiles déployées claquaient dans le vent de la mer.

Les jours suivants, en rentrant à Spontour, il constata une nouvelle fois l'abandon progressif des chemins de rive au fur et à mesure qu'il s'éloignait des grands ports du bas-pays. Ceux-ci, en effet, n'avaient pas encore pâti de la concurrence du chemin de fer car la diversité de leurs échanges et la multiplicité de leurs débouchés les en avaient préservés. Mais, passé Bergerac, ceux qui travaillaient sur les rives de la Dordogne devenaient de plus en plus rares. Après Limeuil, c'était la désolation, car la remonte était devenue pratiquement nulle. Quelques gabariers tentaient encore de s'accrocher à leur gagne-pain à La Roche-Gageac, mais ils ne transportaient des matériaux que sur une courte distance : vingt ou trente kilomètres, et c'étaient des gens âgés qui n'avaient pas de successeurs. Heureusement, les gabariers du haut-pays continuaient de descendre, animant la rivière qui résonnait de leurs cris ou de leurs chants. Mais pour combien de temps ? Est-ce qu'un jour le chemin de fer n'allait pas aussi atteindre les montagnes ?

Cette idée préoccupa Benjamin qui se demanda si ce ne serait pas faire preuve de sagesse (et non plus de folie) que d'accepter la proposition du marchand libournais. Il ne cessa d'y penser tout le long du trajet qui le conduisait à Carsac où il trouva Marie très fatiguée.

Les yeux cernés par la fièvre, le visage défait, elle lui sembla encore plus abattue que lors de son dernier passage. Avant qu'il ne pénètre dans la chambre, Élise lui avait dit que le médecin était très inquiet. L'embellie de l'été dernier n'avait pas duré. Il fallait espérer que les beaux jours reviendraient vite, sans quoi on pouvait redouter le pire. En prononçant ces mots, Élise avait des larmes dans les yeux. Et Benjamin, en voyant Marie, avait compris à quel point elle était à bout de forces. Il tenta néanmoins de sourire en s'asseyant près du lit, et lui dit :

— Alors ? Comment ça va ? Mieux, il me semble.

Elle lui rendit son sourire, répondit :

— Oui ; ça va mieux, ne t'inquiète pas.

— Je ne m'inquiète pas. Le printemps sera bientôt là et tu guériras.

Elle hocha la tête, demanda :

— Comment ça s'est passé, cette descente ?

— Très bien. Émilien est de plus en plus sûr. Il est remonté par la route mais il viendra te voir au prochain voyage.

Elle demanda des nouvelles d'Élina, de Jean, avec une lassitude qui le bouleversa. Elle semblait épuisée, et son regard avait perdu tout éclat. Il eut si peur, soudain, qu'il se mit à parler de son projet avec Ludovic Clarétie : naviguer sur le fleuve pour aller chercher du vin, l'apporter à Bordeaux, aux Chartrons, où étaient chargés les navires qui partaient pour la Hollande et l'Angleterre, retrouver la lumière du fleuve, le soleil du bas-pays, les bancs du bec d'Ambès, naviguer, naviguer, naviguer, ne jamais plus remonter à pied, mais retrouver le grand large, les longs mois des belles saisons, l'air marin, la vie qu'ils aimaient vraiment, le bonheur.

Au fur et à mesure qu'il parlait, le visage de Marie s'éclairait. Elle semblait poursuivre avec lui ce rêve qui illuminait la chambre sombre et la délivrait de l'hiver. Aussi continua-t-il de parler, assurant que le projet était bien avancé, qu'il lèverait les obstacles un à un, qu'ils auraient déménagé avant l'été. Le visage de Marie, un moment apaisé, s'obscurcit de nouveau :

— Et Jean ? fit-elle tout à coup.

— Émilien restera avec lui. Antoine, mon prouvier, sait déjà tenir un gouvernail.

Il se rendit compte qu'il avait pensé à tout en chemin, et de la voir ainsi réconfortée, il s'engagea davantage encore, prenant presque à son insu une décision sur laquelle il ne pourrait pas revenir. Marie, en l'écoutant, se souvenait de leurs voyages à Bordeaux, de cette sensation, qu'elle n'avait jamais retrouvée depuis leur départ de Souillac, de liberté totale à s'engager dans l'immensité du fleuve. Ils en parlèrent encore un moment, emportés qu'ils étaient tous les deux par des flots aussi tièdes que ceux de la Dordogne pendant les nuits d'été. Quand il la quitta, les traits de Marie s'étaient détendus et son regard avait retrouvé un peu de son éclat.

Ce fut seulement lorsqu'il se remit en route qu'il sentit combien il avait été imprudent de s'engager si loin sans avoir parlé de son projet à Jean. En même temps, cependant, une idée un peu folle se formait dans son esprit : Marie ne guérirait que si elle quittait le haut-pays. Oui, c'était ridicule, il le savait, mais plus il y pensait et plus cette idée devenait une certitude. Aussi ne prit-il pas le temps de réfléchir davantage, une fois à Spontour, et entretint-il Jean de son projet dès son arrivée. Jean se montra tout de suite très contrarié : il avait investi l'argent disponible dans l'achat de coupes pour toute l'année et il ne pouvait pas rendre ses parts à Benjamin. Et puis Émilien et Antoine étaient bien jeunes pour prendre la responsabilité des bateaux. Et lui, Jean, comment allait-il pouvoir mener seul une entreprise qu'ils avaient développée à deux ?

La conversation faillit mal tourner. Heureusement, Élina intervint en leur demandant de penser avant tout à Marie. Si d'aventure elle apprenait qu'ils étaient fâchés, cela risquait de nuire encore à sa santé. Jean et Benjamin décidèrent alors de ne pas précipiter les choses et d'en reparler calmement un peu plus tard. Mais ce soir-là, en se couchant, Benjamin revit le sourire de Marie dans son lit de souffrance et il se jura bien de parvenir à ses fins le plus tôt possible.

Quelques jours avant la fin du mois de février, des trombes d'eau s'abattirent sur le haut-pays, principalement en Auvergne. Une nuit, vers deux heures, Benjamin fut réveillé brutalement par un bruit inhabituel. Il descendit, ouvrit la fenêtre, entendit alors une plainte épouvantable qui lui donna la chair de poule. Il la connaissait. Il avait compris. A peine avait-il refermé la fenêtre que Jean frappait à la porte, porteur d'une lampe, vêtu de son manteau de pluie.

— Je m'habille et je te rejoins, dit Benjamin.

Les hommes d'équipe, aussi, avaient entendu. Tous se retrouvèrent avec leur lampe sur les chantiers menacés par la Dordogne qui était devenue folle. Dans la lueur des lampes, Benjamin aperçut des vagues de plus de deux mètres, des troncs, des arbres entiers qui venaient heurter violemment les chantiers sur le point d'être submergés par les flots. Jamais, à Souillac, lors des inondations qu'il avait pu vivre, la plainte aiguë de la Dordogne ne l'avait saisi à ce point. A Souillac, en effet, la vallée était large et n'enserrait pas la rivière comme ici, à Spontour, où elle se débattait comme une louve enragée entre les collines qui la retenaient prisonnière. De temps en temps, on entendait un craquement sinistre : celui des arbres que la Dordogne déracinait, ou celui des pontons qui cédaient. Et l'eau ne cessait pas de monter, de plus en plus folle, de plus en plus violente, déchirant la nuit de ce mugissement furieux qui donnait à croire que les collines elles-mêmes allaient être emportées.

Les merrandiers luttaient sur le chantier pour remonter le mur des marels et tenter de les sauver. Prévoyant le danger, on avait évacué la veille au soir le merrain et la carasonne prêts à partir pour le bas-pays. Et maintenant les hommes, ayant formé une chaîne, luttaient contre la rivière qui donnait l'impression de vouloir engloutir la vallée. Mais comment déplacer une muraille de bois dans l'obscurité et en si peu de temps ?

Une heure de ce combat désespéré ne s'était pas écoulée que des craquements sinistres se firent entendre : les pontons des chantiers cédaient sous la pression des flots. En moins de cinq minutes, tous furent arrachés, balayés, emportés comme des fétus de paille, et les hommes eurent tout juste le temps de monter sur la berge. Et plus les minutes passaient, plus la plainte de la Dordogne devenait insoutenable. Il n'y avait plus rien à faire, et pourtant les hommes demeuraient là, fascinés par les flots terreux sur lesquels les lampes jetaient des reflets de feu. Au fur et à mesure que les flots montaient, ils reculaient en direction des premières maisons qui avaient été prudemment construites à une distance de cinquante mètres environ. Il sembla à Benjamin que toute la vallée criait sa peur et se tapissait sur elle-même pour résister.

Le jour se leva sur un univers d'apocalypse : d'énormes vagues jaunâtres se précipitaient sur les collines et menaçaient les premières maisons. Benjamin ne parvenait pas à s'habituer au bruit : ce mugissement de taureaux dont le fleuve aurait envahi une vallée trop étroite et qui, pressés par ceux de l'arrière, se seraient piétinés, montant les uns sur les autres en poussant des plaintes d'animaux à l'agonie. Maintenant, les maisons les plus basses étaient atteintes. L'eau venait d'arracher les portes et les fenêtres du rez-de-chaussée. Sur les flots effrayants passaient des arbres entiers, avec leurs racines et leurs ramures, les troncs des coupes qui avaient été rassemblés trop bas, des poutres, des bateaux, des morceaux de ponts, des meubles, des merrains venus des petits ports d'amont, des bois de toutes sortes. Benjamin aperçut même un lit qui se balançait au fil du courant, disparaissait, remontait, disparaissait encore, et qu'on cherchait du regard comme si l'on s'attendait à voir surgir des corps en robe et bonnet de nuit.

Le niveau des eaux monta jusqu'à midi. Elles atteignirent les greniers des maisons les plus basses, se stabilisèrent enfin. La plainte de la Dordogne était à son summum. Même fenêtres fermées, elle emplissait les pièces où l'on s'était réfugié, et elle glaçait le sang. Les peurs ancestrales remontaient soudain des profondeurs, et l'on se demandait si l'on allait pas être ensevelis comme lors du déluge. Des hommes avaient été placés en sentinelles pour surveiller. Mais il ne pleuvait plus. Benjamin discutait avec Jean qui, lui, avait déjà assisté deux fois à une telle colère de la rivière. Il était clair qu'ils allaient tout perdre : le merrain, les marels, les chantiers, les bateaux. C'était la loi. Jean la connaissait mieux que Benjamin, qui n'avait jamais assisté à ce genre de crue si rapide et si violente. A Souillac, il avait toujours eu le temps de s'organiser et de sauver l'essentiel. Ce tribut, qu'il fallait encore payer après avoir tellement souffert, lui parut tout à coup inacceptable. Une colère froide le saisit, lui fit prononcer des mots qui dépassèrent sa pensée :

— En bas, au moins, même si c'est dur au bec d'Ambès, on peut se défendre. Ici, dans ce pays, on ne peut que subir. Et moi je ne veux pas. J'en ai assez. Elle n'a pas de cœur, ici, ce n'est pas la mienne.

Jean demeurait silencieux, le regard fixé sur les flammes de la cheminée. Il n'avait rien à répondre, et le savait. Ici, il fallait tout accepter ou partir.

— Et j'en ai vu, tu sais, des coups de vent, des accidents, reprenait Benjamin. Je me suis battu avec ça (et il montra ses mains ouvertes) mais là, qu'est-ce que tu veux faire ?

Il se tourna vers Jean, qu'il avait cru si fragile, du temps où ils travaillaient ensemble, et qui lui semblait aujourd'hui plus fort que lui.

— Comment peux-tu supporter ça ? demanda brusquement Benjamin.

Jean le dévisagea un instant. Son regard était hostile.

— Je m'en fous de ta rivière ! cria-t-il. Moi, ce que j'aime, c'est la forêt.

Tout était dit. Benjamin soupira, hocha la tête et sortit sans un mot.

Autant la crue avait été subite, autant la décrue fut rapide. La Dordogne ne mit que quarante-huit heures pour retrouver son cours normal. Mais ce qu'elle laissa voir en se retirant fut un spectacle terrible : le bas des collines avait été raviné, raclé jusqu'à l'os, les berges s'étaient effondrées, le fond de la vallée était couvert d'une boue jaune qui la faisait ressembler à une longue couleuvre endormie. De plus, les maisons basses portaient la trace limoneuse de la crue comme une lèpre. On se disait que quelque chose d'épouvantable s'était produit, qui n'avait rien à voir avec la vie ordinaire. C'était comme si la terre et l'eau avaient brusquement secoué leur échine, lassées de porter les hommes, de souffrir de leurs blessures. Après leur colère, elles s'étaient rendormies, mais pour combien de temps ? Tous savaient, ici, qu'un jour, de nouveau, la rivière se réveillerait pour châtier ceux qui abusaient d'elle.

C'était la loi. Pourtant, il fallait vivre. On recommença donc à dresser les pontons des chantiers, à abattre les arbres, à tailler le merrain, à construire des bateaux. Un mois suffit pour être prêt à entreprendre un nouveau voyage. Comme le temps demeurait pluvieux, les eaux restaient hautes en cette fin du mois de mars. Benjamin voulait descendre le plus vite possible. Il lui fallait voir Marie, car il ne supportait pas cette séparation alors qu'elle devait avoir besoin de lui. Sans doute même s'inquiétait-elle de ne pas le voir arriver.

— Fais bien attention ! lui dit un vieux gabarier la veille du départ. Ce genre de crue change les passes. Tu ne reconnaîtras plus rien : les maigres auront changé de place, les dormants aussi, et les remous également. Méfie-toi aussi des retenues des moulins et des digues. Moi, si j'étais toi, j'attendrai qu'elle baisse un peu plus : tu pourrais mieux la deviner.

Benjamin ne pensait qu'à Marie. Au reste, ne convenait-il pas de faire le plus de voyages possible avant l'été pour compenser les pertes ? Jean l'approuva. Il partit donc un matin de la fin mars à l'aube d'une journée durant laquelle le soleil n'apparaîtrait pas. Il suffisait, pour le deviner, de mesurer du regard l'épaisseur des brumes qui dormaient sur la vallée. On embarqua tout de même, après que Benjamin eut donné ses dernières recommandations à Émilien : le suivre de près et ne pas dévier de son sillage.

Tout se passa bien jusqu'à la Despouille qu'ils prirent soin d'aborder le plus possible sur bâbord, mais, un peu plus loin, au saut du Diable, ils touchèrent sur tribord, quoique sans trop de dommages. Plus bas, ils se rendirent compte que le petit port d'Eylac avait été emporté. Au val d'Enfer, de nouveau, les deux gabares furent projetées vers la berge par les remous. Benjamin comprit alors qu'il avait été bien imprudent de s'engager dans une telle descente sans avoir pris la précaution de se renseigner auprès des riverains. Mais comment s'arrêter ? Et pourquoi faire ? Où passerait-on la nuit ? Il n'y avait pas d'autre solution que d'essayer d'atteindre Argentat.

Il continua donc, les bras crispés sur la barre du gouvernail, essayant de « lire » la rivière malgré la brume, se retournant de temps en temps pour crier des indications au prouvier d'Émilien.

Tous les petits ports d'embarquement du merrain avaient été arrachés par la crue : Roumégoux, Grélip, Longeval, et d'autres encore, sommairement aménagés, qui n'avaient pu résister aux flots en furie. En outre, comme le bas des pentes avait été laminé, Benjamin avait du mal à reconnaître ses repères familiers. Le premier incident se produisit à la peissière du Gibanel. Ces pêcheries concédées par l'État étaient constituées de grands pieux enfoncés dans le lit de la Dordogne en période d'étiage, sur lesquels les pêcheurs attachaient leurs filets. Ils devaient évidemment laisser un passage au milieu, mais souvent ce passage ne coïncidait pas avec le lit naturel et il fallait utiliser les rames et le gouvernail pour se glisser entre eux.

Ce matin-là, Benjamin s'aperçut que pas mal de pieux avaient été emportés, mais comme les eaux étaient très hautes, il ne parvint pas à discerner assez tôt ceux qui émergeaient encore de la rivière. Au reste, les eût-il devinés, que le courant ne lui eût même pas laissé la possibilité de les éviter. Son bateau heurta les premiers dans un craquement sec, puis il se mit à tourner sur lui-même, demeura même un instant bloqué dans la perpendiculaire de l'eau jusqu'à ce que les pieux cèdent, repartit juste avant que la gabare d'Émilien ne vienne se fracasser sur lui. Enfin il put sortir du piège, mais avec une voie d'eau dans la coque que les matelots s'efforcèrent de colmater avec de l'étoupe.

Passé le château du Gibanel et le confluent du Doustre, s'annonçait le dangereux malpas qui, au terme d'un long et fort courant, débouchait sur une haute falaise de roches granitiques. Sous elle, de puissants remous et de vastes tourbillons avaient creusé un gouffre semblable à celui du pas de Raysse, après Souillac. Benjamin connaissait bien ce genre de difficultés, car il avait passé le Raysse des centaines de fois, mais ce qu'il ignorait, c'est que les crues, ici, du fait de l'étroitesse de la vallée, pouvaient élargir les remous en quelques heures. C'est à peine s'il eut le temps de réagir quand, à l'extrémité du courant, un tourbillon s'empara du bateau. D'ordinaire, il se situait davantage sur tribord, à cinq ou six mètres. Depuis la crue, il occupait presque tout le lit de la rivière. Benjamin força sur le gouvernail, mais il comprit tout de suite que son bateau ne répondait plus. Il se retourna, cria :

— Tout à bâbord !

C'était trop tard, également, pour Émilien, dont la gabare trop proche de celle de Benjamin venait d'être happée elle aussi. De remous en tourbillons, les deux bateaux, tournant sur eux-mêmes, furent projetés avec violence sur la falaise. Ils se disloquèrent presque en même temps dans un craquement épouvantable, et le choc projeta les planches et le merrain à plus de vingt mètres de hauteur. La dernière pensée qu'emporta Benjamin avant de sombrer fut « heureusement qu'elle n'est pas large ». Puis il sentit une douleur à l'épaule et il comprit qu'il avait touché l'eau quand le froid l'envahit.

Il se mit à nager dès qu'il le put, mais il ne sut pas dans quelle direction il allait. Peut-être revenait-il dans le remous, peut-être se dirigeait-il sur bâbord où le courant était vif mais peu profond. Il comprit qu'il était sauvé quand il sentit la gifle glacée du courant. Il se laissa porter un peu, émergea à proximité de la berge sur bâbord, face à la falaise, et put sortir de l'eau facilement. Il n'y était pas resté plus de vingt secondes. Restaient les hommes. En face, deux d'entre eux gesticulaient au bord de l'eau. Deux autres émergeaient du courant derrière lui : Antoine et Émilien. Manquait Noël, le prouvier d'Émilien, un homme de quarante-cinq ans, robuste et bon nageur.

Là-bas, les deux matelots s'étaient approchés de l'eau et guettaient, des branchages à la main. Benjamin savait que plus les secondes passaient plus son prouvier risquait d'y rester, bien que la fonte des neiges n'eût pas encore commencé et que la température de l'eau ne fût pas vraiment glaciale.

— J'y vais ! dit-il, brusquement, et il rentra dans le courant sous le regard incrédule d'Antoine et d'Émilien.

— Arrêtez ! cria ce dernier. Vous êtes fou ! Restez là !

Benjamin ne pensait qu'à une seule chose : son prouvier, sans doute assommé par le choc, était dans le gouffre, et il avait une femme et deux enfants. Émilien se précipita et, suivi par Antoine, tenta de le retenir. Benjamin se dégagea violemment, les repoussant l'un et l'autre. Il essaya de remonter le courant en marchant pour arriver à la perpendiculaire du gouffre. Antoine et Émilien, de nouveau, se précipitèrent sur lui et durent se battre pour l'empêcher d'entrer dans le remous. Si les deux jeunes ne frappaient pas, Benjamin, lui, frappait vraiment pour se dégager. Il glissait, tombait, se relevait, recommençait à se battre. Ils ne furent pas trop de deux pour l'empêcher de plonger. Ils faillirent même être emportés tous les trois, ce qui finit par ébranler Benjamin. Alors, claquant des dents, tremblant de froid, il revint lentement vers la rive, escorté par Antoine et Émilien. Là-bas, en face, rien ne subsistait du naufrage. La Dordogne coulait comme s'il ne s'était rien passé et les deux matelots guettaient toujours le moindre signe de vie en bordure de l'eau.

Le temps passait et Benjamin refusait de s'éloigner. Les trois hommes tremblaient, pourtant, et risquaient gros de s'attarder ainsi, leurs vêtements trempés, dans le froid du matin.

— Venez ! dit Émilien. Il faut partir. On va attraper la mort.

Benjamin ne bougeait pas. Il regardait, là-bas, le gouffre où avait disparu le prouvier. « Je l'ai tué, se disait-il. Si j'avais écouté le vieux, je ne serais pas parti et Noël serait encore en vie. »

— Venez ! répéta Émilien en le prenant par le bras.

Et Benjamin se laissa entraîner sur la berge, se retournant de temps en temps vers le rocher. Sur l'autre rive, les deux survivants couraient pour se réchauffer. Ils savaient qu'ils devaient aller jusqu'à Argentat, alors que sur la rive gauche, du côté où se trouvaient Benjamin et ses deux matelots, le village de Croizy n'était pas loin.

Ceux-ci ne mirent guère plus d'un quart d'heure pour y arriver, constatèrent que là aussi le port avait été emporté par la crue, et se réfugièrent dans la première maison qu'ils trouvèrent sur leur chemin. Là, une fois secourus et réconfortés, ils demandèrent à ce que l'on aille sur les lieux du naufrage ou un peu en aval pour repérer le corps du malheureux prouvier. Car il était évident qu'il ne pouvait être vivant après être resté plus d'une minute dans l'eau.

Réfugié au coin du feu, Benjamin ne parlait pas. Une seule idée l'obsédait : il avait tué son matelot. Et c'était la première fois qu'il perdait un homme dans de telles conditions. Certes il avait eu des blessés, mais jamais, comme aujourd'hui, il n'avait senti ce poids sur les épaules, et jamais il n'avait autant détesté cette vallée si hostile, si rebelle aux hommes qui l'habitaient.

L'après-midi, quand les villageois furent rentrés sans avoir rien trouvé, il décida de descendre à Argentat par le chemin de rive. De là, ils regagneraient Spontour par la route le lendemain matin. Ainsi fut fait. En arrivant, Émilien dut se coucher, victime d'une fluxion de poitrine. Benjamin, Élina et Jean se rendirent au domicile de la femme de Noël pour lui annoncer la mort de son mari. C'était une petite femme noire peignée en chignon, qui avait l'air vif et énergique. Ses enfants étaient à l'école. Ce fut Jean qui parla, car Benjamin en était incapable. Quand ce fut fait, la femme se laissa tomber sur une chaise et prit sa tête dans ses mains. Aucun sanglot, aucune plainte ne sortit de sa bouche. Elle n'était que refus, tendue dans on ne savait quelle corde de son être, dont Benjamin se disait qu'elle allait casser d'un moment à l'autre. A la fin, au bout d'interminables secondes, le regard qu'elle jeta à Benjamin le transperça :

— Et maintenant ? dit-elle. Qu'est-ce qu'on va devenir, nous autres ?

— On ne vous laissera pas seule, dit Jean. Vous ne manquerez de rien. Élina va rester avec vous le temps qu'il faudra.

Jamais la présence de sa mère n'avait paru si indispensable à Benjamin. Au moins, tant qu'elle resterait là, il n'aurait pas l'impression d'abandonner la femme de son prouvier. Il chercha à fuir ce regard qui le glaçait, le fouillait, lui donnait envie de disparaître. Il avait tué un homme. Il ne pourrait jamais oublier les yeux gris de cette femme qui ne criait pas, ne se plaignait pas, mais semblait vouloir lui dire que sa vie venait d'être brisée à cause de lui, et qu'il n'aurait jamais assez de la sienne pour expier sa faute.

Marie avait senti sur sa peau la caresse froide de la mort. Des jours durant, elle s'était efforcée de l'accepter avec sagesse. Elle avait même fini par y consentir, une nuit, alors qu'elle crachait du sang, que la fièvre lui faisait apercevoir dans l'ombre les fantômes de ceux qui n'étaient plus de ce monde. Puis le matin était venu et elle avait compris que les portes obscures devant lesquelles elle se trouvait depuis de longs jours ne s'ouvriraient pas.

C'était à la fin de cette matinée-là que Benjamin lui avait parlé de son projet d'aller s'installer à Libourne. Depuis, elle se sentait mieux. Inexplicablement. Peut-être grâce au soleil qui avait fini par sortir. Peut-être parce que son corps avait réussi à prendre le dessus dans le combat qui l'opposait à la maladie. Peut-être aussi parce que la vie lui avait semblé changer de couleur, dès que Benjamin lui avait parlé de la possibilité de retrouver le fleuve. La dureté et la grisaille du haut-pays n'étaient pas pour elle. Elle l'avait compris dès le premier hiver. Et si sa vie n'était plus à Souillac, désormais, elle l'envisageait avec plaisir dans le bas-pays.

Depuis le départ de Benjamin, elle ne pensait plus qu'à cela, en parlait sans cesse avec Vivien et Élise, s'exaltait, oubliait Jean et sa famille pour ne penser qu'à elle, au fleuve, à Libourne qui était une ville qu'elle avait toujours aimée, à Aubin qui ne serait plus séparé d'elle que par quelques kilomètres. Là-bas elle guérirait. Elle en était sûre.

Elle finit par s'inquiéter du retard de Benjamin qui n'était jamais resté si longtemps sans venir la voir. Vivien leur avait dit que les eaux de la Dordogne avaient été très hautes, et cette explication lui avait fait prendre patience. Une semaine passa encore, sans qu'elle ne reçoive la moindre visite. Sa santé, de nouveau, s'altéra. Elle commençait à désespérer quand Benjamin et Émilien arrivèrent enfin, un matin, et la trouvèrent non pas couchée, mais assise au coin du feu. Elle parut à Benjamin beaucoup mieux que lors de sa précédente visite, mais il lui cacha le naufrage des deux gabares et la mort du prouvier pour ne pas l'inquiéter. Elle sentit qu'il s'était passé quelque chose, mais elle mit le trouble de Benjamin sur le compte de son exaltation quand il lui apprit la grande nouvelle : dès le mois de juin, ils habiteraient Libourne. Ludovic Clarétie avait accepté de lui avancer l'argent pour faire construire un courau dans le chantier installé sur la rive droite de l'Isle. Il le rembourserait dès que Jean lui rendrait ses parts, sans doute au début de l'année prochaine. Il avait trouvé un logement dans la rue Fontneuve, tout près des quais, une petite rue qui menait à l'hôtel de ville. Benjamin ne lui avoua pas que Jean n'avait pas eu le cœur de le retenir après ce qui s'était passé. Il ne lui dit pas non plus dans quelles affres il avait vécu depuis le naufrage, et justifia son retard par les hautes eaux qui empêchaient la navigation dans le haut-pays.

— Es-tu contente ? demanda-t-il.

Contente ? C'était un mot bien pauvre pour exprimer tout ce qu'elle ressentait. Mais comment avouer qu'elle n'avait jamais pu s'habituer à la vie du haut-pays, si dure, si froide, si sombre durant ces interminables journées d'hiver ? Et comment dire aussi à quel point l'absence d'horizon, la hauteur des collines, l'imperméabilité des hommes et des femmes murés dans leur courage et leur solitude l'avaient anéantie ? Et la rivière elle-même, si violente, si traîtresse parfois, qui semblait ne songer qu'à précipiter les bateaux sur l'arête des granits noirs comme la nuit. Et la forêt, épaisse, crépue, qui semblait boire la lumière pour ne laisser aux hommes que des morceaux de ciel pâles comme les aubes d'hiver. Jamais, là-haut, elle n'avait, au lever du soleil, aperçu la moindre lueur fauve derrière la brume du matin. Là-haut c'était encore la vie du commencement du monde, la vie primitive, têtue, où l'âme de la vallée n'avait pas encore réussi à réchauffer le cœur des hommes.

— Non ! Pas contente ! dit-elle. Heureuse ! Tellement heureuse !

Puis elle demanda, prenant les mains d'Émilien dans les siennes :

— Et toi ? Tu viendras avec nous ?

— Non, dit-il. Il est entendu avec Jean que je resterai là-haut jusqu'à ce que je tire au sort. On lui doit bien ça.

— C'est vrai, dit-elle, mais après ?

— Si je tire un bon numéro, on verra.

— J'espère que tu viendras, dit-elle.

— Sans doute, dit Benjamin qui ne voulait pas laisser ternir la joie de Marie.

Il ajouta, souriant :

— Je vois que ça va mieux enfin.

Elle approuva, dit que ses forces revenaient jour après jour.

— Prête à embarquer alors ?

— Presque ! répondit-elle.

Vivien rentra des champs et Benjamin lui proposa de venir travailler avec lui dès qu'il embarquerait.

— Pourquoi pas ? dit Vivien, on peut au moins en parler.

— D'autant, reprit Benjamin, que j'espère bien pouvoir faire construire très vite un deuxième courau.

Il se demanda aussitôt s'il ne péchait pas par trop d'optimisme, mais la confiance et le dynamisme de Ludovic Clarétie lui revinrent en mémoire et il se laissa aller à expliquer les projets du marchand qui comptait acheter du vin jusque dans le haut Médoc.

Le repas qu'ils prirent en commun fut très gai. Benjamin en oublia le naufrage de ses bateaux et la mort de son prouvier. Il s'en rendit compte lorsqu'il se remit en route, au milieu de l'après-midi. De même que Marie avait réembarqué aussitôt après l'accident de la Despouille, il avait tenu à repartir dès que les bateaux avaient été prêts. Il le fallait. Il le savait. Sa main n'avait pas tremblé au malpas du Gibanel, d'autant que le niveau des eaux avait beaucoup baissé. Dans moins d'un mois, elles ne seraient plus marchandes. Mais, tout en marchant d'un bon pas sur le chemin de rive, il se disait qu'avant l'été il aurait rejoint ces lieux bénis où les eaux seraient de voyage chaque minute qui lui serait donnée de vivre jusqu'à la fin de ses jours.

Troisième partie

LE CŒUR VA OÙ VONT LES RIVIÈRES

10

En vieillissant, Marie avait l'impression que le temps passait de plus en plus vite. Elle avait aujourd'hui quarante-neuf ans et cela faisait déjà deux années qu'ils avaient quitté le haut-pays. Elle soupira, songea que sans le départ d'Émilien (qui avait tiré un mauvais numéro), ces deux ans n'auraient été que du bonheur. Deux ans de voyage sur le fleuve depuis Bergerac jusqu'à Pauillac, dans l'estuaire, ou jusqu'à Bordeaux, quai des Chartrons, où étaient amarrés les navires de haute mer.

Et Vivien les avait rejoints pour reprendre la vie qu'ils menaient à Souillac, Élina se portait toujours aussi bien malgré ses soixante-quatorze ans, et l'on avait pu acheter un deuxième courau l'an passé. Le premier s'appelait le *Victorien,* le second le *Vincent.* Du nom des deux hommes qui leur avaient appris à naviguer, à elle comme à Benjamin. Deux hommes qu'elle n'oubliait pas.

Pas plus, d'ailleurs, qu'elle n'oubliait Aubin, à Périgueux. Et elle ne se cachait pas de Benjamin pour y aller une fois par mois, même s'il se refusait toujours à parler de lui. Le ménage d'Aubin marchait bien, car Mathilde était une femme douce et courageuse, mais il manquait d'argent. Marie faisait en sorte, chaque fois qu'elle s'y rendait, de laisser quelques pièces sur le coin du buffet et, même si Mathilde n'oubliait jamais de la remercier, elle n'en disait rien à Aubin qui en eût été furieux.

Deux ans aussi que la santé de Marie s'était améliorée, à l'issue du premier été. Elle s'était alors rendue à l'hôpital de Libourne consulter un médecin. Celui-ci lui avait indiqué qu'elle était presque guérie, mais qu'elle demeurait sous la menace d'une rechute. Il ne pouvait dire exactement si la maladie était seulement endormie ou éteinte à jamais. En tout cas, elle ne toussait plus et ne s'était jamais sentie aussi bien que ce mois d'avril-là, tandis qu'elle suivait le courau conduit par Benjamin en direction de Saint-André-de-Cubzac. Plus loin, passé le bec d'Ambès, ils continueraient jusqu'à Blaye où ils devaient charger des barriques sur la rive droite, puis jusqu'à Pauillac, en haut Médoc, dans la mer bordelaise.

Les rives étaient parsemées de perrés, ces petits ports aménagés par les vignerons qui vendaient leur production à Ludovic Clarétie, où l'on pouvait accoster sans risque. Les deux bateaux ramenaient le vin dans les chais du marchand, quai du Priourat, à Libourne. De là, on les transportait à Bordeaux. En automne seulement, après les vendanges, les navires de mer venaient prendre directement livraison du vin à Libourne. Mais Marie et Benjamin ne naviguaient pas seulement sur la Garonne et la Gironde. Ils remontaient jusqu'à Bergerac sur la Dordogne, où ils prenaient livraison de vins des collines environnantes, et aussi de ceux qui venaient de Domme. Aussi connaissaient-ils maintenant tous les grands vins du Bordelais : les côtes de bourg, les médoc, les entre-deux-mers, les saint-émilion, les bergerac, toutes sortes de crus, rouges ou blancs, grâce auxquels Ludovic Clarétie prospérait, non sans inciter son gabarier attitré à acheter d'autres bateaux.

En été, cependant, à cause de la chaleur, on ne transportait pas de vin. Clarétie expédiait alors des tuiles en Saintonge et, au retour, Benjamin faisait nettoyer ses bateaux à Royan. Cela lui donnait l'occasion d'affronter l'océan sans trop s'éloigner des côtes. C'était une autre vie, mais c'était celle dont il avait longtemps rêvé. Marie ne le suivait jamais si loin. Lors des voyages en mer, c'était Vivien qui menait le *Vincent*. D'ailleurs elle avait plaisir à retrouver la terre ferme de temps en temps, tandis que Benjamin n'était heureux que sur l'eau.

Elle se plaisait dans leur logement de la rue Fontneuve, entre le quai du port et la place de l'hôtel de ville, où Élina s'était bien habituée, elle aussi. C'était une rue très animée que Marie connaissait depuis ses premiers voyages à Libourne, l'auberge où elle descendait se trouvant à proximité. Elle aimait à se rendre au marché avec Élina, à visiter les échoppes de la place centrale sous les arceaux, à observer tous les gens qui vivaient de la mer sur le quai Souchet : les cordiers, les tonneliers, les charpentiers de bateaux, les arrimeurs, les voiliers qui confectionnaient les voiles de lin des navires et chantaient en travaillant devant leur atelier. De l'autre côté du pont, sur les quais de Priourat et de la Rouquette, se trouvaient les chais. C'était là aussi la même animation joyeuse, entre les barriques qui attendaient les bateaux. Le port était encombré de gabares, de couraux, de filadières, de yoles, de goélettes, de cargos, de sloops, et c'était chaque fois un exploit que de se frayer un chemin entre eux, d'accoster au bon endroit, quai du Priourat, sans éperonner le moindre bateau.

Cette animation, cette fièvre éloignait chaque jour davantage Marie du haut-pays, et elle ne s'en plaignait pas, au contraire. Elle était heureuse là où était la vie. Depuis qu'à vingt ans elle avait connu Bordeaux, elle avait besoin de cette atmosphère de port, de voir travailler des gens autour d'elle, d'entendre les drisses claquer contre les mâts, de sentir l'odeur du grand large, celle des chais, du goudron, du poisson, et elle se disait qu'à Spontour, elle était peut-être tout simplement tombée malade d'ennui.

Dans un coin de son cœur, pourtant, restaient blottis Souillac et ses prairies qu'elle se promettait d'aller revoir bientôt. Elle en avait déjà eu l'occasion, l'été d'avant, mais elle y avait finalement renoncé, ne se sentant pas la force de retrouver les lieux où elle avait vécu « comme on doit vivre au paradis », songeait-elle souvent. Elle ne l'oubliait pas. Et cette présence chaude, sacrée, qui bougeait dans son cœur, souvent, l'aidait à oublier que ses enfants étaient loin d'elle : Émilien à Rochefort, Aubin à Périgueux, condamné à une sorte d'exil à cause de Benjamin. Si elle lui en avait voulu, elle ne lui en voulait plus. Elle espérait qu'un jour, bientôt, il accepterait de revoir son fils, et peut-être à l'occasion de l'heureux événement qu'on attendait à Périgueux. Si c'était un garçon, Benjamin n'y résisterait pas. Elle en était sûre. Mathilde devait accoucher en juin. Marie avait promis de l'aider. Elle ne désespérait pas d'emmener Benjamin avec elle.

Toutes les pensées qui tournaient dans sa tête, tandis qu'elle naviguait, lui faisaient souvent oublier les impératifs de sa tâche. Heureusement, près d'elle, Vivien veillait. Le problème, ce matin d'avril, était d'arriver à Blaye avant la marée contraire, sans quoi l'on devrait attendre la renverse pendant une demi-journée sur un perré. Cela s'était produit une fois : à moins de quatre cents mètres de Blaye, le mascaret avait surgi brutalement et les deux couraux avaient dû accoster aussitôt, immobilisés pour près de six heures.

Ce matin-là, donc, elle songeait, comme Vivien, qu'ils ne disposaient que de peu de temps pour entrer dans l'estuaire et remonter vers Blaye. Les rosées d'avril illuminaient les rives. Sur le fleuve, la luminosité était telle que l'on avait l'impression de naviguer sous un lustre. Marie cherchait à abriter ses yeux derrière un vieux chapeau noir sous lequel ses cheveux châtains lançaient des lueurs fauves.

Malgré la proximité du bec d'Ambès, elle n'était pas très inquiète : il était plus facile d'entrer dans l'estuaire en suivant la ligne droite sur tribord que de traverser la Garonne pour aller s'abriter sous l'île Cazeau en attendant de remonter sur Bordeaux. Certes, les gros navires surgissaient toujours de la même manière sur bâbord, mais on ne coupait pas leur route et il suffisait de bien longer la rive droite pour les laisser passer. Ce fut donc en pleine confiance qu'elle doubla le bec, incurvant légèrement la ligne vers tribord, sans trop se soucier du manque de visibilité.

Vivien eut à peine le temps de crier quand le cargo surgit, énorme, terrible, anormalement déporté vers la rive droite, près de fracasser le courau. Marie eut le réflexe de manœuvrer vers tribord, mais comme la voile était hissée pour arriver plus vite à Blaye, son bateau fusa sur l'eau et vint s'échouer brutalement sur un banc de sable, projetant les hommes sur le pont, tandis que le cargo redressait sa course et s'éloignait.

Agrippée à la barre, Marie, seule, était restée debout. Vivien, lui, ne bougeait plus. Il avait été propulsé vers les barriques vides alors que les deux matelots, eux, avaient été projetés contre le bordage. Depuis le temps qu'elle naviguait, c'était la première fois que Marie rencontrait un cargo fou. Le pilote, sans doute, était ivre, ou alors avait-il été ébloui, lui aussi, par l'extraordinaire lumière de ce matin d'avril. Marie se précipita vers Vivien qui, assommé par le choc, reprenait conscience lentement. Près d'elle, les matelots se relevaient, saignant un peu des coudes et du front. Vivien gémit puis se redressa :

— C'est rien, dit-il.

Et aussitôt, avec colère :

— Mais qu'est-ce qui lui a pris ?

Marie se rendit compte qu'elle n'avait même pas eu le temps d'avoir peur. Depuis deux ans, c'était le premier accident qui survenait sur le fleuve. Elle avait presque fini par oublier qu'il existait un danger, ici, aussi bien que dans le haut-pays. Et pourtant, malgré tout, elle ne ressentait pas les choses de la même façon. En aidant Vivien à se relever, elle eut la conviction que la lumière qui l'accompagnait désormais avait définitivement chassé le malheur de sa vie.

N'apercevant plus le *Vincent* derrière lui, Benjamin s'était arrêté sur un perré, puis, à la renverse, était retourné vers le confluent. L'échouage n'avait pas causé d'avarie au *Vincent*. On avait donc simplement attendu la marée haute, et le courau s'était désensablé tout seul. Puis, avec le jusant, on était reparti vers Blaye avec une demi-journée de retard. Debout au gouvernail, Benjamin se félicitait de ce que les couraux fussent solidement bâtis. En tout cas beaucoup plus que les gabares du haut-pays qui n'eussent pas résisté à un tel échouage.

Le *Victorien,* lui, qui jaugeait soixante-dix tonneaux et mesurait vingt mètres de long et cinq de large, était un bateau taillé pour la mer bordelaise et les coups de vent de la marée. Au contraire des gabares à fond plat, il avait une quille de presque deux mètres et portait un mât, des haubans, un gréement qui lui permettaient de remonter au vent dans l'estuaire.

Si Benjamin était fier de ses deux couraux (qu'il avait presque fini de payer), il rêvait d'autre chose : Ludovic Clarétie, comme la plupart des marchands de Libourne, avait noué des relations avec des négociants du port de Dunkerque et souhaitait leur livrer lui-même le vin tout au long de l'année.

— Je finance le bateau, avait dit Clarétie à Benjamin, et tu prends le commandement. Cent trente tonneaux. Deux mâts. Six matelots. Te voilà capitaine au long cours.

Benjamin n'avait pas dit non, mais il s'inquiétait de cette course folle à laquelle l'incitait le marchand. Où s'arrêterait-il ? Au reste, Benjamin était heureux sur le fleuve avec ses deux bateaux, et il sentait confusément qu'il ne devait pas trop s'éloigner de Marie. Elle se disait guérie, mais elle avait changé. Il lui semblait qu'il devait prendre le temps de profiter de cette vie qui lui était offerte et qui, depuis deux ans, le contentait. Il ne se sentait pas prêt à se lancer dans une nouvelle aventure, car l'accident du Gibanel était toujours présent dans sa mémoire. Il pensait souvent à la veuve de son prouvier et ne manquait jamais d'envoyer un peu d'argent pour elle à Jean, dont il n'avait guère de nouvelles.

Il sentait aussi que le fossé creusé entre Marie et lui n'était toujours pas comblé, et il ne tenait pas à le creuser davantage en naviguant sans elle. Il ne pouvait pas non plus se réconcilier avec Aubin : c'eût été renier toutes ces années où il s'était battu, s'avouer vaincu par le chemin de fer. Non, c'était au-dessus de ses forces. Il n'oubliait pas que cette blessure avait joué un rôle dans la maladie de Marie, mais s'il avait tout fait pour qu'elle guérît, même précipité le départ de Spontour, il ne pouvait toujours pas adresser la parole à un homme, fût-il son fils, qui travaillait pour ceux qui l'avaient ruiné.

Même s'il se plaisait dans le bas-pays où la proximité de la mer et le vent du large l'exaltaient, il pensait souvent à Souillac, comme Marie. Cependant ils n'en parlaient pas. Car la plaie n'était pas renfermée et ils ne pouvaient pas vivre tournés vers le passé. Alors il rêvait ! Il rêvait qu'un jour, bientôt, il deviendrait capitaine d'un navire de mer, qu'il retrouverait la fougue de ses vingt ans, quand il montait au mât de misaine et que la tempête semblait vouloir engloutir le *Duguay-Trouin*. Et de penser à ce bateau le faisait songer à Pierre qui était mort là-bas, si loin, et à sa mère disparue dans la solitude et le dénuement. Aussi, chaque fois qu'il remontait jusqu'à Bergerac, il ne manquait jamais d'aller se recueillir sur la tombe des Bourdelle et de la fleurir...

La proximité de Blaye ramena Benjamin à la vigilance. Mais le danger, ici, n'était pas grand, car ce n'était pas l'activité des ports de Bordeaux ou de Libourne. Il n'eut aucune difficulté à accoster à l'endroit exact où attendaient les barriques de vin. Puis, tandis que les deux matelots et Vivien chargeaient les tonneaux pleins, Benjamin paya le marchand blayais. Ludovic Clarétie, en effet, lui faisait confiance et, pour gagner du temps, lui remettait de quoi payer. Ensuite, comme il était midi passé, l'on déjeuna sur les bateaux afin de pouvoir repartir le plus vite possible en profitant du jusant.

Il fallait, pour aller à Pauillac, traverser la Gironde et remonter du côté bâbord de l'île Bouchaud et de l'île Philippe. Entre les îles et la rive gauche de la Gironde, le fleuve était moins large et les couraux devaient se montrer plus prudents qu'en amont, non pas à cause du trafic de remonte (il était presque nul à cause du jusant), mais à cause des pêcheurs qui barraient l'estuaire avec leurs filets. Il s'agissait donc de se glisser entre les yoles et les filadières, et les incidents n'étaient pas rares entre les bateaux de cabotage et ceux de la pêche fluviale. L'an passé, Benjamin avait emporté un filet avec son courau, et il avait failli en venir aux mains avec les pêcheurs qui l'avaient poursuivi jusqu'à Pauillac. Finalement, tout s'était arrangé lorsqu'il avait accepté de payer la moitié de la réparation du filet. Il savait que pour Ludovic Clarétie il valait mieux payer que de perdre du temps.

Au-delà de Pauillac, l'estuaire, débarrassé des grandes îles qui l'encombraient, s'ouvrait sur la mer. Là, il semblait à Benjamin que le fort du Verdon et le phare de Cordouan l'attendaient, comme ce jour lointain où, fou de désespoir, il était allé se perdre dans l'océan jusqu'à ce que le souvenir de Victorien l'oblige à reprendre le combat. Là, également, il pensait toujours à la proposition de Ludovic Clarétie et, chaque fois, fouetté par l'air du large, ébloui par une lumière à nulle autre pareille, il se disait qu'un jour, bientôt, il poursuivrait sa route au lieu d'accoster à Pauillac et deviendrait enfin l'homme qu'il avait toujours rêvé d'être.

Il faisait si chaud, en ce début juin, que Marie, malgré les plaintes de Mathilde, avait laissé la porte ouverte pour laisser entrer un peu d'air. Il était sept heures du soir et l'enfant n'était pas encore né, bien que Mathilde eût ressenti les premières douleurs à midi. Ses deux fils étaient chez une voisine. Aubin n'était pas encore rentré du travail. La sage-femme (une mégère à chignon qui avait très mauvais caractère) n'en finissait pas de s'agiter entre la chambre et la cuisine, donnant des ordres à Marie qui lui obéissait dans la seconde même pour ne pas compliquer les choses.

Cela faisait huit jours que Marie était arrivée à Périgueux, car Mathilde était épuisée par sa grossesse et ne pouvait plus s'occuper de ses enfants. Heureusement que Vivien barrait le *Vincent* à sa place, sans quoi Marie aurait eu beaucoup de mal à convaincre Benjamin de la nécessité de passer tant de temps à

Périgueux. D'ailleurs, même avec de bonnes raisons, ça n'avait pas été facile :

— Comment avons-nous fait, nous, à ces moments-là ? avait-il demandé avec cette même hostilité dont il ne se départissait pas chaque fois qu'il était question d'Aubin et de sa famille.

— Nous avions Élina. Mon devoir est de faire pour eux ce que ta mère a fait pour nous, avait-elle répondu.

Il n'avait pas insisté, mais elle l'avait senti près d'exploser, bien qu'elle feignît de ne pas accorder d'importance à ces disputes de plus en plus fréquentes. Élina n'était-elle pas là, en son absence, pour veiller sur la maison ? Aussi Marie était-elle partie en voiture pour Périgueux sans le moindre remords.

Et ce soir, dans la chaleur de cette soirée qui n'en finissait pas de prolonger la lumière du jour, elle s'inquiétait du temps que mettait à naître l'enfant qui, selon la sage-femme, se présentait très mal. Quand Aubin arriva, sale, noir, les traits tirés par la fatigue, l'enfant n'était pas encore là. Marie donna à manger à Aubin dans la cuisine, tandis qu'ils entendaient Mathilde gémir dans la pièce d'à côté. Aubin avait un regard farouche, fiévreux. Sans doute sortait-il d'une réunion avec ses amis républicains. Marie ne reconnaissait plus l'enfant épanoui des rives de la Dordogne, celui à qui elle avait appris à nager dès son plus jeune âge et qui aimait tant l'eau. Et aujourd'hui il vivait dans ce quartier du Toulon où semblait régner la misère, engagé dans un combat qui ne pouvait que le briser.

Ce soir-là, elle en voulait à Benjamin plus que de coutume. S'il avait été là, elle lui aurait dit tout ce qu'elle gardait au fond de son cœur depuis des années. Heureusement, des vagissements d'enfant la tirèrent de ses pensées. Soulagée, elle se précipita dans la chambre.

— Un garçon ! dit la sage-femme en brandissant le bébé à bout de bras. Et pas n'importe lequel : il doit peser huit livres !

Elle revint dans la cuisine où Aubin, inquiet, s'était levé :

— Tu as un fils ! dit-elle. Viens voir comme il est beau !

Ils passèrent dans la chambre, s'attendrirent devant l'enfant, puis réconfortèrent Mathilde qui était épuisée. Aubin resta un moment avec elle, fut chassé par la sage-femme qui avait encore à faire.

— Je n'ai pas assez d'eau ! grogna-t-elle.

Marie et Aubin prirent chacun un seau et sortirent. Il ne faisait pas nuit. Des hirondelles tournaient au-dessus des maisons en criant, des enfants demi-nus passaient dans les rues, les hommes et les femmes du Toulon étaient sur les seuils à la recherche de la fraîcheur du soir.

— C'est un fils ! répondait Aubin devant chaque maison où l'on savait ce qui se passait chez lui.

— Comment allez-vous l'appeler ? demandaient les femmes.

— Éloi ! répondait Aubin.

Et on l'invitait à entrer pour fêter l'événement. Marie se rendait compte alors à quel point il était estimé par ses compagnons de travail, et il lui semblait que la pauvreté des lieux, dans cette soirée paisible de juin et la joie de la naissance, devenait belle, aussi, et chaude, et rassurante. Non ! Aubin et les siens n'étaient pas seuls. Ils avaient une famille, ici, et ils n'étaient certainement pas malheureux. D'ailleurs les femmes se proposaient pour venir les aider, les hommes pour porter l'eau, et Aubin devait refuser ces offres avec précaution pour ne pas les fâcher.

Ils arrivèrent enfin devant le puits qui alimentait en eau tout le quartier. Ils remplirent leurs seaux en écoutant, tout près, le chant d'une femme qui essayait d'endormir un enfant. La nuit commençait à tomber, apportant enfin un peu d'air frais au parfum de chèvrefeuille. Des hommes vinrent féliciter Aubin, l'embrassèrent. Il avait été convenu qu'il devait dormir chez l'un d'entre eux, qui se prénommait Gustave. Comme tous les ouvriers du chantier, il était vêtu de ses vêtements de travail gris et sales mais il était seul à porter un foulard rouge autour du cou.

— Quand tu voudras, dit-il à Aubin. Je t'attends devant la porte.

Marie et Aubin retournèrent chez eux, mais ils mirent beaucoup de temps pour y parvenir, car il fallut donner des explications sur le nouveau-né devant chaque maison. Quand ils y arrivèrent enfin, la sage-femme était furieuse. Comme Aubin allait répliquer, Marie lui dit d'aller se reposer : elle allait s'occuper de Mathilde. Aubin embrassa sa femme, puis il partit retrouver son ami. Marie aida la sage-femme jusqu'à plus de minuit, puis celle-ci s'en alla et Marie put enfin se coucher.

Les jours suivants, Marie s'occupa de Mathilde, de ses enfants, d'Éloi et de la maison. Mathilde, qui n'avait plus de forces, ne pouvait pas se lever. Une voisine vint remplacer Marie pendant quarante-huit heures, le temps qu'elle aille à Libourne donner des nouvelles et prendre des dispositions. Elle n'attendit heureusement pas longtemps Benjamin et Vivien qui étaient à Sainte-Foy. Quand Benjamin arriva, le soir, elle lui annonça qu'il était grand-père avec une joie qu'il ne partagea pas. Elle en fut d'autant plus blessée qu'elle avait vraiment compté sur cette naissance pour le fléchir.

— Tu viendras le voir, j'espère! fit-elle, avec des larmes dans les yeux

— Tu n'as qu'a me l'amener.

— Je ne pourrai pas. Sa mère le nourrit au sein et elle est très fatiguée.

— Alors ça attendra! fit-il avec une froideur et une hostilité qui la blessèrent une nouvelle fois.

Mais la douleur fut telle, ce soir-là, qu'elle trouva subitement les forces qui lui avaient manqué si souvent pour l'affronter.

— Je dois les aider, répondit-elle. Mathilde ne peut pas se lever. Il faudra que j'y revienne deux ou trois fois par semaine.

— Ah, oui! Et comment feras-tu?

Elle laissa passer quelques secondes, le temps de rassembler son courage et répondit d'une voix blanche :

— Je prendrai le train.

Un grand silence s'installa dans la cuisine. Même Élina, qui touillait un ragoût avec une louche, retint son geste. Marie, qui n'avait pas baissé les yeux, vit pâlir Benjamin et ses mâchoires se crisper. Quand il se leva, défiguré par la colère, elle crut qu'il allait la frapper.

— Tu ne prendras pas le train ! cria-t-il.

— Je ne peux pas faire autrement. En voiture, il faut presque un après-midi, et en train il faut deux heures seulement.

— Tu ne prendras pas le train, répéta-t-il, ou alors...

Élina mit le plat sur la table, s'interposant entre eux par sa seule présence, sans prononcer un mot.

— Je ne peux pas faire autrement, répéta Marie avec une telle lassitude dans la voix qu'il en fut un instant bouleversé.

Et elle ajouta, tout bas, avec humilité mais avec fermeté

— Si tu ne veux pas le comprendre, je resterai là-bas.

Il cogna alors si fort sur la table que les assiettes en furent soulevées, puis, livide, le regard fou, il s'en alla en claquant si fort la porte derrière lui qu'il brisa la poignée.

Durant tout l'été Mathilde fut malade et ne put se lever. Marie vint l'aider comme elle le lui avait promis et elle vit peu Benjamin qui s'arrangeait toujours pour naviguer quand elle passait à Libourne. Heureusement, Élina veillait et la rassurait :

— Ne t'inquiète pas, lui disait-elle ; il finira bien par accepter tout ça.

Mais Marie souffrait de plus en plus de ce fossé qui devenait entre eux chaque jour plus profond. Elle avait recommencé à tousser, sans s'en inquiéter au début, mais plus le temps passait et plus les voyages à Périgueux la fatiguaient.

En septembre, Mathilde étant enfin sur pied, Marie cessa d'aller à Périgueux aussi souvent, remonta sur les bateaux, mais sans revendiquer le gouvernail du *Vincent* que tenait désormais Vivien. Un soir qu'ils rentraient à pied depuis le quai du Priourat dans la rue Fontneuve, Benjamin lui dit :

— J'ai accepté l'offre de Clarétie. Il va mettre en chantier un cent trente tonneaux pour aller à Dunkerque. C'est moi qui le commanderai.

Marie crut que les murs des maisons s'écroulaient autour d'elle. Elle sentit ses jambes fléchir, mais ne dit pas un mot. Le soir, avant de se coucher, elle eut un malaise qu'elle parvint à dissimuler mais, à partir de ce jour, elle recommença à ressentir les effets de la maladie dont elle s'était crue définitivement guérie.

En octobre, elle dut revenir voir le médecin libournais qui s'était déjà occupé d'elle et qui, l'ayant auscultée, ne lui fit pas mystère des dangers qu'elle courait :

— Je vous l'ai déjà dit, madame, fit-il avec un rien d'agacement dans la voix : nous sommes presque impuissants. Tout ce que nous prescrivons tient en trois remèdes : repos, bonne nourriture, soleil. Or vous êtes à bout de forces. Comment voulez-vous guérir ?

Elle lui expliqua qu'elle avait dû aider sa belle-fille qui venait d'accoucher mais ne lui parla pas de Benjamin. Pas plus qu'elle, il n'aurait compris l'acharnement qu'il mettait à combattre son fils. Elle était tellement désespérée qu'elle ne put cacher au médecin les deux larmes qui débordèrent de ses yeux. Celui-ci se radoucit alors, réfléchit, déclara :

— Il faudrait passer l'hiver à Arcachon. Il y a sur les hauteurs des villas qui sont de véritables sanatoriums.

Et il expliqua comment un médecin cousin des banquiers Pereire (qui étaient propriétaires de milliers d'hectares de pins sur les collines) avait remarqué que les marins et les résiniers, malgré des conditions d'hygiène lamentables, n'étaient jamais atteints par la phtisie. Les frères Pereire avaient alors monté une colossale opération immobilière avec villas, parcs à l'anglaise, rues et allées dessinées pour éviter les courants d'air, que l'empereur en personne avait inaugurés avec sa femme et le petit prince. Depuis, tous les riches phtisiques d'Europe venaient là plutôt que d'aller sur la côte méditerranéenne.

— Les résultats y sont très bons, ajouta le médecin, et les guérisons nombreuses. Si vous ne pouvez pas y passer toute l'année, passez-y au moins l'hiver.

Au nom de l'empereur, Marie avait frissonné. Elle se contenta de répondre, après avoir remercié :

— Je ne pourrai pas payer. Et d'ailleurs je ne peux pas abandonner mon mari pendant trois mois.

— Cinq mois seraient mieux, observa le médecin.

Marie secoua la tête en souriant.

— Ce n'est pas possible, dit-elle.

Le médecin, qui avait la cinquantaine énergique et n'était pas habitué à ce que les malades ne lui obéissent pas, planta son regard clair dans celui de Marie, murmura :

— Ce qui est possible, madame, c'est que dans un an vous ne soyez plus là...

Et il ajouta, haussant légèrement la voix :

— Disons plutôt que c'est probable.

Marie, à ces mots, pensa à Émeline. En même temps, une sorte de renoncement s'abattit sur elle. A quoi bon se battre, sans répit, chaque jour, puisque Benjamin avait choisi de vivre sans elle ? Le médecin comprit qu'il devait forcer les choses :

— Revenez me voir dans un mois, dit-il. J'aurais trouvé une solution. Ça ne vous coûtera rien, ou pas grand-chose.

Elle balbutia quelques mots de remerciements, s'engagea à revenir le voir un mois plus tard et s'en alla. En chemin, cependant, elle s'en voulut de son renoncement en pensant à Aubin, à Mathilde, à Émilien qui finirait bien par revenir, à Élina qui restait seule trop souvent dans la rue Fontneuve, malgré son âge avancé, et qui allait de plus en plus avoir besoin d'elle. Il fallait qu'elle guérît, sinon pour elle, du moins pour ceux qui l'aimaient.

Le soir où Benjamin revint et qu'ils se retrouvèrent à table avec Élina, elle n'hésita pas à lui avouer qu'elle devait passer quelques mois à Arcachon. Elle ne rapporta pas les paroles exactes du médecin, mais Élina et Benjamin surent à quoi s'en tenir. Ne l'entendaient-ils pas de nouveau tousser depuis plusieurs semaines ? Benjamin ne lui posa pas la moindre question. Elle devina dans son regard une réelle inquiétude et il se montra prévenant durant les jours où il resta à quai. Quant à Élina, elle rassura Marie : elle se débrouillerait seule. L'essentiel était de guérir. Elles auraient ensuite tout le loisir de se retrouver et d'aller se promener sur les quais, comme elles en avaient pris l'habitude, le dimanche, pendant les beaux jours.

Un mois plus tard, le médecin libournais annonça à Marie qu'il lui avait trouvé une place de dame de compagnie auprès d'une personne âgée, malade elle aussi, qui louait chaque année une villa pendant les mois d'hiver. Elle employait une cuisinière qui lui servait aussi de femme de chambre. Marie n'aurait donc pas trop de travail. Elle pourrait se reposer sans que cela lui coûte de l'argent et se trouverait dans les meilleures conditions pour guérir. Elle était attendue pour la fin novembre.

Marie ne sut comment remercier, se perdit dans des mots dont elle n'avait pas l'habitude, se troubla.

— Ne me remerciez pas, madame, dit le médecin, cela vous était dû.

Il la dévisagea avec gravité, reprit :

— Il n'y a pas de hasard dans la vie.

Et, comme elle ne comprenait rien à ce qu'il voulait dire, il lui tendit un carton sur lequel était écrit :

Madame veuve Desplas, villa Richelieu,
Arcachon.

Elle pâlit, n'osa relever la tête, se retrouva à Sainte-Foy-la-Grande, au temps où elle transportait les armes pour les républicains. Elle revit le grand homme élégant, au regard sombre, à la cravate de soie qui parlait avec tant d'aisance et de distinction. Elle demanda à mi-voix :

— Il est mort ?

— Non, madame. Il est en Angleterre. C'est sa mère qui loue la villa Richelieu. Mais les temps ont changé : il vient souvent en France pour la voir.

— Et vous, donc ? fit Marie, osant enfin regarder le médecin.

— Octave est un ami. Nous avons mené le même combat. Quand je lui ai parlé de vous, il s'est souvenu. Vous voyez ? C'est tout simple.

— Mais vous ? fit-elle avec la méfiance qu'elle avait apprise durant cette période folle de sa vie, comment avez-vous su ?

— Je n'ai rien su jusqu'au jour où j'ai parlé de vous à Octave. J'ai donné votre nom. Il est ravi de vous rendre ce service après les risques que vous avez pris à l'époque.

Elle était sûre, pourtant, qu'Octave Desplas était mort. Mais elle se souvint brusquement de ce papier glissé sous la porte de sa chambre, la nuit où elle avait appris la mort de Philippe et l'arrestation des républicains : « Le combat continue ! Vive la République ! »

— C'était donc lui ! murmura-t-elle.

— Lui seul a réussi à s'échapper, dit le médecin. Il a franchi la Manche. Mais depuis deux ou trois ans il revient chaque année clandestinement. Vous aurez tout le loisir de le revoir bientôt.

Marie hocha la tête et ne trouva plus rien à dire. Cette réapparition soudaine dans sa vie la stupéfiait. Elle en éprouvait à la fois de l'excitation et la sensation d'une menace, un peu comme à l'époque où elle transportait les armes.

— Revenez me voir au printemps prochain, dit le médecin en se levant. Plus tôt si ça ne va pas.

Elle se dirigea vers la porte du cabinet, se retourna au moment de sortir.

— Merci, dit-elle.

— C'est à lui qu'il faudra le dire, fit le médecin.

En descendant l'escalier de l'hôpital, il lui sembla qu'elle allait reprendre un combat qui allait l'aider à vivre.

Benjamin et Vivien savaient que ce serait une épreuve que de traverser le port de Bordeaux avant de se lancer dans la Garonne. Se glisser entre les voiliers ancrés au milieu du fleuve, ceux qui déchargeaient leurs marchandises près des quais, les barques de pêche, les cargos, les bateaux du port, les couraux et les gabares du cabotage relevait de l'exploit. D'ailleurs les accidents étaient fréquents et ils ne l'ignoraient pas.

Si ce n'avait été le plaisir de remonter la Garonne après le quai de Paludate, Benjamin eût regretté le temps où il s'arrêtait à Lormont ou à La Bastide. Il ne commença à respirer vraiment qu'en doublant l'île d'Arsins, au-delà de laquelle on entrait dans la campagne bordelaise, tandis que d'aimables coteaux se détachaient dans le lointain, au-dessus des arbres de la rive gauche. C'était la première fois qu'ils s'aventuraient sur la Garonne en direction de La Réole, pour aller chercher du vin à Langoiran, Cadillac et Barsac. Une nouvelle initiative de Clarétie, qui semblait aussi bien réussir dans le commerce du vin que dans celui du bois. Il avait même embauché un autre batelier, car les deux couraux de Benjamin ne lui suffisaient plus. Et d'ailleurs, bientôt, Benjamin voguerait vers Dunkerque, ce qui nécessiterait son remplacement sur la Dordogne et la Gironde. « Comment résister à un tel homme ? » se demandait souvent Benjamin qui s'inquiétait parfois de l'enthousiasme du marchand. Il avait donc accepté de remonter la Garonne, et il ne le regrettait plus, maintenant que les dangers de Bordeaux étaient derrière lui.

Le plaisir de la découverte l'arrachait aux impératifs de la navigation, qui était très importante sur le fleuve, bien au-delà de Langon. Il allait être dix heures, ce matin-là, et la lumière était aussi vive qu'entre Ambès et Bordeaux, quoiqu'un peu moins aveuglante, peut-être, en raison de la végétation qui tapissait les rives. Les couraux allaient lentement, portés seulement par le courant de la marée, sans voile, car pour cette première remonte il fallait être prudent. Ils dépassèrent Portets, Langoiran (où ils ne chargeraient qu'au retour) et arrivèrent en vue de Rions, une petite ville fortifiée sur la rive droite de la Garonne.

Et brusquement, alors qu'ils naviguaient dans un silence de cathédrale, un grondement naquit dans le lointain, enfla rapidement, devint bientôt assourdissant. Benjamin se retourna, aperçut un bateau qui se dirigeait sur eux à grande vitesse. Il fit signe à Vivien de se garer sur tribord et manœuvra pour venir au plus près de la berge. Bientôt le grondement ébranla toute la vallée qui en fut comme soufflée par une tempête. C'était *La Garonne,* le bateau à vapeur qui reliait Bordeaux à Agen en transportant des voyageurs. Benjamin vit passer devant lui une énorme cheminée qui vomissait une fumée noire, un long bateau qui portait une grosse verrue en son milieu, des hommes et des femmes impassibles qui ne semblaient pas du tout indisposés par le vacarme.

C'était la première fois qu'il s'approchait si près d'un « vapeur », car il y en avait peu sur la Dordogne. Les vagues qu'il provoqua firent rouler le courau d'un bord sur l'autre, arrachant des jurons à Benjamin. Il regarda disparaître le vapeur à l'horizon, mais le grondement mit longtemps à s'éteindre. Benjamin était furieux, blessé : pour lui, la vapeur sur le fleuve c'était aussi celle des locomotives sur les voies ferrées. Il ne comprenait pas comment on pouvait ainsi souiller la paix d'une vallée et, en même temps, il ressentait la même menace que quelques années auparavant : tous les bateaux n'allaient-ils pas être équipés de la sorte ? A cette idée, le fleuve lui parut tout à coup moins beau et il se dit que cette première remonte en Garonne serait aussi la dernière. Désormais, il refuserait à Clarétie de venir jusqu'ici.

Cette journée, qui avait si bien commencé, en fut définitivement ternie. C'est à peine si Benjamin remarqua le château de Cadillac campé sur son éperon rocheux et, plus loin, face au perré de Barsac où il accosta, le petit bourg de Loupiac séparé de la Garonne par de paisibles cabanes de pêcheurs. Durant tout le temps que l'équipage mit à charger les barriques, il ne décoléra pas. L'après-midi, avec la renverse, il revint vers Cadillac puis vers Langoiran où il prit une nouvelle cargaison de vin. Benjamin demeura fermé, hostile, retrouvant à peine sa voix pour donner des ordres. Les bateaux à vapeur qui le dépassèrent après la renverse avivèrent encore sa blessure. Ils étaient le symbole du seul échec de sa vie, celui de son départ de Souillac et de l'éloignement de Marie. Or Marie avait besoin de lui. Il le sentait. Il en était sûr. Mais lui ne pouvait pas aller vers elle. Et peut-être allait-elle mourir.

Cette pensée l'obséda pendant les deux heures qu'il mit à regagner Bordeaux. Il eut la tentation de céder, d'accepter de voir Aubin — non pas pour Aubin mais pour aider Marie — mais un nouveau bateau à vapeur, remontant le jusant, lui infligea le spectre d'une nouvelle défaite qui serait peut-être encore plus cruelle que la première. Il se réfugia dans l'idée de partir sur l'océan vers Dunkerque, là où la vapeur ne le rejoindrait jamais. C'était s'éloigner davantage encore de Marie et l'abandonner à son sort. Mais pouvait-il faire autrement ? Il avait accepté de la laisser aller à Arcachon. Dès qu'il pourrait, il irait lui rendre visite. Il pensa à leurs plongées dans les grands fonds de Souillac, la nuit, et à leurs retrouvailles dans les prairies. « L'été prochain nous y reviendrons », se dit-il. Mais en songeant que sept mois le séparaient de juin, il eut la terrible impression de l'avoir perdue à jamais.

11

Ce mois de janvier était froid, mais sec et ensoleillé. Marie, qui revenait de Libourne où elle était allée passer Noël, avait plaisir à se promener sur les collines parmi les pins. L'air qu'elle respirait ici lui faisait du bien, elle le sentait. Elle profitait des deux heures pendant lesquelles Mme Desplas se reposait, pour sortir. Le reste du temps, elle demeurait près de la vieille dame qui était très faible et très marquée par la maladie. A peine si elle trouvait la force de faire le tour de la villa — d'où on pouvait apercevoir Arcachon et l'océan —, donnant le bras à Marie qui s'était prise d'affection pour elle et l'aidait de son mieux

Si son corps la trahissait peu à peu, la vieille dame gardait toute sa tête. Elle parlait beaucoup à Marie de son époux décédé dix ans auparavant, de leur vie à Libourne, de son fils Octave qui était en Angleterre. Marie n'avait pas pu garder son secret : elle avait avoue à la vieille dame qu'elle avait connu son fils et lui avait raconté dans quelles circonstances

— Ainsi vous savez tout de lui, ou presque, avait soupiré la vieille dame.

— Oh non ! avait-elle répondu. Je ne savais pas qu'il était médecin.

— Médecin, oui, comme son père, et comme lui il aurait terminé sa brillante carrière à l'hôpital de Bordeaux si la fièvre de la politique ne s'était emparée de lui.

Mme Desplas avait soupiré, puis repris avec une grande lassitude.

— Mon fils unique... Il a toujours vécu de passions. Mais c'est son exil forcé qui a tué son père. Et moi, je suis là, suspendue à votre bras. Parlez-moi de lui, je vous prie, ça me fera tellement de bien.

Marie avait raconté plusieurs fois leur rencontre à Sainte-Foy, le transport des armes, la présence de Philippe à ses côtés et le drame qui s'en était suivi, mais la vieille dame ne s'en satisfaisait pas.

— Comment était-il, alors ? demandait-elle.

Et Marie décrivait l'homme élégant qu'elle avait découvert, l'influence qu'il exerçait naturellement sur les autres, et chaque fois elle revoyait le regard profond et noir qu'elle n'avait pu oublier.

— Il ne s'est jamais marié, reprenait la vieille dame. Il lisait, il étudiait, il soignait. Et moi je le regardais vivre en me disant que c'était ce que j'avais fait de plus beau dans ma vie. Aujourd'hui qu'il est loin, je passe mon temps à l'attendre. Et c'est vers lui que vont mes premières pensées, chaque jour, en me levant...

Ce soir-là, en rentrant de sa promenade, Marie avait poussé davantage vers le Pyla et s'était assise un moment face au bassin. La mer l'avait toujours apaisée. Et le ciel rouge à l'horizon semblait précipiter le coucher du soleil pour une paix meilleure. Marie s'allongea sur le sable, appuya sa tête sur un coude et songea aux hasards de la vie. Qui l'avait mise en situation de revoir Octave Desplas et pourquoi ? Elle n'en était pas inquiète, mais seulement curieuse. Après son arrivée dans la belle villa d'Arcachon, elle avait retrouvé sa confiance car elle sentait que la maladie, de nouveau, s'éloignait. Et la perspective de devoir revenir à Arcachon chaque hiver ne lui déplaisait pas, au contraire.

Elle se laissa aller sur le dos, ferma les yeux puis les ouvrit brusquement sur le ciel sans nuages. Le vent faisait gicler le sable sur ses joues. L'air fraîchissait. Elle rentra par la route d'où, entre les maisons et les pins, on aperçoit les flots immobiles. Une fois à la villa, dès qu'elle referma la porte, elle entendit des voix dans le salon.

Elle reconnut alors la voix de Mme Desplas et tout de suite après la seconde voix, grave, ferme, avec, pourtant, lors de certaines intonations, quelques failles où l'on devinait encore les accents de la jeunesse. Elle s'arrêta, n'osant entrer dans le salon. Mais la vieille dame l'avait entendue :

— Entrez, Marie... Entrez, je vous en prie.

Elle obéit, l'aperçut tout de suite tandis qu'il se levait, élégamment vêtu comme à son habitude, venant vers elle pour lui baiser la main. Elle croisa furtivement son regard fiévreux et sombre, songea qu'il avait vieilli. Ses cheveux noirs désormais grisonnaient, les traits de son visage, naturellement expressifs, s'étaient encore creusés

— Je ne voudrais pas vous déranger, dit-elle en restant debout au lieu de s'asseoir.

— Pas du tout, Marie, dit Mme Desplas. Octave est arrivé dès votre départ. Je dois aller me reposer et je vous demande de bien vouloir lui tenir compagnie.

— S'il vous plaît ! dit Octave Desplas en l'invitant à s'asseoir.

La vieille dame regagna la chambre et Marie, qui n'avait pu dire un mot, se retrouva seule avec Desplas, incapable de briser le silence qui s'était installé dans la pièce. Ce fut lui qui parla le premier d'une voix étrangement calme qui la surprit un peu, habituée qu'elle était à la sentir vibrer d'enthousiasme :

— Vous avez bien de la chance, madame, de ne pas accuser le poids des années.

Et il ajouta, tandis qu'elle souriait, amusée :

— Vous n'avez jamais été si belle.

Le sourire de Marie s'effaça sur ses lèvres. Elle avait toujours su que cet homme était habitué à séduire, mais elle n'aurait pas pensé qu'il s'intéressât à elle de la sorte.

— J'ai plus de quarante ans! fit-elle délibérément, pour lui faire comprendre qu'elle ne le suivrait pas sur ce terrain-là.

— Non, madame, dit-il, pour moi vous ne les aurez jamais. Et cela seul m'importe.

Elle reconnut là l'autorité naturelle dont il usait avec les uns et les autres, se sentit glisser sous le charme de cette voix si chaude et si grave qui, dès la première fois, l'avait bouleversée.

— Je ne vous serai jamais assez reconnaissant de prendre aussi bien soin de ma mère que vous le faites.

— Ne renversez pas les rôles, dit Marie, vous savez bien que c'est moi qui dois vous remercier.

Un large sourire éclaira le visage de Desplas.

— Non, madame, dit-il, même pas. Car vous allez m'être utile et cela n'a pas de prix. Je possède des documents à faire parvenir à Bordeaux et Libourne. Vous voyez? C'est moi qui suis votre débiteur.

Marie, outrée, voulut se lever et partir. Cet homme était encore plus redoutable qu'elle ne l'avait jamais imaginé. Il maniait la soie et le crin à sa guise, réduisait ses interlocuteurs à sa merci comme il le souhaitait.

— Et vous pensez que je vais accepter? se rebella-t-elle d'une voix glaciale.

— Oui, madame, fit-il, mais pas pour les raisons que vous croyez.

Décidément, elle n'était pas de taille à lutter avec lui. Elle se demanda s'il n'avait pas accepté de la recevoir chez sa mère uniquement pour pouvoir se servir d'elle.

— Non parce que vous avez besoin de venir ici pour vous soigner, reprit-il, mais parce que vous étiez sincère dans votre combat, et qu'aujourd'hui il arrive à terme.

Il laissa couler quelques secondes, jeta négligemment un regard vers le feu allumé dans la cheminée, poursuivit :

— Les dernières élections ont montré que l'Empire était condamné. Même les réformes qu'il a lancées n'y pourront rien. Là n'est pas d'ailleurs l'essentiel, madame. La Prusse veut la guerre. Bismarck est prêt et notre armée vit dans l'anarchie. Écoutez bien ce que je vous dis aujourd'hui : la République sera proclamée avant un an, mais nous la payerons très cher.

Marie réfléchit un instant, silencieuse, troublée par les certitudes de Desplas. Comment ne pas croire cet homme qui devait se mouvoir dans les milieux les mieux informés ?

— Puisque vous êtes si sûr de vous, fit-elle sans la moindre chaleur, je ne vois pas pourquoi vous avez besoin de moi.

Desplas prit le temps de se servir un fond de liqueur dans un verre, en proposa à Marie qui refusa, puis il se redressa dans son fauteuil et reprit :

— Les documents que vous porterez ne sont pas seulement destinés à Bordeaux et Libourne. Il y en a aussi pour Périgueux.

Marie sentit un frisson glacé courir sur sa colonne vertébrale. Cet homme était le diable. Elle avait deviné ce qui allait suivre avant même que de l'entendre :

— Ils seront très utiles à votre fils.

— Aubin ! fit-elle, près de jaillir de son fauteuil. Vous le connaissez donc ?

— Non, madame. Je ne l'ai jamais vu. Mais pour nous il fait partie de ceux qui, là-bas, comptent le plus.

Cela faisait à peine dix minutes qu'elle parlait avec Desplas et déjà, comme à Sainte-Foy il y avait quelques années, elle ne se sentait pas de taille à s'opposer à sa volonté. Mais qui était cet homme qui savait si bien subjuguer ceux qui l'approchaient ? Un sursaut de révolte lui fit demander :

— Est-ce que ce sera tout ?

Il sourit, répondit :

— J'aimerais que vous m'accompagniez dans le jardin pour faire quelques pas.

— Je suis fatiguée, dit-elle, et si ce n'est pas trop abuser de votre hospitalité, je préférerais regagner ma chambre.

Il se leva à demi, sourit.

— Comme vous voudrez, dit-il, nos retrouvailles pour le dîner n'en seront que plus agréables.

Elle sortit sans répondre et sans lui accorder le moindre regard.

Benjamin s'assit face à sa mère pour le repas du soir et se mit à manger sans la regarder. Élina, d'abord, fit de même, puis elle demanda, avec ce sourire qui lui était si familier :

— Elle te manque donc autant qu'à moi ?

Il releva la tête et retrouva, comme chaque fois que son regard se posait sur elle, la même impression de retomber brusquement en enfance. Et il avait plus de cinquante ans ! Mais ces yeux clairs, ces cheveux blancs sagement noués en chignon sur la nuque, ce sourire qui illuminait son visage étaient ceux d'une mère et il savait quelle chance c'était, pour lui, de l'avoir encore à ses côtés. D'ailleurs, le fait de se retrouver seuls dans la maison de la rue Fontneuve, depuis que Marie était à Arcachon, les avait rapprochés davantage. A soixante-seize ans, Élina était toujours alerte, vive et pleine d'optimisme.

— Vous le savez bien, dit-il. D'ailleurs n'est-ce pas aussi le cas pour vous depuis que mon père est mort ?

— Moi, je n'ai rien pu faire pour le garder près de moi, dit-elle, mais toi, es-tu sûr d'avoir fait tout ce que tu devais ?

C'était la première fois qu'elle se permettait d'intervenir ainsi dans sa vie, et il en fut si surpris qu'il ne répondit pas sur-le-champ. Cette phrase, pourtant prononcée avec douceur, vint lui confirmer ce qu'il savait déjà : il portait une grosse part de responsabilité dans la maladie de Marie.

— Et ton fils ? poursuivit-elle, pourquoi refuses-tu encore de le voir ? Tu ne crois pas que ça a assez duré comme ça ?

Comment répliquer à l'infinie tendresse de cette femme qui avait toujours su aimer les siens plus qu'elle-même ? Il garda le silence, ne pouvant avec elle employer ses armes favorites : la violence des mots ou la froideur. Quelques secondes passèrent, durant lesquelles Élina porta un plat de pommes de terre sur la table, puis, quand elle lui tendit la cuillère, leurs regards se croisèrent. Il vit alors qu'elle lui souriait.

— Je pars demain pour Dunkerque, dit-il brusquement, comme s'il désirait se délivrer d'un secret.

C'est vrai qu'il s'en voulait de la laisser seule et qu'il ne savait comment le lui annoncer. Certes, il y avait bien à Libourne la femme de Vivien et leurs enfants, mais ils habitaient dans la rue des Guîtres, et cela n'empêchait pas qu'Élina, en l'absence de Marie, mangeait seule, dormait seule, vivait seule. A soixante-seize ans ! Et si elle tombait malade, une nuit, sans personne pour l'aider !

— Qu'est-ce que ça va changer ? dit-elle calmement. Je suis habituée. Vous, les hommes, n'êtes-vous pas toujours partis sur l'eau ?

Il hocha la tête, répondit :

— J'ai toujours rêvé de l'océan et aujourd'hui que je vais réaliser ce rêve, j'ai des remords.

— Le seul remords que tu puisses avoir, dit-elle, c'est d'avoir décidé de ne plus parler à ton fils

Il ferma les yeux, soupira

— J'ai déjà dit à Marie que je ne pouvais pas. Vous comprenez ça ? Je ne peux pas.

— C'est pourtant simple, fit-elle.

— Pas pour moi.

— Et son enfant ?

— Je n'ai jamais refusé de le voir.

— Et Marie ?

— Quoi ? Marie ?

— Elle ne guérira pas.

Il posa sa cuillère, demanda :

— C'est vous qui me dites ça, alors que grâce à vous nous avons toujours guéri de tout.

— Pas cette fois, Benjamin. Tu ne peux pas savoir ce que représente un enfant pour sa mère.

— Ce n'est pas un enfant, c'est un homme.

— Pour elle, c'est son enfant, et tu le renies.

— Je ne le renie pas ; je ne veux pas le voir, c'est tout.

– C'est la même chose !

— Pas pour moi.

Il avait presque crié. Les deux yeux clairs d'Élina brillaient étrangement. Il détourna vivement les siens, ne pouvant se mesurer à l'immense tendresse qu'il y lisait, et qui lui donnait la certitude d'en être indigne.

— Je ne t'ai jamais rien demandé, dit-elle, mais aujourd'hui...

— Non ! Mère ! S'il vous plaît ! N'ajoutez rien, la coupa-t-il en se dressant à demi.

Elle se tut, repoussa son assiette, soupira puis reprit :

— Je ne te demanderai rien, c'est entendu. Mais je veux que tu saches une chose : c'est que ton père, lui, dans les mêmes conditions, il serait allé vers toi.

Il ferma les yeux, revit en un éclair Victorien devant son lit à l'hôpital de Bordeaux. « Prends mes jambes, petit ! disait-il, je serai heureux pourvu que tu vives debout. » Mais, aussitôt après, Benjamin se souvint du bouvier qui l'avait humilié en public en refusant de prendre sa cordelle. Et tout cela parce que le chemin de fer lui volait ses marchés. Pourquoi donc les femmes ne pouvaient-elles pas comprendre que refuser d'abdiquer devant son fils c'était aussi refuser d'abdiquer devant le chemin de fer ? Et que c'était vital pour lui ?

— Il faut que j'aille me coucher, dit-il en repoussant doucement son couvert. Demain, je me lève à six heures.

Élina ne chercha pas à le retenir. Elle le regarda disparaître dans l'escalier, persuadée que bientôt il pourrait enfin entendre sa voix.

Quatre jours plus tard, Benjamin entrait dans la Gironde au gouvernail de la goélette *Ludovic* qui appartenait à Clarétie, le marchand libournais. A son bord se trouvaient cinq hommes d'équipage et un mousse prêts à hisser les voiles, dès qu'il en donnerait l'ordre. Heureusement, ce matin-là, malgré le froid, le temps était clair. Car Benjamin n'avait eu que huit jours pour se familiariser avec le bateau, ses deux mâts et ses cent trente tonneaux qui en faisaient un navire de haute mer. Le danger le plus important, du fait que la quille de la goélette était beaucoup plus grosse que celle des couraux, était les bancs de sable nombreux entre les îles et la rive droite. Mais depuis le temps qu'il venait en Médoc, Benjamin connaissait bien les passes. Aussi n'avait-il pas connu de grosses difficultés pour remonter jusqu'à Blaye, Pauillac, puis Talmont, le fort du Verdon et enfin le phare de Cordouan qui ouvrait les portes de l'océan.

Depuis combien de temps attendait-il ce moment ? Depuis des années ! Peut-être même depuis toujours. Certes, il avait passé le phare une fois, mais dans quelles conditions ! Aujourd'hui, il était capitaine d'une goélette alors que la première fois il était un vaincu que le désespoir envoyait là pour se perdre. Et même s'il avait pour instruction de ne pas s'éloigner des côtes de plus de vingt milles marins, il naviguait avec, devant lui, l'immensité de l'océan et du ciel réunis, là-bas, à l'horizon.

Sur cette mer étonnamment calme de janvier, il avait oublié ce qui s'était passé les jours précédents. Il était tout à son plaisir, à sa fierté, se refusait à penser qu'un jour, peut-être demain, le temps fraîchirait. Il ne pensait ni à Élina, ni à Marie, ni à ce qu'il avait vécu dans le haut-pays. Il respirait à pleins poumons l'air marin qui était vierge de toute odeur de terre depuis des milliers de kilomètres, il regardait ses mâts, le grand et l'artimon, ses focs, ses drisses, sa grand-voile dans laquelle s'engouffrait le vent de sud-ouest, tandis que la goélette fendait l'eau avec la douceur d'une caresse.

Passé les côtes de Saintonge, et malgré le trafic assez important, il put se laisser aller à sa passion du large en oubliant l'appréhension qui l'habitait depuis le départ de Libourne. Le beau temps lui laissa apercevoir la côte sur tribord : l'île d'Oléron, puis La Rochelle, Nantes et l'estuaire de la Loire le lendemain, qu'il devina plus qu'il ne le distingua dans la brume qui se levait. Elle amena le vent et, au milieu de la journée, la pluie et le gros temps. Dès son premier voyage, Benjamin comprit qu'il allait devoir montrer à son équipage et à lui-même de quoi il était capable.

Ce fut à l'approche de la Bretagne que le grain fondit brusquement sur la goélette. Benjamin savait qu'il était important de passer bien au large d'Ouessant avant de s'engager dans la Manche. L'absence de visibilité et les creux de six mètres lui firent un moment regretter de ne pas pouvoir s'arrêter à Lorient, Quimper, Port-Launay, Landernau ou Brest, comme le faisaient les marins libournais quelques années plus tôt, avant que les nécessités du commerce les contraignent à remonter jusqu'à Dunkerque. Il se demanda même s'il n'avait pas été présomptueux d'accepter ces voyages, surtout lorsqu'il aperçut son mousse en haut du grand mât, qui peinait pour affaler la drisse de la grand-voile qui venait de se déchirer. Il fallut amener la flèche et la fortune [1] pour se mettre à la cape une heure ou deux, le temps que le grain s'éloigne.

Le vent ne tomba pas durant deux jours et deux nuits. Il était très dangereux de laisser la goélette à la cape à cause des courants. L'équipage, qui était peu expérimenté, ne prenait aucune initiative et attendait les ordres, si bien que les manœuvres arrivaient toujours trop tard et ne donnaient pas au bateau le répit qu'il attendait pour bien se comporter contre les vagues. Afin de ne pas dériver trop longtemps, il fallut enverguer une voile d'artimon en guise de grand-voile. La goélette reprit alors sa route, mais en enfournant des paquets de mer sur bâbord. Benjamin ne quitta pas son poste pendant douze heures. Puis il alla dormir un peu, se fit réveiller par son second, un Bordelais qui n'avait, comme lui, que l'expérience de la navigation fluviale.

Enfin, deux jours plus tard, le vent faiblit, mais la brume demeura. Benjamin calcula qu'il devait se trouver au large de Cherbourg et qu'il atteindrait sans doute Dunkerque le

1. Petites voiles de goélette

lendemain matin. Ce qu'il craignait le plus, maintenant, c'était les cargos qui devaient croiser sa route au retour de Dunkerque, d'Ostende et d'Amsterdam. Il ne s'autorisa même pas une heure de repos, car il redoutait de ne pas trouver le bon rail s'il se trompait dans l'évaluation rapide des données.

La nuit tomba, aussi épaisse que la brume, alors qu'il distinguait à peine ses propres feux. Comment quitter son gouvernail pour fermer les yeux quelques minutes ? Ce n'était pas possible : il ne pouvait pas laisser la responsabilité du bateau à son second dans des conditions aussi difficiles. Appuyé sur la barre, il perdit conscience quelques instants. Il devait être aux alentours de minuit quand la corne de brume du cargo, en retentissant brusquement, le réveilla d'un rêve où, justement, son bateau se trouvait devant une muraille sombre. C'était le cas. Énorme et noir, le cargo lui paraissait si proche qu'il crut la goélette perdue. Heureusement, son instinct de survie joua, et il manœuvra le gouvernail aussi vite que son esprit assoupi le lui permit. La goélette fit une embardée sur elle-même, puis parut s'arrêter : le cargo lui avait coupé le vent. Toute manœuvre était devenue impossible. Il se vit écrasé par la masse gigantesque et noire qui approchait. Quand elle passa près de lui, il eut l'impression de pouvoir la toucher de la main. En fait, elle se trouvait encore à dix mètres, mais la vague qu'elle souleva faillit faire chavirer la goélette qui venait brusquement de reprendre le vent.

Agrippé à la barre, Benjamin tremblait. Il lui semblait que quelqu'un ou quelque chose se vengeait de lui. Il se sentait coupable. Il allait être châtié. Les longues heures qui passèrent durant cette nuit hostile lui furent autant de preuves que trop d'orgueil menait toujours à la catastrophe. Il songea à Élina, à Marie qu'il avait abandonnées, s'en voulut et se promit de ne plus quitter le fleuve désormais. Quand le jour se leva, il était épuisé. Encore lui fallut-il de longues heures avant de trouver les balises de Dunkerque et la passe qui devait l'emmener vers le port. Au moment où il doubla la jetée, il eut l'impression que la brume se déchirait et que la tempête n'avait jamais existé. Il longea des quais interminables, dut manœuvrer dangereusement entre les centaines de bateaux qui, comme à Bordeaux, encombraient le chenal, put enfin s'amarrer, dès qu'il trouva une place, avant de se renseigner pour savoir où se trouvaient les hangars de Jacques Walemme, le marchand dunkerquois qui traitait avec Clarétie. Il eut la conviction, en sautant sur le quai, qu'il ne retrouverait le calme et la sérénité qu'au moment où il entrerait de nouveau dans l'estuaire de la Gironde, entre palus et Médoc, là où il n'ignorait rien du vent et des marées.

Avant de quitter Arcachon, Desplas avait beaucoup parlé avec Marie, qui avait accepté de porter les documents à Bordeaux, Libourne et Périgueux lors de son prochain voyage. A l'occasion de deux ou trois promenades autour de la villa, il s'était laissé aller à quelques confidences : il ne s'était jamais marié mais avait avoué que, l'âge venant, il souhaitait la présence d'une femme auprès de lui. Marie n'avait pas répondu, ayant feint de ne pas comprendre. D'ailleurs elle n'aurait jamais pensé que cette confidence lui était adressée si, le dernier jour, il ne s'était brusquement tourné vers elle et, lui prenant les mains, avait murmuré :

— Venez avec moi, Marie ! C'est d'une femme comme vous que j'ai besoin. Vous n'avez rien à redouter : nous serons de retour en France avant la fin de l'année

Elle s'était brusquement reculée de quelques pas, avant de répondre avec hostilité :

— Mais comment pouvez-vous penser que vous allez pouvoir vous servir de moi à votre guise ?

Il avait esquissé son sourire de loup, avait répondu :

— Parce que, vous et moi, Marie, nous savons que nous sommes de la même race.

— Vous vous trompez. C'est une femme soumise qu'il vous faut. Pas une femme qui conduit des bateaux.

Il avait repris ses mains avant de poursuivre :

— Vous verrez, la soumission, pour une femme, n'est jamais très loin du bonheur.

Elle avait levé sa main droite pour le gifler, mais il l'avait retenue au dernier moment. Alors elle s'était enfuie, furieuse de ne savoir se faire respecter de cet homme qui prétendait avoir besoin d'elle.

Depuis ce jour, il lui tardait de partir d'Arcachon, et elle cherchait comment pouvoir y retourner l'hiver prochain sans l'aide de Desplas. Heureusement, elle allait mieux, ses forces revenaient et elle toussait moins, en tout cas moins douloureusement, comme si, de nouveau, la maladie avait décidé de lui accorder un répit. Mais elle avait besoin de rentrer deux ou trois jours à Libourne pour prendre un peu de recul par rapport à cette vie si étrange, si troublante parfois, qu'elle menait à Arcachon.

Trois jours avant son départ, un matin, alors qu'elle s'apprêtait à accompagner Mme Desplas qui voulait faire quelques pas dans l'allée gravillonnée du jardin, on sonna à la grille. Marie alla ouvrir, se trouva face à face avec Émilien qui se précipita dans ses bras. Elle demanda à la vieille dame la permission de le faire entrer, le conduisit dans le salon tandis que la cuisinière, Célestine, accompagnait Mme Desplas dans sa promenade.

Une fois assise face à son fils, Marie l'observa un long moment en souriant. Plus il vieillissait, plus il ressemblait à Benjamin, excepté ces deux fossettes au creux des joues qui lui donnaient encore, par instants, des expressions d'enfant.

— Alors, dit-elle enfin, comment vas-tu ?

— C'est plutôt à vous qu'il faut poser cette question. J'ai été bien surpris d'apprendre que vous étiez ici

— Tu es donc passé à Libourne ?

— A Libourne et à Périgueux.

— Comment vont-ils, eux ?

Quel plaisir c'était, pour Marie, d'avoir des nouvelles des uns et des autres : d'Élina, d'Aubin, de Mathilde, de tous ceux vers lesquels ne cessaient d'aller ses pensées. Elle jura à

Émilien qu'elle allait beaucoup mieux, l'écouta lui décrire sa vie qui était dure, certes, à bord du *Jean Bart,* mais pas plus que celle dont lui avait parlé Benjamin à son retour de la marine. Émilien termina en disant qu'il allait partir pour les îles et ne reviendrait pas avant un an.

— Et après ? fit-elle ; quand tout sera fini, viendras-tu avec nous ?

— C'est si loin, répondit-il.

Puis, comme il n'avait pas vu son père, à Libourne, il demanda à Marie comment marchaient les affaires. Elle lui expliqua qu'ils avaient fini de payer les couraux, que Benjamin avait décidé de conduire une goélette jusqu'à Dunkerque. Elle fut un peu blessée de la lueur qui s'alluma alors dans le regard d'Émilien qui lui avoua prendre goût à la navigation de haute mer. Puis il lui dit que Mathilde, à Périgueux, attendait un autre enfant et, subitement, tout le bonheur qu'elle avait éprouvé depuis l'arrivée d'Émilien s'effondra.

Comme l'heure du repas approchait, Mme Desplas insista pour garder Émilien : la famille de Marie n'était-elle pas devenue un peu la sienne ? En s'installant à table, Marie se demanda comment elle allait pouvoir lui faire admettre, en mars, au moment de son départ, qu'elle ne reviendrait plus chez elle. « Mais dans un an, songea-t-elle, qui sait si elle ou moi serons encore en vie ? » Et, tandis qu'Émilien répondait aimablement à la vieille dame, songeant à Mathilde et au fait que sa présence allait être de nouveau nécessaire là-bas, Marie se demanda si elle allait en trouver la force. Il lui semblait à présent que tout le bénéfice qu'elle avait emmagasiné pour sa santé venait d'être anéanti. Elle se sentait lasse à nouveau et l'avenir lui paraissait incertain.

Quand Émilien repartit, au début de l'après-midi, elle le suivit jusqu'à la gare en le tenant par le bras. Puis, tandis qu'il esquissait un petit signe de la main à travers la portière du wagon, les larmes lui vinrent aux yeux à l'idée que, peut-être, elle ne le reverrait plus. Elle se détourna vivement et remonta vers la colline en inspirant bien à fond l'odeur des pins qui se balançaient dans le vent en gémissant doucement.

Benjamin revint vers le quai, furieux. L'entrevue avec Ludovic Clarétie s'était très mal passée, car le marchand ne comprenait pas son revirement subit. Il avait fait construire une goélette uniquement parce qu'il avait confiance en Benjamin. Il n'était donc pas question de la confier à d'autres, et d'ailleurs il n'y avait pas à Libourne de mains capables de prendre un tel commandement dans l'immédiat. Benjamin était d'autant plus furieux qu'il savait que sa démarche était injustifiable. Il n'avait pas d'autre solution que de faire face à ses engagements, quoi qu'il lui en coutât.

Revenu sur le quai du Priourat, il s'apprêta, avec Vivien, à passer les deux couraux de l'autre côté de la Dordogne, au port du Nouguey, où se trouvaient des barriques à charger chez le marchand Lejeune. Ce n'était pas une manœuvre facile, car il fallait traverser la Dordogne en s'aidant du courant de marée qu'amenait la renverse. Et c'était aussi l'heure où tous les bateaux manœuvraient en même temps. En outre, cette mi-février était grise et froide, parfois balayée par des rafales de neige qui ne tenait pas sur les bateaux, mais dont les flocons piquaient la peau comme de minuscules aiguilles.

Vivien partit le premier sur le *Vincent*, et Benjamin suivit dès qu'il trouva un passage dans le trafic très dense. A peine eut-il atteint le milieu du fleuve qu'une gabare, brusquement surgie sur tribord, vint violemment heurter son courau. Malgré les difficultés de la navigation dans le port, c'était la première fois que cela lui arrivait. D'abord il s'en prit à son prouvier, puis, comme les deux bateaux présentaient une brèche, il fallut aller accoster à l'extrémité du port de Nouguey et « s'arranger à l'amiable ». Un bateau qui traversait n'avait pas la priorité. Benjamin ne put pas laisser libre cours à sa colère et, au contraire, dut faire des concessions, ce qui augmenta sa mauvaise humeur. Il perdit en outre beaucoup de temps et ne rentra chez lui qu'à la nuit tombée, transi de froid, excédé, épuisé.

Marie, qui revenait de Périgueux, l'y attendait. Il lui parut tellement fatigué, qu'elle en fut touchée et demeura avec lui tandis qu'il mangeait, levant de temps en temps sur elle des yeux où il lui semblait lire un appel. Pour essayer de franchir le mur qui les séparait, elle lui parla plus qu'elle n'en avait l'habitude d'Arcachon et de Périgueux. Alors, faisant aussi un pas vers elle, il demanda :

— Comment vont-ils ?

— Mathilde a fait une fausse couche mais elle s'est bien remise. Éloi et les deux autres vont bien. Aubin aussi.

Il hocha la tête, ne dit rien contre son fils, contrairement à son habitude. Marie, qui ne savait pas qu'Élina avait entrepris son patient travail de persuasion, n'osait croire à cette embellie. Ils parlèrent ensuite des couraux conduits par Vivien, de Dunkerque, de Clarétie, puis, dès que Benjamin eut fini de dîner, tandis qu'Élina débarrassait la table, ils prirent place de chaque côté de la cheminée, face à face. Élina ne tarda pas à monter se coucher afin de les laisser seuls. Ils demeurèrent un moment silencieux, puis Benjamin s'inquiéta de la santé de Marie.

— Comment te sens-tu ? Il me semble que tu tousses moins, dit-il.

Et il ajouta, tout bas, d'une voix qui, aussitôt, la transporta des années en arrière :

— C'est d'être loin de moi qui te guérit ?

Elle rencontra son regard, vit briller la lueur chaude et dorée qu'elle croyait éteinte. Elle sourit, murmura :

— Je guérirais plus vite si tu étais près de moi, tu le sais bien.

Il hocha la tête, sourit à son tour. L'un et l'autre, ce soir, comprenaient que tout redevenait possible, qu'on ne traversait pas le temps côte à côte sans que les jours ne tissent un autre lien que celui de l'amour, et bien plus fort, celui-là, bien plus solide, capable de résister à ces vents redoutables qui rôdent aux portes de la mort. Marie, mise en confiance, n'hésita pas a parler de Desplas, des documents qu'elle avait transportés, des propos qu'il avait tenus devant elle sur l'empereur. Elle lut un léger désarroi dans les yeux de Benjamin qui avait senti que leur vie s'était peut-être jouée sans qu'il en sût rien. Elle en profita pour ajouter, parlant d'Aubin sans prononcer son nom :

— Il prend beaucoup de risques, tu sais. Je n'aurais jamais cru qu'il ait de telles responsabilités.

Mais elle ne voulut pas mettre en péril l'espoir fragile qui était né en elle et n'insista pas.

— Parfois je me demande, dit-elle simplement, si cet homme a dit vrai : la République avant la fin de l'année ! Est-ce que tu te rends compte ?

Il était trop préoccupé par le rôle joué par Aubin dans le combat que lui-même avait abandonné pour pouvoir lui répondre. Marie le comprit, parla alors de Mathilde, de ses enfants, d'Éloi.

— Il te ressemble, dit-elle, il a les mêmes yeux que toi.

Une nouvelle fois, une lueur de désarroi passa dans le regard de Benjamin. Elle le retrouva semblable au garçon qu'il avait été, doué d'une grande force et quelquefois cependant désarmé devant elle. Et ils vivaient ensemble depuis toujours. Que s'était-il donc passé ? Quelle était cette faille qui s'était insinuée entre eux sans qu'ils y prennent garde ? Elle ressentit tout à coup le besoin de ne rien lui cacher, souffla :

— Desplas m'a demandé d'aller vivre avec lui en Angleterre.

Il ne réagit pas tout de suite, et, tandis qu'elle se demandait s'il avait bien compris ce qu'elle venait de dire, elle le vit sourire :

— Cela te fait sourire ? demanda-t-elle doucement.

Il hocha la tête, se redressa légèrement et dit :

— Qui veux-tu qui nous menace ? Nous sommes allés tellement loin, tous les deux.

Le mois de mars s'achevait, et Marie s'apprêtait au départ en espérant bien qu'elle ne reverrait pas Desplas. Elle avait fait part à son hôtesse de son désir de ne pas revenir à Arcachon l'hiver prochain : n'était-elle pas guérie aujourd'hui ?

— Oh ! Vous savez, ma fille, l'hiver prochain, je serai loin ! avait répondu la vieille dame.

Elle avait deviné que les relations qui existaient entre son fils et Marie n'étaient pas ordinaires, mais elle était trop bien élevée pour chercher à l'influencer. Marie attendait donc avec impatience la fin de la semaine, quand Desplas arriva un matin, comme s'il avait deviné qu'elle partait. Elle fit tout ce qu'elle put pour l'éviter, y parvint le premier soir, mais ne put l'empêcher de la rejoindre le lendemain, alors qu'elle marchait entre les pins en direction du Pyla, en longeant la côte.

— Ainsi, vous me fuyez, madame, dit-il en lui prenant le bras d'autorité.

Elle se dégagea vivement, continua d'avancer sans répondre, espérant le décourager. Un pâle soleil essayait de percer les nuages. Il n'y avait pas de vent. La mer était d'un vert très clair, sans aucune vague.

Marie le sentit revenir à sa hauteur, se retourna brusquement, lança :

— J'ai fait ce que vous m'avez demandé de faire. Maintenant je n'attends qu'une chose : partir et ne plus vous revoir.

— Venez, dit-il, il faut que je vous parle.

Et, la reprenant par le bras, il se dirigea vers la lisière des pins, où commençait le sable.

Elle ne songea même pas à résister, car il y avait dans sa voix une sorte de gravité qui l'intriguait. Il s'assit sur un banc, l'invita à faire de même. Puis, comme il restait muet, elle demanda :

— Alors ? Qu'y a-t-il de si important ?

Il se rapprocha d'elle, essaya de lui prendre les mains, souffla :

— Il y a, madame, que vous m'avez fait perdre le sommeil.

— Tiens donc ! fit Marie, vous devriez essayer la tisane.

— Ne plaisantez pas ! Je n'accepterai pas de vivre sans vous.

— Ah oui ! Et moi ! Vous vous êtes demandé si j'accepterais de vivre avec vous ?

— Je ne me suis jamais posé la question.

— Eh bien, faites, s'il vous plaît ! Et considérez que je suis mariée avec un homme qui sait, lui, me demander mon avis.

Il la considéra en souriant, demanda :

— Vous en êtes si sûre ?

— Parfaitement, dit-elle. Et d'ailleurs cela ne vous regarde pas.

— Si, madame, cela me regarde, puisqu'il vous prend à moi.

Elle se demanda s'il plaisantait ou non, mais le trouva si sérieux qu'elle en fut ébranlée.

— Marie, dit-il tout à coup, saurez-vous jamais combien j'ai rêvé de vous, depuis l'instant même où je vous ai vue à Sainte-Foy ? Saurez-vous jamais combien j'ai tremblé pour vous en sachant les armes sur vos bateaux, et combien j'ai espéré le moment de vous revoir ? Et aujourd'hui je touche au port : je vous ai retrouvée, le pays nous attend ; le pouvoir, les palais sont à nous. Vous serez riche, je vous ferai connaître tout ce que vous ignorez. Nous vivrons à Paris : les salons, les dîners, les toilettes, rien ne sera trop beau.

Elle avait peur, soudain, de cet homme qui avait tombé le masque et qui parlait avec fièvre. Pourtant, la conviction d'en avoir triomphé la grisa un instant. Là-bas, la mer bougeait à peine, et le vent, dans les pins, murmurait doucement. Quel était cet instant ? Elle ferma les yeux, sentit le soleil sur sa peau, soupira.

— Rentrons, dit-elle.

Mais il ne l'entendit pas, poursuivit :

— Un bateau nous attend à Bordeaux. Nous partirons quand vous le voudrez.

Elle ne parvenait pas à reprendre pied dans la réalité et

cependant elle savait qu'elle allait devoir s'y résoudre. Elle eut envie de prolonger la magie un peu folle de ces minutes-là, et dit, tout en sachant que le jeu devenait dangereux :

— Vous arrivez trop tard.

— Il n'est jamais trop tard.

Marie regarda passer un bateau, les mouettes qui l'accompagnaient. Le soleil commençait à basculer dans la mer. Comment prolonger ce moment sans risquer de se perdre ? Quand le visage de Desplas s'approcha du sien, elle recula soudain, et demanda :

— C'est donc tout ce que vous attendez de la République : les palais, les dîners, les salons ?...

Elle se souvint alors de son soupçon, à Sainte-Foy-la-Grande, d'avoir affaire à un orléaniste chargé de ranimer les mouvements républicains pour mieux chasser l'empereur. Et, songeant à ceux qu'elle avait rencontrés à Bordeaux, à Libourne, mais songeant aussi à Aubin, elle eut peur de les avoir trahis sans le savoir. Et cette idée d'avoir mis son fils en péril lui rendit toute sa lucidité.

— Qui êtes-vous ? demanda-t-elle.

Ayant retrouvé son aplomb, il sourit, murmura :

— Sait-on jamais qui nous sommes vraiment ?

— Moi, oui.

— Dites-moi, je vous prie, cela m'intéresse vraiment.

Il y avait de nouveau du défi dans la voix de Desplas.

— Je suis d'un monde où l'on travaille de ses mains, et où l'on ne sait pas trahir.

— Ce n'est pas ce que l'on m'a dit.

Elle pâlit, se leva, comprenant que, n'ayant pas cédé, elle était redevenue pour lui une ennemie.

— Et que vous a-t-on dit ? demanda-t-elle.

Il eut un geste vague de la main, murmura :

— Laissons cela, quelle importance ?

— Cela en a pour moi.

Il se leva, lui tourna le dos, et, sans la regarder :

— J'ai connu les Lassale, à Bordeaux.

Puis, tandis qu'elle comprenait qu'il avait fouillé dans sa vie pour mieux la manipuler :

— Vous voyez, Marie, donner des leçons de vertu n'implique pas qu'on n'ait jamais trahi. Voilà pourquoi je comprends mal que vous me refusiez à moi ce que vous avez donné à d'autres.

Brûlée jusqu'aux os, elle retrouvait l'homme redoutable dont elle n'aurait jamais dû s'approcher.

— Allez-vous-en ! dit-elle.

— Allons ! fit-il. Et l'hiver prochain, que ferez-vous ?

— Je resterai à Libourne.

— Et vous ne guérirez pas.

— Non, dit-elle, peut-être, mais je n'aurai plus à vous dire merci.

— Ne soyez pas stupide. Tout vaux mieux que perdre la vie.

— Pour vous, dit-elle. Pas pour moi.

Il hésita un instant, demanda :

— Ainsi donc c'est fini.

— Rien n'est fini, puisque rien n'a jamais commencé. Allez-vous-en !

Comme il ne bougeait pas, elle voulut s'élancer, mais il la retint par un poignet.

— Un jour, vous saurez qui je suis, et vous regretterez de ne pas m'avoir suivi.

— Jamais, dit-elle, soyez-en sûr.

Et, comme il ne la lâchait pas, elle lança, tremblante d'une colère froide qui tenait autant à sa naïveté coupable qu'au sentiment d'être un jouet pour lui :

— Les mains, chez nous, ça sert à tenir des outils, pas le poignet des femmes. Tous les vrais républicains savent ça.

Puis elle se dégagea vivement et se mit à courir vers la route où elle arrêta une voiture qui l'emmena loin de cet homme qui avait su la faire rêver mais qu'elle haïssait, maintenant, comme elle n'avait jamais haï personne.

12

L'été déclinait. Il avait été chaud et sec, et Marie, chaque jour, avait profité du beau temps jusqu'à la tombée de la nuit, à l'heure où le vent de la mer apporte un peu de fraîcheur. Elle allait mieux, beaucoup mieux, après avoir voyagé sur le courau de Vivien qui lui abandonnait le gouvernail. Si ce n'avait été la guerre entre la France et la Prusse qui avait éclaté en juillet, elle n'aurait eu aucun souci, cet après-midi-là, en rentrant chez elle. Mais elle s'inquiétait beaucoup du sort et de la situation d'Émilien, ainsi que des batailles perdues par l'armée française.

Dans la rue Fontneuve que la canicule, en ce milieu d'après-midi, rendait déserte, elle trouva la porte de sa maison fermée à clef. Pourtant Élina savait qu'elle rentrait aujourd'hui. Marie frappa plusieurs fois et, comme elle n'entendait aucun bruit à l'intérieur, elle interrogea les voisins qui n'avaient pas vu Élina depuis la veille. Très inquiète, elle alla chercher un serrurier dans la rue des Chais, revint avec l'homme qui fit son travail et rentra chez lui.

Dans la maison sombre, pas un bruit. Marie appela, puis, comme personne ne lui répondait, elle monta à l'étage. Une fois sur le palier, elle appela de nouveau :

— Élina ! Élina !

Elle retint son souffle, hésita, poussa doucement la porte de la chambre qui grinça. Puis elle avança d'un pas, d'un autre, et enfin elle la vit, couchée sur le dos, reposant calmement, endormie sans doute, avec une sorte de sourire étonné sur son visage si peu marqué par les ans. Marie s'approcha, murmura :

— Élina... Élina...

Comme elle ne bougeait pas, Marie posa sa main sur celle d'Élina et alors, seulement, elle comprit que sa belle-mère était morte dans son sommeil, sans doute sans souffrance, puisqu'elle avait gardé le sourire qui avait toujours éclairé sa vie. Marie ne put résister au besoin de s'asseoir au bord du lit pour regarder ce visage encore empreint de sagesse. Elle essuya vivement une larme qui coulait sur ses joues, s'en voulut de pleurer, alors que cette mort était d'une simplicité, d'une douceur infinies. Elle le sentait. Elle en était sûre.

Se levant sans bruit comme s'il s'agissait de ne pas la réveiller, elle descendit prévenir les voisines, puis s'en fut chez Vivien, dans la rue des Guîtres, et revint avec Élise. Ensuite, aidée par les femmes, elle fit la toilette de la morte et l'habilla. Le prêtre arriva, puis des gens de connaissance. Marie ne sentait pas la douleur. C'était la première fois qu'une mort lui paraissait aussi sereine, aussi acceptable, puisqu'il n'y avait aucune souffrance inscrite sur le visage d'Élina.

Vers sept heures, elle partit en direction du quai de Priourat où était attendue la goélette *Ludovic* avant la nuit. Celle-ci s'y trouvait déjà. Marie s'approcha du quai, n'aperçut pas Benjamin parmi les hommes qui s'activaient entre le bateau et les chais. Elle se dit qu'il devait être chez Ludovic Clarétie, faillit y aller mais quelque chose la retint. Elle s'éloigna vers le pont, attendit, puis, comme il n'apparaissait toujours pas, elle s'approcha de nouveau. Enfin il apparut, accompagné par le marchand qui, comme à son habitude, faisait de grands gestes en parlant.

Benjamin tourna la tête en direction du pont, aperçut Marie. Il s'arrêta, laissant avancer le marchand qui ne se rendit compte de rien. Benjamin devina qu'il s'était passé quelque chose de grave. Cependant il restait immobile, hésitant à rejoindre le marchand pour le prévenir de la présence de Marie ou à se diriger vers elle qui, il en était sûr, n'était pas venue là sans raison. Il fit signe à Clarétie qu'il allait revenir à l'instant où celui-ci s'étonnait de ne pas le voir à ses côtés puis, marchant vers Marie, il sentit une sueur glaciale couler dans son dos.

Une fois près d'elle, il eut l'impression d'avoir déjà vécu cet instant, mais il ne se souvint pas où ni dans quelles circonstances. Marie cherchait ses mots, ne se décidait pas à parler.

— Qu'est-ce qu'il y a ? demanda-t-il en s'essuyant le front d'une main moite.

— Élina.

— Quoi ? dit-il.

— Elle ne s'est pas réveillée.

Elle fut contente de n'avoir pas dit « elle est morte », et se sentit soulagée en constatant qu'il avait compris. Il demeura un instant immobile, puis il tourna sur lui-même comme un oiseau frappé par la foudre et s'en alla lentement vers le pont. Elle le suivit sans oser le rattraper, lui parler Il avançait lentement, d'une démarche d'homme ivre, la tête levée vers le ciel. Il s'arrêta à l'entrée du quai, se laissa aller contre le mur, ferma les yeux.

— Tu sais, elle n'a pas souffert, dit Marie en s'approchant.

Il hocha la tête mais ne la regarda pas.

— Comment est-ce arrivé ? demanda-t-il d'une voix si faible qu'elle entendit à peine.

— Je l'ai trouvée en rentrant cet après-midi.

Marie voulut lui prendre le bras, mais il se dégagea, continuant d'observer sans les voir les bateaux qui arrivaient au port.

— Ça s'est passé cette nuit, puisque les voisines l'ont vue hier, reprit Marie.

Puis, s'attachant à cette idée, comme à une bouée qu'elle voulait lui jeter :

— Elle souriait dans son sommeil : je suis sûre qu'elle n'a pas souffert.

Enfin il se tourna vers elle. Ses yeux brillaient un peu, mais ses traits étaient durs. Il saisit brusquement les mains de Marie et dit douloureusement :

— Elle n'a pas souffert, mais elle était seule.

Que répondre à cela ? Marie tenta de l'apaiser en disant :

— Le médecin m'a dit qu'on n'aurait rien pu faire.

— Qu'est-ce qu'il en sait ? souffla-t-il.

Elle comprit qu'il valait mieux qu'elle se taise, qu'il n'y avait aucun remède à sa souffrance. Et il restait là, appuyé au mur, le regard de nouveau perdu sur la Dordogne où le soleil couchant jetait des lueurs orangées.

— Viens ! dit-elle doucement.

— Oui, je viens.

Mais il ne bougea pas. Au contraire, il ferma les yeux, respirant lentement, étranger à ce monde, aux bateaux, à la rivière, à Marie Deux ou trois minutes passèrent sans qu'elle osât parler. Il soupira, se redressa lentement et, quand son regard se posa sur elle, il n'avait plus la même dureté, au contraire.

Ils s'en allèrent vers la rue Fontneuve, tandis qu'au-dessus de la ville les hirondelles tournaient en une ronde folle. L'air était épais et lourd. Il y avait un tel poids sur la terre qu'ils sentaient l'un et l'autre leur sang cogner contre leurs tempes. Tout à coup il s'arrêta et murmura :

— Ma mère est morte

Elle hocha la tête, sentit les larmes lui venir aux yeux et, pour qu'il ne les voie pas, elle se remit à marcher.

Une fois dans la chambre, il resta un long moment à regarder Élina, étonné à son tour par ce sourire que la mort ne parvenait pas à effacer. Un peu plus tard, tandis que veillaient les voisines, il se retrouva seul avec Marie dans la cuisine.

— Tu avais raison, dit-il, j'espère seulement qu'elle ne s'est pas vue partir et qu'elle n'a pas appelé

— Non, dit Marie, je ne crois pas.

Mais elle sentit que ce n'était pas suffisant pour le rassurer tout à fait et ajouta :

- Je voudrais moi aussi mourir comme ça.

Il trouva alors la force d'esquisser un sourire et elle comprit que le plus dur, peut-être, était passé.

Elle se trompait, car il fallut ensuite prendre une décision pour les obsèques. On ne pouvait pas attendre. Il faisait trop chaud. Benjamin souhaitait qu'Élina fût enterrée avec Victorien à Souillac, mais ils n'avaient pris aucune disposition et c'était trop tard pour obtenir les autorisations pour transporter le corps. Élina fut donc enterrée dans le cimetière de Libourne, derrière les chais, à quelques centaines de mètres de la Dordogne.

Quand ils rentrèrent, une fois la cérémonie terminée, Benjamin, défiguré par la douleur, dit à Marie qui marchait près de lui :

— Cette fois, elle est vraiment seule.

Deux jours plus tard, le dimanche 4 septembre, ils apprirent dans la matinée que l'empereur avait été fait prisonnier après le désastre de Sedan. C'est Benjamin qui l'annonça à Marie en revenant de la place de l'hôtel de ville où il avait été acheter des cordages. Ils n'eurent même pas l'envie de se réjouir, tellement la situation du pays était devenue pitoyable. Et pourtant Marie se souvint de ce jour où, à Bordeaux, elle avait croisé le regard de cet homme qui lui avait fait tant de mal. Quant à Benjamin, depuis les obsèques d'Élina, il semblait ne plus voir les gens ni les objets.

— Tu te rends compte? dit Marie, à midi, tandis qu'ils déjeunaient tous les deux seuls, désormais, dans la cuisine trop grande; il est prisonnier, c'est fini, il n'y a plus d'empereur.

Il la regarda sans sourire, murmura :

— A quel prix!

Puis il lui parla de la décision de ne plus aller à Dunkerque, de rester sur le fleuve.

— Clarétie n'acceptera jamais, dit Marie, tu le sais bien.

– S'il n'accepte pas, je travaillerai pour d'autres marchands. Plus personne, chez moi, ne mourra seul, sans secours.

Elle comprit que la blessure était beaucoup plus grave qu'elle ne l'avait imaginé et qu'il ne se pardonnerait pas d'être parti si loin et si longtemps sans se soucier des siens.

Le lendemain, il se rendit sur la goélette pour vérifier que tout était en place, avant d'aller chez le marchand. A neuf heures, il faisait déjà chaud, et la Dordogne, à marée basse, était à peine navigable pour les plus gros bateaux. Benjamin était en train de vérifier drisses et haubans quand il aperçut Marie qui courait sur le quai. Il n'eut pas peur, cette fois, mais se demanda ce qui se passait, tandis qu'elle criait, tendant une main vers lui :

— Benjamin ! Benjamin !

Il l'aida à monter à bord, la fit asseoir. Elle tremblait. Il s'inquiéta vraiment quand il aperçut les larmes sur ses joues, la prit par les épaules pour l'obliger à parler.

— Qu'est-ce qu'il y a ? fit-il. Qu'est-ce qui se passe ?

— Oh ! Benjamin ! dit-elle. Ça y est ! Ça y est !

— Quoi ? Quoi ? Mais parle donc !

Elle ne pouvait pas, étouffée qu'elle était par une émotion qui la dévastait. Enfin, deux mots passèrent ses lèvres :

— La République.

— Où ça ? Comment ?

— A Paris ? Benjamin ! La République ! Proclamée hier ! A l'hôtel de ville !

Et elle répétait :

— Benjamin ! La République ! La République !

Il avait compris, enfin. Il s'assit à côté d'elle sur une barrique, bouleversé lui aussi, regardant la Dordogne, des larmes pleins les yeux, les mains ouvertes devant lui, incapable de prononcer le moindre mot, songeant à son exil en Algérie, à son combat abandonné, à cette victoire qui, enfin, lui ouvrait les bras, alors que depuis quelque temps il se prenait de nouveau pour un vaincu. Et sa vie tout à coup reprenait un sens, et Marie était là près de lui, et les cloches de Libourne se mettaient à sonner, tandis qu'une sourde rumeur montait de la ville

— Viens ! dit-elle, viens !

Il respirait très vite, le regard ébloui, n'essayant même pas de lui cacher ses larmes, mais désireux de rester là, sur le bateau, sur la rivière, pour eprouver jusqu'à satiété cette joie folle, indicible, qui le submergeait.

— Viens ! répétait-elle, viens !

Il la regardait sans comprendre ce qu'elle disait et il tremblait lui aussi maintenant, songeant à Pierre mort à Cayenne, à leur arrestation à Marmande, au camp de Mers el-Kébir, et tout se mêlait dans sa tête, tandis que les cloches de l'église Saint-Jean résonnaient douloureusement en lui, comme à l'occasion des obsèques d'Élina.

Il se leva enfin, courut avec elle sur le quai et, par la rue Fontneuve, ils rejoignirent les hommes et les femmes qui se hâtaient vers la place de l'hôtel de ville. Il en arrivait de partout : de la rue Saint-Jean, de la rue Sainte-Catherine, de la rue Saint-Thomas. C'était une clameur qui montait au-dessus de la ville et semblait aussi envahir la vallée. Sur la place, il y avait foule. Des gens criaient, d'autres chantaient, certains dansaient. Benjamin et Marie s'avancèrent jusqu'à la fontaine couverte, que Marie escalada en se retenant aux grilles. Elle remarqua que l'horloge de la tour marquait dix heures. Des hommes se pressaient sous les arceaux, cherchant à entrer eux aussi dans l'hôtel de ville. La fenêtre située sous l'horloge s'ouvrit brusquement. Un remous libéra l'espace devant elle. Benjamin, qui avait rejoint Marie en s'agrippant à la grille lui aussi, vit basculer le buste de l'empereur qui s'écrasa en contrebas. La fenêtre du grand bâtiment attenant à la tour de l'hôtel de ville s'ouvrit également. D'elle jaillit une voix qui entonna les premières notes de « la Marseillaise » et toute la foule assemblée sur la place la reprit en chœur. Puis il y eut d'autres chants, d'autres cris : « Dehors les Prussiens ! Mort aux Bonapartistes ! Vive la République ! » et l'agitation ne cessa qu'aux alentours de midi.

Marie et Benjamin retournèrent dans la rue Fontneuve où, encore sous le choc de ce qu'ils avaient vu le matin, ils déjeunèrent face à face, à peine conscients de l'absence d'Élina tant il s'était passé d'événements depuis sa disparition. Tout en mangeant, Marie observait Benjamin : si ses traits s'étaient creusés, c'étaient toujours les mêmes boucles châtains qui fleurissaient sur son front et, de nouveau, aujourd'hui, la même lumière dorée dans ses yeux, celle de sa jeunesse. Elle le retrouvait enfin après avoir failli le perdre. Et désormais ils étaient seuls dans cette maison déjà trop grande. Elle fut tentée de lui parler d'Aubin, de son désir de les faire venir, lui et sa famille, à Libourne où ils pourraient travailler et vivre ensemble, mais elle n'osa pas troubler le charme de cette journée qui avait jusqu'à présent été si belle. Elle n'osa pas davantage le retenir quand il voulut se rendre chez Ludovic Clarétie pour lui faire part de sa décision. Rien de mal ne pouvait survenir aujourd'hui.

Aussi ne s'inquiéta-t-elle pas, tout le temps qu'il passa chez le marchand, même si elle attendit son retour avec impatience.

— Alors ? demanda-t-elle quand, de nouveau, ils se retrouvèrent dans la cuisine où la chaleur demeurait oppressante.

— Alors rien ! Il trouvera quelqu'un d'autre, c'est tout.

— Vous ne vous êtes pas fâchés ?

— Mais non ! Il a besoin de nous autant que nous de lui.

Et il ajouta, d'une voix subitement grave :

— Elle ne sera pas morte pour rien. Je sais désormais ce qui compte vraiment.

Elle ne répondit pas, se contenta de sourire tandis qu'il ajoutait :

— Demain nous remonterons jusqu'à Bergerac avec les deux couraux. Nous en profiterons pour aller sur la tombe des Bourdelle.

— Je viendrai avec toi, dit Marie.

Il comprit qu'ils avaient achevé de gravir la montagne et que désormais ils allaient descendre côte à côte vers la plaine paisible de la vieillesse, sur l'autre versant de leur vie.

Il y avait longtemps que Marie n'avait pas remonté la Dordogne jusqu'à Bergerac. Et c'était un bonheur oublié qui, en cet après-midi de septembre lourd de parfum de vignes, fondait sur elle. Passé Castillon, le courant de marée s'éteignait, et il fallait se faire tirer par les rares attelages qui attendaient encore les bateaux sur les chemins de rive. Que d'images, d'odeurs, de souvenirs affluaient en ces instants, chez Marie comme chez Benjamin ! Il faisait chaud, mais un peu moins que les jours précédents, comme si l'automne parvenait enfin à se glisser sous la chape brûlante qui s'était posée sur la vallée.

Au relais de tire de Saint-Pierre-d'Eyraud, on avait vraiment la sensation d'entrer en Périgord à cause des rives crépues qui dominaient de longues îles paresseuses où les aulnes disputaient l'espace aux peupliers. Et puis c'était Gardonne avec son pont suspendu, les confluents de la Gardonnette et celui de l'Eyraud descendu de la forêt de Lagudal. Les bouviers ne se pressaient pas. On arriverait bien avant la nuit. Marie se tenait à côté de Benjamin qui surveillait du regard l'arrimage des barriques vides et la traction de la cordelle reliant le mât du courau à l'attelage sur le chemin du halage. Autant les coteaux de la rive droite étaient boisés de chênes et de châtaigniers, autant la rive gauche était basse, peuplée de prairies et de champs labourés.

On respirait là un air qui n'était plus celui du bas-pays, et Marie ne pouvait s'empêcher de penser à Souillac. Depuis combien de temps n'y était-elle pas revenue ? Deux ans ? Trois ans ? Elle eut envie de demander à Benjamin de l'y conduire, puis elle songea qu'ils n'auraient pas le temps. D'ailleurs il n'y avait plus de remonte en amont de Limeuil. Il aurait donc fallu remonter à pied, et abandonner les couraux pour un jour ou deux. Non, ce n'était pas possible. Il valait mieux attendre une occasion qui ne tarderait sans doute pas.

Tandis que les bateaux passaient sous le château de Saint-

Martin, elle pensa à Émilien dont elle avait enfin reçu des nouvelles. C'était incroyable, mais pendant toute la guerre, il n'avait pas quitté Rochefort. Il espérait bien que le nouveau gouvernement de la République allait réduire le temps de service militaire, du moins dès que le pays ne serait plus occupé. Et cette pensée avait donné un nouvel espoir à Marie, même si Paris venait d'être investi par les Prussiens. Mais Paris était loin, et cette remonte près de Benjamin rappelait à Marie celle qui avait suivi leurs retrouvailles à Bordeaux et précédé leur mariage, il y avait si longtemps.

Elle laissa son regard errer sur la plaine qui, sur sa droite, était carrelée de vignes et de vergers. Les récoltes étaient proches. L'après-midi sentait le fruit et le sucre chauds, ce qui donna à Marie une forte envie de confiture. Elle se tourna vers le coteaux de gauche, sur lesquels une corbeille de maisons voisinait avec un château en partie détruit : La Force, juché sur la lèvre verte du plateau. Un peu plus loin, ce fut l'église de Lamonzie et son petit cimetière si paisible, deux cingles creusés dans les alluvions et, là-bas, tout près maintenant, les maisons et les clochers de Bergerac

Il était six heures quand ils sautèrent sur le quai, face au faubourg de la Madeleine, où ils chargèrent du vin du pays et du vin venu des coteaux de Domme. Ensuite ils partirent vers le cimetière où se trouvait la tombe des Bourdelle. Marie acheta à un marchand ambulant un petit bouquet de fleurs des champs, puis ils marchèrent un long moment dans les rues qui, avec la relative fraîcheur du soir, recommençaient à vivre.

Une fois au cimetière, dont les grilles rouillées étaient ouvertes, ils se dirigèrent vers la tombe des Bourdelle. C'était dans un angle, tout au fond, une simple sépulture couverte de gravillons, où reposaient le père et la mère de Pierre, ainsi que le précisait une plaque de marbre noir.

Benjamin et Marie se recueillirent un long moment, après qu'elle eut déposé son petit bouquet que le soleil couchant fit rougeoyer un instant. Réalisant ainsi la promesse faite à la mère de Pierre, Benjamin prononça quelques mots tout bas, comme pour lui-même :

— Pierre, nous avons la République. Maintenant tu peux dormir.

Ils restèrent encore quelques minutes devant la tombe sans parler, puis ils repartirent, toujours silencieux, dans le soir qui s'étendait sur la ville comme un drap trop épais. Toutes les rues sentaient la futaille et le pressoir. Et pourtant les vendanges n'avaient pas encore commencé. Au lieu de rentrer à l'auberge, ils marchèrent longtemps au bord de la Dordogne, jusqu'à ce que la nuit tombe. Tous les deux pensaient au long chemin parcouru côte à côte depuis qu'ils s'étaient engagés dans le combat pour la République, aux risques partagés, à la séparation qui en avait découlé. Quand ils se retrouvèrent seuls dans l'obscurité, Benjamin attira Marie contre lui, murmura :

— Est-ce que tu croyais vraiment qu'on gagnerait un jour ?

— Bien sûr ! fit-elle.

— A la fois contre le chemin de fer et contre Napoléon ?

— Oui.

— Qu'est-ce qui nous reste à faire alors ?

— A prendre soin de nous et surtout de nos enfants.

Il ne dit rien, mais elle fut certaine qu'Aubin s'était glissé entre eux et que Benjamin n'avait rien fait pour repousser cette présence.

A la fin du mois d'octobre, elle revint voir le médecin de Libourne qui s'occupait d'elle. Il l'examina longuement, lui dit en souriant :

— Je crois que vous êtes vraiment guérie. Mais par précaution, si vous passiez un autre hiver à Arcachon, je crois qu'au printemps prochain je pourrais être encore plus catégorique.

— Je n'irai pas à Arcachon, dit-elle, je ne veux plus rien devoir à M. Desplas ou à sa mère.

— Elle est morte il y a un mois, dit le médecin.

Marie, qui s'était bien habituée à la présence toujours attentive et gaie de la vieille dame, fut bouleversée.

— Ah ! dit-elle, je ne l'ai pas su.

Ça ne m'étonne pas. Depuis septembre, Octave a d autres soucis en tête à Paris. Il doit se présenter aux prochaines élections.

— Et sous quelle bannière ? Vous pouvez me le dire ?

— Comme candidat républicain, bien sûr, répondit le médecin surpris par une telle question.

Marie, tout a coup, se sentit soulagée. Ainsi, l'homme qui s'était joué d'elle n'était pas un monarchiste déguisé en républicain. Il ne l'avait donc pas trompée jusqu'au bout, et avait dû être sincère quelquefois. Il lui sembla en même temps qu'Aubin n'était plus en danger, et ce fut comme si un grand poids glissait de ses épaules.

— Ne vous inquiétez pas, dit le médecin, je vous trouverai autre chose.

Elle ne répondit pas. Elle se sentait heureuse de pouvoir croire en elle, aux autres, à sa guérison prochaine. Elle promit au médecin de l'écouter et de passer un dernier hiver à Arcachon, et elle s'en alla, l'esprit en paix.

Quand elle arriva chez elle, Émilien l'y attendait, attablé avec son père. Elle le serra dans ses bras, lui trouva bonne mine mais s'étonna de l'air un peu gêné qu'ils avaient tous les deux, comme s'ils lui cachaient quelque chose.

— Qu'y a-t-il ? demanda-t-elle en s'asseyant.

Émilien baissa la tête, et Benjamin lui-même ne put soutenir le regard de Marie.

— Qu'avez-vous ? reprit-elle. Il est arrivé quelque chose à Aubin ?

— Mais non, dit Émilien, j'arrive tout droit de Rochefort.

— Alors ?

— Alors il va repartir, dit Benjamin.

— Pas pour se battre au moins ?

Un lourd silence répondit à Marie qui sentit de nouveau se

refermer dans sa chair un étau dont elle avait oublié la morsure. Et, comme ni Benjamin ni Émilien ne se décidaient à répondre :

— Tu ne vas pas te battre, Émilien ?

— Il s'est engagé dans l'armée de la Loire, dit Benjamin très vite.

Marie les dévisagea l'un et l'autre, une incrédulité glaciale sur son visage, puis :

— Vous êtes devenus fous ?

— Écoute ! dit Benjamin.

— Non ! Je ne veux rien écouter. Cette guerre est finie, nous avons la République et mon fils veut se faire tuer.

Et, se tournant vers Émilien :

— C'est ce que tu es venu me dire ?

Émilien ne put répondre. Il appela du regard Benjamin à son secours, et celui-ci expliqua :

— La guerre n'est pas finie ; les Prussiens sont chez nous. Il faut faire quelque chose.

— Alors tu es d'accord avec lui ? fit Marie, horrifiée.

Et elle reprit, avec une violence désespérée dans la voix :

— C'est une guerre voulue par l'empereur. Il l'a perdue. C'est pour lui que tu veux te battre et mourir ?

— Non, dit Émilien. Je veux me battre mais pas mourir.

— On ne te demandera pas ton avis.

— C'est la République qui fait appel au peuple en ce moment, dit Benjamin, pas l'empereur. Si nous ne répondons pas à son appel, qui le fera ?

— Nous lui avons donné plus de dix ans de notre vie, à la République. Qui peut en dire autant ? demanda-t-elle avec une infinie tristesse dans la voix, car elle savait déjà qu'elle avait perdu.

Un bref silence s'installa, que Benjamin rompit en reprenant doucement :

— C'est maintenant qu'elle a besoin de nous : si elle ne gagne pas la guerre, ce ne sera pas un empereur que nous aurons, mais un roi.

Le regard de Marie, de nouveau, alla de l'un à l'autre tandis qu'elle cherchait d'autres arguments qui pussent les fléchir.

— De toute façon, cette guerre est perdue, dit-elle. Alors à quoi bon aller se faire tuer ?

— Elle n'est pas perdue, dit Benjamin avec fermeté. En 1793, il y a eu aussi une levée en masse et le pays a été libéré.

— Et un empereur est arrivé, dit Marie. C'est toujours pour eux ou pour les rois que nos enfants se sont fait tuer.

Il lui sembla qu'elle avait réussi à les fléchir, retrouva un peu d'espoir. Mais Benjamin reprit, avec un fond de colère dans la voix :

— De toute façon, on n'a pas le choix ! Si nous ne croyons pas dans la République, personne ne le fera à notre place !

Marie se tourna vers Émilien qui s'obstinait à ne pas la regarder :

— C'est donc ce que tu veux ? demanda-t-elle. Tu as bien réfléchi ?

— Oui, mère, dit Émilien. Il le faut.

Elle se tut un instant, puis elle se leva et dit avant de sortir, un sanglot dans la voix :

— Quand vous vous réveillerez de cette folie, il sera trop tard et moi je serai loin.

Cet hiver-là fut un peu moins froid que le précédent. Marie avait passé trois jours à Noël à Libourne et à Périgueux, puis elle était revenue à Arcachon, chez les Desfontaines, une grande famille bordelaise, où elle était employée comme cuisinière. Elle avait beaucoup moins de loisirs que chez Mme Desplas, mais le travail ne la dérangeait pas, bien au contraire : il l'aidait à oublier son angoisse depuis qu'elle avait appris, à la mi-décembre, que l'armée de la Loire, dans laquelle se trouvait Émilien, avait été vaincue par les Prussiens. Depuis, elle n'avait reçu aucune nouvelle de son fils, pas plus que de Benjamin. Mais chaque jour, en servant, elle était au courant de tout ce qui se passait dans le pays, car ses maîtres ne cessaient d'en parler à table. Et ce qu'elle apprenait alors loin de la rassurer, l'angoissait davantage.

Les troupes républicaines, en effet, n'étaient pas parvenues à libérer Paris ni à repousser les Prussiens au-delà des frontières malgré des combats acharnés. Les Desfontaines disaient que les hôpitaux étaient débordés, que les soldats français n'étaient pas aussi bien équipés que ceux de l'ennemi, qu'il eût mieux valu demander l'armistice à Bismarck plutôt que de sacrifier inutilement tant de jeunes vies. C'est à cette idée-là que Marie s'attachait, les jours où l'angoisse l'oppressait tellement qu'elle s'abrutissait dans le travail sans songer à sa santé.

A la mi-janvier, un peu après midi, lors d'une journée humide et froide, tandis qu'elle s'apprêtait à profiter des trois heures de repos de son après-midi pour dormir, Benjamin frappa à la porte de la cuisine qui se trouvait au sous-sol de la villa. Elle lui en voulait depuis qu'il avait encouragé Émilien à partir. Et si elle avait formé le projet de demander à Benjamin de la suivre à Périgueux à Noël, elle y avait renoncé au dernier moment, préférant revoir Aubin et Mathilde seule, comme ils en avaient maintenant l'habitude. Et puis elle n'avait pas eu le courage de se lancer dans un nouveau combat, même si Benjamin avait changé et l'écoutait maintenant sans colère quand elle lui parlait de son fils.

Elle eut très peur, ce jour-là, en l'apercevant derrière les vitres de la cuisine, ruisselant de pluie, très pâle, un air hagard sur son visage crispé par le froid. Aussi, dès qu'il fut entré, elle sentit la panique la submerger tandis qu'elle criait, accrochée aux bras de Benjamin :

— Émilien ! Émilien !

Il hocha la tête, baissa les yeux.

— Il est mort ?

— Non, dit Benjamin, non. Il est blessé seulement.

Elle le lâcha, se laissa tomber sur une chaise, tandis qu'il restait debout, mal à l'aise, se sentant coupable de ce qu'il lui annonçait, mais coupable aussi de la trouver dans cette cuisine sombre, avec son tablier, contrainte de servir des étrangers pour pouvoir se soigner.

— Qu'est-ce qu'il a ? gémit Marie.

— Ce n'est pas trop grave, dit-il.

Et, aussitôt, voulant lui montrer qu'il n'avait pas abandonné Émilien à son sort :

— Il est à l'hôpital d'Angoulême. J'en reviens.

— Alors tu l'as vu ?

— Oui.

— Qu'est-ce qu'il a ? répéta-t-elle.

— Une jambe cassée, et de la mitraille dans une épaule. Mais il va bien, maintenant.

Elle tremblait, n'osait croire qu'Émilien était en vie alors qu'elle avait eu si peur. Benjamin s'approcha, mit sa main sur l'épaule de Marie.

— Il ne risque plus rien, dit-il.

Elle leva la tête vers lui, comprit qu'il lui en coûtait d'être venu pour lui annoncer une telle nouvelle et que, sans doute, il avait eu peur autant qu'elle. Et c'était vrai qu'en se rendant à Angoulême, il avait songé à la visite de son propre père, Victorien, à Bordeaux, il y avait si longtemps, et il avait ressenti la même émotion que lui, en s'asseyant au bord du lit d'Émilien un peu plus gravement blessé qu'il ne l'avouait à Marie. Car la mitraille avait emporté une partie de la chair de l'épaule et on ne savait pas s'il retrouverait un bon usage de son bras droit.

Marie se leva brusquement.

— Viens ! dit-elle.

Elle entraîna Benjamin dans sa chambre qui était aussi située au sous-sol et où brûlait un grand feu dans la cheminée.

— Enlève ton manteau. Il est tout mouillé.

Il le quitta, enleva aussi son chandail qu'elle mit à sécher sur une chaise, tandis qu'il s'allongeait sur le lit. Il se sentit un peu rassuré de voir qu'elle vivait ici dans des conditions acceptables, mais il s'aperçut qu'elle continuait de trembler.

— Approche-toi ! dit-il, il ne faut pas prendre froid.

Elle le rejoignit, s'allongea contre lui, et, tandis qu'il lui parlait d'Émilien qui ne repartirait plus à la guerre, elle s'apaisa enfin, retrouvant des sensations d'un bonheur ancien où affluaient les heures douces de Souillac.

13

Enfin le printemps était là, lustrant les berges de la Dordogne d'une rosée que le soleil n'asséchait pas avant onze heures. Marie avait regagné Libourne à la fin du mois de mars, persuadée qu'elle avait passé son dernier hiver à Arcachon. Et c'est vrai qu'elle se sentait bien avec l'arrivée des beaux jours, qu'elle ne toussait plus et avait retrouvé sa confiance.

Elle avait voulu oublier que les élections de février avaient donné une majorité aux monarchistes dont les candidats avaient été élus en masse dans les provinces. Le parti républicain n'avait connu le succès qu'à Paris et dans les grandes villes. Sans doute parce qu'il voulait continuer la guerre alors que les royalistes promettaient la paix. Le 20 mars, pour protester contre Thiers qui faisait bon marché des souffrances des Parisiens et venait d'installer son gouvernement à Versailles, une « commune » avait été élue à Paris. Dans les jours qui avaient suivi, Thiers avait organisé le siège de la capitale où les troupes avaient fraternisé avec les « insurgés ».

Contrairement à Benjamin qui s'inquiétait fort de ce qui se passait à Paris, Marie ne s'en était guère souciée : Thiers avait fait la paix avec les Prussiens et la République existait toujours. Cela lui suffisait. Aussi était-elle partie avec impatience pour Périgueux visiter Aubin et sa famille qu'elle n'avait pas vus depuis Noël. Elle était loin de s'attendre à ce qu'elle avait découvert là-bas, et qui, dans le train qui la ramenait vers Libourne, ne cessait de la hanter douloureusement.

La veille, dans l'après-midi, elle avait été surprise par le peu d'animation dans les rues du quartier du Toulon et par ces rideaux qui bougeaient aux fenêtres. Elle avait trouvé Mathilde accablée, les yeux rougis, qui lui avait raconté ce qui s'était passé. Tout avait commencé le 11 avril au matin : l'ordre avait été donné par le gouvernement aux responsables des ateliers de Périgueux d'expédier des wagons blindés vers la capitale. Aubin et ses amis républicains avaient compris que ces wagons allaient servir aux Versaillais de Thiers pour ouvrir des brèches dans l'enceinte fortifiée de Paris. Ils avaient exhorté les ouvriers à s'y opposer en affirmant que ces « wagons avaient été fabriqués pour lutter contre les Prussiens, non contre les Français ». Aux cris de : « Ils ne partiront pas ! », les ouvriers du Toulon avaient cessé le travail et fermé le chantier. L'après-midi, accompagnés par leurs femmes et leurs enfants, ils étaient allés manifester devant la préfecture, sur les allées Tourny, puis vers la caserne du premier bataillon des chasseurs à pied, criant : « Vive Paris ! A bas les Versaillais ! » Enfin, redoutant que les wagons ne disparaissent en leur absence, ils avaient regagné le Toulon. Dans la nuit qui avait suivi, trois mille hommes de troupe étaient arrivés, avaient démantelé le piquet de grève, installé des mitrailleuses sur les quais. Au matin, les hommes n'avaient pas pu résister. Les wagons étaient partis devant eux, qui demeuraient immobiles, accablés, impuissants. A onze heures, Aubin, qui faisait partie des meneurs, avait été arrêté.

— Il est en prison... il est en prison, n'avait cessé de répéter Mathilde qui, par ailleurs, ne savait rien d'autre, depuis que les familles, terrorisées, se terraient dans leurs maisons.

Marie avait essayé d'aller frapper aux portes, mais tout le monde avait peur. Alors elle avait décidé de rentrer à Libourne le lendemain matin pour prévenir Benjamin. Et, dans le train qui roulait le long des prairies déjà vertes, elle se demandait comment il allait réagir en cette circonstance si grave qu'elle s'imaginait déjà privée de son fils pour des mois, peut-être même pour des années.

Elle dut attendre le soir, car Benjamin et Vivien étaient allés à Blaye. Le courau arriva bien avant la nuit mais, dès qu'elle l'aperçut devant les chais, elle préféra regagner sa maison plutôt que de parler à Benjamin devant l'équipage.

— Je ne t'attendais pas aujourd'hui, dit-il en refermant la porte et en l'apercevant dans la cuisine.

Et, comprenant aussitôt que sa présence cachait quelque chose :

— Quelqu'un est malade, là-bas?

— Non, fit-elle, personne n'est malade, mais Aubin est en prison.

Elle n'avait pu retenir un sanglot en prononçant le mot « prison ».

Il s'approcha, le visage grave, demanda :

— Comment ça, en prison? Qu'est-ce qui s'est passé?

Et elle expliqua brièvement ce qu'elle avait appris de Mathilde, termina en disant.

— Qu'est-ce qu'on va faire? Qu'est-ce qu'il va devenir?

Benjamin, les traits sombres, réfléchissait, et elle comprit qu'un combat terrible se livrait en lui : allait-il abandonner son fils ou voler à son secours? Il refusait de le voir depuis tellement longtemps qu'elle s'imagina seule, perdue, incapable de venir en aide à Aubin qui se trouvait réellement en danger pour la première fois.

— Aide-le! dit-elle, je t'en supplie.

Son regard rencontra celui de Benjamin et elle y lut une réelle douleur, qui, plus que l'affoler, la rassura.

— On partira demain dans la matinée, dit-il brusquement. Je louerai une voiture.

Il sembla à Marie que l'angoisse qui l'oppressait depuis la veille venait de disparaître en quelques secondes.

En conduisant la voiture sur la grand-route, Benjamin ne cessait de penser à Aubin. Il n'était pas blessé, certes, mais il risquait gros. Et s'il allait vers lui, c'était en souvenir de son père Victorien qui était venu le retrouver, lui, Benjamin, à l'hôpital de Bordeaux. Il s'agissait là d'une promesse qu'il s'était faite : ne pas capituler, sauf si un jour son fils était en grand danger. C'était le cas. Il allait le défendre. Et il n'avait pas besoin pour ça de prendre le train. Un cabriolet et un cheval suffisaient.

Il sentait qu'à ses côtés Marie était presque heureuse malgré ce qui les attendait à Périgueux. Il savait qu'il venait de faire le pas qui allait les rapprocher définitivement, leur apporter la paix. Du moins s'il parvenait à tirer Aubin de ce mauvais pas. Et il songeait que c'était une occasion comme celle-là qu'inconsciemment, sans doute, il attendait.

Ils achevèrent leur voyage sous une petite pluie fine qui les obligea à tirer la capote du cabriolet, arrivèrent au milieu de l'après-midi. Ils louèrent une chambre à l'auberge de la route d'Angoulême, y laissèrent la voiture et le cheval, et allèrent à pied vers le quartier du Toulon. Benjamin ne connaissait ni Mathilde, ni ses enfants, ni Éloi. Il fit leur connaissance avec une émotion qu'il dissimula mal, surtout quand Marie lui mit dans les bras son premier petit-fils. Puis ils interrogèrent Mathilde qui avait réussi à glaner quelques nouvelles : les meneurs seraient jugés avant un mois, mais de grands avocats périgourdins s'étaient proposés pour les défendre : tous étaient des républicains modérés. Les familles avaient repris espoir, d'autant qu'à Périgueux même, des voix s'étaient élevées pour prendre le parti des accusés.

Benjamin ne s'attarda pas dans la maison du Toulon. Il réussit avant la fin de la journée à voir l'un des avocats qui s'était proposé pour défendre les prisonniers. Il s'appelait Louis Mie, était le chef de file du mouvement républicain en Dordogne, avait même été député en 1848 et 1849. C'était un homme au regard grave et noir, au front haut, à la barbe grise, dont l'accueil chaleureux réconforta Benjamin. L'avocat avait bon espoir, car, disait-il, « les temps avaient changé, les juges seraient obligés de tenir compte de l'opinion ». Au reste, s'il s'était proposé pour défendre Aubin, c'est parce qu'il le connaissait, s'étant plusieurs fois trouvé avec lui dans la même réunion. Sur la demande de Benjamin, il réussit à obtenir un entretien avec Aubin le lendemain dans l'après-midi.

Benjamin s'y rendit seul, muni d'une autorisation du juge qui devait statuer rapidement sur l'affaire. La prison se trouvait dans la vieille ville, tout en haut d'une ruelle dont on ne voyait jamais le bout. Après plusieurs minutes d'attente, Benjamin fut introduit dans une pièce où se trouvait une sorte de guichet qui la séparait en deux parties très sombres. Il attendit encore un long moment avant que ne s'ouvre une porte par où apparut Aubin flanqué de deux gendarmes. Dans la pénombre, Aubin eut bien du mal à reconnaître son père et il dut s'approcher du guichet. Un sourire erra alors un instant sur ses lèvres, tandis qu'il murmurait :

— C'est vous ?

— Oui, fils, c'est moi. Ça t'étonne ?

Aubin demeura silencieux un moment, répondit :

— Non, père. Je savais que vous viendriez.

— Vraiment ? Tu en étais sûr ?

— Oui, père.

Benjamin le trouvait très amaigri, terriblement changé. Il n'avait jamais imaginé quelle vie difficile menait son fils si loin de la rivière. Et de le découvrir ainsi déjà vieilli, il en fut bouleversé, ne réussissant qu'à demander, sans parvenir à cacher son émotion :

— Alors comme ça, tu savais que je viendrais ?

Aubin hocha la tête, sourit.

— Ça ne fera que la deuxième fois que vous venez me chercher chez les gendarmes.

— C'est pourtant vrai ! fit Benjamin, se souvenant de l'affaire du pont du Buisson.

Et, de nouveau, songeant à tout ce temps qu'il avait vécu loin de son fils, le laissant se débattre dans un combat que lui-même avait abandonné, il s'en voulut si fort qu'il murmura :

— Je suis là. Je vais te tirer d'affaire. Ne t'inquiète pas.

— Je ne m'inquiète pas, dit Aubin, sinon pour Mathilde et les enfants.

— Ils vont tous bien. Ta mère est avec eux.

— Vous les avez donc vus ?

— Oui.

— Éloi aussi ?

— Éloi aussi.

Le silence revint un bref instant, puis :

— C'est un beau garçon, reprit Benjamin, il a des mains faites pour tenir un gouvernail.

Aubin ne répondit rien, mais Benjamin comprit qu'il lui avait fait plaisir.

— Ah, la Dordogne ! fit Aubin.

— Il ne tient qu'à toi d'y revenir.

— A condition de sortir d'ici !

— Mais bien sûr que tu sortiras ! J'ai vu Louis Mie, l'avocat, il s'occupe de toi.

— Cher Louis ! fit Aubin.

— Tu le connais donc si bien ?

— Oh, oui !

Et Aubin parla des réunions clandestines dans lesquelles il retrouvait l'avocat avant la fin de l'Empire, raconta comment s'était réellement passée cette aventure qui s'était achevée si tragiquement.

— C'est fini, pour moi, ce chantier, dit-il en terminant. Quoi qu'il arrive, ils ne me reprendront pas.

— Moi, je te reprendrai.

Leurs regards se croisèrent. Gênés, ils détournèrent bien vite la tête, puis Aubin murmura :

— Ma vie était ici, pourtant. C'était très dur, mais entre nous on se tenait chaud.

— Tu retrouveras des amis à Libourne. Si tu avais vu la foule sur la place de l'hôtel de ville, le 5 septembre !

Aubin soupira.

— Ils ne me feront aucun cadeau. Nous allons peut-être prendre dix ans, ou vingt ans.

— Non ! Pas avec un tel avocat. Et puis il va se passer tellement de choses à Paris !

— Justement ! dit Aubin, j'ai bien peur que nous nous soyons battus pour rien.

— Moi je sais aujourd'hui qu'on ne se bat jamais pour rien.

— Puissiez-vous avoir raison !

L'un des deux gendarmes qui étaient restés dans la pièce s'approcha et lança :

— C'est terminé !

Benjamin eut un geste vers Aubin qui reculait.

— Regarde cette main, fils ! dit-il. Elle n'a jamais lâché un gouvernail.

Il ajouta d'une voix subitement changée.

— Prends-la, s'il te plaît.

Aubin s'approcha de nouveau, mit sa main dans celle de son père qui la referma.

— Serre-la bien, fils ! Et tu ne l'oublieras pas.

Les yeux d'Aubin se brouillèrent.

— Merci, père, dit-il. Prenez soin de vous.

Et, tandis qu'il s'éloignait, il sentit encore contre sa peau la chaleur et la force de cette main qu'il n'avait jamais vu trembler.

Le 9 mai, Aubin avait été condamné à quinze jours de prison. Certains, parmi les meneurs, avaient été condamnés à deux mois, d'autres avaient été acquittés. En cette matinée de juin qui sentait déjà l'été, Marie était heureuse comme elle ne l'avait pas été depuis longtemps. Aubin, qui avait purgé sa peine et ne pouvait plus rester au chantier du Toulon, avait accepté de venir travailler à Libourne. Il s'était installé, avec Mathilde et sa famille, dans un logement de la rue des Chais. Fin mai, Marie s'était rendue chez le médecin qui lui avait affirmé qu'elle était guérie. Il lui avait également appris la mort d'Octave Desplas, à Paris, dans la bataille qui s'était engagée entre la Commune et les Versaillais. Il était mort parmi les républicains les plus radicaux, les armes à la main. Cette fois encore, apprenant de la bouche du médecin le destin de Desplas, elle en avait été soulagée. Non de sa disparition, certes, mais du fait qu'il avait été sincère quelquefois avec elle, peut-être même plus souvent qu'elle ne l'avait pensé.

Ce matin de juin, Marie retrouvait enfin la Dordogne aux côtés de Benjamin pour ce voyage à Souillac qu'elle projetait depuis si longtemps. Ils étaient convenus de remonter jusqu'à Limeuil et de continuer à pied par le chemin de rive. Ils avaient à cet effet loué une petite gabare et laissé les couraux à Vivien et Aubin pour que Ludovic Clarétie ne trouve rien à redire à leur absence. Et, tandis que le courant de marée portait le bateau vers Saint-Jean-de-Blaignac, Marie oubliait enfin son angoisse des dernières semaines, s'ouvrait au soleil et aux parfums qu'elle aimait. Qui eût dit un mois auparavant que ce voyage eût été possible, et dans de si bonnes conditions ? Même Émilien, qui achevait de se remettre de ses blessures à l'hôpital, projetait de revenir à Libourne. Si bien que Benjamin avait fait mettre en chantier un troisième courau et qu'ils pourraient bientôt naviguer tous ensemble. Qui savait si alors elle ne resterait pas à quai pour aider Mathilde à élever ses enfants, comme Élina l'avait fait auprès d'elle ? Marie n'en était pas encore tout à fait sûre, mais elle se disait que, peut-être, le temps était venu de s'occuper des siens, au lieu de naviguer loin d'eux.

La Dordogne dessinait un coude entre des rives hérissées de peupliers dont la cime semblait caresser le bleu du ciel. La gabare allait lentement au gré du courant. Benjamin et Marie demeuraient silencieux, attentifs aux flocons de bruit qui venaient jusqu'à eux, trahissant à peine la vie paisible des rives vertes. Après Castillon, il fallut trouver un attelage pour tirer le bateau. Ils durent attendre plus d'une heure à Pessac, car les bouviers, même dans le bas-pays, se faisaient de plus en plus rares. Ils en profitèrent pour manger, à l'ombre, le contenu d'un panier préparé par Marie. Dans l'après-midi, ils purent dépasser Sainte-Foy, mais n'arrivèrent pas à Bergerac avant la nuit. Ils couchèrent sur leur bateau à Gardonne, repartirent au lever du jour, parvinrent à Limeuil le soir même et dormirent dans l'auberge qu'ils connaissaient si bien.

Le lendemain, laissant là leur gabare comme ils l'avaient prévu, ils partirent à pied en direction de Souillac par le chemin de halage sur lequel les relais de tire avaient disparu. Mais ils l'avaient déjà constaté, et ce chemin déserté ne leur faisait pas aussi mal qu'ils l'avaient redouté. Peut-être parce qu'ils savaient que la vie continuait ailleurs, sans doute aussi parce que le soleil donnait à la vallée une vie plus secrète, plus belle, dont eux seuls, ce matin-là, pouvaient profiter. C'est vrai qu'ils n'avaient jamais pris le temps de flâner le long de la rivière et que, ayant abandonné ce secteur depuis quelques années, ils la redécouvraient beaucoup mieux qu'en bateau. Et puis il convenait de s'approcher doucement de Souillac. De bien s'y préparer. Marie se souvenait des battements fous de son cœur chaque fois qu'elle était passée devant les maisons du port, venant du haut-pays, et se méfiait un peu de ce voyage dont, pourtant, elle avait tellement rêvé.

Ils passèrent successivement Siorac, Beynac, La Roque-Gageac, Cénac, Domme, le cingle de Montfort, Grolejac où le soir les trouva fatigués mais heureux. Comme la nuit tombait tard, ils décidèrent de pousser plus loin mais de ne pas aller jusqu'à Souillac. Ils voulaient franchir le pas du Raysse dans la lumière du matin et découvrir le port, les prairies à leur éveil. Ils continuèrent donc jusqu'à Saint-Julien-de-Lampon, dormirent une nouvelle fois à l'auberge, un peu inquiets, sans se l'avouer, de se trouver si près du lieu béni où ils avaient passé plus de quarante ans de leur vie. Ils dormirent très mal tous les deux, mais ne songèrent pas à renoncer : ils avaient voulu vivre ce retour ensemble. Ils l'avaient décidé. Le port et les prairies les attendaient.

Ils se levèrent avec le jour, déjeunèrent à l'auberge et partirent lentement sur le chemin où la rosée faisait scintiller les toiles d'araignées. Il faisait frais. Les prés et les champs fumaient légèrement, dégageant ce parfum des matinées de juin qui donne l'illusion que la vie dure toujours. La journée serait belle, comme les précédentes. « Ainsi, songea Marie, je pourrai profiter de tout. » Elle avait beau essayer de se raisonner, plus elle avançait vers Souillac, et plus son cœur s'affolait. A Cazoulès, elle voulut s'arrêter un moment pour regarder au loin le rocher du Raysse d'où elle avait plongé, un jour de désespoir. Mais aujourd'hui était un autre jour. Sans même se concerter, ils quittèrent le chemin de rive pour aller retrouver la route qui passait en haut du rocher du Raysse De là, ils verraient mieux.

Il était à peine huit heures quand ils arrivèrent au sommet de la côte au-delà de laquelle la route bascule vers Souillac Marie haletait un peu, mais elle ne ralentit pas l'allure et, quand les maisons du port apparurent sous une brume bleue, elle retint à grand-peine un gémissement. Et puis ce furent les prairies, le bourg de Souillac, le château de Cieurac, la vallée tout entière qui respirait là-bas à quelques centaines de mètres, son enfance, sa jeunesse, sa vie passée qui entraient de nouveau en elle, envahissaient chaque pouce de sa peau, de sa chair, de son cœur. « Mon Dieu ! se dit-elle, est-il possible que j'ai perdu cela ? » Et elle ne vit plus rien, soudain, et elle tendit les mains vers la maison où elle était née.

Benjamin la prit paı le bras. Ils descendirent la route puis, à trois cents mètres du sommet, dévalèrent le talus en direction des prés. De là, ils s'approchèrent de la Dordogne et remontèrent vers le port. « J'y suis, songeait Marie, voilà, j'y suis ! » Et l'eau, sur sa droite, avait cette couleur particulière, entre le gris et le vert, qu'elle ne prenait nulle part ailleurs, et le chemin, ici, paraissait mystérieusement préservé, et le parfum de l'herbe, mélange à celui des pierres des collines, coulait dans le corps de Marie comme un sang éternel.

Dix minutes plus tard, ils arrivèrent sur l'appontement qui

était toujours debout. Ils y demeurèrent un moment, tournés vers l'eau, vers Cieurac, les prairies d'en face où ils avaient passé des nuits inoubliables. Marie continuait à respirer très mal. Elle avait beau se battre, lutter contre ce flot qui l'étouffait, elle se sentait emportée au-delà d'elle-même.

Ils se dirigèrent vers les maisons qui étaient habitées maintenant par des métayers et des pêcheurs. Ils s'arrêtèrent un instant devant celle qui leur avait appartenu. Une femme apparut sur le seuil, puis des enfants en bas âge.

— Nous avons habité là, dit Benjamin.

— Ah ! fit la femme, qui était très grosse, peignée en chignon, avec une tache de vin sur la joue ; mais elle ne leur proposa pas d'entrer.

Ils continuèrent sur le chemin, arrivèrent devant la maison des Paradou, celle où était née Marie. Un petit vieux fumait sa première pipe sur une chaise devant le seuil. Marie s'expliqua.

— Vous voulez entrer ? dit le vieux.

— Oui, dit-elle, je voudrais bien ; mais pas longtemps, je ne vous dérangerai pas.

— Vous ne me dérangez pas, dit le vieux, je suis seul, ma femme est partie au marché vendre le poisson.

Marie fit un pas dans la grande cuisine, ferma les yeux, faillit tomber. Et c'était sa mère et son père qui la retenaient maintenant, et ses frères riaient, et elle attendait près du feu l'heure de se mettre à table, et elle avait envie d'appeler tous ceux qui avaient peuplé son enfance, de les garder serrés contre elle à jamais. Puis elle ouvrit les yeux. Le choc fut terrible. Elle tendit les mains vers les ombres aimées, faillit crier.

— Viens ! lui dit Benjamin, en lui prenant le bras.

Mais elle ne bougeait pas, demeurait aimantée par les ombres dont elle entendait distinctement la voix et sentait le souffle vivant sur sa peau. Elle se laissa entraîner avec en elle la sensation d'une perte irréparable, se réveilla en marchant sur le chemin des prairies, sous le grand chêne où elle avait attendu Benjamin et Aubin le jour où ils avaient tiré au sort.

Avec la fraîcheur, elle se sentait un peu mieux. Ils tournèrent à gauche pour traverser les prairies, les jardins, marchèrent longtemps se donnant le bras, silencieux, occupés tous les deux à deviner la silhouette de ceux qu'ils avaient croisés là.

Vers onze heures, ils retournèrent vers la Dordogne, se dirigèrent naturellement vers la plage de galets où ils s'étaient si souvent retrouvés. En arrivant sur la berge, ils s'aperçurent que l'arbre sur lequel ils avaient l'habitude de s'asseoir avait disparu, sans doute emporté par une crue. Marie étouffa un sanglot, voulut s'asseoir quand même sur le talus, à l'ombre d'un frêne Il lui semblait que quelque chose d'inquiétant s'était joué en son absence, quelque chose qui était aussi grave que le fait de venir au monde ou de le quitter.

— Mais qu'est-ce qui s'est passé ? gémit-elle.

Benjamin, effrayé par sa pâleur, répondit :

— C'est le temps qui a passé.

— Mais non ! dit-elle.

Et elle se vit dans ces lieux à dix ans, à vingt ans, et c'était hier.

— Je ne veux pas, dit-elle encore.

Il ne comprit pas ce qu'elle voulait dire et il se mit à regretter d'avoir accepté ce voyage. Il se leva, la prit par la main, l'obligea à le suivre. Elle était si bouleversée par ce qu'elle vivait qu'il voulut l'entraîner loin de la rivière et des prairies. Il l'emmena à Souillac où ils déjeunèrent à l'auberge de la place de la halle, sur cette même place où, enfant, Marie vendait ses truites. Tout le temps qu'ils restèrent à l'intérieur, l'expression douloureuse du visage de Marie s'adoucit.

— Pourquoi réagis-tu comme ça ? fit-il. Tu devrais être contente puisque tu retrouves tout !

— Je ne me retrouve pas, moi, murmura-t-elle.

— On n'y peut rien, dit-il, c'est comme ça pour tout le monde.

— Moi, je ne veux pas. Je veux vendre mes truites, là-bas, et avoir peur des gens ; je veux aller à l'école, je veux avoir huit ans.

— Arrête ! dit-il. Tu te fais du mal pour rien.

Il essaya de la forcer à repartir, mais elle s'y refusa. Elle voulut au contraire aller voir l'école, l'église, puis, de retour dans les prairies, se rendre au cimetière. A six heures, Benjamin insista encore pour qu'ils repartent avant la nuit.

— Non ! dit-elle, s'il te plaît, baignons-nous cette nuit et dormons de l'autre côté, dans les prairies.

Il hésita, concéda :

— A une condition : qu'on ne revienne plus jamais.

Elle promit. Mais il comprit qu'elle aurait promis n'importe quoi, à ce moment-là, pour aller au bout de sa quête impossible. Ils se couchèrent dans l'herbe, puis allèrent acheter à manger sur le port, et retournèrent dans les prairies. Dans le ciel vert de juin, virevoltaient des hirondelles ivres de lumière, tandis que la vallée s'assoupissait. Benjamin ne savait que dire, regardait Marie à la dérobée, s'inquiétait vraiment des larmes qui roulaient sur ses joues sans qu'elle s'en rendît compte.

La nuit tomba lentement, dans le chant des grillons et les soupirs des arbres. Au-delà de la plage de galets, la Dordogne riait sous la lune. L'air devenait frais.

— Traversons ! dit Marie.

L'eau, encore froide de la fonte des neiges, les surprit. Ils durent précipiter leurs mouvements pour pouvoir continuer. Marie se tourna vers les étoiles, se laissa porter jusqu'aux galets du Raysse, suivie de près par Benjamin. Frissonnant l'un et l'autre, ils marchèrent encore dans les prairies de Cieurac, puis ils creusèrent un lit dans l'herbe haute et s'y allongèrent, enlacés. Ils écoutèrent un long moment la nuit respirer autour d'eux, ivres de ce parfum de foin qui avait toujours été pour elle un des bonheurs les plus simples, mais aussi les plus forts de la vie.

— Plus jamais, souffla-t-elle, plus jamais.

Elle venait de comprendre que seul le souvenir du bonheur peut rendre quelquefois heureux les vivants.

Marie avait souffert physiquement de ce voyage. Il lui avait fallu plus de huit jours pour s'en remettre. Elle savait désormais qu'elle ne reviendrait plus à Souillac. Il était inutile d'aller à la recherche d'un passé qui n'existait plus là-bas, mais qui vivait en elle. Elle savait aussi qu'elle allait s'arrêter de naviguer à la fin du mois de juin. Aussi comptait-elle bien profiter de son dernier voyage en Médoc dont le départ, ce matin-là, s'annonçait de la meilleure des manières, tellement le temps était clair et la température douce.

Le soleil n'était pas encore levé lorsque les deux couraux passèrent devant le tertre de Fronsac. Aubin se trouvait aux côtés de Vivien; Marie, comme elle en avait maintenant l'habitude, près de Benjamin. A sept heures, le fleuve n'avait pas encore allumé ses lumières, mais ses eaux qu'agitait le jusant semblaient avoir été imprégnées par la pâleur de la lune. Marie regardait droit devant les deux grands méandres de Fronsac et de Vayres, que des vignes étincelantes escortaient fidèlement. Ce monde-là était désormais le sien. Elle en était sûre. Elle en connaissait maintenant chaque pouce de terre, chaque courant, chaque banc de sable, chaque pin parasol veillant sur les collines.

Immobile près de Benjamin, elle faisait provision de tout ce qui venait vers elle, regardait, respirait, accueillait le moindre souffle de vent, la moindre caresse d'embrun, le moindre trait de lumière. Ainsi attentive à cette dernière descente, elle dénombra pour elle seule les églises, les villages, les châteaux de la rive droite et les nombreux esteys de la rive gauche.

Le soleil se levait quand le bateau arriva en vue du pont de chemin de fer de Saint-André-de-Cubzac. Un train passa alors à vive allure et disparut, là-bas, derrière les vignes. Puis la brume se déchira d'un coup, et au moment où le courau passa sous le pont, derrière l'écharpe qui achevait de monter vers le ciel, s'éleva l'âme ardente dont leur avait parlé le vieil Émilien.

— Regarde! dit Benjamin, ils ont construit un pont, les trains passent dessus mais, elle, elle est toujours là

— Nous aussi, dit Marie.

— Mais pour combien de temps ? demanda-t-il en soupirant.

— Jusqu'à ce qu'elle nous dise de partir, tu le sais bien.

— Où irons-nous alors ? fit-il avec gravité.

— Là où les bateaux ne cessent jamais de naviguer, où les nuits ont la couleur des jours, et où l'on peut être enfant et vieux à la fois, répondit-elle.

— Et tu crois que ça existe, un endroit comme celui-là ?

— Bien sûr ! fit-elle en lui prenant le bras, c'est la vie éternelle.

Épilogue

Quoique déclinant régulièrement, la batellerie marchande et de cabotage a survécu à Libourne et dans les ports du bas-pays jusque dans la première moitié de notre siècle. Les gabariers du haut-pays, eux, ont continué de descendre la rivière et de remonter à pied jusqu'à la Première Guerre mondiale, certains jusque dans les années 30. Aujourd'hui, la Dordogne ne porte plus que des barques de pêche, des bateaux à touristes ou des canoës de randonnée. Que sont devenus Marie, Benjamin et leurs enfants ? Ils sont morts, bien sûr, mais leurs descendants sont demeurés dans la basse vallée et certains sont partis pour l'Afrique ou vers les Amériques. Ils sont entrés dans l'autre monde, celui des navires à moteur, des trains à grande vitesse et des avions supersoniques. Bref, ils nous ressemblent.

J'ai longtemps cru que pour eux, comme pour moi, la vraie vie de la vallée, celle d'avant la révolution industrielle, était perdue à jamais. Jusqu'à ce jour de mai 1985 où je suis allé seul, et au hasard, me promener au bord de la Dordogne. Mais est-ce vraiment le hasard qui m'a conduit aux alentours de l'ancien port de Souillac, dans ces prairies qui sont devenues des jardins qui sentent si bon l'herbe, les feuilles, les arbres et le bonheur d'être au monde ?

J'ai vu, ce matin-là, vers huit heures, le premier rayon de soleil caresser l'eau et faire monter la brume. Et je l'ai vue elle, l'âme éternelle du vieil Émilien, d'un rouge orangé, prendre son envol vers le ciel. Je suis allé m'allonger sur l'herbe dans le silence et la lumière. C'est alors que sont arrivés deux enfants qui se tenaient par la main. Le garçon était châtain, mince, les cheveux bouclés, et dans ses yeux marron brillait un cercle d'or. La fillette, elle, était petite, fine, presque rousse, avec des yeux verts. Ils sont passés devant moi, m'ont souri, puis ils se sont dirigés vers la rivière. Je n'ai pas pu entendre ce que Benjamin disait à Marie, mais je n'ai jamais pu oublier leur regard ébloui.

Souvent je suis revenu là-bas dans l'espoir de les revoir, mais ils ne m'ont pas fait cette grâce. Alors j'ai décidé d'aller les surprendre une nuit, pour ne pas les effaroucher. Je suis entré dans la maison de Benjamin qui fait face au château de Cieurac, j'ai regardé par la fenêtre de sa chambre et j'ai vu les gabares qui l'attendaient sur le port pour son premier voyage avec son père Victorien sur la Rivière Espérance. Cette nuit-là, je me souviens, l'aube était loin et pourtant la rivière étincelait...

Brive, le 19 septembre 1992

BIBLIOGRAPHIE

BOMBAL Eusèbe : *La haute Dordogne et ses gabariers*, Treignac, Éditions Les Monédières, 1980.

BOURLIAGUET Léonce : *La longue eau verte*, Paris, Éditions Desclée de Brouwer, 1961.

COCULA-VAILLIÈRES Anne-Marie : *Un fleuve et des hommes. Les gens de la Dordogne au XVIIIe siècle*, Paris, Éditions Tallandier, 1981.

COLLECTIF : *La Dordogne et sa région : fleuve, histoire, civilisation*, Bordeaux, Éditions Bière, 1959.

COLLECTIF : « Le Port et la navigation à Libourne au XVIIIe au XXe siècle », *Revue historique et archéologique du Libournais*, N° 220, 2e trimestre 1991.

COLLECTIF : *Deux siècles d'images à Libourne*, Comté culturel de Libourne, 1985.

DESGRAVES Louis : *Bordeaux. Côte de Beauté, côte d'Argent*, Paris, Arthaud, 1957.

FAYOLLE Gérard : *La vie quotidienne en Périgord au temps de Jacquou-le-Croquant*, Hachette, 1977.

GOUYON Jean : « Les maîtres de bateau sur la Dordogne », *Bulletin archéologique de la Corrèze*, n° 86, janvier-décembre 1964.

GRELIÈRE Paul : *La Dordogne : Ancien Périgord*, Périgueux, Imprimerie Joucla.

LAGRANGE Jacques : *Le chemin de fer en Périgord*, Périgueux, Imprimerie Réjou, 1982.

LESAGE Fabien : *Souillac et sa région au début du siècle*, Brive, Imprimerie Chastrusse, 1987.

NEUVILLE J. A. : *Les proscriptions de Marmande*, Agen, Imprimerie Bonnet et fils, 1882.

POMMARÈDE Pierre *Bergerac oublié*, Périgueux, Fanlac, 1982.

SECRET Jean : *La Dordogne au fil de l'eau*, Périgueux, Éditions Fanlac, 1972.

SUFFRAN Michel : *Bordeaux naguère, 1859-1939*, Paris, Payot, 1981

TABLE DES MATIÈRES

L'ÂME DE LA VALLÉE

Cet ouvrage a été composé et imprimé par

FIRMIN DIDOT
GROUPE CPI
Mesnil-sur-l'Estrée

pour le compte des Éditions Robert Laffont
24, avenue Marceau, 75008 Paris
en octobre 2007

Imprimé en France
Dépôt légal : juin 2007
N° d'édition : 48423/02 - N° d'impression : 87459